THE KINGDOMS OF THORN AND BONE　BOOK 3

THE BLOOD KNIGHT
血腥骑士

荆棘与白骨的王国
THE KINGDOMS OF THORN AND BONE

[卷三]

【美】格里格·凯斯　著
朱佳文　译

THE BLOOD KNIGHT ⓒ 2006 by J. Gregory Keyes
Published in agreement with the author, c/o BAROR INTERNATIONAL, INC.,
Armonk, New York, U.S.A. through The Grayhawk Agency.
Simplified Chinese translation copyright ⓒ 2014 by Chongqing Publishing House
All rights reserved.

版权所有·侵权必究

版贸核渝字(2013)第238号

图书在版编目(CIP)数据

血腥骑士 /（美）凯斯（Keyes, G.）著；朱佳文译. —重庆：
重庆出版社，2014.1
（荆棘与白骨的王国）
书名原文: The blood knight
ISBN 978-7-229-07185-1

Ⅰ.①血... Ⅱ.①凯... ②朱... Ⅲ.①科学幻想小说-美国-现代
Ⅳ.I712.45

中国版本图书馆 CIP 数据核字(2013)第274414号

血腥骑士
XUEXING QISHI
[美]格里格·凯斯 著 朱佳文 译

出版人：罗小卫
出版策划：重庆天健卡通动画文化有限责任公司
责任编辑：邹 禾 肖 飒 骆思源
责任校对：胡 琳
封面绘图：罗 烜
插 图：陈 惟

重庆出版集团 出版
重庆出版社

重庆长江二路205号 邮政编码：400016 http://www.cqph.com
重庆出版集团艺术设计有限公司制版
重庆市国丰印务有限责任公司印刷
重庆出版集团图书发行有限公司发行
E-MAIL:fxchu@cqph.com 邮购电话：023-68809452
全国新华书店经销

开本：880mm×1230mm 1/32 印张：16.25 字数：482千
2014年1月第1版 2014年1月第1次印刷
ISBN 978-7-229-07185-1
定价：52.80元

如有印装质量问题，请向本集团图书发行公司调换：023-68706683

版权所有 侵权必究

精彩书评：

"尽管难免会被人和乔治·R.R.马丁的《冰与火之歌》相比，但本书出色的世界架构加上黑暗而充满力度的格调，会让马丁的粉丝同样成为凯斯的拥护者。"

——全球最大售书网站 Amazon.com

这真是一个令人惊叹的故事，从头至尾悬念迭起，妙趣横生。
——泰瑞·布鲁克斯，《纽约时报》畅销作家，奇幻小说《沙拉娜之剑》作者

大师级的睿智使得故事有着一个令人惊艳的开端。而那些简洁扼要的修辞则是作者巧妙设下的陷阱，在不经意中悄悄捕获了那些各具情态的人物性格。

——伊丽莎白·海顿，prophecy 畅销冠军《地之子》作者

凯斯将众多不同的文化，宗教，风俗，语言等元素巧妙地融合在一起，从而浇筑起了这部史诗般的传奇巨著。

——《出版人周刊》

这是一部优秀的幻想小说，有着如恒河沙数般漫长的战争。一段浪漫的伟大爱情，其间那非凡的奇迹感更是让我们深刻感受到了幻想的魅力，是的，它不仅仅拥有着激烈的厮杀，宏伟壮阔的战争，尔虞我诈的政治手腕，同时又充满着令人目眩神迷的奇迹。

——《奇幻科幻小说杂志》

书中的角色洋溢出生命的光彩，凯斯让我从第一页开始便沉醉其中，我热切期待着接下来的每一卷"荆棘与白骨的王国"系列。

——查尔斯·德林，《心之森林》，《洋葱女孩》获奖作者

这是一部伟大的史诗奇幻小说，在十页之内便牢牢地俘获了我，我对作者充满了期待。

——《页码杂志》

以传说与历史为主料，用激烈的战斗，沉痛的真爱加以调味，再加上一

小勺幽默，凯斯的这盘大菜传承了那些我们最珍视的神话的独特韵味。

——幻想小说评论网（http://www.sfrevu.com）

凯斯每章末尾的惊险片段总是让读者们提心吊胆又无比期待，我已经很多年没有读过如此优秀的系列小说了。

天哪！这家伙怎么能把英语运用得如此出神入化？他处理那些延绵千里的伏笔所运用的绝妙手法，给我留下了深刻印象。

——凯瑟琳·克鲁兹，纽约时报畅销冠军《德尔尼编年史》作者

"一本正统奇幻小说通常要花些时间才能吸引我，可凯斯从第一页起就紧紧抓住了我的心。"

——查尔斯·德·林特

"黑暗的故事，文笔精妙，引人入胜。"

——《守护者》报

"鲜活的人物和远超同类作品的曲折情节。"

——《SFX》杂志

"自乔治·R.R.马丁后最伟大的奇幻系列作品。"

——《Time Out》杂志

"深厚的情感，有序的节奏和对那些永恒主题的巧妙安排……为读者们献上了一场思维的盛宴。"

——《出版人周刊》

一部情节错综复杂，叙事技巧高超的奇幻史诗。

——出版家周报

引人入胜。

——《轨迹》杂志

主要人物：

安妮·戴尔——已故克洛史尼国王的女儿，王位的正统继承人之一，目前流亡中。
尼尔·梅柯文——克洛史尼骑士，御前护卫之一，受王后玛蕊莉之命前去寻找安妮·戴尔的下落。
埃斯帕·怀特——前御林看守，受护法赫斯匹罗的命令，前往御林刺杀荆棘王。
斯蒂芬·戴瑞格——得到知识圣者赐福的修道士，拥有常人难及的感官能力和丰富知识。
卡佐·帕秋马迪奥·达·穹瓦提欧——剑士，目前自命为安妮的保护人。
玛蕊莉·戴尔——克洛史尼的王后，已故国王威廉的配偶，在伊斯冷苦苦维持动荡的政权。
奥丝妮·利斯多特——安妮的贴身侍女，与安妮情同姐妹。
马伽·赫斯匹罗——克洛史尼帝国护法，帝国教会的领袖。
薇娜·卢夫特——旅店店主之女，埃斯帕的爱人，目前与埃斯帕一起行动。
罗伯特——国王威廉之弟，在谋害威廉后坠入悬崖，奇迹般生还的他在暗地里策划着阴谋。
里奥维吉德·埃肯扎尔——宫廷乐师，作曲家，也是保护新壤的英雄，受到新壤乡民的拥戴。
梅丽——国王与葛兰夫人所生，王室的私生女，具有出众的音乐天赋。
埃克多——瑟夫莱，与卡佐同为德斯拉塔的传人，与卡佐曾有一场生死搏杀，尽管在中途意外殒命，但仍得到了卡佐的尊敬。
考隆——又名柯奥隆，古时的教士，似乎与某种神秘的力量有着莫大的关联。
洛·维迪艾绛——伊斯冷城堡地牢内的囚犯，与潜入地牢的艾丽思结伴同行，其真实身份似乎并不这么简单。
主母乌恩——瑟夫莱，在安妮危难之际为她指点了一条暗藏的通道，但真正动机和身份依然成谜。
裴尔修女——修女院出身，在斯蒂芬寻找考隆踪迹之时向他伸出了援手。
恩希尔总督——帝国边境省份的领主，为替儿子寻求解药，不惜以人质威胁埃斯帕。
埃德蒙·阿恰德——在守望墙一役中与尼尔并肩作战的骑士。
考斯·冯塞尔——瑟夫莱部队的队长，效忠于安妮。

目 录

序章　龙蛇密室之中 …………………………………… 1

第一部　世界深处之河 ………………………………… 9

第一章　迷失 …………………………………………… 11
第二章　魔鬼的踪迹 …………………………………… 19
第三章　熟悉的国度，
　　　　阳生的国度 …………………………………… 34
第四章　新曲 …………………………………………… 44
第五章　恶魔 …………………………………………… 51
第六章　史林德 ………………………………………… 62
第七章　复仇 …………………………………………… 72
第八章　艰难抉择 ……………………………………… 82
第九章　重生 …………………………………………… 87

第二部　根处之毒液 …………………………………… 94

第一章　众人之中 ……………………………………… 95
第二章　与女公爵的谈话 ……………………………… 104
第三章　疯狂之子 ……………………………………… 115
第四章　萝丝的故事 …………………………………… 126
第五章　树林之中 ……………………………………… 138
第六章　魂灵现身 ……………………………………… 150

第七章　圣监会 …… 160
第八章　场景变换 …… 171
第九章　龙蛇 …… 183
第十章　剑之乐章 …… 192
第十一章　门徒书 …… 204
第十二章　心与剑 …… 218
第十三章　梭尼图 …… 230
第十四章　作战会议 …… 239
第十五章　伏击 …… 245

第三部　归还之书 …… 253

第一章　迷宫 …… 254
第二章　淹地 …… 264
第三章　巴戈山中 …… 276
第四章　新调式 …… 287
第五章　重返伊斯冷 …… 293
第六章　分岔路 …… 305
第七章　疯狼 …… 316
第八章　彬彬有礼的毒蛇 …… 326
第九章　皮肤 …… 335
第十章　高贝林王庭 …… 340
第十一章　沙恩林 …… 352
第十二章　裴尔修女 …… 363
第十三章　克瑞普林 …… 374

第四部　王座 …… 385

第一章　江湖骗子 …… 386
第二章　山羊背上 …… 397
第三章　重审历史 …… 405

第四章　送葬曲 …………………………………… 411
第五章　巫角山 …………………………………… 415
第六章　死亡的行踪 ……………………………… 423
第七章　协奏曲 …………………………………… 436
第八章　守望墙之战 ……………………………… 447
第九章　出乎意料的盟友 ………………………… 457
第十章　舰队 ……………………………………… 467
第十一章　自由 …………………………………… 476
第十二章　人剑合一 ……………………………… 485
第十三章　玛蕊莉的守望 ………………………… 493
终章　绝佳表现 …………………………………… 502

致谢 ………………………………………………… 511

序章
龙蛇密室之中

罗伯特·戴尔面露微笑，递给玛蕊莉一枝玫瑰。

"自己留着吧，"她提议道，"或许它能让你好闻点儿。"

罗伯特叹口气，捋了捋那撮让他英俊的面容增添锐气的黑色胡须。接着，他收回手和花儿，按在胸前，阴郁的目光定格在玛蕊莉身上。

他外表的年龄远远超过他在这世上度过的二十个冬季。而在那短暂的瞬间，对这个杀害自己丈夫和女儿们的男子，对他的身体发生的变化，她的心里竟涌出了些许同情。

但不管他变成了什么，肯定和人类无关，而她的同情也被厌恶的浪潮席卷一空。

"亲爱的，你还是那么迷人。"罗伯特不紧不慢地说。

他的目光稍稍偏向站在他们身边的另一名女子，就像一只同时监视着两只耗子的猫儿。"还有，美丽的贝利女士今天过得好吗？"

艾丽思·贝利——玛蕊莉的女仆和保护人——对罗伯特露出热情的微笑。"我很好，殿下。"

"噢，看得出来。"罗伯特说。他走近几步，抬起右手抚摸艾丽思黄褐色的长发。女孩没有退缩，最多只是目光稍有游移。事实上，她的身体纹丝未动。玛蕊莉觉得她就像一条蓄势待发的蝰蛇。

"说真的，你的脸色可真是红润，"他续道，"怪不得我去世的哥哥对你这么着迷。你是如此年轻——你的身体如此富有生机和活力，你的皮肤如此柔滑而紧致。噢，岁月在你身上尚未留下痕迹，艾丽思。"

这是为玛蕊莉设下的陷阱，可她才不会上当呢。是啊，艾丽思曾是她丈夫的情妇之一——就她所知是最年轻的那位——可在他死后，艾丽思已经证明自己是位忠实可靠的朋友。听起来很怪，但事实就是如此。

THE BLOOD KNIGHT

女孩羞怯地垂下蔚蓝色的眸子，并未作答。

"罗伯特，"玛蕊莉开口打破了沉默，"我是你的囚犯，我的性命操纵在你手里，可我希望你明白，我**并不**怕你。你是弑君者、篡位者，是某种可怕到我叫不出名字的东西。当我说自己不喜欢和你相处时，相信你应该不会感到吃惊。"

"所以，如果你能省省这些把戏，干脆点折磨我的话，我会非常感激。"

罗伯特的笑意凝固了。接着，他耸耸肩，把花儿丢在地上。

"这样的话，这朵玫瑰就不是我送的了，"他辩解道，"随你怎么处理。请坐。"

他犹豫着指了指一张厚重橡木桌边的几只椅子。桌面由雕刻而成的利爪支撑，为的是跟这个藏匿在密不透风的龙蛇堡深处、乏人问津的房间的怪异风格保持一致。

墙上悬挂着两幅宽大的织锦画。一幅描绘的是位身着古式链甲与锥形头盔的骑士，手中挥舞一把宽度与长度都甚为夸张的利剑，正与一头用黄金、白银和青铜丝线绣成的龙蛇搏斗。它蛇形的躯体蜷曲围绕于画面边缘，正欲扑向织锦中央的骑士，它抬高致命的利爪，张开大嘴，露出满口不断滴落毒液的铁齿。这幅织工是如此精巧，让人觉得这条巨蛇随时会滑出织锦，爬上地板。

第二幅织锦显得古老得多。它早已褪色，还磨出了好几个窟窿。它的编织式样相对简单，也不那么写实，描绘的是一名男子站在死去的龙蛇身边。编织的风格异常抽象，玛蕊莉没法确定两幅织锦描绘的是不是同一位骑士，也不知他身穿的究竟是盔甲还是式样古怪的皮上衣。他手里那把武器的尺寸也极其有限：更像是短刀而非长剑。他的一只手举在嘴边。

"你以前来过这儿吗？"待她不情不愿地坐下后，罗伯特问道。

"来过一次，"她说，"很久以前的事了。威廉在这接见过一位来自斯卡迪扎的领主。"

"我发现这间屋子的时候——那时我大概九岁——这儿积满了灰，"他说，"简直都没地方坐——却又如此富有魅力。"

"说得太对了。"玛蕊莉干巴巴地回应，打量着靠在墙边的那只形状怪异的匣子。匣身大部分是木制的，雕刻成伸出双臂的男人形象。在两只长有锐利指甲的手中，各握着一具镀金的人类头骨。那张脸与人类迥异，长着蛇似的头颅和一双羊角，双腿奇短，末端仿如鸟类的爪足。他的腹部是个玻璃门橱柜，她能看见门后的一块纤细微曲的锥形象牙，长如她的手臂。

"以前里面可没有这东西。"她说。

"是的，"罗伯特承认，"那是几年前我从某个瑟夫莱商人那儿买来的。而它，我亲爱的，它就是龙蛇之牙。"

他说话的口气就像个找到了什么好玩东西的小男孩，正期待别人能对他另眼相看。

见玛蕊莉没有回应，他转了转眼珠，拉响了铃。一名手捧浅碟的女仆出现。那是个黑发的年轻女性，脸上留有一块痘疤。她眼袋青黑，紧抿的嘴唇毫无血色。

她把几只装着葡萄酒的高脚杯放在每个人面前，转身离开，随后端着一大盘甜食再度归来：蜜饯梨肉、黄油饼干、酒味糕饼、蜂蜜甜奶酪片，还有玛蕊莉最爱的"马卡龙"：一种夹着杏仁酱的甜味小馅饼。

"别客气，别客气。"罗伯特说着，喝下一口葡萄酒，动作夸张地朝这顿盛宴摆了摆手。

玛蕊莉盯着她的酒看了片刻，随后浅抿一口。罗伯特没理由在这时候对她下毒，而且就算他想，她也没有任何办法阻止。她在那座高塔囚牢里吃喝的每一样东西都是经他的手送来的。

它的味道出人意料。它根本不是葡萄酒，而是某种带有蜂蜜味道的饮料。

"噢，"罗伯特说着，把高脚杯放回桌上。"贝利女士，您还喝得惯吗？"

"它可真甜。"她答道。

"这是件礼品，"罗伯特说。"豪伦罗森产的极品蜜酒——寒沙的贝瑞蒙德送来的礼物。"

"贝瑞蒙德最近特别慷慨啊。"玛蕊莉评论道。

"而且对你非常关注。"罗伯特说。

THE
BLOOD KNIGHT

"显而易见。"她答道,丝毫不掩饰话中的讽刺之意。

罗伯特又喝了一口,接着用双手拿起杯子,将它缓缓握在掌中。"我发现你很喜欢这几面织锦,"他说着,低头望向杯中的蜜酒,"你知道画里的人是谁吗?"

"不知道。"

"海鲁加斯特·龙蛇杀手,瑞克堡家族的创始人。有人叫他'布罗德劳丁',或者说血腥骑士,因为他们说他在杀死龙蛇之后,喝下了它的鲜血,与之交融,获得了它的一部分力量,并传承给子孙后代。正因如此,瑞克堡才一直如此强大。"

"你祖父把他们赶出克洛史尼的时候,他们可不怎么强大。"玛蕊莉指出。

罗伯特对她摆了摆手指。"他们从你的莱芮祖先那儿夺走王位的时候,的确很强大。"

"那是很久以前的事了。"

他又耸了耸肩。"寒沙比那时更强大。这就像一场漫长的舞蹈,玛蕊莉,一场红色女爵孔雀舞。克洛史尼的皇帝先是莱芮人,再是寒沙人,现在又换成了维吉尼亚的子嗣。可不管继承了谁的血脉,皇帝**终究是**皇帝。王权始终不变。"

"你在暗示什么,罗伯特?"

他用手肘支撑着身体,以严肃到几近夸张的表情打量着她。

"我们与混沌近在咫尺,玛蕊莉。来自骇人噩梦的怪物正在乡间肆意徜徉,威胁着我们的村庄。各大王国正在筹备战事,而我们呈现衰落之势的王权便是众矢之的。教会在到处搜寻异端,绞死整个村庄的民众——这些在我看来毫无助益,可说到底,他们位列盟友之林。"

"可就算这样,你也不会把王权交给寒沙的马克弥吧?"玛蕊莉断言道,"为了盗取它,你可是煞费苦心啊。"

"是啊,那么做可就太蠢了,对吧?"他表示赞同,"我不会的。可我会做一件国王想巩固权力的时候常做的事。我会结婚。"

"而且,我亲爱的嫂嫂,您也一样。"他补充道。

"我已经把意思说得够清楚了,"玛蕊莉回答,"要杀要剐随你的便，可我不会嫁给你。"

他耸耸肩，然后又耸耸肩，就像想把身上的什么东西甩掉似的。"不，当然不了，"他语带讽刺地说，"我很清楚你不乐意。你刺进我心口的那把刀就是你不愿接受我求婚的绝佳证据。"

"算你走运，你的心早就不跳了。"

他倾身向前，闭上双眼。"你就非得对这种事吹毛求疵吗？"他说，"你就这么介意谁是活人，谁又是死者？你觉得自己比我强，只因为你有颗跳动的心脏。真是自命不凡啊！还有——我得说——真是心胸狭隘。"

"你真是疯透了。"玛蕊莉说。

罗伯特露齿而笑，再度睁开双眼。

"这句抱怨倒是挺耳熟的。不过，请允许我回归正题。事实上，我并没打算重提求婚的事——你刺的那一刀已经足够说明问题了。不，你得嫁给寒沙王位的继承人，贝瑞蒙德·福兰·瑞克堡。而我会娶他的姐姐艾芙斯宛。我们携起手来，就能保住我的王位。"

玛蕊莉苦笑起来。

"我可不这么想，罗伯特，"她说，"我已经拒绝过贝瑞蒙德的求婚了。"

"不对，"罗伯特指出，"实际上回绝这桩婚事的是你儿子查尔斯，毕竟那时他是国王，这份特权唯他独有。当然了，查尔斯是个白痴，而你则在全盘操控他的行动。"

"可他如今已经不是国王了，"罗伯特续道，"我才是。而作为我的特权，我会让你和贝瑞蒙德结合。婚礼会在一个月之内举行。"

空气仿佛在瞬间变浓了——浓得像水。玛蕊莉努力压下把头伸出水面的念头。

罗伯特做得到。他的确会这么做，而且她根本无力反抗。

"绝不可能。"她最后勉强开了口，努力让口气充满蔑视。

"噢，走着瞧吧，"罗伯特欢快地回答。接着他转过身，"贝利女士，你对这事有什么意见吗？"

玛蕊莉追随罗伯特的目光，只见艾丽思突然面色苍白。她的双眼——不，她的瞳孔——大得异乎寻常。

"没有。"艾丽思附和道。

"我都忘了问了,"罗伯特说着转过身,面对两人,"你们还记得上次威纳特节举办的那场音乐表演么?我们亲爱的埃肯扎尔卡瓦欧的那段下流小曲?"

玛蕊莉挤出一丝笑容。

"那场音乐会——它把你的真实身份公之于整个王国面前——肯定令你非常困扰,可又无力阻止。我敢说里奥维吉德·埃肯扎尔是个天才。"

"我明白了,"罗伯特思忖着,"也就是说,你认为故事里的那个恶棍指的是我?"

"你很清楚,而且每位到场者都很清楚。埃肯扎尔是怎么做到的?我很好奇。你和护法肯定一直在监视他,监督他的手稿,他的乐谱,他的排演——可他还是把你们蒙在了鼓里。"

"好吧,"罗伯特说,"我想这场表演给护法带来的困扰比我的多多了。事实上,他觉得有必要亲自审问埃肯扎尔法赖。当然,还要算上那许多参演者。"

"这可太蠢了。"艾丽思轻抚额头,柔声说道。

"你刚说了什么吗,贝利女士?"

"是的,殿下。我说护法对那位作曲家用刑的做法太蠢了——而您纵容他的行为也是。您肯定明白,自己需要乡民们的支持,以便在敌军到来时守住城市。里奥维吉德·埃肯扎尔是他们的宠儿,尤其在他展示自己的美妙音乐后,受宠的程度更是有增无减。"

"嗯……"罗伯特陷入了沉思,"贝利女士,你的观点很有道理。如此敏锐政见的提出者却是个被我一直当做普通妓女看待的人。"

"是的,有些人也许非常普通,"艾丽思说,"可他们还是能明白您不明白的事情。"

"噢,我想你说得对,"罗伯特承认,"可不管怎么说,如果有必要,重新取得乡民信任的办法还是有的。不过,有了寒沙和神圣教会做盟友,我不觉得乡民还算是什么问题。我只需要让他们再沉默一个月左右的时间就够了,对吧?"

"教会?"玛蕊莉问道。

"是的。护法写信给了艾滨国的教皇大人,而教皇好心地派来了几支部队,帮助我们维持和平,并实施**瑞沙卡拉图**,直到王权巩固为止。"

"先是寒沙,又是教会。你情愿把我们的国家奉送给每一个敌人,只为自己能在王位上多坐一会儿。你真是名符其实的卑鄙。"

"我没想到你会把教会看作敌人,"罗伯特泰然自若地说,"赫斯匹罗护法会来找你麻烦的。事实上,他会发现自己有必要对你加以审讯。"

玻璃碎裂的声音突然传来。

"贝利女士,"罗伯特说,"你的杯子掉了。"

艾丽思将茫然的目光转向他。

"圣者诅咒你。"女孩嘶声道。她试图维持站姿,可双腿却仿佛虚弱得无力支撑身体。

突如其来的恐惧就像一把利剑刺穿了玛蕊莉。她朝艾丽思伸出手。"你对她做了什么,罗伯特?"

罗伯特抚弄着胡须。

"我让她来做你的女仆,是因为我以为这样会惹怒你。可恰恰相反,你们俩似乎相处融洽。我们亲爱的艾丽思似乎也从某个看守那里诱骗出了某些信息,而且或许不止一次。

"我相信我不但误解了贝利女士,更低估了她。而且我很想知道她还能做到些什么。毫无疑问,你把遍布在这座城堡里的秘密通道告诉了她,又或许她早就知道了。或许她还策划了某些阴谋来帮助你逃跑。"

他的笑容更露骨了。

"假使如此,她就只好带着阴谋前去伊斯冷墓城了。"

玛蕊莉在艾丽思身边跪下,握住她的手。女孩的皮肤呈现出微蓝的色调,双臂也开始抽搐。她的手指冷得像冰。

"艾丽思!"玛蕊莉倒吸一口冷气。

"绞架苔,"艾丽思勉力开了口,她的声音那么无力,玛蕊莉不得不靠近她的身体。"我知道……"她的身体颤抖了一下,黑色的唾沫自口中流出。她低声说出几个玛蕊莉不明白的字眼，而玛蕊莉只觉皮肤微微发烫。她手臂上的汗毛根根竖起。

"保重，"艾丽思嘶声说道，"*Soinmié. Soinmié，Fienden.*"

她的呼吸变得愈加刺耳，到最后更像打嗝而非喘息。接着，随着一阵突如其来的无声嘶喊，嗝声也戛然而止。

玛蕊莉凝视着罗伯特，强烈的恨意令她想不出合适的字句。

"我想我会把她安葬在戴尔家族墓穴，"罗伯特思忖道，"威廉的灵魂会很高兴的——只要他能找到回去的路。"

他站起身。"明天会有裁缝来为你定做结婚礼服，"他欢快地说，"和你聊天真是件赏心乐事，玛蕊莉。午安。"

他转身离开，留下她陪伴着身体已然冰冷的艾丽思。

第一部
世界深处之河

  在罗因·伊尼斯遍布乱石的西侧海岸，弗里恩·梅柯莱遇见了"海员"圣杰洛林，并乘着圣杰洛林的船渡过西海的洋流，在冰雹和迷雾中穿行，最终来到一片荒凉的海岸和一座昏暗的森林。

  "这便是化外之森，"圣杰洛林告诉他。"千万小心，将脚踏出小艇之时，切莫让靴底沾上水面。若与波涛稍有接触，你就将忘却所知的一切。"

  ——弗瑞恩·雷耶斯著：《被曲解的圣弗里恩，从侍僧到主教》

  黑暗女士握住阿尔扎雷兹的手，指着那条河流。
  "喝下河水，"她说，"你就将摆脱记忆与罪孽，如同亡故之人。"
  她指向一汪涌动的泉水。
  "饮下泉水，你的知识就将胜过一切凡人。"
  阿尔扎雷兹左顾右盼。
  "可泉水的源头来自河流。"他指出。
  "那当然。"黑暗女士回答。

  ——摘自荷瑞兰兹民间故事：《Sa Alzarezasfill》

  Ne piberos daz´uturo.
  勿饮此水。

  ——摘自维特里安某墓志铭

第一章 迷失

> 此为吾愿：
> 有一男子
> 其唇血红，
> 其肤雪白
> 其发黑蓝
> 如同渡鸦之翼，
> 此即吾愿。

安妮·戴尔低声念着歌词，这是她自小最喜欢的歌谣之一。

她发觉自己的手指在颤抖，片刻，她觉得手指仿佛脱离了手掌，取而代之的是怪异的蠕虫。

其唇血红……

安妮从前见过血，见过很多次。可那些都与这次不同，它的色调从未如此惊心动魄，从未被白雪映衬得如此耀眼。就好像她从前所看到的鲜血都是苍白失色的赝品，而这次看到的才是真正的色彩。

血迹的边缘是淡淡的粉色，在它的源头，在它涌入这片冰冷的苍白时，堪称绝美。

其肤雪白。

其发黑蓝……

那男人有灰白的肤色和稻黄的发色，一点也不像歌谣里的梦中情人。在她的注视下，他的手指放开了先前紧握的短刀，也放开了对世界的留恋。他的双眼在惊讶中瞪得浑圆，仿佛看到了某些她看不见的东西，看到了命运之地的彼端。接着，他朝雪地吐出了最后一口烟白的气息。

从某处——似乎是非常远的地方——传来嘶吼声与金铁交击声，继之以全然的静默。她的目光从林中的暗色树干间穿过，可除了不断飘落的雪花之外,似乎一切都静止了。

身旁有东西在大声喘息。

安妮茫然地转过身,只见一匹斑纹灰马正好奇地注视着她。它看起来很眼熟,当她想起它冲锋而来的场面时,不由得倒吸了一口寒气。雪上的痕迹告诉她,它已经在她身边绕了一整圈,还有一条从某座山丘处延伸而来的蹄印,显然是它来时的方向。某段蹄印上沾有粉色的斑点。

马儿的鬃毛上也有血迹。

她站在那儿,浑身发抖,只觉股骨、胫骨和肋骨都在隐隐作痛。她迈开步子,开始观察身边的环境,搜寻周遭人的踪迹。可这儿只有那个死人,那匹马,还有在冬日寒风中沙沙作响的森林。

最后,她低头打量自己。她身披柔软的黑貂皮衬里红鹿皮长袍,里面穿着厚重的骑装。她还记得这些是在邓莫哥弄来的。

她想起了那场搏斗,还有罗德里克——她的第一个爱人,也是头一个背叛她的人——的死。

她把手探入头巾,抚摸着铜红色的发卷。自从在特洛盖乐修剪之后,它又长了出来,只是现在还很短。她觉得那似乎是一年以前的事了。所以她应该只昏迷了几个小时或者几天,而非几周、几月甚至几年。但她的时间概念仍旧混淆不清,这令她恐慌不已。

她想起自己离开邓莫哥的时候,身边有女仆奥丝妮,一个名叫薇娜的自由人,还有三十八位男性同行,其中包括她的维特里安朋友卡佐和她的护卫尼尔·梅柯文爵士。他们刚刚在一场恶战中取胜,多数人都受了伤,包括安妮自己。

可眼下没时间让他们悠闲养伤。她的父亲已死,而母亲成了篡位者的阶下囚。她下定决心,无论如何都要让母亲重获自由,并夺回父亲的王位。她还记得自己对一切都很有信心。

她不知道也不记得伙伴们都去了哪儿,而她又是为何未能与他们同行。换句话说,她也不记得倒在她脚边的那个死人是谁。他的喉咙被人切开了,这点显而易见——伤口开裂,就像他身上的第二张嘴。可到底发生了什么?他究竟是友是敌?

她不认识他,因此猜想他多半属于后者。

世界深处之河

她背倚树干，放松身体，闭上双眼，审视脑海中那汪暗色的池塘，像翠鸟般潜入水中。

她曾在卡佐身旁策马前行，而他那时在练习王国语……

"*Esno es caldo*。"卡佐说着，用手抓住一片雪花，惊讶地张大了眼睛。

（注：此处发音与 *snow is cold* 相近，因此安妮以为卡佐发错音了。）

"雪是冷的。"安妮纠正道。等看到他嘴唇的动作，她才发现他的发音错误是有意为之。

卡佐高高瘦瘦，长着副狐狸似的精明面孔和一双黑眼睛，他弯起嘴角的样子简直可恶得要命。

"'*Esno*'在维特里安话里指什么？"她询问道。

"一种和你发色相同的金属。"他说话的方式让她突然很想知道他嘴唇的味道。像蜂蜜？还是橄榄油？他从前吻过她，可她记不起来了……

多蠢的想法啊。

"维特里安话里的'*Esno es caldo*，'意思就是'铜是热的，'对吗？"她努力掩饰自己的不快，问道。看到卡佐露齿而笑，她明白自己一定遗漏了什么。

"噢，没错，"卡佐把调子拉得老长，"如果只看字面的话。可它也是个双关语。假如我在跟我的朋友阿卡麦诺聊天，然后我说'*fero es caldo*'，意思就是'铁是热的'，可铁也有剑的意思，而剑又可以指男人的'家伙'，你瞧，这就成了对他男性特质的赞美。他肯定会认为我说的是他的'铁'。至于铜，这种更柔软、更美丽的金属也可以代表——"

"噢，好吧，"安妮赶紧插嘴说，"维特里安俗语课先到此为止吧。毕竟你想练的是王国语，对吧？"

他点点头。"是啊，可这在我看来太好笑了，你看，你们语言里的'冷'就是我们语言里的'热'。"

"是啊，更好笑的是你们说'自由'的时候用的是'爱人'这个词，"她讽刺地回击道，"想想吧，当一个人拥有前者的时候，就不可能拥有后者。"

等她看清他的表情,忽然意识到自己要是没说过这句话该多好。

卡佐兴味盎然地抬起一边眉毛。"现在说到我感兴趣的话题了,"他说,"不过,呃——'爱人'? *Ne comtnrenno*。'爱人'在王国语里是什么意思?"

"就跟维特里安语的'*Carilo*'一样。"她不情愿地回答。

"不。"奥丝娓说。安妮内疚地跳了起来:她差点忘记她的女仆也在旁随行。她将目光投向那位较为年轻的女子。

"不?"

奥丝娓摇摇头。"父亲称呼女儿才用'*Carilo*'——意思是亲爱的、小甜心。你们想要的那个词是'*erenterra*'。"

"噢,我明白了,"卡佐说。他伸出手,握起奥丝娓的柔荑,轻轻一吻。"*erenterra*。啊,我真喜欢这样的谈话,它总能带给我新的启迪。"

奥丝娓羞红了脸,抽回手去,轻抚着风衣的黑色兜帽下她金色的发卷。

卡佐回身面向安妮。

"所以说,如果'*erenterra*'是'爱人'的意思,"他说,"我恐怕不能认同你的说法。"

"或许男人可以在拥有爱人的同时拥有自由,"安妮反驳,"女人可不行。"

"胡扯,"卡佐说,"只要她的——呃,爱人——还不是她的丈夫,她想要多自由就能有多自由。"他笑得更欢了,"另外,也不是每个奴隶都过得不快乐啊。"

"你又开始说维特里安话了。"和卡佐不同,安妮对这话题全无兴趣。她真后悔挑起他的兴头。"我们还是继续聊雪吧。说说你对它的看法——用王国语。"

"对我来说是新事物,"当他转换语言时,他的嗓音也从轻松简短的乐曲转为冗长笨拙的吟咏。"埃微拉没有。非常,呃,奇怪。"

"是奇妙。"她纠正道。奥丝娓吃吃笑出声来。

世界深处之河

说实话，安妮一点儿也不觉得这雪美妙——它让她觉得很麻烦。可卡佐的语气很真诚，而且不管她自己怎么想，他对着洁白的雪花咧嘴的样子的确能令她忍俊不禁。他十九岁，比她大上两岁，但仍旧是个没长大的孩子。

可她偶尔也能看到他身体里的那个男人呼之欲出的样子。

尽管这场交谈中有令人不悦的转折，可安妮还是感到了片刻的满足。她很安全，有朋友相伴，就算整个世界都已陷入疯狂，可她至少对自己的处境心知肚明。四十来人不足以解救她的母亲和夺回克洛史尼，可很快他们就将抵达艾黎宛姑妈的宅邸。艾黎宛有些士兵，而且她或许知道在哪可以招募到更多人手。

在那之后——噢，她就能一步一步建立自己的军队。她对军队的所需一无所知，有时候——特别是在晚上——她会烦心得难以入睡。可眼下，不知怎么，她又觉得一切问题都会迎刃而解。

她的视野边缘有什么东西突然动了一下，可等她转过目光，它却不见了踪影……

安妮斜倚树干，呼出一口严霜，只觉光线正逐渐黯淡。

卡佐在哪儿？其他人在哪儿？

她又在哪儿？

她还记得最后一件事。他们正从旧国王大道向北进发，穿过切沃洛彻森林，前往罗依斯。几年前，她曾和姑妈丽贝诗一同骑马前往那里。

她的护卫尼尔·梅柯文离他们只有几步之遥。奥丝姹放慢马速，去和斯蒂芬——那个来自维吉尼亚的年轻人——聊天。御林看守埃斯帕·怀特在前方巡视，而在邓莫哥加入她麾下的那三十名骑手则分散在她周围稍远的地方，以便护卫。

接着卡佐神情一变，手握向剑柄。阳光也似乎转为明亮的黄色。

这儿还是切沃洛彻吗？究竟过了几个钟头？

还是几天？

她想不起来了。

她该不该等别人来找自己呢？又或者，能够来找她的人都已经

THE BLOOD KNIGHT

不在了？她的敌人会不会没等杀光她的护卫就把她掳走了？

当她发觉自己想法中的矛盾时，心也沉了下去。除非尼尔爵士死去，否则他是绝不会让她被人俘虏的，卡佐也是一样。

仍旧瑟瑟发抖的她意识到，解释自己目前处境的唯一线索，就是那具死尸。

她不情愿地在雪中跋涉，回到他的身边。她借着逐渐昏暗的阳光俯视着他，搜寻着先前可能遗漏的细节。

他已经不年轻了，可她说不准他的年纪究竟多大。也许有四十了吧。他穿着一件灰黑色的羊毛马裤，胯部沾满污迹——多半是他自己的尿。他脚上的黑色半高筒靴样式简朴，鞋底几乎磨穿。他的衬衣也是羊毛制的，可里面那件钢制胸甲却把外衣撑得鼓鼓囊囊。胸甲上满是凹痕和磨损，最近才上过油。短刀旁是一把短小的阔刃剑，插在浸油的皮鞘中。剑鞘安放在腰带上，旁边是一块褪色的黄铜盾牌。他身上没有佩戴任何证明自己所属势力的信物。

她努力不去看他的脸或是那道鲜血淋漓的伤口，双手在他的衣物上轻轻拍打，寻找可能藏匿在内的东西。

在他的右腕处，她发现了一个怪异的标记，是通过烧灼或是染色留在皮肤上的。标记是黑色的，形状就像新月。

她小心翼翼地触摸着标记，一股轻微的眩晕感旋转着穿过她的身体。

她将手探向死人的肘部，触摸到了某种潮湿温热的东西，她只觉嘴里发咸，鼻腔充斥铁的气息。她震惊地发现，尽管他的心脏早已不再跳动，可他体内生机尚存，只是正飞快流逝。他还要多久才能完全死去？他的灵魂是否已然离体？

在圣塞尔修女院里，他们没教过她多少和灵魂相关的东西，但她学过些肉体方面的知识。她观看并参与过几次解剖，也记住了——她自认为记住了——大多数器官和对应的体液。灵魂并非它们的一员，但那个封闭在颅骨中的器官能够与它建立联系。

回想修女院的时候，她的心里浮现出莫名的冷静和超然。她试探性地伸出手，摸了摸尸体的额头。

刺痛感攀上她的手指，穿过手臂，直入胸腔。当它长驱而上，越过脖颈，钻入她的大脑之时，她突然感到昏昏欲睡。

她的身体变得遥远而无力，接着听到自己嘴边吐出一声轻微的喘息。整个世界嗡鸣着乐声，几乎融入那片悠扬的旋律。

她的脑袋甩向后方，接着再次低垂，而她似乎费了好一番力气才睁开了眼皮。

世界变得不太一样了，可很难说清差别在哪里。阳光很奇怪，一切都显得虚幻不实，可森林和雪地还是老样子。

她定睛细看，只见那死去男子的双唇间，有黑水正潺潺流出。它沿着他的胸膛顺流而下，蜿蜒着流过几王国码远的雪地，涌入一条更宽的溪水。

她的视野突然变得宽广起来，上百条类似的溪流骤然出现。接着是上千条，上万条黑水，它们交汇为更宽的溪流与河水，最终汇入一片如海洋般宽广而黑暗的水域。就在她注视时，那男人仅余的生机也已被黑水卷走，就像在一条映有黑发少女倒影的溪流上漂浮的树叶……

啤酒的气息……

熏肉的滋味……

有个面容似魔非人的女子，令人心生恐惧，可她几乎已经忘却恐惧的味道……

然后他逝去了。他唇间涌出的溪流化作涓滴，最终戛然而止。可在生者的世界里，黑水仍旧川流不息。就在那时，安妮发现有东西在注视着她：她能感觉到它穿透森林而来的视线。模糊的恐惧感涌上心头，而她突然一点也不想知道那东西的真实身份了。女恶魔的形象在死去男人的双眼中再度变得清晰，而那面容可怕到不可能是他亲眼所见。

是死亡圣者梅菲提来找他了吗？会不会也是来找安妮的？

或许是个伊斯崔嘉，也就是维特里安传说中那种会吞噬受诅者灵魂的修女？又或许是某种无法想象的东西？

不管它是什么，它靠近了。

安妮鼓起全身的勇气，强迫自己转过脸——

——然后把一声尖叫咽回肚里。她眼中不见清晰的形体，只有

THE BLOOD KNIGHT

脑海里的一连串模糊的印象。庞大的双角,高及天际,而它的躯体铺展而开,跨越林间……

先前的黑水化作蔓藤紧贴在它的身上,就像无数条水蛭,尽管它的上百只利爪不断撕扯,可每一条藤须掉落时,都会有另一条——或者另两条——取而代之。

她以前见过它,在那片长满黑玫瑰的原野上,在那座遍布荆棘的森林里。

荆棘王。

他没有面孔,只有律动的梦境。起初她没认出眼前的东西,那是一片能通过嗅觉、味觉和触觉感应到的彩色雾气。尽管她的恐惧不断增长,此刻却已无法转过脸去。

她觉得仿佛有百万根毒针扎穿了自己的身体。她叫不出声来。

接着安妮弄清楚了两件事……

她猛然醒来,发现自己的脸陷进了那人胸口的血泊里。他的身体此刻异常冰冷,而她也一样。

她几欲作呕地站起身,蹒跚着远离那具尸体,觉得四肢发麻。她摇摇头,把噩梦的残余从脑海中驱离接着模糊地意识到,自己应该骑上那匹马,跟着来时的蹄印返回,可这样做似乎太麻烦了。何况雪下得比先前更大了,蹄印很快就会被掩去。

她蜷缩身体,钻进一棵大树树干的裂口,随着暖意渐渐归来,她也在积蓄力量,为那些非做不可的事做好准备。

第二章
魔鬼的踪迹

正当尼尔·梅柯文奋力朝雪堤处前进之时,一支箭撞上了他的头盔。他嘶哑的战吼声顿时响彻林间。他的盾牌挡下另一支锐利异常的箭矢。接着又是一支。

就在几王国码开外,四名射手仍然站在那六名剑士的盾牌后方,维持着阵型。这些人一起组成了一座固若金汤的小型要塞,朝着尼尔一心想要前往的方向——那些掳走安妮的骑手离开的方向——降下致命的箭雨。

他决定朝他们冲锋,就算是寻死也好。反正无论如何拖延,他都必死无疑。

尼尔集中精神,迈步飞奔,只觉身上的盔甲笨重又不合身。他多想念费尔爵士送给他的那套骑士铠甲啊,可它如今正沉睡在几百里格之外,泽斯匹诺港的海底。

此时世界似乎变慢了。野鹅在高空鸣叫。他能闻到折断的树枝处传来的松脂气息。在某个持盾士兵锃亮的护鼻后面,有明亮的绿色双眼和蓬松的赤褐色胡须,双颊在寒风中泛起潮红,面孔凝聚着坚定的决心。尼尔在这场战斗中不止一次见过这种神情。一天之后,这个年轻人或许会和好友共饮,找女孩跳舞,哼唱一首只在他出生的小村的人听过的歌谣。

一天之后。可今天他已经准备好牺牲自己,与敌人同往圣杰洛林的渡口。

而他同伴的脸上也有着相同的神情。

尼尔蹒跚前行几步,看到一张挽开的弓和一支上弦的利箭。他能感觉到,那箭尖即将疾飞而至,射入他的眼中。他明白自己的盾牌放得太低了,而且他绝不可能及时将它拾起。

突然,那射手丢下了武器,笨拙地抓向出现在自己额头的那支

THE BLOOD KNIGHT

箭。

尼尔没空转身去看是谁救了他的命。他只是在盾牌后面蹲得更低，估算着最后几码的距离，接着，随着又一声嘶吼，他撞向那面盾牌之墙，撞向那个绿色眼睛的男孩。

那小子及时退后一步，以便让其他盾牌手靠上前来，将尼尔困在阵线之中，将他团团围住。

可他们并不知道尼尔手里拿的是什么。他从不死者的残躯上夺来的咒文剑撕裂了空气，在风中留下淡淡的雷电气息。它劈开了高举在他面前的盾牌，砍透了金属头盔和颅骨，切开一只翡翠色的眼睛，最后从耳垂下方穿出，剑锋一转，又斩开了旁边那人的肋骨。

伴随着战斗狂热而来的，是一股极度的不适感。用这样一把武器毫无骑士精神可言。在极端不利的状况下战斗是一回事，借助黯阴巫术取胜又是另一回事。

可他早就明白，职责和荣誉无法时时兼顾。而眼下，挥舞这把被他取名"飓流"的剑就是他的职责。

问题在于，不管用不用咒文剑，他都不可能赢得这场战斗。

有人从身后袭来，抱住了他的双膝，尼尔垂下剑刃，劈向身后，却被另一具着甲的躯体挡在半途。"飓流"深深斩入那人的身体，可一把阔剑的剑柄已经狠狠撞上了尼尔的头盔，令他倒向雪地。又一个人紧紧抱住了他的胳膊，让他无法继续挥舞手中的利剑。

整个世界闪耀起红芒，而他奋力挣扎，等待着那把终将刺进护喉或是穿透面甲的匕首。尼尔突兀地想起坠入泽斯匹诺的波涛时的情景：他的身体被盔甲拖向海底，无助中混杂着磨难终将结束的解脱。

只是这次并无解脱可言。安妮正在别处身陷危机，而他必须用尽最后一丝气力来保护她免受伤害。免受更多的伤害。只要她还活着。

因此他用唯一剩下的武器，他的脑袋，撞向最靠近的那张晃动的面孔，柔软鼻骨的碎裂声传来。声音来自扣住他左臂的男子，而尼尔竭尽全力站起身，一拳砸向那家伙的喉咙。那人应声而倒。

接着有东西带着整个世界的重量敲中了他的头盔，洁白的天空中顿时落下了黑色的雪花。

待尼尔恢复意识,发现有人跪倒在他身边。他怒吼一声坐起身来,而那人退后几步,吐出一长串外国话。尼尔惊讶地发现,他的四肢都还能自由活动。

怒意退去后,他才意识到跪在他身边的是那个叫做卡佐的维特里安人。这位剑士此时礼貌地和他拉开了距离,那把怪异的轻剑随意地束在腰间。

"冷静点,骑士,"他身边有人说道,"你现在跟朋友们在一起。"

尼尔勉力站起,转过身,打量着那个中年男子:他的面庞被阳光晒成棕色,黑色的短发中点缀着银丝。他用力地晃了晃脑袋,认出了这位御林看守,埃斯帕·怀特。年轻的斯蒂芬·戴瑞格和蜜色头发的薇娜·卢夫特就在不远处,正警觉地蹲伏在染满鲜血的雪地里。

"你最好把头低下,"埃斯帕说,"那边还有一窝射箭的。"他甩甩下巴。

"我还以为你们全死了。"尼尔说。

"嗯,"埃斯帕说,"我们也以为你死了。"

"安妮在哪儿?"卡佐的问话带着浓重的维特里安口音。

"你没看见?"尼尔责难地问道,"你先前就在她身边。"

"对,"卡佐说着,努力想咬清字眼,"奥丝婼和斯蒂芬落在后面一点。然后箭飞过来了,接着,呃,*eponiro* 从路上过来,呃,带着长 *haso*——"

"对,长枪。"尼尔说。当时射手从两侧突然出现,排成楔形阵列的骑手沿路冲锋而来。邓莫哥的骑兵队没多少整理队形的时间,可还是迎了上去。

尼尔独力杀死了三名骑手,却发现自己被人群推挤得离安妮越来越远。等他回到现场,能找到的只有尸体,克洛史尼的继承人却踪影全无。

"是种戏法,"卡佐说,"有个,呃,*aurseto*,打中了我这儿。"他指着自己的脑袋,上面沾满了血迹。

THE BLOOD KNIGHT

"我没听过这词儿。"尼尔说。

"*Aurseto*,"卡佐复述道,"就像,呃,水,空气——"

"隐形人,"斯蒂芬插嘴道。见习修士转向卡佐,"*Uno viro aurseto*?"

"对,"卡佐用力点点头。"像云彩和雪的颜色,骑在 *epo* 上——"

"颜色像雪的马和骑手?"尼尔怀疑地发问。

"对,"卡佐确认道,"保护安妮的时候,我听到身后有声音——"

"然后有人打中了你的后脑勺。"

"对。"卡佐脸色一沉。

"我不相信你。"尼尔突然说。他一向不喜欢这个出主意让安妮把自己留在维特里安等死的家伙。的确,卡佐好几次救了安妮的命,可他的动机似乎大都出自情欲。尼尔很清楚,这样的动机很不可靠,而且很容易走向极端。卡佐还喜欢自吹自擂,尽管他在街头斗殴方面颇有水准——事实上,是很出色——但对军纪根本一无所知。

除了这些理由之外,还有尼尔从自己不快的经历中领悟出的那个真理:这世界上很少有人表里如一。

卡佐的双眼中跳动着危险的火花,他的身体站得更直,手也握上了剑柄。尼尔深吸一口气,把手伸向飓流剑。

"相信他吧。"埃斯帕咕哝着说。

"埃斯?你?"薇娜说。

"没错。他们少说有三个。你以为我为啥不回来告诉你们有埋伏?他们不是隐形的,不完全是,可确实跟这小子说的一样。他们就像烟,你能看穿他们的身体。要是你知道该往哪儿瞧,你也就能瞧见他们,可要是你不知道,他们就会吓你一大跳。

"还有,要是你干掉他们,他们就会变回实体,他们和他们的坐骑,不管那些马是否毫发无损。照我看,要是没了那些戏法,他们就只是些普通人而已。"

斯蒂芬皱起眉头。"这让我想起了某条巡礼路……"他挠挠下巴,额头在沉思时浮起一道道皱纹。

"又一群修士,"埃斯帕咕哝道,"真是雪中送炭。"

卡佐仍旧紧张地盯着尼尔，手握在武器的柄上。"抱歉，"尼尔对这位剑士说，"阁下。我太紧张了，所以口不择言。"

卡佐放松了一点，点点头。

"御林看守怀特，"尼尔问道，"那些隐形人有没有留下脚印？"

"有。"

"那我们就去干掉那些家伙，找回我们的女王。"

他们发现，这群袭击者在路上留下的防守部队不止两支。

就在发现尼尔的几百步远处，他们撞见了另一支部队，不过这次人数较少。他们没花多久就消灭了敌人，可埃斯帕警告说，前方可能还有更多。

卡佐想起了某个童话故事：有个男孩在森林里迷了路，走到一座大房子里。这房子碰巧是个三头魔鬼的住宅，魔鬼抓住了男孩，准备吃掉他。可魔鬼的女儿喜欢上了他，于是帮他逃了出去。

两人一起逃跑，魔鬼老爸紧追在后，比他们跑得都快，眼看就要追上他们了。不过女孩会一些戏法。她朝身后丢出一把梳子，而它变成了一片树篱，魔鬼只好去撕扯挡路的灌木。她又扔出一只酒囊，后者变成了一条河……

"你在想什么？"

卡佐吓了一跳，这才发现修士离他只有几步之遥。斯蒂芬说的是维特里安话，尽管发音听起来过时得厉害，可用不着冥思苦想就能和人交谈的确是种解脱。

"梳子和树篱，酒囊和河流。"他故作神秘地说。

斯蒂芬突然笑了。"这么说我们是魔鬼？"

卡佐眨眨眼。他本以为自己说得已经够神秘了。

"你反应也太快了点吧。"他不无讽刺地评论道。

"我经历过德克曼巡礼，"斯蒂芬回答，"没办法——圣者祝福过我。"他停下脚步，露出微笑。"我打赌你听过的故事和我的版本不同。最后是不是男孩的哥哥杀掉了魔鬼？"

"没，他把魔鬼引到了教堂，然后教区主祭把钟敲响了三次，杀死了它。"

"噢，那可真有趣。"斯蒂芬说。他似乎真的这么想。

"如果你非要这么说，那就是吧。"卡佐承认，"可话说回来，我们的位置颠倒过来了。我们追的是恶魔，他却是设置障碍的那一方。这让我觉得很奇怪。"

"直到目前为止，他们都在试图杀死安妮。追赶我们的骑士们从没想过活捉她。可要是那些 *melcheo* 确实想杀她，他们肯定能趁我不注意的时候轻松办到。"他小心翼翼地碰了碰头上的伤口。

"至少你瞥见了他一眼，"斯蒂芬说，"我根本看都没看见带走奥丝娅的那家伙。真的，这不是你的错。"

"是我的错。"卡佐摆手拒绝他的安慰，坚持道，"我那时就在她身边——我会把她找回来。假如他们伤害了她，我就把这帮畜生全部干掉。"

"但这还是回答不了我的问题。他们为什么不干脆杀了她？"

"原因可能有很多种，"斯蒂芬说，"邓莫哥那边的祭司想要她的血来做仪式的祭品——"

"对，可那只是因为他们需要一个贵族出身的女人，而原有的那个已经死了。另外，仪式已经被我们阻止了。"

"也许还有别的仪式。我们阻止了那些敌人一时，可森林里还有许多受诅咒的巡礼路，而且我敢打赌，还有更多叛教者在尝试唤醒它们。每条巡礼路都各不相同，拥有独特的赠礼——或是诅咒。或许他们又需要某个公主的鲜血了。"

"邓莫哥的那些人多半是来自寒沙的教士和骑士。可我没在现在这群人里看到过寒沙人。"

斯蒂芬耸耸肩。"可在我们碰面之前，我跟这样的敌人交过手。其中也包括教士，还有属地和国籍都无法辨认的士兵。甚至还有瑟夫莱。"

"所以说教会不是敌人？"

"说到底，我们不清楚敌人究竟是谁，"斯蒂芬承认道，"邓莫哥的寒沙骑士和教士和我、埃斯帕还有薇娜先前对付过的那些人——事实上，就离这儿不远——都有同样的邪恶目的。我们认为对他们下令的就是克洛史尼的护法，马伽·赫斯匹罗。可就我们所知，赫斯匹罗自己也听命于另一个人。"

"他们想干什么？"

斯蒂芬苦笑一声。"就我们所知，是去唤醒某个异常古老而强大的邪恶存在。"

"为什么？"

"或许是为了力量。我不敢肯定。可现在袭击我们的那些人呢？我不知道他们的目的。你说得对，他们不太一样。或许他们是篡位者的手下。"

"安妮的叔叔？"卡佐觉得斯蒂芬说的应该是那个人。说实在的，这整件事都有点让人犯晕。

"没错，"斯蒂芬确认道，"他或许有什么理由要留她一命。"

"噢，希望如此。"卡佐说。

"你很在乎她？"斯蒂芬问道。

"我是她的保护人。"卡佐说。这问题让他有点恼火。

"没别的了？"

"对。没别的了。"

"可你似乎——"

"没有。"卡佐断言道，"我在知道她的身份之前就像朋友那样对待她。还有，这不关你的事。"

"噢，我觉得也是，"斯蒂芬说，"你瞧，我相信她和她的女仆——"

"奥丝娓。"

斯蒂芬抬起一边眉毛，脸上浮现出令人恼火的浅笑。"奥丝娓，"他重复道，"我们会找到她们的，卡佐。看到那边那个人没有？"

"埃斯帕？那个看林子的？"

"对。他能追踪任何足迹，我本人可以担保。"

卡佐发现天空又开始飘落轻柔的雪花。

"就算下雪？"他问道。

"下刀子都行。"斯蒂芬说。

卡佐点点头。"很好。"

THE BLOOD KNIGHT

他们骑着马，默默地前进了一会儿。

"你是怎么认识公主的？"斯蒂芬问道。

卡佐只觉笑意在唇边舒展。"我是从埃微拉来的，你知道那儿吧？那是特洛梅菲的一个镇子。我父亲是个贵族，可他在决斗中被杀了，而且没给我留下什么遗产，只有埃微拉的一栋宅子和查卡托。"

"我们留在邓莫哥的那位老先生？"

"对。我的剑术老师。"

"你肯定很想他。"

"他是个酒鬼，傲慢又自大，可你说得对，我想他。我真希望他现在就在这儿。"他摇摇头，"说到安妮——当时查卡托和我去拜访乡间的一位朋友，欧绮伲伯爵夫人，想要放松一下。说来也巧，她的庄园和宅邸就在圣塞尔修女院附近。"

"有天我外出散步，发现公主，呃，在洗浴。"他飞快地转向斯蒂芬，"你得明白，我不知道她的身份。"

斯蒂芬的神情突然严峻起来。"你做了什么？"

"什么都没做，我发誓。"他回忆时笑得更露骨了，"噢，也许我是跟她调了调情，"他承认，"我是说，在穷乡僻壤看到个脱光衣服的异国女子——这简直就像是爱润达女士的恩赐。"

"你真的看见她赤裸的身体了？"

"呃，好吧，只看到一点。"

斯蒂芬重重叹了口气，摇摇头。"我开始欣赏你了，剑士。"

"我不太明白。"

"我大概也会和你做出同样的事。但无论你是否知道她的身份，都无关紧要。卡佐，你看见的是一位公主的赤裸身躯，如果我们完成使命，这位公主就会成为克洛史尼的女王。你不明白这意味着什么吗？她没告诉过你？"

"告诉我什么？"

"任何看见公主裸体的男人——任何男人，除了她神圣的夫君之外——要么被戳瞎双眼，要么被处死。这条法律已经有一千多年的历史了。"

"什么？你在开玩笑。"

可斯蒂芬却皱起了眉头。"我的朋友，"他说，"我从没这么严肃过。"

"可安妮提都没提过。"

"我也觉得她不会提。她或许以为自己能为你求情，可这条法律非常特别，即使作为女王，她也无权宽恕你。该法律由朝议会负责执行。"

"这太荒唐了，"卡佐抗议道，"我只看到了她的肩膀而已。或许还有一丁点——"

"这事没别人知道，"斯蒂芬说，"要是你想溜走……"

"你真是越来越滑稽了，"卡佐说着，只觉颈后汗毛直竖，"我多次救过安妮和奥丝娜的命。我发过誓要保护她们，而且有荣誉感的人绝不会因为畏惧如此荒谬的惩罚就背弃这份誓言。特别是现在，她都落入了——"

他停了口，紧紧盯着斯蒂芬。

"根本没有这条法律，对吗？"他问道。

"噢，的确有，"斯蒂芬说着，努力让自己不笑出声来，"正如我所说的，它已经有一千年的历史了。只不过有五百多年没有执行过。噢，我想你不会有事的，老伙计。"

卡佐怒瞪着斯蒂芬。"要不是你是个祭司……"

"可我不是，"斯蒂芬说，"我当过见习生，而且完成了圣德克曼巡礼。但我跟教会之间有些分歧。"

"和教会本身？你觉得整个教会都是邪恶的？"

斯蒂芬沉默半晌。"我不知道。恐怕事实就是这样。"

"可你说护法他……"

"赫斯匹罗。对，赫斯匹罗护法派埃斯帕、薇娜和我去进行一项任务，不过我们没有执行到底。我们发现腐化早已深入教会的根源，甚至能追溯到艾滨国和教皇本人。"

"这不可能。"卡佐断言道。

"为什么不可能？"斯蒂芬说，"教士们也是人，和其他人一样会被权力和金钱所腐化。"

"可领主和女士们——"

"王国语里管他们叫圣者。"斯蒂芬说。

"不管叫什么,他们都不会允许教会被如此玷污。"

斯蒂芬笑了,这笑容令卡佐很不安。

"圣者有很多位,"斯蒂芬说,"并非每个都纯净无瑕。"他突然显得心烦意乱。"稍等。"他喃喃道。

"什么?"

"我听见有动静,"他说,"前面又有人来了。还有些别的什么。"

"你有圣者赐予的听力,对么?可先前那次伏击你怎么没听见?"

斯蒂芬耸耸肩。"我真的不知道。可你得原谅我,或许那些隐形绑架犯拥有的某种'圣者赠礼'阻碍了我的听力。现在我要去告诉埃斯帕……还有尼尔。"

"好吧,"卡佐说,"我会准备好武器。"

"好的。劳驾了。"

卡佐看着斯蒂芬驱赶他的坐骑"天使"往其余人身边跑去,接着,伴随着些许忧郁的情绪,他拔出卡斯帕剑,抚摸着剑身处一道深深的凹口,那是被尼尔爵士如今佩带的那把发光的咒文剑砍出来的。

这条凹口是卡斯帕剑的致命伤。除非重铸整把剑刃,否则根本无法修理这样的损伤,但在重铸之后,它也将不再是"卡斯帕",而是另一把截然不同的武器。况且在北方,即便是重铸剑身也非常困难,这儿的人更喜欢硕大的屠刀,他们对于细剑,对于德斯拉塔的灵魂不屑一顾。如果没有合适的武器,他根本就使不出德斯拉塔剑术,可除了返回维特里安之外,他到哪儿才能找到另一把称手的武器?

他真的想念查卡托。同时又开始觉得,自己要是跟着从前的剑术老师回维特里安去了该有多好。

他刚开始这场远征的时候,一心渴望着冒险。尽管有几次痛苦的经历,自从离开维特里安之后,他所见证的奇迹已超过了过去见闻的总和。但那时只有他们四个人:安妮、奥丝娜、查卡托,还有他自己。

如今安妮有一位持有魔法剑的骑士，一名能从六里外射穿鸽子的护林人，还有个能把方圆十二里格之内的声音听得一清二楚的祭司。就他看来，薇娜没什么奇妙的能力，可要是她突然唤来野兽，要求它们为她而战，他也不会觉得多意外。

而他又是什么？一个被人从鼻子底下掳走女王和她贴身女仆的家伙，一个连王国的语言都不会说的家伙，一个只要佩剑折断就一无是处的家伙。

最奇怪的是，这些并不让他特别烦恼。噢，他的确觉得烦恼，可那跟一年前的状况不同。他确实觉得能力不足，可这本身不是什么问题。也不是因为他感到尊严有损：真正让他烦恼的，是他无法尽责为安妮效命的事实。

还有奥丝娅落入某些邪徒之手的事实。

卡佐努力用种种自私的想法分散自己的注意力，让自己不去细想那个真正令人万念俱灰的可能——他的朋友们或许已经死了。

他看到斯蒂芬在前方向他挥手示意，又把一根手指抵在嘴唇上。他敦促马儿前行，同时想象着这场战斗的情形。

等那群人到来之时，情况变得复杂起来。斯蒂芬听到的那群人是盟友——四个来自邓莫哥的骑士——他们就蹲伏在附近山丘顶端的一堆乱石后头。他们之所以滞留在那儿，是因为前方的山脊处有敌军把守。

"他们可真是计划周详，"尼尔对埃斯帕说，"用大规模袭击来分散我们的注意力，被施了魔法的骑手掳走女孩儿们，还有一系列殿后部队来拖慢我们的脚步，方便他们逃跑。可他们干吗不倾巢而出，把我们一举消灭？"

埃斯帕耸耸肩。"没准他们听说我们比他们兵力更多。你多半是搞错了。没准他们的计划不如看起来这么顺利。我想他们确实打算一举消灭咱们，你仔细想想，他们差点就办到了。我们离开邓莫哥的时候差不多有四十个人，可现在只剩下九个。在雪地里，我们又被冲散了，他们肯定跟我们一样闹不清状况。

"就我所知，现在我们人数占优。山脊那边多半只剩最后三个了，女孩们没准就在他们身边。这我说不清，天开始变暗了。"

"那儿有六个人，"斯蒂芬说，"而且我的确听到了女孩子的声音，不过不能肯定她是不是我们的人。"

"肯定是。"尼尔说。

"没错，"埃斯帕赞同道，"所以我们赶紧出发去解决他们吧。"他的目光懒洋洋地穿透树林，望向下方的小山谷，又望向对面的山脊。

"埃斯帕……"斯蒂芬喃喃道。

"啥？"

"那边有什么东西——别的什么东西。可我说不准那是什么。"

"跟那些人在一起？"

斯蒂芬摇摇头。"不。它似乎在很远的地方。"

"还是先抓牢一根树枝，再伸手抓下一根吧，"埃斯帕说，"可要是你又听出些什么——"

"到时我会告诉你的。"斯蒂芬承诺道。

尼尔仍然在研究地形。"在靠近他们以前，他们会毫无顾忌地朝我们射击。"

"对，"埃斯帕说，"这就是为啥我们不该穿过山谷向他们冲锋。"

"还有别的路？"

"路可多着呢。他们占领了最高处，可我们这座山脊的左边和他们的相连。"

"你很熟悉这地方？"

埃斯帕皱起眉头。"不。可下边那条小溪很窄，瞧见没？而且我能闻到水源的味道。还有，假使你仔细瞧瞧穿透树林的光线——噢，相信我，那边地势很高。唯一的问题是，如果我们往那边走，他们没准会逃跑。"

"假使他们顺着山脊向前，就会走进巫河前面的沼泽地带，我们就能在那赶上他们。可假使他们往北走下山脊，他们会发现自己突然离开森林，来到了大草原上，然后他们就会面临选择：过河后取道梅格霍恩平原，或者往东面前进。

"不管走哪边，我们都得重新追上去——如果条件允许的话。但现在我们知道他们在哪儿。"

"可他们为什么等在这儿？"尼尔问。

"我猜他们迷路了，"埃斯帕说，"他们现在待的地方看不见开阔地。可要是再走个几百王国码，情况就不同了。到时候我们就有麻烦了。"

"你有什么打算？找个人偷偷摸上高地去？"

"对。"埃斯帕承认。

"我猜你说的就是你自己。"

作为回答，御林看守猛地拉开弓，射出一箭。惊恐的呼喊声从溪谷那头传来。

"不，"御林看守说道，"我得留在这儿，让他们以为我们还待在这边山脊上。你跟卡佐过去。等斯蒂芬听到你们靠近的时候，我们就跑到溪谷下面，再爬上另一侧山脊。你们只要让他们忙活一阵就够了。"

尼尔思索片刻，接着点点头，"值得一试。"他说。

"你能把脚步放轻么？"

"在森林里？我可以脱掉盔甲。可还是……"

"我可不觉得他们是护林人，"埃斯帕说，"我们这边会努力装得更像一点的。"

尼尔的目光扫过卡佐。"斯蒂芬，"他说，"你能跟卡佐解释一下我们刚才的话吗？"

斯蒂芬照做了，等他讲完，剑士咧开嘴，点了点头。尼尔留下棉制的软甲护身，拿起飓流剑，片刻之后，他们就开始绕向山脊的东面，一面留神细听每一声弓弦响动，一面期盼埃斯帕的猜测没有问题。

他们的担心是多余的。山脊恰好在御林看守估计的地方转弯，在下方造出一片山坳。峰峦转折之处，山势下沉，随即再度上升，一路通向敌人所在的制高点。

THE BLOOD KNIGHT

尼尔时不时地听到埃斯帕、薇娜、斯蒂芬和前方的几人此起彼伏的高喊声。他松了口气：这让他对前进的方向更加确定了。

尼尔发觉自己屏住了气。他恼火地强迫自己正常呼吸。他从前也参与过奇袭：在群岛的河岸与高大的牧草之间，他参加过多次夜袭，打得敌人措手不及。可岛屿上只有沙子和石头，苔藓和石楠。像埃斯帕那样在这些变化莫测的山岭与林地间轻巧无声地前进可远远超出了他的能力。

他瞥了眼卡佐，发现维特里安人也跟他一样紧张得要命。

高处的呼喊声越来越近。尼尔将身体蹲得更低，伸手拔剑。

埃斯帕听到斯蒂芬喘息的声音，便转过身来。

"怎么？"

"他们把我们包围了，"斯蒂芬说，"从四面八方。"

"还有人？一群伏兵？"

"不，不，"斯蒂芬说，"他们比从前更安静了，安静得多，就像林间拂过的轻风。他的力量在增长，他们的也一样。"

"史林德。"薇娜倒吸一口凉气。

"史林德。"斯蒂芬说。

"见鬼。"埃斯帕咕哝道。

卡佐在染满秋色的林间瞥见了一点亮色，他停下脚步。林中灌木浓密，布满野生蓝莓、匍匐浪花和十字花的藤蔓。

他看到右侧的尼尔·梅柯文也停下了脚步。

这片灌木丛既是优势又是麻烦。直到他们踏进空地之前，敌人的射手都难以瞄准目标。然而，这也会减缓卡佐和尼尔前进的速度。

他错了。尼尔爵士突然发起冲锋，朝身前挥舞那把怪诞的屠刀，像园丁挥舞着镰刀，而那些灌木并不比血肉和盔甲抵挡得更久。

他一边后悔没多了解一下计划的内容，一边紧跟在后。兴奋在他体内盘绕，就像弩炮投臂上收紧的绳索。

转眼间，尼尔冲入了空地，卡佐在他身边左闪右避，堪堪迎上一杆飞来的黑羽箭。它从他的腹部擦过，留下一道灼痛的划痕。他不知自己是肚破肠流，还是仅仅擦破了皮，也的确没有时间去检查伤口，因为某个手持阔剑、丑陋如猪的凶徒正抽着鼻子朝他飞扑而来。

卡佐将卡斯帕剑笔直刺出：这把细剑足有他对手那把挥砍的武器的两倍长。那家伙聪明地意识到这一点，因而将武器猛地拍向细剑，想将它击偏。可他没聪明到及时停止冲锋。显然他确信自己的疯狂攻击必然奏效。

卡佐灵巧地转动手腕，避开劈来的长剑，攻势却依然不变，而对手善解人意地径直撞上了剑尖。

"*Cadolada*。"卡佐开了口，习惯性地向敌人解释刚刚刺伤他的是哪一招德斯拉塔剑技。可他没能说完，因为——不管有没有被刺穿——那头猪又对准卡佐的脑袋凶狠地砍来一剑。他俯身蹲下，避开这一击，受伤的腹部传来一阵灼痛。

剑刃落空，可挥击之力让那人持剑的手臂撞上了卡佐的肩膀。卡佐用左手稳住那条手臂，扭动卡斯帕，把剑刃从那人的肺间拔出。一瞬间那双海绿色的双眼充斥于卡佐的视野，伴随着一阵颤抖，他明白自己看到的眼神并非憎恨、愤怒，或是沸腾的战意，而是恐惧和绝望。

"不要……"那人喘息着说。

卡佐把他推开，只觉一阵作呕。没什么"不要"可言了。这人已经死了，他只是不愿接受这个事实。

他究竟在做什么？卡佐从十二岁起就是个决斗家，可他很少拼死搏杀。很简单，因为没有必要。

可现在有了，他阴沉地想着，一面斩断某个蹲伏在地的射手的弓弦，让这人没法朝他的面孔射上一箭。继而凶狠地一踢，正中那家伙的下巴，使敌人的身体撞上了浓密的荆棘和灌木丛。

他正准备转过身对付另一名敌人的时候，森林猛然炸裂开来。

他突然感觉到了黑暗的涌动，闻到了肮脏身体发出的汗臭，还有些别的什么：仿佛在藤蔓上腐烂的葡萄散发出的酒味甜香，以及泥土的气息。接着仿佛有上百条肢体抓住了卡佐的身体，将他紧紧攥住，而他随即陷入了无尽的混沌之中。

THE BLOOD KNIGHT

第三章 陌生的国度，熟悉的国度

接近另一座黑色的荆棘之墙时，安妮的坐骑在恐惧中连连喘息。那盘绕在林间的荆棘是如此浓密，令任何大过野鼠的生物都无法通行。

"嘘。"安妮说着，轻抚马儿的脖颈。她的碰触使它吓了一跳。

"乖一点儿，"安妮叹了口气，"我给你取个名字好不好？取个好名字。"

梅森乔伊。在她心底，仿佛有个小小的声音在窃笑，她瞬间觉得头晕目眩，唯恐自己会落下马去。

"不，不能叫梅森乔伊。"她的话与其说是讲给马听的，倒不如说是自言自语。她想起那是传说故事里黑骑士坐骑的名字，意思是"凶徒之马"。

"你的主人是个坏蛋，"她尽可能地用安抚的语气说道，"可你不是坏马。让我想想……就叫你**普瑞斯派**吧，那是迷宫圣者的名字。她总能找到离开迷宫的路——现在你来帮我一起找出口吧。"

安妮说话的时候，想起很久以前的某一天——那时的她比现在单纯得多——参加姐姐的生日聚会。那儿有一条花儿与藤蔓围成的曲径，可她突然发现自己走进了另一座迷宫，那是个没有影子的古怪场所，从此之后，她的生活就与单纯无缘。

安妮原本不想起身上马一路前进的，她只想蜷缩在树根那里，直到有人来救她，或者等到一切都平安无事为止。

可恐惧迫使她开始行动——她害怕若是自己在一处待得太久，某种比死亡更可怕的事物就会紧随而至。

风向一转，黑色荆棘的臭气扑面而来，令她浑身震颤。这气味让安妮想起了蜘蛛，尽管她从未真正闻过蜘蛛的气味。荆棘那怪异

世界深处之河

的长势也莫名给人以蜘蛛的印象。蔓藤和叶片泛动着毒液的色彩。

她掉转马身，沿墙而行，但仍与它保持一段距离。在左后方远处，她觉得自己听到了一声怒嚎，可这阵响动来得快，去得也快。

太阳攀上高点，继而朝着世界彼端的森林中它夜晚的家园挺进。安妮觉得就算是太阳沉睡的地方也不会比这儿更加古怪和可怕。荆棘似乎在导引着她，驱赶她前往某个她几乎能确信自己不想踏入的地方。

天色变暗之时，她开始觉得身后跟着什么东西，而且她知道它就躲在某棵树后。有东西正在接近。起先微若蚊虫，随即身躯渐长，许多只眼睛贪婪地盯着她的背脊。

可等她转身的时候，不管动作多快，它都会消失无踪。

就跟大多数孩子一样，安妮小时候也玩过这种游戏。她和奥丝姹会假装有吓人的司皋魔在身后追赶，那怪物非常可怕，与其对视者都会变成石头。独处的时候，她会想象着有鬼魂在身后走动，它们偶尔会出现在她视野的边缘，可等她转过脸去，那里又空无一物。有时她会吓着自己，有时她会心情愉快，而通常两者兼有。由自己掌控的恐惧确实别具滋味。

可这份恐惧并不由她掌控。这滋味一点也不好。

而且它变得愈加真实。看不见的手指朝她的肩膀越伸越近，而当她旋身回看，的确能看到些东西，就像明亮的阳光在眼皮底下遗留的斑点。她身周的空气仿佛凝结成团，而树木也疲惫地弯下了腰。

有东西在跟着她。是从哪里开始的？是黑色溪流那里吗？

她从前曾有在俗世之外漫游的经历——至少是她那部分俗世。通常她都会去翡思姐妹那里，有时是森林，有时是峡谷，有时是高地上的草原。为了躲避某些凶恶骑士的追杀，她还带奥丝姹去过一次。

可她和那个濒死男子所去的地方完全不同。它究竟是亡者的疆域，又或者只是生死的边界？她还记得亡者的疆域应该有两条河流——虽然原因她不记得了——但那里不止两条，而是上千条河流。

还有荆棘王。那些黑水束缚着他，至少是在试图束缚他。究竟为什么？他又是谁？

THE BLOOD KNIGHT

他向她传达了某种信息，尽管未发一言，意愿却明确无误。他怎么会知道她的身份？

女恶魔的面孔在她脑海闪现，恐惧伴随着颤抖贯穿了她的身体。跟在安妮身后的会不会就是她？她还记得翡思姐妹说过"生死的法则已被打破"之类的话。莫非是自己冒犯了诸位圣者，才招来了灭顶之灾？

金光如瀑，自高枝间倾泻而下，她意识到那荆棘之墙到达了尽头，这才如释重负。前方不远处，森林也逐渐稀疏，最后消失不见，让道于广阔无垠的泛黄草原。随着一声混杂了惊恐与胜利喜悦的尖叫，她驱使"普瑞斯派"奔入原野，只觉那骇人的存在她身后逐渐变小，退回荆棘的阴影之中。

当安妮取下头巾，轻风拂过短发之时，她的泪水泉涌而出。太阳刚好悬挂在地平线上方，就像只橘色的眼睛，半掩在西面天空那金色的云团之后。绚丽的色彩逐渐隐入垂暮时的蔚蓝苍穹，在她的想象中，天空成了河流，而她顺游直上，潜藏水底，与那些明亮异常的鱼群做伴，安然遨游于世界的高空之上。

此时云层已消散大半，雪也停了，一切仿佛都美好起来。可安妮仍在策马飞奔，直到森林在她身后化作一根细线为止。接着她放慢了速度，轻抚着那匹母马的脖颈，感受着几乎与她同样剧烈的脉搏。

天还是很冷：的确，感觉比雪还在下的时候更冷。

这是哪儿？安妮的目光扫过陌生的地貌，试图找回些许方向感。她小时从没留心看过老师在课上讲解的地图。她为此已经后悔了好几个月了。

当然，落日指明了西方的所在。平原的地势自森林起逐渐变低，因此她能看到相当远的地方。东方那条大河上映照着暮色残光，在河对岸远处，她看见另一片黑色的树林。河流转向北方，消失在地平线之下。

走近几步后，她愉快地认出了理应属于钟塔的尖顶。前方似乎满是起伏的小山丘，过了一会儿，她才明白那些只是干草堆而已。

安妮踌躇良久，看着远方的文明迹象，心中疑虑重重。城镇意味着人烟,而人烟意味着食物、住所、温暖和陪伴。但也意味着危险,那个攻击她的人——他肯定攻击过她——就来自某个城镇。这是头一个能够解释他身份的地方。

奥丝婗和其他人又在哪儿?是在她身后,还是前方——或是已经死去?

安妮深吸一口气,试图放松绷紧的肩膀。

她那时在和卡佐聊天,一切都顺利极了。然后就只剩下她和一个死人。最合乎逻辑的假设就是他绑架了她,可她为什么不记得整件事的过程了?

就在思考这件事的时候,一阵恐慌突然涌现,令她的其他念头都变得浑浊不清。

她放弃了回想,开始衡量现状。要是她的朋友们还活着,就肯定在找她。要是他们死了,那她就是孤身一人了。

她可以靠自己在荒郊野外活过今晚吗?也许能,也许不能。这取决于天气有多冷。普瑞斯派的鞍囊里有些面包和干肉,可也就这些了。她看过卡佐和查卡托生火,可在那死人的随身物品里没找到任何类似火绒的东西。

安妮不情愿地做出了决定,策马走向那座镇子。不管怎么说,她需要知道自己在哪儿。她究竟到了罗依斯没有?如果到了,前方的小镇就应该是她姑妈的领地。如果没有,她就得想法子到那里去。在亲眼见过荆棘王之后,她对这一点更是前所未有的肯定。

她意识到,自己已知道些别的东西。

至少斯蒂芬·戴瑞格还活着。荆棘王是这么告诉她的。而且还有些事非得让斯蒂芬去做不可。

她没走多远,就来到了一条遍布车辙、宽可供马车通行的坎坷泥路,它和周遭的景色融为一体,因此她刚才没能发现。安妮发现雪中有几抹隐约可见的绿意,这让她不禁好奇这些农夫在冬天种的究竟是怎样的作物,还是说这些只是杂草而已。

她在远处看到的小小干草堆此时显得出奇的高大。衣衫褴褛、面容憔悴的稻草人用它们干瘪乌黑的南瓜脑袋上空洞的双眼注视着她。

炊烟和它令人安心的香气拂过冰冷的土地,她没过多久就找到了一栋房子。这间小屋的墙壁由黏土筑成,茅草屋顶又高又尖。屋边的一座矮棚似乎充作畜栏之用:屋檐下有只母牛,正迟钝而好奇地打量着她。她勉强能辨认出,黑暗中有个身穿肮脏套衫和裹腿的男人,正用一把木草叉把干草从阁楼上耙下来。

"打扰了,"她试探着说,"您能告诉我前面那座镇子叫什么吗?"

那男人转过目光,他疲惫的双眼突然睁大了少许。

"呃,当然,"他说,"俺们管它叫**瑟沃尼**,女士。"

他浓重的口音让安妮听得一头雾水。

"瑟沃尼?"她说,"这儿是罗依斯?"

"当然,女士。罗依斯就是这块儿。不然还能是哪儿?"

安妮决定不再追究这个问题。"那你能告诉我幽峡庄怎么走吗?"

"幽峡庄?"他的额头现出道道犁沟,"俺估摸得有四里格路,撑死就这么多了。您在替女公爵大人办事吗,女士?"

"我正准备去那边呢,"安妮说,"不过我有点迷路了。"

"俺从没去过那么远的地方,"那家伙说,"可他们跟俺说过,那儿可不咋好找。"

"多谢啦,"安妮说,"多谢帮忙。"

"客气喽,祝您一路顺风,女士。"那人道。

安妮刚上路,就听到身后传来女人说话的声音。那男人应了一声,而这次用的是她没听过的语言,发音和他的王国语同样古怪。

这么说,这儿是罗依斯,是克洛史尼王国的腹地。可这儿的农夫为何一开始不用王国语和她说话?

而她又为何如此无知?她从前去幽峡庄的时候就来过罗依斯。幽峡庄那边镇子里的人说得一口标准的王国语。照刚才那人的说法,骑马去那儿用不了一天时间。

她已经在异国旅行了太久了。归乡的念头——回到语言和一切都令她熟悉的地方——是她这许多个月来的渴望。

世界深处之河

如今她回来了，却发现自己的故乡变得前所未有的陌生。

这让她觉得有点不舒服。

等安妮来到瑟沃尼的时候，微明的星辰正渐隐于东方翻卷的云层背后，而她先前在森林中对幽暗的恐惧感再度浮现。深沉的阴影令那无声的追捕者鼓起勇气，卷土重来。

她经过镇上的火梓园，在远古石墙的桎梏之中，一切都不受控制地疯狂生长。安妮是第一次察觉到这种反差，而她的感触异常强烈，只因她的世界里也有一面相似的石墙轰然倒塌，将墙后滋生的可怕事物展露人前。

火梓园象征着桀骜不驯的大自然。火梓的诸圣者包括松木圣者瑟凡，禽鸟圣者蕾耶妮，花卉圣者翡萨，藤蔓圣者弗伦兹：他们是荒野诸圣。当这些曾统辖世界的荒野圣者遭受束缚之时，会有何种感触？她回想起特洛盖乐的火梓园，她在那里进入了另一个世界。她在那里感受到了病态的怒意，还有挫折感演变而成的疯狂。

转眼间，石墙仿佛化作了一道黑色荆棘的树篱，鹿角人的形象也似乎重现眼前。

他很狂野，也和所有真正狂野之物同样可怕。那些荆棘想要束缚他，不是吗？就像火梓园的石墙束缚荒野一样。可那些荆棘在听从谁的指令？

还有，这些是她自己想到的，还是他留在她脑海中的念头？她是怎么把这些联系到一起的？

先前她不记得自己身上发生了什么，可现在头脑里又得出了古怪的结论。她的思想是否已经完全不受自己掌控？她疯了吗？

"*Detoi,meyez,*"某个声音打断了她的沉思，"*Queyvere-toiadeyreensezevie?*"

安妮绷紧神经，努力看透黑暗。她惊讶地发现，那原本似乎只是一片阴影的地方突然出现了个身着制服的中年男子。制服上有罗依斯公爵家族的徽章：阳光、长矛和飞跃的鱼儿。

"你能说王国语吗，阁下？"她问道。

"可以，"那人回答，"我得为自己的无礼向您致歉。这儿太暗了,我没看清您是位女士。"

安妮这才明白早先那农夫的反应。她的王国语和口音直接暴露了自己伊斯冷贵族——至少也是某位贵族的贴身仆人——的身份。她的衣物,虽然满是尘土,也证实了这点。这事可好可坏。

不,才不是可好可坏呢。她如今孤身一人,无人保护。多半好不了。

"我该如何称呼您呢,阁下?"

"梅切沃尔·梅勒姆夫德,"他回答。"瑟沃尼的守卫队长。您迷路了吗,女士?"

"我正在去幽峡庄的路上。"

"就您一个?在这种时候?"

"我有同伴。我们走散了。"

"噢,进来避避寒吧,女士。您可以找家*柯瑞姆瑟兹*——抱歉,我是说旅店——住下。或许您的同伴已经等您很久了。"

安妮的心又沉了下去。这位队长太过处变不惊,考虑得又太周全了点。

"我得警告你,梅勒姆夫德队长,"她说,"从前有人耍过这样的诡计,想要加害于我,而我对这种把戏已经没什么耐心了。"

"我不明白,公主殿下,"队长说,"我能加害您什么呢?"

她的表情凝固了。

"我相信你办不到。"她说。

她驱使普瑞斯派迈开四蹄,转过马身。这时,她发现身后有人,可就在同一时刻,眼角余光处又有东西闪过,紧接着,它狠狠砸中了她的脑袋侧面。

她喘着粗气,眼前天旋地转,紧接着,一双有力的手指钳住了她的双臂,把她拖下马去。她扭动,踢打,尖叫,可叫声很快被塞进嘴里的东西遏止,而当她被麻袋盖住脑袋的时候,一阵谷物的气息随之而来。她怒意高涨,转向心中疫病汹涌之处。那些能够施与他人的疫病。

可她找到的却是强烈的恐惧,而唯一的逃避之途,便是再度遁入黑暗之中。

她被一阵噼啪声吵醒，只觉得鼻子刺痛，嗓眼发闷。一股辛辣的酒气充斥在周遭，可又显得异常遥远。

安妮缓缓抬起眼皮，透过朦胧摇晃的视野，她发现自己待在一间只有几根蜡烛照明的小房间里。有人在身后抓着她的头发，尽管她感到头皮抽搐，却不觉得有多疼。

"可算醒了？"有个男人咆哮道，"那就喝吧！"

坚硬的瓶口抵上她的双唇，有东西灌进了她的嘴里。她困惑地吐了出来，分辨着自己的感受，只记得发生过什么事，却又不很分明。有个女人，一个可怕的女人，一个恶魔，而她就像上次那样逃走了……

"咽下去！"那人大吼。

这时安妮才明白自己醉了。

她从前和奥丝娌一起喝醉过好几次。基本上过程都很愉快，可也有几次让她感觉很不舒服。

他们是怎么在她睡着的时候把她灌醉的？

够了。恐惧几乎令她笑出了声。

那人捏住她的鼻子，又往她嘴里倒了些那种东西。它的味道就像葡萄酒，可却浓烈得多。这次她咽下了酒液，烈焰蜿蜒钻入她的喉咙，来到早已温热的胃中，开始熊熊燃烧。她突然想要呕吐，又随即恢复如常。她的脑袋以令人愉悦的频率律动，而身边的一切似乎都运转飞快。

那人走到她的面前。他并不太老，也许只比她大几岁。他有一头棕色的卷发，发梢处色泽稍浅，还有双淡褐色的眼睛。他不算帅，也不算丑。

"好了，"他说，"嘿，你用不着太紧张。"

安妮瞪大了眼睛，泪水刺得眼珠生疼，"你想杀了我。"她的声音模糊不清。她本想说得更具体些，可却说不出口。

"不，我不想。"他说。

"不，你想。"

他皱起眉头，一言不发，久久注视着她。

THE BLOOD KNIGHT

"我——我为什么醉了?"她问道。

"你别想逃。我知道你是个黠阴巫师。他们说白兰地会妨碍你耍弄那些把戏。"

"我不是黠阴巫师,"她厉声反驳,开始不由自主地尖叫,"你想拿我怎么样?"

"我?啥也不想。我只不过在等他们回来而已。可你是咋逃掉的?你自个儿都做了些啥?"

"我的朋友就要来了,"她说,"相信我。而且等他们到了,你的下场会很惨的。"

"我已经够惨了,"那人说,"他们留下我只是以防万一,可我没想到还得听你唠叨。"

"噢,我——"思考才刚刚开始,她就失去了头绪。

思考变得愈加困难,事实上,她早先对自己失去理智的担忧再度浮现。这就像个只有她自己能听懂的笑话。她觉得嘴唇浮肿,舌头更有脑袋那么大。

"你给我呼——喝了不少。"

"没错。"

"等我睡着,你就会杀了我。"她感到有滴泪水在眼角汇聚成形,顺着脸颊流下。

"不,这可太蠢了。要想杀你的话我早就动手了,对不对?不,我们会留你活口。"

"为什么?"

"我咋知道?我只是在服从我的主子的命令而已。其他人——"

"不会回来了。"安妮说。

"啥?"

"他们全都死了。你还不明白吗?你的朋友全都死了。"她大笑起来,虽然心中并不太清楚原因。

"你瞧见他们了?"他不安地问。

安妮点点头,确认这句谎言。这感觉就像摇晃摆在一根细长木杆顶端的大水壶。"她杀了他们。"她说。

"哪个她?"

"她会出现在你的噩梦里,"她嘲弄道,"她会在黑暗中悄然而来。她为我而来。要是她找到我的时候你也在,那你的下场就会很惨。"

光芒转暗。蜡烛仍在燃烧,但光线却莫名地变弱了。黑暗像围巾般包裹着她。一切都在旋转,令人心烦得难以言喻。

"她来了……"她喃喃道,试图保持焦虑的语气。

她并没有真的睡着,可闭上双眼的时候,脑海里似乎装满了古怪的狂喜和异样的光芒。

她在不同场景间穿梭。她在泽斯匹罗,打扮得像个女仆,正在擦洗衣物,而另两个大头女人在用她听不懂的语言嘲笑她。

她骑在爱马飞毛腿的背上,马速飞快,令她几欲作呕。

她待在过世先祖的居室里,和罗德里克一起待在伊斯冷墓城的那间大理石屋子里,而他正在亲吻她膝盖上赤裸的皮肤,抚弄她的大腿。她伸手去摸他的头发,而等他抬头看她之时,他空洞里的眼眶里只有蛆虫。

她惊叫一声,飞快睁开双眼,面对如水面般虚幻的现实。她仍在那间小屋之中。有人的头正抵在她的胸口,伴随着模糊的怒意,她发现自己的胸衣已被扯开,有人正在舔舐她的身体。她仍坐在椅上,可他却站在她两腿之间,她能看到已被脱下的长袜。她的衣裙被他掀起,直至髋部。

"不……"她低语着,推搡着他,"不。"

"别动,"他嘶声道,"相信我,这事没这么可怕。"

"不!"安妮奋力尖叫出声。

"没人听得到的,"他说,"冷静点。我知道该怎么做。"

"不!"

可他不为所动。他不明白,她并不是在对他尖叫。

她尖叫的对象是在阴影中现身的她。她恶毒地咧嘴而笑,露出一口骇人的尖牙。

第四章 新曲

里奥夫不愿从噩梦中醒来。他明白无论梦境有多可怕，都不会比现实更糟。

而有时，在黑暗的瘴气和具体的痛楚之内，在出言恫吓的扭曲脸庞之间（那些话语因无法理解而更显可怕），在蠕虫丛生、高可及膝，如同凝结血块的尸堆之中，会有某种令人愉悦之物闪烁光芒，如同暗色云朵中的一束清晰的阳光。

那就是音乐。这次也不例外：清爽、甜美的哈玛琴的鸣响，从他苦痛的梦境中飘飞而过，仿佛圣者的气息。

可他紧咬的牙关却没有松开。音乐从前也曾回归他的身畔，起初悦耳动人，可继而便被扭曲为骇人的调式，令他在恐惧中陷得更深，直到他双手掩耳，祈求诸圣将乐曲终结为止。

可这次的乐声，尽管显得笨拙而业余，却依旧甜美。

他呻吟着，奋力将黏稠的梦境推开，终于醒转。

片刻间，他还以为自己只是转入了另一场梦境。他躺卧之处并非早已习惯的冰冷发臭的石板，而是柔软的草床，他的脑袋靠在枕头上。身上的尿臊味被微弱的杜松气息取代。

最重要的就是——那哈玛琴声是真实的。而那个坐在长椅上，笨拙地摆弄琴键的男人也一样。

"罗伯特亲王。"里奥夫的声音沙哑，在他自己听来也显得支离破碎，仿佛先前的尖叫已将他的咽喉撕成了条条碎肉。

琴椅上的男人转过身，拍了拍手，面露欣喜，可那双坚硬宝石似的眼眸中却只有烛火的反光。

"里奥夫**卡瓦欧**，"他说，"有你陪伴真好。瞧啊，我给你带了件礼物。"男人对着哈玛琴挥了挥手。"听说这是架好琴，"他续道，"维吉尼亚出产。"

里奥夫的四肢不由得怪异地颤抖起来。他没看到任何卫兵。这位亲王,这个判决他任由护法酷刑处置的人,如今正与他独处。

他继续环顾四周。他待在一个大房间里,远比上次睡梦和狂乱占据他身心时所待的囚牢要宽敞得多。除了身下那张狭小的木床和哈玛琴之外,还有另一张椅子,一只洗脸盆和一个大水罐,更有——看到那里,他不由得揉了揉眼睛——一架塞满了卷册和抄本的书柜。

"来吧,来吧,"亲王说,"你一定得试试这琴。一定要。"

"殿下——"

"一定。"罗伯特语气坚决。

里奥夫痛苦地抬腿下床,双足落地时,他觉得脚底有一两个水泡裂开了。但相形之下,这疼痛简直微不足道,他的身体几乎连颤抖都没有。

这位亲王——不,他早就把自己变成国王了,不是吗?这个篡位者正孤身一人。玛蕊莉王后已经死了:他关心的每一个人都已死去。

而他生不如死。

里奥夫缓步走向罗伯特,感到自己的膝盖怪异地抖动着。他再也不能奔跑了,不是吗?再也不能在春日的草地上小跑,再也不能和孩子们玩闹——说到这个,他也不太可能有孩子了吧。

他又前进一步。距离已经差不多了。

"拜托,"罗伯特疲惫地说着,从长椅上站起,用他冰冷有力的手攥住里奥夫的双肩。"你以为自己能做什么?掐死我?用它们?"他抓住里奥夫的十指,剧烈的痛楚猛然穿过里奥夫的身体,从隐隐作痛的肺部扯出一阵喘息。

过去这痛苦足以令他尖叫。而现在,当他低头看着罗伯特的双手紧握之处时,眼中涌出了泪水。

他还是认不出来。认不出自己的双手。那些手指原本形状优美,细长柔软,最适合拨弄琴弦与弹奏琴键。如今它们肿胀粗大,更被扭曲成怪异到可怕的形状:那是因为护法的手下有条不紊地折断了他指节之间的每一寸骨骼。

他们甚至并未就此罢手:他们砸碎了他双手的骨头,又碾碎了支撑手掌的双腕。要是他们能有点善心，就该干脆把他的两只手剁下来。可他们没有。他们留下那双手垂挂在手臂上，用来提醒他：有些事他再也别想做了。

他再度望向哈玛琴，看着那可爱的红黑色琴键，双肩开始颤抖。涓滴泪水汇聚成了汪洋。

"好啦，"罗伯特说，"这才对。放松点。放松点。"

"我——我不觉得你能再伤害我了。"里奥夫咬紧牙关，努力吐出这句话。他感到羞耻，可最终，羞耻感也被他置之度外。

罗伯特抚弄着作曲家的头发，仿佛他只是个孩子。"听着，我的朋友，"亲王说，"我有错，可我的错只是出于疏忽。我没有好好监督护法大人。我不知道他来访时会对你如此虐待。"

里奥夫几乎笑出声来。"如果我表示怀疑，还请原谅。"他说。

篡位者的手指捏住他的耳朵，拧了一下。"你该称呼我'陛下'。"罗伯特轻声道。

里奥夫哼了一声。"否则你要怎样？杀了我？你已经夺走了我拥有的一切。"

"你真这么想？"罗伯特咕哝道。他放开里奥夫的耳朵，抽身退后，"我向你保证，我并没有夺走一切。不过不提也罢，我为你的遭遇而惋惜。从现在起，我的私人医师会负责护理你。"

"医师可治不好这个。"里奥夫说着，抬起他残废的双手。

"也许不能，"罗伯特承认，"也许你自己再也不能演奏了。不过照我的理解，你创作——谱写——曲子的时候，是在你头脑里完成的。"

"可要是没有手指，它可跑不出我的脑子。"里奥夫吼道。

"或者用别人的手指。"罗伯特说。

"你想说——"

可这时国王做了个手势，房门随即开启。在门口的灯光中，站着个身着黑甲的士兵。他的手按在一个小女孩的肩膀上，女孩的双眼蒙着布条。

"梅丽？"他倒吸一口凉气。

"里奥夫大人？"她惊叫道。女孩奋力奔向前方，可那士兵却把她拉了回去，房门随即关上。

"梅丽。"里奥夫重复道，一面缓步走向门口，可罗伯特再次抓住了他的肩膀。

"你明白了？"罗伯特轻声道。

"他们说她死了！"里奥夫喘息着说，"被处死了！"

"护法大人只是想摧毁你这异端的灵魂，"罗伯特说，"他的手下告诉你的很多事都不是真的。"

"可——"

"嘘，"罗伯特说。"我一向很宽容，甚至还可以再宽容一点。可你必须答应帮我。"

"怎么帮你？"

罗伯特露出骇人的浅笑。"我们在饭桌上谈如何？你看起来快饿死了。"

在过去那段仿佛永恒的日子里，里奥夫的伙食除了空气，就只有不知名的糊状物质：在最好的情况下，它基本可算淡而无味；而在最糟的时候，它会散发出下水道的腐臭气息。

如今他盯着一大盘黑面包，周围堆满了烤猪肉（烹制时肯定加了韭菜）、红牛油奶酪、撒有绿色沙司的切片煮蛋和奶油什锦面点。每种味道都像一段迷人的旋律，它们飘扬汇聚，化为一整首狂想曲。他的高脚杯里装满果香四溢的浓烈红酒，他用不着俯身就能闻到美酒的气息。

他看着自己无用的双手，再回望这顿饭菜。罗伯特以为他会朝着食物低下头去，像头猪猡那样进食？

也许吧。而且他明白，如果再过一会儿，他会的。

可他没有。有个身穿蓝灰色制服的女孩走进门来，在他身边跪下，开始给他小口喂食。他试图维持些许体面，可等食物的滋味在他嘴里弥漫开来，他便忘却了羞耻，大口吞咽起来。

罗伯特坐在桌子的另一边，注视着他，脸上并未露出喜悦之色。

"真够狡猾的，"过了一会儿，他说，"我是说，你的下流小曲儿和歌舞剧。护法大人低估了你和你通过音乐掌控的力量。别提我

THE BLOOD KNIGHT

有多生气了：我无能为力地坐在那儿，看着事情逐渐败露，没法起身，没法说话，也没法阻止。你塞住了国王的嘴，**卡瓦欧**，还把他双手反绑。我想你该不会觉得自己能逍遥法外吧。"

里奥夫苦笑起来。"现在我不这么想了，"他说，接着挑衅似的抬起头，"但我没有承认你是国王。"

罗伯特笑了。"是啊，我从那出戏的内容里猜得差不多了。你明白的，我还不算是彻头彻尾的大傻瓜。"

"我从没这么觉得。"里奥夫回答。*邪恶而残忍？的确，愚蠢？不*。他在心里说完了这句话。

篡位者点点头，仿佛听到了他未说出口的想法，接着又摆摆手。"好吧，这些都过去了，不是吗？坦白说吧：你的作品并非毫无影响力。你选择的主题，出演主角的那个乡民女孩——噢，的确拉拢了那些乡民，却让他们对我更疏远了，这让我很失望。"他倾身向前，"你瞧，有些人和你一样，把我看做篡位者。我本想让我的王国团结一致，去对抗四处逼近的邪恶，要做到这些，我确实需要乡民和他们的民兵武装。你的行为致使他们的立场前所未有地暧昧。你甚至让一个讨人厌的王后博得了民众的同情。"

"能这么做是我的荣幸。"接着里奥夫明白过来，"玛蕊莉王后没有死，对不对？"

罗伯特点头以示肯定，用一根手指指着里奥夫，"你还是不明白，"他说，"你说话的方式像个死人，充满死囚的勇气。但你也可以活下去，继续作曲。你可以得回你的朋友们。你难道不想看着小梅丽在你的监护下长大成人？"

"还有可爱的*爱蕊娜*呢？她显然拥有光明的未来，或许还能陪伴在你身边……"

里奥夫摇摇晃晃地站起身。"你别想用她们威胁我！"

"别想？你要怎么阻止我？"

"爱蕊娜是个乡民的女儿。如果你还想赢得他们的效忠——"

"如果我放弃这种打算，如果我没法通过安抚来赢得民心，就不得不通过武力和恐惧来达成，"罗伯特高声打断他的话，"除此之外，我有时更喜欢，这样说吧，黑色幽默。我的幽默感的颜色在你那场小小的闹剧表演之后变得更深了。"

"你在说什么?"

"爱蕊娜在你之后不久就被关押起来。我很快发现这是个错误,可你得明白,作为国王,我在承认错误时必须小心谨慎。我必须以国王的立场去处理事务。"

里奥夫开始头晕目眩。

在受刑期间,曾有人对他说,出演那出歌唱戏剧的整个班子都遭到逮捕,并公开绞死,而梅丽也在当晚被无声地毒杀。也就是在那时,他的精神被击垮,"坦白"自己曾修习过邪恶至极的"异端黠阴巫术"。

如今他发现他们还活着,这为他带来了难以想象的喜悦。可对他们生命的威胁却再度萌芽。

"你真是太狡猾了,"他告诉国王,"你知道我绝对没法承受再次失去他们的风险。"

"何必呢?你对玛蕊莉的忠诚毫无意义。她没有合法的统治权,当然也没有天赋。撇开过错不提,我是戴尔家族最出色的成员。要不是我的安抚,寒沙随时会对我们宣战。怪物威胁着边疆,出现在城镇的中央。无论你对我有什么看法,克洛史尼都应当团结在同一位领袖的旗下,而那领袖非我莫属,况且也没有其他的人选。"

"你想要我做什么?"

"还用说吗?抹消你先前造成的影响。再写一首下流小曲,把他们拉拢到我这边。我会给你这架哈玛琴,还有王国的每一本音乐书籍。我会安排梅丽和爱蕊娜做你的助手,以弥补你双手的糟糕状况。我会,当然了,比护法大人更仔细地监督你的工作,我们也会雇佣音乐家来演奏你的作品。"

"护法已经在世人面前给我安上了异端的帽子。现在我要怎么演奏我的作品?"

"我们会宣布你得到了圣徒的宽恕和谅解,我的朋友。先前你的灵感发源于黑暗,如今它来自光明。"

"可这是谎言。"里奥夫说。

"不,"罗伯特冷冷地回答,"这是政治。"

里奥夫犹豫片刻。"护法会同意这么做?"

"护法已经忙不过来了,"罗伯特告诉他,"整个帝国就像个名副其实的蜂巢,里面塞满了异端。你很幸运,里奥维吉德**卡瓦欧**。这段日子,绞刑架一直忙个不停。"

里奥夫点点头。"不用再重复威胁的话了,陛下。我一开始就很明白了。"

"你终于又说'陛下'了。我猜我们达成了某种共识。"

"听凭您的吩咐,"里奥夫说,"不知您的委托是否有个主题?"

国王摇摇头。"没有。你会得到这间藏书室,里面存有许多本地的通俗故事。我想你应该能在其中找到些灵感。"

里奥夫汇聚起全部的意志力。

"还有件事,"他说,"我承认,我需要帮手。但请发发慈悲,把梅丽送到她母亲身边,再把爱蕊娜送回家里。"

罗伯特止住呵欠。"有人告诉你她们死了,而你也相信了。我可以对你说,我把她们送回了家,可你怎么知道是真是假?无论如何,我不想让你觉得自己保证了她们的安全。这也许会让你做出些新的蠢事来。不,我宁愿她们陪着你,来确保你的立场坚定不移。"

随着罗伯特的起身,里奥夫明白,这场对话已经结束了。

他突然身躯颤抖,迈步走向他的小床,急于闭上双眼,想让自己再度投入梦境。可他却想起了初次和梅丽相遇的场景,她躲在他的音乐室里,聆听他的演奏,唯恐他发现后会赶她出去。

他并未借由睡梦逃避,而是转过身子,疲倦地走到国王给他的那些书籍面前,开始阅读标题。

第五章 恶魔

当女恶魔将指爪扎进那男人的胸膛，穿透坚硬的骨骼和紧绷的皮肤，触及内里的柔软潮湿之物时，他尖叫起来。

等那阵天旋地转趋向缓慢、静止和稳定时，安妮的舌头尝到了铁的腥味。她的恐惧突然一扫而空，双眼直视那怪物的脸孔。

"你认识我吗？"那恶魔吼声嗡鸣，足以穿透血肉和骨骼。"你知道我是谁吗？"

安妮的双眼之中有光芒闪过。大地似乎开始倾斜，而她突然坐到了马背上。

她当时仍在与卡佐策马同行。她想起了奥丝娅在身后倒吸凉气的声音，紧接着是一阵可怕的骚乱。

有东西把她打落在地，接着一条结实的手臂裹住了她，用力把她抬上马鞍。她还记得绑架者刺鼻的汗臭，耳边的喘息，还有那把抵住她喉咙的尖刀。她只能看到他的手，上面有条长长的白色伤疤，从腕部一直延伸到小指的最末指节。

"快走，"有人在说，"我们来料理这些家伙。"

她记得自己麻木地望向前方，看着白雪皑皑的林地不断起伏，模糊的树影飞掠而过，就像一座无尽长廊两旁的众多立柱。

"别动，公主，"那人命令道。他的嗓音低沉温和，半点也不刺耳。他的发音很有教养，带着一点不知道是哪国的口音，"坐着别动，别惹麻烦，这样对你比较好。"

"你知道我是谁。"安妮说。

"噢，不是你就是另一个。我猜你刚才已经承认了，不过我们还得带你到见过你长相的人那里去确证。没关系，我们两个都抓了。"

奥丝娅，安妮想。他们也抓住你了。这意味着她也许还活着。

"我的朋友会来找我的。"

THE BLOOD KNIGHT

"你的同伴现在大概已经全死了,"那人说着,嗓音随着飞奔的马蹄而颤抖,"就算没有,他们也会发现自己很难追上我们。可这用不着你来操心,公主。我不是来杀你的,要不你早就死了。明白了吗?"

"不。"安妮说。

"有些人想杀掉你,"那人回答,"这你知道,对吧?"

"我当然知道。"

"那就相信我,我的主子跟他们的主子不一样。我要负责的是你的安全,不是你的灭亡。"

"我不觉得安全,"安妮说,"谁派你来的?我那个篡位者叔叔?"

"我很怀疑罗伯特亲王会关心你的福祉。我们怀疑他跟谋杀你姐妹的那些人是一伙的。"

"'我们'是指谁?"

"我不能告诉你。"

"我不明白。你说你不想让我死。你暗示说你想保护我不受伤害,可你却把我从最忠实的护卫和朋友身边带走。你不可能是为了我好才这么干的。"

那人没有回答,手却抓得更紧了。

"我明白了,"安妮说,"你们需要我做些事,但不是我愿意做的事。或许你们想把我献祭给黑暗圣者。"

"不,"那人说,"这根本不是我们的目的。"

"那就给我点提示吧。反正我现在任你宰割。"

"的确如此。记住这点。还有相信我,我不会杀你的,除非情势所迫。"那短刀从她咽喉处移开,"请别挣扎,也别尝试逃跑。你也许有办法摔下马去,假设你不会折断自己的脖子,但我能轻易逮住你。听着,你的朋友不会跟来的,很快你就会明白。"

"你叫什么?"安妮问道。

又一次停顿。"叫我厄纳德就好。"

"可这不是你的名字。"

她觉得他在她身后耸了耸肩。

"厄纳德,我们要去哪儿?"

"去见个人。然后再去哪里我就说不准了。"

"明白了。"她思忖半晌,"你说我不会被杀。现在你确定奥丝婼不是我了,她又会怎样?"

"她……不会有人伤害她的。"

可安妮从他的口气里听出了欺瞒。

她深吸一口气,猛然抬头,只觉脑袋撞上了那人的脸孔。他尖叫一声,而安妮也被那匹母马甩了出去。

她重重摔在地上,疼痛飞快地窜上那条箭伤未愈的大腿。她喘息着挣扎爬起,努力站稳身体。她辨认出来时的蹄印,便蹒跚着沿路返回,一面高喊。

"卡佐!尼尔爵士!救命!"

她转首回望,几乎感到那儿有人……

……可除了马儿之外,她什么都没看到。他能躲到哪儿去呢?

她加快了步子,可疼痛几乎令身体麻痹。她单膝跪倒,却又顽固地奋力起身,继续前进。

她的前方有东西动了动,快得来不及辨认。就像一道掠过水面的剪影。

"救命!"她又喊了一声。

一只手掌猛地扇向她头侧,就在倒地时,她瞥见了一团模糊的雪影,然后手臂就被结结实实地拧向身后,被迫朝马儿走去。她喘息着,一面猜测厄纳德究竟是从哪个方向接近的。从她身后?可她明明转头去找过他啊。

无论他去了哪里,如今都近在眼前。

"别再这么干了,公主,"他说,"我不想伤害你,可如果有必要,我会的。"

"放我走吧。"安妮请求道。

那短刀突然又抵住了她的脖颈。

"上马。"

"你答应不杀奥丝婼,我就上马。"

"我说过了,不会有人伤害她的。"

"对，可你在撒谎。"

"上马，否则我就割掉你的耳朵。"

"我的腿伤了。你得把我抬上去。"

骑手发出刺耳的大笑声。他将短刀挪向一旁，又突然抓紧她的手腕，把她甩上马鞍，再把她那条伤腿推到另一边。她尖叫着，感觉光斑在眼前旋转。等到她的思绪恢复正常，他已经坐到了她身后，短刀再度贴紧她的咽喉。

"我现在算明白了，对你再好也没用。"他说着，开始策马前进。

安妮大口喘息着。仿佛是那痛苦绷断了她体内的某根弦，而整个世界都像海上的龙卷风般翻涌不休。她一阵颤抖，只觉脖颈上的汗毛根根竖起。

"放我走，"她说着，心脏在胸腔内跳动如雷，"放我走。"

"嘘。"

"放我走。"

这次他用刀柄狠捆了她的脸。

"放我走！"

这话语从她口中奔涌而出的同时，那人尖叫起来。

安妮发现那匕首突然落入她的手中，她紧握住它，直到指节发白。接着，在极度绝望中，她把匕首刺进了他的喉咙。与此同时，她感到自己的喉咙传来怪异的痛楚，又仿佛有东西在舌底滑动。她看到他双眼睁大，继而转黑，而那两面暗色的镜子所映出的，是一只自深处浮现的恶魔。

她尖叫着，扭动匕首，刺穿了他的气管，这才发现自己两手空空，而握着匕首的人根本不是她。她意识到自己应该逃跑，逃进朝她张开大口的黑暗，逃向那怒火的发源之处，闭上双眼，不再聆听他咽喉的潺潺声……

光芒转暗，而她发现自己回到了椅子上，面对着另一个人，那个曾经试图强暴她的人。恶魔就在那儿，正朝着他弯下腰去，就像解决厄纳德的时候那样。

"噢，不，"她低语着，抬头凝视那张骇人的脸庞。"噢，圣者啊，不。"

她在一张小小的床垫上醒来，捆缚解开，衣服也被整理到相对合适的位置。头颅一阵抽痛，而她意识到，那正是宿醉的开端。

她的看守坐在几王国码以外的地板上，正无声地抽泣。恶魔已没了踪影。

安妮试图起身，一阵恶心却迫使她躺倒下去。但这不足以让反胃感止息：她不得不用双手和双膝奋力爬起，开始呕吐。

"我去给你拿点水来。"她听到那人在说。

"不，"她粗声道，"我再也不要喝你拿给我的东西了。"

"如您所愿，公主殿下。"

在严重的反胃感和迷惑中，她感到了些许惊讶。

"很抱歉。"他补充了一句，再次大哭起来。

安妮呻吟起来。她又失去了时间感。恶魔没像杀死厄纳德那样杀死这个人，可它还是做了点什么。

"听我说，"她说，"你叫什么名字？"

他显得满脸困惑。

"你的名字？"

"威斯特，"他喃喃道，"威斯特。他们叫我威斯特。"

"威斯特，你看见她了，对吧？她来过这儿？"

"对的，公主殿下。"

"她长什么样子？"

他的双眼几乎凸了出来，喘息着抓紧了胸口。

"我想不起来了，"他说，"那是我见过的最可怕的东西。我不能——我不能再看见她了。"

"她给我松了绑？"

"不，是我松的。"

"为什么？"

"因为我应该这么做，"他没有停止抽泣，"我应该帮助你。"

"是她告诉你的？"

"她什么都没说，"他说，"我什么都没记住。对，她是说了几个字，可我听不清，可它们伤到了我，要是我没做该做的事，它们还会继续伤害我。"

"你还有什么该做的事？"她怀疑地问道。

"帮助你。"他又说了一遍。

"帮我什么？"

他无助地抬起双手。"实现你的任何愿望。"

"真的？"她说，"那就把你的刀子给我。"

他艰难地起身，把刀柄那一端递向她。她伸手去接，本以为他会缩回手去，可她却抓到了光滑的木制把柄。

一阵恶心，她把腰弯得更低，再次呕吐起来。

等她吐完，脑袋痛得就像颅骨里有把锤子在敲打，胸口像是裂成了两半，视线也变得模糊不清。她之前的看守仍旧抽泣不休，手里还握着那把短刀。

她又整理了一遍衣着，然后站起身，发觉腿上的痛楚只减轻了少许。

"现在我要喝水。"她说。

他拿给她水和面包，她都吃了一点儿，感觉舒服了些，也冷静了些。

"威斯特，我们这是在哪儿？"她问。

"在啤酒厅的地窖里。"他说。

"在瑟沃尼？"

"对，在瑟沃尼。"

"都有谁知道我在这儿？"

"我自己，还有卫兵队长。没别人了。"

"可还有人会来，而且他们会知道该去哪找我们。"她追问道。

"对。"他承认。

"要说'是的，陛下'。"她轻声纠正。这个简单的行为能帮她认清自己的地位。

"是的，陛下。"

"好了。还有谁会来？"

"潘比和他那伙人本来准备在森林里伏击你。他们现在应该回来了,可我不——不知道他们到哪去了。是你杀了他们?"

"对。"她撒了谎。至少其中一个死了。"还有人要来跟他们碰头吗?"

他缩了缩身子。"我不该说的。"

"回答我。"

"是有人要跟他们碰头。我不知道他们的名字。"

"什么时候?"

"快了。我不太清楚,不过快了。潘比今天下午才提过。"

"噢,那我们最好现在就走。"安妮说着,拿过那把短刀。

他的五官拧成了一团。"我……好的。我确实该这么做。"

安妮努力想从他的眼神里看出点什么。她搞不清现在的状况。莫非那恶魔,那可怕如斯的恶魔,是她的盟友?的确,她杀死了安妮的一个敌人,又似乎对这个人……做了些什么。可如果从亡者国度一路尾随前来的那东西心怀善意,她又为何对它如此畏惧?

也可能这些只是威斯特耍弄的把戏,尽管她看不出这种诡计的意义何在。

"他们没说过你是谁……"他话说到一半,却又停了口。

"假如事先知道我的身份,你还打算强暴我吗?"她怒意顿生。

"不,圣者啊,不。"他说。

"要知道,这没什么区别,"她说,"你依然是条可怜虫。"

他只是点点头。

有那么一会儿,安妮真想对他运用自己的力量,就像在邓莫哥对付罗德里克,就像在赫乌伯·赫乌刻对付那些人那样。用力量去伤害他,或许杀死他。

可她否定了这个想法。他眼下对她有用。如果他真在耍什么奇怪的把戏,她不会有丝毫怜悯。

"很好,"她说,"帮助我,威斯特,你就会得到我的保护。再敢跟我作对,就连圣者也保不住你的性命。"

"您有什么吩咐,公主?"

"你以为呢?我要离开这儿。要是卫兵队长看到了我们,就告诉他计划有变,你得带我去别的地方。"

THE BLOOD KNIGHT

"那我们要去哪儿？"

"等我们出了镇子我就告诉你。现在去把我的风衣拿来。"

"在楼上。我这就去拿。"

"不。我们一起去。"

威斯特连连点头，掏出一把黄铜钥匙，塞进门锁里。房门戛然打开，显现出一条狭窄的阶梯。他取出一支蜡烛，开始上楼。安妮跟随在后，只见最后一级台阶和天花板相接。威斯特用力一推，天花板抬起，露出另一个黑暗的房间。

"这是储藏室，"他轻声道，"等一下。"

他走向一个木箱，探手进去。安妮绷紧了神经，不过等他的手收回，拿着的只有她的风衣而已。她把风衣披上肩膀，一边目不转睛地看着他。

"我得把蜡烛吹灭才行，"他说，"否则等我打开外边的门，会有人瞧见烛光的。"

"那就吹吧。"安妮说着，身体再次绷紧。

他把蜡烛拿到脸边。在黄色的火光下，他的面孔显得年轻而无邪，完全不是强奸犯该有的那种样子。他撅起嘴，吹出一口气，黑暗便降临了房间。安妮竭力去看，去聆听，而黑暗就像蜈蚣，在她的皮肤上蠕动，她将手放在威斯特那把短刀的柄上。

她听到轻微的吱嘎声，接着看到一条不那么黝黑的细线正逐渐变宽。

"这边走。"威斯特低语道。

她现在已经能看到他的侧影了。

"你先走。"她说着，摸索着房门，抓到了门边。

"注意脚下。"他低声道。她看到他头部的阴影垂低了少许。

她试探着伸出脚，找到了地面。接着，她走上了街道。

屋外冷得要命。没有月亮，也没有星辰来普照大地：唯一的光源便是四处点亮的油灯和烛火。现在几点了？她不知道。她甚至不知道自己到这儿来了多久。

酒精依然残留在体内。怒意和恐慌曾将它压下，如今她开始感到疼痛和反胃，而那种愚蠢的感觉依然存在。它带来的勇气逐渐退去，只留下麻木的惧意。

威斯特的身影突然动了，她感到他的手抓住了她的胳膊。她的另一只手握紧了短刀。

"别做声，陛下，"他说，"有人来了。"

她也听见了：那是马蹄的嗒嗒声。

威斯特把她拉向另一栋房屋的一侧，随着马蹄声的接近，他们沿着屋侧缓缓向后退去。

安妮什么都看不见，可她突然觉得仿佛有东西正在压迫她的双眼。那并非光线，而是某种存在，是似乎正将一切拉近身旁的重量。

威斯特握住她胳膊的手如今成了全世界最令人安心的东西。

她听到有人下马，觉得那脚步声仿佛是敲打地面的大锤。她接着又听到一声短促的耳语，转瞬即逝，接着是房门的吱嘎声，声音的来源异常接近。

她以更快的速度退后，真想就这么转过身，开始奔跑。可威斯特却不肯放手。他在颤抖，呼吸声出奇的响亮，而她也是一样。

房门砰然合拢，她能感到那种存在的淡去。

这时威斯特拖拽她手臂的动作更加急切，两人转身离去。她的双眼开始适应黑暗，也开始能看清模糊的形体。他们正走向似乎是村庄中心的地方，那是个被多层建筑的昏暗阴影环绕的宽阔广场。

"我们得快点，"他说，"要不了多久，他们就会发现我们不见了。"

"刚才那是谁？"她问道。

"我不知道，"他说，"知道的话我就告诉你了。应该是个大人物，我猜是雇我们的那个人。我从没见过他。"

"那你怎么知道——"

"我不知道！"他不顾一切地嘶喊道，"他们说过他会来。他们不知道他长什么样子，可他们说过他给人的感觉，呃，很沉重。直到刚才我才明白这话的意思。你明白吧？"

"我明白你的意思，"她说，"我也感觉到了。"她抓住他的手臂。"你本可以喊他来抓我的。你为什么不喊？"

"不，我不能，"他惨兮兮地说，"我想喊，可我做不到。现在我们该去哪儿?"

"你能找到幽峡庄吗?"

"幽峡庄?哎,沿路过去就是。"

"走过去要多久?"

"我们明天中午就能到那儿。"

"那就走吧。"

"他很可能会沿路搜捕我们。"

"没关系。"

在灰暗的曙光中,威斯特显得身心俱疲,带着超出他年纪的沧桑。他的衣物脏兮兮的,身体也一样,而且污秽还在不断向内部渗透。她相信,就算他用一年的时间来擦洗,也洗不去这些污迹。

危险的气息又回到了他的身上,尽管已被压抑了不少,就像一头被痛打后动弹不得的恶犬。他不断打量她的方式暗示他正在思考,自己究竟在做什么,又为什么这么做。

她的想法也是一样。

周遭的地貌相当单调。农庄和田地拥挤在路旁,更远处也只有缺乏特色和景观的平坦原野。

她又开始思考,伙伴们是否有人还活着,这条前往幽峡庄的路是否正确,她又该不该返回自己被绑架的地方。可要是他们死了,她就没什么可做的了。如果他们正在拼力死战,她也帮不上太大的忙:毕竟她身边有个非常不可信的同伴。

不,她必须去寻求姑妈艾黎宛和她手下那些骑士的帮助。

前提是他们都还活着,并且留在幽峡庄。要是他们已经去伊斯冷和篡位者打仗了呢?或者更糟,要是艾黎宛投靠了罗伯特呢?安妮不觉得有这种可能,但若非如此,她就真不明白眼下是怎么回事了。

事实上,她一直相当喜欢她的罗伯特叔叔。他在她母亲和弟弟在世时就登基显得很怪,可传到邓莫哥的消息就是这样的。

或许罗伯特知道些她不知道的东西。

她叹口气,努力把这想法抛到脑后。

世界深处之河

"别动。"威斯特突然说。安妮发现这时他手里拿着短刀,而且他靠得足够近,不用费力就能刺到她。他张望着四周。他们刚走进一片满是哞哞叫唤着的牛犊的小树丛,视线不算太好。

可安妮能感觉到,也能听到跑来的马匹。为数众多。

第六章 史林德

"史林德。"斯蒂芬说。

埃斯帕的目光凝视着山谷彼端,等待着新敌手们的现身。

"从东边来的,"斯蒂芬说明道,"动作很快——而且很轻,以他们的标准来说。"

埃斯帕绷紧神经,努力聆听斯蒂芬双耳听到的声音。片刻后,他听到了:有一阵仿佛吹过低空的狂风于林间穿行的声音,还有数目庞大到令他无法分辨个体步伐的脚步声,而在其中,还有地面传来的轻微的嗡鸣。

"见鬼。"

"史林德"是乌斯提族人对荆棘王的仆从的称呼。他们曾经是人类,不过埃斯帕见过的那些似乎已经没剩下多少人类特征了。

他们穿得很少,或者干脆身无片缕,又跑又吼,活像野兽。他曾见过他们撕扯人类的肢体,大啖鲜血淋漓的生肉,看到过他们撞向长矛,垂死的躯体沿着刺穿身体的矛杆向前,扑向他们的敌人。他们无法与人沟通,更不可理喻。

而且他们已经靠得很近了。他刚才究竟为什么没听到?而拥有圣者祝福的听力的斯蒂芬又为何没听到?这小子似乎不如往日机灵了。

他飞快地环顾四周。附近的树木大多纤细笔直,可约莫五十王国码外,他看到了一棵直指天际的高大铁橡。

"到那棵树上去,"他命令道,"快。"

"可尼尔和卡佐——"

"我们帮不了他们,"埃斯帕厉声打断他的话,"我们没法及时赶到那边去。"

"我们可以警告他们。"薇娜说。

"它们已经到那边了,"斯蒂芬说,"瞧见没?"

世界深处之河

他指了指。在狭长山谷的对面,众多躯体越过了山沿,顺着陡峭的斜坡倾泻而下。就像是一股将整个村庄的居民卷下山谷的洪流,只是这股洪流中半滴水都没有。

"圣塔恩的母亲啊,"有个邓莫哥士兵喘息着说,"那是——"

"跑!"埃斯帕咆哮道。

他们拔腿就跑。埃斯帕的肌肉渴望着冲在最前方,可他得让薇娜和斯蒂芬先爬上树。他听到身后森林的地表被肆意翻搅的声音,这让他想起嗡鸣着穿过北方山地,肆虐数日,将所有绿色之物啃得精光的蝗群。

他们跑到一半时,埃斯帕的眼角发现有东西在动。他转头去看。

粗看之下,那东西全身都是脚,活像只巨大的蜘蛛,可熟悉感促使他仔细看清了它的样子。这头怪物只有四条细长的肢体,而非八条,而且肢体末端像是长有利爪的人类手掌。躯干很厚实,肌肉发达,跟它的长腿相比显得很短,但若除去那些鳞片和浓密的黑毛,其外形倒和人类颇为相似。

那张脸几乎没有人类特征可言:它黄色斑疹似的双眼位于两条理当是鼻孔的狭长开口上方。还有那张满口黑牙的血盆大嘴,比起人类,更像是青蛙或是蛇的嘴。它正四足着地,晃晃悠悠地朝他们扑来。

"尤天怪。"埃斯帕压低自己喘息的声音。他曾见到并杀死过一只,可那是因为有奇迹出现。

他还剩下一次奇迹,可他的目光越过那东西的肩头,却发现他需要两次才够:另一只类似的生物就在它身后不到三十王国码的地方迈步飞奔。

埃斯帕举弓射击,这是他这辈子最幸运的一击:他命中了前方那头怪物的右眼,令它翻倒在地。可就在埃斯帕转身朝铁橡疾奔的同时,那东西已经爬起身,继续前进。这时另一头怪物几乎已经追了上来,仿佛在对埃斯帕咧嘴大笑。

史林德们随即现身,自林木间蜂拥而入。尤天怪们发出诡异的尖厉叫声,而眼神狂野的男男女女们跳上它们的身体,起初每次两个,然后三个,再然后是十来个。

THE BLOOD KNIGHT

看起来，史林德和尤天怪之间并不友好。又或者他们对该由谁吃掉埃斯帕·怀特这件事的意见不一致。

他们终于来到橡树边，埃斯帕双手环扣，将薇娜抬向最矮的那根枝条。

"爬上去，"他高喊道，"爬到没法再爬为止。"

斯蒂芬是下一个，可在他在树上站稳脚跟之前，埃斯帕就不得不转身去面对动作最快的那名袭击者。

这个史林德是个大个子男人，有瘦削的肌肉和根根竖立的黑发。他的脸容如此凶残，令埃斯帕想起了人狼的古老传说。他开始猜想，或许这才是史林德的起源。那些愚蠢的民间故事似乎都成真了。如果真有个变成了狼的男人，那肯定就是眼前这个了。

和同族一样，这个史林德攻击时完全不顾惜自己的性命，他连声咆哮，鲜血淋漓且破碎不堪的指甲抓向埃斯帕。御林看守左手挥出一斧作为伴攻。史林德没理睬他的虚招，继续扑来，斧刃划过了他的脸颊。埃斯帕将匕首重重刺入他肋骨的正下方，又飞快抽出，撕裂胸肺，然后抬高匕尖，刺入心脏，而这时，那人形的野兽猛冲而来，将他狠狠地撞到树上。

这一击很痛，可又不致令他被撞倒在地。他推开面前垂死的史林德，恰好有时间面对接下来两个。他们同时朝他攻击，就在他抬起持斧的那只手，想挡下他们的攻击时，其中一个史林德的牙齿没入了他的前臂。埃斯帕怒吼着把匕首刺进它的腹股沟，只觉滚烫的血液喷到了手上。他的下一击剖开了它的肚皮。那史林德松开他的手臂，而他将斧刃埋进了另一个的喉咙。

数百个史林德离他只有几步之遥。

斧头卡在了骨头里，所以他丢下它，跃向最低的那根枝条，用沾满鲜血的手指抓住了它。他试图留下匕首，可当某个史林德抓住他的脚踝时，他只好扔了它以求抓稳，努力用两条手臂环抱住那条粗大的树枝。

一支利箭从头顶呼啸着飞来，接着是另一支，那名敌人的手松开了。埃斯帕把双脚甩上树枝，又把身体迅速抬了上去。

他飞快地一瞥，看到史林德们在树干上撞得头破血流，仿佛在岩石上撞得粉碎的浪涛。他们的躯体很快堆积成山，方便后来者向高处攀爬。

"见鬼。"埃斯帕低声道。他想吐。

他忍住恶心，望向头顶。薇娜待在比其他人高大约五王国码的地方，握弓在手，朝逼近的史林德群射击。斯蒂芬和那两个士兵位于几乎相同的高度。

"继续爬！"埃斯帕喊道，"继续往上。树枝越细，能爬上来的人就越少。"

他踢向最近那个史林德的脑袋。那是个红发纷乱，四肢修长的女子。她怒吼一声，从树枝上滑落，落在下方蠕动的伙伴们中央。

他发现，那些尤天怪依然活着。现在他能看到三头正被这群史林德逐渐击垮的尤天怪。这让埃斯帕想起了狩猎雄狮的狗群。史林德们被击倒，被肢解，被怪物凶残的利爪和尖牙从胸膛撕裂至胯部，鲜血四下飞溅，可它们凭借数量压倒了对手。就在他注视之时，一头尤天怪砰地倒下，腿足折断，几秒钟之内，史林德们就沾满了它油腻的暗红色血液。

等尤天怪全部死去，还会剩下许多史林德。埃斯帕放弃了敌人会同归于尽的渺茫期望。

薇娜、斯蒂芬和那两个火籁人听从了埃斯帕的指示，而如今他跟在众人身后，在一段漫长、近乎垂直的攀登之后，爬到了一根高枝上。埃斯帕把弓从肩上取下，等着这些生物的下一步行动。

"它们不一样了。"他用轻如呼吸的声音嘟哝着，射出一支箭，洞穿了头一个触及树枝底部的史林德。

"怎么个不一样？"斯蒂芬在上方冲他喊道。

埃斯帕颈上的汗毛根根竖起——这会儿斯蒂芬那种离奇的感官能力似乎又正常了。

"它们更瘦，也更壮了，"他说，"年纪大的那些都不见了。"

"我只在纳拜格树边的神殿那里见过死掉的史林德，"薇娜说，"可我不记得它们身上有那样的文身。"

埃斯帕点点头。"对。我想说的就是这个。这也是件新鲜事。"

"山脉部族的文身。"易霍克说。

"对,"埃斯帕赞同道,"可我们以前见到的史林德包括部落人和村民。"他射中了后一个史林德的眼睛。"它们都有一样的文身。"

的确如此。每个史林德的前臂上都盘绕着一条长着公羊脑袋的蛇,而同一条手臂的二头肌上则文有一只狮鹫。

"没准它们都来自同一个部族。"易霍克提出了他的观点。

"你听说过有这种文身的部族吗?"

"没有。"

"我也一样。"

"羊头蛇和狮鹫都是和荆棘王相关的象征,"斯蒂芬说,"我们曾假设是荆棘王用某种方法逼疯了这些人,夺走了他们的心智。可要是……"

"要是什么?"薇娜叫了起来,"你觉得他们是心甘情愿的?他们甚至连话都不能说了!"

"很快你就得开始射箭了,"埃斯帕说着,又射出一箭,"我只剩下六支箭了。剩下的都在魔鬼身上。"

"我们的马!"薇娜惊叫道。

"它们能照顾好自己,"埃斯帕说,"又或许不能。我们无能为力。"

"可魔鬼——"

"对。"他把痛苦抛到脑后。魔鬼和天使曾经陪伴了他很久。

但万物终有一死。

史林德继续涌入森林,一眼望不到它们队列的尽头。下方聚集的数量如此庞大,埃斯帕根本没法看到几百王国码方圆内的地面。

"要是箭没了该怎么办?"薇娜问道。

"那我就把它们踹下树。"埃斯帕说。

"我还以为你跟荆棘王和他的朋友们关系很好呢,"斯蒂芬说,"上回它们就放你活命了。"

"上回我有一支瞄准荆棘王的箭,"埃斯帕说,"教会给我的那支。"

"它还在你那儿吗?"

"在。但只在荆棘王本人现身的时候我才会用它——那是我剩下的最后一支。"

这让他想起,当时那个瑟夫莱女人莉希娅也在他身边。或许这就是区别所在:莉希娅真正效忠的对象是——也一直是——某个神秘的存在。

"要不了多久了。"薇娜说。

埃斯帕点点头,目光扫视四周。或许他们能爬到另一棵树上——树干更直,也更高的某棵树——然后再砍掉让他们爬到那儿的那根树枝。

就在他寻找类似的逃生路线时,耳边传来了歌声。那是一段曲调起伏不定,令他毛骨悚然的诡异旋律。他能肯定自己以前听过这首曲子,也几乎能想象出歌手的样子,可真正的记忆却模糊不清。

然而,歌声的来源却清晰可见。

"圣者啊。"斯蒂芬说。因为他也看见了它。

那歌声来自一个长着罗圈腿的矮个男人,以及一名肤色苍白的苗条少女,尽管和他们有大约五十王国码的距离,她碧绿的双目依旧熠熠生辉。那少女看上去最多十岁上下,是埃斯帕见过的最年轻的史林德。她每只手里都攥着一条蛇——从这个距离看去,它们像是两条活蹦乱跳的毒蛇——那男人握着一根曲柄杖,杖头垂有一枚松果。

两人都有文身。除此之外,他们都跟初生那天同样一丝不挂。他们正仰首高歌,但只需一转念,就会明白他们歌唱的对象并非天空。

那些极为古老的铁橡树,由于枝条太过庞大而沉重,时常垂向地面。埃斯帕和他的伙伴们所在的那棵没有那么古老:只有两根树枝垂得够低,一跃便可触及。可御林看守眼睁睁看着最远处的枝条朝地面颤抖起来,随即开始弯曲,仿佛某个正俯身捡拾物品的巨人的手指。

"该死。"埃斯帕咒骂道。

他没管下一个向上攀爬的史林德,而是瞄准那个唱歌的男人射出了箭。他瞄得很准,可偏巧有个史林德跳到箭矢飞行的路线上,用肩膀接下了这一箭。下一箭也是一样。

"真糟糕。"斯蒂芬说。

整棵树都颤抖起来,而更为粗大的枝条也开始扭向那对歌手。周围的史林德开始跳向逐渐低垂的树枝,尽管这些枝条还没垂落到伸手可及的地步,也要不了多久了。到时整棵树都会挤满了史林德。

埃斯帕仰头望向那两个士兵。"你们俩,"他说,"去砍树枝。把能让人爬过来的东西全砍掉。爬到细一点的位置,这样比较容易砍。"

"我们完蛋了,"其中一个人说,"我们的主子干了坏事,我们效忠于他,现在得付出代价了。"

"你们现在效忠的不是他,"薇娜呵斥道,"你们的主子是安妮,是克洛史尼的合法女王。拿出你们的男子气概来,照埃斯帕说的做。要不就把剑给我,让我来做。"

"我听过她的所作所为,"那人答道,一面在额头画下辟邪的符号,"你们叫做女王的女人。她使用黯阴巫术,不用动手就能杀人。全完蛋了。世界的末日到了。"

最靠近那家伙的斯蒂芬伸出了手。"把你的剑给我,"他说,"快点给我。"

"给他,翁纳尔,"另一个士兵喝道,他看着斯蒂芬,"我不想死。我从这边上去。你来负责另一边?"

"好。"斯蒂芬应允道。

埃斯帕飞快地瞥了眼斯蒂芬和那个火籁人,看到他们爬向更高处。如果他们能把脚下的那根树枝和别处隔离开来,或许还有机会。

可薇娜也在看着他,这让他感觉胃里沉甸甸的。许久以来,在出现在他生命里的各种事物之中,薇娜是最美好,也最出乎意料的。她很年轻,是啊,太过年轻了,有时就像是个远涉重洋而来的异乡人。可大多数时间里,她似乎又很了解他,以某种难以置信的方式了解他——而且有时给他的不安多于愉悦。毕竟,他很久以来都是孤身一人。

在过去的几天里,自从她发现他总是在看护受伤的莉希娅之后,就很少跟他说话。至少就这点来看,她并没有那么了解他。他对莉希娅的感觉并非爱情,甚至不是欲望。那是别的某种东西,某种甚至令他无法名状的东西。不过它很像是——他想到——血缘。这个瑟夫莱女人和他的相似之处是薇娜永远无法比拟的。

可或许薇娜明白这点。或许这就是问题所在。

要是史林德抓到了我们，他想，**这些就都成了空话了**。想到这里，他几乎笑出声来。听起来就像句谚语：就像"伸长脖子等待狰狞怪"，还有"能活下去的日子就是好日子"。要是史林德来了，一切就都成了空话……

见鬼，他思考的方式开始像斯蒂芬了。

他又射倒一个史林德。

还剩三支箭。

砍树枝可不像斯蒂芬期望或是想象的那样简单。这把剑开了锋，可它算不上太利，而且他的确没干过什么伐木的活儿，不太了解砍树的最佳方法。

他匆匆一瞥，只见外侧的树枝几乎已经垂落到史林德们能够到的高度：这意味着他必须加紧干了。

斯蒂芬更用力挥出一剑，差点掉下树去。他横跨在一根粗枝上，像骑马那样用大腿内侧夹住树枝。可就像马儿那样，树枝也拒绝停留在原处，而它到地面那段距离又长得让人头晕。

他平衡重心，更谨慎地砍出一剑，感到树木在这一击下颤抖，看着小块木屑四下飞溅。或许他该笔直砍下一剑，然后再以某个角度……

他照做了，这次状况好多了。

他没法不分心去听史林德的歌声。那是某种语言：他能听出抑扬顿挫，还有连绵不绝的语意。可他听不明白，一个字也听不明白，对他被圣者祝福过的记忆力和语言方面的知识而言，这实在令人惊讶。他在脑中把它跟从古卫桓语到他只是略知一二的函丹语相比较，可却没有半点相似。然而，他觉得自己和它的含义已经非常接近：它就停在他的鼻子上，太靠近他的双眼，令他无法看清。

埃斯帕觉得史林德们起了变化了。这有什么意义吗？

"史林德"是乌斯提语，意为"食者"或是"吞噬者"。可他们从

THE BLOOD KNIGHT

前到底是什么？比较简单的答案是：在荆棘王苏醒以前，他们曾是住在国王森林附近或其中的居民。自从他苏醒后，整个部族遗弃了他们的村庄，以追随这位国王，无论他究竟是什么东西。

不用说，有些传说就是讲述这种事的。在噶拉斯的传说中有这么一段，那是消失的古王国，特尔兹·伊昆唯一存留的文字记录。费瑞高兹的巨公牛被霍莫巨人盗走，噶拉斯被派去取回失物。在冒险过程中，他遇到了一个名叫考尔维兹的巨人，后者拥有一只魔法大锅，人类只要饮用一口其中烹煮的液体，就会被变为各种各样的野兽。

据说圣福弗伦有一支笛子，吹出的音乐能令人满心疯狂，转变为食人者。狰狞怪——埃斯帕用来赌咒的那个黑暗骇人的鄞贡恶神——据说也喜欢鼓动其信徒较量彼此的疯狂程度，让狂战士在他们之中诞生。

树枝噼啪一声裂开，借着相连的树皮悬垂片刻，随即坠落。斯蒂芬所在的那部分树枝就像投石车的投臂那样反弹起来，而他突然发现自己飞在空中，觉得自己蠢透了。

《关于思考过度先生的种种蠢事》，他开始在脑中构思这篇随笔。他估计，既然自己被甩得这么高，应该还有时间想出一段。他的大腿撞上了一根树枝，斯蒂芬匆忙伸手去抓，当然了，在此过程中，他弄丢了剑，也没抓住树枝。

他抬起头，看到高高在上的薇娜的脸孔，小巧但却美丽。她知道他爱她吗？他很遗憾自己没能告诉她，就算这意味着他们的友谊——还有和埃斯帕的友谊——的终结。

他的手抓住了一根树枝，手臂仿佛火燎般地痛，可无论如何，他抓住了。他喘息着向下望去。史林德们就在下面，蹦跳着想抓住他，和他悬垂的双脚只有一码左右的距离。

思考过度先生的主要优点在于不太可能繁衍后代，因其对通常会导致死亡的紧要事务缺乏关注。其唯有的美德在于对朋友的关爱，并为无法继续帮助他们而悲伤。

世界深处之河

　　他看着这根被施了魔法的树枝碰触到地面,而那些人形的野兽朝着树枝蜂拥而来。他抬起头,只见一张充满恶意的面孔,而这时另一具躯体抓住了他,把他拉到下面那些垂涎欲滴的暴徒中去。

　　"对不起,埃斯帕!"他奋力喊道,随即被那些贪婪的手掌蒙住了口鼻。

THE BLOOD KNIGHT

第七章 复仇

当里奥夫的手指被拉向原本的位置时，疼痛几乎令他窒息。"这装置是我自己的发明，"那医师自豪地解释道，"它让我大获成功。"

里奥夫的目光透过泪水，凝视那台装置。它基本上是一只用柔软皮革制成的手套，在每根手指的末端都有个小小的金属钩。他的手被塞进手套里，再放到一只铁盘上，铁盘上开有多个孔洞，以便扣住金属钩。医生把他的手伸展开来，用钩子把手指固定在铁盘上。

接着——也是最痛苦的部分——会有第二个金属盘盖在他的手上，再用螺丝拧紧。他手臂的肌腱火辣辣地疼，而他开始怀疑，这也许只是篡位者跟他的医生们发明的一种变相刑具。

"我们还是再用热敷和草药疗法吧，"里奥夫缩了缩身子，"那样感觉舒服些。"

"那些只是为了放松你的肌肉，"医师解释道，"并且带动你体液的自愈能力。这段疗程比较重要。先前治疗你的法子全错了，可幸运的是，他们没治疗你太久。现在我们必须把你的手牵引到正常形状，然后，我会用硬夹板把它们固定起来，直到可以进行真正的治疗为止。"

"就是说，你经常这么干？"当那家伙把螺丝又拧紧一圈时，里奥夫倒吸了一口凉气。他的手掌还远远不到平整的地步，他能听到肿胀的血肉里轻微的噼啪声。"像这样修复双手。"

"不太一样，"那医师承认，"我从没治过这么重的伤。不过治疗硬头锤和剑击伤的手倒是常有的事。在我成为国王陛下的医师之前，是奥夫森总督的专属医生。要知道，他每月都会举办骑士比武，而且他有五个儿子和十三个外甥都到了参赛年龄。"

"这么说，你是最近才来的伊斯冷？"里奥夫问道。能分心聊天对他是件乐事。

世界深处之河

"我是大约一年前来的,不过那时我是威廉陛下的御用医师之一。国王死后,我效忠王后陛下没多久,就成了罗伯特陛下的医师。"

"我也才到这儿不久。"里奥夫说。

医师拧紧了螺丝。

"我知道你是谁,当然了。我得说,你出名得很快。"他微微一笑,"你的行为本该再谨慎一些的。"

"是啊,"里奥夫赞同道,"可那样的话,我们就没法看着你的装置大显神威了。"

"我不想欺骗你,"那医师说,"你的双手可以慢慢康复,可让它们恢复原样是不可能的。"

"我根本没这么奢望过。"里奥夫叹了口气。这时另一根接近痊愈的骨头断裂开来,嘎吱作响着归入新的位置,他眨眨眼,甩开痛楚的泪水。

次日,他用那双被包在铁和厚重皮革制成的坚硬手套里——正如那医师所承诺的——的手,笨拙地翻阅篡位者给他的某本书籍。他的手指被迫伸开,拉直,看起来像极了木偶夸张的大手。他不知道自己用这双笨重的连指手套试图翻动书页时,给人的感觉是滑稽还是恐怖。

可他很快就忘记了这点,因为手头的工作让他百思不得其解。

这本书颇为古老,用古阿尔曼字母拓印而成。标题为 *Luthessa Felthan ya sa Birmen*——《田野与河堤之歌》——这些是书中他唯一能够看懂的文字。其余的词语都用里奥夫从未见过的字母写就。字母的构造跟他熟知的语言有几分相似,可单看每个字母却又无法确认。

还有几段带着怪异的诗歌式构造的文字同样颇为眼熟,可最重要的是,这本书的封面似乎和内容对不上号。就连里面的书页也不太搭调:它们比外面的包装要古老多了。

他又发现了一张令人兴趣盎然的图表,只是它和文字几乎同样令人费解。这时,他听到房门处又传来嘎吱声。他叹口气,振作精

THE BLOOD KNIGHT

神，准备再跟亲王或是医生周旋一番。

可来者并非那两人。当里奥夫看到一个年轻女孩从正门走入，迅速关门并且上锁时，忽然感到由衷的喜悦。

"梅丽！"他大叫道。

她犹豫了片刻，接着冲进他的臂弯。他举起她，那双可笑的大手按在她的背上。

"里奥夫！"梅丽咕哝着，抱紧了他。

"能见到你真好。"他说着，把她放下地。

"妈妈说你大概已经死透了，"梅丽说，表情认真极了，"我好希望她说错了。"

他伸出手，想揉乱她的头发，可看到他的"爪子"，她的双眼睁大了。

"呃，"他说着，拍了拍手，"这不要紧的。这东西会让我的手感觉好些。你妈妈怎么样了？"他问。

"我不知道，真的，"梅丽回答，"我已经好多天没看见她了。"

他跪倒在地，觉得双腿里有东西噼啪作响。

"他们把你关在哪，梅丽？"

她耸耸肩，只顾盯着他的双手，不肯直视他的脸，"他们给我戴了眼罩。"她显得开心了一点。"不过一共是七十八步。我的步子。"

他为她的机灵露出微笑。"希望你的房间比这儿好。"

她打量周围。"是比这儿好。至少有扇窗户。"

窗户。他们已经离开地牢了吗？

"你来这儿的时候有没有上楼或者下楼？"他问。

"有，下楼，二十步。"她的目光一刻不离他的手，"它们怎么了？"她指了指，问道。

"被我弄伤了。"他柔声道。

"好可怜啊，"梅丽说，"真希望我能让它们好起来。"她的眉头皱得更紧了，"你这样就没法弹哈玛琴了，是吧？"

他突然觉得喉头发紧。"是啊，"他说，"不能了。不过你可以弹给我听。你不介意这么做吧？"

"不介意啊,"她说,"不过你知道的,我弹得不够好。"

他凝视着她的眼睛,双手温柔地放在她的肩上。"我从没告诉过你,"他说,"从没对你明说过。可你的确有成为伟大音乐家的潜质。也许是最伟大的那种。"

梅丽眨眨眼。"我?"

"别被这话冲昏了头。"

"反正妈妈总说我昏头昏脑的,"她皱起眉头,"你是说我也可以像你一样作曲?这可太棒了。"

里奥夫站起身,惊讶地眨起了眼睛。"女性作曲家?从没听说过。可我想没什么不……"他的声音越来越小。

一个女性作曲家会受到何种对待?她会有接不完的委托吗?她能生活富足吗?

也许不能。这也不会增加她得到美满婚姻的概率:事实上,或许还会有所减少。

"噢,到时候我们再谈这个吧?至于眼下,不如由你为我弹点儿什么——只要你开心,弹什么都行,然后我们就上课,好吗?"

她开心地点点头,在那台乐器面前坐下,小巧的手指放在红黄相间的琴键上。她试验性地轻敲某个琴键,随即按下,奏出微妙的颤音。石室中飘扬的音色如此甜美,里奥夫觉得自己的心也像温热的蜡汁那样流淌起来。

梅丽轻咳一声,开始弹奏。

她起初弹奏的曲调很简单,他听出那是一首莱芮摇篮曲,一段完全用恩特拉玛——又名"夜晚之灯"——调式弹奏的旋律,特点是轻快、哀伤、抚慰人心。梅丽用右手弹奏着旋律,而左手则不断重复一段极其简单的三和弦作为伴奏。总之,这是首迷人的曲子,而当他意识到自己并未教过她这种演奏方法时,惊讶顿生——这必定是她自己琢磨出来的。他等待着,看她如何继续。

一如他的预期,旋律最终出现了变化,将他带入了下一段曲调,此时悠长的和弦变成了一组动人的复调。音色完美无瑕,令人感伤,却又恰到好处。就像一位母亲将襁褓中的孩子抱在怀里,哼唱一首早已唱过上百次的歌谣。里奥夫几乎能感觉到触及肌肤的毛毯,轻抚头发的柔荑，还有自远方牧场吹入育儿室的柔和晚风。

最后那段和弦再起转折，且出人意料。和声突然挣脱了束缚，开始天马行空，仿佛这旋律已飘出了窗棂，把婴孩和母亲抛在身后。里奥夫意识到调式已从柔和的第二调式转为旋律悠长的第七调式"瑟菲亚"，但就算改换了调式，这段伴奏也显得很古怪。而且它变得愈加怪异，里奥夫意识到，梅丽奏出的音乐早已从催眠曲转为梦境，而此刻再生剧变——转向噩梦。

背景的和声就像在床底蠕动的梦魇，曲调转为几乎无法察觉的中段和声，而高亢的音符就像许多只蜘蛛，夹带着头发烧焦的气息。梅丽的脸上除了专注之外全无表情，那张孩童独有的光洁脸孔尚未遭受岁月的侵袭，也未曾经历过恐惧、忧虑、失望与憎恨的蹂躏。可他聆听的并非她的面孔，而是某种自她灵魂中诞生之物，而它，显然并非纯净无瑕。

在他想通这点以前，旋律突然破碎：化作碎块的它想将自己拼凑完整，却有心无力，仿佛早已忘却了原本的模样。轻快的曲调成了加快三倍的维沃尔舞曲，这令他脑中浮现出一场疯狂的假面舞会，来宾面具下的脸孔远比面具本身更骇人——怪物化装成人，正如人类伪饰成怪物。

接着，在疯狂的重压下，旋律再次汇聚，力度也比先前更强，可如今它局限在低音区域，只用左手演奏。它将其余音符聚集到身旁，加以抚慰，到最后，这段复调几与赞美诗无异。接着，那段简单的三和弦再度响起。梅丽又将它们带回育儿室内，带回这安全之地，可声音已起了变化。演唱者从母亲变成了父亲，而这次，和弦终于戛然而止。

曲终之时，里奥夫发觉自己潸然泪下。从理论上说，就算是修习多年的学生，这样的表现也令人惊异，何况梅丽只跟他学习了两个月而已。可这段乐曲中不容忽视的纯粹力量——还有它所暗示的灵魂——足以令任何人惊叹不已。

"这是圣者的杰作。"他喃喃道。

在受刑期间，他几乎已经不再信仰诸位圣者，至少不再相信他们会关心他的疾苦。可梅丽只动了几下手指，就彻底改变了他的看法。

"你不喜欢听吗?"她羞怯地问道。

"我很喜欢,梅丽,"他低声说。他努力抑制住声音的颤抖,"这首曲子——你能再弹一遍吗?就像刚才那样?"

她皱皱眉。"我想可以。这是我第一次弹它。不过它一直待在我脑子里呢。"

"是啊,"里奥夫说,"我明白你的意思。我也是这样。可我从没……你能再弹一次吗,梅丽?"

她点点头,双手放上琴键,分毫不差地重新弹奏了一遍。

"你得学会把你的音乐写下来,"他说,"你愿意学吗?"

"愿意。"女孩说。

"很好。你只能自己来了。我的手……"他无助地抬起双手。

"它们怎么啦?"梅丽又问了一遍。

"一些坏人干的,"他承认。"可他们已经不在这儿了。"

"我很想看看那些家伙,"梅丽说,"我很想看着他们死掉。"

"别这么说,"他柔声说,"憎恨没有意义,梅丽。完全没有意义,它只会伤害你。"

"要是能伤害他们,我不介意受伤害。"梅丽顽固地说。

"也许吧,"里奥夫告诉她。"可我会介意。现在,我们来学习写字,好不好?这首曲子的名字叫什么?"

她突然害羞起来。

"它是献给你的,"她说,"《里奥夫之歌》。"

里奥夫从梦中惊醒,觉得自己听到了动静,却不确定那究竟是什么声音。他坐起身,揉搓双眼,随即疼得缩起了身子,他这才想起,这个原本轻松的动作已经变得复杂异常,更带上了风险。

但他还是感觉好多了。梅丽的来访对他的帮助比他私下承认的要大,当然更比他愿意向外人承认的大得多。如果说这只是种新刑罚——让他再见一次梅丽,再把她带走——那这些行刑者就该失望了。无论篡位者对他说过什么,无论他回答过什么,他很清楚,自己已时日无多。

THE BLOOD KNIGHT

就算他从此再也见不到梅丽，他的生命也比从前美好了许多。

"要知道，你错了。"有人低语道。

里奥夫正想在那张简陋的小床上躺下，动作却因此而凝固了，他没法肯定自己是否真的听到了那个声音。它显得既模糊又刺耳。会不会是他的耳朵把走廊里守卫的动静误听成了对他想法的控诉？

"你是谁？"他轻声问道。

"憎恨很有价值，"那声音续道，这次更清晰了些。"事实上，有些炉子缺了憎恨就烧不起来啦。"

里奥夫说不清这声音来自何方。不是来自屋内，也并非从门外传来。那又会是哪儿？

他爬起身，笨拙地点亮一根蜡烛，步履蹒跚地四下搜寻。

"谁在跟我说话？"他问道。

"憎恨，"答复声传来，"*洛·哈苏罗*。我乃永生不灭者。"

"你在哪？"

"永夜之中。"那声音说，"曾经万籁俱寂。可如今我听到了如斯美妙的音乐。告诉我那个小姑娘长什么样子。"

里奥夫的双眼定格在房间的一角。最后他明白过来，觉得自己先前没猜到真是太蠢了。这个房间除了大门之外，只有一个开口，那是个小小的通风口，每边约有一国王尺长，小到连婴儿都爬不过去——但没小到无法让声音通行。

"你也是个囚犯？"

"囚犯？"那声音咕哝道，"是啊，是啊，这也是一种说法。他们阻止我，对，阻止我得到对我来说最有意义的东西。"

"那又是什么？"里奥夫问。

"复仇。"那声音显得前所未有的轻柔，可这时里奥夫已经靠近了通风口，听得很清楚。"在我的语言里，我们叫它'洛·维迪查'。它在我的语言里不只是一个词语——它是一整套哲学体系。跟我说说那女孩。"

"她名叫梅丽。她七岁大，有栗色的头发和明亮的蓝眼睛。她今天穿的是深绿色的袍子。"

"她是你女儿？你侄女？"

"不。她是我的学生。"

"可你爱她。"那声音强调说。

"这不关你的事。"里奥夫说。

"是啊,"那人回答,"如果我是你的敌人,这就成了我可以利用的弱点。可我想我们并非敌人。"

"你是谁?"

"你问过好几次了,你不记得了?答案很长很长,而且全都埋藏在我心里。"

"你来这多久了?"

刺耳的笑声,短暂的沉默,随后是一段坦白。"我不知道,"他承认,"我的许多记忆都很不可信。这么多痛苦,没有月亮、太阳和星辰,又把我隔绝在世界之外。我本已漂泊到极远之处,可那乐声把我带了回来。你有没有鲁特琴,或者切斯拉琴?"

"我房间里有把鲁特琴。"里奥夫回答。

"那你能弹点东西给我听听吗?能让我想起橘子园和滴水陶管的曲子?"

"我什么都弹不了,"里奥夫说,"我的手被毁了。"

"当然,**憎恨**说,"音乐,是啊,它是你的灵魂。所以他们想毁了它。他们失败了,我想。"

"的确。"里奥夫赞同道。

"他们给你乐器来嘲弄你。可你觉得,他们为何让那女孩来见你?他们为何要给你创作音乐的法子?"

"亲王想要我做点什么,"里奥夫答道,"他要我为他作曲。"

"你打算作吗?"

里奥夫突然心生疑窦,从地板上的洞口边退开。那声音可以是任何人:罗伯特亲王,他的某个探子,任何人。篡位者肯定知道他是如何愚弄赫斯匹罗护法的。他是不会允许这种事重演的,对吧?

"我遭受的不幸来自他人之手,"最后,他开了口,"亲王委托我作曲,我就会努力做到最好。"

短暂的沉默过后,一阵低沉的笑声传来,"我明白了。你是个聪明人。很机灵。我想,我得想个法子赢得你的信任才行。"

THE BLOOD KNIGHT

"你为什么想要我的信任？"里奥夫问。

"我的国家有一首歌，一首非常古老的歌，"那家伙说，"如果你喜欢，我可以把它转换成你们的语言。"

"那就劳驾了。"

短暂的停顿后，那人放声唱了起来。声音异常刺耳，而里奥夫旋即明白过来：那是一个忘记如何歌唱的人的嗓音。

歌词有些断断续续，却明白易懂。

种子在冬天沉入梦乡
幻想自己长成了大树

身披软毛的蠕虫
期待着羽化成蝶的模样

蝌蚪甩动着尾巴
却在渴望明天的双腿

我是憎恨
却梦想着成为复仇

唱完最后一句，他吃吃笑了起来。"我们下次再谈，里奥夫，"他说，"因为我是你的**马拉索诺**。"

"我没听过这个词。"里奥夫说。

"我不知道你的语言里有没有这么个词，"那人解释道，"它是一种道德感，让你能对邪恶的人做出邪恶的事。它是**洛·维迪查**的本质。"

"我不知道有什么词能描述这种概念，"里奥夫肯定地说，"我也不想知道。"

可稍后，在黑暗中，当手指渴望着哈玛琴的琴键时，他开始思索起那句话来。

无法入睡的他叹息着，拿起先前研究的那本怪书，再度陷入困惑。他趴在书上睡着了，等他醒来时，似乎悟到了什么，在灵光一现中，他突然明白怎么才能杀死罗伯特亲王了。他不知道自己该笑还是哭。

可只要有机会，他就一定做得到。

第八章 艰难抉择

埃斯帕因薇娜的惊叫转过身去，恰好看见斯蒂芬被拉下了树。

这一幕显得莫名的熟悉，而埃斯帕半晌才明白原因所在。这就像一场瑟夫莱木偶戏，像是世界的微缩模型，半点也不真实。在这样的距离，斯蒂芬脸上的表情不比提线木偶更丰富，而当他最后一次仰望埃斯帕时，脸上已经只剩下漆黑的眼眶和环形的嘴部轮廓。

然后他不见了。

紧接着，另一个身影闯入了他的视野。他在远处拙劣地模仿着斯蒂芬，手中的匕首闪烁微光，坚定地松开树枝，荡入那些高举的手臂组成的"树丛"和分为五瓣的"花朵"之中。

易霍克。

附近某处，一声刺耳的怒吼传入埃斯帕的耳中。一部分的他茫然地思索着声音的主人，可片刻之后，当他感到喉咙的痛楚时，才意识到叫喊者就是他自己。

他开始沿着树枝前进，可什么都做不了。薇娜又尖叫了一声，声音和男孩的名字有几分相似。埃斯帕望向那边，心脏顿时凝固在胸腔里：斯蒂芬的脸又出现了一次，上面血迹斑斑，接着又消失在人群中。

他没看到易霍克再次出现。他抬起弓，思索着自己该射向谁，又是怎样的奇迹一击才能拯救他的朋友们。

可他胸膛里那个冰冷的硬块清楚真相：他们已经死了。

复仇自他心中涌现。他依然射出了这一箭，一心想再杀死一个敌人，并期盼能有足够的箭矢将它们屠杀殆尽。无论在整个世界失去理智之前，他们有怎样的身份，他都不在乎。农夫，猎人，父亲，兄弟，姐妹——他不在乎。

他看着薇娜，看着那双泪水涟涟的眼睛，看着她全然无助的神情，就像他在镜中的倒影。她的目光在恳求他做些什么。

他的求生本能敦促他转过身,把最后几支箭用在那些仍在攀爬树木的史林德身上,可他惊讶地发现它们不见了。在他的注视中,最后一个袭击者从树上跃下,就像浪涛冲上砂石海滩,接着退入海中一般,这群形体怪诞的生物也奔流而去,涌入暮光之中。

不过几下心跳的工夫,周围就只剩下它们在林中穿行时的轻响。

埃斯帕继续蹲伏着身子,目送它们远去。他感到难以置信的疲倦,苍老,以及迷茫。

"又下雪了。"过了半晌,薇娜说。

埃斯帕略微耸耸肩,对这事实表示赞同。

"埃斯帕。"

"好了。"他叹口气,"过来吧。"

他在树枝上站起,帮她从高处爬下。她用双臂环绕着他,而他们就这么紧紧抱着,过了好一会儿。他意识到那两个士兵在看他们,可他不在乎。温暖和她的气息让他感觉很好。他想起她初次吻他时那种迷惑和兴奋,他想要回到那个时刻,回到一切都变得如此令人困惑之前。

回到斯蒂芬和易霍克死去之前。

"嗨!"有个声音在树下喊道。

埃斯帕的目光越过薇娜沾满雪花的卷曲长发,看到了骑士尼尔·梅柯文。那个维特里安剑士,还有女孩奥丝娌就站在他身边。他的心头涌起一股无名之火。这三个人,还有那些士兵——他们几乎和陌生人没有区别。凭什么他们能够活命,而斯蒂芬就得被撕成碎块?

见他妈的鬼。他还有事要做。

"放开我,"埃斯帕粗声说着,拉开薇娜的胳膊,"我得跟他们谈谈。"

"埃斯帕,那可是斯蒂芬和易霍克啊。"

"是啊。我得跟这些人谈谈。"

她放开了他,而他躲避着她的目光,帮她爬下树去,他们避开堆积在树根旁的尸体,提防着个别存活下来的史林德。可它们纹丝不动。

"你们都没事吧?"他问尼尔。

骑士点点头。"全靠圣者的慈悲。那些东西对我们完全没有兴趣。"

"这话什么意思?"薇娜询问道。

尼尔抬起手。"我们朝奥丝妮的看守们进攻的时候,它们就从森林里涌出来了。我砍倒了三四个,才发现它们只想绕过我们跑过去。我们躲在树上,以免被它们踩成肉酱。等它们过去以后,我们跟绑架奥丝妮的那些人打了一场。我们被迫杀光了它们。"

奥丝妮仿佛赞同般地点点头,可似乎颤抖得太厉害,没法说话,只顾紧抓着卡佐不放。

"它们绕过了你们,"埃斯帕重复了一遍,努力想弄明白,"然后它们就来追赶我们了?"

"不,"薇娜沉思之后说道,"不是我们。它们在追赶斯蒂芬。它们一抓住他就走了。易霍克……"她的双眼因期待而张大。"埃斯帕,要是他们还活着呢?我们没有真的看到——"

"对。"他说着,在脑中琢磨起种种可能。毕竟,他们过去也有以为斯蒂芬已经死去的经历,而且还看到了他的尸体。

薇娜说得对。

"噢,那我们一定得追上去。"薇娜说。

"稍等一下,"尼尔说。他仍在打量这遍野的横尸,"我有很多事想不通。这些攻击我们的东西就是在我们出发那天,你向女王描述的史林德吗?"

"正是如此。"埃斯帕承认道。他开始有点不耐烦了。

"它们效忠于荆棘王?"

"答案相同。"埃斯帕答道。

"那这是什么?"尼尔指了指某只尤天怪被啃掉一半的残躯。

埃斯帕看着那东西,心想:要是斯蒂芬看到这只被分尸的怪物,肯定会兴致勃勃地研究一番的。

这只尤天怪的身上没有皮肤,而是盖满了角质圆片,和乌龟的尾部有些相似。在这些圆片的接合处,黑色的毛发根根竖立。根据埃斯帕的经验,这些天生的铠甲足以挡开箭矢、匕首和斧子,可那些史林德不知用什么法子撬开了那些圆片，挖开了血肉，令原本紧密包裹在它胸腔里的潮湿器官暴露在空气中。那东西的双眼被剜了出来，颌骨下部折断，更被扯去了一半。一条自肩膀处断裂的人类手臂卡在它的喉咙里。

"我们叫它尤天怪，"埃斯帕说，"以前对付过一只。"

"可这些是被史林德们干掉的。"

"对。"

"根据你的说法，在我们所有人之中，史林德只攻击了尤天怪和斯蒂芬。"

"看上去是这样没错，"埃斯帕语气生硬地赞同说，"我们确实是这么说的。"

"可你却觉得它们把斯蒂芬活捉走了？"

作为回答，埃斯帕转过脚跟，缓步走向最后看见他朋友的地方，那棵橡树弯曲得极不自然的枝条仍旧垂落在地上。其他人跟着他走了过去。

"我见过史林德们杀戮的样子，"他说，"它们要么当场吃掉死者，要么把死者扯碎然后丢下。这儿没留下任何一种情况的痕迹，所以它们肯定是把斯蒂芬和易霍克带走了。"

"可它们为什么只带走他们俩？"尼尔强调道，"他们有什么特别之处？"

"这重要吗？"薇娜愤怒地质问，"我们得把他们弄回来。"

尼尔涨红了脸，可他却把双肩耸得更高，又昂起了下巴。

"因为，"他说，"我明白失去伙伴的感受。我了解对朋友和对主君的两种忠诚之间的冲突。可你们发过誓要效忠女王陛下。如果你们的朋友死了，那么死者已矣，再也没什么可做的了。如果他们还活着，他们能否继续活命也不是你们所能控制的。我恳求——"

"尼尔·梅柯文，"薇娜说。她冰冷的语气中带着狂怒，"荆棘王在卡洛司出现的时候，你也在场。我们在那里共同战斗，又在邓莫哥并肩作战。要不是斯蒂芬，我们早就死了，就连女王陛下也一样。你不能这么冷血。"

尼尔叹了口气。"薇娜女士，"他说，"我没打算伤害或是冒犯你。可首先,我们所有人——除了卡佐——都是克洛史尼君王的臣属。我们对她的忠诚才是最重要的。如果你有异议,就请想想看:我们在离开邓莫哥之前都立下过誓言,要侍奉王位的正统继承人安妮,保证她登上王位,哪怕为之付出生命。"

"斯蒂芬和易霍克也立了誓,"他的声音抬高了少许,"而我们已经失去了她。有人把她从我们面前带走了,我们这些本该护卫她的人又数量锐减。现在你又提议要进一步分散实力,女士。请记得你答应过,要帮我找回安妮。圣者啊,我们甚至都不知道斯蒂芬和易霍克是否还活着。"

"我们也不知道她是否活着。"埃斯帕反驳道。

"你可是直属王室的御林看守。"尼尔抗议说。

埃斯帕摇摇头。"事实上不是。我已经被免职了。我先前去找护法述职,他责令我去干掉荆棘王。而且刚才抓走斯蒂芬的那些家伙是荆棘王的奴仆,所以我猜它们会领着我到荆棘王那儿去的。"

"就是那个护法在幕后操纵邓莫哥的谋杀和巫术活动,而且很可能跟卡洛司的刺客们同流合污,"尼尔指出,"他是你的合法君主的敌人,因此你不必对他负有任何义务。"

"谁又说得清呢,"埃斯帕咕哝道,"另外,如果我像你说的是个御林看守,那好,那这片森林就是我的管辖范围,我必须得去把事情弄个清楚。"

"总之,怎么决定是我的事。"

"我知道这事取决于你,"尼尔说,"可我是这儿唯一能替安妮说话的人,我恳求你考虑我的意见。"

埃斯帕迎上骑士恳切的目光,接着望向薇娜。他不清楚自己想说什么,可森林那头传来的声音帮他省下了说话的工夫。

"听到没?"他问尼尔。

"我听到了动静。"骑士回答。他的手移向了剑柄。

"骑手,数量很多。"埃斯帕咆哮道,"我说,这事回头再谈,先去瞧瞧又有什么新麻烦来了。"

第九章 重生

死者的低语唤醒了她。

她的第一次呼吸充满痛苦，仿佛肺部是用玻璃制成，而呼入的气息令它片片粉碎。她的肌肉挣扎着想摆脱骨头。她本该尖叫，可口腔和喉咙早被凝结的胆汁和黏液填满。

她的脑袋重重撞击着石头，而她所能做的只有看着眼中冒出的金星。接着，她的整个身体向后弯折，仿佛一张被圣者拉开的弓，而潮湿的箭矢从口中进出，一次又一次，直到最后再也挤不出什么。她静静地躺在那儿，平稳的呼吸刮擦着她的气管，而痛苦逐渐消退，只留下极度的疲惫。

她觉得自己正逐渐沉入某种柔软之物。

圣者啊，请宽恕我，她无声地祈祷着。我不想这样的。我是不得已。

这话半真半假，可她已经累到不想解释了。

圣者似乎没听到她的话，可死者却仍在低语。她早先以为她已经能听懂他们的话，能领会那些词句怪异的发音。如今他们却在她理解能力的极限处游移，只有一个声音除外，而它就像恋人的舌头，试图滑入她的耳中。

她不愿聆听，不愿接纳这声音，她害怕自己若听到它，灵魂就会重归虚无。

可那声音并不打算屈服于小小的恐惧。

不，以受诅者的名义，它颤声说道。**你能听见。你会听见的。**

"你是谁？"她的态度稍缓，"请……"

"我的名字？"那声音中立刻凝聚起了力量，接着，她感到有只手贴上了她的侧脸。手掌异常冰冷。

"应该是依伦，我想。依伦。你又是谁？你很眼熟。"

她意识到她忘记了自己的名字。

"我不记得了，"她说，"可我记得你。王后的刺客。"

"没错，"那声音得意扬扬地说，"是啊，就是我。我现在知道你是谁了。艾丽思。艾丽思·贝利。"接着似乎传来一阵轻笑声。"圣者啊。我忘记了你，忘记了你是谁。我怎么能忘记你呢？"

艾丽思！我是艾丽思！她心里涌起强烈的解脱感。

"我不想被人知道，"艾丽思说，"可我一直担心你会抓住我。真的，我很怕你。"

那只手抚过她的脖颈。

"修女院出身。"死去的女子叹口气，"但不是属于教会的正规修女院，对吧？哈勒鲁尼修女院？"

"我们叫它维润修女院。"艾丽思回答。

"啊，对，当然，"依伦说，"维润，新月徽印。我听说过你。而且你现在是王后的护卫。"

"是的，女士。"

"你是怎样逃脱死神的魔掌的？你的心跳减缓到每天一次，呼吸也停止了。你的血液曾经充满绞架苔的恶臭，可现在它又干净了。"

"如果他用的不是绞架苔——如果他用了劳微斯草、恶鬼瘤或者芹叶钩吻——那我就死定了。"艾丽思回答。

"但你还是有可能死掉，"依伦说，"即使现在，你也离死不远。像我这样非物质的存在做不了什么，不过你已经和我们很接近了，我想我可以想办法……"

"那就没人能帮她了。"艾丽思说。

"快点说你为什么没有死。我没听过哪条巡礼路的赐福或是黠阴巫术能抑制绞架苔的作用。"

"我们的方法不太一样，"艾丽思说，"而且死亡的法则已被打破。生与死的交界带从未像如今这样宽广：通向两边的道路也不如从前稳定。绞架苔比大多数毒药更致命，因为它不仅能作用于肉体，更能影响灵魂。在我们的修女院里，有个非常古老的故事，讲到一个女人自寻短见，随后又重返人世。那就发生在黑稽王时代，也就是上一次死亡法则被打破的时候。"

"我觉得自己有机会，而且我学过必要的诺力。说真的，我别无选择。我那时已经把毒药咽下去了。"她顿了顿,"你不应该杀我,依伦大人。"

"王后知道你们组织的目的吗?"

"我的组织已经不存在了。除我以外全都死了。"艾丽思回答,"我已经不再受使命的约束了。"

"就是说,她不知道。"

"当然不知道了,"艾丽思说,"我怎么能告诉她呢?我必须得让她相信我。"

"眼下,"依伦的幽魂低语道,"你必须让我相信你。"

"我有很多次机会可以杀她,"艾丽思说,"可我没有。"

"也许你在等她女儿出现。"

"不,"艾丽思用绝望的口气说,"如果你在暗示维润修女院的意图是伤害安妮,那你肯定不如你想象的那么了解我们。"

"可你也许想控制她,"依伦说,"控制真正的女王。"

"这比较接近事实一些,至少这是领导者们的念头,"艾丽思承认,"可我不是核心成员。我从来没完全明白他们的目的,也不想弄明白。"

"你说修女们全死了。那修士们呢?"

艾丽思的心里咯噔一下。"你知道他们的事?"

"以前不知道。只是猜测。圣塞尔修女院有对应的男性修道院。维润修女院肯定也一样。可你明不明白,如果只有修士们活下来,那会有多危险?如果他们在议会的发言力上升,那会有什么后果?"

"不,"艾丽思说,"我不知道。我只想效忠玛蕊莉,保护她的安全,帮她保全她的王国。"

"这是真心话?"

艾丽思感觉体内的某处传来压迫感。她没感到痛楚,却突然觉得头很晕,脉搏怪异地跳动着,仿佛在奋力挣脱她的躯体。

"我向你发誓,这是真话,"她喘息着说,"我以我信仰的圣者之名起誓。"

"说出她的名字。"

"维吉尼亚。"

片刻后，压迫感减轻了少许，却并未消失。

"要撑下去可太难了，"依伦说，"我们亡者总会忘却。"

"你好像记得很多事情。"逐渐恢复镇定的艾丽思评论道。

"我只牢记必要的事情。我不记得我的父母和童年时光。我想不起自己是否爱过某个男人或是某个女人。我想象不出自己在生时的模样。可我记得我的职责。"

"我记得。而且我记得她。你能保护她吗？你会吗？"

"是的，"艾丽思无力地说，"我发誓。"

"如果维润修女院的男性成员还活着，并且来找你呢？那时又会怎样？如果他们来找你，要求你伤害她或是她的女儿呢？"

"我现在是王后的人，"艾丽思强调道，"我属于她，不属于他们。"

"我觉得自己很难相信你。"

"你也是修女院出身。如果教会要求你杀死玛蕊莉，你会照做吗？"

依伦的笑声轻柔，不带半点笑意。"他们的确要求过。"她说。

艾丽思的脖颈上汗毛根根竖起。"谁？"她问，"谁下的命令？赫斯匹罗？"

"赫斯匹罗？"她的声音显得更遥远了，"我不记得这个名字。也许他根本不重要。不，我不记得下达命令的人了。可那人的地位肯定非常高，否则我根本考虑都不会考虑。"

"你考虑过？"艾丽思震惊地发问。

"我想是的。"

"那肯定是有什么理由吧。"艾丽思说。

"至少没有充足到让我照做的地步。"

"现在究竟怎么了，依伦？世界正在分崩离析。死亡的法则已被打破。我的敌人是谁？"

"我已经死了，艾丽思，"那幽魂说，"如果我知道这些事，如果我知道自己该警惕什么，你觉得我会死吗？"

"噢。"

"她的敌人就是你的敌人。你只需要知道这点就够了。这样就简单多了。"

"是的。"艾丽思赞同道,但她很清楚,这种事根本没法简单。

"你会活下去,"依伦说,"每个人都以为你死了。你想做什么?"

"安妮还活着。"艾丽思说。

"安妮?"

"玛蕊莉最小的女儿。"

"啊,是啊。我告诉过她。"

"她还活着,费尔·德·莱芮,还有许多王后的忠心臣属都活着。罗伯特担心安妮的身后会聚集起一支大军,这不无缘由。"

"一支大军,"依伦沉思起来,"她女儿领导的大军。我倒想知道她怎么才能做到。"

"我想我能帮上忙,"艾丽思说,"王后受到严密看守,被关在狼皮塔里,远离任何秘道。我想她获救的唯一希望就是安妮获胜,可安妮的行动必须够快,抢在寒沙和教会插手之前。"

"那你要怎么帮她?刺杀罗伯特吗?"

"我的确有过打算,"艾丽思说,"但我不确定他能不能被杀死。他已经死而复生过一次了,依伦女士,而且那次都死透了。他根本不会流血。我不知该怎么杀掉现在的他。"

"我过去也许知道这样的事,"依伦沉吟,"但现在全忘了。那么你想怎么做?"

"篡位者囚禁了一个人。如果我能以安妮的名义释放他,我相信就连最顽固的乡民也会集结在她的旗下。这会改变力量的平衡。"

"是用秘道吧。"

"这会是场冒险,"艾丽思说,"罗伯特亲王是唯一知道秘道而且不会忘记它的存在的男人。可——"

"可他以为你死了,"依伦说,"我明白的。说真的,这招你只能用一次。"

"的确如此。"艾丽思回答。

"当心,"依伦警告女孩,"伊斯冷的地牢里有些苟延残喘了很久的东西。别以为它们没有力量。"

"我会帮她的,依伦。"艾丽思说。

"你会的。"依伦赞同道。

"我代替不了你,我知道。可我会尽我的全力。"

"我的全力还不够。你得做得比我更好。"

一阵寒意穿过艾丽思的身体,那声音随即消失无踪。

她的脑袋突然间被腐肉的恶臭笼罩,感官也都恢复了正常。她能感觉到紧贴背脊的肋骨。她脸颊上的那只手还在原位。她碰了碰它:它显得潮湿、黏稠,而且几乎只剩骨骸。

罗伯特对玛蕊莉撒了谎。没错,他是把她安置在了戴尔家族墓穴里,但却不是威廉的墓室:她跟依伦同在一具石棺里。

就躺在她身上。这是他开的玩笑还是巧合?

或许是他犯下的错误。

她在那儿躺了很久,颤抖着,积蓄着力量,随后朝头顶的石质棺盖推去。它很重,有点太重了,可她探寻自己的内心深处,再度坚定了决心,用力把棺盖推开了少许。她休息了一会儿,接着又推了一次。这次黑暗出现了一道裂缝。

她放松了少许,让新鲜的空气流进棺内,为她带来更多的气力。她用四肢撑住棺材,用纤细的体格所允许的最大力量推向棺盖。

盖子又滑开了一根手指的宽度。

她听到远方的钟声,意识到时间已是正午。生者的世界,阳光和甜美的空气,对她而言突然真实起来。她继续努力着,可她已经非常非常虚弱了。

六个钟点过后——晚祷钟响时——她终于推开了棺盖,爬离她前任那具腐朽的躯体。

微光从中庭处传来,可艾丽思没有回头去看棺材里的尸体,也暂时没有合拢棺盖的力气。她只希望在自己把石棺安置回原状之前,没人会到这里来。

艾丽思·贝利走出墓穴,步入伊斯冷墓园——远在高处山丘顶端的伊斯冷城的黑暗姐妹——只觉自己就像稻草那样脆弱而轻盈。她仰望着伊斯冷的塔尖和城墙,于此片刻,感到前所未有的沮丧和孤独。她所选择的使命——向那个鬼魂承诺会加以实现的那件事,看起来完全超出了她的能力。

接着,在自嘲的笑声中,她想起自己不但熬过了全世界最致命的毒药,还成功地从篡位者罗伯特·戴尔的眼皮底下溜走了。他以为自己很小心,却粗心得要命。

她会把他的错误变成一把匕首,径直刺进他的心脏,令其中腐朽的古怪血液泉涌而出。

第二部
根处之毒液

日复一日,年复一年,
人的生命逐渐流逝。
子孙满堂,家产富足,
他感到自己的强壮,就像一棵大树。
枝繁叶茂,巍然耸立,
却察觉不到深藏根部的毒液

——古阿尔曼谚语

根处之毒液

第一章 众人之中

斯蒂芬不清楚自己和史林德们搏斗了多久，可他知道自己早已耗尽了气力。他的肌肉被不时发作的剧烈痉挛磨成了一条条无力的带子。就连骨头似乎也在隐隐作痛。

奇怪的是，自从他停止挣扎之后，抓住他的那些手也变得温柔起来，就像他从前抱养的一只流浪猫。当猫儿挣扎时，就必须抱得紧些，甚至粗暴些，可一等它平静下来，他就能放松手，抚摸它，让它明白他从没有过伤害它的念头。

"我们没被吃掉。"他听到有人出言评论。

直到这时，他才意识到抓住他的其中一只手属于易霍克。他还想起自己被粗野地拖向森林那头时，大惑不解地看到了这个瓦陶男孩的面孔。现在他仰面被人抬起，八个史林德交扣手臂环抱着他，用手托住他的身体。易霍克的境地和他相似，只是他的右手紧紧抓着斯蒂芬的手不放。

"是啊，"斯蒂芬赞同道。他抬高了嗓音，"你们有谁能说话吗？"

没人回答。

"没准他们想先煮熟咱们。"易霍克说。

"没准。要真是这样，那自从上次碰见埃斯帕之后，他们倒是改了些习惯。他说他们一向把猎物生吞活剥。"

"对。我见过，他们杀掉奥内爵士的时候就是这么干的。这一群，不一样。完全不一样。"

"你看没看到埃斯帕和其他人怎样了？"斯蒂芬问道。

"我想攻打那棵树的史林德们全跟我们跑了，"易霍克说，"他们没管其他人。"

"可为什么他们只抓我们俩？"斯蒂芬惊讶地说。

"不对，"易霍克，"他们只想抓你。等我抓住你之后，他们才

THE BLOOD KNIGHT

开始带我一起走的。"

那他们抓我干什么？斯蒂芬思索着。荆棘王抓我干什么？

他努力把身体转向易霍克那边，可两人的交谈似乎让史林德们很是不安，其中一个狠狠敲中了易霍克的手腕，让男孩倒吸一口凉气，放开了手。接着，他们开始把易霍克抬向另一边。

"易霍克！"斯蒂芬大喊一声，企图唤回挣扎的力量。"你要丢下我一个人吗？听到我说话没？看在圣者的分上……易霍克！"

易霍克并没有回答，挣扎只是让史林德们的手抓得更紧。最后，斯蒂芬的嗓音逐渐变得沙哑，而他本人也阴郁地陷入了沉思。

过去的一年里，他经历了许多次奇异的旅程，就算眼下这场算不上最为奇特，也必然能在他的《离奇怪事之观察记录》里占据一席之地。

比方说，从来没有哪趟旅途的大部分时间都在仰望天空。没法时不时瞥一眼地面，脚底轻飘飘的，胯下更少了马匹，这些让他觉得自己和大地失去了联系，就像一股飘扬的微风。两侧的枝条和暗灰色天幕便是他眼里唯一的风景，待到下起雪来，整个世界便被压缩成一条飘落着雪花的隧道。于是他不再是风，而是在荒野间飘飞的白色烟雾。

最后，等夜晚带走了全部的景色，他觉得自己就像一股在深海涌动的浪涛。他似乎打了会儿瞌睡，等感官恢复敏锐时，旅途的嘈杂声中多了种空旷，仿佛那席卷着他的海洋注入地缝，变成了一条地底河流。

朦胧的橙色苍穹映入眼中。起先他以为已是日出时分，可随即意识到，头顶的那些根本不是云彩，而是一片不规则的石面，而那光芒来自于一团仿佛拳头般击向洞顶的火焰。洞窟很大，火光在触及远处的尽头之前便已黯淡下去。

数之不尽的史林德挤满了洞窟，或蜷缩沉睡，或清醒独坐，或走动，或伫立，或凝望虚空。他们的数量如此庞大，仿佛地面根本不存在一样。除了无所不在的呛人烟尘之外，浑浊的空气里充斥着尿液的臭味、发酸的汗味，以及新鲜的人类粪便的刺鼻气息。斯蒂芬原以为瑞勒的下水道堆积的排泄物足以跟世上的任何地方相比，可事实证明,他错了。阴冷潮湿的空气仿佛用恶臭覆盖了他全身的皮肤,他估计自己得洗上好几天,才会再次感觉清爽。

突然,那些搬运斯蒂芬的史林德们毫无预警地把他放了下来,让他自行站立。虚弱的膝盖顿时脱力,令他摔倒在地。

他支撑着起身,环顾四周,却看不到易霍克的踪影。莫非他们最后还是把他吃掉了?莫非他们杀了他?又或者只是把他从人群中撵了出去,忽视他的存在,就像对待埃斯帕、薇娜和骑士们那样?

食物的香气突然穿透了史林德群的气息,朝他飘来,就像重重的一击。他分辨不出那种气味,但它闻起来像是肉。等他明白它可能是什么的时候,胃拧成了一团。要是他有东西可吐的话,一定会吐个精光。这会是易霍克吗?莫非史林德对食物的品味提高了?他自己的下场是蒸、煮还是烤?

无论他们最终的意图是什么,眼下史林德们似乎忽略了他的存在,因此他打量着周围的情景,试图弄个明白。

起初他看到的只有石室中央的熊熊烈火,还有看不出个体差异的庞大人群,可这时他留意到十余个较小的火堆,史林德在周围聚集,就像一个个部落或是宗族。大多数的火堆上都架着水壶,就是那种在任何农庄和小村落都能找到的纯铜或黑铁水壶。甚至真有几个史林德在照看水壶:不知为何,这就像前所未见的怪事般令他震惊。他们是怎样在心智全无的状况下处理家务的?

他手脚并用,摇摇晃晃地奋力爬起,然后转过身,试图回想起来时的路线。他发现自己的目光正对上一双生动的蓝眼睛。

他在震惊中退后,而那张脸也露出了全貌。它属于一个男人,大概三十岁上下。他的脸上涂有红色的条纹,身体和其他史林德一样赤裸,刺满文身,可那双眼睛却显得——很正常。

斯蒂芬认出他就是那个令树枝自行垂落的魔法师。

他手里拿着一只碗,把它递给了斯蒂芬。

斯蒂芬看了看它:里面装满了炖过的某种肉类。闻起来很香。

"不。"他轻声道。

"这不是人肉,"那人用的是王国语,带着内陆乌斯提族人的喉音,"是鹿肉。"

"你能说话?"斯蒂芬问。

那人点点头。"有时可以,"他说,"得等到疯狂消散时。吃吧。我相信你有问题要问我。"

"你叫什么名字?"

那人的眉头拧成了结。"似乎在很久以前,我的名字就失去了意义,"他说,"我是个**德留特**。就叫我德留特吧。"

"德留特是什么?"

"啊,是领袖,某种祭司。我们信奉古道,遵循古道。"

"噢,"斯蒂芬说,"现在我明白了。卫桓语里的**德拉夫尤特**表示某种森林之灵。中古莱芮语里的**德尤非德**是指某种居住在森林里的野蛮人,异教的造物。"

"我对我们的名字如何遭受滥用方面没有你这么博学,"德留特说,"可我知道我的身份,知道我们的身份。我们遵循荆棘王之道。我们的名字因此遭到了他人的污蔑和中伤。"

"荆棘王是你们的神?"

"神?圣者?它们只是些词语。一钱不值。可我们等待着他,而且事实证明了我们是对的。"他语带苦涩地说。

"听起来你不怎么高兴啊。"斯蒂芬说。

德留特耸耸肩。"世界依然没变。我们只是做了该做的事。吃吧,然后我们可以多谈一会儿。"

"我的朋友怎样了?"

"我没听说什么朋友。你才是任务的目标,别无其他。"

"他跟我们一起来的。"

"如果这么做能让你安心,我就去找他好了。快吃吧。"

斯蒂芬戳了戳那碗肉。闻起来像是鹿肉,可话说回来,人肉闻起来又是什么味道?他记得好像和猪肉差不多。假使这是人肉呢?

要是他吃下去,会不会变得跟史林德一样?

他放下碗,努力忽略胃部的痛楚。在他看来,无论如何都不值得冒这个风险。人不吃东西能活很久。他很确定。

德留特回来了,他看着碗,然后摇了摇头。他再次离开,回来时拿着个皮制的小包，把它扔给了斯蒂芬。斯蒂芬打开它，找到了几块有点生霉的干奶酪和发酸的硬面包。

"这些你总能相信吧？"德留特问道。

"我还是不想相信。"斯蒂芬回答。

可他还是刮掉了霉斑，把这些难闻的东西艰难地吞下肚去。

"那些带你来的人，他们不记得你的朋友了，"德留特对正在进食的他说，"你肯定明白，当召唤来临时，我们就没法像你们那样察觉事物了。我们记不住。"

"召唤？"

"荆棘王的召唤。"

"你觉得他们会不会已经杀了他？"

德留特摇摇头。"召唤的内容只是找到你，再把你带来这里，不是'杀戮'或者'进食'。"

斯蒂芬决定暂时不再细问这件事了。他有更迫切的问题。

"你说史林德们是来找我的。为什么？"

德留特耸耸肩。"我也不清楚。你身上有绿憨的臭味，本能告诉我们必须摧毁你。可森林之主想法不同，我们只好遵从。"

"绿憨——我听过这个词。瑟夫莱人用它来指代绿鳞兽和尤天尸一类的怪物。"

"正是如此。你应该把吞噬森林的黑荆棘也算进去。所有邪恶的造物。"

"可荆棘王不是绿憨吗？"

令斯蒂芬吃惊的是，德留特显得大为震惊。"当然不是，"他说，"他是那些造物的大敌。"

斯蒂芬点点头。"他会跟你们说话？"

"不是你想象的那样，"德留特说，"他是我们共有的梦境。他感受事物，我们分享他的感受。需求、欲望、憎恨、痛苦，和所有活物一样，如果我们有了渴望，就会去寻求满足。他让我们渴望去找你，所以我们就找到了你。我不知道原因，可我知道该把你带去哪里。"

"哪里？"

"明天再说。"他说着摆摆手,把问题甩向一边。

"我是走着去,还是再被抬着去?"

"你可以走。如果你挣扎,就得被抬过去。"

斯蒂芬点点头。"我们在哪?"

德留特打了个手势。"如你所见,我们是在地底。一座哈喇族人废弃的古窑洞。"

"真的吗?"这让他来了兴趣。埃斯帕曾跟他提过哈喇族的窑洞,那些被称为瑟夫莱人的古怪民族主要居住的秘密山洞。

在大多数人眼里,瑟夫莱人是商人和戏子,是周游地表世界的旅人。可这些只是少数。其他人不久前还居住在御林中的隐秘洞窟里。接着,他们离开了无数个世纪的家园,追随荆棘王的脚步而去。

埃斯帕和薇娜就曾进过其中一个废弃窑洞。而眼下,他似乎身在另一个窑洞之中。

"他们的镇子在哪?"

"离这不远,只剩废墟了。我们已经开始夷平它了。"

"为什么?"

"在整个御林里,所有人类和瑟夫莱的作品都必须被摧毁。"

"我还是得问,为什么?"

"因为它们不该存在,"德留特说,"因为人类和瑟夫莱破坏了神圣的律法。"

"荆棘王的律法。"

"对。"

斯蒂芬摇摇头。"我不明白。那些人——你们过去肯定都是村落和部族的成员。居住在御林里,或者附近。"

"对,"德留特轻声道,"这是我们的罪孽。我们如今正在偿还。"

"可他用了什么法术来驱使你们?不是所有人都会受他的咒语影响的。我就见过荆棘王,可我没变成史林德。"

"当然没有。你没有喝过大锅里的东西。你没有立下誓约。"

斯蒂芬感到喉咙发干,世界似乎再次离他而去,围绕着他旋转了几周后,以扭曲的面貌重新归来。

根处之毒液

"我们说得清楚点。"他说着,努力不让语气暴露他的出离愤怒,"这是你们自己选的?所有史林德都是心甘情愿服从荆棘王的?"

"我现在已经不明白什么叫选择了。"德留特说。

"噢,那我说得简单点吧,"斯蒂芬说,"我说'选',意思是自行做出决定。我说选,意思是有一天你们会挠挠脸,然后说'以我的胡子起誓!我决定要像野兽一样赤裸着奔跑,吞吃我邻居的血肉,住在地底的山洞里!'我说'选',意思是说,你们能否——这么说吧——不这么做?"

德留特垂下头去,然后点点头。

"那又为什么?"斯蒂芬的怒火爆发了,"满天诸圣啊,你们为何选择变成卑下的动物?"

"动物可没什么卑下的,"德留特说,"它们是神圣的,树也是神圣的,腐化堕落的是圣者们。"

斯蒂芬本想出言反驳,可德留特摆摆手,示意他住嘴,"我们之中有人从未背弃古道——也就是荆棘王之道。我们进行古老的献祭。不过我们记住的,不是真正的记忆。我们的理解能力不够完全。我们相信如果我们尊敬他,当他归来时,我们就能得到宽恕。可荆棘王不懂何谓尊敬,或是事实与欺骗,或是任何人类美德。他只了解猎手与猎物,大地与腐朽,种子与春天。只有我们族人与他达成过一项协定,我们却违背了它。因此,我们如今必须效命于他。"

"必须?"斯蒂芬说,"可你刚说过,你们有选择。"

"这就是我们所选的。如果你是我们的一员,你也会做出同样的选择。"

"不。"斯蒂芬冷笑起来,"我想我不会。"

德留特突然站起身。"跟我来。给你看样东西。"

斯蒂芬跟着他,小心翼翼地绕过史林德们。除了全都不着寸缕之外,睡着的他们看上去就像普通的男人和女人。他忽然想到,直到现在为止,他都很少有机会看见女人的裸体。他十二岁的时候,有次和几个朋友透过墙缝偷看女孩换衣服。不久前,他碰巧瞥见了正在洗澡的薇娜。他所见的光景似乎每次都会穿透他的双眼,经由腹部，直至欲望滋生之处。有时候，仅是想象女人的衣服下面可能的模样都是极大的愉悦。

如今他能看到成群的女人，有些相当漂亮，全都像被圣者创造出来时一样赤身裸体，可他却只感到极度的厌恶。

他们涉过一条浅溪，很快离开了火光的范围。

"把你的手放在我肩上。"德留特指示道。

斯蒂芬照做了，跟着他穿过黑暗。尽管圣者祝福过他的感官，可没有了光，他还是无法视物。但他能从脚步声的回音大致听出洞窟的形状，因此他留心记下了每次转弯，还有转弯前所走的步数。

此时，苍白的新光源在前方闪耀，当他们踏上某个地底湖泊多石的湖岸时，有条小艇就在那等待着他们。它被绳子系在光滑的石灰岩码头上。德留特招呼他上船，很快，他们就开始横渡这片黑曜石般的水面。

照明来自如萤火虫般飞舞的尘埃，在这些微小的灯光下，城市的阴影拥有了形体，它如梦似幻，精致绝美。一座尖塔突然如彩虹的轨迹般闪耀华光：空洞的窗棂凝视远方，仿佛巨人警惕的双眼。

"你们要毁了它？"斯蒂芬深吸一口气，"它多美啊。"

德留特没有回答。斯蒂芬注意到，有几道浮空的光团开始朝他们飞来。

"是巫光，"德留特解释说，"它们没有危险。"

"埃斯帕跟我提起过，"斯蒂芬说着，朝其中一团伸出手去。它们就像是一小股发光的烟雾，是没有实质也没有热度的火焰。

更多巫光飞来，护卫他们划向远处的河岸。

斯蒂芬已经听到湖对面传来一阵微弱的闲谈声。他说不清是人类还是瑟夫莱的声音，可他们的嗓门都很尖。

等他借着那些蜉蝣般的光团，看到湖堤上被略微照亮的低矮形体，斯蒂芬突然明白了。"孩子们。"他吸了口气。

"我们的孩子们。"德留特解释道。

他们上了岸，几个孩子跌跌撞撞地跑向他们。斯蒂芬发现其中一个就是先前树边的另一个吟唱者，那个女孩。她的目光定格在德留特身上。

"你为何带他来此？"她问道。

"他受到召唤。我得带他去**圣监会**那里。"

"还是那句话，"她的语气成熟得出奇。"为何带他来此？"

"我想让他看看森林之子们。"

"噢，那你们已经到了。"女孩说。

"易霍克说，他在废弃的村落里完全没见过孩子们，"斯蒂芬说，"现在我想，我明白了。他把你们孩子当做人质，对不对？如果你们不服从荆棘王，不当史林德，就会失去你们的孩子。"

"他们服从荆棘王，"女孩说，"是因为我们叫他们这么做。"

第二章 与女公爵的谈话

马蹄踏雪的闷响越来越近,伴随着断续的交谈声,听起来像是王国语,可森林里的声音极具欺骗性。

就因为这个,还有旁的许多理由,尼尔在森林里总觉得不舒服。他出生的斯科小岛周围除了山就是海,可一个人无论从北至南,从西到东,从最高的山崖走到最低的谷底,都不会看见三丛以上的灌木聚集在一起。

树木令他耳不聪,目不明:它们令他错判距离。

更糟的是,尼尔相信森林是死亡之地:腐朽总在那里徘徊,而全世界最古老、最病态的东西似乎也在其中滋长。要是能有干净开阔的海洋,或者狂风吹拂的荒地,他就该感谢圣罗依了。

可我现在就在森林里,他想,而且从这声音来看,我也会在这儿死去。

他又往灌木丛里藏得深了些。同伴们的马匹要么是走失了,要么就是被史林德吃掉了,而若要徒步对抗骑手,他们不会有任何获胜的机会——或许埃斯帕·怀特除外。可尼尔没法想象这位御林看守会抛下薇娜不管。

所以,如果来的是新敌人——或者更多援军——他们要么躲起来,要么就得死。

随后,前排的骑手们出现在尼尔的视野中,他看到一闪而过的红色短发,还有安妮·戴尔的面容。她身边的骑手举着面熟悉的旗帜:罗依斯的羽冠旗。

尼尔如释重负。就在他收剑入鞘,准备露面招呼时,心中突然涌现的念头令他止步。如果说那些袭击者是罗依斯的人马呢？如果说反复无常的艾黎琬加入了她的篡位者兄弟那一边呢？

可安妮的样子不像是俘虏：她自信地坐在马上，兜帽揭开，像是在寻找什么，但并没露出害怕的神情。她和新伙伴们看到满地的残骸，便勒住了马。

"这儿出了什么事？"他听到安妮在问。

"我不晓得，陛下，"一个男声回答，"但您不该看这种不体面的屠杀场面。"

继而传来的，是一阵女性的笑声。那声音不属于安妮，但尼尔还是立刻认了出来。

尼尔叹口气，从藏身处站起身。他很高兴看到安妮还活着，并且毫发无伤，虽然这份喜悦无法完全平息他心中新生的疑虑，但他已经找不到继续藏下去的理由了。

"女王陛下，"他高喊道，"是我，尼尔·梅柯文。"

每一张脸都转向了他。他听到弓弦在嘎吱作响。

"别，"安妮用命令式的语气说，"他是我的人。尼尔爵士，你还好吧？"

"还好，陛下。"

"其他人呢？"她露出难以捉摸的笑容，然后抬起一只手，"*Tio video*，卡佐。"

尼尔循着她的目光，看见卡佐也从藏匿处走了出来。他用维特里安语对安妮喊了句什么，在尼尔听来，他的语气充满了释然和狂喜。

"奥丝娖怎样了？"安妮又喊道，"你们看见奥丝娖了吗？"

可奥丝娖这时已经奔向了安妮，而克洛史尼王位的继承人也全然不顾体面，飞身下马，给了好友一个热烈的拥抱。转眼间，她们便一面抽泣，一面语速飞快地交谈起来，尼尔听不见她们在说什么，不过他也没打算听。

"尼尔阁下，"那熟悉笑声的主人柔声道，"能再见到你真是天大的好运。"

尼尔循声望向那位嗓音如乐曲般动听的女士。靛蓝的双日逗弄着他，樱桃小嘴弯起淘气的浅笑。在那个瞬间，他回到了过去的某一天，那时他的灵魂还未显得如此沉重，而他心底也尚有些许童真留存。

"女公爵大人，"他说着，躬身行礼，"很高兴见到您，而且您的身体还这么好。"

"就快不好了，"她吸了吸鼻子，"我敢说在这大冷天里骑马对健康没半点好处。"可她的笑意却更盛了。"这儿有这么多卡洛司的英雄哪，"她说，"我想，这两位该是埃斯帕•怀特和薇娜•卢夫特吧。"

"您好，女士。"两人齐声道。

"这儿有危险吗，尼尔爵士？"安妮说着，目光越过奥丝姹的肩头，看着他。尼尔又一次被她的话语中的威严所震惊，仅仅数月之前，这些在这位年轻女子的话语中还完全不见踪影。

"眼下没有，女士，可我觉得这森林不安全，"他答道，"陪我们从邓莫哥出发的人大多在西面的林子那边走散了。您现在看到的是我所知的全部幸存者。"

"斯蒂芬教士在哪？"

尼尔望向埃斯帕。

"他被史林德们带走了，"御林看守生硬地说，"他和易霍克。"

安妮凝望着森林深处，仿佛在寻找两人的踪迹似的，接着，她把目光转回护林官身上。

"你觉得他们死了吗？"她问道。

"不，我想没有。"

"我也这么想，"安妮说，"护林官怀特，不介意的话，我想跟你私下谈谈。"

尼尔略感气馁地看着他的监护对象和护林官远离人群。他发现自己很难不去看他们，便把注意力转向女公爵的身上。

"幽峡庄还好吗？"他问。

"幽峡庄和以往一样美丽。"她回答。

"没被眼下的冲突波及？"

"不能说完全没有。在我兄弟的鲁莽行动下，没什么东西能安然无恙的。但我不觉得他会把我看做威胁。"

"是吗?"尼尔问道。

女公爵甜甜地笑了。"有人声称我是对道德的威胁,"她答道,"而且我的确希望成为一切沉闷无聊事物的敌人。可我兄弟明白,我对王位没有半点野心,更对附带的那些无趣透顶的事没有任何兴趣。只要能让我自己找乐子,我就很满足了。"

"所以你不会倾向支持任何一方?"

女公爵抬手遮住嘴,打了个哈欠。"我都忘了,尼尔阁下,年轻和俊美掩饰不了你的鲁莽——而且有点讨人厌。"

"很抱歉,殿下,"尼尔说。但他很清楚,她没有回答他的问题。这或许是个好迹象,因为女公爵显然已经掌控了大局。就算他不赞同她的打算,她也完全可以告诉他。

他扫视周围,发现安妮和护林官的谈话已经结束,埃斯帕·怀特正朝众人走来。

"女公爵大人。"埃斯帕说着,颇为笨拙地鞠躬致意。

"护林官。你和你年轻的女伴都还好吧?"

"好得很,大人。您呢?"

"我有点饿了,"她咕哝道,"想吃野味。我想,在这儿弄些应该没什么不方便的吧?"

"呃——"埃斯帕说。

"一般来说,我更喜欢还在喝奶的崽子,"她补充道,"或者至少断奶没多久。可有时候人们也会想尝尝老家伙的味道,你觉得呢?"

"我不——有史林德们在,大多数野味都——呃,大人——"

"艾黎宛姑妈,"安妮说,"放过这可怜人吧。没必要这么折磨他。他马上就得走了。刚才他正打算告别呢。"

"真的吗?"尼尔问埃斯帕,"这么说,你说服她了?"

对于能够转移话题,埃斯帕明显松了口气,他挠挠下巴,转头望向尼尔。

"噢,不,不完全是,"他说,"女王大人觉得最好由我和薇娜去找斯蒂芬。"

THE BLOOD KNIGHT

"真希望她能听听我的意见。"尼尔有气无力地说。

护林官的脸色一沉,可安妮在他有所回答前就插了嘴。

"他没说服我什么,尼尔爵士,"安妮说,"我派他去找斯蒂芬教士是出于自己的理由。"说着,她朝自己的坐骑走去。

尼尔站直身体,束手无策的感觉再度涌现。玛蕊莉王后的语焉不详就时常令他遭遇困境。而现在,安妮似乎变成了另一个玛蕊莉。

"抱歉,"他告诉埃斯帕,"我认识你的时间不长,可对你的了解并不少。这儿不是我擅长作战的地形,埃斯帕·怀特。这让我很焦躁。"

"我明白,"埃斯帕说,"可你比我更适合做这些事。我对宫廷、政变跟参军作战什么的完全不了解。等到要让她坐上王位的时候,我根本派不上用场。见鬼,我甚至还没弄清楚林子里的全部状况呢。可我很清楚,我属于这儿。女王陛下也很清楚,我猜。"

尼尔点点头,握住他的胳膊。"你是个好人,护林官。很高兴能和你并肩作战。希望能再次见到你。"

"嗯。"埃斯帕说。

"*Nere deaf leyent teuf leme*,"他用家乡话对护林官说道,"愿你的双手永远有力。"

"也愿你的眼睛永远警醒。"埃斯帕回答。

看来史林德不但对他们没有胃口,顺带对他们的坐骑都没了兴趣,因为就在说话间,魔鬼领着其他马匹,平静地走进了人群。

当女公爵的手下为他们做补给时,埃斯帕抚摸着魔鬼的笼头,脸上浮现出类似安心的怪异神情。待补给结束,他和薇娜便上了马。两人领着斯蒂芬的坐骑天使,沿着那条相当明显的足迹,启程离开,留下尼尔站在那儿,感到前所未有的脆弱。

埃斯帕他们才刚走远,剩下的人马便开始朝幽峡庄进发。

尼尔听着安妮说明发生的一切:诱拐,逃脱,以及在瑟沃尼的第二次被抓。

"威斯特帮我逃跑后,"她总结道,"我们沿路往幽峡庄前进,可我们很快就撞见了艾黎琬姑妈。"

"这真是太幸运了，"尼尔说，"肯定是翡思姐妹在看顾着你。"

"别把什么事都推给翡思姐妹。"原本就离两人不远的艾黎琬加入了对话。"罗依斯是我的领地，我在这儿长大。这里到处都有我的耳目。"

"我接到报告，说有人袭击你。他们骑马从东方来，装成我的亲戚阿特沃派遣的士兵。我也接到报告，说有个红发带贵族口音的女孩进入瑟沃尼，然后就神秘失踪了。我觉得这事有亲自出马的必要。"

她打了个呵欠。

"还有，我最近的消遣实在少得可怕。几百年没一个有趣的人来见我，我也不特别想接受伊斯冷眼下的宫廷。"她歪头思索着，"不过我听说俞尔节期间，那儿有过一场相当有趣的音乐表演。"

"你有宫廷来的最新消息？"尼尔急切地问道，期待她能有更多有用的信息。

"蠢话，"艾黎琬回答，"我当然知道。"

尼尔等待着，可这些显然就是女公爵打算告诉他的全部了。

"去幽峡庄的路很长，艾黎琬姑妈，"安妮终于开口道，"你可以把知道的全告诉他。"

"可亲爱的，我之前把所有的事都告诉你了，"艾黎琬抱怨道，"你该不会打算让别人觉得我喜欢唠叨吧？"

"我可以再听一遍，"安妮回答，"我现在清醒多了。"

"你是说酒劲过去了吧。"

"是啊，说到这个，"尼尔说，"那个叫威斯特的家伙，他怎样了？"

"还用说吗？我们砍了他的头。"女公爵欢快地说。

"噢，"尼尔回答，"我想，你已经审问过他了？"

"我为什么要这么做？"女公爵问。

"她又在耍你呢，尼尔爵士，"安妮说，"他就在那边，被押送着——看到了吗？"

尼尔转过头，只见一个脸色阴沉的家伙骑在一匹暗褐色的母马上，两旁有士兵在看守。

"啊。"尼尔说。

"好了,现在我能跟你说说宫廷状况了吧?"艾黎宛问。

"劳驾了,大人。"

她叹口气。

"噢,他们说眼下黑色正流行。表面上是因为宫廷正在哀悼期间,但奇怪的是,直到罗伯特亲王再次现身——他从前可是他们哀悼的对象之一!——之前,都没有出现这种状况。不,说真的,我觉得这是因为亲王总穿黑色。不过我猜我现在该叫他皇帝了。"

"叫'篡位者'就好。"安妮说。

"玛蕊莉王后呢?"尼尔努力维持正常的语调:他害怕知道答案,"她怎样了?你有没有关于王后的消息?"

"玛蕊莉?"艾黎宛说,"噢,她被锁在一座高塔里,就像童话故事里的那个洋葱女孩。"

尼尔觉得心跳慢了下来。"可她还活着?"

艾黎宛拍拍他的手臂。"我得到的报告比最新状况差了几天,不过最近没有执行死刑,连预计要执行的都没有。罗伯特这招可不高明。不,我能肯定他有别的打算。"

"这一切究竟是怎么发生的?王后怎么会失势的?"

"噢,她要怎么才能不失势?"艾黎宛说,"皇帝遇刺后,玛蕊莉就没几个能依靠的盟友了。查尔斯还在位,这倒没错,那男孩是很可爱没错,不过整个王国都知道他,呃,受过圣抚。"

尼尔点点头。王位的真正继承者拥有成人的身体,却只具备孩童的心智。

"在国王过世后,玛蕊莉成了最有权位的人。但还有许多人对王位虎视眈眈:赫斯匹罗护法,朝议会的所有贵族成员,寒沙的王子们,莱芮人,还有维吉尼亚人。而且还有葛兰女士,她手里也有王位的继承人。"

"我的半个兄弟。"安妮咕哝道。

"庶出,但无疑流着戴尔家的血,"艾黎宛回答,"无论如何,玛蕊莉都有把查尔斯留在王位上的可能,可她犯的错实在多了点。她用莱芮的士兵代替了原先的护卫,那些人是她的莱芮男爵叔叔的手下。"

"我认识费尔爵士，"尼尔说，"他是我的恩人。"

"我听说，他简直就像你父亲，"艾黎宛说，"你肯定很想知道吧，他也活着——而且很安全。"

尼尔只觉又有几块肌肉放松下来。"多谢。"他说不出地想念费尔爵士。他从没像过去几个月那样迫切地想要这位老人的建议。

"总之，"艾黎宛续道，"这就像是个讯号，让人觉得她决定把王位交给海那边的莱芮亲戚。接着她的手下袭击了在葛兰女士府邸举行的一场舞会。与会者大都是乡民，并非贵族，可——"

"乡民？"尼尔问。

女公爵对他眨眨眼。"怎么？他们怎么了？"

"我，呃，不太清楚他们是谁。"

"啊，我亲爱的，"艾黎宛说，"贵族的统治世代沿袭：国王统治王国，亲王统治属国，公爵和女公爵管理公爵领，等等。在大多数王国，还有克洛史尼的大多数地方都是这样。

"但在新壤地区，也就是伊斯冷的所在地，情况有些不同。要知道，那儿的地势低于海面。抽水用的眉棱塔必须保持不断运作，堤坝必须修缮良好。许多世纪以来，王家都曾把土地赐给那些最善于处理此类事务的人。那些人就是乡民。很多人都比贵族更富有，他们手下有部队，而且在他们领地上居住和工作的人通常对他们忠心耿耿。简而言之，他们是一股不容低估的力量。但在超过一个世纪的时间里，宫廷都对他们漠不关心。葛兰女士对他们大献殷勤，试图说服他们支持她的儿子登基，所以玛蕊莉攻击葛兰的聚会时就惹怒了他们。

"然后我可怜的已故兄弟罗伯特就出现了——没像大家以为的那样死透了。这次玛蕊莉除了她的莱芮护卫之外，没有任何可信的朋友：贵族们全都支持罗伯特而非查尔斯，教会也一样。仅存的继承人就是安妮，可我们没人知道她在哪。玛蕊莉对这点秘而不宣。我想法丝缇娅应该知道。"

她的表情软化了，尼尔猜是因为自己脸上浮现的神情。

"我很抱歉，亲爱的，"艾黎宛说，只有这次，她的同情显得格外真诚,"我不该提起她的。"

"为什么?"安妮突然问。

尼尔突然感到一阵焦躁,他移开目光,试图从乱麻般的思绪里理出些许可说的话题。

"我不该提起这事的,"艾黎宛说,"不该提起那些早已逝去的人。"

"不,别介意。我想我明白了。"安妮说。她语气平淡,至于她有没有生气,尼尔可说不上来。

"总之,"女公爵续道,"玛蕊莉看透了局势,把查尔斯、费尔爵士和她的莱芮守卫一并遣走,还有御前护卫们,尽管她对后者并不好,可看起来他们仍旧忠贞不贰。费尔爵士带查尔斯去了莱芮,眼下他在那里是安全的。"

"那些御前护卫呢?"尼尔问道。

艾黎宛扬起右眼的眉毛。"哎呀,瞧瞧你身边,尼尔爵士。"

尼尔照办了。他早先在艾黎宛的部下里看到了几张略显熟悉的面孔,可他以为这是他见过她的卫兵的缘故。现在他才意识到,其中几个的确是他在伊斯冷见过的。

"他们没穿制服。"他评论道。

"他们是逃犯,"艾黎宛说,"在奋斗的目标和引领他们的人出现之前,让他们成为靶子还嫌太早。"

尼尔点点头。他自己在维特里安旅行时就没佩戴纹章。

"那王后就没人保护了。"

"的确如此。她肯定知道自己没法和政变者对抗,所以她把手下送到最能让他们派上用场的地方:城墙之外。不管怎么说,现在罗伯特把她关进了塔里。他时不时把她拖出来在街上转一圈,表示她还活着。"

"如果王后变得这么不受欢迎,他何必关心民众知不知道她的死活?"

艾黎宛露出微笑。"因为发生了一件非常奇特的事。那场什么音乐舞台剧——我先前提过的。"

"不知怎么,它让许多乡民转向了玛蕊莉和她的子女们一边。部

根处之毒液

分是因为某个乡民的女儿也参与了演出，被罗伯特以叛逆的名义逮捕。护法判了她的刑，说她信奉异教和使用黠阴巫术。一同获罪的还有曲子的谱写者，已经成为新壤的英雄的某个人。恐怕罗伯特行事更多是出于冲动，而非理性。现在他终于发现，乡民们并不真的把他当回事。"

"那我们就还有机会，"尼尔说，"那些乡民手下有多少部队？"

"我听说，他们民兵部队的总人数接近八千，"艾黎宛说，"罗伯特能从仍旧忠实于他的贵族那里召集到大约一万二千人。东部和森林边缘的贵族都在忙着跟史林德——还有更怪异的东西——作战，没有闲置的部队去帮助罗伯特或是他的对手。"

"那火籁和弥登呢？"

"我想安妮也许有办法招募到一支足够和伊斯冷守军对抗的军队，"艾黎宛说，"他们的态度很快就会见分晓。"

"噢，"尼尔陷入了深思。"那我们就有一战的实力了。"

"你们得动作够快才行。"艾黎宛回答。

"为什么？"

"因为玛蕊莉就要嫁给寒沙的继承人，贝瑞蒙德王子了。这事已经街知巷闻了。一旦联姻成功，寒沙就不用考虑教会的意见，可以直接派遣部队入境。事实上，罗伯特已经允许艾滨国在伊斯冷部署五十名教会骑士——还有他们的护卫——以实施教皇大人下达的任何命令。我们说话的这会儿，他们已经在路上了。你们没法同时对抗罗伯特、寒沙和教会。"

"那您呢，女公爵大人？您会在这件事里扮演什么角色？"尼尔问道，"作为一个保持中立的人，您对这场冲突的细节似乎太清楚了点。"

艾黎宛吃吃笑了起来。那声音十分怪异，既像孩童般温软，又带着整个世界的沧桑。

"我从没说过自己保持中立，我的小鸽子，"她回答，"我只是觉得对谁效忠之类的问题很无聊，就跟效忠这事本身一样。战争不太适合我。就像我刚才说过的，我最想要的是一个人待着，做我想做的事。我兄弟向我保证，只要我听从他的指示，他就允许我这么

THE BLOOD KNIGHT

干。"

终于,尼尔听到了自己脑海里警钟的鸣响。

"那些指示的内容是……?"他问。

"内容相当明确,"她说,"假如安妮自投罗网,我就要保证她迅速而且永远地消失,连同她的所有伙伴一起。"

根处之毒液

第三章 疯狂之子

斯蒂芬看着德留特,可那人对女孩的断言并无异议。

"你叫你父母去当史林德?"斯蒂芬问道。他努力想弄清这句声明的含义。"你们干吗这么做?"

斯蒂芬打量着这个女孩,想找出她并非普通女孩的迹象,或许是苍老的灵魂被换进了年轻的身体,又或者是某种与人类有相似之处的生物,就跟蜂鸟和蜜蜂的类同点一样多。

然而,他所看到的,却是介于女孩与女人之间那奇特而漫长的时刻。那些孩子和成人不同,他们并未赤裸身体:女孩穿着件黄色的宽松女装,那衣服垂在她肩上,就像一口狭小的铜钟。袖口处有些褪色的刺绣显示出有人——母亲、祖母、姐姐、甚至是女孩自己——曾试图对这件衣服装饰一番。

她很瘦,可她的双手,脑袋,还有穿着牛皮拖鞋的脚都显得很大。她的鼻梁略有坡度——那依旧是少女的鼻子,但她的脸颊已然丰盈,正逐渐显出女人的模样。在黯淡的光中,她的双眸似乎是淡褐色的。她一头棕发,头顶和发梢处色泽稍浅。他能想象她站在牧场上,戴着三叶草项链,玩着"摇摆石桥"或者"果林女王"的游戏。他能看到她旋转着身体,衣摆飘飞,就像宽大的礼服裙。

"森林病了,"女孩说,"疾病在四处传播。如果森林死去,世界也会随之灭亡。我们的父母违背了古老的律法,把疾病带到了森林里。我们只是要求他们让事物回归正轨。"

"当你吹响号角时,就把荆棘王召唤到了这个世界,"德留特解释道,"可我们世代都在为荆棘王之道做准备。十二年前,我们德留特举行了上古仪式,进行了七次献祭。十二年——橡树每次心跳的间隔——这就是大地最终将他释放所需的时间。

"在这十二年间,每个在森林的神圣土地上降生的孩子,孕育他们的子宫都受过芹叶钩吻和橡树,梣树和槲寄生的抚摸。他们生来

THE BLOOD KNIGHT

就属于他。当他苏醒时，他们也会苏醒。"

"我们立刻明白哪些是非做不可的，"女孩接过话头，"我们离开了家园，我们的镇子和村子。那些小到没法走路的，我们就背着。当父母们找来时，我们就把情况跟他们说了。有些人很顽固：他们不愿喝蜜酒，也不吃肉。可大多数人都照我们说的做了。他们成了他的军队，将侵蚀森林的腐朽扫清的大军。"

"蜜酒？"斯蒂芬问道，"那就是大锅里的东西？夺走他们心智的是蜜酒？"

"叫蜜酒只是为了方便，"德留特说，"它可不是用蜂蜜提炼的。它是**奥斯赛弗**，生命之水，它是**奥斯赛奥特**，诗意之水。而且它不会夺走什么——只会恢复我们的心智。它让我们回归森林，恢复健康。"

"我的错，"斯蒂芬说，"那些把我带到这儿的史林德似乎很……疯狂。顺带说一句，这个**奥斯赛弗**该不会是用像是人类肢体做出来的吧？"

"你所说的疯狂是神圣的，"女孩没理睬他的问题，而是回答，"他在我们心中。没有恐惧或猜疑，没有痛苦或欲望。在这种状态下，我们能听见他的话语，得知他的意愿。也只有他能够拯救世界，免于被从其根部攀援而上的热病所害。"

"我给弄糊涂了，"斯蒂芬说，"你说你们自己选择变成现在的样子，说你们这些难以言表的罪行是正当的，因为世界生了病。很好，那么：疾病是什么？说真的，你们又在对抗什么？"

德留特笑了。"你总是问对问题了。你已经开始明白他为何召唤你，又为何命令我们将你带来了。"

"不，我不明白，"斯蒂芬说，"恐怕我一点儿也不明白。"

德留特顿了顿，同情地点点头。"我们也不该对你解释。不过我们会带你去见愿意解释给你听的那个人。明天吧。"

"在那之前呢？"

德留特耸耸肩。"这儿是哈喇族聚居地的旧址。很快它就会被毁掉，可如果你想探索一番，敬请自便。想睡在哪儿都行：等时间一到，我们就会找到你。"

根处之毒液

"我能要个火把或者——"

"巫火会陪伴你的,"德留特说,"而且这些房子有自己的照明装置。"

斯蒂芬在黑暗狭窄的街道上穿行,本想选出优先勘察的目标,却发现自己被城市本身的景色征服了。两侧的房屋是街道的边界,其高度通常为两或三层,有时甚至高达四层。街道纤细得不可思议,大多相互交会,其余的则被狭窄的巷道分隔开来。尽管全由岩石砌成,却给人以蛛丝般轻柔的感觉,而当巫火飘近时,街面便闪烁微光,就像打磨光滑后的玛瑙。

起初的几座建筑里住着更多孩童。他能听到笑声,歌声,还有轻柔的梦呓声。如果他竭尽全力,就能听清至少一千个孩子的低语,或者更多。特别小的几个孩子在哭泣,可除此之外,他没听到任何可以归咎于恐惧、愤怒或是失望的声音。

他不清楚女孩和德留特告诉他的有多少是真的,可似乎有件事可以肯定:这些孩子不是俘虏,至少俘虏他们的人并不令他们畏惧。

他朝着这座古城继续进发,以寻求独处。他明白自己应该寻找离开的途径,可既然德留特能允许他随意走动,恐怕就不会给他任何逃脱的可能。此外,眼下他满心好奇,根本不会考虑逃跑。

如果德留特说的是真话,那埃斯帕和薇娜应该没有危险,至少没有被史林德袭击的危险。如果他撒谎,那他的朋友多半已经死了。直到他得到证据之前,他不会——不愿——相信这点,甚至连过多思考都不行。可他现在有机会弄清真相,弄清荆棘王究竟想要什么——噢,这是大家都想弄清楚的,不是吗?

至于帮公主重登王位,他能派上什么用场?他不是战士也不是策士。*我只是,*他思索着,*一个对过往年代和各种语言感兴趣的学者。和参与进军伊斯冷相比,我在这里的用处肯定更大。*

出于好奇,他观察了其中一扇房门。它是木制的,年代不算太老。**哈喇族人,**他推论着,**肯定经常跟地表的邻居们通商**。毕竟他们得吃饭,虽然地底湖泊中能捕到鱼类,还有几种无需阳光也可生长的谷物,可他们的大多数食物肯定来自地表。

斯蒂芬用了片刻去思考，他们是如何在确保瓦窑的位置无人知晓的前提下进行通商的，可答案实在太明显了，他为自己花去了三次心跳的时间来思考而羞愧。

瑟夫莱。那个乘坐大篷车在地表旅行的民族——他们就是货物的供应方。

房门应手而开，露出内里的石室。屋中有些许胡椒的气味。坚硬的地板上铺着一张柔软的地毯，看起来是用羊毛织成的。羊在地底也能过活？他很怀疑。地毯的花纹有点眼熟，和瑟夫莱帐篷和马车上那种形状抽象的五彩漩涡有些相似。低矮的圆桌边，四只坐垫组成了松散的圆环。房内一角，一台织机在耐心等待织者的到来。也许地毯就是用它织成的？近旁的柳条篮里满是纷乱的纱线和他没见过的木制工具。

房间显得生机盎然，似乎哈喇族人离开时没有带走太多东西。也许确实没有。

他们去了哪里？他们逃避的是荆棘王，还是德留特所说的那种神秘疾病？

初次相遇后不久，埃斯帕曾说他觉得森林"有些病态"。埃斯帕这辈子都在感受森林的脉搏，所以他应该知道。

然后他们遇见了狮鹫，一种周身剧毒，就连脚印都可杀死生灵的野兽，不久后，黑色荆棘就开始从荆棘王的脚印中萌芽生长，将攀附的所有活物扼杀。接着，更多来自噩梦的怪物相继现身：尤天怪，罗勒水妖——德留特叫它们"绿憨"。就斯蒂芬所知，它的最佳译名是"圣堕恶魔。"

莫非这些怪物和人类的教士一样走过巡礼路，而且得到了相应的天赋？

某些和尤天怪们有关的事尤其令他烦心。他先前差点被其中一只杀死，可眼下想杀他的却是好几只尤天怪。不，还有别的什么……

他随即明白，困扰他的究竟是什么。

袭击他的尤天怪是他遭遇的唯一一只，只是出于某种原因，他才认为它们不止一只。而且狮鹫也只有一头，尽管埃斯帕在杀死第

根处之毒液

一头之后又见到了另一头。可就他所知,没有人见过这些怪物同时出现的数量超过一只。

那他为什么思考的是"那些尤天怪",而不是"那只尤天怪"?

他闭上双眼,呼唤圣德克曼赐予的记忆力,回想着史林德初次袭击的情景。在一片混沌中,还有些别的什么……

找到了。如今,他能清楚地看到它,就像是个过分细致的画家为他画下了那幕场景。他一面帮薇娜往树上爬,一面转首回望。埃斯帕站在树下,手拿匕首,转过身去。远处是从林中涌出的史林德们。可埃斯帕究竟在张望什么?

不是史林德……

它曾出现在斯蒂芬视野的角落:他只看到它的肢体和一部分头部,可他绝不会认错。那儿有一头尤天怪,就在史林德们前方。也许不止一头。

然后它们怎样了?是被史林德们杀了,还是跟它们联手了?

后者不太可能。狮鹫,第一头尤天怪,他们在微见村旁的河里遇到的那只水妖,还有黑色荆棘——

黑色荆棘自荆棘王的脚印中长出,却凶狠地攀附在他身上,就像是要覆盖他的全身,将他拖入大地之中。照埃斯帕的说法,他就曾遭到过荆棘的囚禁,就在仙兔山的某个隐秘的峡谷里。

史林德曾袭击并杀死那些在森林的各处圣堕进行活人献祭的人,而那些人似乎和狮鹫是盟友关系:他们是唯一能待在它附近,却不受致命毒素所害的生物。

不。他无声地更正。那些叛教修士并非唯一对狮鹫的毒素免疫的生物。他本人就曾与狮鹫的目光相对,却毫无不适之感。看起来,埃斯帕至少也拥有超乎常人的抵抗力,因为荆棘王曾为他治好过那头怪物的剧毒碰触。可这些有什么含义?

是不是因为他走过巡礼路?是不是所有的正式教士都不怕绿憨的能力?

腐朽堕落的是圣者,德留特曾如此声称。

如果说史林德们是荆棘王的军队,那他们遇见的怪物也是某支军队的一部分:荆棘王敌人的军队。可那又会是谁呢?

THE
BLOOD KNIGHT

　　最可能的答案就是教会。他知道那些堕落修士有像克洛史尼护法马伽·赫斯匹罗这样位高权重的同伴。他们的势力或许不止如此。

　　可如果教皇本人也牵涉其中,是否就代表他是狮鹫的主人?又或者,他只是另一头怪物,效命于更强大的存在?

　　他把自己读过的所有关于荆棘王的传说故事彻底回忆了一遍,试图想起他的敌手的身份,可其中却几乎没有提及任何种类的敌人。荆棘王来自圣者与人类之前的时代,甚至有可能比古时曾奴役人类和瑟夫莱的司皋斯罗羿更古老。他的出现是时代终结的先兆。

　　如果说这位国王有什么敌人,那就肯定像德留特暗示的那样,是诸圣本身。

　　还有教会,不是吗?

　　噢,有人答应明天会给出答案。他没有天真到以为所有问题都能得到解答的地步,但如果他能知道得更多些,就应该能得出些结论了吧。

　　他在这间哈喇族人的屋子里走了一圈,没发现什么能让他感兴趣的东西,便走出房门,朝这座将亡之城的深处缓步前进,穿越寂静运河上方的纤细石拱桥,周遭的轮廓在巫火中隐约可见。远处孩童的喧闹中渗入了更远处的一阵平直无调的吟诵声,那声音或许就来自他最初被带去的那间石室。

　　那些史林德是否在准备再次出击地表?他们会不会在痛饮那种蜜酒,令嗜血的欲望逐渐增长?

　　街面向下倾斜,而他带着模糊的期待沿路走去,想找到某种类似藏书塔的建筑,一座瑟夫莱著作的储藏室。他们的起源非常古老,也是首先遭受司皋斯罗羿奴役的种族。他们或许会将其他民族早已遗忘之事记录下来。

　　正当斯蒂芬寻思着瑟夫莱藏书塔可能的模样时,他突然想到,自己从没见过任何瑟夫莱著作,也从没听说过自成体系的瑟夫莱语。他们总是会使用居住地的当地语言。他们之间有一套隐语,但却很少使用。埃斯帕曾经对斯蒂芬说过几句,而斯蒂芬从中发现了将近十五种不同语言的词汇,却没有一个字像是与众不同的瑟夫莱语。

　　有种假设说,他们被奴役得实在太久,其间一直使用司皋斯罗

根处之毒液

羿为奴隶发明的混用语,所以无论他们曾拥有过什么语言,现在都已失传。

他们对那种语言痛恨无比,所以一等奴隶主们死去便将之废弃,转而使用他们的人类同伴所说的语言。

这说法根本似是而非。他曾在好几部文献里读到过这样的记载:人类的喉咙和舌头无法用司皋斯罗羿的本族语言说话,所以司皋魔发明了一套他们自己和奴隶们都能使用的特殊语言。他们规定,全体人类奴隶都必须说这种语言,但许多人都保留了自己的语言,在彼此之间进行交流。

可现代语系中几乎没有留下任何奴隶语言的词汇。维吉尼亚·戴尔和她的追随者们把所有司皋斯罗羿的造物付之一炬,并且禁止使用奴隶用语。没人把这种语言传授给子孙后代,奴隶语言因此消亡。

"司皋斯罗羿"或许是他们的语言中唯一留存至今的词汇,斯蒂芬思索着,甚至连它的单数形式"—魔"和复数形式"—羿"也来源于古代卡瓦鲁语——一种人类语言。

或许连那个恶魔种族的名字都已被人忘记。

他中止思绪,发现自己站在一条比先前更宽的运河边,而他的皮肤也因某个邪恶的念头而刺痛。

如果司皋斯罗羿没有死绝呢?如果他们,就像狮鹫、尤天怪和水妖一样,只是去了某个地方,打了个很长很长的盹呢?如果说那种疾病,那个敌人,就是最为古老的人类公敌呢?

几个钟头以后,他带着令人不安的思绪,躺倒在充满刺鼻瑟夫莱气息的床垫上,沉沉睡去。

他感到有人用力戳了戳自己的肋部,惊醒时,却发现那个女孩正低头看着他。

"你叫什么名字?"他咕哝道。

"斯塔沁,"她回答,"斯塔沁·瓦思多特。"

"斯塔沁,你明不明白你的父母随时都会死?"

"我父母已经死了,"她轻声说,"在东面,跟狮鹫搏斗的时候死了。"

"可你没觉得悲伤。"

她抿紧双唇。

"你不懂的,"良久,她才开口,"他们没有选择。我也没有选择。好了,劳驾跟我来吧。"

他跟着她回到来时的小艇边。她指示他上船。

"就我们俩?"他问道,"德留特在哪?"

"让我的同胞准备作战。"她说。

"和什么作战?"

她耸耸肩。"有东西正往这边来,"她回答,"非常坏的东西。"

"你就不怕我制伏你然后逃走?"

"你干吗这么做?"斯塔沁问道。在昏暗的光中,她的双眼就像柏油般乌黑油亮。相形之下,她的面孔和头发却让她活像个幽灵。

"也许因为我不喜欢被当做俘虏。"

斯塔沁在舵柄边坐下。"你来划船好吗?"她问。

斯蒂芬坐进船里,双手握住船桨。触感冰凉,却相当轻巧。

"我们要去见的那个人,你会想跟他谈话的,"斯塔沁说,"而且我不觉得你会杀我。"

斯蒂芬划动双桨,小艇几乎无声地离开了那座石制码头。

"听你们谈什么谋杀可真有趣,"斯蒂芬说,"要知道,史林德不光攻击狮鹫。他们也杀人。"

"嗯,"斯塔沁几乎心不在焉地说,"你也一样。"

"我杀的那些是坏人。"

她因他的话大笑起来,而斯蒂芬突然觉得自己很蠢,就像对一位主教解说教义一样。可过了一会儿,她的神情便严肃起来。

"别叫他们史林德,"她说,"这是贬低他们做出的牺牲。"

"你怎么叫他们?"他问。

"*渥森*,"她说,"我们叫自己渥森。"

"那不就是'疯狂'的意思吗?"

"事实上,是神圣的疯狂,或者说'神启者'。我们是一阵清扫森林的风暴。"

"你们真的要帮助荆棘王毁灭世界?"

"如果这是唯一拯救它的方法。"

"你真觉得这话说得通?"

"是的。"

"你们怎么知道他——荆棘王——是正确的?你们怎么知道他没有对你们撒谎?"

"他没有,"她说,"而且你心里清楚。"

她控制小艇,在黑暗的湖面穿行,很快就进入了一条低矮的隧道,斯蒂芬不得不矮下身,以免撞到脑袋。船桨声荡向远处,回音随即折返。

"你从哪儿来,斯塔沁?"斯蒂芬大声发问,"哪个镇子?"

"霍玛省城的考比村。"

些许寒意攀上他的脊骨。"我有个朋友就是那儿的人,"他说,"薇娜·卢夫特。"

斯塔沁点点头。"薇娜是个好人。她经常跟我们玩游戏,还在她爸爸酿完酒后做甜麦面包给我们吃。可她太老了。不是我们的一员。"

"她有个父亲——"

"'雌豚乳峰'的店主。"

"他也是渥森吗?"

她摇摇头。"他在我们烧毁村子前就走了。"

"你烧了你自己的村子?"

她点点头。"非这样不可。它本就不该存在的。"

"因为荆棘王这么说?"

"因为它不该存在。我们孩子一直都知道这点。我们必须说服大人们。有些人没被说服,可他们离开了。老卢夫特就是其中之一。"

他们继续在沉默中前进:斯蒂芬不知还有什么话可说,而且也想不出问题可问,斯塔沁似乎也没有继续交谈的意思。

洞顶再度升高,最后消失在巫火的微弱照明之外。半晌,另一道光源出现,那是远处的一道倾斜的光束,显然是透过洞窟高处的某个孔洞落下的阳光。

斯塔沁把小船停在了另一座石码头边。

"这儿有凿出的石阶，"她说，"通向上面的出口。"

"你不跟我去吗？"

"我有别的事要做。"

斯蒂芬凝视着女孩的眼睛，在上方投来的阳光中，那双眸子仿如碧玉。

"这样做不对，"他告诉她，"所有这些死亡，所有这些杀戮，不可能是正确的。"

她的脸上掠过某种他无法理解的神情，就像是深潭中银色鱼鳞的闪光。然后那潭水再度变得平静而空无一物。

"生命总是来来去去，"她说，"只要你留心观察。总有生命即将诞生，也总有生命垂危将死。春天诞生的较多，而晚秋死去的较多。死亡比生命更自然。构造世界的基础就是死亡。"

斯蒂芬只觉喉头发紧。"小孩子可不该这么说话。"他说。

"小孩子很了解这些事，"她说，"只有大人才会教导我们：花儿比腐烂的死狗更美丽。'他'只是帮我们记住生来就懂的事。就连不懂得自欺欺人的野兽都明白这个道理。"

斯蒂芬的悲伤与同情突然扭曲，有那么片刻，他恨不得掐死这个女孩。在困惑与迟疑间，这种感受带来的纯粹的满足是如此美妙而骇人，令他喘息不已，而等那感觉退去时，他居然颤抖起来。

斯塔沁也察觉到了。

"另外，"她柔声说道，"整个季节的死亡都在你身体里。"

"什么意思？"

可她只是划动船桨，没有作答，很快，小艇就消失在视线之外。

斯蒂芬走上台阶。

石阶起起伏伏，通向石壁上方，最后将他带到了一块平台上。这块空地相当小，彼端除了大片的藤蔓之外几乎什么都看不见。然而，松散的植被间有条小径，他沿路而行，最后山坡的景色骤然跃入他的眼帘。

他发现自己俯视着一片牧场，远方是成排的苹果树。在这座小山谷的对面,果树的上方,耸立着一栋石屋。种种情感如同再次碰面的老友,令他不自觉地屏息静气:期待、孩子气的兴奋、痛苦、理想的破灭,以及极度的恐惧。

还有愤怒。

那是德易修道院,是他最初察觉教会的腐化堕落的地方,是他遇见德思蒙·费爱,并遭受其折磨的地方。也是他被迫破译那部典籍——那部或许注定了世界末日的古书——的地方。

"Wilhuman,werliha.Wilhumanhemz."沙哑的嗓音在他身后响起。

"欢迎你,叛徒。欢迎回家。"

第四章 萝丝的故事

"你打算杀了我?"安妮问道,目光定格在艾黎宛身上。

罗依斯女公爵懒洋洋地回过头,对她露出微笑。

安妮几乎能察觉一旁的尼尔·梅柯文绷紧了身体,就像鲁特琴的琴弦。

她一直等到我送走埃斯帕,她想。但并不是说有他和薇娜在,就对付得了这么多人……

她抬起手,想要擦拭额头,却又放下了手。这会让她显得很软弱。

发生了太多的事,又是在这么短的时间里。在路上遇到艾黎宛和她的手下时,她的脑袋还因为酒精有些昏沉。随后,看到熟悉面孔——甚至是家人的面孔——带来的解脱感太过强烈,以至于她根本没去思考这显而易见的可能性。

是艾黎宛派出的袭击者。

艾黎宛·戴尔对安妮来说一直是个不解之谜,不过是令人愉悦的那种。她是安妮父亲的妹妹,比丽贝诗和罗伯特年长,可她总是显得比安妮的父亲年轻许多。安妮猜她只有三十岁上下。

前往幽峡庄的家族旅行一向是件赏心乐事:孩子们甚至觉得大人比他们玩得更开心,虽然没过多久,她就开始明白让他们开心的是什么了。

随着安妮年岁增长,印象也逐渐加深。艾黎宛似乎总在寻欢作乐。尽管她在某处有个丈夫,却从未真正露过面,而艾黎宛又以喜好年轻情人和更换频繁而闻名。玛蕊莉——安妮的母亲似乎一直不喜欢艾黎宛。这在安妮看来,却是她姑姑的又一个可取之处。尽管流言缠身,她却似乎从未参与过任何政治活动,甚至意识不到除了"谁跟谁上床"之外的任何事情。

这时安妮才恍然大悟：原来她根本不了解她的姑姑。

"杀了你，再把尸体埋在没人能找到的地方，"艾黎宛接过话头，"这些就是指示的内容。罗伯特说，作为回报，我在幽峡庄的生活能保持原状。"她幽幽地叹了口气，"多美好的想法啊。"

"可你不会，"安妮说，"你没打算杀我……对吧？"

艾黎宛蔚蓝色的双眸对她投来寒芒。

"不，"她说，"不，当然不了。我弟弟不像他以为的那样了解我，这让我有点沮丧。"她的脸变得更加严肃，又抬起手，控诉似的指着安妮，"可你绝不该相信我，因为我也许真会下手，"她说，"考虑到连你亲爱的叔叔罗伯特都下令要你死，其他亲戚就更不可信了，也许你母亲除外。站在你这边会让我的生活变得十分艰苦，更有可能会使它终结。要做出这样的选择可不容易，即使是为了你，我的甜心，也是一样。"

"可你还是选了我这边。"

艾黎宛点点头。"就在法丝缇娅和艾瑟妮在我的客房里出事之后——不，不能让你再这样了。我爱威廉，胜过其他所有兄弟姐妹。我绝不会像那样出卖他最后的女儿。"

"你觉得罗伯特叔叔是不是发疯了？"安妮问道。

"我觉得他生下来就是个疯子，"艾黎宛说，"要知道，双胞胎时常这样。丽贝诗从父母的结合中得到了全部精华，留给罗伯特的就只有渣滓。"她的目光扫向一旁的尼尔爵士。

"你可以放松点了，亲爱的骑士，"她说，"简单复述我刚才的话就是：我是来帮助安妮的，不是来伤害她的。如果我想要她死，会在找到你之前杀了她，再利用你的悲伤让你成为我的情人。或者干点别的什么有趣的恶作剧。"

"你的话总是这么令人安心。"尼尔回答。

安妮觉得这句熟悉的回答似乎印证了艾黎宛先前的暗示：也就是说，尼尔爵士和她姐姐法丝缇娅之间有一段风流韵事。

从表面看来这不太可能。法丝缇娅本分得可笑，尼尔也一样。人人都觉得他们只会巩固这种性格，而非加以改变。可安妮突然明白，和人心有关的一切都不那么简单，或者说，人心非常简单，可它导致的结果却复杂无比。

无论如何,她都没有时间去考虑她姐姐和这位年轻骑士做没做过什么。她有更紧要的事。

"提到丽贝诗,有没有什么关于她的消息?"安妮问道。

"没有,"艾黎宛回答,"有传言说她被订婚对象——萨福尼亚的凯索王子背叛,说他把她交给了寒沙的某些盟友,以便勒索威廉。所以你父亲去了宜纳岬:他是想通过谈判来救回她。"

"我想只有罗伯特才知道那儿究竟发生了什么。"

"所以你觉得罗伯特叔叔和我父亲的死有关?"

"当然。"艾黎宛说。

"那丽贝诗呢?你觉得她究竟出了什么事?"

"我不——"艾黎宛的声音停顿了一瞬间,"我不认为她还活着。"

安妮花了几次呼吸的时间来接受这个事实。

雪花又开始落下,令她满心不快。她感觉就像身体里的某处有根骨头断了。那骨头很小,但却是永远无法痊愈的那种。

"你真觉得罗伯特叔叔会杀死他的亲妹妹?"最后,她发问道,"他爱她胜过一切。他把她看做掌上明珠,毫无保留地爱她。"

"没什么能比真爱更容易导致杀戮,"艾黎宛说,"我说过的,我的父母遗传给罗伯特的绝对不是什么好品质。"

安妮张口欲答,却无言以对。雪下得更猛烈了,寒冷和潮湿令她的鼻子逐渐麻木。

我以前都去哪儿了?她思考着。为什么我从来都不知道这些事?

可她清楚答案。她那时在策马飞奔,让守卫们头疼;偷来葡萄酒,在西边的塔楼里喝个精光;溜出宫外,在伊斯冷墓园跟罗德里克玩"亲吻和爱抚"的游戏。

法丝缇娅本想告诉她的。还有她母亲。告诉她为这一切做好准备。

母亲。

安妮突然想起了母亲的脸,她被送去圣塞尔修女院的当晚,她那张悲伤而严肃的脸。安妮还对她说,她恨她⋯⋯

她的脸颊湿润了。不知不觉间,她开始哭泣。

她渐渐意识到这样有损无益,而沉重的哀伤也在胸腔内淤积。她感到自己无比脆弱,就像长发被全部剪去的那天,就像年幼时光着身子在走廊里被人发现的时候。

她怎么能当女王?她连幻想的资格都没有吧?她什么都不懂,什么都控制不了——甚至包括自己的泪水。她在过去的一年里只学到了一件事:世界庞大而残酷,超出她的理解极限。其余的那些——命运和权力的幻象,以及不到几天前还显得如此真实的决心——现在看起来蠢极了。那不过是除她以外的所有人都能看穿的假象。

一只手按上她的腿,而她被它的温暖吓了一跳。

是奥丝娅,她自己的眼睛也满盈泪水。其他骑手让出了少许空间,或许是为了装作没有看到她的痛苦。尼尔策马跟在她身后,但那距离听不见耳语声。卡佐在前方和艾黎宛并驾齐驱。

"能看到你活着我好高兴啊,"安妮对奥丝娅说,"我努力不去考虑你的安危,这样才能集中精神做别的事,可如果你死了……"

"你会继续你的事业:这就是你会做的,"奥丝娅说,"因为你身不由己。"

"我会吗?"安妮问道。她听出了奥丝娅话里的怨气,但她明白,那只是小小的牢骚罢了。

"会。真希望你看过我在邓莫哥的森林里见到的那一幕。那时你大步走出去,莽撞得像头公牛,然后告诉那些杀人凶手你是谁——如果你亲眼见过,你就该明白自己会怎么做。"

"莫非圣者祝福了你?"安妮轻声问道,"你能听见我想什么了?"

奥丝娅摇摇头。"全世界的人里,我最了解你,安妮。我对你具体在想什么并不清楚,可通常来说,我能看出大致的发展方向。"

"这些你全都知道?关于罗伯特的事?"

奥丝娅迟疑不语。

"求你告诉我。"安妮说。

"有些事我们从没谈过,"奥丝娅不情愿地说,"你总是把我当妹妹看待，这很体贴，可我没法忘记事实，也不能允许我自己忘记。"

"你是说你只是一个仆人。"安妮说。

"是啊。"奥丝娌点点头，"我知道你爱我，可就算是你也会面对现实。"

安妮点点头。"对。"她承认。

"在伊斯冷，在城堡里，仆人有自己的世界。就在你们的世界附近——在它下面，在它周围——却是不同的世界。仆人对你们的世界非常了解，安妮，因为他们必须在其中生存，可你却对这些没什么认识。"

"别忘记，我也当过仆人，"安妮说，"就在菲拉罗菲宅邸。"

奥丝娌笑了起来，努力不露出轻蔑的神情。

"只干了两个九日的活，"她评述道，"不过听着，在此期间，你知道了宅邸女主人不清楚的什么事吗？"

安妮思考片刻。"我发现她丈夫跟女佣调情，不过我想她早就知道，多半是猜到的，"她说，"但她不知道，他还跟她的朋友奥斯佩莉娜纠缠不清。"

"你是通过观察发现的？"

"对。"

"那其他仆人——他们跟你聊天吗？"

"不怎么聊。"

"这就对了。因为你是新人，是个外乡人。他们不相信你。"

"这我承认。"安妮说。

"可我敢打赌，宅邸的主人和女主人把你们一视同仁。对他们来说，你是个仆人，所以当你干分内的工作时，你就是个隐形人，就像屋子的一部分，就像楼梯扶手或者窗户。他们只会留意你——"

"做了什么错事。"安妮说。她开始明白了。

伊斯冷有多少仆人？几百？几千？他们总在你周围，但只要贵族在场，他们就几乎像不存在一样。

"继续，"安妮说，"对我说说伊斯冷的仆人们。多小的事都行。"

根处之毒液

奥丝娖耸耸肩。"你知不知道，名叫吉姆莱的那个马厩杂工是女裁缝迪麦尔的儿子？"

"不。"

"你认识我提到的那个人吗？"

"吉姆莱？当然认识。我只是从没想过他母亲是谁罢了。"

"可他不是迪麦尔的丈夫，阿米尔的儿子。他真正的父亲是厨工卡伦。也因为卡伦的妻子海伦对这件事大为震怒，吉姆莱——顺便说一句，他真正的名字叫阿姆莱斯——一直没法在城堡里谋个差事，因为海伦的母亲是老夫人鲍尔·高斯库夫特——"

"——王室仆人的总管。"

奥丝娖点点头。"后者是已故的拜斯维斯领主和一名乡民之女的私生女。"

"所以你想告诉我仆人们睡觉的时间比干活的时间多？"

"如果池塘里有只乌龟在换气，你就只能看见它的鼻子尖。你对伊斯冷的仆人的了解只有他们允许你了解的部分。大多数人的生活——他们的兴趣、热爱的对象与彼此的关系——都与你无缘。"

"可你好像了解得很多。"

"只够我明白自己的孤陋寡闻，"奥丝娖说，"因为我和你太过亲近，因为我受到贵族般的对待，所以我得不到太多的信任——或者说欢迎。"

"那这些和我叔叔罗伯特有什么关系？"

"关于他，仆人间有非常可怕的传闻。据说他还是孩子的时候，就非常残忍，而且很不正常。"

"不正常？"

"有一个女佣说过——在她还小的时候，罗伯特亲王曾让她穿上丽贝诗的袍子，把她叫做丽贝诗。然后他——"

"停，"安妮说，"我想我猜得出来。"

"我想你不能，"奥丝娖说，"他们也这么猜测，可他的堕落的欲望不止如此。然后还有萝丝的故事。"

"萝丝？"

"这事他们提得很少。萝丝是洗衣房的爱弥·斯塔特的女儿。罗伯特和丽贝诗把她当做玩伴,用漂亮的衣服打扮她,带她散步,骑马,还有野餐。对她就像对待名门后代一样。"

"和你一样。"安妮说着,只觉胸口刺痛不已。

"对。"

"那时他们多大?"

"十岁。然后就发生了那件事,安妮——他们说的那件事,不过这太难以置信了。"

"我想现在我没什么不能相信的了,"安妮说。她觉得自己变迟钝了,就像一把经常用来切骨头的菜刀。

奥丝妮把声音压得更低。"他们说年轻的时候,丽贝诗和罗伯特很像:又残忍,又爱妒忌。"

"丽贝诗?丽贝诗是我见过的最可爱,也最和蔼的女性。"

"他们说,在萝丝失踪之后,她才变成那样。"

"失踪?"

"再也没人见过她。没人知道出了什么事。可丽贝诗连着哭了好些天,罗伯特也显得比平常更暴躁。从此以后,罗伯特和丽贝诗就不像从前那样常常见面了。丽贝诗像是变了个人,她总是努力行善,活得像圣者般高洁。"

"我不明白。你是说罗伯特和丽贝诗杀了萝丝?"

"我说过了,没人知道。她的家人祈祷,哭泣,还递交了诉状。没过多久,萝丝的母亲和近亲们都被调往一百里格以外的布鲁格斯威尔,去那儿的总督家里做仆人,直到现在。"

"这太可怕了。我没法——你是说我父亲根本没调查过这件事?"

"我怀疑它根本没传到你父亲的耳朵里。它在仆人的世界就解决了。如果谣言能传到你的家人那里,也就很容易引起你父亲政敌的注意。在那种情况下,任何对这件事有所了解的仆人都会像萝丝一样人间蒸发——而且没人会做出任何解释。"

"所以鲍尔声称萝丝去了她在维吉尼亚省的姐姐那儿工作,而且保证有关于她的申请记录。萝丝剩余的家人被悄无声息地除了名,免得他们在悲痛中和不该说的人说话。"

安妮闭上双眼,感到有张脸随着她合拢的眼皮而浮现,那是张漂亮脸蛋，有碧绿的双眸和高高的鼻梁。

"我记得她，"她倒吸一口凉气，"他们叫她萝丝表妹。我在汤姆·窝石峰的菲特米节庆典上见过她。我那时肯定没超过六岁。"

"我五岁，所以你六岁。"奥丝姹确证道。

"你真觉得他们杀了她？"安妮低声说。

奥丝姹点点头。

"我想她是死了。也许是意外，或者是玩得过火的游戏。他们说罗伯特有很多自己编的游戏。"

"而现在他坐在王位上。我父亲的王位。他还把我母亲关在了塔里。"

"我——我也听说了，"奥丝姹说，"我相信他没有伤害她。"

"他下令要我的命，"安妮回答，"没人知道他会对我母亲做什么。这才是现在我最关心的，奥丝姹。不是我能否成为女王，也不是在释放我母后之后该把罗伯特丢到哪儿才能让他消停。眼下只有这件事。"

"听起来很明智。"

安妮深吸一口气，觉得双肩轻松了少许。

这时他们再次离开了森林，沿路前行。安妮能看到远处的瑟沃尼，开始思索，这次能否真的只是路过这座小镇而已。

"安妮！"有人在身后高喊道，"卡司娜，呃，女士！"

她转首回望，看到了被御前护卫紧紧围在中央的卡佐。

"怎么了，卡佐？"她用维特里安语答道。

"能劳驾你告诉这些人，我是你非常重要的伙伴之一吗？如果我真是的话？"

"当然可以，"安妮说。她换成王国语再次开口，"这人是我的护卫，"她告诉御前护卫们，"只要他想靠近我，随时都可以。"

"请原谅，陛下，"其中一名骑士说道。他是个模样讨人喜欢的年轻人，有赤褐色的头发，眉宇间有种天鹅似的气质。"可烦劳您的准许不会带来什么损失。"

她点点头。"你叫什么名字，骑士阁下？"

"劳您垂询，陛下，我名叫杰米·里肖普。"

"不错的维吉尼亚名字，"安妮说，"非常感谢你的保护。虽然举止不得体，但我相信这个人。"

"遵命，陛下。"那家伙回答。那些马匹让开了一点空间，让卡佐能拍马赶上安妮。

"我们又有了跟班了，"他说着，转头回望那些骑士。"真希望这些能比上一批活得久些。"

"希望如此吧，"安妮说，"抱歉刚才一直没跟你说话。事态变得越来越复杂了，我相信你应该觉得更头疼才对。"

"当我发现你还活着的时候，这一天就已经大为改观了，"卡佐说。他懊悔地摩挲着额头，"我没能好好保护你——你们俩。我已经对奥丝娅道过歉了，现在我是来跟你说对不起的。"

"你已经为我们冒过生命危险了，卡佐。"安妮说。

"人人都能冒这种风险，"卡佐回答，"无能又愚钝的人也能为你而死。我本以为我比他们出色。如果我在阻止你被人带走的时候死去，那就是另一回事了。可我却屈辱地活了下来，意识到你被人绑架——"

"——只是个人尊严的问题，"安妮替他把话说完，"别傻了，卡佐。你也看到了，我还活着。我们只不过一时大意：埃斯帕、尼尔爵士、斯蒂芬教士，还有我自己。你有一群优秀的伙伴。"

"不会有下次了。"卡佐坚定地说。

"那就劳驾了。"安妮回答。

卡佐点点头。"这位女士是你亲戚？"

"艾黎宛？对，她是我姑妈，我父亲的妹妹。"

"那她可信吗？"

"我已经选择相信她了。可如果你发现有什么迹象是我没留意到的，麻烦提醒我。"

卡佐点点头。"我们要去哪？"他问道。

"幽峡庄，她的宅邸。"安妮答道。

"我们要在那做什么？"

"准备作战吧，我想。"安妮回应道。

"啊。好吧，等需要的时候你会告诉我的，对吧？"

"嗯。"

"安妮!"艾黎宛的声音自前方飘飞而来,"行行好,把那个维特里安小伙子送回来吧。我开始觉得这趟旅途无聊得要命了。"

"可他的王国语差劲得很。"安妮答复道。

"*Fatio Vitelliono*,"她甜甜地回答,"*Benos,midella.*"

"她会说我的家乡话。"卡佐开心地说。

"是啊,"安妮回答,"看来是这样。她肯定是想跟你练习吧。"

他转过头。"我能去吗?"他问。

"去吧,"安妮回答,"不过当心点:对于绅士来说,我姑妈是很危险的。"

卡佐笑笑,正了正他的宽沿帽。"如果碰见这么个人,"他说,"我肯定会警告他的。"

他策马转身,回到艾黎宛那边。

奥丝姹带着颇为不安的神情注视着他离开。

"奥丝姹,"安妮说,"那些绑架你的人——他们说过什么没有?"

"他们以为我是你,"奥丝姹说,"或者以为我可能是你。"

安妮点点头。"我也有同样的印象:他们对我的了解肯定不够详细。他们提过什么人的名字没有?"安妮问,"随便什么人?"

"我不记得他们提过。"

"他们碰过你没有?"

"当然。他们把我绑起来,放在马背上——"

"我不是这个意思。"安妮说。

"不——噢。不,没这种事。我是说他们提到过,甚至用来吓唬我,想让我说出自己是不是你。可他们没有真正下手。"她的双眼突然睁大了,"安妮,难道他们——你被——?"

安妮把头扭向威斯特的方向。"他下手了。发生了一些事。"

"让尼尔爵士杀了他,"奥丝姹咬牙切齿地说,"或者叫卡佐跟他决斗。"

"别。他没得手,而且他对我还有用,"安妮说,她打量着手里的缰绳,"发生了一些事,奥丝姹。那个绑架我的男人,他死了。"

"你是不是——你是不是杀了他,就像你杀死树林里那些可怕的人一样?"

"我一心想要他们死,于是森林里那些人就死了,"安妮说,"我的身体深处有股力量,就像一口水井,而我可以放下水桶,装满力量。我能触及他们的体内,并将之扭曲。我在维特里安弄瞎那个骑士,还有让艾瑞索呕吐不止的那次也是这样。而且不止这些。

"可这次不一样。绑架我的那个人是被恶魔杀死的。我看见她了。"

"她?"

安妮耸耸肩。"我去了另一个地方。我想她跟着我回来了。她让威斯特没能强暴我。"

"那她也许不是恶魔,"奥丝妮说,"也许她是你的守护天使。"

"你没见过她,奥丝妮。她很可怕。我甚至不知道碰到这种事该询问谁。"

"噢,斯蒂芬教士似乎知道得不少,"奥丝妮说,她的声音听起来很伤感。"可我想他已经——"

"他没事,"安妮说,"而且别的地方也需要他。"

"真的?你怎么知道的?"

安妮想到了荆棘王,还有她透过他的双眼看到的一切。

"我不想再讨论这件事了,"她说,"以后再说吧。"

"好吧,"奥丝妮用安慰的语气说,"以后再说。"

安妮深吸一口气。"你刚才说过你最了解的就是我。我想你说得对。因此我需要你看着我,奥丝妮。留神看着我。一旦你觉得我失去了理智,就得告诉我。"

奥丝妮有些紧张地笑了。"我会努力的。"她说。

"我从前瞒过你很多事,"安妮斟酌着用词,"我需要——我现在需要能倾诉的对象。某个我信任的人,某个不会把我的秘密告诉其他活人的人。"

"我发誓永远不会泄露你的秘密。"

"甚至对卡佐保密?"

奥丝妮沉默片刻。"我表现得很明显吗?"她问。

根处之毒液

"你爱他这件事?太明显了。"

"对不起。"

安妮的目光有些游移。"奥丝娲,我对卡佐只有友情。他多次救过我们的命,这让人对他很有好感。可我不爱他。"

"就算你爱他,"奥丝娲防备地说,"他也配不上你的地位。"

"问题不在这里,奥丝娲,"安妮说,"我不爱他。我不在乎你是不是爱他,只要你不要对他说过任何我要你保密的事就行。"

"我对你的忠诚,从前是,将来也是无须置疑的,安妮。"奥丝娲保证。

"我相信,"安妮说着,紧紧抓住好友的手。"我只是需要再听一遍。"

在西方投来的阳光中,他们抵达了幽峡庄。

看起来和安妮的记忆一般无二,那些尖塔、花园和窗玻璃,就像儿童故事里蛛丝织成的城堡。年幼时,她觉得这地方充满魔力。现在她思考的却是,如果说有可能的话,它如何防御外敌。它看起来完全不像是能够抵挡攻城部队的地方。

大门边,有十个骑在马背上的人,穿着黑色的罩袍。领头的是个又高又瘦的男人,留着平头和小胡子,策马迎面而来。

"噢,天,"艾黎宛低声道,"比我预料的还快。"

"女公爵,"那人说着,在马鞍上欠了欠身,"我正准备骑马出来找您呢。您的行为会让我的主人不满的。您本该在住所等我的。"

"我弟弟很少满意我的行为,"艾黎宛说,"不过这回,他应该不会特别不满。恩斯特公爵,能允许我介绍我侄女安妮·戴尔吗?她似乎被弄丢了,所有人都在拼命找她,可你瞧——我找到了。"

"而且就我所知,她是来夺走你主人的王冠的。"

第五章　树林之中

"你打不打算把事情跟我解释清楚？"薇娜问道。这时他们的马匹刚带着两人走上一片低矮的山脊，也离开了那位公主——或者说女王，或者随便什么——以及她新得到的骑士随从们的视线。

"嗯。"埃斯帕说。

几分钟的沉默过后，薇娜拽住"跟头"的缰绳，让这匹斑纹母马停了下来。

"好了没？"

"你是说现在就解释？"

"对，现在。你是怎么说服女王陛下放你去追踪斯蒂芬的？"

"噢，碰巧了，没有说服的必要。她想要我去找斯蒂芬。"

"她可真好。"

他摇摇头。"不，这事很怪。她好像早知道他被带走了。她说他需要我们的帮助，说我们有任务要完成，说我们去找斯蒂芬和她夺回王位一样重要。或许更重要。"

"她没说原因？"

"事实上，她也不知道原因。她说她看见了荆棘王的幻象，他不知怎么地就让她觉得斯蒂芬很重要。而且他有危险。"

"这话连一杯麦酒的意义都不如，"薇娜质疑道，"史林德们来了，带走了他，它们又是荆棘王的造物。所以他当然会有危险，不是吗？而且如果苔藓王想要我们一起去，为啥不把我们一起抓走？"

"你问错人啦，"埃斯帕说，"我根本不相信幻象。只是她能放我们走让我很高兴。虽然……"

"什么？"

"你瞧见那些尤天怪了吧？"

"尤天怪？"她脸色发白。"就像那种——"她结结巴巴地说。

"嗯。至少三只。被史林德干掉了。没准它们也在追赶斯蒂芬。

没准这就是荆棘王派出史林德的原因:为了保护他。"

"我还以为你不相信幻象呢。"

"我只是随口一说,"埃斯帕说,"有线索是好事。"

"女王陛下还说了什么?"

"就这些了——跟着斯蒂芬。找到他,保护他,帮助他。她说允许我自行判断。说我是她在这儿的'代理人',鬼才知道那是啥意思。"

"真的吗?她的代理人?"

"你知道这个词的意思?"

"那是个维吉尼亚词。表示你跟她拥有同样的权力——表示她会为你担保。我猜她没给你什么东西做证明。"

埃斯帕大笑起来。"比如呢?一封密信,一枚戒指,还是一柄权杖?这女孩被人追着跑遍了半个世界,而且就我所知,大多数时间里,她的财物只有身上的衣服。我估计她以后会补给我的,如果有必要的话。

"顺便说一句,眼下我有没有她的授权都没什么太大意义,对吧?他们可以叫她女王,可她现在还不是。"

"好吧,"薇娜低声嘟哝道,"这么看来也有点道理。"

他们又在沉默中前进了一会儿。埃斯帕不清楚自己该说什么:每次他的目光瞥向薇娜,她都显得更烦恼了些。

"斯蒂芬和易霍克不会有事的,"他向她保证道,"我们会找到他们的。我们四个经历过更可怕的事。"

"嗯。"她消沉地说。

他挠挠脸。"嗯。他们没事的。"

她点点头,但没有答话。

"话说回来,这也不错。我是说,我们很久没单独在一起了。"

她抬起头,目光炯炯地看着他。

"这话是什么意思?"她突然说。

"我……呃,我不知道。"他觉得自己说错话了,真的,可他不清楚自己错在哪儿。

她张嘴,合拢,又再次开口。"现在不是时候。等我们找到斯蒂芬再说吧。"

"不是什么的时候?"埃斯帕问。

"没什么。"

"薇娜——"

"你过去两周冷得像根柱子,"她怒气勃发,"然后突然就开始甜言蜜语了?"

"周围有这么多人,要跟你亲密的确有点难。"埃斯帕咕哝道。

"我要的不是情话和情诗,"薇娜说,"只要拉个手,时不时耳语一句就够了。我们也许会死,在我们还没……"她垂下头,紧闭双唇。

"我还以为你早就有心理准备了。在你——"他顿了顿,不太肯定自己想说什么。

"在我对你表露心迹的时候?"她帮他把话说完,"嗯。我本来没打算那么做的。我在塔夫河边看到你的时候,原本以为你已经死了。我以为你在了解我的感受之前就死了。等你活过来的时候,我们已经远离了一切——远离我父亲,远离他的酒馆,远离考比村——我真的已经不在乎了,不在乎结果,不在乎未来,什么都不在乎。"

"现在呢?"

"现在我还是不在乎,你这棵蠢橡树。可我开始怀疑你是否在乎了。回想我们独处的时候,那时光多美妙啊。一半时间里,我都吓得不知所措,可除此之外,我这辈子从没这么幸福过。那些正是我一直梦想从你那得到的东西:冒险,爱情,还有黑暗中的温存。"

"可周围多了几个人之后,我突然变得像是你爱惹麻烦的小妹妹了。她也出现了,她和你那么相似,像到我没法相比的地步——"

他打断她的话。"薇娜,难道你从没渴望过正常的生活吗?比如房子?孩子?"

她嗤之以鼻。"免了,我觉得我会等到世界不准备毁灭的时候再组建家庭。"

"我是认真的。"

"那我也是。"她绿色的双眸充满挑战的眼神,"你是想说,我跟着你就得不到这些东西?"

"我猜我从来没真正考虑过。"

"所以你光是扯开嗓门说话,却不仔细想想自己在说什么?"

"呃,大概是吧。"

"嗯,好吧。你最好改改这习惯。"

难堪的沉默降临在两人之间。

"我不觉得你像个小妹妹。"

"不,当然不了——不到半个钟头以前,你还一心想着怎么掀起我的裙子呢。"

"我想说的只是能跟你重新独处让我很高兴,只有这些,我只会干护林的活儿。"埃斯帕说,"只要能远离其他人就好。而且跟你想的不一样。我是个护林官,也从没做过别的什么。我独自行动,用自己的步调,自己的法子,把事情干好。我不是领袖,薇娜。我不是那块料。四个人已经够糟了。五个简直就让我没法忍受了。"

"莉希娅加入的时候,我觉得你倒是一点都不介意。"

"这事跟莉希娅没关系,"埃斯帕绝望地说,"我只想跟你说些事。"

"继续。"

"所以,等我们突然有五十个人的时候,我就不知道自己该做什么了。我不是骑士,也不是士兵。我独行惯了。"

"所以这跟我有什么关系?"

他深吸一口气,感觉就像准备潜入一汪深潭。"和你在一起——只有你——就像独自一人的感觉,不过比那更好。"

她看着他,眨眨眼。

他看到她湿润的双眼,心沉了下去。他知道自己想说什么,可他显然用错了词。

"薇娜——"他再度开口。

她抬起一根手指。

"嘘,"她说。"这是很久以来你对我说过的最动听的话——也许不会有更动听的了——所以你也许应该暂时闭嘴。"

埃斯帕放下了心头的大石。他听取了她的建议,专心驾马前进。

THE BLOOD KNIGHT

雪花仍在不时飘落，可他并不太担心足迹会被掩去：没错，在大雪天里，也许他会跟丢一两个史林德，可他绝不会遗漏几百个人的脚印。而且他们找到的不仅仅是足迹，还有血痕和不时出现的尸体。或许那些怪物的确不会感到痛苦或是恐惧，但他们还是会和其他生物一样死去。

几个钟头过后，白昼没有做出多少抵抗，便败退下去，而晦暗转为漆黑，伴随着酷寒将至的恶毒暗示。他们点亮了火把。火焰摇曳着，嘶嘶作响，雪下得更大了。

尽管埃斯帕不愿承认，可他的确累了，累到膝盖抵着魔鬼的侧腹不停颤抖。而尽管薇娜毫无怨言，却似乎同样随时有坠马的危险。这一天实在太过漫长，几乎总在生死边缘徘徊，即使是钢铁也难堪如此重压。

"要不要去那边休息一下？"埃斯帕问。

"如果我们停下，雪会盖住脚印的。"她叹了口气。

"总会有法子的，"埃斯帕说，"就算没有别的尸体，他们也会撕下树皮，折断树枝——我能找到他们。"

"如果我们停下来休息的时候，他们杀了斯蒂芬呢？"

"只要我们想得没错，他们就不会这么干。"

"可我们也许想错了。他们也许会在半夜把他的心给剜出来。"

"也许吧，"埃斯帕承认，"可就算我们马上就能找到他，以眼下的状况，你真觉得我们有法子帮到他？"

"不，"薇娜承认，"但这真的重要吗？"

"重要，"埃斯帕说，"我可不是故事里的骑士，随时准备送死，就因为故事说我应该死。我们会救斯蒂芬的，可前提是我们能活下来，或者至少有足够的可能性。眼下我们需要休息一会儿。"

薇娜点点头。"好吧，"她说，"你说服我啦。你准备在这儿扎营？"

"不，让我给你看点东西。继续往前就是。"

"摸到凹口了没？"埃斯帕问道，他在黑暗中搜寻，摸到了薇娜的臀部。

"嗯。还有,看好你的爪子,你这头老狗熊。我可没这么宽宏大量:你居然让我去爬另一棵树。"

"这回应该很容易爬。"

"的确。谁切开的这些凹口?很有些年头了吧,我摸到里面有新长出的树皮。"

"嗯。是我干的,那时我年纪还小。"

"你可计划得够久的啊。"

埃斯帕差点笑出声来,可他实在太累了。

"再高一点的地方,"他用肯定的语气说,"你会摸到一块凸起。"

"找到了。"薇娜说。

过了一会儿,埃斯帕跟着薇娜踏上了一块接近平坦的表面。

"你的冬季城堡?"她问。

"差不多吧。"他答道。

"要是有些墙就好了。"

"噢,那我就什么都看不到了,对吧?"埃斯帕说。

"我们现在也什么都看不到。"薇娜指出。

"嗯。总之,它有个能挡雪的顶,应该还有块帆布,把它挂起来就能挡下些冷风。不过得注意脚下。这地方本来是只供一个人用的。"

"所以我猜我是你第一个带回家的女人。"

"呃——"他停了口,没敢回答。

"噢,"她说,"抱歉,我只是开玩笑。我不该提起这事。"

"已经是很久以前的事了,"埃斯帕说,"我没觉得不舒服。只是不……"这回他能肯定自己不该继续说下去了。

可接着,他感到她的手在抚摸他的脸。"我并不嫉妒她,埃斯帕,"她说,"那是我出生以前的事了,所以我还能怎样?"

"不提这个了。"

"不提了。好了,壁炉在哪儿?"

"啊,我想你手放着的地方就是。"他说。

"噢,好吧,"她叹口气,"我猜这总比冻死要好。"

比冻死要好得多了,当灰白的晨光照醒埃斯帕时,他如此想到。薇娜依偎在他的臂弯里,赤裸而滚烫的身体与他相抵,两人被毛毯包裹其中。他们都没想到自己还留着不少精力,整晚都没掉下平台可真是奇迹。

他努力把呼吸放缓,放长,不想吵醒她。可他扫视周遭,依旧像多年前还是小男孩时那样讶异与震惊。

"你在啊。"薇娜喃喃道。

"你醒了?"

"比你醒得早,"她说,"只是在看。我从没见过像这样的地方。"

"我管它们叫'暴君'。"埃斯帕说。

"暴君?"

他点点头,看着他们所在的这棵巨树四下伸展,交扣连接的树枝,还有周遭的一切。

"对。它们是森林里最大也最老的一群铁橡树。别的树都没法在这里生长:铁橡们会遮住它们需要的光。它们是国王,是森林的皇帝。上面是个完全不同的世界。有些东西生活在那些树枝上,一辈子也不会下到地上去。"

薇娜探出身,窥视边缘之外。"离地面有多——呀!"

"别摔下去。"他说着,把她抓紧了一点。

"比我想象的要高,"她粗声说,"高多了。我们差点就,昨晚我们险些——"

"不,不会的,"埃斯帕撒谎道,"我一直看着呢。"

她露出嘲弄的微笑,然后吻了他。

"要知道,"她说,"小的时候,我以为你是铁做的。记得你和达维带回黑瓦夫以及他手下的尸首的时候吗?你的身体简直就像是圣米切尔亲手打造的。我觉得只要有你做伴,就什么都不用担心了。"

她的双眼透出严肃,一如他以前所看到的那样美丽。附近某处,

根处之毒液

一只啄木鸟敲打着树干，继而发出一声沙哑的鸟鸣。

"现在你应该不这么想了，"他说，"毕竟芬德从我鼻子底下把你给抓走了。"

"嗯，"她轻声回答，"然后你把我救回来了。不过已经太晚了，我已经知道你也会失败，而且无论你有多强壮、多坚定，坏事还是能找上我。"

"对不起，薇娜。"

她抓住他的手。"不，你不明白，"她说，"女孩才爱英雄。女人爱的是男人。我爱你，不是因为我觉得你能保护我。我爱你，因为你是个男人，是个好男人。不是因为你总是成功，而是因为你总在努力。"

她移开目光，再度俯视远处的地面。他感到轻松了些，可却想不出如何回答。

在他的印象里，薇娜就像只小羊羔，手脚纤细，一头金发，总是在村子里乱跑，总是缠着他要听外面世界的故事。只是在他的注视下度过短暂的童年，成为父母和祖父祖母的上百个孩子之一。

埃斯帕并不清楚爱情是什么。在第一任妻子葵拉遭到谋杀后，他花了二十年时间躲避女人和随之而来的麻烦。可薇娜悄悄接近了他，她小女孩的伪装是如此完美，令他浑然不觉。不过从结果来看，这么做虽出乎意料，却令人愉悦。不久后，他便束手归降，尽管他从未向任何事物屈服过。

这些事发生在芬德绑架她以前。芬德曾杀死他的第一个爱人；他似乎注定要杀死他所有的爱人。

无论如何，埃斯帕的烦恼从那时起就越来越多，也越来越不能确定自己的感受。他知道确定的方法，可他们总在旅行和搏斗，总有死亡的危险，所以简单的做法就是不去思考未来，而是去想象等一切全都结束，薇娜会回去过她的生活，他也一样。他会想念她，会有美好的回忆，但这些都只是放松时的消遣而已。

如今他突然意识到了水的深度，而他不确定自己能否在其中遨游。

THE
BLOOD KNIGHT

不知不觉中，他想起了莉希娅。这个瑟夫莱女子坚定而睿智，总是把所有感受都藏在心底，藏得很深。和她在一起不会有任何迷惑：和她在一起，生活将真实而简单——

他突然感到树在颤抖。不是因为风：节奏完全不一样，而且颤动是从根部传来的。

薇娜肯定看到了他皱眉的神情。

"怎么了？"

他抬起一根手指，举到唇边，摇了摇头，然后把目光转回地面。树木的震颤仍在继续，可他想象不出原因是什么。或许是几百个骑手，众多的马蹄踩踏声融汇到了一起。或许史林德们又来了，虽然感觉上不像。这股震动的持续性是他见过的任何东西都无法相比的，但颤抖却越来越强烈了。

他屏息静气，等待着声音。

一百次心跳过后，他听到了刮擦声，像是打磨的声音。几片枯叶放弃了最后的努力，不再紧抓树枝，而是随风飘落。埃斯帕还是什么都没看见，可他发现那只啄木鸟停止了动作，鸟鸣声也全数静止。

响声更加清晰，树的战栗也愈加明显，最后他感觉到一段沉闷的韵律，一阵隐约可闻的"咚——咚——咚——咚"声。在埃斯帕看来，这是某个非常庞大也非常沉重的东西正在林间奔跑，速度快过马儿的飞奔。

而且它还拖着件很大的东西。

他小心翼翼地伸手去拿弓箭时，发现薇娜的呼吸加快了，因此他再次握住她的手，轻轻捏了捏。他张望天空：它仍旧灰蒙蒙的，可云朵聚集在高处，且色彩鲜亮。看起来不会再下雪了。

无论那东西是什么，它和他们来自同一方向：森林的西北。那个方向的树枝正剧烈摇摆着。他把呼吸放缓，放长，努力放松神经，把注意力集中在脚下的旧国王大道上，略微朝向北方。

他起先只瞥见了某种巨大、乌黑且呈灰绿色的东西在林间蜿蜒行进，可他的感官无法将它与现实对应。他集中精神，看着旧国王大道的位置，那儿有两棵巨大的"暴君"交拱的长长开阔地。他觉

根处之毒液

得自己会率先在那里看见那个东西。

一阵雾气涌入林间,某种黑暗而曲折之物随即现身,它的动作如此迅速,埃斯帕起先还以为自己看到了一股怪异的洪水,一条在地表奔涌的河流。可它却突然停了下来,而穿行声和树木的震颤也随即静止。

雾气开始盘旋,某只仿佛鲜绿色油灯的东西射出光芒,穿透了阴霾。

转瞬间,埃斯帕觉得皮肤刺痛发麻,就像热病发作似的。他随即轻拍薇娜的脸颊,阻止她看到幻象。雾气散去之时,他发现那道绿光是一只眼睛,从他们所在的高处望去,它就像一条细线。不过这就足够了。

按他的估计,它的脑袋和一个中等身材的男人一样高,有长长的锥形口鼻,鼻孔硕大,和马有些相似,不过从它外展的颈脖和厚实的脑袋来看,更像是一条蝰蛇。两条黑色的角质脊骨在其双眼(它的两只眼球在浑圆的眼眶里胀鼓鼓的)正后方凸起。他看不见它的耳朵,但它的颅骨下方长有一圈领状尖刺,顺着多棘的脊骨向下一路延伸。

那不是蛇,因为他能看到,除了四王国码宽的脖颈之外,它还有无比粗大的腿足,末端是仿佛裂成五瓣的巨蹄。然而,它行动时就像蛇那样腹部拖地,身体在后方扭动,所以现在他还弄不清它到底有没有后腿,如果有的话,他估计起码得有十到十二王国码长。

那颗脑袋抬了起来,有那么片刻,他唯恐它会把致命的目光转向他们俩,可它却将鼻孔贴近地面,闻起了那道足迹,脖子左右转动起来。

它跟踪的是他们还是史林德们?他想。现在它又要跟踪谁?

那时他才注意到一件先前没留意的事。那东西腿足之上的身躯显得更为粗实,以便容纳硕大的肩部肌肉,就在那儿,在肌肉最厚实的地方,有个奇怪的东西,是一抹似乎不属于它的色彩,某种附着在上的东西。

接着他看清楚了。那是个鞍座,绑在那东西身上,上面坐着两个人,一个没戴帽子,另一个戴着顶宽沿帽。

THE BLOOD KNIGHT

"见鬼。"埃斯帕喃喃道。

仿佛回应般,那戴帽子的男人仰起头,随即闪过一道灰白的光芒。尽管相距遥远,又有雾气遮蔽,可看到那只眼罩和他鼻子的形状,埃斯帕已经能肯定那人是谁了。

芬德。

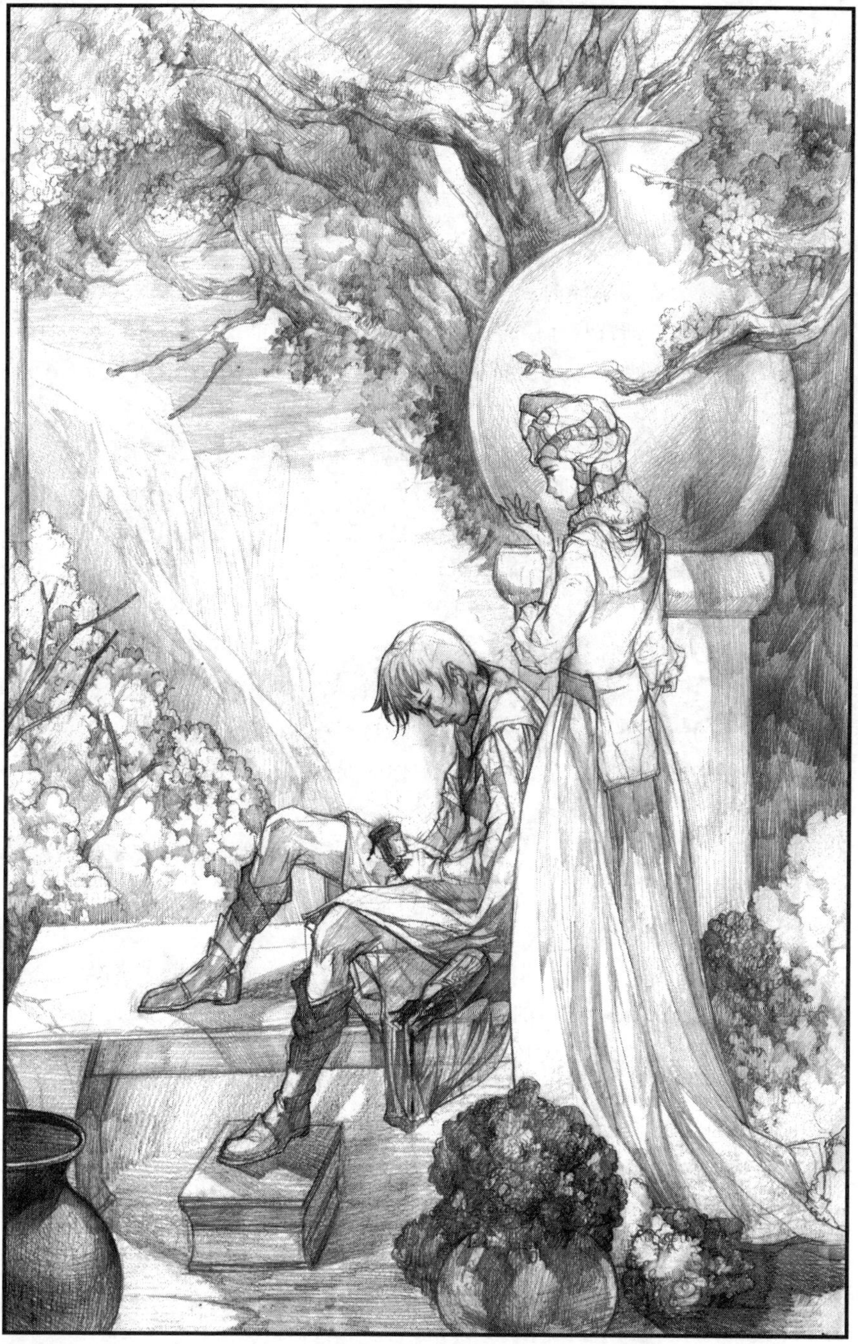

第六章 魂灵现身

恩斯特公爵将手伸向剑柄,可尼尔的剑早已拔出,妖异的光芒舔舐着刃锋。恩斯特身体僵直,紧盯着他,他手下的反应也差不多。尼尔接着掉转马头,以免腹背受敌,也方便同时面对恩斯特和艾黎宛两人。

"以我父辈和祖辈的名义,"他怒吼道,"安妮·戴尔在我的保护下,我会杀死所有威胁要伤害她的人。"

又一柄剑嘶声出鞘,卡佐纵马前来,把自己挡在安妮和恩斯特之间,背朝着御前护卫们。尼尔忽然觉得这恐怕是个错误的举动。

"黯阴巫术!"恩斯特说着,目光不离飓流剑。"妖法。无论你是谁,护法都会跟你算账的。"

"它会让你死得舒服些,"尼尔回敬道,"话说回来,这把剑是我从护法的一位仆从手里得来的,你肯定跟我一样觉得奇怪吧。"

恩斯特终于拔出武器。"我不怕你的妖术,也没兴趣听你的谎话,"他说,"我会执行我主人的命令。"

"我叔叔是个篡位者,"安妮说,"你不需要为他尽责。你效忠的应该是我。"

恩斯特吐了口唾沫。

"你父亲也许能强迫朝议会把你定为合法继承人,不过别搞混了,公主。只有一个戴尔的血统纯正到足够统治克洛史尼,那就是罗伯特国王。无论你在玩什么小孩子的冒险游戏,我保证它现在就要结束了。"

"噢,就让她多当一会儿孩子吧。"艾黎宛插嘴道。

"女公爵?"恩斯特说。

"安妮,亲爱的,"艾黎宛说,"你最好闭上眼睛。"

尼尔听到突然的弓弦响动,身体一阵发冷,心里不住诅咒自己的愚蠢。

可最惊讶的还是恩斯特公爵——一支箭刺穿了他的咽喉,另一支箭的四分之一长度消失在他的右眼窝里。

更多利箭飞来,在不过几下心跳的时间里,所有恩斯特的骑手都坠下了马鞍。这时四个身着黄色裹腿和橙色罩袍的男子从墙后出现。他们用锋利的长刀切开了伤者的喉咙。

安妮瞠目结舌。

"哦,亲爱的,"艾黎宛说,"我记得我告诉过你别看的。"

"这不是我第一次看到死人了,艾黎宛姑妈,"安妮回答。她脸色苍白,双眼湿润,但她目不转睛地看完了整场杀戮。

"很不幸,的确如此,"艾黎宛说,"除了残留的一点天真之外,我能看出你已经长大了,不是吗?噢,不说这些不愉快的事了,"她拉住坐骑的缰绳,一面续道,"去瞧瞧我的手下能在厨房里弄到点什么吧。"

当他们沿着通向宅邸的林荫道继续前进时,尼尔策马一路小跑,来到艾黎宛身边。

"女公爵——"

"噢,骑士阁下,我知道把我当成叛徒和骗子是有点粗鲁,不过没必要道歉,"她说,"你瞧,我本以为公爵会明天才到,而且我早就安排好,让他在抵达前就遭受不幸的命运。"

"罗伯特很快就会知道他们出了什么事。"尼尔说。

"哎呀哎呀,"艾黎宛叹口气说,"世道太乱了。怪物和恶党都在路上游荡。就连国王的手下也不安全。"

"你觉得罗伯特会上当?"

"我想我们还有点时间,我的小鸽子,"艾黎宛向他保证,"足够吃饭、喝酒和休息的时间。等明早再筹划也不迟。对,我们得先打起精神,才好讨论下一步该干什么。毕竟你也不能妄想就这么骑马去伊斯冷,然后命令他们打开城门,对不对?"

尼尔苦笑了一下。

"好吧,这就是问题所在,"他回答,"恕我直言,女公爵……"

"只要你愿意,你可以直言不讳,"她挖苦道,"也可以欺骗和嘲笑我。反正我都能找到乐子。"她的嘴唇微微上翘。

THE BLOOD KNIGHT

"我打过许多仗,"尼尔没理睬她的揶揄,继续说道,"九岁时,我父亲第一次给了我一支长矛,让我去杀寒沙人雇佣的维寒匪徒。我父亲死后,费尔·德·莱芮男爵把我当做家人看待,我便为他作战。

"如今我是克洛史尼的骑士。可您明白,我对如何发动战争知之甚少。我率领过突袭部队,也固守过阵地,可要夺取城市和要塞,尤其是伊斯冷这样的——我就束手无策了。而且,恐怕安妮也一样。"

"我明白,"艾黎宛赞同道,"你的经验很有价值。可你瞧,亲爱的,这更是你该花点时间跟我在一起的理由。这样我才能把正确的人选介绍给你。"

"这话什么意思?"

"有点耐心吧,我的小鸽子。相信艾黎宛。我给过你不好的意见吗?"

"我能举出个例子。"尼尔硬邦邦地说。

"不,"艾黎宛柔声道,"我可不这么想。结果欠佳可不是我的错。你跟法丝缇娅的幽会不是导致她死去的原因,尼尔爵士。她是被恶徒杀死的。你觉得一个不爱她的骑士就能拯救她吗?"

"我当时因此分了心。"尼尔说。

"我才不信。玛蕊莉没有责怪你,而且我相信法丝缇娅也不会的。而且她也不希望你悲伤得太久。我知道你在为她哀悼,可她已经不在了,而你还活着。你应该——噢,天哪。"

尼尔只觉双颊火烫。

"尼尔爵士?"

"怎么,女公爵大人?"

"你的脸迷人极了。你刚才的表情内疚得要命。是谁夺走了你的心?"

"没人。"尼尔飞快地回答。

"哈。你是想说'真希望没人'吧。就是说你已经爱上了什么人,可你不知为什么觉得这是错的。内疚才是你真正的爱人,骑士阁下。等你不为这份感情感到内疚的时候,就告诉我你爱的那个女人的名字吧。"

根处之毒液

"求你了,女公爵大人,我不想谈这个。"

"或许你需要再来点我的特调药剂。"

尼尔绝望地张望前方,想找到从谈话中解脱的方法。宅邸的大门依旧遥远。好像比先前更远了。

自从在邓莫哥找到安妮之后,他已经努力让心境平复,可幽峡庄却让它再度躁动起来。他想起初次来此时,那段轻松的旅程。他想起了法丝缇娅。她用花为他编了条链子,让他戴在脖子上。稍后不久,酒过数巡后,她去了他的房间……

那是王后陛下的女儿,我发誓要保护的人。一个已婚女人。

她死在他的臂弯里,他本以为自己的心也在那时粉碎,再也无法感受爱情。

直到他遇见斯宛美,她救了他的命,更牺牲了她的梦想,只为让他继续履行职责。他不爱她,因为他已经有了法丝缇娅,可他对她并非毫无感觉。

她如今在什么地方?她也死了吗?还是被关回她以前的囚牢里了?

"可怜呐,"艾黎宛叹道,"可怜呐。你的心简直是为悲剧而打造的。"

"这就是我必须将职责看做唯一真爱的原因。"他回答,语气恢复了冷硬。

"那它就会是有史以来最伟大的悲剧了,"艾黎宛回答,"如果你能坚持到底的话。可你的心太过浪漫,没法彻底封闭起来。"

虽然已为时过晚,但他们终于来到了庄园大门前。

卡佐把手按上墙壁,撑住身体。他打个嗝,将酒瓶举到唇边,痛饮起来。

这葡萄酒和他从前喝过的酒全都不一样:它又干又浓,带着杏仁似的余味。女公爵曾宣称它的原料产自附近的某座山谷。这是他尝过的克洛史尼酒中最棒的。

他仰望着没有月亮的天空,举高酒瓶。

"查卡托!"他说,"你真该来的!我们可以聊聊这酒。干杯,老家伙!"

查卡托曾声称,特洛盖乐以北所有的葡萄酒都不值一尝,但这瓶酒可以证明他错了。当然了,问题在于他会不会顽固地不肯承认。他的导师现在怎样了?卡佐想。考虑到他的伤势,他肯定是在邓莫哥堡的床上休养吧。

他环顾着自己发现的这座花园。饭菜非常美味,而且充满异国风味。北方地区也许是有点野蛮,不过吃的东西还是很有趣的,而且女公爵这儿的食物尤其丰富。可几杯葡萄酒下肚以后,他就完全听不懂周围的交谈声了。

女公爵的维特里安语水平还算过得去,虽然她在途中挑逗过他几次,之后却十分自然地把注意力转到了安妮的身上。他实在累得没法用王国语磕磕绊绊地说话,所以用完餐后,他便离席去寻找偏僻处,然后就找到了这儿。

幽峡庄——这个怪名字在世界的这个部分似乎更接近花园的意思,和艾滨国的梅迪休庭院有些类似。他和查卡托曾在那里偷走了传说故事里的知名人物艾奇达克鲁米·德·萨赫托·罗莎的一个瓶子。

当然了,艾滨国不会到处都下着冰冷的雨,维特里安花园也不会有这样修剪得类似墙壁的常青树篱,可这座花园仍旧令人愉悦。其中甚至还有翡由萨女士的雕像,她的形象也在为他家乡埃微拉的广场增光添彩。它让他有点回家的感觉。

他朝这位伫立于苜蓿形庭院的石板中央身形修长、一丝不挂的圣者脱帽致敬,然后坐倒在大理石椅上,继续喝他的葡萄酒。他的双手冻得生疼,可身体的其余部分却温暖得惊人:不仅是酒精的作用,也是因为女公爵给他的异常合身的紧身上衣和裹腿。橙色的绑腿很厚,用羊毛织就,黑色的上装则是以毛皮衬里的软革制成。他把宽袖棉衣披在最外面,双脚在厚底靴里暖洋洋的。

他坐在油灯温暖的光圈中,再度举高玻璃瓶,为女公爵对服装的绝佳品位再度痛饮,这时,一个女声打断了他的狂欢。

"卡佐?"

他转过头,发现奥丝姹正打量着他。

艾黎宛也给了她礼物:她外面套着靛青色长袍,里面穿着用卡佐没见过的某种深棕色皮毛做成的罩衣，不过他觉得兜帽是用白水貂皮做的镶边。甚至在灯光中，她的脸蛋也红彤彤的。或许是因为天冷的关系吧。

"你好啊，美人儿，"他说，"欢迎来到我的小小王国。"

奥丝妮一时没有作答。会不会是光线的恶作剧，让她看起来立足不稳，就像在窄桥上维持平衡？他说不清。他真希望她能伸出双臂，让自己站稳。

"你真觉得我美吗？"她脱口而出。卡佐这才意识到，她喝得不比他少。

看起来，女公爵有一件事很在行：劝酒。

"美如落日的光辉，美如紫罗兰的花瓣。"他回答。

"不，"她有点生气地说，"不是这样。你对见到的每个女人都这么说。我想知道你对我的看法，只是对我。"

"我——"他张口欲言，可却被她打断。

"那时候我还以为自己会死，"她说，"我从没觉得这么孤单过。我祈祷你会找到我，可又怕你已经死了。我看到你摔下马了，卡佐。"

"我的确找到你了。"卡佐说。

"是啊，的确，"她说，"的确，而且那时的感觉真好。就像你第一次救我——救我们俩，就在修女院附近。你奋不顾身为我们阻挡威胁，甚至不问缘由。我从那时起就爱上你了。你知道吗？"

"我……不。"他说。

"可等到我对你的了解加深之后，才明白你会为任何人这么做。是啊，你当时在追求安妮，可就算你不认识我们两个，也会做出同样的事。"

"这可不一定。"卡佐说。

"一定。你就像个舞台上的演员，卡佐，只不过你的舞台是自己的生活。你的一言一行都经过盘算，几乎永远都在装腔作势。可无论你知不知道，在这一切的掩盖下，你所伪装的那个形象——其实就是你自己。等我明白这点之后，也明白自己更爱你了。我也明白，你不爱我。"

THE BLOOD KNIGHT

卡佐的胃抽紧了。"奥丝娅——"

"不，别说话。你不爱我。你喜欢我，喜欢吻我，可你不爱我。也许你爱安妮。我不太肯定，可你现在也该明白了，你没法得到她，不是吗？"

她大哭起来，突然间，卡佐满心只想阻止她流淌的泪水，却觉得身体怪异地无法动弹。

"我知道你对我甜言蜜语只是为了让她嫉妒。就我对你的了解，得不到安妮的事实只会让她显得更迷人。可我在这儿，卡佐，而且我爱你，就算你和我的感受不同，我还是想要你，想要你能给我的一切。"她拭去泪水，挑衅地踏前一步。

"过去的一年里，我几乎死掉的次数不下十次。我每次都死里逃生，可状况却越来越糟。我不觉得我能活到下次生日那天，卡佐。我真的不觉得。所以在我死前，我想——我想和你在一起。你明白吗？我不期待婚姻，爱情，甚至是鲜花，可我想要你，就现在，趁我还有时间。"

"奥丝娅，你真的好好想过了吗？"

"那些人说要强暴我，卡佐，"奥丝娅说，"你觉得我想这么失去我的贞操？难道我丑到——"

"停，"他说着，抬起手，而她照办了。她的眼睛似乎比往常更大了，柔和的光影落在她脸上。"你心里很清楚。"

"我一点也不清楚。"

"是吗？你好像对我就很清楚啊，"他说，"清楚我有什么感受，没有什么感受。噢，让我告诉你，奥丝娅·伊斯多特拉——"

"利斯多特。"她纠正道。

"随便你怎么发音，"他说，"重点是——"

"是什么？"

"是——"他止住话头，看了她一秒钟，那个时刻重回他的脑海，就在史林德袭击他们之前，那个看到她被绑住手脚，看到那些带走她的人，看到那女孩不是安妮，而是奥丝娅的时刻。

他握住她的双肩，然后吻了她。她的嘴唇起初冰冷而迟钝，可随即便颤抖着与他四唇相抵，她伸出双臂搂住他，随着一声叹息，她的身体与他贴紧。

"重点是,"良久,他才抽身推开,说道。这时他已经非常肯定自己想说什么了。"重点是你对我的了解连你自己以为的一半都不到。因为我真的爱你。"

"噢,"她说着,身体又靠拢过来,"噢。"

等那名仆人在她身后关上房门,安妮便瘫倒在床上,聆听着厚底靴敲打石块的轻响,直到脚步声消失为止。

晚饭几乎到了无法忍受的地步:她上次在正式场合吃饭简直是上个纪元的事了,尽管艾黎宛的餐桌比大多数人的都要喧闹,可她却觉得自己必须正襟危坐,谈吐诙谐。她碰都没碰或许能帮她放松的葡萄酒,因为光是想到酒精就让她有些反胃。从同伴们的反应来看,饭菜很美味,可她几乎完全食不知味。

而现在,她终于得到了数月以来渴望的东西。

独处。

她把手伸向床脚,那儿刻着只神情警惕的木制狮头。她摩挲着它光滑的玻璃王冠。

"你好啊,里奥。"她叹了口气。

极度的熟悉和陌生感同时涌现在她心底。她在这个房间住过多少次?几乎每年一次。她记得第一次来时,她六岁,而奥丝姹五岁。艾瑟妮,安妮的二姐,那时八岁大。那也是年纪最长的法丝缇娅第一次负责照料这三个女孩,她那时应该在十三岁上下。

安妮几乎能看见她的身影:当然了,在年幼的她眼里,法丝缇娅已经和成年女人相差不远了。她身穿棉布裙,亭亭玉立,胸部微微隆起。她的容貌已经拥有母亲出众的魅力,却仍掩藏在少女的伪装之下。她纤长的黑发不再像那晚稍早时那样结成一束,而是在身后飘扬起伏。

"你好啊,里奥。"法丝缇娅第一次抚摸着床脚的狮首,一面说道。

艾瑟妮吃吃笑了起来。"你恋爱了!"她指控道,"你爱上里欧哈特了!"

THE BLOOD KNIGHT

安妮只能勉强想起里欧哈特是谁。是某次俞尔节期间，出现在宫中的某个总督或者公爵的儿子，是个帅小伙儿，努力想遵循礼节，结果却总是不太理想。

"也许是吧，"她说，"可你知道他名字的意思吗？那是'狮心'。他是我的雄狮，可他不在这儿，所以就用老里欧来代替吧。"

安妮把手放到狮首雕刻上。"噢，里奥！"她欢快地说，"也给我带个王子来吧。"

"还有我！"奥丝姹笑着拍打起床腿来。

接下来的十年里，他们养成了习惯，总会摩挲老里奥的脑袋，在法丝缇娅婚后也依然如故。

她追忆往事时，闭上了双眼，可这时有只手拂过，而她睁开眼睛，倒吸一口凉气。一个女孩站在她眼前，一个满头金发的女孩。

"艾瑟妮？"安妮收回手，问道。

那确实是艾瑟妮，年纪和安妮上次见到时一样。

"你好，里奥，"艾瑟妮说。她没理睬安妮。"你好，老家伙。我觉得法丝缇娅有点淘气，不过你不说的话，我也不会说的。而且我就要结婚了，想象一下吧！"

艾瑟妮又拍打了一次木狮头，然后朝门口走去。安妮感到自己的呼吸声涌入耳中。

"艾瑟妮！"她高喊道，可她姐姐没有回答。

她转身回望，发现法丝缇娅站在床边。

"你好，里奥。"法丝缇娅说着，一只手轻抚床脚，不忍放开。她看起来和安妮上次见到她时几乎完全一样，只是她神情轻松，那张向外人展示的面具早已脱下。

安妮觉得心收紧了。上次说话时，她对法丝缇娅说过那样的气话。她怎么会知道她们从此再也没机会说话了？

"我该怎么做？"法丝缇娅喃喃道，"我不该，我不该……"

安妮突然看清了姐姐呆滞的眼神。她醉了。她身体摇摇摆摆，突然匆忙起身。她的目光和安妮相对，在那个瞬间，安妮能肯定法丝缇娅看到她了。

"我很抱歉，安妮，"她低声说，"我很抱歉。"

根处之毒液

然后法丝缇娅闭上双眼,开始轻声吟唱。

此为吾愿:
有一男子
其唇血红,
其肤雪白
其发黑蓝
如同渡鸦之翼,
此即吾愿。

此为吾愿:
有一男子,
双臂有力,
胸怀温暖,
所拥惟我,
直至星光黯淡,
直至海水枯干,
此即吾愿。

待她唱罢,安妮的视线早已被泪水模糊。
"别了,里奥。"法丝缇娅说。她转身时,安妮无声的抽泣变为呜咽。法丝缇娅走向那块绘有跨骑海马的骑士图案的织锦,将它抬起。在织锦后面,她敲打墙壁,一块墙板随即滑开。

法丝缇娅在步入那片黑暗前停下了脚步。"我们来的地方还有很多这种秘道,"她说,"不过这事以后再说吧。先等你活过眼前这次。"

腐朽血肉的气息随即传来,而法丝缇娅的双眼满是蛆虫,安妮开始尖叫——

——坐起身继续尖叫,她的手犹自放在床柱上。就在这时,她看到织锦抬了起来。

第七章 圣监会

那人靠得那么近，斯蒂芬的后颈都能感觉到他的呼吸了。

"我还一直以为这只是种表达方式呢。"他咕哝道。

"什么表达方式？"那人问。

"高兹达兹，布罗达宜韩。"斯蒂芬说。

"呃，对，这是种表达方式，'日安，宜韩弟兄，'"宜韩回答，"可你早就知道的吧。"

"我能转身吗？"

"噢，当然，"宜韩说，"我就是想吓吓你。"

"干得不坏。"斯蒂芬附和着，一面缓缓转身。

他发现一个满头红发，几乎像是侏儒的矮个子正对着他微笑。那人双拳拄腰，两肘从暗绿色的袍子里伸出。他突然抽出一只手来，斯蒂芬惊退半步，这才发现他手里什么都没有。

"吓坏了，是不是？"等斯蒂芬的手姗姗来迟时，宜韩说。

"噢，只是因为你一开始叫我叛徒，宜韩修士。"

"嗯，这是真话，"宜韩回答，"教会里有些人确实会把你看做叛徒，不过我不是其中之一。你在德易院里也绝对找不出有这种想法的人。至少现在找不出。"

"你怎么知道我会来这儿？"

"下面的人告诉我说，他们要送你上来。"宜韩说。

"就是说你们跟史林德是盟友？"

宜韩挠挠头。"你说那些渥森？嗯，我猜是吧。"

"我不明白。"

"噢，我可不打算跟你解释，"宜韩回答，"因为我怕自己说错话。我来这儿是为了带你去找打算跟你解释的那个人，而且保证你待在朋友身边——至少不在敌人身边。这儿没有护法的盟友。"

"也就是说，你们都知道了？"斯蒂芬说。

"噢，当然，"宜韩回答，"嘿，介不介意我们现在出发？不快点的话，我们就赶不上圣晨餐了。"

斯蒂芬深吸一口气。他过去和宜韩是朋友，至少他曾经这么认为。他们联起手来，和德思蒙·费爱以及德易院的其他堕落修士对抗。可从那以后，斯蒂芬学到了很多次教训，其本质就是：没有人表里如一，尤其是在教会里。

宜韩从未给过斯蒂芬任何猜疑他的理由。他刚才问好的时候，就可以很轻松地从背后捅他一刀。

可这也许是因为他想要的并不是简单的杀戮。

"那就走吧。"斯蒂芬说。

"这边来。"

宜韩带着他走上一条蜿蜒穿过森林边缘和草地的小径，踏过小溪上的独木桥，穿过庞大的苹果园，爬上另一个山头，朝占地广阔的修道院走去。尽管有糟糕的回忆，可他不得不承认，这座建筑很美。高耸的中殿处，有双层穹顶的玫红花岗岩钟塔在晨间阳光的映照下，仿佛苍白的火焰，那是座祈祷用的建筑。

"我上次走后都发生了什么？"等两人爬过最后也是最险峻的那段路后，斯蒂芬问道。

"啊，好吧，我猜我可以跟你说说这个。在你把护林官从德思蒙修士和他那伙人手下救出来以后，他们就去追赶你了。当然啦，我们稍后才弄明白状况。在此期间，我们得到消息说，护法派了个新主教来管理这座修道院。那时候我们只知道德思蒙是个卑鄙小人，可不知道他替圣血会卖命。"

"圣血会？"

"我——好了，让他去解释吧。先别操心这个。我们就说'坏家伙们'好了。说实话，跟你一样，我们大多数人都是刚知道圣血会这回事。不过我们确实查出赫斯匹罗是其中的一员，也就是说他派的那个主教多半也是他们一伙的。"

"他的确是，然后我们还打了一场。我们原本会输的，不过幸好得到了盟友的帮助。"

"史林德们？"

"德留特们,没错,还有他们带来的渥森们。你不喜欢他们?"

"他们吃人。"斯蒂芬指出。

宜韩笑出了声。"是啊,这指责倒是挺有力的。可既然他们没有吃错人,我们也就没有太多可抱怨的了。

"从那时起,随着消息传开,我们的人手就一直在增长。之后圣血会又来袭击了好几次,不过眼下他们还有别的事要考虑——例如瑞沙卡拉图。"

"我在邓莫哥听说过些,多数是谣言。"

"如果真的只有谣言就好了。可事实上不是:有拷打,火刑,绞刑,溺刑,等等等等。任何他们不喜欢的人,任何他们认为危险的人——"

"你说的'他们'是指圣血会?"

"对,不过他们控制的就是大多数人所知道的教会,你知道的。"

"不,"斯蒂芬说,"我完全不知道。"

可他突然看到了希望的火花。宜韩暗示说,教会里只有一个派系是坏的,尽管是最有权势的派系。这意味着他终究还有机会,能找到值得为之奋斗的一方。

"噢,没几个人知道,"宜韩回答,"换句话说,都只是道听途说。总之,这些就是我们在做的事。"

"等等。这个'圣血会'——也控制了艾滨国的凯洛瓦莱默?"

"我觉得是。教皇陛下也是其中一员。"

"你是说尼洛·卢修?"

"啊,不,"宜韩摇摇头,带着他穿过正门入口的高大拱门,走向布置松散的修道院西侧庭院,"卢修死于离奇且出乎意料的胃部功能失调,你应该明白我是什么意思。现在是尼洛·法布罗了。"

"所以德易院已经不再接受至圣之地的管辖了?"

"对。"

"那现在谁负责修道院?"

"噢,当然是主教大人啦。"宜韩说。

"佩尔主教大人?可我亲眼看到他死了。"

"不对,"一个熟悉的声音打断他,"不,斯蒂芬修士,你看到的是垂死的我。你没看到死掉的我。"斯蒂芬的目光飞快地转向话声的源头。

佩尔主教，这座修道院的最高负责人，也是斯蒂芬最早见到的德易院修士。主教曾装作年老体弱，努力想抬动一捆柴火。斯蒂芬替他背了柴火，却满心把这人当成智障看待。事实上，每每回顾往事，想到自己当初自以为是的态度，他都觉得有些不堪。

可主教却好好戏耍了他一番，而且很快就让斯蒂芬明白了自己的愚蠢。

如今他就在这儿，坐在木桌边一张外形颇为古怪的扶手椅上，蓝紫色的双眼在灰白色浓眉下闪着光。他穿着件式样简单的棕土色长袍，兜帽揭开。

"主教大人，"斯蒂芬低声道，"我不——我以为你死了。我看到了那一幕，然后护法的调查报告也说——"

"是啊，"主教不经意地拖长了调子，"你该仔细想想另一种可能，不是吗？"

"噢。"斯蒂芬说，"所以说你只是装死来避免引起护法的注意。"

"你总是这么才思敏捷，斯蒂芬修士，"主教干巴巴地说，"不过我那会儿离死确实不远了。德思蒙·费爱露出真面目时，我才明白他卖命的对象是谁。我根本想都没想过。我信任赫斯匹罗——我以为他是自己人。可人孰无过呢。"

"可，"斯蒂芬说，"你救我的时候，刚刚被刺了一剑，然后墙就倒了。"

"我确实不能算是毫发无伤。"佩尔说。

就在这时，某些细节跃入斯蒂芬的眼帘：这位修士弟兄裹在长袍下面的瘦削双腿，还有他上半身的怪异动作。

还有那椅子，不用说，是张轮椅。

"抱歉。"斯蒂芬说。

"嗯，想想另一种可能。就我的理解，死掉可是件非常令人不快的事。"

"可你却舍命救了我。"

THE BLOOD KNIGHT

"这倒是真的,"主教承认,"虽然我的行为不光是出于私人动机。我们需要你,斯蒂芬弟兄。我们需要你活下来。说实话,你的命理应比我更重要。"

不知为何,斯蒂芬就是不喜欢这话的弦外之音。

"你一直在用'我们'这个词,"斯蒂芬说,"我觉得你指的应该不是圣德克曼修道会。而且从宜韩弟兄透露的内容来看,甚至也不是教会本身。"

佩尔主教宽和地笑了。"宜韩弟兄,"他说,"能劳驾帮我们弄些青苹果酒来吗?我闻到了烤面包的气味,也拿点来吧。"

"这是我的荣幸,主教大人。"他说完,匆忙走开。

"要我帮忙吗?"斯蒂芬问道。

"不,不用,坐下吧。我们有很多事要谈,而且我一刻也不想耽搁。没时间装得神秘兮兮的了。给我点时间,让我把想法理清,最近脑子有点儿乱。"

宜韩拿来了苹果酒,一大块闻起来像黑胡桃的圆面包,还有一片硬白酪。主教颇为勉强地弯下腰,每样各拿了一点儿:他的右臂显得格外虚弱。

果酒又冷又烈,而且还留着不少浮沫。面包温暖柔软,奶酪浓郁醇厚,余味更让斯蒂芬想起了橡树。

主教靠回椅背,动作僵硬地拿着一杯酒。

"我们的祖先是如何击败司皋斯罗羿的,斯蒂芬弟兄?"主教一面浅抿酒液,一面问道。

这话听起来离题万里,不过斯蒂芬还是回答了。

"维吉尼亚俘虏们发动了起义。"他回答。

"是啊,当然,"主教的语气有点不耐烦,"但即使从我们屈指可数的记录中,我们也能得知先前也发生过别的起义。为什么维吉尼亚·戴尔率领的奴隶们就能成功,而其他人全都失败了?"

"诸圣,"斯蒂芬说,"诸圣站在奴隶这一边。"

"还是那个问题,"主教问道,"为什么从前不是这样?"

"因为从前的起义者不够虔诚。"斯蒂芬答道。

根处之毒液

"啊。这是你在瑞勒的大学里学到的答案?"主教问。

"还有别的答案?"

佩尔主教露出和善的笑容。"从你离开大学以后学会的这些东西来看,你有什么想法?"

斯蒂芬叹口气,点点头。他紧闭双眼,揉搓鬓角,努力思考起来。

"我读过的东西里没有一样提起过这个,但看起来维吉尼亚·戴尔和她的追随者们应该走过巡礼路。他们的力量,他们的武器……"

"对,"主教说,"可除了这些显而易见之事以外,还有些什么?司皋斯罗羿也拥有法力——强大的法力。这种法力的来源是圣者吗?"

"不,"斯蒂芬回答,"当然不是。"

"你能肯定?"

"司皋斯罗羿信仰被圣者们击败的上古诸神。"斯蒂芬说。他感到豁然开朗,"我猜圣者们没有帮助早期起义者,是因为他们那时还没有击败上古诸神。"

佩尔主教的嘴咧得更宽了一点儿。"难道你从没觉得,上古诸神和司皋斯罗羿同时被击败这件事有点太过简单,太过巧合了吗?"

"我想这种巧合是个合理的解释。"

"如果司皋斯罗羿和上古诸神是一回事,就合理了。"主教说。

斯蒂芬默然片刻,然后缓缓点头。

"并非不可能,"他赞同道,"我以前没想到,是因为它是对圣者的冒渎,等我不怕渎圣的时候,规避它的习惯却没改掉。不过可能性确实存在。司皋斯罗羿拥有的魔力——"他皱起眉头,"你该不会是想说司皋斯罗羿的力量是来自圣者们吧?"

"不,你这蠢货。我在暗示上古诸神和圣者都是假的。"

斯蒂芬突然怀疑,或许这位主教早就疯了。痛苦、昏迷、失血和肺部缺少空气,还有残废带来的震惊……

他把四散奔逃的理智召唤回来。"可那——我自己就走过巡礼路。我感受过圣者们的力量。"

"不,"主教的语气更温和了,"你感受的是力量。这是你或者我已知唯一真实的东西。其余那些——力量的来源,它为何像这样影响我们,它和司皋斯罗羿所操控的力量的区别——我们半点也不知道。"

"你又用了'我们'——"

"圣监会。"佩尔主教说。

"圣监会?"斯蒂芬说,"我记得在书上读到过。教会内部的异端活动,在一千年前让教会声名扫地。"

"一千一百年前,"主教纠正道,"沙卡拉图期间。"

"对。许多次异端活动之一。"

主教摇摇头。"没这么简单。历史对过去的关注往往比不上现在,因为在向他人讲述时,历史就必须对当权者有益。

"我要告诉你关于沙卡拉图的一些事,我猜你应该对它没什么了解。那不仅仅是一场圣战,不仅仅是一股信仰转变与皈依的风潮。它的真正根源是一场内战,斯蒂芬弟兄。同样强大的两个派系,为教会的主导权而争斗:圣监会和圣血会。争端的起源只是个一场学术讨论:它的结局却不是。圣监会成员尸横遍野。"

"教会的内战?"斯蒂芬说,"我应该听说过才对。"

"事实上,这样的冲突一共发生了两次,"主教续道,"在教会成立的初期,最高权力的所有者永远是女人,为的是依循维吉尼亚·戴尔的先例。最早的教皇通过武力夺取了权力,而暂时失势的女人们则从教会分离出去,退回她们精心掌控的修女院里。"

颠覆性的观点再次改变了整个世界。为什么没有能描述这种事的词汇?斯蒂芬暗想。

"也就是说——我知道的每件事都是谎言?"他问道。

"不,"主教说,"你知道的只是历史而已。你的问题要根据不同的历史版本而定:谁会从这个版本的历史中获益?在一千年——或者两千年——的过程中,当权者的利益时常变迁,而那些有助于巩固王权的故事也会随之变化。"

"那我是不是该问问,谁会从你描述的版本中获益?"斯蒂芬问。他感到自己的语气有点尖锐,但他不在乎。

"确实应该,"主教承认,"不过记住,这些都是彻头彻尾的真相,是确实发生的事件。事实俱在,不容辩驳。你只不过接受了一些误导,不代表世界上没有一样东西是真实的:你只是需要用些方法来发现真相,再把它从诸多假象里揪出来。"

"我可没天真到相信自己听到的所有观点,"斯蒂芬反驳,"教会内部总有各种争论,而我也曾是参与者之一。它不光是聆听然后相信这么简单的事,而是理解每一种主张是如何契合整体观点的。如果有人的说法和我的了解不同,我就会提出疑问。"

"可你不明白吗?这只是在用一份值得质疑的记载——或者更糟,只有记载的残余部分——来评估另一份。我问过你对抗司皋斯罗羿的那场起义,我们历史中的首要事件,而你都告诉了我什么?你的凭证是什么?就算你听说的一件事能印证其他事,你又怎么知道它是真实的?还有,去年的那些事件呢?你知道它们确实发生过:你亲眼目睹了其中几件。你能用自己所学的知识来解释这些事吗?"

"原始资料从起义时期起就已失落,"斯蒂芬说。他努力把话题转向相对简单的那个问题,"我们相信现在的资料,因为它们是仅剩的资料。"

"我明白了。所以如果你把三个人外加一把刀和一袋金子锁在房间里,等你再次开门的时候,两个人已经死了,你会因为第三个人是唯一的证人而相信他的证词喽?"

"这不是一回事。"

"这就是一回事。"

"只要这位证人有圣者做见证,就不是。"

"如果说根本没有圣者呢?"

"我们又绕回来了,"斯蒂芬说,他显得有些疲惫,"而且你给我的选择还是没变:要么支持拷打和献祭孩子的那一边,要么支持和食人族为伍的那一边。你是不是想说,圣监会和圣血会之间没有中间派存在?"

"有,当然有了。它是最庞大的派系:无知派。"

"比方说我。"

"对,直到目前为止。不过总有一天,你会接触到两派之一,或者全部。"

THE BLOOD KNIGHT

"你先是告诉我圣监会成员在你说的那场内战里被屠杀殆尽,现在你又告诉我它是扎根在当代教会的某个强大的阴谋团体。好吧,哪个说法是真的?"

"当然都是真的。沙卡拉图姆期间,我们中的大多数人被杀或是遭到驱逐。不过,毁掉一个人容易,要毁掉一种思想可就难得多了,斯蒂芬弟兄。"

"那是种什么思想?"斯蒂芬答道。

"你理解'圣监会'这名字的意思吗?"

"我认为它来自'监'这个词,意思是'观察'。"

"正是如此。我们的信条很简单:历史、思想,还有周遭的世界都是合适的观察对象。所有记录都必须经过揣摩和掂量,所有事实都必须经过多方面的讨论。"

"为这么含糊的使命死掉可真不值得。"

"考虑到某几次讨论带来的后果,你说得没错,"主教说,"比如说,争论圣者是不是真实存在的,这就让人没法接受了,不是吗?"

"就是这场争论导致了内战?"

"不太准确。事实很简单:那场争论的过程受到了严格保密,我们不清楚具体内容。可我们很清楚争论的源起。"

"那又是什么?"

"维吉尼亚·戴尔的日记。"

几秒钟的时间里,斯蒂芬完全想不出该说什么。维吉尼亚·戴尔,解放者,全人类的救星,圣堕和巡礼路——通向圣者之路——的发现者。真是她的日记。

他摇摇头,努力集中精神。

"它肯定是用旧维吉尼亚语写的,"他喃喃道,"或者是古代卡瓦鲁语。真是她的日记?"

主教露出微笑。

斯蒂芬揉了揉下巴。"就是说,他们真的拥有这本日记,"他沉吟道,"她的日记,就像沙卡拉图一样古老?难以置信。而且他们没有制作副本——噢,日记里面有些东西,圣血会不喜欢的某些东西。你想告诉我的就是这个?"

"的确,"佩尔主教确证道,"事实上,有好几份副本。全都被毁了。可原本却保存完好。"

"什么?它还存在?"

"它真的存在。我们组织的一员带着它逃走,又把它藏在一个安全的地方。不幸的是,关于确切存放地点的记录却遗失了。真可惜,我相信唯一能拯救我们的办法——拯救世界的办法——就记载在日记里。"

"等等。你说什么?这话怎么说?"

"德留特跟你解释过渥森的信条了吗?"

"你是说相信世界本身得了病?"

"对。"

"他说过。"

"你赞同他的说法吗?"

斯蒂芬不情愿地点点头。"一部分吧。至少森林似乎正濒临死亡。如今徜徉在大地上的怪物简直就像疾病与死亡的化身。"

"完全正确。既然如此,我想当我告诉你这种事以前也发生过,而这些怪物从前就存在的时候,你应该不会感到惊讶。"

"传说故事里有很多暗示。可……"

主教抬手示意他安静。"维吉尼亚·戴尔的日记没有副本,不过有几份非常罕见也非常神圣的古籍参考了其中的内容。当然了,我会把它们给你看的,不过现在让我先做一番概述吧。这种疾病的到来是周期性的。如果无人制止,它就会摧毁全部生命。维吉尼亚·戴尔一度发现了阻止的方法,可她究竟是如何做的,我们现在不得而知。假如这秘密依然存在,就该记录在她的日记里。"

"可照你们自己的说法,缺了这本日记,整个故事就成了一通废话。"

"是啊,我们没有日记,"主教说,"可我们的自负不是毫无理由的。我们发现了两条关于它的下落的线索:其中之一是一段非常古老的参考资料,内容与一座名为维尔诺莱加努兹的山峰有关,我们相信它就在巴戈山的某处。另一个线索就是它。"

THE BLOOD KNIGHT

　　主教拿过膝盖上那个雪松木做的长盒子，把它递给斯蒂芬。后者小心翼翼地伸出手去，掀起盒盖。里面是一卷磨损不堪的铅箔。

　　"我们看不懂它，"主教说，"我们希望你可以。"

　　"为什么？"

　　"因为我们需要你找到维吉尼亚·戴尔的日记，"主教说，"我重复一遍：如果没有它，恐怕我们就全都死定了。"

根处之毒液

第八章 场景变换

里奥夫被轻微的刮门声惊醒。

他没有挪动身子,却把眼皮张开了一条缝,努力让思绪穿过脑海中睡意的重重迷雾。

看守们从来不会在门上花这么多工夫。他们把钥匙塞进锁孔,转动钥匙,门就会打开。而他也听出了那锁孔里的钥匙声。不,这声音更尖,像是块小得多的金属。

在他想清楚声音代表的意义之前,刮擦声停止,房门洞开,借着身边油灯的昏暗光芒,他看到一个影子走了进来。

里奥夫想不到任何继续装睡的理由。他扭转双腿,脚底踩在地板上。

"你是来杀我的吗?"他轻声问那影子。它确实是个影子,或者说至少是他的目光难以渗透的某种物质。即使当那影子显露轮廓时,黑暗依旧笼罩着它。它给人的感觉像极了眼角的盲点,只是这盲点正位于他的正前方。

随着他的继续注视,那暗影莫名地柔化,逐渐清晰,转为穿着宽松的黑色马裤和皮马甲的人类形体。裹在手套里的那双手抬了起来,将兜帽拉下。

里奥夫早已发现:真实,就是一连串或多或少的自欺欺人行为的总和。他的真实早已被酷刑、困苦和失落所粉碎,而他还没来得及骗过自己。

因此,就算展露出的那张脸是精灵女王的奇美拉面具,是圣艾妮慕伦楚楚可怜的容貌,又或是獠牙毕露、想要将他吞噬的魔鬼面孔,他都不会惊奇。这一瞬间仿佛被各种无法置信的可能性塞得满满当当。

而随着兜帽落下,露出的那张眼眸如同璀璨星辰的年轻女性面孔尽管出乎预料,却并不令他吃惊。

THE BLOOD KNIGHT

但他的看法的确因此发生了变化。她身材苗条，比里奥夫矮上一个头还多。她栗色的发丝梳向脑后，下颌线条柔美。他怀疑她连二十岁都没到。而且她很面熟：他能肯定自己在宫廷里见过她。

"我不是来杀你的，"她说，"以玛蕊莉王后的名义，我是来释放你的。"

"来释放我。"他缓缓说道。她的脸突然拉远，仿佛位于二十王国码开外，紧挨着王后玛蕊莉的面孔。他当时就是这么看到她的：就在他那场歌唱剧的表演过程中。

"你是怎么做到的？让自己隐身吗？"

"我有圣者的赐福，"她回答，"这是修女院的机密。我只能告诉你这么多。好了，劳驾跟着我——"

"等等，"里奥夫说，"你是怎么到这来的？"

"我费尽心思，又冒了相当大的危险才来到这儿，"她说，"所以拜托，先别问问题了。"

"可你是谁？"

"我名叫艾丽思，艾丽思·贝利，而且王后很信任我。她派我来的。你明白吗？好了，劳驾……"

"贝利女士，我是里奥维吉德·埃肯扎尔。王后状况如何？"

艾丽思眨眨眼，露出费解的神情。

"她过得还好，"她说，"暂时还好。"

"她为什么派你来救我？"

"这解释起来可就长了，而且我们没多少时间。所以劳驾——"

"允许我任性一下吧，女士。"

她叹口气。"好吧。简单地说，王后被囚禁在狼皮塔里。她听说了你被关押的消息，也听说了城里和新壤的人民有多么喜爱你。她相信如果你得到自由，或许就能改善她的处境。"

"怎么个改善法？"

"她相信篡位者或许会被推翻。"

"真的。都是因为我。多奇怪啊。还有你是怎么进到这儿来的？"

"这儿有些通道，一些秘道，是我的——"她顿了顿，然后再度开口，"是我以前打听到的。你一定得相信我。而且你要相信，要是我们不赶快离开这儿,就没法活着离开了。"

里奥夫点点头,闭上双眼。他想象着蔚蓝的天空和温暖的南风,还有轻抚面颊的雨点。

"我不能走。"他叹了口气。

"什么?"

"这儿还关着别的囚犯:梅丽·葛兰和爱蕊娜·威斯特柏姆。如果我逃跑,她们就会遭受折磨,而这是我不能忍受的。释放她们,并且向我证明她们得到了自由,我就跟你走。"

"我不知道葛兰家的小姑娘关在哪儿。恐怕我也没找到那个威斯特柏姆家的年轻女人,否则我肯定会救她的。"

"那我就不能跟你走了。"里奥夫说。

"听着,埃肯扎尔**卡瓦欧**,"艾丽思急切地说,"你得明白自己的价值。为了让你自由,有人会付出生命——或者坐视别人付出生命。你在布鲁格的事迹依旧被人铭记,烛光园的乐曲释放出的那股精神也未见减少。事实上,它还在继续成长。"

"你的下流小曲里的歌谣正在整个国度传唱。人们已经准备好向那个反派,向篡位者发动攻击,可他们害怕他会对你不利。如果你得到自由,就不会再有东西阻碍他们了。"她的声音压得更低,"据说一位合法的王位继承人将返回王国:安妮公主,威廉和玛蕊莉的女儿。他们将扶持她登基,但他们会为你而战。你是整个王国最重要的人,卡瓦欧。"

里奥夫笑出了声。他控制不住自己——这话听起来太荒谬了。

"我不会跟你走的,"他说,"除非你能保证梅丽和爱蕊娜的安全。"

"不,不,不,不,不,"艾丽思说,"你不明白我是历尽千辛万苦才来到这儿的吗?这简直是不可能的事——是个足以让我位列圣者之席的奇迹。可现在你却说你不想走?"

"**别**这么做。别让你的王后失望。"

"如果你能创造一次奇迹,就能创造第二次。放了梅丽,放了爱蕊娜。然后我就会心甘情愿跟你走——只要你能证明她们安好就行。"

THE BLOOD KNIGHT

"至少想想你的音乐，"艾丽思敦促道，"我告诉过你，你的那些歌曲已经声名远播。但你知不知道，光是唱那些歌就被当做黯阴巫术对待？威斯特柏姆镇有人试图把整出戏重演一遍。舞台被护法的守卫们付之一炬。但表演本身很失败，因为你的作品里那些巧妙的和弦就连最具天赋的音乐家也头疼不已。如果你获得了自由，你就能重新写下乐谱，纠正他们表演中的错误。"

"也注定让更多人遭受我这样的命运？"他举起那双无用的手，问道。

"这东西真怪，"艾丽思说。她似乎刚刚发现他手上的牵引装置。她摇摇头，仿佛想借此理清思绪似的。"你瞧，这命运是他们自己选的。"

里奥夫突然感到极度不安。这个女人——为什么是个女人？——这女人的说法根本不合情理。

最可能的情况是罗伯特对他的又一次试探。迄今为止，他还没有什么更进一步的举动：罗伯特很清楚，要是梅丽和爱蕊娜没有危险，里奥夫是连指头都不会动一下的。

而且就算艾丽思说的是真话，他留下的决定也依然不变。

可这样就有了个问题。她在这儿的任何发现都会让篡位者罗伯特得到某件他原本没有的东西，某件似乎非常有价值的东西。

但冒这个险是值得的。大概吧。

"在烛光园里。"他开口打破了沉默。

"什么在烛光园里？"

"在舞台底下，最右边的支柱顶上有个暗格。我知道他们会烧掉我的乐谱，也知道他们会在我的住处搜寻摹本。我把其中一份藏在了那儿，罗伯特的手下也许没发现它。"

艾丽思皱起眉。"如果出得去，我会去找它的。不过我更希望把你带走。"

"你了解我的处境。"他说。

艾丽思犹豫起来。"能见到你是我的荣幸，"她说，"希望有机会再见。"

"乐意之至。"里奥夫答道。

艾丽思叹口气，闭上眼睛。她戴上兜帽。他觉得她或许嘟哝了一句什么，随即身形便融入影中，不复存在。

房门打开，关上。他听到笨拙地摆弄门锁的声音，然后是良久的寂静。

最后，他重回梦乡。

待次日房门再度开启时，又恢复了平日的咔嗒声。在这暗无天日的世界里，里奥夫没法弄清现在的时间，可从他醒来很久这点来估计，应该已是正午。

两个男人走进房间。两人外面套着黑色的传令服，里面是涂过黑色珐琅的胸甲，腰间各佩有一把阔剑。他们不像里奥夫以前见过的那些地牢守卫，和罗伯特的私人护卫倒是颇为相似。

"别动。"其中一个人说。

里奥夫没有回答，这时有个男人拿出一块黑布，绕过他的鬓角和双眼，紧紧裹住，直到他无法视物。然后，他们扶着他站起身，拉着他在走廊里前进，里奥夫只觉皮肤冷若石蜡。他努力记住距离和方向，就像梅丽那样，向上十二步，踏前二十三大步，穿过一条走廊，再向上二十八步，走完一条狭窄到双臂会不时碰擦墙壁的过道。接着，他们仿佛突然步入了天际：里奥夫感到身边的空间扩展开去，而空气也开始流动，化作轻风。脚步声不再回响，他猜测他们已经来到了地牢之外。

接着，他们把他领到一辆马车边，把他架上了车，他感到一阵绝望在心中升起。他压抑着心中的渴望，不去询问目的地，因为他们遮住他的眼睛显然就是为了不让他知道。

车轮滚动向前，路面先是石头，其后转为沙砾。里奥夫开始怀疑自己是被昨天来"救"他的那个女人的同伙绑架了。要弄到罗伯特卫兵的制服实在太容易了。他思忖着罗伯特发现他失踪后可能出现的状况，心情更加低落。

他们离开时天色肯定还很暗，可现在光芒已经开始渗入蒙眼的布条。天更冷了，空气里透着浓浓的盐味。

在一段漫长至极的旅程之后，马车慢慢停了下来。他现在的身体又冷又僵，觉得膝骨、手肘和整条脊骨都仿佛被钢制的螺丝拧得紧紧的，双手也剧痛无比。

他们本想抬着他，可他奋力将双脚踏上地面，只为计算走过的步数：先是砂石，然后是石板，接着是木板，然后又是石板，最后是台阶。热气翻腾着朝他扑来，令他蜷缩退后，这时，遮眼的布条也被解下。

他眨眨眼，看着硕大的壁炉里烈火释放出的烟云。火堆上，烤叉穿起的鹿肉欢快地嘶嘶作响，烤肉的气味填满了空气。

房间呈圆形，直径约有十五王国码，几面墙壁被火光中熠熠生辉、图案一时难以辨明的织锦所遮蔽：棕土色、金黄色、铁锈色和森绿色。地板上盖着一块巨大的地毯。

两个女孩正在将一根粗大的木杆搬离火边。木杆上悬挂着一只铁水壶，她们就是用它把热气腾腾的水倒进嵌入地板的那个浴盆里的。

几码开外，篡位者罗伯特斜倚在一张扶手椅里，穿着金黑相间的花纹长袍。

"哎呀，"罗伯特说，"我的作曲家大人。你的洗澡水刚刚准备好。"

里奥夫扫视四周。除了罗伯特和那几个负责服侍的女孩之外，有带他前来的那两人，另外两个打扮相似的士兵，一个坐在板凳上拨弄着一架萨福尼亚风格的大号西尔伯琴的瑟夫莱人，一个穿红袍戴红帽、神情古板的年轻人，最后是那个在地牢医治过里奥夫的医师。

"谢了，我用不着，陛下。"里奥夫勉力开口。

"不，"罗伯特说，"我不会改主意的。要知道，这不是为了你个人的舒适。我们都长着鼻子。"

继之而来的是一阵低沉的笑声，可欢快的气氛丝毫无助于放松里奥夫的神经：毕竟这些都是罗伯特的狐朋狗友，就算是小孩子被剖腹挖心的场面，没准也能逗得他们放声大笑。

他叹口气，那些士兵开始剥下他的衣物。他的耳朵在发烫，因为那些侍女已经成年，而他觉得被她们紧盯着是件极度不妥当的事。

但她们似乎并不在意。或许对她们来说，他只是房间里的又一件陈设品而已。可他依旧感到脆弱而不适。

不过到了水里他就觉得好多了。水很烫，烫得皮肤生疼，可一等他浸入水中，就不再觉得自己身无片缕，而水的热度也惬意地在骨髓里扎下根来，而那因寒冷而滋生的痛楚也大为缓解。

"你看，"篡位者说，"比刚才好多了吧？"

里奥夫不情愿地承认了。而当一个侍女端来温热的蜜酒，另一个切下一大块不断滴落油脂的鹿肉，小口小口地喂给他时，那感觉更是惬意。

"现在你平静下来了，"罗伯特说，"来见见这儿的主人，瑞斯佩大人吧。他好意应允在你谱写我要求的那首曲子期间做你的保护人，提供给你所需的一切，而且确保你过得舒适。"

"您真是太好了，"里奥夫说，"我还以为我得在以前那个房间里工作呢。"

"那个湿答答的地方？不，事实证明，那儿有诸多不便。"说到这，他的眼神忽然变得像雄鹰般锐利，"你该不会在昨天碰巧接待了一位访客吧？"

哎呀，里奥夫心想。果真如此。一切都是阴谋，而眼下就是我没有掉进陷阱的奖赏。

"没有，陛下。"他说这话，只是想知道如此作答会有何种后果。

结果出乎他的预料。罗伯特皱皱眉，将双臂放在椅子的扶手上。

"地牢并不像我的先辈们所相信的那样可靠，"他说，"昨天就有个盗贼侵入了那儿。虽然盗贼已经落网，受到了审讯和绞刑，可有了一个入侵者，就会有第二个。

"要知道，这儿有秘道，散布在伊斯冷堡的石墙之中的秘道，而且有些——我想，这是很自然的——恰好经过地牢。我已经下令把它们全部堵死。"

"此话当真，陛下？"瑞斯佩领主语气惊讶地发问，"城堡里的暗道？"

"是真的，瑞斯佩，"罗伯特说，不耐烦地摆摆手，"我告诉过你了。"

THE BLOOD KNIGHT

"您说过?"

"对。作曲家大人,你听明白了没?"

里奥夫摇摇头。他睡着了吗?他觉得自己好像听漏了什么。

"我——我忘了您刚才说的话。"里奥夫说。

"当然。而且你会再忘一次的,我想,就像瑞斯佩那样。"

"忘记什么,大人?"瑞斯佩问道。

罗伯特叹口气,手按前额。

"地牢里的秘道。有太多的秘道需要定位和封堵。噢,我用不着说得太详细。总而言之,里奥夫**卡瓦欧**,我觉得你待在这儿会比较舒适,而且不会再有……入侵者的烦扰。不是吗,瑞斯佩大人?"

那年轻人抛开满脸的困惑,点点头。"曾有很多人企图入侵这座要塞,"他大声说道,"迄今没有成功的例子。你在这儿很安全。"

"我的朋友们呢?"里奥夫问道。

"噢,我还想给你个惊喜呢。"罗伯特回答。他向那些女仆打了个手势,她们离去片刻,回转时身边带上了梅丽·葛兰和爱蕊娜·威斯特柏姆。

看到这两人,里奥夫最初的反应是狂喜,而窘迫也接踵而至。爱蕊娜是位芳龄十七的可爱淑女,让她看到自己这种境况实在太不合适了。

或者说他这副样子。他古怪地意识到自己的双手,还有那骇人的牵引装置。他把手沉入水下。

"里奥夫!"爱蕊娜喘息着冲向前去,在浴盆边跪倒。"梅丽说她见过你了,但——"

"你没事吧,爱蕊娜?"他语气僵硬地说,"他们没有伤害你?"

爱蕊娜抬头看看罗伯特,神情黯然。"我受到幽禁,那房间让人不太舒服,"她说,"不过没受过真正的伤害。"她的双眼突然填满惊慌的神色,"梅丽说你的手——"

"爱蕊娜,"里奥夫绝望地低语道,"你的话让我难过。他们没说过你们会来。"

"这是因为他没穿衣服,"梅丽及时插嘴道,"妈妈常说男人不习惯裸体,而且总觉得这样很不舒服。她还说他们不穿衣服的时候不怎么聪明。"

"噢,"爱蕊娜说,"当然。"她又抬头瞥了眼罗伯特,"别介意,"她对里奥夫说,"他以为用这种可笑的场面就能让我们屈服。"

"我从你的歌声知道你有一副好嗓子,女士,"罗伯特说,"里奥维吉德**卡瓦欧**,我钦佩你选择歌手的眼光。"

罗伯特的嗓音比往常更古怪。初次听闻时,里奥夫就察觉了其中的古怪。他仿佛是在很勉强地吐出对人类来说再普通不过的音节,而且带着一股极度不自然,甚至令人心生寒意的语气——那种低音是他闻所未闻的。有时他觉得自己能从罗伯特的话里听出另一种完全不同的意思,两种含义并非迥然相异,反而像对位旋律般如影随形。

此时在他听来,罗伯特正威胁要割掉爱蕊娜的舌头。

"感谢您,陛下,"他努力换上服从的语气,"我想,假使您知道我的新作里有她的角色,一定会很高兴吧。"

"是啊,你的新——我们应该叫它什么?它不是那种下流小曲,不完全是,对吧?也不是什么单纯的戏剧表演。我想我们得给它取个名字。你有中意的没?"

"还没有,陛下。"

"噢,好好想想吧。我也要想想。或许我能想出个名字来,就当是为这项事业作贡献了。"

"他在说什么呢,里奥夫?"爱蕊娜问道。

"我没告诉过你吗?"罗伯特回答,"里奥夫**卡瓦欧**答应为我们创作另一部他那种歌唱剧。上一部太让我着迷了,我只是想再看一部而已。"他把目光转向里奥夫,"告诉我,你想到主题了吗?"

"我想是的,陛下。"

"你肯定在开玩笑吧,"爱蕊娜说着,后退了一步,"你会因此背弃你做过的一切。我们做过的一切。"

"我们都很认真,"罗伯特说,"好了,说吧,吾友。"

面对着悲伤的爱蕊娜,里奥夫硬起心肠,清了清喉咙,"您了解麦尔斯嘉的故事吗?"他问。

罗伯特思索片刻。"或许我没那么了解。"

THE BLOOD KNIGHT

我不了解，对位旋律在说，而且你最好别企图让我显得无知。

"在看过您给我的那些书之前，我也一样，"他飞快地说，"根据我的了解，故事发生在很久以前的新壤——在那个地方被命名为新壤之前，在第一条运河建成，水泵开始运转之前。"

"哎呀，"罗伯特惊叫道，"一个贴近乡民心灵的主题，毫无疑问。不是吗，爱蕊娜？"

"对我们来说，那是个流传很广的故事，"爱蕊娜勉强承认道，"当然，你不知道也没什么可奇怪的。"

罗伯特犹豫片刻，耸耸肩。"你的朋友里奥夫也一样。他刚刚说过。"

"可他不是在新壤的中央长大的，"爱蕊娜反驳道，"而陛下您是。"

"是啊，"罗伯特略显蛮横地说，"而我为你们这些人尽心尽力，甚至偶尔还会生个孩子来冲淡你们浓稠的血液。现在，劳驾你，年轻的女士，把故事告诉我们吧。"

爱蕊娜望向里奥夫，后者点点头。他感到皮肤泡得都起了皱，可有这些女孩在场，他根本不打算从浴盆里出来。

"事情发生在他们建造北方大运河的时候，"她说，"就在偏转河道的时候，他们毁灭了一个王国，一个**赛斯乌德**的王国，但他们并不知情。"

"赛斯乌德？一个鱼人国？真有趣。"

"只有一个幸存者。她就是麦尔斯嘉，国王之女，圣赖尔的孙女。她誓言复仇，因此变作了人类的模样。等运河完工后，她前往水闸所在的地方，想要将刚刚开辟出的那片土地淹没。但她在河边见到了布兰戴尔·艾瑟尔森。她跟他说话，装出好奇的样子，问这些水是如何被阻挡在外，又是如何才能被释放出来。她很狡猾，而他没有怀疑她的企图。事实上，他爱上了她。

"麦尔斯嘉觉得如果自己了解更多，就能造成更大的伤亡，于是她假装和他相爱，两人很快就结为夫妻。她把鳞皮藏在屋顶横梁上的一块镶板下面，而且要他答应一件事：每年的圣赖尔节那天，她必须独自沐浴，他不可以借机偷窥。

根处之毒液

"就这样,她抱着复仇的念头过了几个月的生活,接着几个月变成了几年,在此期间,他们生下了一个男孩,然后是一个女孩,她也开始一点一点地爱上了她的丈夫,也爱上了新壤,而她对复仇的渴望也逐渐淡去。"

"噢,天哪。"罗伯特说。

"可她丈夫的朋友却责骂他,"爱蕊娜续道,"'你妻子在圣赖尔节那天去了哪儿?'他们让他以为她有个秘密情人,而他的孩子们也不是他的骨肉。因此,那些年来,他的疑惑越来越深,最后在某年的圣赖尔节,他跟踪了她。她去了河边,脱掉衣服,然后穿上鱼皮,就在他明白她的身份的同时,她也发现了他。"

"'你违背了誓言,'她说,'现在我必须回到水里去了。只要再次接触到空气,我就会死,因为变化的法术只能生效一次。'

"他绝望地乞求她不要走,可她还是走了,只留孩子和他的泪水和他做伴。

"许多年过去,他找遍了他所知每一条河流和运河。有那么一两次,他以为自己听到了她的歌声。他渐渐衰老,而他的孩子们也长大成人,各自成家。

"接着斯凯兰德人的大军横扫了北方国度,将它付之一炬,而他们的下一个目标就是新壤。人们聚集在河道边,准备释放洪水,淹没他们的国家,因为这是他们抵抗入侵者的唯一手段。可拱顶石却拒绝碎裂:它被建造得太过牢固。

"而大军已近在眼前。

"就在这时,老人再次见到了他的妻子,她仍像他们初见时那样可爱。她浮出水面,把手按上拱顶石,它随即碎成两半,洪水将入侵大军冲得无影无踪。可伤害却无可挽回,麦尔斯嘉被迫脱下鱼皮离开水面,也因此受到了先祖的诅咒。她死在那老人的臂弯里。而他也在不久后辞世。"

她的目光扫向罗伯特。"他们的子女就是最初的乡民之一。我们中有许多人就自称是麦尔斯嘉的后裔。"

罗伯特挠着头,满脸困惑。

"真是个复杂的故事,"他说,"我想你们应该不会像从前那样,

THE BLOOD KNIGHT

打算再在里面藏些不太讨我喜欢的评论了吧。"

"我不会的，"里奥夫许诺，"我只是想像上次那样，借用一个乡民们喜爱的故事而已。是伊斯冷的某位国王让麦尔斯嘉的子女们拥有了今天的地位。他从前是国王最小的儿子，而且传说他年轻时曾和堤坝上的人们共同劳作。我们可以借他来隐喻您：一位心系新壤与其守护者们的君王。"

"这出戏的反派是谁？"

"哦，"里奥夫说，"将斯凯兰德人引入新壤的不是别人，正是老国王的女儿，西奥德瑞克的姐姐，最卑鄙的黠阴巫师。她毒杀了自己的父亲，又屠戮了所有兄弟，只有最年幼的那个除外，而险些溺死的他——正如我们所见——不是被别人，正是被麦尔斯嘉所救。"

"你还可以把他姐姐的头发写成红色的，"罗伯特笑道，"好极了，我喜欢。"

"我之前说过了，我毫不怀疑你有足够的聪明才智，能想出某个法子辜负我的信任，就算我把故事写给你也一样。所以你别忘记：就算你让我再次出丑，我也没什么可损失的，可我会在有你在场的情况下，亲手割断这些年轻女士的喉咙。

"再说明白一点，就算你看上去很用心，可假使你的这出戏没能让乡民们转而拥戴我，她们的命运也会和我刚才描述的一样。"他拍了拍里奥夫的背。

"好好享受这儿的生活吧。我想你会过得非常惬意。"

根处之毒液

第九章 龙蛇

埃斯帕搭箭上弦,只觉得手指软得就像白桦树皮。

杀死他的初恋的那个芬德。企图对薇娜故技重施的那个芬德。

也是如今骑在龙蛇身躯之上的那个芬德。

他顺着箭杆估算着距离。箭枝显得巨大无比,而一切细节也尽收眼底:这支鹰翎箭逐渐加宽的尾羽,木制箭身那几乎难以察觉、有待矫正的弧度。略微锈蚀的铁箭头反射出的一缕黯淡的阳光,还有箭囊上油脂的味道。

他身周的空气此消彼长,而那些枯叶仿佛一支大军的旗号,指引着利箭前去撕裂芬德的骨肉,痛饮他的鲜血。

但他没有十足的把握。在这样的距离,这样的角度,命中率难以保证。就算箭矢不偏不倚,也还有那只难以置信却无法否认的龙蛇需要考虑。箭矢是干不掉那东西的,就算数量再多也不行。

但这话并不完全正确。他还有赫斯匹罗给予教会的黑箭,就是他杀死尤天怪时用的那支。按理说,它甚至能杀死荆棘王,杀掉一头龙蛇应该也没问题。

可他对龙蛇一无所知。

薇娜身躯颤抖,却一言不发。龙蛇和芬德同时垂下头颅,而那怪物又再次向前挪动起来。埃斯帕心安了少许,随即翻转身躯,彻底避开两者的视线,手臂紧拥着薇娜,直到响动逐渐消退为止。

"噢,圣者啊。"最后,薇娜低声吐出这句话。

"唔。"埃斯帕应和道。

"刚才我还以为鬼故事里的所有妖怪都站在我面前了。"她的身体一阵颤抖。

"你感觉怎样?"他问道。她的皮肤黏糊糊的。

"感觉就像得了瘟病,"她说,"有点发烧。"接着抬头看着他。"它肯定有毒,就跟狮鹫一样。"

THE BLOOD KNIGHT

当初埃斯帕就是跟着一路上已死和濒死的动物和树木找到狮鹫的。可狮鹫的个头不比马大多少。这东西——

"见鬼。"他喃喃道。

"什么?"

他把手按在树干上,期待能感应到和人类一样的脉搏,可不知为何,他的心底早就知道了真相。

"它杀死了这棵树,"他低语道,"所有这些树。"

"那我们呢?"

"我想还没有。它的碰触,还有它吐出的雾气——在那儿蔓延的那些。树根都枯死了。"

没错。虽然它们活了三千年之久……

"它是什么东西?"薇娜满心好奇。

埃斯帕无助地抬起双手。"叫啥都不重要,不是吗?不过我猜它是条龙蛇。"

"或者说,是龙?"

"我没记错的话,龙应该有翅膀才对。"

"那狮鹫应该也有。"

"嗯。的确。就像我说的,叫啥不重要。重要的是它究竟是啥,究竟会做些啥。还有芬德——"

"芬德?"

该死,那时她的眼睛给蒙住了,没见过芬德。

"嗯,芬德就骑在那见鬼的玩意背上。"

她皱了皱眉,仿佛他刚才说的是个谜语,而她正在努力猜测谜底。

"芬德正骑着那头龙蛇,"最后,她开了口,"可,可是……"她紧攥着身体两侧,仿佛能借此抓紧自己想说的话。

"芬德从哪找来的龙蛇?"她终于想好了该怎么说。

埃斯帕觉得自己先前考虑的真是个蠢问题。

他在御林里居住和生活了四十二年,见过它最黑暗也最混乱的角落,从仙兔山到那些荒芜的峭壁,再到东部海岸的蛙木沼泽。他了解这广袤地域里一切生物的习性和足迹,而且从来——至少在几个月以前——没见过什么狮鹫、尤天怪或者龙蛇留下的痕迹。

芬德从哪找来的龙蛇？那龙蛇又是在哪找到自己的？它会否一直沉睡在深幽的洞窟里，又或是潜藏在深海之底？

狰狞怪才知道。

芬德似乎也知道。他曾找到过狮鹫，现在他又找到了更可怕的东西。可为什么？芬德的动机通常很简单，几乎除了牟利就是复仇。这次会不会是教会雇佣了他？

"我不知道。"最后，他开口道。接着，他的目光朝远处投去。龙蛇留下的迷雾似乎已经消散。

"我们该下去吗？"薇娜问道。

"我觉得我们应该再等等。如果真要下去，就走另一边，离它走过的地方远一点，免得中毒。"

"然后怎么办？"

"我觉得它在跟踪史林德，而且斯蒂芬就在史林德们手里。所以我想我们得跟踪龙蛇才行。"

时间似乎过了很久很久，埃斯帕正想提议爬下树的时候，一阵模糊的交谈声传入耳中。他把一根手指放到嘴唇边，可薇娜也已听到了人声。她点点头，示意自己明白了。

过了不久，六个骑手沿着龙蛇经过时留下的深沟飞驰而来。

其中三人肩膀狭窄，身躯苗条，戴着瑟夫莱特有的那种遮阳用宽沿帽。另外三人块头大一些，没戴帽子，多半是人类。马匹的身躯颇为矮小，一副脏兮兮的北方马的模样。

埃斯帕真想知道自己的坐骑在哪。假使它们先前待在龙蛇吐出的毒气附近，估计已经全死了，可马儿们，特别是"魔鬼"，总是特别敏感的。

但下面的骑手们没有死。芬德也活着，而且他还骑在那玩意背上。没准龙蛇没有狮鹫那么毒。至少尤天怪就没什么毒。可话说回来，纳拜格树边的那些僧侣似乎也对狮鹫的能力免疫，某个自称为主母恫雅的瑟夫莱修女就曾给过埃斯帕一种能中和毒素的药物。

埃斯帕拍拍树枝，做出"等在这儿"的口型。薇娜面色凝重，

THE BLOOD KNIGHT

但还是点了点头。

他放轻步子，小心地踏过这根宽阔的树枝。它相当厚实，即使承受了他的重量也岿然不动，而他就像一只巨大的松鼠那样穿梭于树枝间，跳上一根低矮的树枝，依次跃进，追上那些骑手之后，保持在他们上方的位置前行。此时他们停止了交谈，而他的处境也因此尴尬起来。

他本以为能从这些人的对话中得知他们的目的，比如"别忘了，伙计们，我们是在为芬德效力，"不过现在看来，短期内他们说话的可能性不大。如果说这些人是在追赶那头跟踪史林德们的龙蛇，他能想到三种可能。一、他们跟芬德是一伙的，正在跟随他前进——他们的目的同样邪恶，只是步伐较慢。二、他们是芬德的敌人，跟踪他是因为和埃斯帕同样的理由：杀死他。三、他们是一群旅行者，出于愚蠢的好奇心来追随龙蛇的行踪。

如果说那头畜牲的足迹含有剧毒，那么最后一种可能性就可以排除了。寻常的路人不太可能带着能解除龙蛇毒素的解毒剂，所以早该身体不适才对。

剩下的可能就是：他们是芬德的盟友还是敌人。

噢，他没有多少思考的时间，不知所措也不是男子汉该有的行径。而且他们人数太多，去礼貌地问话实在太蠢了。

他垂低利箭，瞄准队末那人的脖子：那是个人类。如果他能在其他人反应过来之前放倒其中一两个，就能大为增加他幸存的机会。

可……

他叹了口气，转换了目标，将利箭射进了那家伙右臂的肱二头肌。不出所料，那人尖叫一声，坠下马去，重重撞上地面。剩下的人大都只是看着他，满脸迷惑，试图搞清楚状况，可有一个——这时埃斯帕认出那是个瑟夫莱——跳下马，拉开弓弦，双眼扫视林间。

埃斯帕一箭射穿了他的肩膀。

这家伙没有尖叫，可他的吸气声就连远处的埃斯帕都能听见，而他的目光也立刻发现了箭矢的来源。

"护林官！"他怒吼道，"是那个护林官，你们这些蠢货，就在林子里！就是芬德警告我们当心的那个！"

很好,埃斯帕想。我早该想到他们是知道我在御林里的,不过……

埃斯帕看到另一个人也拉开了弓。他朝那家伙射出一箭,被躲了过去,箭尖只削下了一块耳朵。那人放箭还击,见鬼,射得真准,埃斯帕想着,身体早已跃向下方的那根枝条。

他落地时略微蜷曲双腿,膝盖传来一阵五年以前绝不会有的刺痛,第三支箭已射向了对面的弓手。那人用手捂住受创的耳朵,正要惨叫之时,箭头扎进了咽喉,这让他安静下来。

埃斯帕搭上另一支箭,仔细地瞄准另一个正搭箭上弦的瑟夫莱。他射中了对方大腿内侧,瑟夫莱像一堆死肉那样瘫软下来。

一支红翎箭猛地撞上埃斯帕的熟皮胸甲,位置恰好是最下面那根肋骨的上方,几乎把他肺里的空气全部挤了出来。世界只剩下旋转的黑色斑点,而他意识到,尽管他的双脚还在,可脚下踩着的已不再是树枝。

他闷哼一声滚向旁边,发现自己的弓已不见了踪影。护林官在起身的同时探手去摸手斧,却发现又一个瑟夫莱的箭瞄准了他。他掷出斧子,闪向左侧。

斧子以毫厘之差偏离目标,可那瑟夫莱也因此缩起了身子,射出的箭大失准头。埃斯帕咆哮一声,扭身扑向敌人,短匕出鞘。十码的距离足够那个瑟夫莱搭上另一支箭,进行一次近距离射击,可他显然不清楚这点,而是在射击、拔剑和逃跑之间犹豫不定。

他最后决定拔剑,可这时埃斯帕已经冲到了面前:他用空出的那只手抓住瑟夫莱的肩膀,扭过他的身体,令他的左侧腰部暴露出来。埃斯帕的第一次刺击撞上了链甲,于是他抬起手,割开了对手的颈动脉。他闭上眼皮挡下飞溅的鲜血,从变成一具尸体的敌人身边跑过。

他突然觉得自己太过轻率,因为他少算了一个没受伤的对手。头两个被他射中的家伙或许会给他添点麻烦,但这两人都不太可能拉得开弓了。

第四个对手用粗重的喘息声宣告了自己的存在:埃斯帕飞快转过身,发现对手正挥舞着一柄阔剑冲刺而来。埃斯帕的双膝开始颤

THE BLOOD KNIGHT

抖，更觉得仿佛有荨麻塞进了肺中。这感觉很熟悉，正如他初次与狮鹫目光相交的感受。

答案有了，他想。毒。

只要够聪明，拿剑的就能干掉拿匕首的。幸运的是，这家伙似乎不太聪明。他把武器高举过头，作势欲斩，而埃斯帕装出拼命要接近对手的样子——从距离来看，这是绝不可能的事——于是那家伙很识相地挥出了又狠又快的一击。

可埃斯帕却抽身退后，并未进入对手的攻击范围之内，趁着挥舞的利剑重重斩向地面，回天乏术的时候，他才真正跳上前去，左手抓住那人挥剑的手臂，匕首深深插进那人的腹股沟里，位置恰好在铁制的裤褶左方。那人顿时窒息，蹒跚退后，挥舞着双臂来维持平衡，脸上的血色飞快消退。

埃斯帕听到背后传来一声闷哼，他步伐不稳地飞快转身，却只发现头一个被他射中的瑟夫莱人惊讶地瞪着他，手里握着一把短剑。在埃斯帕的注视下，偷袭者的短剑从指中滑落，人也跪倒在地上。

那人身后约莫十码的地方，薇娜冷冷地垂下了弓。她面色苍白，可究竟是因为毒素还是紧张，他说不准。

棒极了。

他现在能感受到体内的烧灼之感。他几乎已虚弱得握不住匕首了。

可他还是强迫自己在周围巡视了一遍，以确保他的敌人都已毙命——只有被他最先射中的那个人除外。那人正按着手臂，缓缓爬行，啜泣不止。他看到埃斯帕走来，爬得更快了。他原先就在哭泣，这会儿泪水流得更欢了。

"饶命，"他喘息道，"饶命。"

"薇娜，"埃斯帕喊道，"在另几个人身上找找有什么特别的。还记得主母恫雅给我的那玩意吗？类似那种东西。"

他的靴底踩上了那人的脖子。

"早上好啊。"他努力让自己的语气显得坚定。

"我不想死。"那人抽泣着说。

"见鬼，"埃斯帕说，"我也不想！还有，我也不想让我可爱的

根处之毒液

妞儿去死。可我们已经快死了,对不对?就因为我们踩到了芬德找来的那个鬼东西的足迹上。你的朋友都被我送去给狰狞怪当早饭了,他们这会儿正在招呼你也过去。我可以让你走得又快又稳当,只要我用这把刀子刺进你脑瓜子下面就成。"他跪在地上,手指用力戳着脊骨与头骨相交之处。那人惨叫一声,埃斯帕闻到了一股不太宜人的气味。

"感觉到啦?"他说,"这儿有个窟窿。刀子捅那儿就跟切黄油一样快。可我用不着这么做。你胳膊的伤不重,可以慢慢爬到弥登去,找个好女人,下半辈子做黄油为生。可你首先得保证我跟我的朋友不死。"

"芬德会杀了我的。"

埃斯帕大笑起来。"这话可真够蠢的。如果你不帮我,那不用等芬德知道你出事,你就已经烂得差不多了。"

"好吧,"那人可怜巴巴地说,"药确实有。拉夫身上带着呢,装在个蓝色的瓶子里。每人每天一小汤匙的量就够了。不过你得给我留一点儿。"

"为啥?"

"因为我也要死了,"那人解释道,"这药没法清除毒素;它只会减慢毒的发作。要是停服几天,一样会死。"

"是嘛。可哪种傻子才——哈。我明白了。芬德一开始根本没告诉你的,对吧?"

"对。不过他有解药。他准备等我们干完活儿就把解药给我们。"

"我懂了,"埃斯帕艰难地抬起头,"薇娜?药在蓝瓶子里。"

"我已经找到了。"她大声回应道。

"拿过来。"

他把匕尖抵在那人的脑袋上。

片刻之后,薇娜在他身边跪倒。她双眼血红,皮肤成了蠕虫般的白色。

"喝一点儿,"他对薇娜说。他把匕首往前推了少许。"如果这药毒死了她,你也死定了。"

"先给我喝一点儿,"那人说道,"我会证明它不是毒药。"

薇娜举起那个蓝瓶子,吞下一口,然后扮了个鬼脸。很长一段时间里,什么都没发生。

"感觉好多了,"薇娜说,"不再天旋地转的了。"

埃斯帕点点头,拿起瓶子,自己也喝了些。味道很恶心,就像煮熟的蜈蚣和苦艾,但几乎是立刻就让人感觉好多了。他小心地塞住瓶口,把瓶子放进背包里。

"话说回来,你们都帮芬德做什么?"埃斯帕问道,"你们要干完什么活儿,他才会给你们解药?"

"他只要我们跟着他,并且杀掉所有那龙蛇没能杀掉的东西。"

"噢。为啥?"

"他准备干掉那些史林德,"他说,"可他还想找个人,那人的名字我不太清楚。我记得那人应该是跟你在一块儿的。"

"那些尤天怪是芬德派去找他的?"埃斯帕问道。

"是啊。它们出发以后就再也没有回来。"

"芬德从哪儿弄来的这些怪物?"

"龙蛇是从沙恩林修女那儿弄来的,至少他是这么说的。可那些怪物不是芬德的手下。他和那些怪物都为同一个主人效命。"

"那个主人是谁?"

"我们不知道。有个寒沙来的祭司,叫阿舍恩,我猜他知道,不过他跟芬德在一起。那个瑟夫莱雇我们只是为了抢战利品。他说我们在龙蛇的足迹里找到的东西全归我们。然后他又说我们中了毒,还用贾鲁斯的死证明他的话是真的。"

"求你了,护林官,我求你饶命。"

"你就知道这么多?"

"就这么多。"

埃斯帕把他的身子翻过来。他蜷缩身体,闭紧了眼睛。埃斯帕晃了晃那瓶子:里面的药还有超过半瓶。

"张开嘴。"

那人照做了,埃斯帕往里面滴了几滴。

"跟我说点儿别的,"埃斯帕说,"我就会再给你喝一点儿。如果你支撑得够久,龙蛇的毒素就会自个儿消耗光的,对吧?或者你可以找个黠阴巫师来帮忙,能让你活着见到下一个满月。至少比你现在的机会要大。"

"是啊。你想知道什么?"

"芬德干吗要绑架那些女孩儿?"

"女孩儿?"

"罗依斯的边境那边。他派尤天怪去的地方。"

这人摇摇头。"那些家伙?我们跟他们一点关系都没有。龙蛇和尤天怪找到了你们的人,是因为闻到了*他*的气味。别的那些家伙——我们碰巧撞见的时候杀掉了好些。芬德说如果我们瞧见两个女孩,就干掉她们,但别偏离原计划。'那不是我们的工作,'他说,'让其他人操心去吧。'"

埃斯帕又往那人的舌头上滴了几滴。

"还有呢?"

"还有的我就不知道了。我不知道自己究竟蹚的是什么浑水。我只是个贼,甚至从没杀过人。我从来不相信这些东西的存在,可我现在瞧见它们了,我只想逃得远远的。我只想活下去。"

"嗯,"埃斯帕说,"继续说。"

"可那毒……"

"我已经把能给的都给你了。我需要剩下的药水来找到芬德,干掉他,拿走他的解药。你知道那药的样子吗?"

"不。"

"你的命还在我手心里……"

"我真的不知道。"

这意味着它也许根本不存在,埃斯帕阴郁地想。

"来吧,薇娜,"他说,"我觉得我们最好马上出发。"

第十章 剑之乐章

吓得浑身僵硬的安妮看着挂毯抬起,后面的黑暗也随之现身。

蜡烛早已尽数熄灭,仅剩的光源来自月光,可她却能看清房间的所有细节。头部抽痛不已,她唯恐自己会晕厥过去,又希望自己能转过视线,不去注视将至之物。

她早先梦见了眼眶装着蛆虫的法丝缇娅,后者便是经由织锦后的暗门而来。如今她发现那道暗门确实存在,而且有东西正要从里面出来。来到这儿,来到清醒时的世界。

她真的醒来了吗?

可那步入房间的人影,却并非法丝缇娅。起先它就像是一团阴影,可月光随即映照出一个衣衫全黑、戴着面具和兜帽的形体。娇小的形体,是个女人,又或许是个孩子,一手拿着件又长又黑、带有尖端的物体。

刺客,她心想着,突然感到全身麻木,迟钝异常。

那人的双眼随即出现,安妮明白,她被发现了。

"救命!"她的语气颇为镇定,"救命,有刺客!"

那人影无声无息地扑向了她。安妮的麻痹感顿时消散:她滚下床去,站起身来,摇摇晃晃地冲向房门。

某种冰冷而坚硬之物砸中了她的上臂,使她再也没法挪动那条胳膊。手臂仿佛在举起的过程中被冻住了:没法垂下,也没法抬起。她转过头,发现某种纤细的黑色物体刺进了骨骼下方的血肉。它穿透了整条胳膊,又从另一边露出头来,扎进了那条狮头床腿里。

安妮向上望去,发现一双紫罗兰色的眸子就在一掌之遥处紧盯着她。她转回视线,这才明白胳膊里那根纤细的物体是一把剑,剑柄就握在这个男人的手中。不知为何,尽管对面那人体型小巧,可她很清楚那是个男人。

她意识到,那是个瑟夫莱。

根处之毒液

他猛然用力,想抽出那把紧紧扎进床腿里的剑,随后另一只手垂到了腰间。利剑扎进手臂的痛楚骤然袭来,可却未能盖过她心中的恐惧,她知道,他肯定是在摸索匕首。

她将头颅伸进月光,双脚深埋进大地黑暗纠缠的根须之中,用空出的那只手抓住了他的头发,然后吻了他。

他的嘴唇温热,甚至显得发烫,随着她的碰触,仿佛有闪电顺着脊梁劈下,蛇麝香和焦杜松的滋味在她喉中灼烧。和所有男人一样,他的体内又湿又潮,却又极度异常,在本该火热之处冰凉,本该冰冷之处滚烫,迥然相异。他仿佛经过了粉碎和重塑,骨骼的每条曲线都像是缝补起来的碎块,每块肌体都是伤痕。

他尖叫一声,她感觉手臂被突然拖拽了一下,而他随即抽身退开。剑已完全拔出,她滑倒在地板上,仰面朝天,双腿叉开。

瑟夫莱后退几步,晃着脑袋,就像一条耳朵沾了水的狗。

她想要尖叫,却发现自己无法呼吸。她紧抓着胳膊,周遭的一切都沾着又湿又黏的血液,很明显,那是她自己的血。

可房门却选择在此时砰然洞开,两个艾黎宛的卫兵冲进房间,手里拿着明亮得几乎把安妮眼睛刺瞎的火炬。

那位袭击者在光辉中只剩下单薄的黑色人影,却似乎恢复了过来。他长剑疾刺,扎进了其中一个卫兵的喉咙里。那个可怜的年轻人双膝跪倒,火把落在地上,按住伤口,试图用双手来维持自己的生命。安妮怜悯地看着他,鲜血也从她指间潺潺流出。

另一个正高声呼救的家伙显得较为谨慎。他身穿半身甲,手持一把重剑,并未举剑挥砍,而是用剑尖直刺向那个刺客。瑟夫莱试探性地做了几次攻击,都被那卫兵挡开了。

"快跑,公主。"那卫兵道。

安妮留意到他和房门之间有一条空隙,如果她能让腿动起来,就能逃出去。她努力跪起身,却在鲜血中滑倒。她真想知道自己离流血过多而死还有多久。

瑟夫莱挥剑刺击,却绊倒在地。那卫兵怒吼一声用力劈下:安妮没看清接下来发生的事,可随着金铁交击之声,艾黎宛的手下便摇摇晃晃地走过瑟夫莱身边,重重撞上了墙壁。他瘫倒在墙边,再也不动了。

刺客正要转身面对她时,另一个身影突然冲进了敞开的房门。

是卡佐。他的样子很怪,怪得很,至于原因,安妮好半天都没想明白。最后她才察觉到,他和出生的那天一样不着片缕。

可他的一只手里握着卡斯帕剑。他犹豫了一瞬间,等弄清状况之后,便冲向了那个刺客。

卡佐用卡斯帕剑狠狠扎向那个黑暗的身影,对手却以熟悉的**佩托**势飞快格开,又以**乌塔沃**势挥出强而有力的挡击。

卡佐不假思索地顺势挡下剑招,接着还以刺向咽喉的一击。他的对手抽身避开,两人在原地对峙了片刻。卡佐听到安妮的尖叫时,曾为自己赤身裸体而稍感尴尬,不过那时与他共处一室的奥丝婞也是这副模样。如果他先去穿戴整齐,她现在或许已经死了。

的确,她已经受了伤,而对她的担忧也让一丝不挂引发的窘迫烟消云散,他方才恍然大悟:在过了这么久之后,他终于又对上了一位德斯拉塔的继承人。

"来啊,"卡佐说,"在有人来打扰之前,让我们做个了断吧。"

他都能听到其他卫兵赶来的声音。

那人将脑袋偏向一侧,随后猛然扑来。无法判断虚实的卡佐略退一步,吃惊地看着那家伙朝着墙壁飞扑而去,掀起一幅挂毯,随后消失在毯后漆黑的开口里。

卡佐咒骂着紧追在后,用左手拨开挂毯。一柄毒蛇般的利剑从黑暗中窜出,险些刺中他。他避过剑尖,用空出的那只手把敌人的武器压在墙壁上——随后直直撞上一只拳头。拳头打中了他的下巴,只不过这一击的力道无法和它带来的惊吓相比。他松开了那把剑。

卡佐踉跄退后,在躲闪中挥舞着卡斯帕剑,希望能挡住出其不意的某次刺击。可逐渐远去的脚步声告诉他,那家伙正在逃跑,而非继续进攻。

卡佐骂声不绝地追了过去。

几秒钟之后,显而易见的理由令他放慢了步子。毕竟,他在这儿什么都看不见。他本考虑回头去找寻火把,但又听到前方微弱的脚步声,他可不想跟丢那家伙,于是左手扶墙,迈步飞奔,卡斯帕剑伸向前方,就像盲人的拐杖。

当过道变为接连几个急转通向下方的楼梯之时,他几乎失足摔倒。接着响起一声咔嗒轻响,片刻的月光将一道人影投射在下方的某个楼梯平台那里。

然后光芒便消失了。

他来到楼梯平台上,在短暂的搜寻后,找到了那道门,将它推开。秘道通向树篱荫蔽的花园围墙的另一端。一条小径通向沐浴在月光下的绿地。刺客已经消失无踪。

他绝不相信那人有时间穿过开阔的草坪,因此并未步出树篱,而是就地一滚,发现自己的推断果真验:钢剑挟着风声,刺在了他的头颅原本停留的位置。

卡伦站起身,摆出普瑞斯默守式。

"太让人失望了,"他说,"我走遍千山万水,连一位德斯拉塔都没遇见过。我受够了这些蛮子们称为'剑术'的砍肉把式。如今终于碰上了个能给我找点乐子的家伙,却发现他是个懦夫,连好好打一场都不乐意。"

"抱歉,"那家伙回答的嗓音模糊不清,"你得明白,跟你打没问题,但我不想对上整个城堡的人。如果被你拖了后腿,我就会陷入这种境地。"

他说得对,他们应该已经到了安妮的房间里了。

那时卡佐听到了守卫在他身后接近的声音,接着——

他们就到了外面。这是怎么回事?

他依稀记得自己先前在追赶这家伙,可如果他跟着他出了安妮的房间,又下了楼,难道不会从闻讯而来卫兵的身边经过吗?莫非他们跳了窗?

那人的攻击打断了卡佐的思绪。他个头矮小,身手灵活,大概是个瑟夫莱吧?卡佐从没和瑟夫莱德斯拉塔交过手。他的剑身熏得漆黑,难以看清。

卡佐挥剑格挡,可那一记只是佯攻,真正的攻势瞄准了他的下盘。卡佐后退一步,争取到空当以塞夫特式挡住来剑,身体也随之

THE BLOOD KNIGHT

旋向一边，避开再度袭来的上盘刺击。飒飒作响的剑尖刺穿了咽喉边的空气，而他的手臂也随之挥出。

他的敌人用手掌挡下这一拳，两人再次开始了近距离缠斗。卡佐迅速踏前几步，肩膀撞中那人，但接下来的猛扑扭痛了他的手臂。等他恢复过来，想要继续施压时，才意识到对手又开始了逃亡。

"满瑞斯诅咒你，给我站住！"卡佐怒吼道。他现在感受到了寒冷。他的光脚踩在雪上，嘎吱作响。

他重新开始追逐那个狡猾的剑客，气息就像巨龙一样粗重。他的手指，鼻子，还有四肢都因闻所未闻的寒冷而麻木，而他也开始想起那些关于某部分躯体被冻掉的故事。这种事真有可能发生吗？从前听起来多荒谬啊。

他们冲出这座树篱迷宫，飞快地穿过一座花园。冰封的花园水池里，衣着单薄的爱润达女士雕像正在为一对大理石恋人充当见证人。卡佐张望前方，发现了一条沟渠，还有那个剑客的目的地：一匹系在小树丛里的马儿。

他试图加快速度，却不见多少成果。积雪和麻木的脚趾令他难以维持平衡。

那剑客正想解开拴马的绳子，这时卡佐发动了进攻。那人丢下手中的活儿，转身面对他。卡佐惊讶地看到他的面具已经拉下，大概是为了呼吸更加顺畅。那张面孔的确是属于瑟夫莱的，五官精致，在月光下几近蓝色，他的毛发如此白皙，仿佛没有眉毛和睫毛，仿佛整个人都是用雪花石膏雕刻而成的。

他避开飞扑而来的卡佐，身体闪向一旁，把位置留给收势不及的卡佐。卡佐刚止住前冲的势头，却发现那柄长得出奇的细剑横挡而来。他无法加以还击，便从对手身边挤了过去，两人都转过脸来，再次面面相觑。

"我可真的要干掉你了。"瑟夫莱人宣布。

"你的维特里安语真古怪，更像是萨福尼亚语，"卡佐说，"告诉我你的名字，如果不行的话，至少告诉我你从哪儿来。"

"瑟夫莱没有家乡，你应该知道，"那刺客答道，"不过我的氏族聚集在从艾滨国到维吉尼亚的通路附近。"

"对,但你的德斯拉塔肯定不是在艾滨或者维吉尼亚学的。那又是在哪?"

"在东陶·达柯纳斯,"他回答,"在阿里赞纳斯山脉那边。我的梅司绰名叫伊斯佩迪欧·莱斯·达·洛维雅达。"

"伊斯佩迪欧大师?"查卡托曾跟伊斯佩迪欧修习过剑术。"伊斯佩迪欧大师已经去世很久了。"卡佐说。

"瑟夫莱的寿命很长。"那家伙回答。

"给我个称呼吧。"

"叫我埃克多吧,"他回答,"是我这把细剑的名字。"

"埃克多,我不相信你跟伊斯佩迪欧大师学过剑,就跟我不相信你在月亮上抓过兔子一样,不过我们走着瞧吧。我用 *caspo dolo di-dieto dachi pere* 攻击——"他朝对方的脚刺出一剑。

埃克多立即朝卡佐的面部还击,但卡佐早有预料,他掉转剑身,加以迎击。埃克多退后几步,转为普瑞斯默式,随即使出 *caspo en perto*,扫向卡佐的剑身。

卡佐闪向右侧,朝埃克多的眼部还以刺击。埃克多矮身刺向卡佐的脚,用同样的方式结束了攻势,唯一的不同是埃克多的剑刺穿了卡佐麻木的脚,扎进了下方的冻土里。

"这招如何?"埃克多问。他拔出鲜血淋漓的剑身,转回守势。

卡佐缩了缩身子。"干得好。"他承认。

"轮到我了。"埃克多说完,便开始了急风暴雨般的攻势。

"绿帽男回家路。"认出剑招的卡佐说。他以恰当的招式回击,可埃克多似乎又比他多算了一步,一来一去之后,埃克多的剑尖几乎没入卡佐的咽喉中。

查卡托,你这老狐狸,他想。这老家伙没把伊斯佩迪欧的最后几个绝招传授给他。以前还不打紧,因为直到刚才为止,卡佐都没遇上过任何能精通这位老剑术大师流派的人,他总能把自己的缺点掩盖起来。可眼下却不行了:事实上,这种做法必然会遭遇失败。卡佐只能用他自创的剑招来解决了。

但这是他多年以来头一回意识到,这场决斗可能会输。在与身穿重甲,手持魔法利剑的古怪骑士的搏斗过程中,他早已习惯了九

THE BLOOD KNIGHT

死一生的感觉。可在德斯拉塔的决斗中，从他十五岁之后，只有查卡托能够与他匹敌。

他心中有些许恐慌，但更多的却是愉悦。终于能有一场像样的决斗了。

他佯攻下盘，继而转为上盘刺击，可埃克多后退一步，用挡击格住卡斯帕剑，随即向前突刺。卡佐感到剑身传来一股压力，紧接着，伴随着一声令人沮丧的金属鸣响，卡斯帕剑终于折断了。

埃克多踌躇片刻，继续攻来。卡佐咒骂着抽身退后，手里握着他这位老朋友的残躯。

他正想下定决心，不顾一切地发起最后攻势——欺近埃克多的身边，试图抱住他的时候，瑟夫莱突然倒吸一口凉气，单膝跪倒。卡佐一开始还以为这是某种古怪的起手招式，类似"三脚狗"之类的，可他随即看到了在那人大腿上冒出的箭头。

"不！"卡佐大喊道。

可这时士兵们已沿着运河蜂拥而来。埃克多倔强地再次抬起武器，可有个弓手在五码开外射出一箭，命中了他的肩膀，下一瞬间，第三支箭刺穿了他的咽喉。

他的手按在伤口处，直视卡佐。他想要说些什么，从唇间吐出的却是鲜血，他面孔朝下，朝着雪地倒了下去。

卡佐愤怒地抬起头，看到了尼尔爵士。这位骑士并未着甲，不过他的打扮要比卡佐得体不少——他穿着白色的衬衣、马裤，还有最让人眼馋的厚底靴。

"尼尔爵士！"卡佐喊道，"我们是在决斗！他不该这么个死法！"

"这渣滓刺伤了女王陛下，"尼尔回答，"带着冷血的暗杀企图。他配不上光荣的决斗，或者任何荣耀的死法。"

他低头瞥了眼埃克多。

"不过我倒是想活捉他，以便找出幕后的指使人。"他严厉地看了卡佐一眼。"这不是什么竞技比赛，"他声明，"如果你以为它确实是——如果你对决斗的热衷胜过安妮的安危——那我就要怀疑你究竟算不算她的盟友了。"

根处之毒液

"如果我刚才不在,她早就死了。"卡佐回答。

"非常好,"尼尔说,"但我想,我会坚持我的看法。"

卡佐短促地点头作为回应。

卡佐捡起瑟夫莱手里落下的剑。它的做工非常均匀,而且比卡斯帕剑还轻巧不少。

"我会照看好你的武器的,德斯拉塔,"他告诉倒地的那个人,"假如它是我正正当当赢来的就好了。"

有人把一件斗篷披上卡佐的肩头,而他这才意识到自己正在无法控制地颤抖。他更察觉到,尼尔爵士说的没错——自己刚才实在太过愚蠢。

可他总是无法摆脱这种感觉:无论一个德斯拉塔是怎样的恶棍,他都有资格死在细剑的剑锋之下。

"帮我坐起来。"安妮命令道。

只是说出这几个字就几乎令她晕厥。

"你应该靠后躺。"艾黎宛的医师道。他是个年轻人,英俊中有股阴柔之美。安妮很想知道,他了解的药物中有多少是和性事无关的。他替她止了血,在她胳膊上放了点东西,使它抽动得没那么剧烈,可这些不能保证她不会在几天内死于伤口化脓。

"我要靠着枕头站起来。"她说。

"谨遵陛下的命令。"

他帮她坐起来。

"我需要喝点东西。"安妮说。

"你听到了吧。"艾黎宛说。她的姑妈穿着件紫罗兰色的晨衣,上面是一种安妮叫不出名字的繁复式样。她看上去宿醉未醒而又忧心忡忡。

更有趣的是奥丝姹,她身上除了一条紧紧围在肩上的床单之外别无他物。她几乎是在卡佐离开后的瞬间就出现了:再考虑到全身赤裸的卡佐,令人不禁浮想联翩。

"奥丝姹,穿点衣服吧。"她柔声说道。

奥丝姹感激地点点头,身影消失在附近的衣柜里。

THE BLOOD KNIGHT

过了一会儿，一位缠着黄色发卷，身穿棕色裙子和红色围裙，手里托着兑水酒的年轻女孩出现在门口。安妮迫不及待地将它一饮而尽，她对酒精的厌恶抛到了九霄云外。

女孩走向艾黎宛，在她耳边低声说了些什么。艾黎宛以释然的神情吐出一口气。

"刺客死了。"她说。

"卡佐呢？"

艾黎宛看着那女孩，后者羞红了脸，说了些让安妮无法听清的话。艾黎宛吃吃地笑了起来。

"他应该还算好，只是有被冻掉某个部位的可能。"

"等他穿好衣服以后，我想见他。还有尼尔爵士。"安妮转过脸，看着艾黎宛的手下把守卫们的尸体抬出去。

稍后不久，奥丝妮重新出现，匆忙套上了一件内衣和一条纳兹嘉维安毡质地的宽大晨衣。安妮认出它曾是法丝缇娅最喜欢的衣服之一。

那就是法丝缇娅，不是吗？她的灵魂，或者说幽灵托梦而来。若不是她唤醒了她，那个瑟夫莱就能毫无阻碍地完成他的任务，而她也会在睡梦中无知无觉地死去。

"艾黎宛姑妈，"安妮说，"你知道秘道的存在吧？"

"当然了，亲爱的，"她说，"不过另外还有少数人知道。我以为它被封住了呢。"

"我真希望你能早点告诉我。"

"我也这么希望，我的小鸽子。"她回答。

"罗伯特叔叔早就知道它了，对吗？"

艾黎宛斩钉截铁地摇摇头。"不，我亲爱的。这绝不可能。我想不出……可这么说来，我对瑟夫莱的了解或许也不如我自己认为的多。"

"这话怎么说？"

卡佐选择在此刻赶到。他蹒跚着走进房间，拼命不让自己的身体摇晃，可脚上的绷带却清楚地证明他负了伤。

"安妮！"他说着，飞快地单膝跪倒在床边，"伤得很重吗？"他抄起她没受伤的那只手,而她吃惊于他的手如此冰冷。

"他的剑刺穿了我手臂上的肉,"为了他听起来方便,安妮用维特里安语回答,"血已经止住了。剑上没毒,运气不错。你呢?"

"没什么要紧的,"他目光闪烁,飘向她身后的奥丝娓,"奥丝娓?"

"还用说吗?我哪会有危险呢。"奥丝娓说话时显得有些气喘。

卡佐松开了安妮的手——有点太快了,她想。

"他刺伤了你?"安妮问道。

"一点小伤,在脚上。"

"卡佐,"艾黎宛说,"他们沿着运河边找到了你们俩。你是怎么到那去的?"

"我从树篱迷宫那里就跟着他了,女公爵大人。"剑客答道。

"那儿就是秘道的出口?"安妮问他,"假山山洞里的那面墙?"

"秘道?"卡佐问。他皱起了眉头。

"对,"安妮说,"墙里的秘道。就在那块挂毯后面。"

卡佐凝视着那块挂毯。"那后面藏着个秘道?他就是这么进来的?"

"对,"安妮说着,开始烦躁起来,"他也是这么出去的。你就跟在他后面,卡佐。"

"抱歉,我没做过这种事。"

"我看见了。"

卡佐眨了眨眼,在她认识他的这几个月以来,这是第二或是第三次看到他哑口无言的样子。

"卡佐,"艾黎宛温和地说,"你觉得你是怎么出去的?怎么到树篱迷宫里的假山山洞里的?"

卡佐双手叉腰。"嗯,我——"他起先自信满满,然后又停了口,眉头再度皱起。"我……"

"你疯了吗?"安妮说,"你醉得太厉害了吧?"

"他没法想起来,小鸽子,"艾黎宛说,"男人都不能。这是种魔法。女人能想起墙壁里的秘道。女人能使用秘道。男人能被人带着走过去,不过脑子里绝对不会留下印象。再过一会儿,可怜的卡

THE BLOOD KNIGHT

佐就根本记不起我们说的话了,这儿的所有男人也都一样。"

"这太荒谬了。"卡佐说。

"什么东西荒谬,亲爱的?"艾黎宛问道。

卡佐眨眨眼,然后露出略显惊恐的神情。

"明白了吧?"

"可那个瑟夫莱是男性。我非常肯定这点。"

"我们会去确证一下的,"艾黎宛说,"有很多种证明方法,你知道的。不过我猜这种魔力只对人类有效。或许它对瑟夫莱不起作用。"

"这些事太奇怪了。"

"这么说,你母亲从没告诉过你伊斯冷城堡里的那些通道?"

"你是说秘道?"

"嗯。奥丝婗你呢?"

安妮转向奥丝婗,后者的目光几乎完全盯着地板。"我听说过,"她轻声道,"我只进过其中一条。"

"你怎么不告诉我?"安妮问。

"有人要我别说。"她说。

"所以说伊斯冷城堡里也有这种秘道?"

"没错,"艾黎宛说,"到处都是。"

"而且罗伯特叔叔对它们一无所知,"安妮思忖道,"一支军队可以从内部占领城堡。"

艾黎宛无力地笑笑。"我觉得,如果这支军队的成员都是男人,那可就很难办到了。"她说。

"我可以给他们带路!"安妮说。

"也许吧,"艾黎宛补充道,"当然了,我会把我知道的都告诉你的。"

"秘道的入口有在城外的吗?"

"有,"艾黎宛回答,"我知道其中一条。而且它在城里有好几个出口,分别在不同方位。我可以告诉你它们的位置,如果我的记忆好使,没准还能画张简单的地图给你。"

"很好,"安妮说,"好极了。"

根处之毒液

安妮明白,她已经下定了决心。不是因为她知道自己在做什么,而是因为她别无选择。

用十年的时间学习作战知识和组建军队或许能让她更适合这项使命,可在几周内,她母亲就会结婚,而与她作战的对手除了罗伯特可能召集的人马之外,还有寒沙和教会的军队。

不,她已经决定了——因为除此之外,别无他法。

第十一章 门徒书

尽管每一页都用铅箔制成,可斯蒂芬的动作却异常小心,仿佛在照料一个早产的瘦小婴儿。

"有人清理过它。"他评论道。

"对。你认出这些字母了没?"

斯蒂芬点点头。"我只在维吉尼亚的几块墓碑上见过。非常非常古老的墓碑。"

"太对了,"主教道,"这是古维吉尼亚文字。"

"其中一些是,"斯蒂芬小心翼翼地说,"但不全是。这个字母,还有那个——都来源于卡瓦鲁人改良后的斯尤达文字。"他轻叩一个中央有圆点的正方形。"而这是个非常古老的维特里安字母变体,读音是'斯'或'特',比如'斯奥姆'或者,呃,'德留特'。"

"也就是说,它是古代文字的大杂烩喽。"

"没错,"斯蒂芬点点头,"它是……"他的声音越来越小,只觉鲜血冲上了头顶,心脏就像行军的鼓点那样怦然作响。

"斯蒂芬修士,你还好吧?"宜韩问道,眼神里带着关切。

"这是从哪弄来的?"斯蒂芬虚弱地发问。

"事实上,是偷来的,"主教说,"它是在凯斯堡墓城的一座陵墓里发现的。一位集训院的学生帮我们找到了它。"

"噢,别再说些让人犯迷糊的话了,"宜韩说。他想借这句话来放松气氛。"斯蒂芬修士,我们找到的是什么?"

"它是封门徒书。"他依旧难以置信地回答。

主教的嘴张成了一个小小的"O"形。而宜韩只是困惑地耸了耸肩。

"它在维吉尼亚语里是个非常古老的词,在王国语里已经弃置不用,"斯蒂芬解释道,"它的意思是某种书信。司皋斯罗羿奴隶在计划起义的时候,就靠传递这种信件来进行交流。它们用密文写成,所以如果门徒书被敌人截获,至少能保证信息的安全。"

"如果它是用密文写成的,你又是怎么看懂的?"宜韩大声询问。

"密文可以破解,"斯蒂芬说。他开始有点兴奋了。"可如果要这么做,我就需要有藏书塔里的一些书籍。"

"我们的所有藏书随你使用,"主教说,"你现在想到的有哪些?"

"噢,那么,"斯蒂芬沉思片刻,"《塔弗留库姆·因加迪库姆》肯定得要——还有《康帕拉齐奴·普锐斯穆全本》《德费特瑞斯·维提斯》,以及《仑-阿霍卡之罪》,先这些吧。"

"我早猜到了,"主教答道,"那些都已经打好包,随时可以带走。"

"打包?"

"对。时间不够了,你不能留在这儿,"主教说,"我们击退了圣血会的一次进攻,但敌袭不会就此结束——要么是来自他们,要么是来自我们其他的敌人。我们留下只是为了等你。"

"等我?"

"的确,我们知道你需要图书馆的资源,但我们只能带走一小部分,所以只好保证它的安全,直到你回来为止,因为我不可能知道你需要的所有东西。"

"可语言学者又不是只有我——"

"你是生还者中的佼佼者,"主教说,"也是唯一一个完成圣德克曼巡礼的人。"

"而且恐怕不止这些。我不想给你压力,但所有征兆都表明你本人会在即将到来的危机中起到重要作用。我相信这一定跟你吹响号角,唤醒了荆棘王有关,可究竟是因为你吹响了号角才变得重要,还是因为你很重要所以能吹响号角,这还不清楚。你明白吧?这个奇妙的世界总有一些秘而不宣的事。"

"可我究竟该做什么?"

"收集你认为用得上的书籍和卷轴,但不能超过一头骡子和一匹马能驮动的重量。准备好明早离开。"

"明天?可那样时间就不够了。我得思考!你们不明白吗?如果说这是门徒书,恐怕就是仅存的最后一份了。"

宜韩咳嗽一声。"抱歉打断你们的话,可这说法不对。我知道自己学业不精——我主修的是矿物的功用——不过在斯科夫哈文斯的学院里,我曾研究过约翰·沃坦写给西格索斯的信。我没听过'门徒书'这个词,可它应该指的就是这种信,没错吧?"

"没错,"斯蒂芬说,"如果那信真是沃坦写给西格索斯的话——但事实上并非如此。你看到的只是维斯蓝·菲斯曼恩在四个世纪前对信件的重述。他的根据是西格索斯的侄孙于击败司皋斯罗羿的六十年后所写的信件概要。"

"西格索斯在战斗中被杀。他的侄孙前去拜访了西格索斯幸存的儿子维格加夫特,后者在其父向拥护者大声宣读这封信件时仅有七岁,而回忆信件内容时已是六十七岁高龄。对其内容还有一句简短的记录,据推测是杉尼尔·法瑞,负责递送这封信的信使所作。不过我们没有法瑞的最初版本,只有《塔弗勒斯·维库姆·麦奴姆》里的一段三手引用,是在他死后整整一千年时所写下的。'无论怎样,我的子嗣都不会以奴隶之身份看见日出。如果我们没能成功,我将用双手为自己做出了断。'"

宜韩眨眨眼:"也就是说,里面写的东西其实不是真的?"

"说实话,我们没法证明。"斯蒂芬说。

"可菲斯曼恩肯定在圣者们的启示下对信件内容进行了精确的重述。"

"唔,这也是观点之一,"斯蒂芬冷冷地说,"可至少他用的中古寒沙语,而不是原本的密文形式,所以无论有没有神灵启示,那封'门徒书'都对翻译现在这封毫无助益。顺便说一句,另几封门徒书的出处也和你提到的那封一样令人生疑。事实上,瑟夫莱人的大篷车队贩卖这种书信的情况也很常见,无论'原文'还是译文,都是一堆胡言乱语。"

"好吧,这么说,"宜韩粗鲁地打断,"我们的门徒书是冒牌货,是种教会不承认的地方教典。那又如何?就没有经过证实的门徒书了吗?"

"有两段门徒书的残章,全都不超过三句完整的句子。那些似乎是真迹,尽管存放地都不在这。但据说它们都被精准地记述在《卡斯特·诺伊比》里了。"

"我们有那本书的杜维恩语抄本。"佩尔道。

"我很希望能有更好些的版本,"斯蒂芬说,"但如果你们只能弄到它,那也只好这样了。"

心念一转,他迎上了主教的目光。

"稍等一下,"他说,"你说这封门徒书——如果它是真迹的话——是揭示维吉尼亚·戴尔日记所在地的线索。可这怎么可能?她的日记在起义结束后可失落了好几百年呢。"

"唔,"主教说,"对,那个。"他冲宜韩打个手势,后者从长椅后面拿起一本皮革装订的卷册。

"这是圣安慕伦的传记,"主教说,"在黑稽王宫廷中为官期间,安慕伦听说了一则关于柯奥隆修士的传言——那本日记就在他的保管下。柯奥隆大约在黑稽王靠血腥手段登基的十年前来到了这个国家,充任当时君主的顾问。"

"那本日记在那儿存放了一段时间。根据安慕伦在某次旅途中的记录,柯奥隆在某个圣物匣里发现了一张卷轴,也就是你现在手里拿着的那张。文中写道:'它提到了向北十八天左右路程的一座高山里的某个隐秘所在,那座山的名字叫做维尔诺莱加努兹。'却没有提及'它'指的是什么。

"他出发前去寻找,表面看来是因为他觉得那份极其神圣的文献放在那儿会比较安全。他前往维尔诺莱加努兹,却再也没有回来。你知道的,黑稽王的宫廷就在如今维森城的所在地,尽管最初那座要塞留存下来的只有残垣断壁。当教会对那片地区进行解放和净化时,搜罗了所有能找到的古籍。邪恶的那些大多被摧毁了。并不邪恶的那些则被聚集在一起,进行复制。

"而且其中数本就被存放在这座藏书塔里,因为没人能弄清楚它们究竟是什么。这张卷轴就是其中之一。德斯蒙修士为我找来了它;感谢诸圣,他不明白它是什么。我们得到它的时间正好在你逃走前不久。如果事态照我们的期望发展,你几个月前就能开始研究,也就用不着这么紧张了。不幸的是,事实并非如此。"

THE BLOOD KNIGHT

"非常不幸。"斯蒂芬赞同道。他站直身体，双手放在膝盖上，"两位弟兄，如果我的时间真的如此有限，那我现在就该去藏书塔了。"

"尽你所能吧，"主教说，"在此期间，我们会进行其他准备。"

死亡在龙蛇身后亦步亦趋。

乌斯提人把这种寒冷的时节叫做冬天，可冬天对农夫和村民的意义却是大把的思考时间，他们把自己关在家里，等待土壤能重新种植作物。当人们有太多时间思考的时候，埃斯帕发现，通常就会导致长篇大论，斯蒂芬就是最好的例子。

所以乌斯提人既把冬天叫作冬天，又叫它"熊夜"、"暗日"和"死亡三月"。埃斯帕一向觉得给冬天取这么多名字毫无意义，不过最后那个称呼显得尤其无稽。森林在冬天可不会死：它只是在舔舐伤口而已。它在恢复。它积聚力量，只为在名为春季的战斗中求得生存。

龙蛇碰擦过的某几棵铁橡，在司皋斯罗羿统治世界的时候还只是些小树苗。它们以自己坚定而缓慢的方式，注视着无数部族的人类与瑟夫莱在枝丫之下走过，消失在遥远的过去。

这些树上再不会有新叶萌芽。恶臭的树液已经开始从古老树皮的裂缝中流出，就像坏死伤口流出的脓水。看起来，龙蛇的毒素对树木远比对血肉更有效。地衣、苔藓以及覆盖树身的蕨类植物早已转为乌黑之色。

他垂下手，碰触腰带上的箭囊。里面的那件武器来自于凯洛圣堂，教会的心脏、核心和灵魂。他曾被告知，它只能使用两次，而他将其中一次用在了尤天怪身上。他本该用它来杀死荆棘王的。

可残杀这座埃斯帕热爱的森林的，却并非荆棘王。真要说起来，这位史林德的主人一直都在努力拯救森林。是的，他是在屠杀男人和女人，可他们的性命跟铁橡比起来……

埃斯帕瞥了眼薇娜，后者却目视前方，心思全放在赶路上。薇娜对他的了解很多，可这些感受他却无法与她分享。尽管她在荒野中比大多数人都适应，可她仍旧来自于有着壁炉和房屋的世界，那个位于人类的栅栏之内的世界。她对别人总是那么体贴。可尽管埃斯帕也喜爱某几个人，多数人却只能给他留下微不足道的印象。大多数人对他来说都只是影子，而森林才是真实存在的。

如果只有灭绝人类种族才能换取森林的存活……

又如果选择的权力在他，埃斯帕的手中……

噢，他不久前已经做过选择了，不是吗？是莉希娅说服他不要这么做，是莉希娅和荆棘王本人。自从他做出抉择之后，究竟有多少村民死去？

如果荆棘王已经死在他的手里，龙蛇还会出现在这儿吗？

当然了，他不知道，而且没有任何头绪。所以如果他再见到那条龙蛇，他又该不该用这支箭对付它呢？

见鬼，这还用说吗。这怪物正在屠杀它所碰触的一切。如果说这还不够，那么它身上还驮着芬德。如果他有时间多思考一下，肯定会选择在第一次见面的时候就干掉它。

马儿们放慢了速度，它们虚弱得无法继续驮载下去，于是埃斯帕和薇娜下了马，牵着坐骑，试图远离被剧毒污染的地面。魔鬼的双眼又湿又黏，埃斯帕很担心它，可他明白药已经不能再浪费了，否则连薇娜都有危险。他只希望马匹们没有直接被龙蛇的吐息笼罩，所承受的毒素较轻，或许能够存活下来。

痕迹在山腹处的某个洞口处消失了。埃斯帕有些吃惊地认出了这里。

"这儿过去是罗彝达窑。"他告诉薇娜。

"真惊人。"薇娜回答。她对哈喇族的聚居地很熟悉，曾和埃斯帕去过类似的地方：阿卤窑。那个窑洞已经废弃了。所有窑洞都一样。

"这里是——芬德的家乡？"

埃斯帕摇摇头。"就我所知，芬德根本没住过窑洞。他是个流浪瑟夫莱。"

"就像养大你的那些人。"

"对。"埃斯帕说。

薇娜指了指洞开的入口。"我还以为哈喇族人会把他们的聚居地弄得更隐蔽一点呢。"

"他们的确会。这入口从前相当小,不过看起来龙蛇替自己挖了个足够大的洞出来。"

"挖穿岩石?"薇娜问。

埃斯帕伸出手,掰下一小块微微发红的石块。

"黏土岩,"他说,"不算太硬。可要挖开这么大的口子,还得有很多人拿着锄子和铲子,干上很久才能办到。"

薇娜点点头。"现在怎么办?"

"我猜要想跟上它,就只好进去了。"埃斯帕说着,翻身下马,开始卸下魔鬼身上的鞍座。

"我们还有灯油剩下吗?"

他们再次离开马儿们,跳上一条向下的斜坡前进。地上的岩屑还很新,多半是龙蛇经过时弄出来的。

难以捉摸的气流摇动着火焰,令火把的光辉翻涌不定,埃斯帕发现他们好像在走向一只地底的巨大包囊。即便在地底,龙蛇的踪迹也不难辨认。他们沿着倾斜的走道,很快从黏土岩制的前厅来到了更为古老也更加坚实的岩石地面,在那里也能看到石笋被巨兽曳地而行的腹部连根折断的样子。窑洞某处,潮湿的洞顶落得很低,那怪物的背脊便把垂向地面的钟乳石碾得粉碎。

他们沿坡而下,这座窑洞中除了岩石的粉碎声和他们的呼吸声外,一片寂静。埃斯帕曾停下脚步,寻找芬德跳下龙蛇的痕迹——毕竟他总得下来——可那痕迹或是被龙蛇抹去,或是早与数百个史林德途经的痕迹混成了一团。

他们加快步子,不久便听到了一阵混乱的人声,被四周包裹的岩石弄得模糊不清。埃斯帕能看到,前方的通道豁然开朗,通向某个宽敞得多的地方。

"小心。"他低语道。

"那种噪声,"薇娜说,"肯定是史林德们的。"

"对。"

"如果他们跟龙蛇是一伙,那该怎么办?"

"他们不是。"埃斯帕说着,脚底在某种湿滑之物上滑了一下。

根处之毒液

"你能肯定?"

"相当肯定,"他轻声答道,"注意脚下。"

可这话完全是废话。这条隧道的最后几码距离满是鲜血和残骸。看起来仿佛有五十具躯体被丢进研钵,杵得稀烂,再抹在洞窟的地上,就像在面包上涂抹黄油一样。他偶尔还能辨认出一颗眼球,一只手,一只脚。

简直臭气熏天。

"噢,诸圣啊。"薇娜反应过来,倒吸一口凉气。她折起身子,开始呕吐。埃斯帕没有责怪她:他自己的胃里也在翻搅,而且这种景象他今天已经见得太多了。他跪倒在她身旁,手按在她的背上。

"当心点,亲爱的,"他说,"你这样会让我也想吐的。"

她可怜巴巴地笑了笑,瞪了他一眼,接着又呕吐了一会儿。

"抱歉,"吐完之后,她勉强开口道,"这下恐怕整个窑洞都知道我们来了吧。"

"我不觉得有人会注意到我们。"埃斯帕说。

藏书塔入口的大门非常矮,迫使他必须爬行才能进入,以达到"跪地求知"的意义。可当斯蒂芬站起身,面对着这座伟大的藏书塔时,不禁自惭形秽起来。

斯蒂芬的出身并不卑微。他的家庭,正如他过去常常宣称的那样,是凯普•查文•戴瑞格家族。他父亲的宅邸年代久远,坐落于环泽海湾旁饱受海水侵蚀、连绵起伏的山崖之上,用与周边相同的黄褐色岩石筑成。最有年头的房间过去是某座要塞的一部分,但原本的弧形高墙仅有几面留存。主宅包括十五个房间,以及几间附属的棚屋、粮仓和畜舍等等。家族饲养马匹,但主要收入都来源于名下的农田、码头和船只。

他父亲的古籍收藏在私人收藏者中已经算是很不错的了。共有九本:斯蒂芬把每一本都铭记在心。在一里格外的莫瑞斯•陶普镇,也是教区内规模最大的镇子,有一座共计十五本书的藏书室,为教会所掌管。

瑞勒的大学,维吉尼亚迄今为止最大的大学,拥有总计五十八份的卷轴、石板和典籍的宏大收藏。

眼下,斯蒂芬站在一座容纳有上千册书籍的圆形高塔里。它共有四层,每一层都只有极为狭窄的空间可供通行。阶梯将楼层纵向连接在一起,书籍通过吊篮、绳索和绞盘上下搬运。

从他上次拜访此地之后,它已经变化了不少。从前,塔里到处都是忙碌的僧侣,在抄录、阅读、评注和学习。如今除他之外,只有一位形单影只的僧侣,正狂热地将卷轴包进浸过油脂的皮箱里。那家伙朝他挥挥手,很快又继续埋首工作去了。

而且斯蒂芬根本没认出他。

等意识到自己的处境,油然而生的敬畏也随之消退。该从何处着手?他不知所措起来。

噢,不用说,自然是《卡斯提·诺伊比》了。他在第二层找到了它,接着背倚围栏,翻开以亚麻布压制而成的书页。他很快找到了那篇据推测是用原始密文写就的门徒书断章。他立刻发现,那些符号正如他所料,大多来自古维吉尼亚文字,且混杂了斯尤达语和早期维特里安语。查阅这本书,更多是为了确证他的猜测,而非其他原因。

斯蒂芬点点头,前往另一个区域,挑选了一张描述维吉尼亚葬礼铭文和挽歌格式的卷轴。卷轴本身很新,可铭文却是从足有两千年岁月的墓碑上复制下来的。

门徒书所用的密文似乎是基于起义时期的某种语言创造出来的。当时的主要语言是上古维特里安语,斯尤达语,古卡瓦鲁语和古维吉尼亚语。据斯蒂芬所知,这个世界上的大多数语言都是从这四种语言传承而来的。

可其他来源的语言同样存在。多数血统偏远:司皋斯罗羿曾统治大海彼端的陆地,而那里的奴隶所说的语言与克洛史尼人迥然相异。他们没有参与这块大陆上的起义。还有奴隶间的黑话,后世的学者对此几乎一无所知。斯蒂芬不太相信他的祖先会用它来作为秘密语言,因为司皋斯罗羿们自己就曾参与这种语言的创造。

还有耶兹克语,维希莱陶坦语,以及尧翰语。耶兹克人和维希莱陶坦人的子孙居住在威斯崔纳、卢汀和巴戈山脉,另有几个部落,比如易霍克所在的地方,说的就是尧翰语。

他思绪一顿。易霍克。

愧疚在斯蒂芬的脑中闪过:他把他给忘记了。那个男孩出了什么事?那一刻他抓着他的胳膊,而下一刻……

他会要求主教前去向史林德们询问。他只能做到这样了。本该早点想到的,可他要做的事是那么多,时间又是那么少。

没错。

一种语言越是晦涩难明,由它改编的密语就越难解开,关键还是在了解语言本身。所以他需要的是关于所有这些母语的词典。的确,他计划中的目的地应该就在巴戈山里:这意味着关于维希莱陶坦语的衍生语言的知识或许也能派上用场。

他立即开始搜索这些古籍。等他把那些书用吊篮放到地板上,一个远远有趣得多的念头涌入脑海,让他朝着地理书籍和地图扑了过去。巴戈山脉的确非常庞大。就算他翻译完这篇门徒书——如果能翻译完的话——也需要找出前往维尔诺莱加努兹山的最短路线,否则他的所有努力都将毫无意义。

斯蒂芬不清楚宜韩找来时,时间过去了多久,可玻璃制成的穹顶很早前便已转为漆黑,他便在最底层的一张大木桌上借着灯光工作。

"新的一天即将到来,"宜韩说,"难道你不需要睡眠吗?"

"没那个时间,"斯蒂芬说,"如果我得在日升的时候就离开这儿——"

"恐怕还得早些,"宜韩说,"窑洞那里出了些事。有人在负责警戒,不过我们不太清楚状况。你怎么样?"

"正在努力找我们这座山呢。"斯蒂芬说。

"我觉得,在不会动的地图上找个地方应该很简单吧?"宜韩问道。

斯蒂芬疲惫地摇摇头,露出微笑。他发现抛开别的不提,这是许久以来他最幸福的时刻。他真希望这一夜不会结束。

"是不难。"他说。他把手指放在一张比例很大的现代地图上,上面画的是弥登与巴戈山地区。"我对从维森出发用十八天的时间

THE BLOOD KNIGHT

能走多远做了一番猜想,"他说,"主教大人说得对:那个'隐秘处'只可能在巴戈山。但正如你们所说,如果说真有座叫做维尔诺莱加努兹的山,地图上也没有标注。"

"没准过了这么久,山的名字已经改了。"宜韩评论道。

"当然改了。"斯蒂芬说。随后他才意识到自己的语气显得有些自负。

"我的意思是,"他解释道,"维尔诺莱加努兹这个词是古卫桓语,黑稽王时期的王国语。它的意思是'不忠的王后'。卫桓语现在已经没人用了,所以这个名字也变得面目全非。"

"可它只是个名字:你不需要知道它的意思,就能复述它,或者把它教给你的孩子。它为什么会变?我是说,如果有人给它改名,我倒是能明白……"

"我可以给你举个例子,"斯蒂芬说,"黑霸在御林里的一条河上建了一座桥,叫它彭特罗·奥提乌摩,意思是'极远之桥',因为它当时位于边境地区,是距离艾滨国最为遥远的桥梁。不久以后,这名字很快就被转到了那条河的头上,只是缩略成了'奥提乌摩'。等到说古乌斯提语的人们到来,在那里定居,他们就开始叫它'埃德·斯乌伯'——老扒手——因为奥提乌摩听起来有点像这个词的发音,维吉尼亚人继续以讹传讹,把它叫成了枭墓河,这也就是它现今的名字。"

"所以像维尔诺莱加努兹这么冗长的名字很容易就会有这样的变化,比如说,菲尔·诺里克之类的。不过我在地图上找不到类似这种误读的名字。"

"我明白了。"宜韩说,表情却显得心不在焉。

"所以我接下来想到的是,或许这座山仍旧叫做'不忠王后',只是换做了当地的现代语言:这种情况时有发生,只是对一座山来说,这名字太古怪了点。"

"不,"宜韩说,"在北方,我们经常把山叫做国王或者王后,而且让很多旅人送命的山就会被称为不忠。巴戈山那里说什么语言?"

"和寒沙语、阿尔曼语以及维希莱陶坦话相关的方言。不过更麻烦的是，这张地图是在莱芮人执政期间制成的。"

"所以你正头疼着呢。"

斯蒂芬坏笑起来。

"噢，那就是说你已经搞清楚了。"宜韩改口道，语气不耐烦起来。

"噢，"斯蒂芬说，"我想起巴戈山那里从来不说卫桓语，所以我们所知的这个名字或许已经是从维希莱陶坦语翻译过来的卫桓语了。我刚有这种想法的时候，就找出了陶坦语词典，开始对照。

"这么看来，维尔诺莱加努兹也许是维尔诺伊拉–加纳斯的误译，在古维希莱陶坦语里应该是类似'巫角山'的意思。"

"巴戈山脉有叫巫角山的地方吗？"

斯蒂芬把手指按在地图上某条形状怪异的山脉处，它的样子有点像母牛的角。一旁用极小的手写体莱芮语标注着"伊斯里弗·凡德夫"。

"巫角山脉。"他替宜韩翻译过来。

"噢，"宜韩沉思片刻，"还真简单。"

"或许还是错的，"斯蒂芬说，"但在我翻译完门徒书之前，它是最有可能的猜测了。我想它应该是个好开始。"

嘹亮的号角声于远方响起。

"你得在马背上完成工作了，"宜韩慌慌张张地说，"这是警报声。好了，赶快走吧。"

他打个手势，另外两个僧侣匆忙上前，将斯蒂芬挑选的古籍和卷轴装进防水的袋子里，弯腰爬出塔外。斯蒂芬跟在后面，手里抓着遗漏的几份书卷。他甚至连看藏书塔最后一眼的时间都没有。

外面，三匹马甩着蹄子，看着僧侣们把珍贵的书籍装到它们背上，眼珠转个不停。斯蒂芬竖起耳朵，想弄清是什么令它们如此不安，可甫听之下，却连他蒙受圣者祝福的感官也一无所获。

事实上，在冰冷而清澈的天空之下，山谷似乎静悄悄的。闪烁的星辰又大又亮，显得那么不真实，仿佛梦中的景象，有那么一会儿，斯蒂芬甚至怀疑自己是否睡着了——或者死了。有人曾说过，鬼魂就是迷茫的灵魂，它们对自己的命运懵然不知，又不顾一切地想在它们熟知的世界中继续生活。

或许他的伙伴们都已经死了。安妮和她的阴影大军将无形无影地破坏伊斯冷的高墙，而城中的守军只能凭借模糊的寒意察觉他们的到来。埃斯帕会偷偷溜走为他深爱的森林而战，他将是比狰狞怪更骇人的鬼怪。还有斯蒂芬——他将在已死的主教和已死的宜韩的要求下，继续探寻那不解之谜。

那么他又是在何时死去的？在卡洛司？在赫乌伯·赫乌刻？似乎都不太可能。

然后他听到了，听到了呼吸穿过肺脏的巨响，它如此悠长，听起来就像一段远比低音克洛琴所能奏出的最低音更低沉的旋律。它的呻吟声恰好高过巨岩和石块的尖声歌唱，起初便是隐藏在这些声音之中。如今他与其说是听到，不如说是感觉到沙砾在摩擦石头，肢体噼啪作响，还有某种异常沉重之物在挪动的声音。

号角声停止了。

"那是什么声音？"斯蒂芬低声道。

宜韩站在几尺之外，正与另一名僧侣短暂耳语，那是个灰色头发的家伙，斯蒂芬以前从没见过他。两人短暂地拥抱了一下，灰发者便匆匆离去。

"快走吧，"宜韩说，"如果情况和我们猜测的一样，剩下的时间就不多了。在山谷底部尽头那里还有几个人在等着我们，并且确保那边没有状况发生。"

"主教呢？"

"总得有人在这引诱它多待一会儿。"

"你究竟在说什么？"

斯蒂芬思绪飞转，开始回想刚才宜韩和那个人之间的轻声对话：当时他没留意，不过他的耳朵应该把内容听得很清楚才对。

他现在想起来了。"一头龙蛇？"他倒吸一口凉气。

那些挂毯、图画、孩童故事和古老传说里的形象涌入他的脑海。他抬眼望向山坡那里。

在黯淡的星光中，他看到了晃动的树木，在森林中仿佛一条漫长而曲折的线。它有多长？一百码？

"不能让主教留下来对付它。"斯蒂芬说。

"他不会孤身一人的,"宜韩说,"总得有人在这拖延它,让它相信它的猎物还在德易修道院里。"

"它的猎物?"

"它追踪的目标,"宜韩说着,语气里带着毫不掩饰的怒意,"就是你。"

THE BLOOD KNIGHT

第十二章 心与剑

"火真是个好东西,"卡佐开心地说。为了自己能听懂,他用的是家乡话,"女人是个好东西。剑也是个好东西。"

他靠在幽峡庄大客厅那座巨大壁炉旁天鹅绒躺椅的软垫上,半边身体有炉火烘烤,另外半边温暖又惬意。壁炉没点燃的时候,一个男人可以轻松钻进去,并且站直身子:它就是这么大,就像一大块橘子,地平线上的半个月亮,还有颠倒过来的奥丝妮的微笑。

他懒洋洋地伸手去拿女公爵给他的那瓶葡萄酒。事实上,它不是酒,而是一种苦涩的绿色滋补剂,口感比圣帕秋之血还刺激得多。他起初并不喜欢它,但和火堆联系在一起,他觉得身体仿佛化作了鸿毛,大脑开始了愉悦的回想。

埃丝芙瑞娜·陶罗奇·达奇·卡拉万。她很高,和卡佐一样高,四肢显得细长而笨拙。她的双眼仿佛加了榛果的蜜糖,还有长长的头发,发根处几近乌黑,但越是接近发梢,就越像她双眸那样苍白。他还记得她总是略微弯着腰,仿佛羞于自己傲人的身高。在他的臂弯中,她的修长又如此珍贵,足以与他的全副身躯紧紧相拥。

她很美,却意识不到自己的美。她热情无比,却对己身的欲望毫不自知。他们那时都是十三岁:她早已答应要嫁给一个年纪比她大很多的埃斯库汶人。他还记得,自己本想和那人决斗,可埃丝芙瑞娜却用一句话阻止了他:你永远不会真正爱我。他现在不爱我,但以后会的。

麦欧·迪奇欧奇·德·埃微拉是埃微拉梅迪索的远方表亲,而埃微拉是卡佐的出生地。和那里多数出身寒微的年轻男子一样,他在埃斯特尼大师门下修习剑术。卡佐和他为一场赌博的结果争吵起来。双方都亮了武器。卡佐还记得自己看到麦欧眼里的恐惧时,心里是多么惊奇。因为他只是觉得兴奋而已。

决斗进行了正好三个回合:麦欧先是毫无说服力地佯攻一招,

转而以塞夫特式刺向卡佐的大腿,而卡佐挡下这一击,以普瑞斯默式还刺,令麦欧连滚带爬地拉开了距离。卡佐继续追击,麦欧用力挡开,但没能还刺。卡佐再次进攻,招式和上次别无二致,而麦欧又一次格挡后便再无建树,显然他光是能挡住攻击就很满足了。卡佐迅速刺出了第三剑,命中了他的上臂。

他那时十二岁,而麦欧三十岁。那是他头一回体会到手中钢剑刺入血肉的感觉。

玛蕊索拉•瑟瑞凯伊•达•凯瑞沙。乌黑透亮的长发,孩童的脸庞,恶狼的心肠。她清楚自己想要什么,例如看着卡佐为她搏命,随后在她床上的丝绸床单上耗尽剩余的精力。她齿尖舌滑,叫声响亮,对待他身体的方式仿佛对待一份永远享用不够的美餐。她曾站在那儿,紧贴他的胸膛,但她只要轻抚三下,就能令他一腔豪情化作绕指柔。她那时十八,而他十六。他时常怀疑她是个巫婆,而当她赶走他时,他更是肯定了这一点。他无法相信她不爱他,多年以后,他的某个朋友告诉他,她的父亲曾威胁她说,如果她不和卡佐断绝关系,嫁给他的人选,他就要去找刺客来。卡佐根本没有机会向她求证:她在婚后一年便因分娩而死。

圣阿布罗•瑟瑞凯伊•达•凯瑞沙,玛蕊索拉的兄长,曾在家乡过了很多年,与他叔公的梅司绰学习书法和剑术。察觉到他和妹妹之间关系的圣阿布罗有意在陶罗•埃特•普卡酒馆的闲谈中出言侮辱他,因为他知道这消息会传到卡佐的耳中。他们约定在镇外的一座苹果园碰面,各自带着一名副手和一群仰慕者。圣阿布罗和他妹妹一样矮小,身手却快得不可思议,而且深受已经相当过时的传统影响,用的是一把"马诺•奈特罗",一种左手使用的匕首。这场搏斗以圣阿布罗对某次还刺的误判而告终:他刺中了卡佐的大腿,可卡佐却刺穿了他的耳朵。两人心里都很清楚,卡佐可以同样轻松地刺穿他的眼睛。圣阿布罗接受了失败,可他的副手却不肯认输,因此他和卡佐的副手再次开始了决斗。不久以后,旁观者也开始了捉对厮杀。卡佐和圣阿布罗却偃旗息鼓,看着这场混战,一边包扎伤口,一边喝干了好几瓶红酒。

圣阿布罗后来承认,他不是真的很关心妹妹的贞节问题,只是父命难违。他和卡佐握手言和,互相道别。他们保持着友谊,直到圣阿布罗过世为止——他在杀掉那个令他妹妹难产而死的男人后,因所受的伤势过重而亡。

娜伊瓦•达佐•崔沃•埃博瑞纳索。阿布芮尼安的萨拉尔弗公爵和遥远的霍苏国某个交际花所生的女儿。娜伊瓦遗传了她母亲那双乌黑的杏眼。她的味道也像杏仁,还有蜂蜜和橘子。她母亲在公爵死后失了宠,但公爵曾送给她一处埃微拉附近的宅邸。卡佐初次遇见娜伊瓦时,她正在葡萄园里,光脚咯吱咯吱地踩着落地的葡萄。她世故而又放纵。她深信自己被流放到了世界的最远端,而他则深信她和他在一起时,就比往常容易满足。他还记得她被阳光照耀的大腿,触感火热,那声几近轻笑的叹息。她在某天突然消失,一句话都没留下。传说她回到了阿布芮尼安,像她母亲那样成了交际花。

拉切•佩卡萨•达奇•萨拉托蒂。头一个暗示说娜伊瓦不比有教养的妓女好多少的男人。卡佐拨开他的剑,刺穿了他的左肺,他用力过于猛烈,以至于卡斯帕剑把那人刺了个对穿。拉切是卡佐头一个处心积虑想杀死的人。他没能成功,但对手却因为决斗而终身残疾,需要借助拐杖才能蹒跚行走。

奥丝妮。苍白胜雪的肌肤,甚至在火光下都如此洁白。琥珀色的头发凌乱得令人惬意,滚烫的脸颊就像拂晓的百合花那样红扑扑的。对她来说,手指交缠比接吻更可怕,在她心目中,双手的碰触显得如此危机重重。

她是那么笨拙、热情、胆怯和内疚。但她很快乐,总是很乐观。

爱情陌生而可怕。卡佐本以为在娜伊瓦之后,他能够躲开它。追求的过程令人愉悦,性更是充满乐趣,可爱情——噢,那只是毫无意义的幻觉而已。

或许他仍然相信爱情,或者说一部分的他相信。可若是这样,他又为何要和奥丝妮手指交缠,直到她信任他,直到她抛开恐惧、怀疑和不自信,明白他对她的关怀发自真心为止?

埃克多。这当然不是那个人的真名:它只是"锋利"的意思。很久很久以来,第一位让他的实力真正承受考验的剑客。

女公爵和另外几人正在房间的另一侧玩着牌,可他发现他们的声音变得仿佛鸟鸣，婉转动听，却无法理解。然后，他花了好一会儿，才意识到有人正站在他身边，而那些悦耳的噪音中最响亮的应该就是对他说话的声音。

他抬起头，发现那是尼尔爵士。卡佐咧开嘴，举起了瓶子。

"你的脚怎样了？"尼尔问。

"我得说它这会儿不痛。"卡佐欢快地回答。

"希望如此。"

"你看，是女公爵大人叫我不要痛的。"卡佐解释完，被自己的笑话逗得大笑了好一阵子。

奇怪的是，尼尔似乎没被逗乐。

"怎么？"卡佐问。

"我对你的勇气和剑术非常敬佩。"尼尔开口道。

"你是应该敬佩。"卡佐告诉他。

尼尔愣了一下，点点头——与其说是回答，倒不如说是回应自己——然后续道，"我的责任便是保护安妮，"他说，"保护她免受任何伤害。"

"噢，这么说，应该是你跟埃克多打，呃，不是我。是吗？"

"本该是我才对，"尼尔平静地赞同，"可我当时必须和女公爵就她拥有的人手和我们能得到的数量进行磋商，而且不幸的是，我没法同时身在两地。而且她被袭击的那个时候，我如果在她房间里就太不合适了。"

"那时没人在她房间里，"卡佐说，"就是她几乎被杀的原因。也许是该有人在房间里陪着她，无论'合适'与否。"

"你没陪着她？"

"当然没有。你以为我为什么没穿衣服？"

"事实上，这就是我的问题。你寄宿的房间和定好的不太一样。"

"是啊，"卡佐说，"但我是跟奥丝——"他停了口，"这真的不关你的事。"

"奥丝妮？"尼尔透过牙缝吸了口气，又压低了声音，"可她正是那个应该在房间里陪着安妮的人。"

卡佐用一条手臂支撑着自己起身，目光与骑士交会。"你在说

THE BLOOD KNIGHT

什么？你是想说宁愿让她们俩一起死？埃克多把守卫全都杀了。如果我不在附近，你觉得最后会变成什么样？"

"我知道，"尼尔说着，揉搓着额头，"我没想冒犯你，只是想弄清楚为……弄清楚出了什么事。"

"现在你知道了。"

"现在我知道了，"骑士顿了顿，面孔拉长到滑稽的程度，"卡佐，要保护某个你爱的人是非常困难的。这点你明白吗？"

卡佐突然很想用剑指着这个骑士。

"我明白得很，"他不紧不慢地回答，本想再补充几句，可尼尔的眼睛里的某些东西告诉他，没有这个必要。于是他没有继续这个话题，而是说，"一起喝一杯吧。"

尼尔摇摇头。"不。我要忙的事太多了。可还是谢谢你。"

他转身离开，留下卡佐去面对更加丰富多彩的回忆和想象，还有迅速到来的梦境。

尼尔辞别卡佐时，有种说不清道不明的不洁之感。他从初次碰面起就怀疑这个维特里安人和安妮有某种关系：他想起了安妮过去的名声。她母亲把她送去维特里安的修女院，根本就是因为她和邓莫哥的罗德里克处在某种微妙的境地时被抓了个正着。

因此，在结伴旅行了这么久之后，公主和剑客之间发生过什么也就不足为奇了。而且尼尔不会为此谴责卡佐：他本人就曾和王国的某位公主产生了不恰当的情愫，而且他的出身还不如这个维特里安人。

但他非问不可，不是吗？

尼尔还是不喜欢这样的角色。他不适合去询问成年男人的动机，去操心谁和谁在床上赤诚以对。这不是他想要关心的事。这让他感觉很老，就像别人的父辈。事实上，他和卡佐差不多同龄，比安妮也大不了几岁。

他想起了女王的护卫依伦，她曾警告他不要爱上玛蕊莉，说爱上她就会害死她。当然了，依伦说得对，只是她弄错了人。他爱的是法丝缇娅，而法丝缇娅已经死了。

根处之毒液

他突然非常想念依伦：他不太了解她，每次对话时，也多半是她帮他摆正自己的位置。但安妮需要依伦那样的人，那样不容置疑而且能力出众的女性。某个能凭借匕首和警句保护她的人。

可依伦在保护王后时死去，再也无人接替她的位置。

他顺路去探望安妮。女公爵把她转去了另一个房间，尽管尼尔不记得这番变动背后的目的，但他很肯定，这会让她的处境更安全。

他发现安妮显然已经睡了，奥丝娅就坐在她身边。女孩看起来好像大哭过一场，看到他时脸颊还红得发亮。

尼尔走进卧室，尽可能放轻步子，来到房间的另一侧。奥丝娅站起身，跟在他身后。

"她在睡觉？"

"对。女公爵大人给她的酒好像很管用。"

"很好。"

奥丝娅咬着嘴唇，"尼尔爵士，可以的话，我想跟你谈谈。有些事我必须坦白。你愿意听我说吗？"

"我可不是主教，奥丝娅女士。"他说。

"我当然知道。你是我们的保护人。但恐怕我是在安妮最需要我的时候抛弃了她。"

"真的吗？你觉得你能阻止那个杀手？你有什么我不知道的办法？"

"我有把匕首。"

"刺客干掉了两个拿着剑的男人。我不觉得你会有比他们更好的下场。"

"可我总该试试啊。"

"还好你没有试。我也不在场，奥丝娅。我们都该庆幸卡佐碰巧在附近。"

奥丝娅支吾起来，"他不是……碰巧……在附近的。"

"毫无疑问，这是诸位圣者的指示，"尼尔温和地说，"我只需要知道这点就够了。"

一小滴泪水在奥丝娅的眼角涌现，"太多了，"她说，"你不知道的太多了。"

尼尔本以为她会立刻泣不成声,可女孩却用袖口擦干了眼睛。

"可我不该这样,对吧?"她说,"我会陪着她,爵士大人,从现在起,我向你保证,我不会分心。她睡的时候我也会保持清醒。就算我死前能做的只有尖叫一声,至少我死时不会觉得自己一事无成。"

尼尔露出微笑,"你对她真忠诚。"

"才不是,"奥丝娅说,"我根本配不上这个词,真的——我只是个女仆。我没有高贵的出身,没有双亲,除了她的友情之外一无所有。我忘记了自己的身份,以后不会再犯了。"

尼尔把手放在她的肩上。"不要羞于提起你的出身,"他说,"我的父亲和母亲都是农民。我的血管里也没有高贵的血统,可我出生在善良可敬的家庭。没人能要求更多了。也没有人——无论他们身世如何——能在拥有爱戴他们的忠实朋友之后还不知足。你确实很忠诚,我能从你的眼里看出来。而且你很优秀,奥丝娅。狂风和暴雨足以消磨磐石,而你曾经历过接连不断的风暴。可你还在这儿,还跟我们在一起,尽管疲惫不堪,却仍能为你的所爱而战。"

"别为了毫无意义的事牺牲自己。只有向绝望低头才是真正可耻的。这点我再清楚不过了。"

奥丝娅虚弱地笑了笑。她又开始了抽泣,但脸色依旧镇定。"我相信你,尼尔爵士,"她说,"感谢你宽厚的话语。"

他轻轻按了按她的肩膀,然后放下手。他觉得自己又变老了。

"我会等在门外,"他说,"需要的话,叫我一声就好。"

"感谢你,尼尔爵士。"

"还有你,女士。而且无论你发过什么誓,我希望你现在就去睡觉。我不会睡着的,我向你保证。"

安妮从难以理解的骇人梦境中醒来。她躺在那里,气喘吁吁,凝视着天花板,努力让自己相信那些失落的回忆是最温和的噩梦。

随着梦境消散,她也辨认出了身旁的环境。她待在从前她和姐姐称之为"洞窟"——因为它没有窗户——的房间里。房间相当宽敞,而且奇形怪状。她以前从没在这个房间里待过,可她很小的时候，她们都在这儿玩耍，假装它是个司皋魔的巢穴，里面可能藏着财宝，当然了，还有巨大的风险。

大概是姑妈艾黎宛把她转移到了这儿，为的是避免再遭暗杀的危险。她担保这儿没有秘道，不会有人借此取她的命。

奥丝妮背靠在一张近旁的躺椅上，头部仰起，嘴巴张开，发出令人安心的轻微鼾声。几支点燃的蜡烛散落在四处，壁炉里燃烧着很小一堆火焰。

安妮首先想到的是，为什么这房间里有这么多躺椅和床榻。略微深思之后，她觉得自己并不真的想知道艾黎宛在没有窗户的房间里会进行何种娱乐。

"你觉得怎样，我的小李子？"一个模糊的声音问道。

安妮稍稍吓了一跳，然后她转过头，坐起身来。她看到了艾黎宛，后者坐在板凳上，正在研究小桌子上的一堆牌。

"我的胳膊痛。"安妮说。的确如此：在扎紧的绷带下面，她的手臂随着每次心跳而悸动。

"我马上就让埃尔西恩来为你诊察。他向我保证，伤势痊愈的时候，你甚至都不会记得自己受过伤。你腿上的伤就重得多了。那是怎么回事？"

"中了一支箭，"安妮回答，"在邓莫哥。"

"你真是经历了一场大冒险啊，不是吗？"

安妮虚弱的笑声里伴随着咳嗽。"已经够让我知道冒险这种事根本不存在了。"

艾黎宛露出她神秘的浅笑，又发给自己另一张牌。"它当然存在，我的小鸽子，就像诗篇、英雄史诗和悲剧一样。它只是不存在于现实生活里。现实生活里，我们有恐惧，麻烦，以及性爱。只有把生活当故事来讲述的时候，生活才会变成冒险。"

"这正是我想说的，"安妮说，"我不觉得我以后还能读得进那种故事了。"

"也许吧，"艾黎宛回答，"无论事态如何发展，你都得过段时间才能有这种机会了。不过，亲爱的，为了你自己，我希望你能不厌其烦地重新考虑一下。"

THE BLOOD KNIGHT

安妮笑了。"嗯,我也这么希望,艾黎宛姑妈。所以告诉我,我睡着的时候有没有发生什么可怕的事?"

"可怕?不。你年轻的骑士对你年轻的剑客提了几个关于他决斗时装束的问题。"

"我猜他是在隔壁,跟奥丝娖在一起,"安妮咕哝道。她小心地瞥了她的朋友一眼,可后者平稳的呼吸声仍在继续。

"我猜也是,"艾黎宛答道,"这让你心烦了?"

安妮思索片刻,脑袋歪向一边。"一点也不,"她回答,"她和他怎样都没关系。"

"真的吗?"艾黎宛说着,口气里带着古怪的轻快,"你真慷慨啊。"

安妮对她姑妈露出希望结束这个话题的神情。实际上,她对这件事并不开心。奥丝娖和卡佐赤裸身体,几乎肯定是在做那种事,且和她只有一墙之隔,这让人觉得——噢,很失礼。

但卡佐的出现仍旧是件幸事。又一次。有人会为了保护她,光着身体冲过来和敌人搏斗,特别是当时那人的心思完全在另一件事上,这的确令她高兴。她和卡佐初遇时,就深深误解了他:她本以为他牛皮烘烘,满嘴大话,而且是个无可救药的浪荡子。最后那点倒是没错,而且她之所以为奥丝娖担心,也是因为他可能真的是个花花公子。

可他却是她们忠实的保护者,他如此坚定,令她开始相信他的内心或许不像他表现的那样缺乏责任感。如果初次碰面时,她就能猜到这点……

她发现现在艾黎宛盯着的不是牌,而是她。她的姑妈笑得更欢了。

"怎么?"她说。

"没什么,小鸽子,"她把目光转回那些牌,"无论怎么说,奥丝娖都心烦意乱得要命。她整晚没睡,一直在看护你;等我来了以后,她才肯睡下。尼尔爵士就在门外。"

"能告诉我,他和法丝缇娅之前发生了什么吗?"安妮问。

艾黎宛轻轻摇头,"没什么奇怪的。没什么糟糕的,也没什么理所应当的。我们就说到这里，好吗？这样会比较好。"

"我看到她了。"安妮说。

"看到谁？"

"法丝缇娅。在我的梦里。她警告我有刺客。"

"她会的，"艾黎宛的口气丝毫不带嘲讽的意味，"她一直爱着你。"

"我知道。我真希望自己上次见她时对她好些。"

"不留遗憾的唯一方法就是永远待人为善，"艾黎宛说，"我想象不出被迫过那种生活的情景有多可怕。"

"可你一直待人为善啊，艾黎宛姑妈。"

"呸，"她说。接着她瞪大了眼睛，"噢，快看！这副牌预测出今天会有好消息。"

安妮听到走廊里传来靴子的踩踏声，她手臂上的汗毛突然根根竖立。

"什么消息？"她问。

"一位你钟爱的亲人会带着礼物来见你。"

门上传来轻叩声。

"现在你可以会见客人吗？"艾黎宛问道。

"那是谁？"安妮问道，语气中带着迟疑。

艾黎宛摆弄着手指，笑出了声。"恐怕我没法算得这么详细。"她说。

安妮把身上的晨衣拉得更紧。

"进来吧。"她大声道。

房门吱呀呀地打开，一具高大的男性形体出现在那里。几次心跳过后，安妮才认出他来。

"阿特沃堂兄！"她喊道。

"你好啊，我的小软毛儿。"阿特沃回答。他走向床边，握向她的手。他灰色的双眸一如既往的严厉，但她敢说他很高兴见到自己。

她已经很久没被人叫过"小软毛儿"了。她还记得这个昵称是阿特沃给她取的。她八岁那年，他发现她躲在马厩的一大堆马鞍后头。她不记得当时自己在躲什么了，印象里只有阿特沃堂兄有力的

THE BLOOD KNIGHT

双手将她高高举起……

有东西撞入眼帘,她倒吸了一口凉气。

阿特沃现在只有一只手了。右手原本该在的地方,只剩下包扎过的残肢。

"你的手怎么——噢,阿特沃,真抱歉。"

他抬起断臂,看了看它,然后耸耸肩。"用不着。这是士兵的宿命。只失去这些已经很幸运了。我还有另一只手,还有眼睛能看见你,所以我有什么可抱怨的呢?我的很多手下失去了一切。"

"我——我都不知道该怎么说了,"安妮说,"发生了这么多……"

"我知道的不少,"阿特沃说,"我知道你父亲和你姐姐的事。艾黎宛本来打算告诉我剩下的那些的。"

"可你呢?你去了哪里?"

"在御林的东部作战,对抗——"他顿了顿,"某些东西。刚开始这事看起来很重要,可我们很快意识到,他们绝对不会踏出森林半步。然后我就听说了罗伯特在伊斯冷干的那些事,我觉得我应该去确证一下。"

"我叔叔罗伯特已经疯了,我想,"安妮说,"他囚禁了我母亲。你听说了吧?"

"嗯。"

"我决定尽我所能让她得到自由,并且夺回王位。"

"噢,"阿特沃说,"也许我能帮上点儿忙。"

"你能的,"安妮说,"我盼望着你这么说呢。真的,我不太了解怎么打仗,我的同伴们也一样。我需要一位将军,堂兄。"

"这样的话,很荣幸能为你效劳,"阿特沃回答,"多一个人多一份力嘛。"

他脸上笑意更盛,然后爱怜地揉乱了她的头发。

"当然啦,我把军队也带来了。"

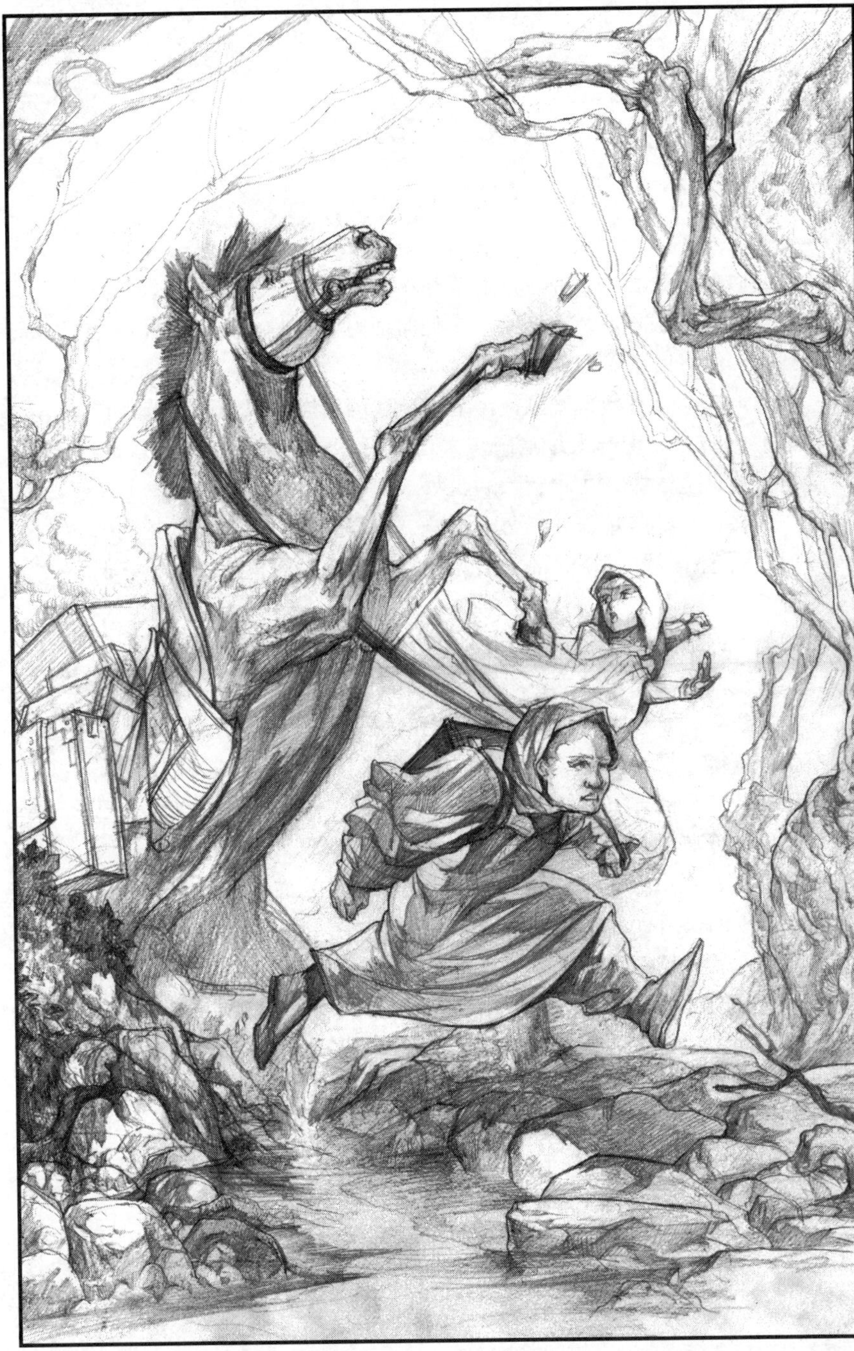

THE BLOOD KNIGHT

第十三章 梭尼图

灰白的晨光洒入山谷时,斯蒂芬和宜韩正朝着河边飞奔。他们发现那些马匹根本不适合骑乘:它们时而弓身,时而人立,根本无法驾驭,他们只好牵着坐骑前进。

大地在斯蒂芬的靴底颤抖,毫无理性的病态恐惧正威胁要占据他的心。仿佛一切都太过喧闹,太过明亮,而他想要告诉所有人,他需要的只是休息,短短一天就可以。

宜韩也一样脸颊涨红,两眼圆睁。斯蒂芬很想知道田鼠听到鹰啸时是否也是这种感觉:还没看见猎食的老鹰,恐惧就渗入了它们的骨髓。

他不停地回头,就在他们来到果园底部时,他看到了它。

修道院在小山上耸立,略带琥珀光泽的铅灰苍穹映照出它优雅繁复的线条。一道古怪的蓝紫色光芒在钟塔最高处的某个窗口闪烁:斯蒂芬觉得自己的脸暖洋洋的,仿佛在注视着太阳。

一片怪异的雾气环绕着建筑的底部升起,起先斯蒂芬以为自己看到的是升腾的烟雾,直到他受圣者祝福的双眼辨清细节为止:油灯般浑圆、甲虫般碧绿的双眼,张开的口中展露的牙齿,沿着塔身盘旋而上的长而有力的躯体。

其余的一切都逐渐隐去:宜韩催促他继续前进的话声,山脚的人们疯狂叫喊,还有远方的声声钟鸣。唯有那怪物依然如故。

可用"怪物"这个词并不恰当。狮鹫是种怪物。尤天怪,罗勒水妖,这些都是怪物,是来自古早年代,却莫名地重返世间的造物——重返这个原本坚信自己与疯狂无缘的世界。可斯蒂芬的整个心灵都在尖叫:它们之间的差别并非程度,而是本质。它并非怪物,而是神明,一个受诅咒的圣者。

他的膝盖一阵颤抖,随即跪倒在地,与此同时,它的双眼转向了他。他们的目光穿越四分之一里格的距离交汇在一起,斯蒂芬感觉到了某种超越了人类已知情感的东西,他的身体无法将之容纳,更别提理解了。

"圣者啊,"宜韩说,"圣者啊,它瞧见我们了。斯蒂芬——"

宜韩想说的话被再度亮起的蓝紫色光芒打断。这回它不再将自己局限在某一道窗口里。相反,它从这座庞大修道院的每个角落喷涌而出。那光辉亮到难以忍受的程度,德易院骤然不见,被常人无法直视的闪烁半球所取代。

"佩尔主教!"斯蒂芬听到宜韩惊呼道。

《对维特里安词汇"梭尼图"的观察报告》

它有个非常精确的定义,"被雷霆震聋"。在黑霸时代,这种定义细致的词语是很罕见的:它包括了动词"被……震聋"(伊西苏顿)和名词"雷霆"(图纳鲁斯)。它暗示着被雷霆震聋的现象频繁得足以发明出一个词语来。难道从前打雷的现象比较常见?或许不是那种自然界的雷霆。但诸位圣者和上古神灵交战期间应该比现在要吵闹得多……

第一道音波的巅峰给他的双眼带去了苦痛和恐惧的泪水。然后他什么也听不到了,但还能感觉到迎面吹来的狂风。等其余的感觉恢复之后,斯蒂芬抓住宜韩,把他推倒在地,就在这时,第二轮冲击也席卷而来,横跨整个地平线的砂石和热浪削平了树木高处的枝干,令着火的嫩枝向他们潮涌而去。

宜韩的嘴在动,可周围除了仿佛世上最大的铜钟发出的绵长钟鸣声之外,别无声响。

梭尼图,"被雷霆震聋"。梭尼菲得索姆,"我被雷霆震聋了"……

斯蒂芬小心翼翼地抬起身子,目光投向修道院先前所在之处。如今他只能看到一团黑色的烟云。

他最先惋惜的是那些书,那些珍贵而无法替代的书。然后想到了那些自愿牺牲的人们,一股内疚在他心中奔涌而过。

THE BLOOD KNIGHT

他抬起手去碰触自己的双耳，想知道自己的耳鼓膜是否已被震破，听力的丧失是暂时抑或永久。脑中的嗡鸣声如此响亮，令他头昏脑涨，双眼看到的世界也显得虚幻不实。他想起自己在圣德克曼巡礼期间的情景：他的感官被接二连三地剥夺，直到完全变成行尸走肉为止。还有一次他似乎死去了，但他虽不能看见生者的世界，却能感受和聆听它。如今他又一次被推向世界之外——虽然只是少许越界——仿佛那里才是他的归宿。

他皱皱眉，然后想起了伙伴们都以为他已经死去的那个时刻。他曾经看到一张脸，一张女性的脸，有红色的头发，可容貌却可怕得无法直视。

他怎么会忘了这一幕呢？

为什么他现在想起来了？

晕眩感淹没了他，而他再次跪倒，开始呕吐。他感觉到宜韩的手按在他背后，斯蒂芬为自己像野兽般四肢着地而羞愧，却对此无能为力。

随着呼吸减缓，他感觉好些了，但紧接着又发现，那股震颤回来了——在他手掌和膝盖下的大地的颤抖。他的头脑，一向灵活的头脑，花了片刻才弄懂身体一直想告诉他的那件事。

他颤巍巍地转身站起，再度望向德易院。

可是除了烟雾还是什么都看不到，不过这没关系。他能感觉到它的到来。无论主教施放出了怎样骇人的力量，都不足以杀死那只龙蛇。

他颤抖着抓住宜韩的手臂，把他拉向马匹。那边还站着两个人。其中之一是个穿着暗橙色牧师袍的年轻人，长着硕大的圆鼻子，绿色眼眸，若是他的脑袋更大些，那双耳朵会显得比较顺眼。斯蒂芬认出另一个人是名叫衡内的猎人。他又老了些，大概有三十岁了，一张被日头晒成褐色的面孔和满口碎牙。在斯蒂芬的记忆中，他既能干又直爽，待人粗野却友善。

眼下他们都被自己失去听力的事实弄得心烦意乱。

斯蒂芬挥舞双手，吸引他们的注意。接着他做出抚摸地面的样子，又指向身后德易院的位置，接着他摇头表示"不"，再指向那些

根处之毒液

马匹。另一名修士早已明白过来,衡内也急忙点点头,翻身上马,用手势示意他们跟上。

或许是因为同样被剥夺了听力,那些马似乎不如从前那么暴躁了,相反,它们很愿意离开。骑上马背之后,斯蒂芬没法通过大地感受到龙蛇,但他非常确定它正在逐渐逼近。肯定是顺着气味找来的,他想,就像猎犬,又或许它运用的是某种从未载入典籍的能力。他真希望自己先前能学得更认真些。

他们策马穿过笼罩着怪异静谧的森林,斯蒂芬他脑中思索着所有提及这种生物的传说,可他印象最深刻的却是那些用剑和长枪对抗并击败龙蛇的骑士故事。如今龙蛇就在远方,看上去是那么难以置信,所以斯蒂芬只好得出这样的结论:就算那些故事有任何真实的成分,里面所谓的龙蛇也只是他刚才看到的那东西的小号亲族而已。

他还能想起些什么?

它们居住在洞窟或深水中;它们囤积金子;它们的血液剧毒无比,但自相矛盾的是,这种血液在恰当的环境下又能转化为神奇的力量。它们和龙很相似,但龙应该是有翅膀的。

而且龙蛇并非愚蠢的野兽。龙蛇应该拥有言谈的能力,还有狡诈惊人、永远在滋生邪念的头脑。据说它们能够施展魔法,他能想起的最古老的文字中暗示它们和司皋斯罗羿之间有某种特殊的关系。

他又想起了一幅雕刻,上面的图案是手攥巨大角蛇的荆棘王。下面的说明是——

是——

他闭上双眼,画面浮现。

温卡托·安拜姆。"龙蛇征服者"。

所以他该做的就是找到荆棘王,然后就能拯救他们。

斯蒂芬为此大笑起来,可却没人听得见。不过宜韩大概以为他很痛苦,因为他的眼神显得前所未有的担忧:眼下这可是一项了不起的本领。

半个钟头之后,他们来到了低处的一片白桦林,然后横穿满是车辙的国王大道。拂晓的空气新鲜而清爽。远离龙蛇后，马匹也平静到了可以驾驭的程度。

斯蒂芬认为他们大体上是在朝北方前进，路线与易河平行，而河道应该就在他们的右方。地势越来越低，也越来越潮湿，最后马儿们开始在静止的水中艰难前行。树木开始稀疏，蕨类和香蒲却长到一人多高，遮蔽了前方狭窄的路面——在斯蒂芬的眼里，它也就是一条野兽踏出的小径而已。

最后衡内带领他们来到略高的地面，还有一条看起来有许多旅人走过的小路。他催促马儿小跑起来，在踱步和快步之间变换着速度，约莫一个钟头之后，他们突然来到了一小丛房屋前面。

斯蒂芬觉得它不像是村庄，反而更接近某种大型农场，而且很显然已经遭到废弃。猪舍崩塌成一堆破破烂烂的粗木栅栏；最大那栋房屋的雪松屋顶上千疮百孔。穿透坚硬泥土的野草早已枯死，院子周围留有积雪的痕迹。

衡内骑马绕过这一切，跑向略微隆起的山丘下面，来到一条涌动的河流边。它细得简直不像是易河。他下了马，走向悬挂在两棵树之间、盖着油布的某样东西。有那么片刻，斯蒂芬唯恐他拉开油布后，会有一具尸体暴露出来：他曾听过某些山里的部落就用这种仪式来令死者安息。

事实上，他弄错了那东西的尺码：那是一艘用绳子悬起的小艇，系绳索的位置正好高过艾睿树上最高的一根水位线。它看起来状况良好，而且足以容纳他们所有人。

但不包括他们的马。

衡内安排他们除下挽具和马鞍，把它们放进船里。这就很明显了：易河流向北方，这正是他们要去的方向，但在维森城那里，它会汇入白巫河，流向西面的伊斯冷。如果他们能找到合适的船只，或许能从维森逆流而上，但在途中某处，他们必须找到新马匹，继续向东北方向前进，才能到达巴戈山。而且这么一来，也就不用考虑修理船只的问题了。

他们做完这些，爬进船里。衡内走向船舵那边，宜韩和另一名修士抄起了船桨。斯蒂芬看着马儿们，而它们只是好奇地注视着众人顺流而下。他希望它们能聪明一点儿，在龙蛇到来之前四散逃开。

他拍拍宜韩，做出划船的动作，可这小个子男人却摇摇头，指着装有古籍和书本的包裹。斯蒂芬点点头，用细绳把它们扎紧，以免小艇倾覆。等他做完这些之后，他伸手蘸了蘸冷得像冰的河水。这儿和群山间的源头相隔不远。

他觉得自己感觉到了龙蛇造成的轻微震动，但他不能肯定。正当他看着船首分开河水时，几瓣雪花开始飘落，落在湍急的河面时便消失不见，连些许的波纹都不曾留下。

这些看起来大有深意，可他太累了，累到无力去细究。

他好想知道薇娜怎样了。还有埃斯帕，还有可怜的易霍克。

他的四肢沉重如岩：动弹不得，就连睁开眼皮都要花费巨大的力气。

他正躺在自己的床上，在凯普·查文的家里，熟悉的床垫却在柔软的黑色床单的遮盖之下，床边的帘布也是黑色的，但透明的程度足以令他看清帘外那个充满烛光的房间。

他觉得自己仿佛在朝自己的体内沉去，仿佛变得越来越重。他知道自己肯定在做梦，可他没法阻止梦境，也没法移动手脚或是尖叫。

帘布之外，在他的双眼和烛光之间，有个东西在动：一片黑暗投射在帘布上，绕着床榻走动，那是某个时而是人类，时而是别种存在的形体。某种不比"细小"更大的东西，某种能随心变化之物。他的双眼——他唯一能挪动的东西——追随着它，直到它来到他身后为止。

他没法抬头跟随它的轨迹，却能听见那东西沉重的脚步声，闻到逐渐厚重的空气，帘布也无比轻柔地沙沙作响，最后那阴影落到了他的脸上。

他突然真正意识到了自己的男子气概，意识到那随着恐惧增长的温暖和刺痛感。感觉就像有某种东西在触摸他，某种柔软的东西。

他抬起视线，看到了她。他的心脏像肺那样膨胀开来，带来异常剧烈的痛苦。

THE BLOOD KNIGHT

她的头发是耀眼的红铜色，在闭上眼睛后，那无比明亮的色彩甚至穿透了他的眼皮。她的笑容恶毒、淫靡而美丽，而双眼就像色彩无人知晓的璀璨珠宝。集合了这一切的那张脸是如此骇人，又如此艳丽，而他只看了短短一瞬间，便再也无法忍受。

当她朝他俯下身来的时候，他的整副身躯都因陌生的感受而颤抖，她的血肉融化在他身上，就像黄油和蜂蜜，可他仍旧无法动弹。

我的孩子，我的丈夫，我的爱人，她低声吟唱的话语不似人声，正如她的面貌与人脸的差别。

你会知道我是谁的。

他喘息着醒来，或者说，带着喘息的感觉醒来。他发不出声音。

宜韩的脸色和缓下来，衡内也一样。斯蒂芬坐在小艇的后部，手脚又能动弹了。

然后他想起了一些事，一些重要的事。

"这是哪条河？"他问道。他能感受到那些字眼，却听不见。宜韩看到他嘴唇的动作，露出生气的表情，碰了碰他的耳朵。

斯蒂芬指着河面。他们出发时的那条河或许是条支流，但他们现在却航行在一条颇具规模的河上，两侧还围有坚固的堤坝。

"这是易河还是某条支流？"

宜韩皱皱眉，然后做了个看起来像是"易"的口型。

斯蒂芬坐起身。他究竟睡了多久？

"我们靠近微觉了吗？"他问道，"我们离微觉还有多远？"他做出夸张的口型，可宜韩困惑的神情却没有丝毫变化。

恼怒的斯蒂芬打开其中一个捆扎起来的油革包，翻找着羊皮纸和墨水。为这种事浪费羊皮纸很是愚蠢，可他想不到其他方法。

墨水不在他原本以为的地方，等他找到时，河堤旁的房屋已经熟悉得可疑起来。他绝望地跪倒在船上，草草写出那条信息。

微觉村附近有只怪物，一只尼科沃。它住在水里。它非常危险。

根处之毒液

他把纸递给宜韩。小个子男人眨眨眼，点点头，示意让斯蒂芬接过船桨。接着他走到船舵边，和衡内说起话来。

或者说打起了手势。等他把斯蒂芬写的那句话给衡内看完，后者却只是耸耸肩。宜韩指了指河堤。

河堤周围，微兄村熟悉的建筑映入斯蒂芬的眼帘。埃斯帕、薇娜、易霍克、莉希娅还有他不到两个月之前来过这里，并在尼科沃的殷勤招待下堪堪生还。

衡内控制小艇转向某个废弃的码头，上岸后，宜韩开始用手势向他解释这件事的重要性。斯蒂芬在河面寻找那头怪物的踪迹，却一无所获。

没有语言，争论也难以进行，可衡内却指向河面，把双手分开大约一掌宽的距离。接着他指着他们来时的方向，双手尽他所能地张开。在又一段哑剧表演之后，斯蒂芬明白过来，衡内的意思是：无论微兄附近的水里藏着什么，它都不可能有龙蛇那么可怕，而他们最有可能逃脱龙蛇的方法就是沿着河流前进。所以一会儿之后，他们不顾斯蒂芬的警告，回到了水上。

一行人从微兄村的废墟安然经过，没有遇到任何异状。

斯蒂芬又一次想起了埃斯帕和薇娜。他们来找他了吗？薇娜肯定愿意来。埃斯帕或许也会，不过如果他察觉了斯蒂芬对薇娜的感觉，或许就不会来了。不过说到底，他们俩必须服从安妮·戴尔的命令行事，而为了夺回王位，安妮需要手边的每一把刀、剑和弓的助力。

或许薇娜自己跟来了。毕竟她曾经独自去寻找过埃斯帕。话说回来，她很爱埃斯帕，或者她自己是这么觉得的。

在斯蒂芬看来，这显得有些荒谬。埃斯帕比薇娜整整大了二十岁。她的中年将在擦拭埃斯帕脸上的口水中度过。他会和她生孩子吗？斯蒂芬同样不这么想。护林人在许多方面都十分可敬，但成为好丈夫的那些方面除外。

可话又说回来，斯蒂芬也没好到哪里去，不是吗？如果他真的爱薇娜，现在就应该去寻找她，并且渴望待在她身边。如果他想的话，也确实可以。可他对另一件事的渴望更甚：解开那些语言和时

THE BLOOD KNIGHT

间的谜题。

　　这就是他身在此地的原因：不是因为主教的要求，也不是因为他害怕龙蛇，甚至不是因为他相信自己能阻止任何可怕的存在再度降临世间，而是因为他必须知晓。

　　他们根本没看到尼科沃。它或许早就伤重而亡；或许它对人类存了戒心。也或许它能感觉到，这些猎物听不见它致命的歌声。

　　可到了第二天，看到鱼儿浮向水面的时候，斯蒂芬才想到，或许那只尼科沃知道，什么时候逃跑才是最好。

第十四章 作战会议

安妮见过幽峡庄的大客厅很多次。有时它空无一人,她和姐姐们就会溜进去,聆听在黑暗里和高高穹顶的尽头隆隆作响的回音。在其他场合,她见过它灯火通明的样子,各种装饰闪烁生辉,被身穿雅致礼服的爵爷和身披耀眼礼裙的贵妇人们挤得满满当当。

她从没见过它塞满士兵的样子。

艾黎宛找人抬来了一张硕大的长桌,又在一端放上了一张大号扶手椅。

安妮眼下就坐在那里,觉得浑身不自在,她的目光扫过那些面孔,努力把名字跟眼熟的那些对上号。她真希望自己早先对父亲的廷臣们多注意一点,可现在再想这些已经晚了。

这些男人——全部都是男人,总共三十二个人——回望着她,有些人目光坦荡,还有些在以为她在看自己时便转开了目光。可她知道所有人都在打量她,调查她,试图弄明白她的想法。

她正在思索该说什么的时候,阿特沃站起身来,鞠了一躬。

"可以吗,陛下?"他指着那群人,问道。

"请吧。"她说。

他点点头,抬高了嗓音。

"各位,欢迎你们。"他说。人群中的低语声逐渐消退。

"你们都认识我。我是个普通人,不懂什么长篇大论,特别是在这种时候。现在需要的是刀枪,不是演讲,不过我猜要把刀枪聚集起来,还是得先讲几句话才行。

"在我看来情况是这样的。不到一年前,我们的君主、国王和皇帝遭到谋杀,他的两个女儿也不幸遇难。无论是不是那个黑心的罗伯特干的,我都清楚一件事:克洛史尼有一位王,一位无比正统的君王,而现在王位上的那个是篡位者。就算这些都不提,可他还邀请寒沙人前来访问,又把我们的前王后拱手相让。你们都知道这意味着什么。"

"也许我们知道,也许不知道,"有个家伙高声回答。他身材中等,长着正朝头顶缓缓撤军的黑发,还有一双令人吃惊的蓝眼睛。"也许只意味着跟寒沙讲和而已。"

"也许乌鸦落在死人身上也只是为了祝福和致敬而已,是吧,肯沃夫大人?我知道你没这么蠢的,大人。"

肯沃夫不情愿地耸耸肩。"谁知道罗伯特有什么打算?护法大人承认了他。也许我们对他的计划了解得太少了。也许他们只是乍看上去很邪恶而已。而且你也得承认——没有冒犯安妮殿下的意思——我们有权力要求一个比查尔斯更好的君王。"

"我想我们都明白你对查尔斯的看法,"阿特沃承认道,"圣者们选择了抚摸他,我相信就连他母亲也同意王位不适合他。但我们还有一位国王的正统继承人,而且她就坐在那儿。"

刚才大多数人都看着阿特沃,这时全都转向了安妮,目光前所未有的尖锐和饥渴。

一个满头惹眼红发,双眸乌黑的健硕男子缓缓起身。

"我能说句话吗,大人?"

"当然可以,毕晓普大人。"阿特沃回答。

"威廉王确实说服朝议会通过了允许女性继承王位的法律。可这种事完全没有先例。从来没人尝试过。事实上,唯一考虑这种情况的理由就是小查尔斯的身体状况。

"根据更古老也更为人接受的法律,如果公认王子不适合登基,王冠就会转到他的子嗣头上,当然了,查尔斯没有子嗣。因此,王冠落在唯一的男性继承人罗伯特头上也就相当合理了。"

"是啊是啊,"一个面有菜色的男人愤愤地打断他的话。安妮记得他是迪奥瓦德的总督,"可毕晓普大人,你忘了一件事:我们质疑的不光是查尔斯,还有罗伯特。这点上我们的意见是一致的。"

"的确,"毕晓普承认,"可肯定有人会觉得,与其让不知人事的女孩做国王,倒不如让魔鬼留在王位上,特别是在这种时候。"

"你是说,在魔鬼们自由徜徉的时候?"阿特沃冷冷地问道,"你愿意让城墙内外都有邪恶存在?"

根处之毒液

那人耸耸肩。"关于罗伯特的传闻越来越可怕。我甚至听说他不会像普通人那样流血。可我们也都听过安妮的故事。护法本人就曾谴责她是个黯阴巫师，修女院的教育把她完全变成了邪恶的化身。

"我们听说她在邓莫哥的那些行为也很……令人不安。"他补充道。

安妮有种古怪的错位感，仿佛她正在很远很远的地方看着这一切的进行。他们怎能这样对她评头论足？事情怎么能被曲解到这种地步？

可他们真的曲解了事实吗？她确实去过修女院，圣塞尔修女院。那里教她的也确实是诸如下毒和谋杀之类的内容。这难道不邪恶吗？还有她能做到——做过——的那些事，被叫做黯阴巫术又有什么错？

如果护法是对的，那……

不。

"如果你想指控我什么，毕晓普大人，请您直接对我说，别做这么不体面的事。"安妮听着自己的声音，突然觉得又回到了自己的身体里，而她此时正坐在那张临时代用的宝座上，倾身向前。

"难道因为维吉尼亚·戴尔能操纵圣者的力量，她就是个黯阴巫师吗？"她续道，"关于那个指控我的人，赫斯匹罗护法——事实上，我有证据：能证明他和那些参与异教仪式，并在过程中实行残酷谋杀的教士们是一丘之貉的书信。如果你们听过邓莫哥的事，就该知道把男人、女人和孩子钉在木桩上，把他们开膛破肚的人不是我。"

"通过对那些无辜者的鲜血施法，以此唤醒可怕恶魔的人也不是我。反而是我和我的同伴阻止了他们和那场令人憎恶的祭典。所以也许，毕晓普大人——还有你们所有人——噢，也许我真是个黯阴巫师。也许我真是个恶人。可要这么说的话，这儿就根本没有好人了，因为护法和他手下那些教士侍奉的显然并非圣洁的圣者们。

"我的叔叔罗伯特也一样。他会把我们的国家拱手让给你们能想象到的最邪恶的势力，而且你们都清楚这一点，所以才会来到这里。"

她靠回椅背，在接踵而来的片刻沉默中，发觉自己井喷的自信

THE BLOOD KNIGHT

开始动摇。可接下来,她认识的另一个人——塞布兰德·哈尔基德,戴尔拉斯的边疆总督——响亮地咳嗽了一声。

"这位女士很有口才。"他向所有与会者说道。这个身材瘦削的老人伫立的样子,不知为何让她想起了生长在海岸峭壁顶上的古树,一棵饱经狂风吹拂和海水洗礼的橡树,木质坚硬如铁。

"我承认自己很早就怀疑女人无法执政,"他说,"因此我出言反对威廉的计划和朝议会的决议。可重要的是,我们已经走到这一步了。我不明白那些黠阴巫术和圣者之类的话有什么意义。我只相信待在我的剑里的那位圣者。"

"我这辈子都在盯着露河对面的寒沙。我忍受了这么多年的边境纷争,绝不能看着威廉的老婆嫁给一个寒沙人,更不会让任何一个寒沙人坐在伊斯冷城的夜壶上。罗伯特肯定是疯了,才会去跟瑞克堡家族做交易,这在我看来已经足够证明威廉是对的,克洛史尼的唯一希望就寄托在这个女孩儿身上。"

"我想她的姐妹和威廉在同一天被谋杀不是什么巧合,你们说呢?"他的目光扫过房间,无人回应他的挑战。"没错,黑心罗伯特是在扫清他登基的道路。"

"我们可不知道,"肯沃夫提醒他,"也有可能是她安排了这一切。"他指着安妮。

这话就像一支利箭,刺穿了她。

"你……刚才……说什么?"她呼吸困难地说。

"我没——我只是说,女士,就我们已知的事实——我不是真的想指控……"

安妮奋力站起身,立刻感受到了手臂和双腿传来的强烈痛楚。

"我就在这儿,看着你的眼睛,肯沃夫大人,我会告诉你,我和我家人的死毫无干系。光是这想法就让我恶心。我被同一群凶手追着跑遍了半个世界。看着我的眼睛。然后再去当面指控我叔叔,看我和他谁更能坦然面对你。"

她只觉耳中传来某种水流声,接着听到身后某处传来恶魔般的尖笑。

不,她想。难道这么多人都没法保护她?也许不……

根处之毒液

她突然意识到自己又坐了下来,奥丝婼正要把水递给她。而且她觉得自己好像漏听了什么。每个人都带着关注的神情看着她。

"——在邓莫哥受的旧伤未愈,又于三天前的晚上在幽峡庄遇刺,"阿特沃在说,"她已经很虚弱了,像肯沃夫大人这样可耻的诽谤者对她更没有好处,我可以向你们保证。"

"我根本没有——"肯沃夫叹了口气,"我道歉,殿下。"

"我接受。"安妮冷冰冰地说。

"既然这事解决了,"阿特沃说,"我们还是继续说正题吧?大人们,塞布兰德总督大人说的没错,不是吗?"

"你们中的大多数人都是因为确信自己该这么做才到这儿来的。我对这种争吵不仅熟悉,甚至很了解它的根源。我也知道我们没时间做这种事了。各位大人,我的建议如下:你们每个人都说说——用简单易懂的王国语——等女王陛下登基后想要什么好处。我想你们会发现她对待盟友既公平又慷慨。我们先从你开始吧,毕晓普大人,劳驾了。"

这天剩下的时间对安妮来说就像噩梦。大多数要求都让她一头雾水:噢,她听是能听懂,却不明白有什么重要的。比方说,罗格维尔总督就要求减征黑麦的交易税,而阿特沃建议她予以拒绝,用朝议会的席位作为代替。毕晓普想在皇室家族里谋个头衔和职位,并且能够世袭。这点——又是在阿特沃的吩咐下——她同意了。

事情继续进行着。安妮觉得自己如同女王的短暂时刻已经消失不见,她又变回了那个没做完功课的小女孩。在她看来,她简直把阿特沃当成了国王,再想想她姑妈说过的那些关于"可靠的亲属"的话,这并非杞人忧天。

可她也知道,只凭她自己绝对没法把战争这么复杂的事弄得井井有条。

事情暂告一段落,但只是因为阿特沃声称天色已晚,众人该休息了。艾黎宛为来宾准备了娱乐节目,可安妮谢绝了,她派奥丝婼去厨房拿了些汤和酒来,然后回到了她的房间。

尼尔·梅柯文跟着她。

"你能听懂他们那些要求吗?"两人刚刚坐下,她便问道。

"恐怕不多,"他承认,"在我们那边,战争要简单得多。"

"这话怎么说?"

"我的家族侍奉费尔男爵。他指挥我们作战,而我们奉命行事,一向如此。谢天谢地,没这么多麻烦事。"

"我还以为我得做一番演讲,告诉他们什么是对什么是错,还有为王位而战的荣耀,然后他们就会团结起来。"她叹了口气。

尼尔笑了。"对一场战斗也许管用。可战争不行,我想。还有,我了解的大都是战斗。要知道,我觉得你做得已经很好了。"

"可还不够好。"

"不,至少现在够好了。我想,要别人冒生命危险去作战是一回事,可要他们把家人、土地、野心和梦想都拿来冒险……"

"大多数人都只是太贪婪而已,我想。"

"这话没错,"尼尔赞同,"可事实在于,我们很有可能会打输这场仗,而且他们都很清楚。我希望他们对陛下您的忠诚足以让他们接受这种风险,可——"

"可他们不能。我对他们来说只是个幌子,对吗?"

"也许吧,"尼尔承认,"对其中一些人来说,甚至是其中大部分。可如果你获胜,就会成为名副其实的女王。这样一来,你甚至能让阿特沃或者别的什么人辅佐你做出所有重要的决定。可我不觉得情况会是这样。我想你依靠他们,只是为了等到自己能站起来的那一天。"

安妮俯视自己的膝盖。

"这些我从来都不想要,你知道的,"她无力地说,"我只想自己一个人待着。"

"那不是你的选择,"尼尔说,"以后也不会是。我觉得从来就不是。"

"我知道,"安妮说,"妈妈曾想跟我解释这些。可我不明白。也许我现在仍不明白,但我已经开始明白了。"

尼尔点点头。"的确,"他说,"我为此感到遗憾。"

根处之毒液

第十五章 伏击

进入哈喇族窑洞后的半个钟头里，薇娜就失去了理智。

埃斯帕早就发现她的呼吸越来越急促，接着她突然开始呼吸困难，张口欲言，却又说不出半个字来。她重重地坐在一块凸起的石头上，全身颤抖，用力揉搓自己的双肩，想让呼吸平复。

他没理由责怪她。洞窟已经成了停尸间，同这里尸横遍地的情状相比，埃斯帕从前的所见所闻都显得那么苍白无力。躺卧的死尸在鲜血之河的两侧筑起了高堤，事情的经过一目了然：龙蛇一路前进，史林德从两边纵身扑上，以徒手和牙齿撕扯它的厚厚甲壳。没被碾碎的史林德们都死在了它的剧毒之下。

当然了，他们没有全部死去：有几个还在动。他和薇娜曾尝试能否救助其中一些，却发现回天乏术，只好尽量避开他们。幸存者中的大多数甚至好像看不到他们，鲜血从他们的嘴巴和鼻孔里倾泻而出。他能从他们呼吸的方式判断出，是他们肺里的东西出了问题。不用说，现在再用瑟夫莱解药已经太晚了。而且他和薇娜需要剩下的药水。

如果他们能碰上斯蒂芬或者易霍克⋯⋯

"斯蒂芬！"埃斯帕对着空洞的巨穴大喊，"易霍克！"

他们俩可能在任何地方。如果他们在这些死者之中，恐怕得花上几个月才能找到。

埃斯帕把手按在薇娜的肩上。她身躯颤抖，喃喃低语。

"我们⋯⋯我们不是⋯⋯"

一次又一次。

"来吧，"他告诉她，"来吧，薇，我们离开这地方。"

她抬头看看他，双眼中的绝望比他的预期更浓重。

"我们出不去了，"她轻声道。然后，她的身体里似乎有什么东西爆发了，"我们出不去了！"她尖叫着，"你不明白吗？我们出不去了！我们到这里来了！我们到了这里，然后就越来越糟，一切都是，我们……我们不是……"她的声音逐渐放轻，转为一阵毫无条理的哀号。

他握住她的双肩，心里清楚他所能做的只有静静等待这阵情绪过去。

如果它真会过去的话。

他叹息着在她身边坐下。

"我以前来过这窑洞，"他说，但不确定她是否在听，"这里离城市不远。我们可以——那边应该比较干净。你可以在那休息。"

她没有回答，只是牙关狠咬，双眼紧闭，呼吸的频率仍旧追赶着心跳。

"就这样了。"埃斯帕说。他扶起她。薇娜没有反抗，只是把头埋进自己的臂弯，抽泣起来。

他略微颤抖了一下，踌躇于继续前行还是折返回去，可他突然想到，自己追踪着芬德和一条龙蛇，一路上还带着薇娜，这显得多么愚蠢。的确，他可以把她藏在瑟夫莱人的城市里，可说不定芬德和他的宠物正在那里小憩呢。以他的运气，只要他离开去搜寻那一人一蛇，偷偷尾随的芬德就会立刻出现，再度带走薇娜。

于是他迈开了步子，沿着来时的路返回。

龙蛇钻进了窑洞，它总得出来。埃斯帕知道这窑洞只有三个出入口，这里一个，北面几里格外有一个，第三个就在下一条山脊对面。

他突然有了个可行的计划。

他离开洞窟时，马儿们仍然在外头——而且活得好好的。他扶着薇娜上了"跟头"的背，确信她神志仍然清醒后，便拿起缰绳，牵着两匹马开始，沿着山路蜿蜒前行。

向上前进了半里格之后，他觉得呼吸逐渐放松，尽管天气相当寒冷，护林官却已经开始出汗，步子也有力起来。起初他以为这只是因为远离了龙蛇沾满剧毒的足迹而已。

但埃斯帕很快发现，原因不仅仅是这样。他再度被生机环绕，

根处之毒液

生命的流转虽然缓慢,却不至死寂。松鼠在头顶的枝条上奔跑,一群野鹅长鸣着从高空飞过。他看着这一切,情不自禁地露出微笑。可当它们突然改变路线时,他的心中又生出一丝寒意。

"我们到了,"他说着,敦促魔鬼沿坡而上,前往野鹅群避开的那个方向。"和我想的一样,它就在那儿。"

一个钟头之后,在日落前一小时左右,他们爬到了山脊的顶端。薇娜已经冷静下来,埃斯帕帮她下了马,然后把她安置在一棵大树底下。他不情愿地把马鞍留在马背上,因为就他所知,他们随时都可能需要逃跑。马儿的速度能快过龙蛇吗?时间不长的话,也许可以。

"薇娜?"他双膝跪地,把另一块毛毯裹在她身上。

"对不起。"她喃喃道。话音微弱,听起来状况不佳,却令他心中最强烈的恐惧烟消云散:她的灵魂并未消失。他碰到过这种事:他救过一个被黑瓦夫杀死全家的男孩。他把那孩子交给堡隶城的一个寡妇看护。她努力照顾他,可他整整两年都一言不发,最后在磨坊边的小河投河自尽了。

"那些东西既黑暗又可怕,"埃斯帕说,"要是你没觉得心烦,我才该担心呢。"

"不是心烦那么简单,"她说,"我已经——帮不上忙了。"

"嘘。听着,我准备爬上去看个清楚。你留在这儿,看着魔鬼。如果有东西过来,它会比你先知道的。你能做到吗?"

"嗯,"薇娜说,"我能做到。"

他吻了她,而她不顾一切地回吻。他知道他应该说点什么,可他总觉得说什么都不对头。

"我不会走远的。"他最后说了这么一句。

他带领薇娜来到的这个区域的石头太多,长不出太多树木。他选择了一株位于某块破碎岩床边缘的皂荚树作为她的瞭望塔。窑洞的第三个出入口的周围一览无余。尽管他看不清洞口本身,可他已经离得够近,等那庞大的蛇状生物出现,他便能看清它的身影。

他望向另一个方向,那边的景色更加清晰。易河蜿蜒穿过一座星罗棋布着牧场与果园的宜人山谷。在大约一里格外的某座小山上,

THE BLOOD KNIGHT

他能看见和斯蒂芬初次相遇时,后者正要前去的修道院的钟塔。埃斯帕上次去那里的时候身负重伤,而且神志不清,要不是有斯蒂芬,他早就死了。

暮色中的山谷看起来安详平和,轻薄的雾气飘过整齐排列的苹果树——它们正在等待春天那滋养万物的亲吻——将山谷包裹其中。

斯蒂芬现在在哪里?或许死了,因为他之前和那些史林德在一起。易霍克没准也死了。

他本该有感觉的,就在他看到男孩们从树上坠落时,本该感觉到某种情感的回归。可他的心在身体里绷得紧紧的,唯一能辨认出的情感就是愤怒。

这应该是件好事吧,他猜想。

夜色渗过厚厚的云层泄漏下来,他眼中的世界逐渐褪色,而更为深邃的气味和声音的王国则在逐渐扩张。冬日的声音十分贫乏:夜枭发出令人胆寒的尖叫,风在细瘦的枝条上摩挲着肚皮,还有小爪子扒着树皮行走的声音。

气味则相对更加浅显:浸入冰冷池塘中的树叶,被寒气阻碍生长的根须的气息,从山下牧场传来母牛那带着青草味的粪臭,以及烟气——在山谷里焚烧的山胡桃树和老苹果树的味道,当风转为来自弥登方向时,便会传来满是虫蛀的艾睿树的气味,还有某种更近处的烟味——是橡树,没错,他还能辨认出带着薄荷气息的檫树、漆树和越橘的气味:那些生长在林下叶层的植物。

还有着火的松木。

他竖起耳朵,便听见了火焰的噼啪轻响。就在下坡那里,离他不远。

他悄然爬下树去,屏住呼吸。如果下面有个和斯蒂芬走过同一条巡礼路的僧侣……

这样的话,他们多半早就听到他的声音了。满瑞斯修道院——他们的大多数教士敌人都来自那里——搏斗起来就像疯狂的雄狮,但远不及斯蒂芬的感官敏锐。那些完成了德克曼和满瑞斯两条巡礼路的人是最危险的。

根处之毒液

  他发现薇娜在酣睡,再次犹豫了片刻,可了解山下那些人的身份的渴望却胜过了对她安危的担心。另外,还有魔鬼在呢:就算它再怎么虚弱,如果有人靠近,它至少也能让对方忙乱一阵子。

  他缓缓爬下山坡,每一脚都踏在攀附在岩石与薄土上的灌木丛和小树林里。他并不着急:他估计自己有一整晚的时间。这很好,因为他能够依靠的只有感觉和本能而已。

  从他估算的午夜时分又过去了一两个钟头,最后他看到了在某株树干下闪烁的橙色光芒。埃斯帕分辨不清火堆的位置,可能猜出它在哪儿。他明白自己朝东面走了太远,一处断崖令他无法到达想去的位置。

  因此他朝着西面,往山顶的方向前进。光点消失不见,但他明白自己该去哪个方向,就在日出前不久,他来到了目的地。

  那时的火堆已几乎燃尽,只留几缕火苗。埃斯帕能看到火堆旁有人坐着,还有人平躺着,仅此而已。露营地在他下方大约十二王国码的位置,就在一条又长又浅的岩沟里。

  他能找到合适的射击位置吗?角度太糟糕了。

  云层已然消散,可天空却没有月亮,只有远方的星辰在徒劳地闪烁。或许等太阳睁开眼睛,埃斯帕就能找到更好的位置。他驻足等待,暗自期望薇娜不会醒来,陷入恐慌。他不觉得她会,可在今天之后……

  他脚下的大地隆隆作响。

  他听到某块岩石裂开的声音,突然间,一条岩石的溪流顺着山坡滑下。离他不近,却也不远。

  他很快听到了岩石的滚动声,沉重的喘息声,闻到了它吐出的令人作呕的气息。

  正如他的预料,龙蛇已经穿过了窑洞,如今正从靠近德易院的那面山坡的洞口钻出。也就是说,它就在他左边大概四分之一里格的位置。

  他仍旧看不到它,但能清楚地听到它滑下山坡,朝谷底前进的声音。

  "她在这儿。"一个陌生的男声道,带着可笑的北方口音。

"我告诉过你的。"另一个男人答道。

那声音一点儿也不陌生。是芬德,这在埃斯帕的意料之中。虽然骑着龙蛇在开阔地带行动很快捷,可要是你的坐骑钻进了洞里,你就会重新考虑一下了。况且还有那些蜂拥而来的史林德。不,芬德没这么蠢。

龙蛇已经离他越来越远了。芬德就在下面。

这才是重中之重。

埃斯帕伸出手,想找一块岩脊或者树枝,随便什么都行,只要能给他合适的射击位置就好。他欣喜地找到了一块先前没注意到的岩石突起。他小心地——非常小心地——俯卧上去,然后搭箭上弦。

"我们要不要跟下去?"陌生的声音说。

芬德短促地笑了一阵。"圣监会的人不会全部逃跑的。有些人会留下来战斗。"

"和龙蛇战斗?"

"别忘记他们是谁。圣监会的人知道一些非常古老的巡礼路,还有些非常强大的诺力。的确,他们中没人能杀掉我们的小可爱,不过想象一下他们可能使用的诺力吧。"

"噢。所以这次我们还是离远点儿比较好。"

"正确。如果一切顺利,那东西就会消灭圣监会,要是戴瑞格家的男孩在那里,它就会把他给我们带来。可如果那些修士藏了一手……"

他们提及斯蒂芬时,埃斯帕愣住了。

"要是戴瑞格在中途就死了呢?"

"他们和我们一样,不希望他死,"芬德回答,"如果他真死了,那也没办法。"

"他会不高兴的。"

"对,他会的——这显然是沉重的挫折。可也只是挫折而已。"

埃斯帕仔细聆听着,不想放过每一个字。芬德为什么追踪斯蒂芬?像龙蛇这样的怪物要怎么才能"把他带来"?含在嘴里?那什么圣监会又是啥鬼东西?芬德又是在为谁效命?

身影之一翻了翻火堆,火势突然明亮起来,而映射的火光足以让他找到芬德的面孔。埃斯帕瞄准了目标,呼吸缓慢而克制。他能够射中这一箭——这点他毫不怀疑。而芬德，终于，将要死去。

芬德的死也许会留下某些未解的疑问，可他必须抓住这个机会。无论跟随他的那家伙是谁，都似乎知道他们主人的身份。他可以用第二支箭射伤他，再留下活口让他回答问题。

埃斯帕就能找到解毒药，治好自己、薇娜和马匹。等龙蛇返回，他还有教会的那支箭在手里。或许斯蒂芬也会跟着回来。

他拉开弓弦。

视野的边缘处有什么在闪烁，一道紫色的光。

芬德也看到了。他站起身。

埃斯帕松开弓弦时，一切都变成了白色。他反射性地闭上双眼，然后听到芬德痛苦的高呼声。他试图睁开双眼，去看……

某种像是拳头的东西砸中了这座山。他的胃部开始不适，接着发现自己趴着的那块石头从身体下面滑开。他在坠落。

他手脚乱挥，试图找到可以攀援的东西，可却一无所获。整整一次呼吸的时间之后，他才撞上某个弯曲的东西，但那东西断裂开来，他的下落还在继续，直到他重重砸到一块巨石上为止。

他睁开双眼时，不知道自己昏迷了多久。他嘴里有尘土的味道，眼睛里全是沙子。仿佛有一道闪电劈开了一码外的树木，令他的耳朵嗡鸣不已。他看着自己的手，后者被淡灰色的光照得透亮。

附近有人在尖叫。就是这声音吵醒了他。

他抬起头，可只能看到一堆混乱不堪的植物。全身都在痛，可他说不清自己的骨头有没有断。

尖叫声减弱为刺耳的喘息。

"射得够准的，"他听到那陌生的声音在说，"伤得很重。"

"留心他。"芬德的命令简明扼要。

"是埃斯帕。我他妈太清楚了，而且现在你肯定听不见他过来的声音。"

埃斯帕允许自己露出紧张的笑容。他的弓在下坠时弄丢了，但还留下了短匕和斧子。他咧开嘴，爬起身来。

一阵突如其来的眩晕几乎令他坐倒，可他强撑着，尽可能深沉

THE BLOOD KNIGHT

地呼吸，等待那阵不适过去。芬德说得对：他能听见他们的说话声——勉强可以——可耳中的嗡鸣会抹去任何悄然接近的人发出的微弱声音。

可他们究竟在哪里？他朝自认为正确的方向踏出一步，有一瞬间，他觉得自己瞥见了前方闪过的人影，可光芒依旧暗淡不清。

他正要接近时，有人从身后抱住了他，一条前臂更裹住了他的脸。埃斯帕闷哼一声，试图把那人甩开，可自己却已经失去了平衡，面孔朝下重重摔在地上。他扭动踢打着，模糊地意识到地面在震颤，接着一张面孔映入了他的眼帘。那是一张熟悉的脸，却并非芬德的脸。

易霍克。

男孩把一根手指放上嘴唇，然后指了指。

四王国码外，一堵庞大的鳞片之墙正在林间穿梭。

第三部
归还之书

没有东西会被毁灭,尽管它们时常会被改变。是的,有些东西会失落很久——可世界深处的河流最后都会把它们带回来。

——出自《格兰德·艾特伊兹》,又名《归还之书》,作者佚名。

我探访的每座圣殿都会夺走我的某种感官——触觉,听觉,视觉,味觉,最后是我自身。可最后它们都会归还,而且远超以往。

——出自《特瑞明纳姆抄本》,作者佚名。

THE BLOOD KNIGHT

第一章 迷宫

艾丽思本想切开那人颅骨下的脊柱，可她累得发麻的双脚在光溜溜的石板上打了滑，匕首的尖端仅仅戳进了对方的锁骨。

那人尖叫着转身。她用残存的意识蹲下身子，堪堪躲过甩来的双臂，但他的靴底却踢中了她的胫骨，痛苦令参差不齐的线条掠过她的视线。艾丽思吸进一口凉气，蹒跚退回墙内。

他并未丢下提灯，两人在血色的灯光中打量着彼此。

他是个大个子——超过六英尺——全身黑色服饰，是篡位者手下的一名夜骑兵。对这样的个头来说，他的面孔又显得惊人地阴柔，长着略微发尖的下巴和浑圆的脸颊。

"婊子。"他咆哮一声，拔出短刀。

他身后有个女孩——约莫十一岁样子——正蜷缩着身子，紧贴墙壁。

艾丽思试着召唤阴影：有时这很容易，就像在脑子里打个响指那么容易，有时又很困难，特别是在已经被人看到的情况下。

阴影没有立刻到来，也没时间这么做了。她呼出一口气，放松双肩，拿着匕首的手垂至身边。

他跟着放松了片刻，她借靠在墙边的机会，用上仅余的气力挥出致命的一击，而空出的那只手趁机狠狠拍向对方的面孔。她把匕首插进他的左腰，然后拔出，清楚地感到它撕裂了血肉。

他再度尖叫起来，用一只拳头敲打她的脑袋。女孩手里的匕首戳刺不停，直到手掌沾满血液，武器脱手。然后她抽身退开，大口喘息，只觉手臂传来怪异的扭曲感。她意识到手臂受了伤——她自己也被割伤了。接着她再度退回阴影里。

虽然受了伤，但那男人并未停步。他步履沉重地尾随而至，而她开始奔跑，在黑暗中摸索前进，最后来到了通道的入口，跳了进去，耳边只有自己急促的呼吸声。她用力拉扯马裤，想弄下一片布块来包扎手臂。可怎么也撕不下来，只好用手按紧伤口，等待着。

她能分辨出转角那边闪耀的火光：他就在那儿，静待着她。

她需要那把匕首来切开布条。而且她没法等太久，要是等到失血过多，就什么事都做不了了。

她用低不可闻的声音咒骂一声，摇摇晃晃地起身，踏着碎步朝火光走去。

他面朝下躺倒在地，那姿势的某些细节暗示着他并未作假。提灯掉了下来，但没有粉碎：它侧翻在地，灯火摇曳，几近熄灭。她拿起提灯，发现他还弄掉了自己的匕首，至于她那把仍旧扎在他的肋骨之间。

艾丽思努力维持着清醒，捡起那人的匕首，按她早先的计划，刺进他的脊骨。

这一刺引来了楼梯后的一声低呼。然后是一阵呜咽。

那个女孩。她把那女孩给忘了。

"别动，"艾丽思简短地说，"站在那儿别动，要不我就像杀掉他那样杀掉你。"

女孩没有回答：她继续抽泣着。

艾丽思摆正提灯，割下一根布条，系成止血带，然后坐在地上，平复呼吸和聆听。有人听见那夜骑兵的尖叫吗？如果他们听到的话，能判断出叫声的源头吗？

答案是肯定的。这意味着她需要回到通道里，那条没有男人能记住的秘道。他们得费上一番工夫才能找到她。

"小丫头，听我说。"她说。

一张脸从那团灰布里抬了起来。

"我不想死。"她无力地说。

"照我说的做，我就保证你活下去。"艾丽思告诉她。

"可你杀了他。"

"嗯，没错。你能好好听我说话吗？"

短暂的迟疑。

"能。"

"很好。你那有吃的吗？水呢？酒呢？"

"雷克有些吃的。刚才他还拿了些面包。还有酒,我想。"

"那就帮我拿来。还有他身上的其他东西。但你别想逃。你听说过匕首是可以丢出去的吧?"

"我在街上看到一个男人这么干过。他用匕首劈开了苹果。"

"我比他丢得更准。如果你想逃,我就把你的背当靶子。明白了没?"

"明白了。"

"你叫什么名字?"

"埃伦。"

"埃伦,照我说的做。拿着他的东西到这边来。"

她看着女孩靠近那具尸体。碰到他的时候,她哭出了声。

"你喜欢他?"艾丽思问。

"不。他是个混蛋。可我来从没见过死人。"

我也从没杀过人,艾丽思想。尽管受过那些训练,可这一幕依然不像是真的。

"埃伦,"艾丽思问,"所有守卫身边都跟着女孩吗?"

"不是的,女士。只有夜骑兵身边有。"

"你们究竟为什么跟着他们?"

女孩犹豫起来。

"埃伦?"

"国王说这边有秘道,只有女孩才能记住的秘道。我们得帮他们找到秘道。他们得保护我们。"

"保护你们不被我伤害?"艾丽思挤出一丝笑容,问道。

埃伦的眼里有恐惧闪过。"不——不是的,"她结结巴巴地说,"国王说地牢里有个杀人犯逃走了。一个男人。一个大个子男人。"

埃伦说话时手下不停,找出的东西已经聚成了一小堆。她捡起那些东西,朝艾丽思走去,看起来比靠近死人的时候更加不情愿,这倒情有可原。

"来吧,"艾丽思说,"好姑娘。"

"求你,"埃伦低声道,"我不会说出去的。"

艾丽思硬起心肠。她唯一的优势就是罗伯特相信她已经死了。

如果这女孩能描述出她的样子——或者更糟，认识她本人——那这种优势就不存在了。她把匕首攥得更紧。

"过来就好。"艾丽思告诉她。

女孩眨眨眼，让泪水流下，然后走了过来。

"下手请快些。"埃伦说，声音低得几乎听不见。

艾丽思看着这个年轻姑娘的双眼，想象着生命从中流逝的景象，叹了口气。她按住她的双肩，发觉它们在颤抖。

"遵守承诺，埃伦，"她说，"别跟任何人说你见过我。就说他开小差去小解，然后你就发现他死了。我向所有圣者发誓，这么做是正确的。"

埃伦的脸庞被微弱的希望点亮。

"你不会用匕首丢我？"

"不。告诉我你怎么进地牢的就好。"

"从阿恩塔的楼梯走下去的。"

"是了，"艾丽思咕哝道，"那里还有守卫么？"

"有十个。"埃伦确认道。

"你还知道些什么对我有用的事？"

女孩思考了片刻，"地牢快被他们塞满了。"她说。

艾丽思疲惫地点点头。她已经知道了。

"走吧，"艾丽思告诉她，"自己找路出去。"

埃伦站住脚，颤巍巍地迈出一步，然后开始奔跑。艾丽思听着她纷乱的脚步声逐渐远去，心知自己本该杀死这女孩，但又为没这么做而高兴。

然后她把注意力转回夜骑兵的所有物那边。

男人的东西不多：毕竟他没打算在这里久留。很幸运，其中有包着一块硬面包和奶酪的方巾，更走运的是他还带着酒囊。她拿走了这些，外加他的短刀，一根皮制肩带，那盏提灯，还有火绒盒。

艾丽思吃了点面包，喝了些酒，奋力起身，回到相对安全的古老秘道里。

等觉得自己走得够远之后，她停下脚步，拉下袖管。伤口没有她担心的那么重——先前那把短刀重重刺进了前臂的两根骨头之间，一直卡在那里,直到她挣脱为止。所以他才没能多刺她几刀,也没法转动刀尖让伤口扩大。

没错,考虑到所有这些,今天还真是幸运的一天。或者说一晚。她已经一丁点儿时间概念都没有了。

她估计从自己被困在这里算起,已经超过了一个九日。可或许实际时间是这两倍还多,因为她中途还去救了里奥维吉德·埃肯扎尔。

或许他拒绝和她一起走是最好的选择。在离开地牢的途中,她发现秘道已被重重看守起来。这可不是好事,因为这表示她的存在已经被察觉了,而且那是她所知的唯一可靠的逃生路线。

即便如此,这些暗道太过错综复杂,不可能只有一个出入口。她很想知道他们是如何发现她进了地牢的,但罗伯特亲王不是傻子。而且由于他的……身体状况……他能够记住这些暗道。他肯定是安插了守卫,或是设置了某种警报。或许赫斯匹罗还有其他教士也掺了一脚,又或许只是地板上撒面粉这种简单把戏留下了她的足迹。毕竟她是在黑暗中行动,不可能看得到。

过去的九天里,篡位者一直在寻找秘道,再一条条堵死。地牢在皇家技师们忙碌的挖掘声中震颤不止。

他还有很多条秘道没有找到,可这些秘道似乎除了地牢以外哪儿也去不了。而且地牢本身也在被井然有序地填充和隔离,至少是那些能让她返回城堡的区域。其中一个区域——连同囚犯们——已经被完全隔离开来了。被困在那里的人们尚未死去:有时她还能听到他们乞求食水的声音。但他们的喊声正变得越来越弱。她真想知道他们当初为何被投入地牢,又是否应当遭受这样的命运。

食物在胃里消化之后,她感觉好了些,便再度朝地下走去。地牢中有个区域是她先前刻意避开,并且一直在祈祷不用去挑战自己的勇气的:那地方就连罗伯特也不敢完全隔断。但她不能再向恐惧低头了:她刚才得到的食物也许就是最后一份了。无论埃伦怎么说,毕竟有个夜骑兵死了,罗伯特肯定会增加巡逻队的规模。

迄今为止,她都靠搜罗囚犯的残羹剩饭维生,而且直到两天前都还有新鲜的水源可用,然后路就被墙壁堵上了。现在她能弄到的水都脏污不堪。她知道掺了酒之后,这些水能够暂时饮用,可这袋酒最多也只能支撑几天而已。

从现在开始，她会越来越虚弱。

所以她朝着低语声的源头走去。

那声音不像是囚犯。起先她以为那是自己的思想，她在和自己对话——也是她正在逐渐发疯的征兆。这些话语毫无意义，至少在字面上没有，却充斥着各种不属于人类头脑的形象和感受。

然后她想起那趟地牢之旅，这才明白，她听到的声音属于传秘人。

传秘人这个称呼是为了避免提及它的真实身份：曾经奴役人类与瑟夫莱的恶魔种族的末裔——最后的司皋魔。

随着她的接近，低语声逐渐响亮，形象变得鲜明，气味也愈加浓烈。她觉得十指仿佛利爪，当她手按墙壁时，一股剧烈的刮擦感传来，就好像双手已化作磐石或钢铁。她闻到了类似烂梨子和硫黄的气味，在明亮的闪光中看到了一片长着鳞片的无叶树木，怪异而硕大的太阳，一座临海的古老黑色要塞，饱经风霜的城墙和尖塔巍峨如山。她的感受在渺小与庞大之间轮流变换。

我是我，她无声地抗议。我是贝利。我父亲是沃尔什•贝利，我母亲名叫维尼弗雷德•维卡斯……

可她的童年显得不可思议的遥远。她费力地想起了那栋屋子。那座庞大的宅邸乏人照看，有些房间的地板都彻底腐烂了。当她努力回想房子的模样时，想到的却是一座石头砌成的迷宫。

她母亲的面孔被亚麻色的头发环绕，一片模糊。她父亲的脸更加暗淡，尽管她一年前才见过他。她的姐姐罗薇妮，和她有同样的蓝色眸子，还有抚摸她长发的粗糙双手。

她五岁的时候，那个身穿黑裙的女人前来带走了她，十年后她才和双亲重聚，然后他们就把她带去了伊斯冷。

即便在那时，他们也不知道事情的真相。她被送回他们身边，是因为这样一来，国王就会注意到她，并把她收做情妇。

她母亲于次年去世，而她父亲在两年后来访，希望艾丽思能说服国王给他资金，以便抽干日益为患、侵蚀了全省大部分耕地的沼泽。威廉给了他那笔钱和一位技师，而那是她最后一次见到自己的家人。

THE BLOOD KNIGHT

满脸坏笑，一头红色卷发的玛格丽姐妹；大鼻子大眼睛的格睿妮姐妹；修女长凯斯美，铁灰的头发和鞭子般纤细的腰身，还有能看透一切的眼睛——她们也曾是她的家人。

全都死了，那声音嘲弄道。死透了。而且死亡离你也不远了……

她的身体突然间仿佛飘浮在空中，片刻后她才明白，自己在坠落，而那诸多怪诞的感受都来自于传秘人的话声。

她伸展四肢，奋力甩动，企图抓住些什么。难以置信的是，她的双手还没张开一半，掌心便拍在了墙上。痛感沿着双臂上升，仿佛要将其从肩膀上扯脱，伤口的痛楚迫使她发出一声尖叫。她再次坠落下去，膝盖和手肘刮擦着通风道的墙壁，直到白色的光在脚底绽放，穿过她的身体，将她彻底撞出体外，送入高空的黑风之中。

歌声带回了她的神智，那是一首粗野刺耳的哀歌，用的是她没听过的某种语言。她的脸紧贴着潮湿发黏的地板。抬头时，痛苦刺穿了她的颅骨，顺着脊骨传遍全身。

"啊！"她倒吸一口凉气。

歌声停止了。

"艾丽思？"有个声音问道。

"谁？"她揉着脑袋答道。头上黏黏的，发际线那里有一道伤口。骨头似乎都没什么事。

"是我，洛·维迪查。"那声音答道。

周围一片漆黑，墙壁令声音变得古怪，可艾丽思估计发话者离她顶多四五王国码。她伸手去拿放在腰间的匕首。

"听口音，你像是维特里安人。"她说。她试图让他继续开口，以便判断他的位置。

"噢，不，我的美人儿，"他说，"维特里安话是醋，是柠檬汁，是盐。我说的是蜜，是酒，是无花果。萨福尼亚人，美人儿。"

"萨福尼亚人，"此时她拔出了匕首，紧紧握在手里，站起身来。"你是个囚犯？"

"以前是，"洛·维迪查说，"现在我可不知道。他们把路堵死了。我告诉他们还不如杀了我，可他们不肯。"

"你怎么知道我的名字?"

"你跟我那个音乐家朋友提过,就在他们带走他之前。"

里奥夫。

"他们把他带走了?"

"噢,是啊。我猜你的来访让他们很头大。他们带他出了地牢。"

"去了哪里?"

"噢,我知道。你以为我不知道?我知道的。"

"我没怀疑这点,"艾丽思说,"而且我很想知道。"

"你得明白,我已经神志不清了。"洛·维迪艾绰神秘兮兮地说。

"我听着倒觉得你挺正常。"艾丽思撒了谎。

"不,不,我说的是真的。我确实疯了。可我想我应该等到出了地牢再告诉你我们的朋友被带去了哪儿。"

艾丽思开始摸索四周,寻找墙壁。她找到了一面墙,把背脊靠了上去。

"我不知道出去的路。"她说。

"不,可你知道进来的路。"

"进来的路是——你是指进到这儿来的路,是吗?"

"对,你这机灵鬼,"洛·维迪艾绰说,"你是掉进来的。"

"既然你知道,为什么自己不走?为什么要我帮忙?"

"我不会丢下一位女士不管,"男人说,"不过除此之外……"

她听到一阵敲击金属的声音。

"噢。你走不了。你在囚牢里。"她掉下的地方肯定是那件牢房的候见室。

"是宫殿,我的宫殿,"洛·维迪艾绰说,"只不过房门都被上了锁。你有钥匙吗?"

"我也许可以把你弄出去。我们也许可以达成某种协议。不过首先你得告诉我,为什么你在这儿。"

"为什么?因为圣者们都是肮脏的畜生,每一个都是。因为他们青睐恶徒,却折磨善者。"

"也许你说的是真话,"艾丽思承认道,"但我还是想要更详细的答案。"

"我在这儿,是因为我爱一个女人,"他说,"我在这儿是因为我的心被撕得粉碎,这里就是他们为我准备的坟墓。"

"怎样的女人?"

他的语气变了。"美丽,温柔,善良。她死了。我看到了她的手指。"

一丝寒意爬上艾丽思的背脊。

萨福尼亚人。曾经有个萨福尼亚人和丽贝诗公主订了婚。丽贝诗下落不明,有传闻说她被自己的未婚夫出卖了。她还记得威廉在梦中咕哝他的名字:听起来简直像是在向他致歉。

"你是……凯索王子?"

"啊!"那人猛吸一口气。片刻的沉默,接着她听到一阵微弱的响动,她觉得那或许是哭泣声。

"你是凯索,和丽贝诗·戴尔订下婚约的那个人。"

抽泣的声音愈加响亮,只是这会儿听起来更像笑声。"那曾经是我的名字,"他说,"从前是,从前。没错,真聪明。聪明。"

"我听说你被折磨致死了。"

"他想让我活着,"凯索说,"我不知道原因。我不知道原因。或许他忘记了,仅此而已。"

艾丽思闭上双眼,试图调整自己的想法,把这位萨福尼亚王子加入她的计划里。他能调动部队吗?可他们必须得坐船才能过来,对吧?很长的路。

但他肯定能派上用场。

凯索突然发出一阵声嘶力竭的尖叫,几乎不似人声的怒号。她听到一声闷响,猜测他多半在用身体撞击着墙壁,与此同时,他仍在用自己的语言尖叫不止。她发现自己把匕首握得太紧,以致手指都麻木了。

过了一会儿,尖叫声转为低沉的呜咽。在冲动的驱使下,艾丽思放开匕首,在黑暗中摸索前进,最后碰到了囚牢的铁栏杆。

"过来,"她说,"过来。"

他也许会杀死她,可死亡已如此接近,她都开始漠视它了。如果片刻的好心会让她离开命运之地,那也没关系。

她能感觉到他的踌躇，可一阵滑动声随即传来，片刻后，一只手拂过了她的手掌。她攥住那只手，就在双掌相触的瞬间，泪水开始在她的眼中涌动。感觉就像有很多年没人握过她的手了。她觉得他的手在颤抖：那手掌光滑而柔软。属于王子的手。

　　"我已经不能被称为人了，"他喘息着说，"远远不能。"

　　艾丽思的心收紧了：她试图抽开自己的手，可他却握得更紧。

　　"没关系，"艾丽思说，"我只是想摸摸你的脸。"

　　"我已经没有脸了。"他回答，可还是放开了她的手。她犹豫不决地抬起手，摸到了他脸颊的胡须，然后移向更高处，在那里，她只能感觉到许许多多的伤痕。

　　如此沉重的痛苦。她又把手伸向了匕首。只要往男人的眼窝里轻轻一刺，他就会忘记他们对他的所作所为，忘记他失去的爱人。她能从他的声音里听出，能从他的掌握中感受到，他早已身心衰竭。无论他怎样虚张声势，怎样声言复仇，他都已经时日无多。

　　可她无需对他尽责。她尽责的对象是玛蕊莉和其子女——在某种程度上，也包括已故的威廉。她以她的方式爱着他：以他的地位来看，他正派得简直不合时宜。

　　就像这位萨福尼亚王子。

　　"凯索王子。"她低语道。

　　"曾经是。"他回答。

　　"现在也是，"艾丽思坚持道，"听我说。我会放你离开囚牢，我们一起找路出去。"

　　"然后杀了他，"凯索说，"杀了国王。"

　　当她意识到他指的是威廉的时候，感觉就像被针轻轻扎了一下。

　　"威廉王已经死了，"艾丽思说，"他不是你的敌人。你的敌人是罗伯特。明白吗？是罗伯特亲王下令把你关在这儿的。然后他杀了他的哥哥，杀了国王，留下你在这儿腐烂。也许他根本不记得你的存在了。可你还能想起他，对不对？"

　　一段漫长的沉默，等凯索再次开口时，语气平静无波。

　　"对，"他说，"对，我会的。"

　　艾丽思取出撬锁工具，开始工作。

THE BLOOD KNIGHT

第二章 淹地

安妮深呼吸了几次，闭上眼睛，不去看她的幔帐和散落的摆设。她遣走了奥丝妮，女孩临走时的神情在安妮看来像是松了口气。

这小妮子究竟是想离她远远的，还是为了去找卡佐？

停，她告诉自己。停。你这是给自己找不痛快。奥丝妮更愿意跟别人相处，这没什么值得奇怪的。

安妮在黑暗中躺下，望向体内深邃之处，想要前往翡思姐妹的所在，向她们寻求忠告。过去她一直提防着她们，可如今她觉得自己需要建议——来自那些比她更了解这深奥世界的人的建议。

微弱的光芒出现，她集中精神，试图把它拉近，可它却滑向她视野边缘，挑衅似的逐渐远去。

她尝试放松身心，想诱使它归来，可她越是努力，光芒就飘得越远，最后，在勃发的怒意中，她伸手抓住它，用力拽向自己，而黑暗也随之缩紧，直到令她无法呼吸。

似乎有某种粗糙之物在挤压她的身体，她的手指和脚趾都因寒冷而麻木。寒意扫过她的身体，窃取了全部感官，只留下异常剧烈的心跳。她无法呼吸和发声，但能听到笑声，感觉到那紧贴耳廓、以她从未听闻的语言低吟着温暖字眼的双唇。

光芒乍现，突然间，她看到大海在面前翻涌。宽广的波涛承载着数十艘船只，船上飘扬着黑白相间的莱芮天鹅旗。视点变换，她看到那些船正在接近荆棘门，正是这座巨大的海堤要塞守卫着前往伊斯冷的必经之道。它巍然耸立，就连如此庞大的舰队都显得渺小起来。

接着那光芒又骤然消逝，而她正双膝跪地，手按岩石，鼻孔里满是腐坏和泥土的气息。纤细的微光像是被筛过一样，而她仿佛刚从梦中醒来一般，开始逐渐意识到自己身在何方。

她正在伊斯冷墓城，在她先祖陵寝背后的那座果园里，而她的十指按着一具石棺。她很清楚这点,从一开始就心知肚明,于是她在从未体会的极度恐惧中尖叫起来。

安静,孩子,一个小小的声音说。安静下来,好好听着。

那声音缓和了她的恐惧,虽然只有一点儿。

"你是谁?"她问。

我是你的朋友。而且你想得没错:她的到来主要是因为你。我能帮上你的忙,但你得先找到我。你得先帮助我。

"她是谁?你要怎么帮助我?"

问题太多,距离太远。找到我,我就会帮助你。

"去哪儿找你?"

这儿。

她看到了伊斯冷城,看着它像死尸般剥裂,露出暗藏的器官与体液,疫病的巢穴与健康的王座。片刻后,她明白了。

她尖叫着醒来时,尼尔和卡佐正守候在侧。奥丝娅就在她身边,握着她的手。

"陛下?"尼尔问,"您不要紧吧?"

在几次心跳的漫长时间里,她本想告诉他,来扭转即将到来的一切。

可她不能,不是吗?

"只是个梦,尼尔阁下,"她说,"一场噩梦,仅此而已。"

骑士的神情很是怀疑,可稍后他便点点头,接受了她的解释。

"噢,那么希望您今晚不要再做梦了。"他说。

"离拔营时间还有多久?"

"两个钟头。"

"我们今天能抵达伊斯冷吗?"

"如果圣者们不反对的话,陛下。"尼尔回答。

"很好。"安妮说。舰队的影像——还有更多可怕的事物——在她脑海中依然鲜明。伊斯冷就将是一切的开始。

男人们离开了,奥丝娅留了下来,轻抚她的前额,直到她沉沉入睡。

THE BLOOD KNIGHT

安妮曾多次从幽峡庄前往伊斯冷。她十四岁那年，骑着她的爱马飞毛腿，一群御前护卫与她同行。那趟旅行花了两天时间，还在她的表亲诺德位于荆妇淹地的宅邸歇了歇脚。要是坐马车或是走水路，大概得多花一天时间。

可她的军队花去了整整一个月的时间，大部分给养被装载在驳船上顺流而下。

而且这个月充满血腥。

安妮曾见过骑士竞技：马上比武，用利剑互相击打，诸如此类的比赛。她也见过真正的搏斗，甚至杀过不少人。但他们刚离开幽峡庄的那天，她对军队和战争所知的一切都来自吟游诗人、书本和戏剧。正因如此，她以为他们会笔直朝伊斯冷进军，吹响战斗的号角，在国王淹地上一决雌雄。

吟游诗人遗漏了几件事，而山墙堡便是她第一堂补习课。

歌谣里的军队用不着把补给线拖得这么长，所以他们也用不着停下脚步，去"精简"进军途中五日骑程内的每一座不友好的要塞。她发现，大多数要塞的确很不友好，因为罗伯特或是威逼利诱让城堡的主人为他而战，或是干脆用他亲手挑选的部队占领它们。

安妮从没听过有人把"精简"这个词用来描述征服城堡和屠杀守军的过程，可她很快就得出了结论：这个词并不合适。山墙堡的攻城战让他们损耗了一百个士兵和将近一周的时间，等他们离开时，还得留下另外一百士兵在后方守卫它。

接下来是兰格瑞斯，图尔格，费拉斯……

古老的歌谣不会提及：癫狂的女人把儿女们从城墙上抛下，企图让他们免于烈火的伤害，也不会形容晨霜消融时成百死尸的臭气。更不会描述被长矛刺穿身躯，却似乎一无所知的男人，嘴里滔滔不绝，仿佛一切如常，直到他的双眼失去神采，嘴唇无力翕动为止。

她从前也目睹过可怕的事物，而它们的差别更多在于规模，而非本质。

尽管规模也能有天壤之别。一百个死人比一个死人更加可怕，只是这对那个孤身的家伙来说也许不太公平。

在民谣里，女人总是为失去挚爱而失声恸哭。在朝伊斯冷进军的途中，安妮熟识的人里没有一个死去。她没有失声恸哭，相反，她在夜晚无法入眠，努力阻止耳中伤员的哭号，努力不去回忆白天的情景。她发现艾黎宛姑妈送给她的白兰地在这方面非常有用。

吟游诗人们也往往也对政治的沉闷面避而不谈：耗费四个小时听荆妇淹地的地方官唠叨暗褐色母牛的优点；整整一天都由兰格布瑞姆的守备队长夫人和她不怎么委婉的企图做伴：把她无可救药的蠢儿子介绍给"某人"（当然不是陛下本人，不过肯定得是个要人）作为可能的婚配对象；花一个钟头在潘柏尔观看音乐剧院的那部让乡民们对罗伯特的邪恶"大开眼界"的作品。

幸好大部分歌手都太过荒腔走板，她才能借此保持清醒，不过安妮确实对这幕戏原本的样子好奇了一番。唯一有趣的部分就是对罗伯特的外貌表现，包括一张用葫芦之类的东西制成的面具，还有只引人注目的鼻子，其形状很不得体地类似另一个——比较靠下的——身体部位。

这都是因为光占领城堡还不够：还有乡村地区需要争取。除了招揽更多士兵之外，她还得保证运河的驳船能安然往返罗依斯，也就是军队补给的来源。阿特沃和他手下的骑士们"精简"城堡的时候，她就得花时间去探访邻近的城镇和村庄，会见乡民，储藏给养，还得请求许可，以便留下更多士兵去看守堤坝和眉棱塔，保证它们正常运转。这一切简直就像逃出维特里安的那段路一样让人筋疲力尽，只是方式截然不同，每天照例要会见的访客大军，和镇长与守备队长们共进晚餐，根据情况不同，或是恭维，或是恐吓。

最后大多数城镇都愿意提供消极的支持——他们不会阻挠她的进军，他们允许她留下部队占据堤坝附近，以免运河泛滥或是遭受封锁——但很少有城镇愿意放弃劳动力。在这个月里，只有大约两百人入伍：这根本无法和他们的人员损耗相提并论。

尽管经历了这些，安妮的脑海深处却莫名地留着那个印象：等他们抵达伊斯冷，就会在淹地进行决战。而她此刻站在北部大堤的边缘，看着真正的战场。阿特沃、尼尔和卡佐站在她身旁。

"圣者啊。"她深吸一口气，不太确定自己的感受。

家园就在眼前：旖旎岛，她多石的裙摆包裹在雾中，高高的山丘俯瞰新壤，伊斯冷城便在群山至高之处耸立。同心圆状的重重围墙之内，是巨大的要塞和宫殿，尖塔直指天际，仿佛能通往天国一般。它看起来庞大得难以置信，而在这极高之处望去，又渺小得可笑。

"那是你的家？"卡佐问。

"没错。"安妮说。

"我从没见过这样的地方。"卡佐说。他的语气里充满敬畏，安妮觉得自己从没听过他这样说话。他用的是王国语，这多亏了艾黎宛的辅导和卡佐灵活的头脑。

"伊斯冷是独一无二的。"尼尔说。安妮笑了，她想起尼尔初来伊斯冷还是不到一年前的事。

"可我们要怎么才能过去？"卡佐问。

"这就是问题所在，"阿特沃说。他漫不经心地挠着下巴，"它还是我们无法避免的那个问题，只是更加复杂化了。我真希望他没这么做。"

"我不明白。"卡佐说。

"噢，"安妮说，"旖旎是座两河交汇处的岛屿：巫河和露河。所以它周围总是有水环绕。前往伊斯冷的唯一方法就是坐船。"

"可我们有船啊。"卡佐断言道。

这话说的没错：他们确实有，事实上，他们一开始的十五艘驳船和七艘运河狼艇都完好无损。水路上没有发生过战斗。

"对，"安妮说，"不过你明白的，通常我们只需要过河而已。你看到的这片湖从前是片干燥地。"她朝横亘于众人前方的辽阔水域挥了挥手。

卡佐皱起眉头。"也许我没听懂你的话，"他说，"你说的是干燥——地？*Tew arido*？"

"对，"安妮答道，"伊斯冷被淹地环绕着。我们把从水下夺来的那些土地叫做淹地。我们的河流和运河的水位都比地面要高，你应该也注意到了吧？"

"对，"卡佐说，"这似乎很不寻常。"

"是啊。所以当堤坝损坏或者开闸的时候，这儿就会被水再次淹没。可他们为什么不等我们来到这里，开始在淹地上行军的时候再打开闸门？那样的话我们也许就被淹死了。"

"那样的话风险太大，"阿特沃解释道，"如果风向不对，淹没淹地就要花很久的时间，我们也许来得及通过。照罗伯特现在的做法，我们再要通过就会非常非常困难。"

"可我们手里有船啊。"卡佐指出。

"嗯哼，"阿特沃回答，"不过看那儿，雾的那边。"

他指着那座高山的山脚。安妮认出了那些模糊的轮廓，可卡佐连方向都没摸到。

"那些是船吗？"最后，他开口发问。

"是船，"阿特沃肯定地说，"我敢打赌，等雾一散，我们就能看到整支舰队。战舰，卡佐。它们在河道里没法太灵活，但现在有了一片湖泊。我们原先也许能偷偷溜过露河，建起滩头阵地，可现在我们得在皇家舰队的注视下穿过整个水域。"

"我们能做到吗？"卡佐问。

"不能。"阿特沃说。

"但要去伊斯冷，不止一个法子，"尼尔说，"南边的巫河那里如何？他们把那边的淹地也淹没了么？"

"这我们还不知道，"阿特沃承认，"可就算那一侧没被水淹，路也难走得很。湿地难以行军，只需几个占据高处的弓手就能轻易守住。而且还有那些小山，格外易守难攻。"

"但你说得很对。我们应该派人去绕岛一周。一小队人，我想，得是走得够快，脚步够轻，又善于躲藏的人。"

"听起来我都做得到。"卡佐毛遂自荐。

"不。"安妮、尼尔和奥丝妮同时开口。

"要不我还能派上什么用场？"剑客恼怒地发问。

"你是个了不起的护卫，"尼尔说，"陛下需要你留在这儿。"

"除此之外，"安妮说，"你不了解地形。我相信公爵能挑选出优秀的人选。"

"对，"阿特沃说，"我会挑选几个人的。不过你对伊斯冷的了解不比这儿的任何人差，安妮。你怎么看？有什么主意么？"

THE BLOOD KNIGHT

"你通知我们全维吉尼亚的亲族了吗?"

"通知了,"阿特沃说,"可你知道的,有人已经恶人先告状了。罗伯特的使者抢在我们前头,向他们讲述你的母亲是如何把王位拱手让给莱芮人的。"

"可我叔叔要把国家送给寒沙人。他们会选哪一边?"

"希望两边都不选吧,"阿特沃回答,"我告诉他们,如果他们为你而战,就能让戴尔家的一员坐在王位上,而且这位王会偏向维吉尼亚人。不过情况很复杂。很多维吉尼亚人宁愿看到一位傲慢的国王坐在属于他们自己的宝座上,只要伊斯冷没有统治他们的皇帝就好。即使他——或者她——是他们的一员。

"这群人觉得寒沙有了克洛史尼就会心满意足,就会把维吉尼亚抛到脑后。"

"噢。"安妮说。

"嗯。而且就算他们今天就出发,维吉尼亚军队也得花上一个月才能经陆路到达,考虑到他们必须穿越路斯弥海峡,走海路的时间也差不多。不,我想我们还是别指望维吉尼亚人比较好。"

卡佐指了指。"那是什么?"他问。

安妮顺着维特里安人手指的方向望去。一只小船正在接近,那是艘运河驳船,船上飘着伊斯冷的旗色。

"应该是罗伯特的使者,"阿特沃说,"或许是来安排会面的。在我们制订太多计划之前,不如先瞧瞧我这位亲戚有什么可说的。"

小艇接近之时,安妮只觉心口一紧:那使者不是别人,正是罗伯特。

他那张熟悉的面孔在黑色的帽子,以及她父亲在非正式的场合经常佩戴的黄金头环下面,窥视着她。他坐在小艇中央的一张扶手椅上,黑色的身影伴随在侧。她看不到任何弓手,事实上,连一件武器都没看到。

她忽然有种强烈的感觉,觉得自己好像弄错了什么。罗伯特只比她年长四岁:她小的时候还和他在一起玩耍,总把他当做朋友看待。他没可能做出他们所说的那些事,而且她突然间确信他是来澄清一切。根本没有打仗的必要。"

小艇靠岸时,一个身穿黑色马裤和罩袍的纤细形体跳下船去,把船拴在岸边:安妮片刻后才意识到,那是女性,一个大约十三岁的女孩。下一瞬间她发现罗伯特的所有随从都是赤手空拳的年轻女人。唯一一个男人斗篷上别着金银丝胸针,这意味着他是个骑士,可他也一样手无寸铁。

罗伯特显然不怎么担心自己的安危。

等船停稳后,他从那张临时宝座上站起身,露齿而笑。

"我亲爱的安妮,"他说,"让我好好瞧瞧你。"

他从石制的地面上快步走来,而安妮觉得双脚一阵震颤:脚下的岩石突然变软,就像温热的黄油,一切都变得模糊不清。周遭的世界仿佛在逐渐消融。

接着,世界又突然重组,再度坚实起来。

只是不一样了。罗伯特还在那儿,身穿碎钻点缀的黑色海豹皮紧身衣,风度翩翩。可他臭得就像腐肉,皮肤呈半透明,露出底下交错的黑色血管。更古怪的是,他静脉的末端不在他体内,而是钻进了大地和空气,汇入她眼中的那些冥界河流之中。

但和她见过的那些将所有生机汇入死亡之源的垂死者不同,一切都在流向罗伯特,充塞他的身体,支撑着他,就像一只伸进布偶里的手。

她意识到自己在后退,呼吸也急促起来。

"已经够近了。"阿特沃说。

"我只想给我的侄女一个吻,"罗伯特说,"这么做不太好,是吗?"

"考虑到目前的情况,"阿特沃答道,"我想是的。"

"你们都没看到,是吗?"安妮问,"你们看不到他究竟是什么。"

困惑的目光印证了她的猜测,即使在她的眼中,那些黑暗的溪流也在逐渐淡去,尽管尚未完全消失。

罗伯特迎上她的目光,反应很是怪异,像是认可,又像是惊奇。

"我是什么,亲爱的?我是你最喜欢的叔叔。我是你的挚友。"

"我不知道你是什么,"安妮说,"可你不是我的朋友。"

罗伯特夸张地叹了口气。

"我明白,你有些精神错乱了。不过我向你保证,我是你的朋友。要不我干吗替你保管你的王位?"

"我的王位?"安妮说。

"当然了,安妮。莱芮人绑架了查尔斯,他不在的时候我就充当摄政王。可你才是王位的继承人,我亲爱的。"

"你承认她是?"阿特沃说。

"当然。为什么不呢?我没有理由反对朝议会的决定。我只是在等待她的归来。"

"现在你打算把王冠交给我了?"安妮怀疑地盯着他,问道。

"我当然会啦,"罗伯特承诺道,"只要情况允许。"

"啊,我们现在要跟毒蛇做交易了。"阿特沃说。

罗伯特自到来后第一次露出恼怒的神情。

"你的同伴让我很吃惊,安妮,"他说,"阿特沃公爵曾授命驻守边疆。可他抛弃了职责,来进军伊斯冷。"

"为的是把王位还给它合法的主人。"阿特沃说。

"噢,真的吗?"罗伯特回答,"你开始朝西进军的时候,就知道安妮活得好好的,而且准备夺回伊斯冷了?那可是在你见到她,和她说话之前的事。说真的,你怎么知道这些的?"他把目光转向安妮。

"你以为他是怎么知道你还活着的,我亲爱的?你有没有问过你自己,我们可亲的公爵究竟想从这场交易里得到什么?"

事实上,安妮确实怀疑过,可她忍住没去向阿特沃确认。

"你的条件是什么?"她问。

罗伯特赞赏地点点头,"你长大了,不是吗?不过我还是得说,我不太喜欢你剪短头发的样子。太男性化了。留着长发的时候,你简直就和——"他突然停了口,脸上曾有的些许血色也骤然消失。

他转开目光,起先望向西方的天际,然后看着远方的勃恩翠高地。最后他清了清嗓子。

"总之,"他的语气显得更为柔和,"你明白的,听到你来了,我有点儿焦虑。"

"我看得出，"安妮说，"你的手下一直在抵挡我们的进军，而且你还淹没了淹地。很明显，你已经准备好开战了。现在为什么又突然让步了？"

"我不知道这支军队是由你率领的，我亲爱的。我还觉得反正就是那档子事：一群既贪婪又有野心的行省贵族发动了叛乱。他们会用动乱时期作为借口，把篡位者推上王位。现在我发现他们选择了你作为傀儡，情况就彻底改变了。"

"傀儡？"

"你该不会真以为他们会让你当女王吧？"罗伯特说，"我觉得你没这么傻，安妮。他们都想要得到些什么，对不对？在他们流了血、损失了手下和马匹之后，你觉得他们的胃口会变小吗？

"你带领了一支不值得你信任的军队，安妮。更糟的是，就算你信任它，也没法轻易夺取伊斯冷——如果真有可能的话。"

"我还是想听听你提出的条件。"

他抬起双手，"条件并不复杂。你进城去，我们安排一场加冕礼。我可以充当你的首席顾问。"

"我想知道的是，我能在王位上活多久？"安妮说，"要过多久，你的毒药或者匕首才会找到我的心脏？"

"当然了，你可以带上数量合理的随从。"

"我军队的数量就很合理。"安妮回答。

"要带所有人进城可太蠢了，"罗伯特说，"事实上，我不能答应。我不相信他们，而且我刚才说过了，你也不该相信。带上一群强壮的护卫。把其他人留在外面。等教会的裁定者到达，他会负责挑选，我们可以遵从他的决定。"

"你说得也太轻巧了吧！"阿特沃的怒气爆发了，"你和护法同流合污，这已经是众所周知的事情了。"

"裁定者是艾滨国直接派遣来的，"罗伯特说，"如果你连最圣洁的修士都不相信，我想象不出你还有什么人可以信任。"

"至少我没法相信你到往火坑里跳的地步。"

罗伯特叹口气。"你们不会真的坚持要打这场愚蠢的战争吧？"

"为什么把我母亲关起来？"安妮问。

罗伯特垂下目光。

"为了她自身的安危，"他说，"在你的姐姐们死后，她起先郁郁寡欢，然后伤心欲绝，接着精神开始失常，这也导致了她在政治上的决策失误。我猜你听说过在葛兰女士的家里屠杀无辜者的事件了吧。可一直等到她做出那件匪夷所思之事，我才被迫插手。"

"什么匪夷所思？"

他放低声音，"这是件非常机密的事，"他说，"我们对它守口如瓶，是为了避免让王家蒙羞，说真的，还有失望。你母亲企图自杀，安妮。"

"是吗？"安妮努力让语气显得怀疑，可她喉咙里好像有什么东西卡住了。这怎么可能是真的？

"我说过了，她悲痛欲绝。她现在还是这样，但在我的保护下，她至少不会被自己伤害了。"

安妮正在考虑罗伯特的提议。

她并不相信他，可只要进到城堡里，她就能找到暗道。罗伯特和他的手下伤害不了她，而且她可以打开通往湿地的通道，让军队开进城里，甚至是城堡内部。

眼下有个机会，而且她不打算放过它。

"我想见见她。"她说。

"这事很好安排。"罗伯特向她保证。

"我现在就想见她。"

"要我派人把她带来吗？"罗伯特问。

安妮深吸一口气，然后吐出。"我更想自己去看她。"

"我已经说过了，你可以带一批随从进城堡去。我们可以先去看你母亲。"

"我更希望你能留在这儿。"安妮回答。

罗伯特抬起眉毛。"我是打着休战旗来的，手无寸铁而且无人保护。我想象不到你会做出把我当做人质这么可耻的事。我警告你，如果你真这么做了，你就永远进不了伊斯冷。如果我出了什么事，我的手下就会放火烧了它。"

"我是在请求你,"安妮回答,"我请求你答应,在我和母亲谈话期间留在这里。我只会带五十个人。而你可以传话给手下,让他们允许我在城堡里自由通行,方便我验证你那些话的真实性。然后——也只有这样之后——我和你才可能达成某种协议。"

"就算我相信你,"罗伯特说,"我也已经拿定主意,不相信你这些追随者。你又该怎么确定他们不会在你离开期间杀了我?"他意味深长地看着阿特沃。

"因为我自己的护卫,尼尔·梅柯文,会负责保护你。你可以完全信任他。"

"他只是一个人而已。"罗伯特指出。

"如果尼尔爵士出了什么事,我就知道自己遭到背叛了。"安妮说。

"那对我的尸体来说可算不上多大的安慰。"

"罗伯特,如果你是真心示好,那现在就是证明的机会。否则,我就不会相信你,这场仗也一定会打起来。大多数乡民都站在我这边。费尔爵士也很快就会带着舰队到来,你不用怀疑这一点。"

罗伯特挠了一会儿胡须。

"一天的时间,"最后,他说,"你带着我的口信,坐着我的船回伊斯冷去,我留在这儿,由我也能信任的尼尔爵士照看。你可以跟你母亲谈话,判断她的状况。你可以相信,我要还给你王位的用意是发自真心的。等你回来,我们就开始讨论你登基的事。"

"一天。你同意吗?"

安妮把眼睛闭上了一会儿,想看看自己还遗漏了什么。

"陛下,"阿特沃劝告道,"这太不明智了。"

"我同意。"尼尔爵士说。

"不管怎样,"安妮说,"我是未来的女王,至少你们都承认这点。这决定得由我自己来做。罗伯特,我同意你的条件。"

"我的小命就攥在你手里了,陛下。"罗伯特说。

THE BLOOD KNIGHT

第三章 巴戈山中

危机感令斯蒂芬背后刺痛，他停下脚步，屏息静气。

身后的宜韩说了些什么，尽管他的听力已经开始好转，可那些话依然显得含混不清，就好像耳朵浸在了水里。他敲打脑袋的侧面示意，过去的两个九日，他们早已习惯了这个手势。

"休息吗？"小个子男人用稍响些的声音重复道。

斯蒂芬不情愿地点点头。和御林看守同行期间，他还以为自己的身体已经结实得足以应付任何旅行，但这段路实在太过陡峭，他们只好牵着坐骑前进。看起来，在马背上的数月并没让他的双腿变得有力。

他坐在一块圆石上，宜韩掏出一只水囊，还有一些面包，这是在路上经过的最后一个村子——总共不过十几间茅屋，名叫克洛塞姆——里买来的。村子如今位于他们下方远处，就在下方的无名山谷和绵延起伏的豪兰山麓丘陵的彼端。

"你觉得我们爬得有多高了？"宜韩问。这时他们都面朝着对方，交流起来相对容易些。

"这可不好说，"斯蒂芬答道。无论从哪个角度看，他说的都是实话。"现在山里肯定只有我们这些人了。"

"麻烦的是，这儿一棵树都没有。"宜韩指出。

斯蒂芬点点头。这确实是问题所在，至少是问题之一。这儿就像有个远古圣者或者神灵从弥登撕下了大得出奇的一块草地，再像铺床单那样把它盖在巴戈山上。斯蒂芬猜想他看到的应该是两千年人类活动的结果：他们砍下树木用做建材和柴火，并且为绵羊、山羊，还有似乎无处不在的长毛牛开辟牧场。

不过，这幅景象会令观察者对实际地形产生错觉。青草在陡峭的山坡上蔓延，愚弄着双眼的距离感。只有当他专注地看着某件特定事物时——一群山羊，或是偶尔能看到的屋顶铺有草皮的农庄——他才能对这广阔的景致做出正确的判断。

以及认识到危险的存在。看上去和缓而友好的斜坡——他还以为它是那种小孩子时常滚着玩的山坡——事实却是暗藏的危崖。

幸运的是,同一个千年里的同一群人——也就是造成这片没有树木的景色的那群人——也造出了条条蹊径,告诉他们哪里适合行走,哪里又不适合。

"你还觉得那条龙蛇在追踪我们吗?"宜韩说。

斯蒂芬点点头。"事实上,它没有跟着我们,"他说,"它没有跟着我们穿过布鲁斯特高地;它从未然河里逆流而上,打算赶上我们。"

"要说像它那么大的东西更喜欢走水路,我觉得倒是挺合理的。"

"可这不是重点,"斯蒂芬说,"我们沿着易河去灰巫河的时候,它已经赶到我们前面去了,这事我们在恒村就已经发现了。"

"嗯。"宜韩说,他的眉头在回忆中纠结成团。恒村已成死村。为数不多的幸存者告诉他们,龙蛇通过只是几天前的事。

"那时候我们本该改换路线的。就算它决定走水路跟踪我们,也应该顺着巫河前往上游,再在维森城转向下游。它本该去伊斯冷的,可是没有。它在未然河逆流而上,打算挡住我们的去路,现在已经离我们很近了。"

他回忆起怪物的脑袋像铁船那样敲破河面坚冰的情景,不禁颤抖起来。它背上那两位包裹在皮毛中的乘客更加深了他的印象。他一直在想,要是龙蛇钻入水底时,那双眼睛——那双可怕的眼睛——找到了他,这两个人会做什么。他心里很清楚,那将是他的死期。

可修士们随即掉转方向,也把当晚骑的马折磨得半死,从此便再也没见过它。

"可我们知道它在去修道院的途中经过了恒村,"宜韩说,"没准它就是顺着来时的路回去的,至于我们,只是碰巧选了同一条路而已。"

"真希望我能相信这说法,可我不能,"斯蒂芬说,"这也巧合得过头了。"

"那也许就不是什么巧合,"宜韩坚持道,"也许这都是某个大

THE BLOOD KNIGHT

阴谋的一部分。"

"这种猜测可不太靠谱,"衡内插嘴道。他目不转睛地看着两人。"那上边骑着两个人,对吧?他们两个里只要有一个懂得地形走向和一丁点追踪技巧,就能估算出我们走的是哪条路。圣者啊,他们也可以停下来,审问一下微晁附近的那些可怜人——也就是我们问过话的那些。他们肯定还记得我们,因为我们那时候和聋子差不多,而且我不觉得他们能在龙蛇骑手的面前保守秘密。

"等他们知道我们走了哪条路,就能判断我们必须在哪儿渡过未然河:这条河只有几道浅滩,没有桥。"

"有可能,"斯蒂芬承认,"它在白巫河的渡口没能碰到我们。如果它现在还在跟踪我们,那就肯定是换了陆路。"

"假设你说得对,"衡内说,"而且它也知道我们要去哪儿。这样的话,它肯定是从维尔福河往上去了,现在正在两条山谷那边等着我们。"

"真让人心潮澎湃。"宜韩咕哝道。

午后时分,他们抵达了积雪线,很快,潮湿泥泞的小径便冻得硬如岩石。

在衡内的建议下,他们在克洛塞姆找了个裁缝,买下了四件"羊皮毡衣",那是当地的一种羊皮衬里絮棉毡布大衣。主教曾给过他们一笔资金,而他们把余额的半数以上都用来购买这些羊皮毡衣了,在斯蒂芬看来,这价格实在高得离谱。

但当他们步入低空处的云团,发现它们只是寒冷的雾气之时,他的想法便完全改变了。马匹频繁失足,无法骑乘,行走也愈加困难,这既是由于道路变得更陡,也是因为空气逐渐稀薄之故。

斯蒂芬在书上读到过山顶的空气不利健康这个说法。在仙兔山脉的最高峰——名为萨赛斯·艾格·萨内姆——据说那里的空气根本无法呼吸。直到刚才之前,他还质疑这些记录的真实性,可刚来到巴戈山上不算太高的这个区域,他就开始相信了。

天色转暗时,他们在路上撞见了一个正赶着羊群返回的牧羊人。斯蒂芬用尽可能流利的北阿尔曼语向他问好。那牧人——实际上是个约莫十三岁的少年,有渡鸦般的乌发和淡蓝的眼睛——笑了笑,用某种近似的语言作答,只是发音极其古怪,斯蒂芬费了好一番工夫才弄明白。

"欠边儿有个峡谷,有戴姆斯台德,"男孩告诉他们,"一里格远。及得去那块的录垫。俺爹的弟弟安斯吉夫会侬个地儿给你们住的。"他快活地补充道。

"谢喽,"斯蒂芬估计在这儿表示感谢应该这么说,"请问——你听说过一座叫'伊斯里弗·凡德夫'的山吗?"

男孩挠了一会儿脑袋。

"斯里凡迪山?"终于,他开口问道。

"也许吧,"斯蒂芬小心翼翼地说,"它在更靠东北边的地方。"

"噢,远着呢,"男孩回答,"它还有个命子——呃,叫奈特·吉莫乌——及不得啦。干吗不问俺爹的弟弟?他讲阿尔曼话比我好。"

"他叫安斯吉夫?"

"对,就在灰样儿录垫。我命叫凡。别往及说你们见过我。"

"多谢喽,凡。"斯蒂芬说。

男孩笑了笑,挥挥手,继续前进,消失在雾气中,但羊群的铃声仍在他们耳边回响许久。

"你们这说的都是啥?"男孩走远后,宜韩粗声道,"刚开始我还能听明白你说啥,可等你学那孩子说话以后,我就光听着你们胡言乱语了。"

"真的?"斯蒂芬回想着刚才的状况。他只是在根据男孩的话推测这些那个版本的阿尔曼语的发音而已。

"从你跟他问好,再问他在哪儿能找到过夜的地方开始,我就一个字都听不懂了。"

"噢,他说的是,在前方高处的峡谷里有个叫戴姆斯泰德的镇子。我们可以去找一间名叫'灰样儿'的旅店——黑羊——他叔叔安斯吉夫会把房间租给我们。而且他听说过那座山,还说它有个别名,可他记不起来了。他建议我们可以去问他叔叔。"

"是不是从这儿开始,所有人说话都这样叽里呱啦的,让人听不明白?"

THE BLOOD KNIGHT

"不,"斯蒂芬说,"可能更糟。"

他们的日子确实更难熬了,只是并非斯蒂芬预言的那个方面。在越过积雪线后不久,道路开始略微向下蜿蜒,正当斯蒂芬回顾自己对山脉所在地的推测时,宜韩的闷声叫喊把他的注意力拉回了脚下,又将一阵冲击送入他的心肺。

他凝视宜韩所指的方向,起先对自己看到的东西完全摸不着头脑。那是棵树,是他走了这么远之后看到的第一棵树,因而显得格外显眼。他不知道树的品种,它没有叶子,树枝在山风的吹打下显得粗糙弯曲。可却有一大群鸟儿栖息在树枝上。

鸟儿,还有正在爬树的人……

不,不是爬树。是悬吊。八具乌青面孔的死尸用粗绳悬挂在枝头。他们的双眼都已不见,可想而知,是被对着斯蒂芬和他的同伴聒噪不休的那些乌鸦吃掉了。

"Ansuz af se friz ya s'uvil!"宜韩咒骂道。

斯蒂芬的目光扫视这条羊肠小道的周围。他看不到人,也听不到人声,但这并不奇怪,他的听力还没全部恢复呢。

"继续盯着,"他说,"无论这事是谁干的,都肯定在附近。"

"嗯。"宜韩说。

斯蒂芬靠近那些尸体,仔细打量。

五个是男人,三个是女人,年龄各不相同。年纪最小的是个不超过十六岁的女孩,最老的那个男人大概有六十了。他们全身赤裸,看起来都是被勒死的,而且身上都有别的伤口:背上的皮肤被剥开,深可见骨,还有烧伤和擦伤。

"又是献祭?"西姆斯修士猜测道。

"跟我以前在巡礼路看过的不一样,"斯蒂芬说,"那些人被开膛破肚,钉在环绕圣堕的柱子上。我没看到附近有圣堕的影子,那些人看起来也只是被拷打之后吊死的。"

他原以为自己会恶心,却莫名其妙地头晕起来。这种不合常理的反应,他想,是这可怕的景象引起的。

"有那么些古神,甚至是圣者,只接受吊死在树上的祭品,"他续道,"而且就算在教会的属地上,像这样吊死罪犯也是常事,至少几年前还是这样。"

"没准那男孩就是因为这个才没提起这事,"西姆斯答道,"没准那些罪犯就是他镇子里的人。"

"也许吧,"斯蒂芬赞同道,"这就说得通了。"

可无论推测为何,绳索依旧在风中嘎吱作响,那些无眼的面孔也接连几个钟头在斯蒂芬脑海里挥之不去。这时,戴姆斯台德出现在视野之中。

在斯蒂芬看来,离开恒村遗址后见到的大多数镇子都算不上真正的城镇,所以他对戴姆斯台德没抱什么期待。可他们穿过迷雾后,却惊喜地看到下方峡谷处闪烁的万家灯火。在暮光中,他能分辨出一座钟塔的轮廓,至少数栋两层以上的房屋的尖顶,以及某个低矮厚实的圆柱体,多半是座古旧的城堡。

整个镇子周围都有结实的石墙环绕,虽然没法跟瑞勒或是伊斯冷相比,可考虑到它的所在地,斯蒂芬还是感到万分惊讶。那三两个羊倌儿怎么可能支撑得起这么大一个城镇?

在他们抵达城镇前不久,山路与另一条更加古老,且设有护堤的道路交会。这又让他们吃了一惊:它和黑霸时期建造的道路很相似,但就斯蒂芬所知,黑霸王朝的领土并没有扩张到巴戈山。

他们很快来到城门前,那是两扇包裹铁皮的木质大门,大约四码高。门还没关,但高处却吼来一声警告,要他们站住。至少斯蒂芬觉得那是句警告。

"我们是旅人,"斯蒂芬朝上面喊道,"你会说王国语或者阿尔曼语吗?"

"我会说王国语,"那人喊了回来,"你们来得太晚了。我们要关城门了。"

"我们本打算在山里露营的,可路上碰到的男孩告诉我们可以在这里找到住处。"

"那男孩叫什么名字?"

"他说自己叫凡。"

"噢，"那人沉思了一会儿，"你们能发誓说自己不是人狼或是邪术师，也不是别的什么有害或者邪恶的东西吗？"

"我们是圣德克曼的修士，"宜韩喊道，"至少我们三个是。还有我们的一位猎人朋友。"

"如果你们答应接受检验，就可以进来了。"

"检验？"

"走进门来。"

城门没有直接通向镇子，而是一片高墙环绕的庭院。他们刚一进门，斯蒂芬就看到对面的城门关上了。他本以为第一道城门也会随之关闭，可看起来，就算斯蒂芬和同伴们是人狼或者邪术师，这些镇民也宁愿为他们留下一个出口。

左侧的墙根处，有扇门打开了，只见两具硕大的四足形体走了出来，眼睛在火把照耀下闪耀着红光。斯蒂芬脖颈上的汗毛根根竖起。他说不清那些是狗还是狼，但这些庞然大物和这两种动物多半有亲戚关系。

片刻之后，他发现那些野兽身边有人。那个身份不明的人和他一样穿着风衣和羊皮毡衣，面孔笼罩在阴影中。

巨兽们逐渐逼近，咆哮不已，斯蒂芬觉得它们应该是某种獒犬，虽然个头跟马驹差不多。

"这欢迎可不对我的口味。"衡内说。

"站着别动，"牵着狗的那人道。斯蒂芬觉得那是女子的声音，只是有些嘶哑。"别轻举妄动。"

斯蒂芬想要按她说的做，但在这些龇牙咧嘴，不停抽鼻子的牲畜面前，要保持不动可不太容易。

"这就是检验？"他努力压抑着不安，开口问道。

"每条狗都能闻出反常的东西，"女人说，"但这些狗就是为此而生的。"

嗅着斯蒂芬的那条狗突然低吠了一声，露出牙齿，退后几步，背上的毛发明显直立起来。

"你被污染了。"她说。

"对，"斯蒂芬说，"我们在弥登撞见了一样东西。一条龙蛇。

也许我们身上还有它的气味。"

眼下他的听力只是接近正常人而已:他还没恢复——如果真有可能的话——圣者赐予的能力,那种能在一百王国码之外听到耳语的能力。可他不需要这种听力,也能想象到四周弓弦绷紧的声音。不过等那女子退开,狗儿们便迅速安静下来,而且她似乎也放松了一点儿。他听到她轻声说了些什么,那些牲畜便再次靠上前来。这次它们似乎满意了。

显然这些村民已经习惯于检验陌生人,以此确保他们不是怪物:这表示他们要么是有非常现实的理由,要么就是身陷于迷信中无法自拔。

斯蒂芬不知道哪种状况更好些。

"他们被污染了,"女人高声道,"但他们还是人类,不是怪物。"

"很好。"墙上的声音回应道。

斯蒂芬想象着木制的弓身放松下来,他觉得自己的肩头也轻松了少许。

"我叫斯蒂芬·戴瑞格,"他对那女人说,"我该怎么称呼您?"

兜帽掀开了一点儿,可斯蒂芬还是看不清她的五官。

"一名圣者的谦卑仆从,"她说,"我叫裴尔。"

"修女裴尔丝?"

她吃吃笑了起来。"*Pro suveiss nomniss...*"

"*...sverruns patenest*,"他替她说完,"你去的是哪座修女院?"

"特洛盖乐的圣塞尔修女院,"她答道,"你是德易院的修士?"

"是的。"斯蒂芬小心翼翼地回答。

"能告诉我,你们是在执行教会的任务吗?你们是来协助主祭的吗?"

斯蒂芬想不到别的答案,只好据实以答。

"我们的主教交代了一项任务,"他承认,"可我们只是路过你们的镇子而已。我不认识你们的主祭。"

一阵漫长而诡异的沉默接踵而来。

"你说你见过凡。"最后,那女人开了口。

"对。他说他叔叔会替我们找个住的地方,就在,呃,黑山羊旅店。"

"你们宁愿花钱住旅店,也不去教会过夜?"

"我不想去麻烦主祭,"斯蒂芬回答,"而且我们一大早就会离开。主教给了我们足够的旅费。"

"胡扯,"一个男人的声音插嘴道,"我们那儿的房间多的是。"

斯蒂芬循声望去,看到一位身穿雕花铜甲的骑士。他卸下了头盔,在暗淡的火光下,他的脸大半被胡须覆盖。

"裴尔修女,你真该问问清楚,并且再坚持一下。"

"我正想这么做呢,埃尔登爵士。"裴尔回答。

埃尔登欠了欠身。"虔诚的修士们,欢迎来到英格·费阿教区和戴姆斯台德镇。我是服侍圣诺德的埃尔登爵士,能护送你们前往安全的床榻令我深感荣幸。"

尽管斯蒂芬想要不顾一切地拒绝,可他却想不到任何合适的方法。

"您真是太好了。"他说。

戴姆斯台德的街道黑暗狭窄,混乱不堪,又几乎空无一人。斯蒂芬看到几个好事者在黑暗的窗口窥视着他们,可这座城镇的绝大部分都静得可怕。

唯一的例外是一栋占地巨大的建筑,风笛和竖琴在屋中尖声鸣响,伴随着掌声和歌声。门外的木钉上挂着一盏提灯,印证了斯蒂芬的猜测:它就是黑羊旅店。

"你们不会想待在这儿的,"埃尔登驳回了斯蒂芬没说出口的愿望,"这儿可不适合圣者的仆从。"

"我很乐意听取您的意见。"斯蒂芬口不对心地说。

"您很明智,"埃尔登爵士说,"你会发现教堂比较适合你的口味。戴姆斯台德本身就是一场考验。"

"真没想到能在如此偏远的地方看到这么大一座镇子。"斯蒂芬说。

"我没觉得这座镇子有多大,"骑士说,"不过我想我明白你的意思。他们在北边的山里采集银矿,戴姆斯台德就是商人们购买矿石的市场。凯河的源头也在这里,它流向维尔福河的下游河段,然后汇入巫河。如果你们是从南边那条小路过来的,我就能理解你们为啥这么大惊小怪了。"

"噢。你来这多久了,埃尔登爵士?"

"最多一个月。我是跟随主祭来实行复圣仪式的。"

"在这么偏远的地方?"

"难以接近之处,便是感染深重之所,"骑士答道,"我们发现了许多异教徒和黯阴巫师。你们来的时候应该见到过其中一些了。"

斯蒂芬震惊得半晌说不出话来。

"是的,"他好不容易开口道,"我还以为他们是罪犯。"

天色太暗,看不清埃尔登爵士的脸,可他的语气却暗示着斯蒂芬话里的某些内容令他不快。

"他们就是罪犯,修士弟兄,最恶劣的罪犯。"

"当然。"斯蒂芬小心地说。

"这片山脉饱受黯阴巫术的侵染,"那骑士续道,"肮脏的野兽被咒语从地底招来。我本人就目睹过一个女人生下无比可憎的尤天怪的情景,后来证实,她曾和不洁的恶魔交媾。"

"你看到了?"

"噢,是啊。好吧,我看到的是生育,不是交媾,不过后者可以由前者推导出来。这片土地正遭受着邪恶大军的围攻。怎么,你以为裴尔修女对你的检验只是装个样子?我到这儿的第一周,一头人狼就进了镇子,谋杀了四位市民,伤了三人,"他顿了顿,"啊,我们到了。"

"我想听听更多这类事情,"斯蒂芬说,"我们必须继续前进,深入群山。如果说我们可能在那儿遇到危险……"

"那儿危机四伏,"骑士确证道,"你为何来到这片野蛮的土地?是哪位主教派你们来的?"

"恐怕我的任务必须保密,"斯蒂芬回答,"但请问,戴姆斯台德有没有古籍和地图的藏品?"

"有一些,"骑士回答,"我本人没有检验过,但我相信只要你们就自己的需要和其迫切性做出让主祭大人满意的说明,他会允许你们查阅。在此期间,来吧,我们把马匹送进马厩,再解决住处。"

我会去找主祭大人来，你们可以先熟悉一下环境。"

漆黑的天色使得斯蒂芬看不清教堂的轮廓：它比斯蒂芬原先想象的要大，还有黑霸风格的圆顶中殿。他很想知道它是否真的那么古老，而群山的深处又是否隐藏着早被遗忘、也未曾被历史记载下来的使命。

可正如埃尔登爵士所指出的，戴姆斯台德偏远却不孤立。就算这座教堂真的如此古老，那曾居住在此的众多主祭和僧侣也会留意并记录下这一事实。

骑士打开大门，他们跟了进去。大理石地板被磨得平整光滑，供人通行的通道被踏出了浅浅的凹痕，让它在斯蒂芬眼中显得更为古老。

可这座建筑本身却和黑霸无关，至少不是他见过的黑霸教堂的样子，无论是图示和描述都和这儿不一样。房门很高，有拱顶，而且很窄，支撑高高天花板的立柱异常精致。抛开常见的半球形屋顶，中殿的形状就像一枚尖锥，祭坛和祷告室闪烁的蜡烛和火把根本不足以照亮教堂的顶端。

最重要的是，他想，这座建筑让他想起了从前看过的几张风格大胆的构造草图——上面描绘的是巫战时期的建筑。

他们经过中殿，步入一条寂静的走廊，周围仅有几根照明用的蜡烛，可石墙却被打磨得光滑锃亮，让光芒陡增许多。然后他们穿过一道门，来到一间宽敞的屋子里，斯蒂芬很快认出这是一间藏书阁。在沉重的桌子后面，有个男人佝偻身子，坐在打开的书本前，一盏宜南灯照亮了书页，却没有照亮他的脸。

"主祭大人？"埃尔登爵士壮着胆子说。

那人抬头往来，聚集的灯光拂过他的脸，露出一张留着小胡子的中年人面孔。斯蒂芬的心飞快地跳动了几下，他突然能理解狼的爪子被陷阱夹住时的感受了。

"啊，"那人道，"能见到你真好，斯蒂芬修士。"

片刻间，他真希望自己弄错了，希望自己看到的景象只是灯光和记忆在捉弄他而已。可那声音却不容置疑。

"赫斯匹罗护法，"斯蒂芬说，"这可真是个惊喜。"

归还之书

第四章 新调式

里奥夫记得鲜血飞溅在石头地板上的样子，每一滴血在撞上布满细小空洞的岩石前，都像一颗石榴石，等它被石头吮吸，扩散开来之后，宝石就变成了污迹。

他记得自己曾猜想，他的血需要多久才能变成石头的一部分，这么一来，他在那儿挥洒的生命就能在某种意义上成为不朽。但也只是种卑微而平凡的不朽，取决于原本就有的污迹数量。

他眨眨眼，用手腕背面揉揉眼眶。他看着洒出的墨滴渗进羊皮纸，就像鲜血渗进石头里，勃发的怒气和极度的疲惫撕扯着他的身体。他仿佛在两个时刻之间摇摆不定：当时，鞭子抽打着他的背脊，怪异的痛楚令人难以辨明，而现在，墨水正从他颤抖的羽毛笔尖里洒出。

在那个漫长的瞬间里，当时和现在的差别分崩离析，他开始怀疑自己仍在地牢之中。也许现在的一切只是一场美妙的幻象，为的是让自己能死得轻松些。

可就算是幻象，这样的水准也太差了点。他甚至没法抓稳笔杆，这还是在有梅丽帮忙的情况下。刚开始的时候，手臂很快就会痉挛和抽痛，但这只是他所经历的痛苦中微不足道的部分而已。

要把曲子写下来，就得先听，在脑海中"聆听"乐曲一向是里奥夫最出色的天赋。他可以闭上眼睛，想象五十种乐器演奏的每个音符，安排对位旋律，从而营造和声的效果。他写下的每一首曲子都事先聆听过，这对他来说永远都是一种享受——直到现在为止。

一阵呕吐感窜过身体，里奥夫急忙从座椅上起身，蹒跚走向狭窄的窗口。他的胃在蠕动，仿佛装满了蛆虫，骨头的感觉就像饱受白蚁侵蚀的树枝。

莫非只要想象这段和弦，就会让他死去？可如果真是这样……

他把身体探出窗外，开始呕吐，思绪也被抛诸脑后。他几乎没

THE BLOOD KNIGHT

吃晚餐，可他的身体不在乎。等到胃中空空，它便探向更深之处，令他全身痉挛，直到四肢都失去力气，直到他瘫倒在地，面孔贴在石头上为止。

他想象自己是一滴鲜血，一颗变成污迹的石榴石……

他不清楚自己过了多久才找到起身的气力，勉强回到窗边，大口呼吸着充满盐味的空气。冷凛的圆月早已升起，寒冷的空气冻僵了他的脸。下方远处，细小的银色浪花在黑暗中翻涌，里奥夫突然渴望加入它们，穿过窗口，让自己得到自由，让破烂不堪的躯壳在岩石上摔个粉碎，把世界留给那些更强壮也更勇敢的人。留给那些四肢健全的人。

他闭上眼睛，开始怀疑自己疯了。当然了，如果他根本没有受过那些折磨、伤害和羞辱，那即便在最疯狂的梦境中，也不会去尝试想象令他如此作呕的那首乐曲。他从内心深处知道这点。

他找到的写在那本书上的晦涩音符，本该像写就它的文字那样无法解读。它和他所知的任何音乐体系都毫无干系，可他刚看到第一首和弦曲，就莫名其妙地在头脑中听到了它，随后整首曲子都在脑海中演奏了一遍。可一个心智正常的人——一个对他经历的恐惧毫无体会的人——绝不可能听到这首曲子。任何热爱生命，向往未来的人，都绝对写不出这样的曲子。

他自己的音乐梦想无比宏大，对自己的生活却从来都没什么野心。一个爱他的妻子，孩子们，晚上一起歌唱，孙子孙女们住在舒适的房子里，平静安详的晚年，在生命终结前做一番愉快而轻松的回想。他想要的只有这些。

可他一样也得不到了。

是的，他的生活连分毫希望都没剩下，但他的音乐梦想尚未破灭。对，如果他乐于毁掉自己的话，还是能做出点成绩来的。而且要毁掉他所剩无几的生命，简直可算是赏心乐事。

坠崖的命运不属于他。他回到羊皮纸和墨水边上。

他正要谱写下一段曲子时，听到门上传来轻叩声。里奥夫茫然地往那边看了一会儿，挣扎着想起了这声音的含义。他能肯定自己是知道的：就像一个快要想起的字眼，正敲打着喉咙底部，呼之欲出。

声音再次传来，这些稍响了些。他明白过来。

"想进来的话就请便。"他开口道。

房门吱吱嘎嘎地缓缓开启，爱蕊娜出现在门口，有好一会儿，他说不出话来。体内的痛苦慌忙逃窜，就像阴影躲避光明。他愉快地想起，在葛兰女士宅邸的舞会上和她初遇的情景。他们跳了舞：他还记得那首曲子，一种名为维沃尔的乡村舞曲。他对舞步并不了解，可她领着他轻松跳完了整首曲子。

她站在门框里，就像艺术家笔下的一幅油画，蓝色的长袍在月光中闪烁，身后是黑暗的走廊。她金红色的头发仿佛熔化了似的，显得黑暗、充满美感。

"里奥夫，"她犹犹豫豫地说，"我来得不是时候吗？"

"爱蕊娜，"他勉强用嘶哑的声音说，"没这回事。进来吧。自己找地方坐吧。"他试图把蓬乱的头发向后梳理，结果差点把手里的笔扎进眼睛。他叹口气，垂下双手。

"只是因为——你一直没出来，"她说着，穿过房间，站到他身边，"我很担心。他们还在限制你的自由吗？"

"不，我可以在城堡里自由走动，"里奥夫说，"至少他们是这么说的。我还没试过。"

"噢，你应该试试的，"她建议道，"你不能把所有时间都花在这儿。"

"嗯，"他说，"我有很多工作要做。"

"是啊，我知道，"她说着，露出微笑，"你那部关于麦尔斯嘉的歌唱剧。"她又靠近了些，偷偷摸摸地压低了声音，"这次你会怎么做，说真的？"

"完全照他的要求。"

她黑色的眼睛瞪大了，"你觉得我会背叛你？"

"不，"他说，"你表现得非常勇敢。我一直找不到机会告诉你，你那天晚上的演唱有多么完美。简直是个奇迹。"

"那首曲子才是奇迹，"爱蕊娜说，"我觉得——我认为我就是她，里奥夫。我真的这么想。我的心都碎了，而且当我跳出窗外的时候，真觉得自己就要死了。你的曲子里有那么多魔力……"

THE BLOOD KNIGHT

她伸出手去抚摸他的脸。他震惊得动弹不得,直到她碰到了他,他才猛地退开。

"他们对你做了什么……"她叹口气。

"噢,是的,我知道会有这种后果,"他说,"和我答应你的不一样。我很抱歉。"

"不,你警告过我了,"她说,"你警告了所有人,但我们都心甘情愿。我们那时都相信你,"她近在眼前,呵气如兰,"我依然相信你。我想帮你做任何你真正在做的事情。"

"我告诉过你了,"他喃喃道。她的手很温暖,他只需稍稍靠近一点,就能吻到它。再靠近少许,他就能够到她的双唇。

可他没法握住她的手。根本不可能。所以他把身体稍微转开了。

"我只是在照他说的做,"他重复了一遍,"就这样。"

她抽出手,退后几步。"你不会的,"她说,"别骗我了。"

"我必须这么做。他会杀死你和梅丽的,"他回答,"你难道不明白吗?"

"你不能因为我就屈服。"她说。

"噢,"他回答,"噢,我能——我当然能。而且我会的。"

"你不觉得,无论你怎么做,他还是会杀了我们?"

"不,"里奥夫说,"我觉得他不会。这会毁掉他的所有努力。他是想要你的家族——还有其他乡民——重新支持他。"

"对,可事实是你遭到了拷打,然后又被迫去做这件事。罗伯特亲王不会让事实泄露出去。而且我们三个人全都知道。更不用说他们对——噢,不提这个了。你真以为我们知道了事实真相还能活下去?"

"至少比我对抗他存活的机会大,"里奥夫争辩道,"你也清楚。如果我违抗他,他就会在我面前把你拷打致死,下一个就是梅丽。或者他会换个顺序,谁知道呢,可我没法忍受——"

"我也没法忍受看着你屈从他的命令!"爱蕊娜爆发了。他看到了她眼里勃发的怒意。"这根本是在滥用你的才能。"

他盯着她看了一会儿,眼睛一眨不眨,仿佛听到了她隐瞒的某些东西。

"他们对你做了什么？"最后，他问道。

她涨红了脸，又退后了一步。"他们对我和对你不一样，他们没有伤害我。"

"我看得出，"他说着，怒气渐长，"可他们究竟对你做了什么？"

他的口气让她畏缩起来。

"没什么，"她说，"没什么值得一提的。"

"告诉我。"他的语气更柔和了。

她的眼里有泪水涌现。"求你，里奥夫。别提这个了。如果我不告诉你——"

"不告诉我什么？"

她张大了嘴。"我从没见过你这样。"她说。

"你本来就没见过我几面，"里奥夫嘶声道，"你以为自己了解我？"

"里奥夫，求你别生我的气。"

他深吸一口气："你被强暴了？"

她别开脸，等转回来的时候，脸色也阴沉了许多。"这对你来说有分别吗？"

"你什么意思？"

"我是说，如果我被强暴了，你还爱我吗？"

这会儿他觉得自己的下巴好像掉了下来似的。"爱你？我什么时候说过我爱你？"

"是啊，你没说过，不是吗？你太害羞，也太心无旁骛了。谁知道呢，也许你甚至意识不到自己爱我。可你确实爱我。"

"是吗？"

"当然了。而且你知道的，不是那种'自以为是'什么的。有时候女孩就是能察觉出来，我也可以。或者说从前可以。"

里奥夫只觉泪水川流而下。他抬起手。她摇摇头。

"我不在乎这些。"她柔声道。

"我在乎，"他回答，"他们对你做了什么？"

她垂下头，"你说中了。"她承认。

THE BLOOD KNIGHT

"多少次?"

"我不知道。我真的不知道。"

"很抱歉,爱蕊娜。"

"不用抱歉,"她说着,抬起目光。她的双眼如今就像蓄势待发的火焰,"让他们付出代价吧。"

在那稍纵即逝的时刻,他想把计划告诉她,想用手臂残余的部分拥抱她。可那样只会削减他的动力,何况现在,他无比迫切地需要这股动力。

"罗伯特不会付出代价,"里奥夫说,"罗伯特会逃脱惩罚,付出代价的是我们。好了,请你走吧。我有工作要做。"

"里奥夫——"

"走吧。求你。"

他转过身,几次心跳之后,他听到缓缓退后,然后越来越快的脚步声。

等他再次转过脸,她已经走了,那股反胃感也回来了,而且比之前更加强烈。

他坐回乐谱前,继续谱写。

归还之书

第五章 重返伊斯冷

安妮怀疑地打量着镜子里的自己。

"你全身上下没有一点不像女王。"奥丝娆向她保证。

对此,安妮只能回以闷笑。她想起了母亲雪白的皮肤,无瑕的双手,还有丝般的长发。可在阿特沃找来的这面污迹斑斑的镜子里,她只能看到截然不同的形象。

风吹雨打让她的脸干裂发红,她的雀斑——无处不在的雀斑——被维特里安的阳光晒得更加显眼。剪短后的头发塞在一块很久以前——早在她出生之前——就不流行的头巾里。红金相间的锦缎礼服倒是很漂亮,不至于过分华丽,也不算太过朴素。

即便如此,她还是觉得自己像只包在丝巾里的癞蛤蟆。

"你有气度。"奥丝娆补充道。显然,她能理解安妮的不自信。

"谢谢。"安妮想不到有什么可说,便如此答道。伊斯冷那边的人会这么觉得吗?她觉得自己会弄清楚的。

"好了,我该穿什么?"奥丝娆沉思着说。

安妮抬起一边眉毛。"这不重要,我想。你不用去。"

"我当然得去。"奥丝娆坚持。

"我记得我告诉过你再也不要质疑我的。"安妮说。

"你没这么说过,"奥丝娆抗议道,"你说我可以和你争论,努力说服你,但最后你的话语就是我的律法。现在情况就是这样。你要是不带上我可就太傻了。"

"这话怎么说?"

"看到一个没有仆人的女王,他们会怎么想?"

"他们会想,我认为没有带仆人的必要。"安妮回答。

"我可不这么想,"奥丝娆反驳,"这象征着你的软弱。你必须带上一批随从。你必须带着女仆,否则没有人会把你当回事的。"

"我准备带卡佐去。你实际上是为这个吧？"

奥丝婍面泛红晕，气愤地垂下眉毛。

"我不会装作不想待在他身边的样子，"奥丝婍说，"可我也想待在你身边。而且我坚持自己的理由。你想要成为女王，准备登上王位，就该做出女王的样子。而且说真的，你干吗这么害怕？"

"我确实害怕，"安妮承认道，"罗伯特应承得太快太简单，我不知道这意味着什么。"

"至少你的评价很明智，"阿特沃的声音从帐篷外传来，"我能进来吗？"

"请进。"

布帘掀开，她的表兄俯身走进营帐，身边还跟着一名士兵。

"这么说，你有保留意见了？"安妮问。

"天哪，当然。你根本不知道罗伯特在玩什么把戏，安妮。说不定你刚离开我们的视线就会被杀。"

"那尼尔爵士就会砍掉罗伯特的脑袋，"安妮也振振有词，"那样对他有什么好处？"

"或许你不会死，而是遭到关押和拷打，直到你下令释放罗伯特为止。又或许他们只想拖延时间，等待寒沙大军到来。"

"我已经明确地告诉我叔叔，如果我受到任何形式的威胁，他就会人头不保。另外，我还会带上五十个人。"

"罗伯特在伊斯冷有好几千手下。五十人根本算不了什么。"

"动动脑子，安妮！罗伯特为什么会给你这种机会？援军到来前，他原本是可以轻松守住伊斯冷的。"

"那也许他并不确定援军会及时到达，"安妮猜测，"又或许他对盟友的忠诚程度不抱太大信心。假使教会推举寒沙人摄政，把我叔叔送上绞架呢？"

"有可能，"阿特沃说，然后又叹了口气，"可如果真是这样，他又为什么不敞开城门，让我们所有人进去？他肯定在打什么鬼主意。或许更糟，比如罗伯特并非真正的首脑，只是用来把你引诱进实际掌权者手心里的牺牲品。"

"那真正的首脑会是谁？赫斯匹罗护法？"

"可能。"

"可能。"安妮重复道。

她看着阿特沃的眼睛,真希望自己能把那幕景象告诉他,她又是如何看到隐藏在伊斯冷城墙之内的秘道。无论她的敌人怎么打算,他们都是男人,而男人不可能知道秘道的事。

不幸的是,秘道的魔法使得向阿特沃解释也变成了不可能的事。

"也许你说得都对,"她让步了,"可还有别的办法吗?你刚刚才承认说,我们没法轻易用武力夺取伊斯冷。此外,无论罗伯特有什么计划,我都有一项他不可能知道的优势。"

"什么优势?"

"我可以告诉你,"安妮说,"但你不会记得。"

"这话什么意思?"阿特沃不耐烦地问。

安妮咬紧了嘴唇。"我有办法把部队弄进城去。"

"不可能。要是真有的话,我肯定知道。"

"可你错了,"安妮告诉他,"只有很少人知道那个法子。"

他对着残肢揉了好一会儿。

"如果真有这法子,那么……"他摇摇头,"你得说得更详细点儿。"

"我不能,"安妮回答,"我发誓要保守秘密。"

"这可不行,"阿特沃说,"我不能允许。"

安妮突然觉得有些眼花,"你说什么呢,表兄?"

"假使有必要阻止你加害自己的话,我会的。"

安妮深吸一口气,观察四周的守卫。外边还有他多少手下?

噢,果然如此。

"你打算怎么保护我,阿特沃?你以为自己能做什么?"

阿特沃的脸拧成了一团,可安妮看不出那是怎样的神情。

"我们需要你,安妮。没有你,这支军队也就没有存在的意义了。"

"你的意思是没有我,你自己就没有军队了吧。"

他沉默地伫立许久。

"要是你非得这么解释的话,安妮,那我承认。你对这些事知道些什么？我一直很喜欢你，安妮，可你只是个孩子。几个月之前，你还对王国和除你自己外的任何国民都漠不关心。我不知道你有怎样的幼稚打算——"

"这不重要。"尼尔·梅柯文用肩膀推开帐帘，插嘴道。卡佐紧随在后，安妮能看到，整整一打或者更多守卫正在帐外紧张地盯着他们。"安妮是你的女王。"

"你应该在监视罗伯特亲王才对。"阿特沃说。

"他有别人照看。我和你一样，是来说服她放弃这个危险的计划的。"

"那我劝你，别掺和进来了。"

"你已经把我掺和进来了，"尼尔回答，"你说服不了她，可你也别想强迫她。"

"你的口气太大了点吧。"阿特沃干巴巴地说。

"他有我做帮手。"卡佐说。两人从阿特沃的手下身边挤过，站在安妮身边。她很清楚，就算有尼尔那把怪剑，他和卡佐也绝不可能和她表兄的部下抗衡。不过有他们在，确实感觉好多了。

阿特沃一脸苦相。"安妮——"

"阿特沃公爵，你又计划着什么？"安妮打断他的话，"计划怎么登上王位吗？"

"我不想要什么王位，"阿特沃说，语气带上了怒意，"我只想要克洛史尼国泰民安。"

"你觉得我不想？"

"我不知道你想要什么，安妮，可我觉得你对解救母亲的渴望影响了你的判断力。"

安妮走向营帐的门帘，把它掀开，指尖直指那座迷雾笼罩的岛屿。帐外的士兵都推开了。

"王位就在对岸，就在那座岛上。我们就是为此而来。我有机会——"

"你根本没有机会。罗伯特太狡猾了。我们最好撤军，积聚力量，再跟莱芮人会合。"

"莱芮人，"安妮说，"已经不远了。到现在你还觉得费尔爵士连支舰队都没有派出来吗?"

"那他们在哪儿?"

"就在途中。"

"他们到不了我们这儿,"阿特沃说,"什么舰队能够——毫发无伤地——通过荆棘门?"

"舰队做不到,"安妮回答,"但你能做到。"

阿特沃张开嘴,然后又合上了。

"也许吧,"他说,"但这太愚蠢了。如果真有莱芮舰队……"他沉思着望向远方。

"的确有,"安妮说,"我看到了。从现在算起两天之后,他们就会到达。如果我们没有占领荆棘门,他们就会被消灭,被高墙和寒沙舰队挤得粉碎。"

"看到了?"

"在预知幻象里,表兄。"

阿特沃哑然失笑。"幻象可对我没啥用处。"他说。

安妮抓住他的手臂,盯着他的眼睛。"关于我的过去,你说得对,"她承认,"可我和以前不同了。我不是你知道的那个孩子了。而且我比你知道得更多,阿特沃表兄。我向你保证,不是战术战略之类的,而是更重要的东西。我知道怎么把军队弄进伊斯冷。我知道费尔就要来了。你确实需要我,但我并非你想象中的傀儡。"

"就像罗伯特说的那样,我不会变成你的木偶。我们要么照我想要的去做,否则干脆什么都不做。除非你觉得这支军队会跟随我的尸体。或是你的。"

她的怒气正在增长,腐朽的种子出现在腹中。她再次感受到生与死的河流在身旁涌动,跟随着它们,穿过阿特沃盔甲的接缝,越过他粗糙的皮肤表面,钻入盘根错节的血管脉络,还有他心脏上不断伸缩的肌肉。她感觉着它的频率,然后,她开始轻柔地爱抚它。

后果立即显现。阿特沃的双眼凸了出来,膝盖也开始弯曲。他紧紧抓住胸口,他的手下扶住了他。

"不,"他喘息道,"不。"

就像刚才看着镜中的自己那样,安妮听到自己在说。

THE BLOOD KNIGHT

"说我是你的女王,阿特沃,"她喃喃道,"快说。说啊。再说一遍。"

他的脸成了亮红色,嘴唇开始发青。

"什么……"

"快说。"

"不……是……这样。"

她感觉到他的心脏在痉挛,意识到如果自己不罢手,他很快就会死去。心脏还真是脆弱哪。

可她不想让阿特沃死去,于是她叹息一声,放开了他。他大口喘息着,软瘫下去,又奋力起身,眼里洋溢着震惊和恐惧。

"我和你想象的不一样。"她说着,松开了握着他胳膊的那只手。

"是啊,"他无力地挤出这句话,双眼仍旧瞪得滚圆。"不一样了。"

"我知道舰队就要来了。你知道怎么打仗。我们能合作吗?"

阿特沃盯着她看了很久,然后点点头。

"很好,"她说,"我们讨论一下吧,不过要快。半个钟头之内,我就得前往伊斯冷了。"

半个钟头之后,安妮来到罗伯特的小艇边,突然感到一阵惊诧。就像从儿时做过的那种梦里——高空坠落的梦——猛然惊醒一般。那些梦之所以令人惶恐,都是因为她不知道自己身在梦中。

现在她就有这种感觉。她清楚地记得和阿特沃的对峙,还有之后的谈话,可这段记忆显得虚虚实实,又像她身周的景象、气味和声响那样骤然浮现,带着极度恼人的感觉。扑面而来的湖水带着碘铁的气息,金色的液滴穿透了云层,坠落下来。她注意到阿特沃眼角的细纹,而她的双脚轻柔地踩过发黄的野草,继之以皮革摩擦石头的轻响。

还有伊斯冷。在伊斯冷城高处,白色的塔楼在阳光中熠熠生辉,在破碎云彩的阴影下又显得苍白可怕,长条形的旗帜在风中摆动,就像天空中的龙尾。右方远处,两座较矮的山峰,汤姆·喀斯特与汤姆·窝石在绿意盎然的山麓之上戴着浅黄褐色的冠冕。她既振奋不已,又不知所措。

她根本不怕阿特沃,可现在那种恐惧又回来了。

她到底在做什么?

她真想跑回堂兄身边,任由他照看,把他渴望的责任和权力都交给他。可就算这样,也无法让她就此安心。而且此时此刻,恐惧是让她能够继续的动力。她看到了莱芮舰队的到来,就像她告诉阿特沃的那样。她也见过只有女人能看见的秘道。

可她也见过些别的东西:她噩梦里的那个可怕女人,就蹲伏在死者之城的冰冷岩石之下。

她和奥丝婗刚发现那座陵墓的时候,她才八岁,和同龄的女孩一样,她们想象那是维吉尼亚·戴尔的坟墓,尽管无人知晓天降女王的落葬之处。她们在铅箔上胡乱写下祷文和诅咒,塞进石棺的缝隙里,而且她们相信大部分请愿都会成真。

现在看来,她们想得没错。安妮曾请求让邓莫哥的罗德里克爱上她,他便无比疯狂地身陷爱河。她曾请求让姐姐法丝缇娅变成好人,她就变了——至少对尼尔·梅柯文很好,如果艾黎宛姑妈的说法可信的话。

她们只是弄错了陵墓里那个人的身份,那个回应她们的祷告的人。

她从幻想中醒来,意识到罗伯特正斜倚着堤坝的护墙,看着她。

"噢,我亲爱的侄女,"他说,"你准备好回家了吗?"

他说话的方式显得有些古怪,她不禁猜测,这一切或许全在他的计算之内。

"希望我能看到母亲安好。"她回答。

"她待在狼皮塔里,"罗伯特示好地说。他朝着唯一的男性同伴点点头,那是个双肩宽大,五官分明,留着和罗伯特同样整洁的髭须和胡子的矮个子。"这位是我信赖的朋友克雷蒙·马提尼爵士。他带着我的钥匙和信物。"

"我是你谦卑的仆从。"那人道。

"如果她受到伤害,克雷蒙爵士,"尼尔说,"我向你保证,你就会更了解我了。"

THE BLOOD KNIGHT

"我是个守诺的人，"克雷蒙爵士说，"可我也很高兴进一步认识您，尼尔爵士，如你所愿。"

"伙计们，"罗伯特说，"友善一点儿。"他握住安妮的手，而她太过震惊，居然让他得逞。他把那只手抬到唇边时，她不得不压抑住呕吐的冲动。

"祝你一路顺风，"他说，"一天之内，我们就会再见，是吗？"

"是的。"安妮回答。

"然后探讨我们的未来。"

"然后探讨未来。"

片刻后，她带着手下和坐骑坐上一艘运河驳船，开始穿越水面，驶向伊斯冷。她打心眼里觉得那儿就像是个她从来没去过的地方。

等安妮抵达船坞，骑上坐骑之后，那种印象更加深了。

伊斯冷堡建造于高山之上，被三道环状城墙围在中央。最外部的围墙，堡垒墙，是规模最惊人的，足有十二王国码高，还有八座时刻警醒的塔楼。城墙之外，在第一道城门和码头间地势较低的宽阔区域上，有一座这些年来逐渐崛起的城镇：码头镇。林林总总的旅店、妓院、仓库、酒馆——漂泊四方的船员想要的一切都在这里，无论他到来时城门是开启抑或关闭。它通常是个繁忙吵闹的地方，在常人看来太过危险，以至于安妮少数几次见到这个镇子，都是在她违逆父母的意愿，匿名溜出城堡的时候。

今天的它很安静，只有佩戴着皇家徽记的海员。他们的数量也不多，大多数海员都待在她途中看到的那支舰队的船只上。

透过敞开的房门和窗口，安妮瞥见了男人、女人和孩童的踪影——那些真正居住在这儿的人们——她不禁思索，若是战斗打响，他们会有怎样的遭遇。她想起了那些位于城堡周围，被她的军队"精简"的小村庄。他们的下场可不怎样。

在克雷蒙爵士的一番解释，以及罗伯特亲手所写的那封信的作用下，城门打开了，他们也进到了伊斯冷内部。

城市比码头镇热闹一些。安妮觉得这也是没办法的事。就算战争已经一触即发，面包得有人烤，衣服得有人洗，啤酒也得有人酿。

她和随行的队伍没有引发恐慌,但还是惹来了众多好奇的目光。

"他们没认出我,"安妮说,"我看起来有这么大变化吗?"

卡佐被这话逗乐了。

"怎么?"她问。

"他们为啥会认识你?"维特里安人问。

"就算他们不知道我是女王,我也当了十七年的公主。人人都认识我。"

"不,"奥丝娲纠正道,"城堡里的每个人都认识你。贵族、骑士,还有仆人。那些人大多数都认得出你。可要是你不佩戴徽记,街上的人又怎么知道你是谁?"

安妮眨眨眼。"真是难以置信。"她说。

"算不上吧,"卡佐回答,"他们之中有多少人有机会见过你的脸?"

"我是说,我以前从来没想到过这些,真是难以置信,"安妮转身面向奥丝娲,"我们从前进城的时候,我每次都乔装打扮。你那时为什么不告诉我?"

"我不想毁了你的乐趣,"奥丝娲承认,"总之,有些人想要认识你,可其中一些不是什么好人。"

看到她的同伴们咧嘴大笑的样子,安妮没来由地觉得自己被算计了,就好像奥丝娲和卡佐合起伙来嘲笑她的丑事似的。但她压下了怒气。

在他们抵达第二道城门前,蜿蜒的道路变得陡峭起来。伊斯冷城的样子有点像是一张遮盖在蚁丘上的蛛网,和宽阔的古老围墙平行的林荫路及街道顺坡而下。最宽阔的那些大道——军用和商用的那些——却朝着山顶盘旋而上,以免过陡的地势令货车和身披装甲的战马无法通行。

他们就走在这样的一条路上——利斯普拉夫大道——而这条路带着他们穿过了西岗地区的大多数街区。每个街区都与众不同,至少她是这么听说的。其中一些很明显:旧费罗伊区的房子有全城最尖的屋顶,全由黑色石板砌成,从高处望去,仿佛石头组成的汹涌波涛。那里的居民皮肤白皙,带有轻微的口音。男人们穿着双色花格短上衣,而女人的裙子几乎没有少于三种色彩的。

另一方面,圣奈斯区也让人觉得与众不同,可安妮却没法确切地说出原因。然而,对于十八个街区其中的大部分,安妮都只见过正对着街道的房子,还有不时瞥见、可望而不可即的狭窄街巷。有一次,她和奥丝娞溜去了高贝林王庭区的瑟夫莱特区,在她看来,那儿是整座城市最奇特的地方,有鲜明的色彩、带着异国风情的音乐、还有那股怪异的辛辣气息。现在,有了克洛史尼乡间的那些经历,安妮开始觉得,或许这些类人邻居没有她想象的那么古怪,那么不寻常。

简而言之,伊斯冷的居民都是些什么人?

她意识到自己不知道,便开始思索她父亲是否了解。思索克洛史尼帝国有哪位国王或者皇帝能够了解,而这种事又是否真有完全了解的可能。

他们来到昂德韦德区时,那种与街区同名的弓背猪简直无处不在:门环上,门上的小油画上,还有屋顶的风向标上。涂有灰泥的屋子全部趋向于棕土色调,男人们都戴着一侧钉有钉子的宽檐帽。大多数人都是屠夫,事实上,俯视敏胡斯广场的正是屠夫公会——一栋黄色石料砌成,有黑色窗框和屋顶的两层建筑——的高大正墙。

他们走进广场时,安妮的注意力更多地被拉向了这栋建筑本身,而非周边的景致。一大群人聚集在广场中央的一座讲台周围,许多打扮古怪的人似乎在被士兵们保护着。那些士兵戴着方形的帽子和黑色外套,上面绣有教会的徽记。

他们的头顶上——和字面意思一样,坐在一张看起来摇摇欲坠的高脚木椅上——有个男人打扮得像是个正在主持某种审判的法官。他的身后赫然耸立着一座绞架。

安妮从来没见过类似的景象。

"这儿是怎么回事?"她问克莱蒙爵士。

"教会把城市广场用做了公开法庭,"骑士答道,"异教徒在城里本来就常见,看起来复圣仪式又找出了更多。"

"他们看起来像是戏子,"奥丝娞评论道,"街头艺人。"

克莱蒙点点头。"我们发现戏子最容易受到某些异端分子和黠

归还之书

阴巫法的诱惑。"

"是吗?"安妮问。她驱策马匹,朝人群奔去。

"等等!"克莱蒙惊恐地喊道。

"我记得我叔叔说过,你是受我指挥的,"她转过头,答道,"莫非你听到的话不一样?"

"当然一样,可——"

"说'遵命,殿下'。"安妮冷冰冰地说。她发现卡佐正策马赶来,以便在需要的时候挡在她和罗伯特的这位骑士之间。

"遵命……殿下。"克莱蒙咬着牙回答。

那法官把目光转向了他们。

"那边怎么了?"他喊道。

安妮坐直身子。"你认识我吗,法官大人?"她问。

他眯起眼睛,然后瞪得浑圆。

"安妮公主。"他回答。

"根据朝议会的法律,还是本城的统治者,"安妮补充道,"至少在我弟弟不在的期间。"

"这还有争议,殿下。"法官道。他紧张地将目光转向克莱蒙。

"我叔叔给了我进入城市的许可,"安妮告诉他,"因此,他在某种程度上也认可了我的继承权。"

"是这样吗?"法官问克莱蒙。

克莱蒙耸耸肩。"看起来是这样。"

"不管怎么说,"那教士说,"我现在执行的是教会的使命,和皇家无关。在处理这些事务期间,谁坐在王位上都无关紧要。"

"噢,我向你保证,不是这么回事,"安妮回答,"现在,请告诉我这些受指控者都是什么人。"

"异教徒和黠阴巫师。"

安妮俯视着那群人。

"你们的首领是谁?"她问他们。

一个秃顶的中年男人朝她鞠躬行礼。"我就是,陛下。潘顿·梅普·瓦克莱姆。"

"你们为什么受到指控?"

THE BLOOD KNIGHT

"我们演了一出戏,陛下,就这样——一幕歌唱剧。"

"我母亲的宫廷作曲家,里奥维吉德·埃肯扎尔编的那出戏?"

"对,就是那出。陛下,我们尽了全力。"

"这出戏已被裁决为最肮脏的黯阴巫术,"法官的怒气爆发了,"光是这项罪名就够让他们戴上圣窝石的项链了。"

安妮扬起眉毛,看着那法官,然后转过身,目光扫过广场上每个旁观者的面孔。

"我听说过那出戏,"她抬高嗓音说道,"我听说它非常流行,"她在马鞍上坐得更直了。"我是安妮,威廉和玛蕊莉之女。我是来取回我父亲的王位的。我的第一条法案就是宽恕这些可怜的演员,因为我父亲绝对无法容忍这样不公的行径。你们怎么看呢,伊斯冷的人民?"

震惊的人群回以片刻的沉默。

"你们瞧,是她,"她听到人群里有人在高喊,"我以前见过她。"

"放了他们!"另一个人大叫道,转眼间,除士兵和教士外的所有人都开始高声大呼,要求给剧团的人以自由。

"你们可以走了,"安妮告诉那些戏子,"我的人会护送你们从法庭离开。"

"够了,"克莱蒙喊道,"别再胡说八道了!"

"安妮!"卡佐道。

可她已经看到了他们,正如她隐约预料到的:身着罗伯特服色的士兵自四面八方拥入了广场,从愤怒的人群身边挤过来。

安妮点点头,"很好,"她说,"总比等到进了狼皮塔才知道要好,你觉得呢?"

"我们现在怎么办?"卡佐问。

"哎呀,当然是作战啦。"她回答。

"薇娜的状况不大好。"易霍克低声道。

第六章 分岔路

归还之书

埃斯帕叹口气,目光越过远方的山坡。

"我知道,"他说,"她在咳血。你也是。"他指着一排发黑的植被。"看到那儿了没?"

"看到了,"易霍克答道。"它是从那边的水里出来的。"

会留下那样明显痕迹的东西本该不难追踪,可龙蛇经常选择水路前进,所以麻烦就这么来了,尤其是河流出现分岔的时候。当它转向未然河上游,他们本来会跟丢它的,可从它嘴里漏出的死鱼都汇进了巫河里。

在追踪时,他们尽可能和那道痕迹保持距离,既没有真正踏上去过,也没有喝过下游的河水,埃斯帕希望他们体内的毒素能够自行消退。

可它没有。

他们用芬德手下那里弄来的药勉强支撑,可为了长远考虑,不得不每天减少剂量。马匹们似乎好些了,可话说回来,这些畜牲根本没有踩到过染毒的地面,也没有呼吸过那怪物的气息。

不远处,薇娜咳嗽起来。易霍克双膝及地,开始搜索营火的余烬。

"你觉得这是斯蒂芬的脚印?"

埃斯帕扫视四周。"他们有四个人,不是从河里来的。他们来自布鲁斯特高地。如果说这是斯蒂芬的脚印,那龙蛇就没有跟着他,但他们的路线还是会有交集。"

"没准它知道他要去哪儿。"

"也许吧。不过眼下我更关心能不能找到芬德这件事。"

"也许他死了。"

埃斯帕发出一阵刺耳的笑声,然后笑声就变成了咳嗽。"我拿不准。我应该已经干掉他了。"

THE BLOOD KNIGHT

"我可不这么觉得。我们找到你的箭的时候，龙蛇已经不见了。你该不会觉得自己能用匕首干掉它吧？"

"不，可我应该已经干掉芬德了。"

"龙蛇是他的盟友。我们能逃走已经是运气好了。"

"所以我们现在得慢慢死掉。"

"不，"易霍克说，"我们会追上它的。它现在上了岸，肯定没那么快了。"

"嗯。"埃斯帕的口气有些怀疑。易霍克也许是对的，可他们也一样，一天比一天更慢。

"照看好马匹和帐篷，"埃斯帕说，"我去给我们弄点儿吃的。"

"好。"易霍克说。

埃斯帕找到了猎物的痕迹，还在一棵无花果树上找到了合适的栖息处。他坐在那里，一面任由疲惫占据他的身体，一面努力让双眼和头脑维持敏锐。

埃斯帕上次踏进未然河畔的低洼沼泽地已经是十年前的事情了，那是他少有的几次在御林边界之外的冒险。他押送一群强盗去见奥夫森的地方官，走到这附近的时候，他听到了一些有趣的故事：关于沙恩林，还有传说住在里面的修女。他回来时一身轻松，便打算去瞧瞧这古老而且传说闹鬼的森林究竟是什么样子。但是刚走到半路，黑瓦夫的消息传来，他便转道北方，再也没有踏上过这段旅程。

但为了狩猎，他曾在这里停留过几天。当时正值夏日，一切都青翠繁茂。如今的森林变得稀疏荒芜，眼中所见只有大片的灯芯草和折断的香蒲，河上易碎的薄冰紧紧攫住天空投下的任何光彩。右面是一面残垣断壁，远方高处是一座看起来整齐得可疑的土丘。他听说很久以前，这儿是个强大的王国。换了斯蒂芬，没准能把那时候的故事说到你耳朵起老茧，可埃斯帕只知道它早已灭亡，另外，位于奥夫森几里格外的这里也是弥登最荒凉的地区之一。

即使在沼泽地的积水被抽干之后，土壤依然贫瘠，这里为数不多的居民大都是渔夫和牧羊人，但就连他们的踪迹也很罕见。他依稀记得自己曾听闻这片土地在巫战时期受过诅咒，但他对这类事从不介意，现在看来，这真是个错误。

有样东西引起了他的注意：并非有什么动静，而是某种怪异之物，某种不该在这儿的东西。

一阵不适感刺痛了他的双肩，他才突然省悟过来。从一棵枯死的柏树上萌芽的黑色荆棘，正张牙舞爪地扑向附近的树木。当然了，他见过这种荆棘，起先出现在荆棘王沉睡的山谷里，接着在御林中肆虐。然后它们又来到了这里。

这意味着荆棘王来了吗？还是说这些荆棘已经开始扩散到四面八方了？

埃斯帕颤抖起来，接着头晕目眩，几乎掉下树去。他拼死抱住树枝，气喘如牛，眼前金星乱舞。他这几天只是装作服药的样子，现在还债的时候到了。

他必须抓住芬德。这狗娘养的哪去了？

耳边传来窸窸窣窣的声音，他忽然明白了那是什么。

在他凝神细思之前，视野里就出现了动静。他屏息静气，等待它露出真身：一头母鹿。他努力稳住颤抖的手，搭弓瞄准，一箭射穿了它的脖颈。它落荒而逃，而他叹息一声，爬下树去。现在他只好再追踪它一阵子了。

"我有个新计划，"三人烘烤鹿肉时，他告诉薇娜和易霍克，薇娜的状况比今天早些时候更糟了，而且她显然食不下咽，"不过看在这事对我们都很重要的分上，我希望你们俩也能帮忙考虑一下。"

"什么计划？"薇娜问道。

"莉希娅跟我们头一回见面的时候提过。她说她听说芬德去见了沙恩林修女。"

"嗯，"薇娜说，"我记得。"

"还有我们俘房的那个家伙——他说芬德就是在那儿弄到龙蛇的。据说她就是怪物之母，我想这么一来就说得通了。"

"你觉得芬德会回到那边去？"薇娜问。

"也许会。也许不会。我想说的不是这个。如果他的龙蛇是从修女那儿弄来的，那解毒药没准也是。"

THE BLOOD KNIGHT

"噢。"薇娜说着，抬起头。

"哈。"易霍克说。

"没错。你们俩都明白，我们是追不上龙蛇了。没等追上我们就已经死了。它比我们快了好几天的路程，是啊，它在陆上是走得比较慢，可我见过它爬动的模样，跟马不相上下。而且假使它又下了河……"

"所以你打算去找怪物之母，请求她给你解药去解她的孩子的毒？"

"我不打算请求芬德，"埃斯帕回答，"也不打算请求她。"

"可我们知道芬德有解药。"

"未必。或者说，照我对芬德的了解，他也只有给自己用的那份。"

"又或许根本没有什么解药，"薇娜续道，"或许芬德跟斯蒂芬一样，那毒素根本对他没效果。"

"也有可能，"埃斯帕承认，"但主母恫雅就有真正的解药。主母恫雅是个修女，所以沙恩林的那个女人也许……"他的声音越来越小，最后耸耸肩。

薇娜思索片刻，接着虚弱地笑了。

"看到你能选择温和的解决办法，就已经是万幸了，"她开口道，"我去。"

易霍克许久没有答话。

"她吃小孩儿。"他最后说。

"噢，"埃斯帕回答，"我又不是小孩儿。"

黎明时分，他们涉水从龙蛇路线的上游处过了未然河，魔鬼一马当先，破开薄薄的冰层。对岸的土地较为坚实，地势迅速升高，转为低矮平整，遍布柳树和黄樟的山丘。等待太阳在远方升起时，他们已经踏上了被牧场和田地——长满郁郁葱葱，足有牛犊高度的冬小麦——分割成小块的辽阔草原。树木稀少疏落，就连半打以上聚在一起的情况都极为少见。埃斯帕不喜欢这么开阔的环境：感觉就像天上会有东西朝他扑过来似的。谁又敢说不可能呢？能有半里格长的龙蛇,也就能有这么大个儿的老鹰。

弥登的人也多得要命,至少从前是这样。他们不像靠近两边海岸的同胞那样建起大型城镇,但农庄还是很常见——一栋屋子,一座谷仓,几座小房子——而且大约每隔几里格就有一座盖有半打建筑的贸易广场。几乎每座看起来像山丘的东西,上面都盖着城堡,有些已成废墟,有些喷吐着烟气,显示着有人居住的事实。那天从日出到日落,他们见到了三座城堡。由于这儿没有太多能被误认为小山的高地,这数字已经相当可观了。

但实际上,他们头一天什么人都没看见,因为他们基本上还是沿着龙蛇留下的痕迹前进,似乎每次视野里出现房屋,他们便绕道而行。他们也没看到任何母牛、绵羊、山羊或者马匹。那东西需要进食,从现象看来,它或许吃得相当多。

可次日清晨,怪物的痕迹却转向了北方,偏离了埃斯帕的预定路线,把他们推上了分岔路口。检验他决心的时刻到来了——瞥向薇娜的一眼让埃斯帕拿定了主意,他们前往东北方,朝沙恩林前进。

不到半个钟头,他们便遇见了一群正在觅食的母牛,旁边还有两个人。走近后,埃斯帕发现那是一男一女两个孩子,最多不过十三岁。他们起初似乎想逃跑,可直到埃斯帕和同伴们来到五十码开外,他们还站在原地。

"嘿!"女孩喊道,"那边儿的是谁?"

埃斯帕抬起空空的双手,"我是埃斯帕·怀特,"他吼了回去,"我是国王的护林官。这些是我的朋友。我们不想伤害你们。"

"护林官是啥?"女孩应道。

"我看守森林。"他回答。

女孩挠挠头,扫视四周,似乎在寻找森林。"你迷路啦?"她问。

"不,"埃斯帕回答,"可我能靠近些么?这喊来喊去的弄得我嗓子疼。"

两个孩子看看对方,然后转回脸来。"我不知道。"女孩说。

"我们还是下马吧,"薇娜说,"他们给吓着了。"

"他们害怕的是我,"埃斯帕说,"我会下马的。薇娜,你干吗不先过去呢。不过别下马,至少等到了那边再说。"

"好主意。"她赞同道。

埃丝萝德和她弟弟奥斯里同样满头金发,脸蛋也红扑扑的。她十三岁,他十岁。他们有些面包和奶酪,埃斯帕还慷慨地加上了一大块昨天的鹿肉。反正他没时间好好处理鹿肉,他们吃不完的部分很快就得丢掉了。他们在一棵孤零零的柿子树下找了个小土丘,看着那些奶牛。

"我们准备带它们去哈梅斯,"埃丝萝德解释说,"去我叔叔那儿。不过我们得一路放牧过去。"

"那是哪儿?"埃斯帕问。

她的表情在说:连哈梅斯都不知道的家伙肯定没见过啥世面。

"往那边走,大概一里格远,"她说着,指向东北,"沿着绍普—克伦里夫路往前。"

"我们也要去那边。"薇娜说。埃斯帕本想在她提议同行前制止她。他可不想被牛群拖慢步子。可她看起来那么憔悴,那么虚弱,让他没法开口。

"你病了?"奥斯里脱口而出。

"是啊,"薇娜说,"我们都得了病。不过它不传染。"

"是啊,是龙蛇干的,对不?"

他们已经离开了乌斯提地区,她的发音有点不一样,但他绝不可能弄错她的意思。

"对。"埃斯帕说。

"豪德瞧见了。"男孩神秘兮兮地说。

他姐姐狠狠敲了敲他的脑袋,"是埃丝萝德,"她呵斥道,"我已经是大人了,别这么叫我。我明年就要嫁人了,妈妈会让你来跟我一起住,到时候你再这么叫我,我就让你吃草根。"

"可妈妈还这么叫你。"

"那是妈妈。"女孩说。

"你们瞧见龙蛇了?"薇娜插嘴道,"在这儿的西面?"

"不,"她说,"那是它回来时的方向,我想。"

"这话什么意思?"埃斯帕说着,身体靠近了些。

"它是在俞尔季前回来的,"她说,"那时候我跟妈妈的兄弟奥瑟尔叔叔去了迈尔那边的田里种黑麦。它就在芬恩河里——就是汇进巫河的那条小河。我们瞧见它在水里。周围的人有好多都得了病,跟你们似的。"

"俞尔季前。"

"对头。"

"也就是说,它是从沙恩林里出来的。"

"噢,没错,"女孩瞪圆了眼睛,"要不它还能从哪儿来?"

这消息使埃斯帕振奋了一点,但也只有那么一点儿。他猜对了一次:也许他剩下的那些"也许"都能成真。

"沙恩林是个怎样的地方?"埃斯帕问。

"里面全是鬼魂幻灵还有妖怪!"奥斯里说。

"还有修女,"埃丝萝德说,"别忘了修女。"

"你们知道有谁去过那儿吗?"薇娜问。

"呃……不,"女孩回答,"因为每个到那儿去的人——就再也不会回来了。"

"除了爷爷。"男孩纠正道。

"对,"埃丝萝德赞同道,"可他去的是林子的西边儿。"

"你们是要去那儿吗?"奥利斯问埃斯帕,"去沙恩林?"

"对。"埃斯帕点点头。

男孩眨眨眼,然后看了看魔鬼。"等你死了,我能拿走你的马吗?"

通常喜怒不形于色的易霍克这时突然爆发了。他笑得那么厉害,以至于传染了薇娜,最后就连埃斯帕也发现自己咧开了嘴。

"你现在想要它,到时候就该后悔了,"他说,"'魔鬼'对你来说恐怕太厉害了点。"

"才不呢,我能对付它。"奥斯里说。

"你们俩估计还有多久能到哈梅斯?"薇娜问。

"两天吧,"埃丝萝德说,"我们不想走太快,它们会减膘的。"

"就你们两个安全吗?"

THE BLOOD KNIGHT

埃丝萝德耸了耸肩膀，"从前比较安全，我想，"她皱起眉头，用稍显叛逆的语气续道，"可我们没啥选择。自打我们老爹死后，就没别人做这事了。而且我们以前也这么干过。"

薇娜看着埃斯帕。"也许我们可以——"

"我们不能，"他说，"我们不能。两天——"

"去那边谈一会儿吧，埃斯帕？"薇娜说着，偏过脑袋作为示意。

"成。"

这儿除了走远之外没有合适的地方，薇娜走起路来又不太方便，所以他们没离开多远。不过用耳语交谈显得比较私密一些。

"你不像我病得这么重，"薇娜说，"荆棘王救你的时候，发生了一些事，让你变得更强壮了。你已经没喝从芬德手下弄来的药了，对不对？"

他微微颔首以示承认，"我还是感觉不舒服，"他承认，"可你说得对，我没你病得那么重。"

"离沙恩林还有多远？"

他思索片刻。"三天的路。"

"我是说，以我们现在的速度。"

他叹口气："四天，也许五天。"

她咳嗽起来，他不得不抓紧她，免得她倒下。

"我很肯定自己两天之内就没法骑马了，埃斯帕。你得把我绑在马上。易霍克可以撑得久一点儿，我猜。"

"可要是我们在这耽误……"

"埃斯帕，只有我和易霍克，"薇娜说。她的双眼满盈泪水，"如果说我只有几天好活，我宁愿用来帮助这两个孩子到他们要去的地方，也不想赶着去寻找什么不存在的解药。"

"它就在那儿，"埃斯帕坚持道，"你也听到了：芬德是在沙恩林弄到的龙蛇。我能肯定他的解毒药也是这么来的。"

"我也听到他们说，差不多每个去了沙恩林的人都再也没有回来。"

"那是因为从前去的人不是我。"

她疲惫地摇摇头，"不，"她说，"我们还是带他们去哈梅斯吧。你可以在那儿找人询问,对修女多了解一些。"

"可我们不用赶着牛耽搁时间,也能这么做啊。"

"我想帮他们,埃斯帕。"

"他们不需要帮助,"他争辩道,声音被绝望渗透,"他们以前也这么干过。他们自个儿说的。"

"他们被吓坏了,"薇娜反驳道,"谁知道他们这两天会碰见什么。就算不是龙蛇或者狮鹫,也可能是偷牛贼什么的。"

"我不关心他们,薇娜——我关心的是你。"

"对。我知道。就算是为了我,听我的吧。"

她无声地大哭起来,脸颊发红,双唇带着蓝色。

"我要去,"他说,"我要自己去。这样比较简单:这点你说得没错。到时候易霍克也不会有力气战斗了,你说得没错。我都没想到。"

"不,亲爱的,"薇娜说,"不。这样我死去的时候就看不到你了,你明白吗?我想在你的臂弯里呼出最后一口气。我想要你在我身边。"

"你不会死的,"他平静地说,"我会回来的,带着你们的解药。我会在哈梅斯跟你们碰面的。"

"别这样。你听不到我的话吗?我不想独自死去!她会杀了你的!"

"那易霍克呢?你是放弃了自己,可就算按照你的估计,也还有足够的时间能救活他。"

"我……埃斯帕,求你。我没有坚强到这个地步。"

他的喉咙发紧,脉搏声在耳中怦怦作响。

"够了。"他说。他抱起她,大步走回她的坐骑边,把她推上马去,然后拂开她紧抓不放的双手。

"易霍克,"他高喊道,"过来。"

男孩服从地过来了。

"你和薇娜跟着他们俩去镇子。然后去找个医师,听见没?那边的人对怪物和它们的毒素也许比我们想象的更了解。你们在那儿等着,我会回来的。"

THE BLOOD KNIGHT

"埃斯帕,不!"薇娜无力地发出哀号。

"你说得对!"他吼了回去,"跟他们去吧。"

"你也来啊!"

他没有回答,而是闭紧嘴巴,骑上魔鬼。

"我死的时候会叫它来找你的,"他告诉奥利斯,"不过你得照看好它。"

"好的,先生!"

他转身看着薇娜,发现她和她的马儿离他只有几步远。

"别离开我。"她低声道。她的嘴唇在动,声音却几不可闻。

"不会太久的。"他许诺道。

她闭上双眼。"那就吻我,"她说,"再吻我一次。"

涌现的悲伤就像一头怪物,从他的内脏中钻出,企图一路爬向他的双眼。

"那个吻先寄存着,"他说,"我回来的时候再取。"

然后他转过身,策马飞奔,而且没有——也没法——回头。

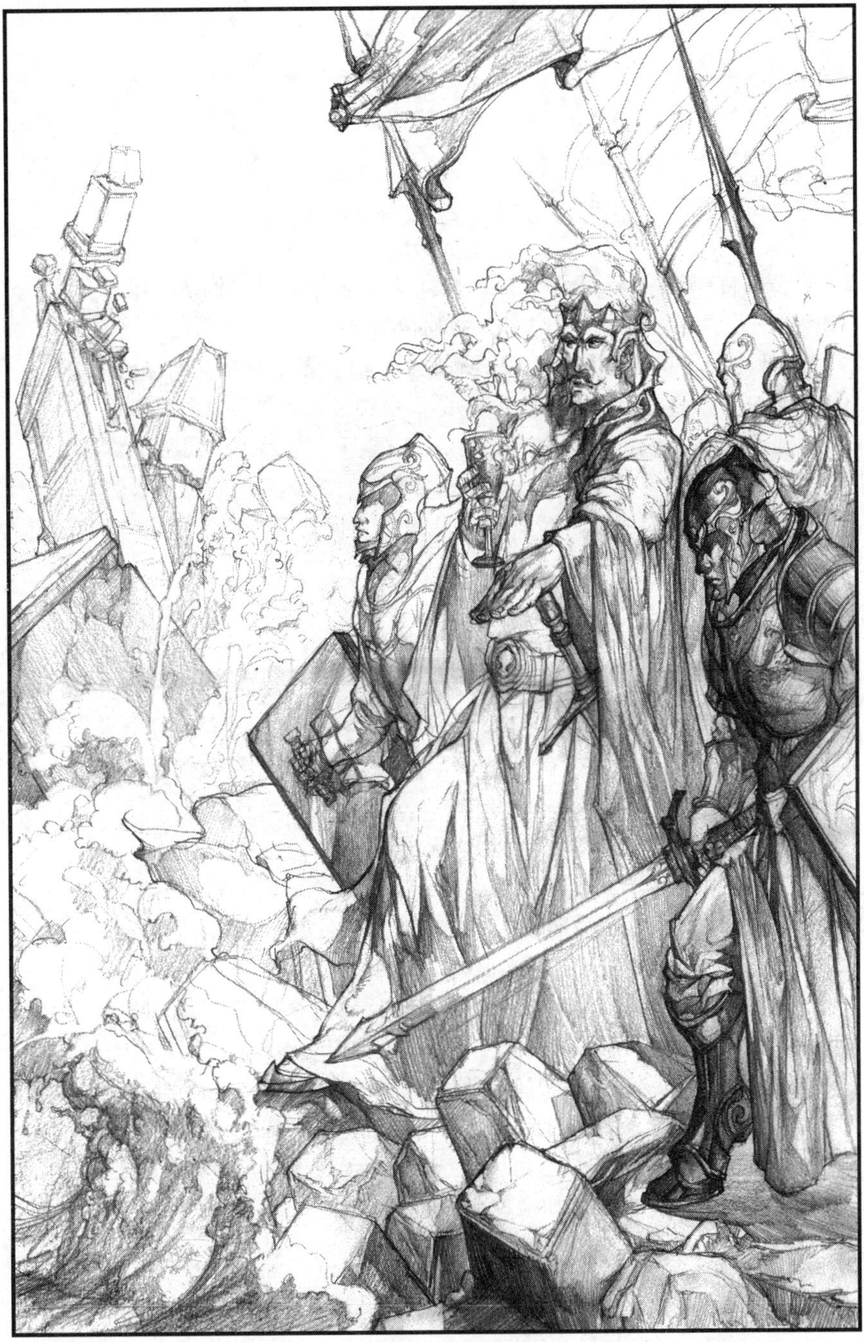

第七章 疯狼

罗伯特·戴尔摸着胡子,呷了口酒,然后叹了口气。他站在高大的堤坝上,目光扫过水淹的大地,投向伊斯冷。

"我一向喜欢盖勒产的酒,"他评论道,"能品尝到阳光的味道,你明白吧?白岩,黑土,黑眸女孩儿。"他顿了顿,"你也去过那儿吧,尼尔爵士?维特里安,特洛盖乐,火籁——你差不多周游了整个大陆。真希望你能找机会去其余地方瞧瞧。告诉我——他们都说旅行能开阔思想,拓宽味觉。你在旅途中见识到了什么新滋味吗?或者别的什么东西?"

尼尔凝视着这位亲王,心底涌起怪异的感觉:他觉得自己正看着某种昆虫。那感觉并不明显,而是暗藏在他的举止之中。

一条狗,一头鹿,甚至是鸟和蜥蜴——这些动物的一举一动都很流畅,和周遭的广大世界步调一致。相反,甲虫的动作就很怪异。不是说它们飞得很快,或者有六条腿什么的,它们更像是遵循着另一个世界——更小的世界——的节奏,又或者是遵循着属于这个世界更微妙的节奏,像尼尔这样的巨人无法理解的节奏。

罗伯特就是这样。他努力装出正常人的样子,却空有其形。从眼角余光望去,就连他嘴巴的开合也异常怪异。

"尼尔爵士?"罗伯特礼貌地催促道。

"我只是在想,"尼尔说,"怎么概括比较好。起初,世界的博大震撼了我。我惊讶于人和人的差异,又为他们的相似而吃惊。"

"有意思。"罗伯特的语气暗示他半点兴趣都没有。

"是啊,"尼尔说,"直到去伊斯冷之前,我还觉得我的世界很大。毕竟,当你身处大海之上,总会觉得它无边无际,岛屿也数不胜数。可我后来才发现,如果说世界是一张桌子,那这些全都可以装进一只杯子里。"

"真够诗意的。"罗伯特说。

"在我居住的那个小杯子里,"尼尔续道,"一切都简单得很。我知道我为谁而战,为何而战。等我到了这儿,事情就都变混乱了。我在世界上旅行得越久,混乱的程度就越厉害。"

罗伯特宽和地笑了:"有多混乱?分不清是非对错了吗?"

尼尔回以微笑:"我打了一辈子的仗,对手大都是维寒寇。他们是恶人,因为他们袭击我的同胞。因为他们为维寒而战,为曾经奴役我的同胞,而且贼心不死的那些人而战。可回顾从前,我杀死的大多数人也许都和我差不多。也许他们临死前还坚信自己动机正当,满心期待父辈们会在另一个世界看着他们,并以他们为傲。"

"噢,我明白,"罗伯特说,"你也许没听说过,不过有一种相当重要的哲学体系就建立在这个前提上。不过,这种哲学不适合优柔寡断的人,因为它提出——事实上,你刚才已经提到了——根本没有什么善与恶,大多数人只会去做自己认为正确的事。正是对'何谓正确'缺乏共识,才导致我们相信善与恶的存在。"

他近乎饥渴地倾前身体。

"你走了很远的路,尼尔爵士。很多里格的路。但人也能够在——这么说吧——时间中旅行,通过研究历史就可以。思考一下我们之间的分歧吧:我试图和寒沙加深友好关系,以避免我们负担不起的战事,却因此遭受诬蔑。那些诽谤者指出,我这么做是在给瑞克堡家族几年后夺取王位创造条件。

"但他们为什么觉得我做错了?就因为寒沙人是坏蛋?因为他们渴望控制这个王国?可我的家族,戴尔家,也是通过血腥的争斗,从寒沙人手里夺来了克洛史尼。我的曾曾祖父在白鸽大厅谋杀了瑞克堡的皇帝。那么,谁又是善,谁又是恶呢?这问题根本没有意义,对不对?"

"我没您这么博学,"尼尔承认道,"我对历史了解得不多,哲学就更少了。说到底,我是个骑士,我的工作就是遵守命令。我杀过很多人,如果我们在其他境况下见面,也许我会喜欢上他们,因为他们并非——就像你说的——邪恶之人。只是因为我们侍奉的主人之间有矛盾。有时候甚至连矛盾都算不上。为了贯彻职责,我必须活下去,而有时候活下去就意味着要杀死别人。"

THE BLOOD KNIGHT

"如你所说,世界上的大多数人都在尽自己所能,去保护他们所爱的人和他们所知的生活,贯彻他们的职责和义务。"

"这些都合情合理。"

"是啊,"尼尔续道,"所以当我遭遇真正的邪恶时,它就显得格外显眼,就像翠绿石楠花丛中的一棵黑色大树。"

罗伯特飞快地眨了眨眼,然后笑出了声。"说了这么多,你还是相信世上有真正邪恶的人。你不知从哪儿得来的看透人心的能力,能看出某些人和多数人——那些以为自己行为正当的人——不一样。"

"那我们换个说法吧。"尼尔说。

"噢,请吧。"

"您知道里恩岛吗?"

"恐怕不知道。"

"您也没有理由知道。说真的,它也就是一块礁石,只不过是一块有上千个小山谷和裂谷的礁石。那儿有狼,但它们向来待在山上。它们通常不会下到人们聚居的地方去。

"十五岁那年,我作为莱芮守备部队的一员,在里恩岛上度过了大半个夏天。那年有一头狼下了山——一头大狼。刚开始它只杀羊羔和母羊,可很快就开始捕猎孩童,然后是成年女人和男人。奇怪的是,它从来不吃自己杀死的猎物;它只会弄伤他们,再任由他们死掉。这时候,还是有很多理由可以解释它的这种行为:也许它的母亲外加兄弟姐妹全都死了,它在狼群外长大,是一条被同族憎恨的孤狼。也许它被什么东西咬了,患上了惧水的疯病。也许有人曾经虐待过它,所以它发誓要向全人类复仇。

"我们没有问过这些问题。我们没必要这么做。这东西的样子像一头狼,可它的行为不像。我们没法吓跑它,安抚不了它,也不能跟它理论。只有解决掉这头野兽,才能让世界变得更美好,于是我们就这么做了。"

"有人会说,你们可没让这头狼的世界变得更美好。"

"那我会回答,如果要世界去迎合一头疯狼的需要,那么对其他人来说,它就不再美好了。至于会要求世界迎合自己的狼——噢,这就是我说过的'石楠花丛里的黑树'了，不是吗？"

"为什么不是黑色石楠花丛里的绿树？"罗伯特思索着说。

"那也行。"尼尔赞同道，"颜色不重要，真的。"

"那么我的问题来了。"罗伯特说着，把剩下的葡萄酒一饮而尽，然后伸手去拿瓶子。他的手在半途停了下来。

"可以吗？"

"请随意。"

罗伯特又给自己倒了些酒，浅抿一口，目光转回尼尔身上。

"来说我的问题。假设你觉得某个人是你们之中的那棵黑树，是真正的恶棍，是渴望杀戮的疯狼。那你又为何觉得他能保证，比方说，一位年轻女性的安全？"

"因为他只为自己活着，"尼尔回答，"不会有更崇高的目标。所以我能肯定，他绝不会牺牲自己。"

"真的吗？就算出于怨恨或者复仇也不会？我是说，我们总有一天会死。无法避免，不是吗？我们假设这个人有野心，又发现前方的阻碍，唔，是他不可能克服的。如果一个人没法继承他垂涎已久的房子，他难道不会烧掉它？这难道不正是你描述的那种人的做法吗？"

"我听厌了，"尼尔说，"假如安妮出了任何意外，你别想死得太痛快。"

"她会发出什么信号？我很想知道。你们怎么才能知道她没事？"

"会有信号的，"尼尔断然道，"这边能看到的信号。如果我们在日落前没有看到它，我就砍断你的一根手指，送去给你的手下。直到她获得自由，或者被证实死亡为止。"

"等这事结束，安妮和我结为挚友之后，你就会发觉自己做的事有多蠢了。你觉得一个威胁自己君主的骑士会有什么下场？"

"眼下，"尼尔说，"这不需要我来操心。等到那时，我会欣然接受女王授予的任何命运。"

"你当然会啦。"罗伯特讥讽道。

罗伯特抬头看着天空，挤出一个微笑，"你还没问过你的前任主子玛蕊莉的事呢。你不好奇吗？"

"好奇得很,"尼尔答道,"我没问她的事,是因为我没有理由相信你说的任何话。无论你告诉我什么,我都会怀疑。还是等我自己去查明真相吧。"

"假如她抱怨我待她不好呢?假如一切都很顺利——我让位,安妮登基——可玛蕊莉还要抗议自己遭受的待遇呢?"

"那你和我就可以对疯狼的话题再做一番讨论了。"

罗伯特喝光了杯里的酒,便再次伸手去拿酒瓶。他正想倒酒,却发现瓶子空了。

"这儿肯定还有酒吧。"他大声说道。

尼尔点头示意,阿特沃的侍从之一便匆忙取酒去了。

"你的这些感觉,"罗伯特问道,"跟法丝缇娅无关,是吗?真希望不是这么回事。"

直到刚才,尼尔都尽量以最轻蔑的态度看待罗伯特。这样很好,因为这让他能控制住对眼前这个人的杀意想法。可如今怒意正节节高涨,他费了九牛二虎之力才将它强行按捺下去。

"真是场悲剧,"罗伯特说,"还有可怜的艾瑟妮,眼看就要嫁人了。要是威廉有点脑子该多好。"

"你凭什么指责国王?"尼尔问。

"他强迫朝议会把他的子女定为合法继承人。他难道就想象不到,这会令她们变成靶子?"

"谁的靶子,罗伯特亲王吗?"尼尔问,"篡位者的靶子?"

罗伯特重重叹息一声,"你想影射什么,尼尔爵士?"

"我觉得在影射什么的人是你才对,罗伯特亲王。"

罗伯特身体前倾,声音压得很低,"皇家制品的感觉如何?跟那些下等品种不一样吧?我一直这么觉得。可她们总是又跳又叫,跟牲畜似的,对吧?"

"闭嘴。"尼尔咬着牙说。

"别会错意了,法丝缇娅确实需要个大'家伙'。她看上去就像是那类型的,喜欢别人从后面来,跟狗儿似的趴在地上。是这么回事吧?"

尼尔意识到自己的呼吸变得刺耳,世界也随着狂怒的到来换上了明亮的边框。他的手已经握住了那把咒文剑的剑柄。

"你该闭嘴了。"尼尔说。

男孩拿着另一瓶酒跑了过来。

"这能让我安静下来。"罗伯特说。可他接过酒瓶后,却突然起身,把它朝男孩的脑袋上砸了个粉碎。

时间的流逝似乎变得极其缓慢:沉重的玻璃瓶在那侍从的鬓角上撞碎,鲜血飞溅。尼尔看到一只眼睛从眼窝中迸出,那颅骨也在冲击下变了形。与此同时,他看到罗伯特伸手去拔男孩的剑。

尼尔变得愉快起来。愉快,是因为咒文剑嗡鸣着出了鞘,而他也扑了过去。罗伯特把垂死的侍从扭到身前,可剑刃却穿透了那具尸体,深深没入了亲王的身体。尼尔感到一阵怪异的震颤,简直像是武器本身发出的抗议,他的手指反射式地松开了剑柄。

借着眼角的余光,他看到了罗伯特挥来的拳头,仍旧握着剩下三分之一的酒瓶。他不假思索地抬起手。

太晚了。脑袋的侧面在强烈的震荡下仿佛爆裂开来。他被这一击打倒在地,仅靠愤怒支撑着意识,可等他爬起身,罗伯特已经在两码开外,握着咒文剑,脸上挂着恶魔般的做作笑容。

头晕眼花的尼尔伸手去拔匕首,心里却很清楚,要对抗这把魔法利剑,它可帮不上什么忙。

可这时却有一支箭射中了亲王胸口高处,接着又是一支,罗伯特踽跚后退几步,高喊一声,身体越过堤坝落入水中。尼尔磕磕绊绊地追了过去,手中紧握匕首。

阿特沃的手下在堤坝边抓住了他,不让他跳进离地八码高的水里。

"不,你这蠢货,"阿特沃喊道,"让我的弓箭手解决他。"

尼尔奋力挣扎,可鲜血已经填满了他的一只眼睛,他的肌肉也松弛得可怕。

"不!"他大叫道。随之而来的是一阵死寂。他们等待着亲王浮上水面,看他是死是活。

可过了很久,他还是没浮上来。于是阿特沃派人下水打捞,却一无所获。

THE BLOOD KNIGHT

那天晚上，冰冷的雾气自河面升起，可鹈鹕塔却高耸于迷雾之上，黑色的北侧塔身清晰可见。

"就算她点亮了灯，"尼尔说着，用一块干净的布片按住头部的伤口，"也只代表她在严刑拷打下说出了信号。"

"嗯，"阿特沃赞同道，"只有灯不亮起来才有意义。"

"你比较希望这样，不是吗？"尼尔吼道，"要是死在罗伯特的人手上，安妮就比活着的时候对你更有用了——至少在你知道她的想法之后。"

阿特沃沉默半晌，然后灌了一口他放在旁边桌上的绿玻璃瓶里的东西。两人坐在这座烧毁过半的眉棱塔的上层，等待着安妮的信号。

他把瓶子递给尼尔。

"我可不会装出今早和她相处愉快的样子，"公爵说，"她的力量探进了我的身体。我能感觉到。她是怎么了，尼尔爵士？这女孩变成了什么？"

尼尔耸耸肩，接过瓶子。"她母亲把她送去了圣塞尔修女院。这样说你明白了么？"

阿特沃怀疑地瞪着他。尼尔喝下一口酒，尝到了火焰、泥炭和海藻的味道。他吃惊地看着瓶子。

"这是斯科的酒。"他说。

"嗯哼。欧凯·德·菲耶酒。圣塞尔修女院，嗯？修女院受训的公主。玛蕊莉真有意思。"

他拿过酒瓶，又吞下一口，芳香渗进了尼尔的鼻孔里。他向来喝得不多：酒会麻木人的感官。可现在他不怎么在乎，反正他的感官根本毫无用处，而且他全身都疼得厉害。

"可你误会我了，尼尔爵士，"阿特沃说，"我觉得一个十七岁的女孩缺乏攻克全世界最坚固要塞的技巧，不代表我的目标是王位。做个被朝议会呼来喝去的无聊公爵已经够让我不舒服的了。无论你相信与否，我都觉得她才是应该坐上王位的人，而且我一直在努力把她送上去。"他又喝了一口，"好吧，她有她的法子，瞧瞧现在发生了什么。"

"都是因为我,"尼尔说着,抢回酒瓶,狠狠灌下一口。那个瞬间,他还以为自己会窒息,可酒液下肚的感觉比刚才顺畅了些。"因为我的愤怒。"

"罗伯特挑起了你的愤怒,"阿特沃说,"他想死。"

"他想要我跟他搏斗,"尼尔说着,没理会阿特沃朝酒瓶伸得老长的手。然后他递过瓶子,"这太明显了,可我还是像个不动脑子的傻瓜上了当。怒气让我失去了判断力。但他没有死,千真万确。"

"我没瞧见当时的情况,可他们说你狠狠刺了他一剑,而且他确实没有浮上来。"阿特沃指出。

"噢,这年月可没什么说得准,"尼尔说,"在维特里安和邓莫哥,我跟一个不会死的人交过手。头一次他差点干掉我。第二次我砍掉了他的头,可他还能动。最后我们把他剁成了上百块,然后烧成了灰。有个朋友告诉我,他是种名叫'纳斯乔克'的东西,是因为死亡的法则被打破才出现的。眼下我还算不上这种事的专家,不过我跟这种东西搏斗过,我很确定罗伯特亲王就是另一个纳斯乔克。"

阿特沃用尼尔没听过的某种语言咒骂了一声,然后沉默了足够他们俩喝上三杯酒的时间。这是种约定俗成的沉默——至少是在喝酒的时候。

"有那么些谣传,"他开口道,"提到过这种事,可我没在意。罗伯特的口味向来不健康,人们又喜欢夸大其辞。"

尼尔又喝了一口。此时这欧凯酒就像一位老朋友,正拖着毛毯从脚趾盖向他的全身,让他温暖起来。

"这就是我们的疏忽之处,"他说,"罗伯特大概早就告诉手下,等他们一进城门,就杀掉安妮,或是把她关押起来。他只需要确保我们不会锁住他,或者把他剁成碎块。他只需要激怒我去攻击他,这点上他做得很好。"

"是啊,可你也得明白,无论你做什么,安妮的下场都是一样的。"

"除非等到他回去她才会有事,"尼尔说,"这计划就更高明了。等他回去,安全地待在城里,陷阱才会触发。"

"嗯哼,"阿特沃回答,"我想这样比较合理。可安妮也不是没有抵抗能力。我打赌罗伯特不知道她能做到什么。而且她还有五十个人跟着。"

水面彼端传来晚祷钟悦耳的第一声鸣响。

鹈鹕塔的窗户仍旧漆黑一片。

"如果能找到合适的防守位置,她也许能暂时支撑一下。如果她没被下毒,也没有被箭射中眼窝。"

"我可不觉得她会被骗,"阿特沃说,"塔上的灯没有亮。这表示她死了,被俘,或者因为其他原因没进城堡。无论如何,我们的职责都明确了。"

"我们该做什么?"

"我们应该进攻,就现在。关于罗伯特出事的谣言已经传出去了。就算他还活着,也没有人相信。如果给他再次现身的机会,混乱就会平息。所以趁我们还有机会,应当立刻发动攻击。"

"攻击什么?"尼尔问。

"荆棘门。她早上对我做过那些事之后,我开始相信安妮对费尔男爵和莱芮舰队的预言了。我们有两天时间来接管荆棘门。如果我们能做到——而且费尔也如期抵达——我们就有机会攻下伊斯冷,把她救出来。"

"除非她已经死了。"

"那样的话,我们就为她报仇。无论如何,我也不要看着罗伯特坐在王位上,而且我相信,你也一样。"

"你说得没错,"尼尔说着,举起酒瓶。此时那酒就像一股海潮,在这夜色深沉,湖水幽邃之际令他怒意高昂。"我们能拿下荆棘门吗?"

"有可能,"阿特沃说,"但代价会很大。"

"能让我带头吗?"

阿特沃晃了晃酒瓶,又抿了一口。"我本意如此,"他说,"看在那把咒文剑的分上。那儿道路狭窄,那把剑会起到很大作用。可现在……"

"我还是想打头阵,"尼尔说,"我是个军人,擅长杀敌,而非谋略。既然安妮不在，那么最适合我的就是那儿了。"

"你可能会死的，"阿特沃说，"安妮会以为我让你去送死是在向她报复。我可不能让她这么想。"

"我对这条命毫无留恋，"尼尔直言道，"而且我已经不在乎陛下怎么想了——如果她还能想什么的话。让我落到这种境地的是她。我已经不想在承受着失败的负罪感的同时苟且偷生。让我带头冲锋吧，我会写封信给你，谁感兴趣就给谁看吧。我想不会有人要看的。"

"你的名声比你想象的要好得多。"阿特沃说。

"那就让它继续保留着，让我活在歌谣里，"尼尔答道，"我不需要什么咒文剑。给我几支长枪，一把结实的阔剑。再给我找些不怕死的人来，我就会帮你拿下荆棘门。"

阿特沃把酒瓶递给他，"如你所愿，尼尔爵士，"他说，"我从不拒绝想面对自己命运的好人。"

THE BLOOD KNIGHT

第八章 彬彬有礼的毒蛇

赫斯匹罗笑着从座椅处起身。

"护法大人？"宜韩修士倒吸一口凉气。

"你似乎很懊恼。"赫斯匹罗说着，朝那小个子扬了扬眉毛。

"只是吃惊，"斯蒂芬飞快地回答，"埃尔登爵士使我们把您误解成了一名卑下的主祭。"

"可我确实是主祭，"赫斯匹罗说着，摸了摸他的山羊胡，"也是修道士，执事，司铎和大司铎。"

"当然，护法大人，"斯蒂芬说，"但一个人通常为人所知的只有最尊贵的头衔。"

"这话大体正确，得视此人的目的而定，"他紧皱眉头，"斯蒂芬修士，你看见我不高兴么？"

斯蒂芬眨了眨眼。

离奇怪事之观察记录

关于彬彬有礼的毒蛇

或许是此物种中最致命的一员，这条彬彬有礼的毒蛇魅力非凡，善用甜言蜜语引诱其猎物接近。它在捕食者中与众不同，惯于为了猎食和娱乐而说服其他动物为其效力。只有通过观察其眼球中央被称为血液的冰冷流质的迅速凝结，才能真正加以识别，而待它接近时再行自救，通常已为时过晚。

对其的彻底了解——或者无知——往往是幸存的关键，只要毒蛇相信仆从对己忠心不贰，便会手下留情，以观后效。可若毒蛇相信自己遭受背叛，其真正本质也已被识破，这只不幸的小山雀或是蟾蜍就将面对它发亮的毒牙……

"斯蒂芬修士？"护法不耐烦地说。

"护法大人，我——"

"或许你的焦虑来源于你想告诉我的事。你一直没有音讯。护林官和你朋友薇娜呢？莫非我交托给你的任务被你搞砸了？"

从见到埃尔登爵士之后，斯蒂芬头一回感到安心了些。不算太多，但总好过没有。

"他们被杀了，护法大人。"他说着，尽可能地装出悲哀的神情。

"这么说，那箭没效果？"

"我们根本没机会用它，护法大人。我们被大群史林德围攻。我们根本没见到荆棘王。"

"史林德？"

"请原谅，护法大人。这是乌斯提族语里描述野人的词汇，易霍克向您报告过的。"

"啊，对，"赫斯匹罗，"至少你更了解他们了吧？"

"没什么值得注意的，护法大人。"斯蒂芬撒谎道。

"真可惜。可我还是不明白。你怎么知道在这儿能找到我？我来这里的事对外没有公开。"

"护法大人，我根本不知道能在这找到您。"斯蒂芬答道。他的头脑在尚未铺设完成的虚构之路上飞速运转，思索着自己会在下一座山那边看到什么。

护法皱了皱眉。"那你们来这里做什么？你没能完成我授予你的使命。我想你的首要职责应该是汇报这次失败才对，而合乎逻辑的报告场所就是伊斯冷。你究竟为何跑到这么偏远的地方来？"

斯蒂芬的那条路缩减成了一条绳索——就是骗小孩的杂耍艺人踩的那种。他曾在莫瑞·托普的城镇广场试过一次，他成功走出两步，感觉就像打赢了一场大仗。但那只是错觉：他只走了两步，然后就失去平衡，掉了下来。

"他们是应我的要求来这儿的，护法大人。"宜韩修士插嘴道。

斯蒂芬努力维持脸上波澜不惊。他本希望自己能蒙混过关，可护法的目光已经转向了那个荷瑞兰兹人。

"请原谅，"赫斯匹罗说，"我不觉得我认识你。"

宜韩修士鞠了一躬。"护法大人，修士阿尔弗拉兹听候您差遣。莱尔主教去德易院清理异教徒的时候，我就在他身边。"

"是吗。那莱尔主教怎样了？"

"护法大人，看来您还不知道啊。现在消息本该送到您那儿了，我们派了信使去伊斯冷。主教被史林德给杀了，就是斯蒂芬修士提到的那群家伙。我们侥幸逃脱了。"

"侥幸逃脱的人还真不少，"护法评论道，"可这能解释你们为什么出现在这儿吗？"

"我们抵达了修道院，发现那里只剩下一堆堆白骨。所有人都失踪了——至少我们是这么觉得的。不过那天晚上，我们找到了佩尔主教，他被关在最高处的冥想室里。他已经彻底疯了，语无伦次地喊着什么世界末日，什么唯一的希望就是在巴戈山脉找到某座山。不到半个钟头之后，德易院僧侣遭受的命运也降临到了我们身上，史林德们发动了袭击。可莱尔主教觉得佩尔的疯话也许有些道理，所以他责成我们保护好他带到塔里的那些书籍，并且找到佩尔所说的那座山。"

"我们发现斯蒂芬修士被锁在塔里的某个房间时，时间已经快来不及了。佩尔主教把他关了起来，强迫他翻译那些让人费解的文字。"

"我被搞糊涂了。你是怎么进到那座塔里的，斯蒂芬修士？"

"埃斯帕、薇娜和易霍克被杀后，我就去了自己唯一知道的地方，"斯蒂芬说着，努力让双脚在疯狂摇摆的绳索上站定。"我对御林里唯一了解的地方就是德易院。可我刚到那里，佩尔主教就把我关了起来。"

"我记得你先前报告说佩尔已经死了，"赫斯匹罗说，口气带着怀疑。

"我搞错了，"斯蒂芬回答，"他成了残废——两条腿都废了——可他还活着。而且正如阿尔弗拉兹修士所说，彻底疯了。"

"可你们却相信他的胡言乱语?"

"我——"斯蒂芬突然停了口,"我失败了,护法大人。我的朋友都死了。我只是想抓住任何救赎的机会。"

"你们说的话非常有趣,"护法说,"说真的,非常有趣。"他的眼角绷紧,然后又放松下来。

"明天一早,我希望能听你们继续讲述。我尤其对佩尔主教忧虑的那件事感兴趣。至于今晚,我会派人带你们去自己的房间,再看看有什么东西能当做晚餐。相信你们都饿了吧。"

"是啊,护法大人,"斯蒂芬说,"感谢您,护法大人。"

一个名叫朵穆旭的修士走了过来,把他们带去了教堂里的一间小宿舍。它没有窗,只有一道门。然后他就走了,留下惶恐不安的斯蒂芬。

等房间里只有他们之后,他便转向宜韩修士。

"你都说了什么啊?"他问道,心在胸腔里怦怦直响。此时迫近的危机似乎已经过去,深埋心中的恐慌便汹涌而出。

"总得说些什么吧,"宜韩修士辩解道,"莱尔主教确实带领了远征队来取代德易院的我们——不用说,他是圣血会的人,跟赫斯匹罗一样。在史林德的帮助下,我们消灭了他们。我估计他已经知道了,但不清楚细节。看来我猜对了。"

"我不知道,"斯蒂芬怀疑地说,"我只清楚一件事,而且我对此并不乐观。"

"是什么?"

"那就是,我们在这儿,赫斯匹罗也在。你真觉得这是个巧合?"

宜韩修士抓抓脑袋。"我觉得只是运气不好。"

"不可能,"斯蒂芬断言道,"他要么跟踪我们,要么就跟我们目的相同。我想不出其他解释。你说呢?"

宜韩修士仍在深思的时候,朵穆旭修士带着面包和羊肉汤回来了。

朵穆旭以及另两个修士和他们一起睡在宿舍里,当漆黑的夜幕转过一半的时候,斯蒂芬从呼吸声判断出他们已经睡着了。他悄悄

THE BLOOD KNIGHT

地把双脚挪下那张硬木床，赤脚走到门边，心里暗自担心它会被锁上，或是在开启时会嘎吱作响。

但都没有。

他的脚底尽可能轻巧地踩在大理石地板上，几近无声。另一位得窥圣德克曼奥秘的修士也许能听见他的声音，但他先前经过时发现，教会的祭坛供奉的是圣弗罗阿，其赠礼通常与敏锐的感官无关。

要找到返回图书馆的路相当困难。他小心翼翼地走了过去，唯恐赫斯匹罗还在里面，却发现里面漆黑一片。片刻的聆听后，他没有发现呼吸或者心跳声，可他还是觉得没法信任自己的耳朵。衡内已经差不多恢复到了正常听力，宜韩和塞姆斯也是，可他们原先就没有听见蝴蝶振翅声的能力。

他心知这风险无法避免，便进了房间，一路摸索着墙壁，寻找早先看到的那个放有火绒盒的窗台。他摸到了盒子，成功点着了一小段蜡烛。在它温暖的光芒下，他开始了搜寻。

他没过多久发现了第一样东西：一卷详细描述教堂自身历史的古籍。它很大，厚得惊人，而且放在显眼的诵经台上。他立刻喜欢上了它，因为他能看出它装订过许多遍，为的是容纳新页码。变迁的历史埋藏在不同的字体与状况各异的书页之中。

最新的那些书页光滑洁白，维特里安语绣在亚麻布上，用的是教会的秘密工艺。下一页较为脆弱，而且纸质发黄，页边也很粗糙，是用去除果肉的桑葚纤维制成的莱芮纸。

最古旧的书页是上好的犊皮纸，它轻薄而柔韧。有些地方的笔迹已被磨去，可古籍本身会比它较为年轻的邻居们保存得更久。

他情不自禁地微笑着，翻过最初几页，期待能找到这座教堂建造的时间。

扉页毫无用处，是对克洛史尼的泰斯嘉福护法在戴姆斯台德建造教堂的先见之明表示感谢的献辞。泰斯嘉福成为护法还是仅仅三百年前的事：这意味着无论这座建筑看上去有多古老，它都不是在黑霸时期或者前黑霸时期建成的。

这意味着他没法在里面找到什么有用的东西了。

至少他是这么认为的，直到他看到内容简介的最后一段为止。

归还之书

对于将我们面前这座建筑留存下来的人，赞美其见识卓著与行为得体也并无不可。尽管缺乏承神灵启示的真正教会的教导，他们依然将知识之光在黑暗的荒野中保存了许多个时代。传说在上古时代，在黑霸政权建立之前，他们过着极度另类的生活，向石头和树木和池水献祭。当时有位来自南方的圣者将医药学、书写法和真正宗教的基本理念传授给他们，随即离去，再无踪影。黑暗的时代随即到来，黑稽王的大军控制了这个地区，可他们仍旧忠于信仰。在缺乏指导的情况下，岁月腐化了他们的教义，但他们并未反抗我们的到来，而是张开双臂拥抱我们，把我们看做和他们尊崇的考隆有着相同信念的人。

斯蒂芬几乎大声笑了起来。柯奥隆修士，维吉尼亚·戴尔日记的持有者。他不光在这逗留过，事实上还创造了一个宗教！

斯蒂芬继续翻阅，欣喜地发现下一页更加古老，是用古维特里安文字的一种陌生但能够理解的版本写成。但这种语言却并非维特里安语，反而更接近维希莱陶坦方言。马上看懂是不成了，如果时间充足，翻译倒还可行，所以斯蒂芬只是粗略浏览了一遍。

他找到了很多次"考隆"这个词，可直到一个钟头之后，他才发现自己真正要找的东西："韦尔-诺伊拉格纳斯"这个词和跟另一个意为"他去了"的动词并列出现。斯蒂芬打起精神，仔细阅读那段文字。片刻后，他开始在房间里翻箱倒柜，最后找到了一张纸，一瓶墨水，还有一支羽毛笔。他逐字逐句地把这页的大部分抄录下来，然后草草写下他能想到的最好译文。

他离开了，而且没有（不愿？不能？）说他为什么（去哪里？）要走。但他的向导后来说，他们沿着因纳卡尔（往上坡去了？）河（河谷？）去了哈迪瓦瑟尔（镇名？），从那里去了巫角山。他跟（老？胖？）哈迪瓦拉（?）谈了话。

我去了（跟着？）巫角山的山脚（下半部分）的**比－卓勒**（太阳永不落山之地？），他在那里吩咐我们离开。我再也没有见过他。

THE BLOOD KNIGHT

"再也没有",某人在他右耳边低语道。他听出了话中的渴望,肌肉变得僵硬,更因彻底的恐惧——发觉有人在毫无察觉之下接近自己——而痉挛。他甩动右手,砸向声音传来的方向,同时踉跄后退。

可那儿什么人都没有。

他的头脑拒绝承认,于是他用眼睛在阴影中搜寻起来。可没有东西能动得那么快,能在前一刻把嘴贴近他的耳朵,下一刻就消失无踪。

可他确实感觉到了耳边的气息,那句"再也没有"是用卫桓语念的,发音是"再亦未有",吐字清晰无比,而且并非他的声音。

"谁在那儿?"斯蒂芬低语道,他不停转身,不想背对着那东西。

无人回答。除去他自身,周围唯有的声音是烛火的噼啪轻响,唯有的动静是那小小烛火带来的光影变幻。他试图放松下来,可身体的某一部分却无法动弹,就像一尾咬下诱饵,却发现自己上了钩的鱼儿。

他无力地看着烛光随意地从昏暗到漆黑再到明亮,逐渐发现了他最害怕的一件事:光影的变幻并不随意。也就是说,从他点亮蜡烛的那一刻开始,就被某种专注于研究他——比他研究那本书的时候更专注——的东西包围起来。他惊恐地看着雕文和字母成排落上墙面,再逐渐隐去,像在暗示什么,却欲言又止。

"你是什么东西?"他以为抬高声音会有用,可他错了。状况反而更糟了,那感觉就像是被一个无赖袭击,他拔出一把刀,却发现它是用绿叶做成的。

龙蛇人立起来;尤天怪蹲伏在墙角;狮鹫大步走出他的视野边缘;他觉得自己仿佛身在一栋色彩鲜明的房子里,可他靠向墙壁时,它便崩塌粉碎,露出爬满白蚁与象鼻虫的腐朽木板。

区别在于它不是房间的墙壁,而是世界的边缘,现实的明亮幻象化为碎片,露出潜藏其后的可怕之物。

他几乎抽泣着把目光从阴影处挪开,转回烛火那里。

火焰组成了一张小小的面孔,有着浑圆的黑色双眸和一张嘴。

伴随着一声压抑过的尖叫,他吹灭了蜡烛,倾泻而入的黑暗令他安心。他走向窗边，蹲伏在冰冷的石头上，胸口不断起伏。他试图恢复清醒，试图相信刚才的一幕从未发生。他蜷起双腿和双臂，紧紧抱住自己，感觉着逐渐放缓的心跳，唯恐稍有异动，那一幕就会重演。

他听到了另一个人声，可这次不是在他耳边响起的。那嗓音听起来非常普通，就从走廊那边传来。

那本书。他抬起手，发现它就在那里。他的手能摸到古老的犊皮纸。这大概是他阅读这本书的最后机会了，可他不敢点亮蜡烛。他能撕下那几页吗？这想法已足够令他厌恶，但答案依然是不：犊皮纸得用利器裁剪，而他手边没有足够锋利的东西。他飞快地把书翻向扉页，就在这时，有东西卷住了他的手。他猛地抽回手，它碰到了他的袍子，然后落到地板上。

脚步声响起，他飞快地钻到另一张桌子下面。

脚步声更接近了，很快，门框就被烛光照亮。

"谁在那儿？"一个不熟悉的声音重复了他刚才的问话。

斯蒂芬差点出声回应。他觉得自己也许能编出一些借口，可随即听到远处传来的骚动。他僵直身体，按着地板的手掌潮湿而冰冷。

他能听到宜韩高喊他的名字，叫他快逃，还有沉重的靴底踩踏声和拔出铁器的声音。门口的那人发出类似咒骂的声音，然后跑开了。

宜韩不再喊叫。

"圣者啊。"斯蒂芬用细如蚊呐的声音喃喃道。他光脚踏过地板，寻找着掉出来的那页纸。走廊里的那个男人又折返回来，一路狂奔。

斯蒂芬的手指碰到了那张纸，他捡起它，站起身，冲向窗边。窗口很狭窄，他不得不转过身子，挤进夜晚冰冷的空气里。坠落了两王国码之后，他撞上了冻得硬邦邦的地面。坠落比预想中的更痛，可他却觉得血管里像是有火在烧。

他迈步飞奔，绕过教堂，寻找着马厩。他油然生起一种终点遥不可及的噩梦感，而脉搏的剧烈鼓动让他听不到身后任何追兵的声响。房间里的那东西似乎还包裹着他，而他能想到的只有奔跑，直到找到某个太阳已经升起且永不落下的地方为止。

他找到马厩凭借的更多是嗅觉而非记忆力,紧接着,便开始寻找他从恒村一路骑来的那匹马。

他真希望身边有光。

愿望突然得到了实现:他听到宜南灯灯盖的摩擦声,炽热的光芒随即照亮了他。他看不见拿着灯的是谁,但无论那人是谁,手里都拿着一把剑:斯蒂芬能看到伸进光柱的剑身。

"别动,"那人命令道,"以克洛史尼护法大人的名义,不准动。"

斯蒂芬呆立片刻。对准他的那盏灯晃动几下,落到了地上,光柱照向一旁。

斯蒂芬冲向马厩敞开的大门。只差几步的时候,有人抓住了他的手臂。他喘息着拼命拉扯,那只手便松开了。

"你会需要我的帮助的。"一个轻柔的声音匆忙道。他立刻知道了那人的身份。

"裴尔修女?"

"德克曼给你的记忆力还真管用,"她回答,"我为了你刚刚杀了个人。我认为你应该好好听我说话。"

"我想我的朋友们很危险。"斯蒂芬说。

"是的。可你现在帮不了他们。也许以后吧,如果他们还活着的话。现在可不行。来吧,我们得走了。"

"去哪儿?"

"去你想去的地方。"

"我需要我的坐骑身上的东西。"

"那些书?已经是护法的了。他的手下在你见到他之前就把书拿走了。来吧,否则你也别想逃了。"

"我凭什么相信你?"

"你凭什么不信呢?来吧。"

斯蒂芬只觉头脑混乱不堪,便不由自主地照做了。

归还之书

第九章 皮肤

　　里奥夫被尖叫声惊醒时，有块湿布正盖住他的额头。当然了，那些尖叫来自他自己。有那么一会儿，他甚至不想知道那块布来自何处。可当它开始移动时，他便用力甩开了它，猛地坐起身。

　　"嘘，"一个女声低语道，"没什么可怕的。稍等一会儿就好。"

　　他听到了提灯的响动。一道微光出现，随后逐渐明亮，变为火焰，映照出在灰金色发卷衬托下的心形脸蛋。这真奇怪，里奥夫心想，他从来都不觉得梅丽遗传了她母亲的容貌，可在这盏提灯的照耀下，她们的相似之处一览无余。

　　"葛兰夫人，"他喃喃道，"您——"他突然意识到自己的上半身什么都没穿，于是拉过被子盖在身上。

　　"抱歉打扰你了，埃肯扎尔大人，"葛兰夫人道，"可我确实需要找你谈谈。"

　　"你看到梅丽了？你是怎么找到我们的？"他吐出这几个字的同时，脑海里浮现出一个令人不快的想法：葛兰夫人也跟这整件事有关。这样一来，某些事就能解释了。毕竟她是个非常热衷政治的人。

　　他这想法还没有说出口，可她肯定是从他眼睛里看出来了，于是笑了笑，继续擦拭他的额头。

　　"我跟罗伯特不是一伙的，"她向他保证道，"请相信我的话：我绝不会出于任何目的把梅丽借给他。"

　　"那你是怎么到这儿来的？"

　　她又笑了笑。忧郁的苦笑。

　　"我给皇帝做了差不多二十年的情妇，"她说，"你知道吗？我第一次跟他同榻而眠的时候才十五岁。可我没把时间都花在享乐上。在伊斯冷、旖旎岛和新壤，到处都是我的眼睛、耳朵和等待报恩的人。你们被带出地牢后，我花了点时间去找你和我女儿，终于还是找到了。在那之后，就只是开出合适价码的问题了。"

"你看到梅丽的时候,她怎么样?"

"她睡不着,担心着你。她觉得你过得不好。我看到你才明白原因。"

"我一直在工作。很繁重的工作。"

"我猜也是。翻身。"

"您说什么?"

"面朝下,趴着。"

"我真的看不出——"

"我冒了生命危险跟你说话,"葛兰夫人道,"至少你可以满足一下我的要求吧,何况这对你有好处。"

里奥夫不情愿地照办了。他小心翼翼地用床单盖着身子。

"你从来都不穿衣服睡觉么?"她问。

"这是我的习惯。"他不自然地说。

"我得说,是个坏习惯。"她回答。

他的背感觉很冷。他开始怀疑她是被什么人派来,要把匕首或者毒针刺进他的脊骨。这样他就没法替罗伯特写那幕歌剧了。

他确实该当心些的,但他没有。他的愤怒仍旧徘徊不去,可噩梦却将怒气导向了错误的地方。要让他想起这些实在太困难了。

葛兰夫人的手指拂过他的背脊,他惊恐地听到自己在呻吟。这是他的皮肤许久以来头一回感受到美好,而且是难以置信的美好。指尖轻柔地梳理他的肌肉,将痛楚和紧张赶出体外。

"我没受过什么教育,"她柔声道,"更没在修女院待过。可威廉为我雇了私人教师,让我学习某些技艺。教我按摩的人来自函丹,是个手指粗壮,头发很黑很黑的女孩儿,名叫贝瑟菈。"

"你不该——这不——"

"不合适?我亲爱的里奥维吉德,你曾被疯狂的篡位者囚禁,你觉得那就合适了吗?让我们来决定——你和我——什么才是合适的。你觉得舒服吗?"

"舒服极了。"他承认。

"那就放松。我们有事要谈,不过我可以在谈话的时候继续这么干。你同意吗?"

"同意。"他呻吟着说。这时她揉完了他的脊骨两侧，随后双手分别沿着他的肩膀和上臂，朝相反的方向继续按摩。

"我要说的事一点也不复杂，"她续道，"我想我能帮助你逃跑，你们三个。"

"真的吗？"他试图起身，却被她推了回去。

"听着就好。"她说。

见他没有异议，她便说了下去。

"有支军队正在攻打伊斯冷，"葛兰夫人说，"它的指挥官，或者说表面上的指挥官，是玛蕊莉的女儿安妮。至于他们有多大可能打败罗伯特，这我不知道。他很快就会得到来自教会以及寒沙人的支援，可如果莱芮人也插手进来，这场仗可能就得打上相当久的时间。"

这时她的两只手都放在了他的右臂上，十指深深按进前臂纠结的肌腱里。他感到手指轻微痉挛，倒吸一口凉气。他原以为那儿已经没有知觉了。他的双眼在同时到来的痛苦和喜悦中湿润了。

"更重要的是，罗伯特目前心烦得很。我在城堡里有几个朋友，我相信我可以靠他们的帮助把你、梅丽和那个乡民女孩儿带去安全的地方。"

"这已经超出我的期望了，"里奥夫说，"我只想看到梅丽和爱蕊娜安然无恙。至于我——"

"都一回事，"她淡淡地说，"如果我能把他们弄出去，也就能释放你。但你的想法很高尚。我只有一件事要拜托你。"

果然，里奥夫心想。

"什么事，夫人？"他问。

"玛蕊莉喜欢你。她能听进你的话。我承认自己曾经想把儿子推上王位——毕竟他是威廉的儿子——可现在我只想保护我的孩子。假如安妮获胜，玛蕊莉也重登太后宝座，我只求你告诉她，我帮过你。仅此而已。"

"您不说我也会告诉她的。"里奥夫说。

她现在只用一只手在按摩他，正当他好奇之时，她压在他的身上，他感到某种湿热温暖之物紧贴背后，战栗的感觉一直传到脚趾

THE BLOOD KNIGHT

尖。他莫名地喘息起来。她刚才是在用另一只手解开胸衣,把裸露的胸部贴在他的背上。什么样的胸衣能用一只手解开?是每个女人都有,还是交际花才会特意去定制这种衣服?

然后她跨在他身上,顺着他的背向下挪动,一路亲吻他的脊梁,用身体拉开被单。他的全副躯体随即苏醒,变得滚烫。他已经无法忍受了:他在她身下扭转身体,她不够重也不够有力气,阻止不了他。

"夫人。"他喘息着,试图移开自己的视线。她仍旧穿着那件睡袍,只是已褪到了腰间,他能看到她长袜上方象牙般的大腿肌肤。当然还有她的乳房,百合般洁白,玫瑰般殷红……

"嘘,"她说,"这只是疗程的一部分。"

他抬起双手。"看看我,葛兰夫人,"他恳求道,"我是个残废。"

"在这种场合下,我想你可以叫我安波芮,"她回答,"而且你让我感兴趣的那些部位和区域似乎很正常,"她伏低身子,给了他温热而熟悉,又异常老练的一吻,"这不是爱,里奥维吉德,也不是施舍。这是种介于——愿意的话,就把它当做为梅丽做的那些事的回礼吧。要是拒绝,你可就太无情了。"

她又吻了他,这次是在下巴上,然后是喉咙。她抬起身子,一阵忙乱之后,他突然发现她已经完全赤裸,而他当然也没法再抗议什么了。他努力想做主动的一方,想表现得像个男人,她却温柔地引导他抛开一切,专心致志地体会她。

过程很慢,大体上安静无声,而且非常美妙。安波芮·葛兰不是他的第一个女人,可这次却远远超过他从前的那些体验,他也突然发现她所做的某些事是他从未想象过的。他能用音乐做到的,她都能用自己的身体做到。

他头一回发觉爱情也能成为艺术,而爱人便是艺术家。

有了这番领悟之后,无论他在命运之地的时日还剩多少,他都会满怀感激。

他也因此有了些许罪恶感:在他最情不自禁的时刻,他看到的不是安波芮,而是爱蕊娜的脸。

结束之后,她给他们俩倒了些葡萄酒,然后斜倚在床上,仍旧裸着身子,背靠枕头。他初次见到她时,她的个子看起来很高,但事实并非如此。她相当娇小——几乎和穿着束腰内衣时候一样苗条——可曲线却很美,他只能勉强辨认出她生育威廉的孩子后留下的虎纹状痕迹。

"你现在觉得好些了吧?"她说。

"我承认。"他回答。

她伸出手,掐灭了提灯,整个人便在渗入窗棂的月光中化为一座石膏雕琢的女神。她喝完酒,慢慢爬进被单里,转过他的身体,贴上他的背脊。

"三天之内,"她在他耳边低语道,"从现在算起的三晚之后,午夜时分。你会在门廊那儿见到我。我会把梅丽和爱蕊娜都带过来。做好准备。"

"我会的,"里奥夫说。他思索了片刻,"你是不是应该——你在这儿不会被发现吧?"

"之后的几个小时,待在这儿比待在我能想到的任何地方都要安全,"她说,"除非你想要我离开。"

"不,"里奥夫说,"我不想。"

紧贴他的温暖身躯令人愉悦,它仍旧性感,只是换成了较为温和的方式,将他逐渐送往惬意而舒适的梦乡。

再次醒来时,他迷迷糊糊地抬起头,望向那声轻响传来之处。起初他以为是安波芮在黑暗中俯视着他,可安波芮仍旧依偎着他的背脊。

于是,在微弱的月光中,他认出了泪水涟涟的爱蕊娜。

还没等他想到该说些什么,她便匆忙离去。

第十章 高贝林王庭

直到刚才,卡佐还以为自己对事态的发展了然于胸,可安妮随即踩着马镫站起身,手中短剑挥舞,高喊道:"我是你们的天降女王!我将为我的父亲和姐妹复仇,我将夺回我的王国!"

首先,她挥动的那把剑太可笑了:他宁愿用一根陈面包做武器。但另一方面,她不是用它来跟人搏斗的;她是用它来指挥的。

身穿罩袍,看起来面色不善的男人涌入广场,可安妮看起来并不惊讶。从他的角度看来,她应该惊讶才对;如果她并不惊讶,看在满瑞斯领主的分上,他就该知道原因。

莫非这一切——在广场里被人伏击——都是她的计划?这计划看起来实在不太合理。

"我们应该做什么?"他喊道。

"你待在我身边,"安妮答道。然后,她抬高嗓音,指着冲进广场的那些人。"拦住他们!"

安妮的五十名随员中的四十个立刻做出响应:他们朝着那些城市守卫,或者说罗伯特的护卫,或者随便什么人冲了过去。场面很快就乱作一团,因为广场上全是人,尽管他们努力想为这两支武装势力让出道来,推搡当中还是有许多人失足摔倒。

安妮剩下的卫兵聚集在她身边,而她下了马,大步走向那群艺人。大吃一惊的卡佐下马时太过匆忙,险些摔倒。

等他的脚着落到广场上,他突然为自己能再次踏上鹅卵石路面而异常欣喜。不是草原,不是耕地,不是没有人烟的林地,也不是神明遗弃的荒地中的一条不知从何而来的小径,而是城市的街道。他几乎开心得笑出声来。

他随即发现自己搞错了。安妮的目标不是那些艺人,而是克莱蒙爵士,后者已经跳下了马,跑到那法官身边,从那些教会护卫那里取来一把剑，握在手上。教会的士兵们放低枪尖，挡在法官四周，腰间长剑留作备用。

但那个叛徒克莱蒙是个骑士，所以他倾向于用剑。

卡佐飞奔过去，挡在安妮和那骑士之间。

"请允许我为您代劳，殿下。"他说着，留意到了安妮眼中稍显反常的神色，像极了她在邓莫哥那晚的样子。他发现克莱蒙真该感激他才对。

她略略颔首，卡佐便拔出武器，这时克莱蒙也冲了过来。

不是卡斯帕剑，而是埃克多，他从那个瑟夫莱德斯拉塔手里得来的细剑。它用起来并不趁手，剑身太轻，平衡点的位置也很怪异。

"Zo dessrator, nip zo chiado,"他提醒对手，"是剑客，不是剑。"

克莱蒙没理睬他，继续冲来。

令卡佐欣喜的是，这场打斗没有原本想象的那么简单。卡佐发现，骑士穿着盔甲的时候非常难对付，不过这跟他们的剑术——无一例外地笨拙、笨拙，无聊得让人打哈欠的剑术——没有半点关系。部分是因为他们手里那种比较像开了锋的扁平铁棍儿的武器。

克莱蒙的武器比他离开维特里安后见过的大多数剑都稍微轻薄一些，但从本质来说，它还是那种类似菜刀的玩意儿。真正不同的是那家伙持剑的方式。穿甲的骑士倾向于抬高武器，砍向肩部和髋部。他们不怕对手迅速刺向手掌、手腕或者胸口进行阻挠，因为他们的身体通常都被包在铁皮里。

可克莱蒙却放低武器，摆出和德斯拉塔相差无几的横挡剑势，尽管他的重心往后腿——比卡佐认可的——稍微多放了些。他把剑握在身前，手臂伸向卡佐的脑袋，令卡佐的目光正对上骑士的指节，而后者的剑尖怪异地向下倾斜，大致对准了卡佐的膝盖。

卡佐好奇地刺向毫无遮蔽的手背。克莱蒙的身手快得远远超出卡佐的料想，他只是稍稍挪动前臂，将手腕翻转过来，双肩却纹丝不动。这迅速而简洁的一转抬起了长剑的强剑身，挡住了卡佐的刺击。克莱蒙的剑尖也同时抬起，沿着细剑飞快削来，迫使卡佐收回剑招，更将手腕暴露在长剑的利刃之下。若非早有准备退后一步，

THE BLOOD KNIGHT

这一剑就得挨个正着了。

"真是有趣得很。"他告诉克莱蒙,后者穷追不舍地跳将过来,欺进卡佐剑尖内侧,再度垂下剑身,然后抬起手,把卡佐的武器挡在外侧。他再度诡异地扭转手腕,砍向卡佐的脖颈右侧。这回卡佐退得更远,迅速格挡,剑柄几乎抵在右肩上,接着迅速冲向左方,剑锋刺向骑士的面部。

克莱蒙蹲下身子,等到卡佐接近,他手臂使劲,比先前更用力地砍向对手的侧腰。卡佐听到利刃破空之声,随即从对手身边挤过,转过身,打算刺向他的背后。

可他却发现克莱蒙已经面朝着他摆出了守势。

"*Zo pertumo tertio,com postro pero praisef.*"他说。

"无论你这话是什么意思,"克莱蒙回答,"我都得庆幸你的舌头不是真正的匕首。"

"你误会了,"卡佐说,"如果我想要评论你的外貌或者称呼你,我会用你们的语言来说,比方说,一头毫无荣誉感且没有教养的猪。"

"如果我想叫你可笑的花花公子,我会用自己的语言,因为我怕说出你们的语言就等于把自己给阉了。"

附近有人尖叫起来,卡佐懊恼地意识到,他眼下不是在决斗,而是在作战。安妮不在他身边,就算他现在去找她,也无法避免被人割断腿筋的危险。

"抱歉。"他说。克雷蒙似乎有些摸不着头脑,但紧接着卡佐便发起了攻击。

他首先用了相同的攻势,刺向对手的手背,而后果也和之前一样。剑刃像刚才那样砍了过来,可卡佐灵巧地扭转手腕,避开了对手的格挡。令他赞叹的是,克莱蒙爵士觉察到了对手的变招,迅速退后一步,剑尖再次垂低,挡下瞄准他手掌内侧刺来的一剑。他手中长剑略略收回,接着用力格开卡佐的剑,砍向他伸出的膝盖。

卡佐等这一击挥出,迅速收回膝盖,前脚一直退到后脚处,身体站直,略微前倾。与此同时,他的细剑避开对方的剑刃,直指克莱蒙的脸部。挥砍而来的利刃在离卡佐的细剑一掌宽之外切开了空气,可克莱蒙的前冲之势令他撞上了卡佐伸出的剑尖。细剑干净利落地钻进了他的左眼。

卡佐张口想对这招加以说明,可看到克莱蒙正带着恐惧的神情死去,他突然没了奚落他的兴致——无论他做过什么坏事。

"打得漂亮。"骑士倒下时,他说。

接着他转身去看其他人的状况。

他匆匆扫视了一圈。奥丝妮还在她该在的地方:远离打斗,由一名御前护卫照看。安妮伫立不动,俯视着法官,后者正用一只手捂着胸口。他面孔涨红,双唇发青,可周围却不见血迹。他的守卫大都已经死了,但还有几个正跟保护安妮的御前护卫们负隅顽抗。

他们在广场其他部分的战斗似乎也稳操胜券。

安妮抬头看着他。

"放了这些艺人,"她简洁地说,"然后上马。我们很快就得骑马前进了。"

卡佐点点头,既为她的指挥能力而骄傲,又感到不安。他第一次见到安妮的时候,她可不像这样。那时的她是个女孩,是个人,是他喜欢的人。他开始担心那个安妮已经不见了,被另一个人彻底取代了。

他砍断那些艺人的绑缚,对他们的感谢报以微笑,然后照安妮的命令回到马上。广场上的战斗行将结束,她的士兵正朝着她身边集结。他迅速清点了一遍伤亡,发现他们只损失了两个人——真是笔划算的买卖。

安妮坐得笔直。

"你们都看到了,我们遭到了背叛。我叔叔打算在我们进城的那一刻就杀死或者活捉我。我不知道他打算如何逃脱惩罚,但我毫不怀疑这点。幸好我们在进城前就发现了这一点——否则我们是绝对没法突围出来的。"

里弗顿爵士,这群御前护卫的首领,清了清嗓子。

"如果不是这么回事呢,陛下?如果攻击我们的这些士兵只是弄错了呢?"

"弄错了?你们都听到克莱蒙爵士的话了:他下了命令。他知道那些士兵在这儿。"

"是啊,不过我的看法是,"里弗顿说着,把缀满汗珠的额头前的长发拂开,"或许克莱蒙爵士,呃,被你对法官说的话激怒了,才下达了这道违背罗伯特亲王意愿的命令。"

安妮耸耸肩,"你这话说得真客气,里弗顿爵士,却暗示说我糟糕的判断力应当受到谴责。情况并非如此,但现在已经不重要了。我们不能继续往城堡那边去了,而且我怀疑我们根本没法照原路杀出城外。就算我们做到了,还有舰队挡在我们面前。"

"当然,这儿也不宜久留。"

"我们可以夺下要塞东面的塔楼,"里弗顿爵士提议道,"也许能在那里支撑到公爵来援救我们。"

安妮思索着点点头,"和我的打算差不多,不过我考虑的是高贝林王庭区,"她说,"我们能攻下那儿吗?"

里弗顿眨眨眼,张开嘴,然后挠挠耳朵,困惑的神情出现在他满是皱纹的脸上。

"这边的大门很结实,街道也都够窄,可以架设实用的防御工事。但只有这么些人,我不知道我们能撑多久。具体时间取决于他们阻止我们的决心有多大。"

"至少几天吧?"

"也许行吧。"他小心翼翼地回答。

"噢,必须得行。我们现在就得动身,而且要快,"她说,"不过我需要四个志愿者去做一件比较危险的事。"

他们沿着曲折的街道前进时,安妮忽然很想驭马飞奔,离开敏胡斯广场和周遭的一切,越快越好。但她抵抗住了诱惑。

法官知道自己身上发生了什么。她并不打算杀他,只是想把自己的恐惧放进他的心里。可她越是攥紧那颗肥胖腐朽的心,他越是哀声乞求饶命,她的愤怒也就更加强烈。

但她还是及时放了手。他的心脏现在肯定很虚弱。

"总之,他恐怕很快就会死了。"

"什么?"奥丝妮问。

安妮这才发现自己把心中所想说了出来。

"没什么。"她回答。

谢天谢地,奥丝娅没有追问下去。他们继续朝坡下前进,经过南方的**恩布拉图**门,进入低处的城区。

"怎么有这么多城墙?"卡佐问。

"呃,我也不清楚,"安妮回答,她有点尴尬,不过还是为他们之间能有个无伤大雅的话题而高兴,"我的私人教师讲课的时候,我从来没认真听过。"

"它们——"奥丝娅欲言又止。

安妮发现她朋友脸色发白。"你还好吧?"

"我很好。"奥丝娅的回答很是牵强。

"奥丝娅。"

"我只是吓着了,"奥丝娅说,"我总是被吓着。这种事总也没个完。"

"我知道我在做什么。"安妮说。

"这才是最让我担心的。"奥丝娅说。

"把城墙的事告诉卡佐吧,"安妮请求道,"我知道你还记得。你向来专心致志。"

奥丝娅点点头,闭上眼睛,咽了口口水。等她再度睁眼时,眼眶周围都湿润了。

"它们……那些墙是在不同时期建成的。伊斯冷一开始只是座城堡,准确地说是座塔楼。许多个世纪以来,人们不断扩充城区,但大部分的城市建筑都是芬迪盖诺斯一世建造完成的。他的儿子建起了第一道城墙,取名叫恩布拉图墙——就在我们刚才经过的地方。可城市却在城墙外继续扩张,所以几百年之后,在德·罗依摄政期间,埃特尤弥三世建起了诺德之墙。

"最外面的那座墙,我们把它叫做**堡垒墙**,是在瑞克堡统治期间,由提沃斯翰二世所建。它是唯一一道完全封闭的城墙:由于要进行其他房屋的建造,内部的两座城墙都留有人为的开口。"

"于是它就成了最后一面名副其实的城墙。"

"上一次攻入伊斯冷城的人,是安妮的曾曾祖父威廉一世。即使

THE BLOOD KNIGHT

在攻破了堡垒墙之后,他还是花了好几天才进入城堡。守军在古老的城墙开口里竖起了路障。据说当时简直血流成河。"

"希望历史不会重演。"

"希望流的不是我们的血。"安妮说。她想活跃一下气氛。卡佐笑了,可奥丝娅的微笑看起来更像苦笑。

"总之,"安妮续道,"我也许不了解历史,可我从前去过高贝林王庭区,而且父亲曾跟我说过一件关于那儿的非同寻常的事。"

"是什么?"卡佐问道。

"整个伊斯冷,只有那里有一处两道城墙的交会地。诺德之墙一头撞进了堡垒墙里。这造成了某种类似死胡同的地形。"

"你是说那里只有一个方向能出入。"卡佐说。

"差不多吧。城墙交会处的附近有道城门,只是不太大。"

"所以这就是你选择高贝林王庭的原因?"奥丝娅问道,"我都不知道你这么精于谋略。你来之前和阿特沃商量过吗?这些都是你们的秘密计划?"

安妮的心里涌起一股怒气。为什么奥丝娅非要质问她说的每一句话?

"我没跟阿特沃商量过,"安妮语气平淡地说,"这不是什么计划,只是个选项。我宁愿像说好的那样进城堡去,但我确实不相信罗伯特会遵守承诺。所以你说得对,我的确事先思考过这件事。"

"可如果你真这么确定我们会被背叛,干吗还要进城来?"奥丝娅大声发问。

"因为我知道一些其他人都不知道的事。"安妮回答。

"可你不打算告诉我那是什么,是吗?"

"我当然会,"安妮说,"因为我到时会需要你的帮助。但不在这儿,不是现在。很快。"

"噢。"奥丝娅说。在这以后,安妮觉得她看起来稍稍满意了些。

有了奥丝娅的描述,卡佐毫不费力地就认出了高贝林王庭区。他们进入城区,穿过一道大小适中的城门,还有比城门伟岸得多的淡红石墙。在一座鹅卵石广场的对面,距离不过三十王国码的地方,是一排造型奇特的建筑，紧贴着另一道城墙。第二道城墙比之前那道更加宏伟，石材几近纯黑。卡佐认出那便是堡垒墙。

在他持剑手的那一端，他看到那两道墙的确交会在了一起，而且就在墙角的位置，有一栋几乎倚靠着接合处，造型怪异而狭小的宅邸，看起来极为不祥。随着两道城墙围绕山峰向上延展，直到视线之外，墙壁间的距离也略微宽阔了少许，但仍旧近得令人不适。

他对战争和谋略了解得不多，可这儿看起来不像是那种能轻易容纳五十人的地方。首先，外侧那座墙肯定是在城堡一方的控制下。如何阻止他们从高处倒下滚油，射来箭矢？或是借助绳索蜂拥而下的士兵？

诺德之墙的确够高，不过另一侧的房屋离城墙太过接近，给攻击者提供了踏脚处，就算那里没有楼梯能上到屋顶——而且多半是有的——他们离墙顶也只有几码的距离。

简而言之，卡佐觉得这样与其说是得到保护，倒不如说是被困住了。

尽管疑虑重重，眼前的景色还是令他目眩神迷。房屋，招牌，还有在那些充满异国情调的宽檐帽和面纱下朝这边窥视的苍白面孔。

"*Echi' Sievri.*"他说。

"对，"安妮确认道，"瑟夫莱。"

"我从没在一个地方见过这么多人。"

"等等就好，"安妮说，"他们大多要等到晚上才出门。那才是高贝林王庭区真正热闹的时候。人们也把这儿叫做瑟夫莱特区。这儿有好几百人口。"

卡佐知道自己目瞪口呆，可他没法控制自己。退一步说，城墙这一边的街区灰蒙蒙的：荒废棚屋的屋顶布满裂缝；石制建筑的光鲜早已是数十载前的往事——或者好多个世纪以前；街道塞满了碎石、垃圾和脏兮兮的孩子。

可高贝林王庭区却干净整洁，色彩鲜明。房屋又高又窄，屋顶尖到滑稽的地步。所有屋子都整齐地上了漆：有锈红色，芥末色，焦橙色，紫罗兰色，凫蓝色，还有其他柔和欢快的颜色。高处的窗间拉起的细绳上，鲜明的衣物像旗帜般飘扬，棕土色的招牌上黑色的大字宣示这些屋子是占卜店、卡牌算命店、药房和其他稀奇古怪的商店。

"陛下,"里弗顿爵士开口打破了这迷人的魔咒,"我们没剩下多少时间了。"

"很好,"安妮说,"你有什么建议?"

"至关重要的是堡垒墙,"里弗顿说,"我们需要对它进行丈量,并且占领圣希瑟尔塔和维希尔塔,以及两座塔之间的一切。接下来我们应该在这儿的北面建造屏障:我认为威顿十字那里最适合。而且我们需要有人守在诺德之墙的上面。这很简单:我们在这边有梯子。堡垒墙就比较麻烦一点了。"

谁说我不懂战略的?卡佐心想。他大声提出了建议。

"墙角的那间宅子都快碰到墙头了,"他说,"剩下的距离我们也许可以爬过去。"

里弗顿点点头。"大概可以。我去找些人把盔甲脱掉。"

"这需要花时间,"卡佐说,"干吗不让我先试试呢?"

"你得保护安妮。"奥丝妮指出。

"可我现在就没穿盔甲,"他说,"如果我们给对手时间在墙上部署人手,他们就能在我们发觉前把石头扔过来。"

"他说得对,"安妮说,"让里弗顿爵士保护我,直到他回来为止。去吧,卡佐。等御林护卫们脱掉盔甲,就会跟过去的。"

他们骑马来到屋前,卡佐下了马,敲了敲门。片刻后,一个瑟夫莱女人应了门。她被牢牢包裹在红色和橙色的布料里,卡佐除了那只淡蓝色的眼睛,以及眼睛周围白得能看出血管的肌肤,其他什么都看不到。她甚至没给他们说话的机会。

"这是我的房子。"那女人说。

"我是安妮·戴尔,"安妮坐在马背上回答,"这是我的城市,所以这也是我的房子。"

"当然,"女人淡淡地说,"我一直在等你呢。"

"是吗?"安妮发问的语气有些冰冷,"那你也该知道,我的手下需要找到去你屋顶的最短路线。"

"不,这我不知道,"那女人回答,"不过当然,我可以帮你们,"

她的目光再度聚焦在卡佐身上,"就这么进来吧。房间中央有个螺旋楼梯,能直接走到顶楼。打开那扇小门,就能到最高处的阳台。你们得从那儿爬上屋顶。"

"感谢您,女士,"卡佐欢快地说。他脱下帽子,朝着女孩们挥了挥,"我不会耽搁太久的。"

安妮看着卡佐消失在楼梯上,只觉一旁的奥丝娓绷紧了身体。"他不会有事的,"安妮低声道,"卡佐就是为这种事而生的。"

"是啊,"奥丝娓说,"他也会为此而死。"

每个人都会死,安妮心想,但她明白眼下说这话可不太明智。于是她把注意力转回到那个瑟夫莱女人身上。

"你说你在等着我。这话什么意思?"

"你想使用**克瑞普林**通道。这就是你来的理由。"

安妮看着里弗顿爵士,"你能重复一下她刚才的话吗?"安妮向御林守卫发问。

里弗顿张开嘴,面露困惑之色。

"不能,殿下。"他说。

"里弗顿爵士,"安妮说,"去集结剩下的人手。我在这儿暂时不会有事。"

"这恐怕会让我不太安心,陛下。"他说。

"照做吧。劳驾了。"

他抿起嘴唇,然后叹了口气。"遵命,陛下。"他说完,便匆忙去指挥他的部下了。

安妮把脸转向瑟夫莱女人,"你叫什么名字?"她问。

"他们都叫我主母乌恩。"

"主母乌恩,你知道**克瑞普林**通道是什么吗?"

"它是条很长的隧道,"那女人说,"它的起点是伊斯冷城堡的深处,终点在伊斯冷墓城。我是那条隧道的看守。"

"看守?我不明白。是我父亲任命你的?还是我母亲?"

那个老女人——至少她给安妮留下了苍老的印象——摇了摇头。"伊斯冷的第一位女王任命了第一任看守。从那以后,我们就在我们之中进行挑选。"

"我不明白。你们都看守什么?"

那只眼睛睁得更大了。"当然是*他*。"

"他?"

"你不知道?"

"我根本不知道你在说什么。"

"噢,是嘛。真有意思,"主母乌恩退后了一点儿,"你介意去里面继续谈吗?阳光照得我眼睛疼。"

六名只穿着革制软甲的御前护卫走来时,她又往里面退了些。那女人把告诉卡佐的路线又重复了一遍,他们便走过她身边,进了屋子。

"殿下?"她催促道。

可还没等安妮回答,奥丝娅的闷声尖叫就吸引了她的注意力。她的蓝色双眸盯着高处,安妮顺着她的视线飞快向上望去。

她看到了一具小小的形体——卡佐——正努力爬向陡峭的屋顶上方的城墙。看起来他已经离得不远,最多一两王国码。

可在高墙之上,两个身穿盔甲,手持长矛的士兵正朝他冲去。

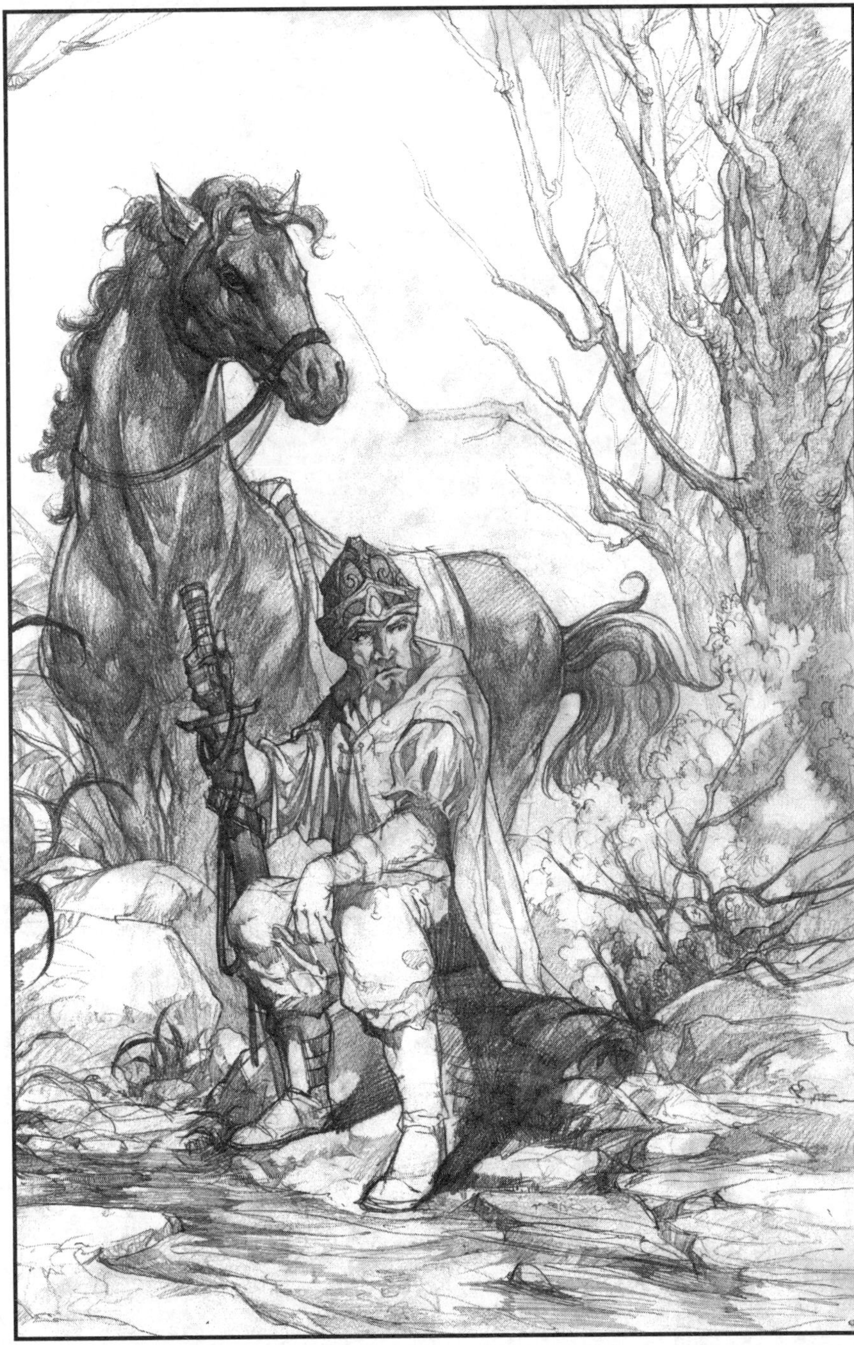

第十一章 沙恩林

那人用咄咄逼人的灰色眼睛上下打量了一番埃斯帕，扬起一边眉毛。

"你死定了。"他说。

这家伙自己看起来也离死不远了。他瘦得皮包骨头，灰发稀疏杂乱，脸上的肌肉被阳光晒成了棕褐色，挂在他的颅骨上，就像一张不成形的面具。他的话简洁明了，不带讥讽，也没有威胁之意，只是个正在描述自己所见的老人。

"你见过她？"埃斯帕问。

老人的目光转向那片青翠的森林。

"有人说这种事根本说都不该说。"他回答。

"我要去找她，"埃斯帕，"你可以帮我，也可以不帮，"他顿了顿，"我更希望你帮我。"

老人又扬起一边眉毛。

"这不是威胁。"埃斯帕飞快地说。

"嗯，"那人说，"我这辈子都住在离森林投石之遥的地方。所以我猜我见过她。要不就是她想让我见着。"

"这话什么意思？"

"我是说她每次的模样都不一样，就这么个意思，"他说，"有次有头熊跑进了空地里头。一头大黑熊。我正想一箭射过去——我差点就这么干了——然后她看了看我，我就明白了。有时候她是一群牛。他们说她有时候是个瑟夫莱女人，可我从没见过。见过瑟夫莱或人类模样的那些人基本上都没剩几口气了。"

"你怎么知道？我是说如果有人瞧见过她……"

"有些人还能多活一会儿，"老人说，"所以才能告诉别人。所以我们才能知道。"他又靠近了些，"她只跟死人说话。"

"那活人要怎么跟她说话？"

"死掉就行。或者把别人弄死。"

"这又是啥意思?"

"这是他们说的。她不能像我们那样说话。要么就是她不乐意。我估摸着她能,只不过她觉得死人多多益善。"他看起来愁眉不展,"我每天都担心她出来要我的命。"

"嗯,"埃斯帕叹口气,"你还有什么能告诉我的?"

"嗯哼。有条路可以让你找到她。可别走岔了。"

"很好。"埃斯帕说着,转身朝魔鬼走去。

"过路的那个!"老人高喊。

"啥?"

"你可以在这留一晚。好好考虑。喝点儿汤。至少不用做个饿死鬼。"

埃斯帕摇摇头。"我赶时间,"他转身想走,却又回头看着老人,"要是你真这么害怕她,干吗还住在这儿?"

老头儿像看疯子似的瞪着他。"我说过了,我出生在这儿。"

害怕沙恩林的不止那老头一个。高耸的细长木杆上挂着牛、马和鹿的头骨,暗示着其他人也对那地方有所顾虑。埃斯帕不清楚那些骨头是做什么用的,不过某些木杆的中间搭有柳条编成的小小平台,他看到那上面留有绵羊和山羊的腐烂残躯,几个他觉得装有啤酒或是葡萄酒的瓶子,甚至还有几捆发黑的花束。看起来他们觉得修女喜欢其中的某些东西,但不清楚具体是什么。

森林横亘于前方,没精打采地躺卧在群山与白巫河的宽阔河谷之间。河流消失在他北面两箭之遥的蕨草丛中。他的目光缓缓掠过森林里每个目力所及的角落,试图计算出它的大小。

只需一眼,就能看出它和御林的分别。橡树、山胡桃、艾睿、落叶松和榆树的轮廓代之以高耸的翠绿云杉和芹叶钩吻,枝条繁茂,却没有半片叶子的铁木,还有几株在浓密的绿色针叶树的映衬下洁白得仿佛骨头的白桦。靠近河水的那一边,枝干扭曲的柳树,树皮开裂的柳树以及松树占据了他的视野。

"好了,魔鬼,"他嘟哝道,"你怎么看?"

THE BLOOD KNIGHT

直到接近森林后，魔鬼才以绷紧的肌肉和犹豫的动作——种种有违它习性的行为——无声地表达了自己的意见。当然了，眼下它又累又饿，而且龙蛇的毒素仍在生效，可就算如此……

一人一马沿着那条小径进了沙恩林，这时埃斯帕发现自己正在努力回忆"魔鬼"究竟有几岁了。他想了起来，但答案让他不太满意，于是开始思索为什么没人敢进的林子里会有路。是谁在清理路面？

白天还剩下几个小时，可阴云密布的天空和高耸的常青木将黄昏提早带给了埃斯帕和他的坐骑。他给弓上了弦，横放在鞍桥上，感受着大腿底下不断抖动的壮硕肌肉，而"魔鬼"不情不愿地继续前行，涉过一条又一条溪流——照埃斯帕的估计，它们应该是丘陵那边的积雪融水。尽管天气寒冷，林地间的蕨草却依然青翠茂盛，翡翠色的苔藓铺满地面、树身和枝头。森林看起来很健康，可闻起来却不太对头。不知为何，它看起来比御林病得更厉害。

等到天色终于暗得需要扎营的时候，他估计他们已经走了约莫一里格的路。天很冷，而且埃斯帕能听到不远处狼群醒来的声响，所以他决定不管那修女对火的喜好问题了。他找来易燃的枯叶和细树枝，聚成一堆，用一个小小的火花赐予了它们生命。火势不大，但足以保持他半边身体的温暖。他坐在一棵菩提树的树根上，看着火焰吞食着柴火，闷闷不乐地想着薇娜是否还活着，他又是否该照她说的留下来。

留下来听她的遗言？见鬼去吧。

可怕之处在于，一部分的他已经在思索没有她的生活会是怎样的。同样是这部分的他更对当初那个无法挽回的决定心怀愧疚。人究竟是种什么东西，他心想，会冒出这种想法？难道在心底的最深处，他希望她死掉？就在葵拉——

"不。"他说。声音响得连"魔鬼"都盯着他看。

可这是事实。

他遇见葵拉的时候很年轻，比现在的薇娜还要年轻。他以无比的狂热——从此再也感觉不到的狂热——爱着她。他依然记得她的气味，仿佛滴落在兰花中的水珠的气息。她皮肤的触感比一般人类的肌肤温暖。回顾当时，她甚至比他还要疯狂，和人际关系方面没什么可损失的埃斯帕相比，葵拉出生在一个以预言闻名的家族。她有财富和前途，还有得到美满婚姻的机会。

可她却跟着他私奔，隐居在森林里，他们一度非常满足。

但为时很短。也许他们应该生些孩子。也许瑟夫莱或者人类的世界应该更加包容些。

也许。也许。

可事实上他们相处艰难，而且每一天都更加艰难，艰难到葵拉去和旧情人上床。艰难到当埃斯帕找到她的尸体时，一部分的他甚至松了口气。

他憎恨杀死葵拉的芬德，可如今他发现，他恨芬德，更多是因为他把他肮脏的内心揭露了出来。埃斯帕过了二十年的单身生活，可这不是因为他害怕失去他爱的人。因为他知道，他不配爱上任何人。

他现在还是不配。

"见鬼。"他对火堆说。他是从什么时候开始思考这些的？要是早点想到该多好。

狼群发现了他。他能听到它们的爪子在黑暗中沙沙作响，时不时有一双眼睛或者一块灰色的毛皮被火光映照出来。它们很大，比他见过的任何野狼都要大——而且他以前见过好些个头相当大的狼。他不觉得它们敢靠过来——只要火堆还烧着——但这取决于它们到底有多饿。这还取决于它们和他熟悉的那种狼是否相像。他听说某些北方狼不像它们常见的同类那样害怕人类。

眼下它们还保持着距离。没准它们更害怕阳光。

他用木棍拨弄了几下，让火烧得更旺，接着伸手去拿放在身边的木柴——然后他愣住了。

她离他只有四王国码，而他一丁点儿声音都没听见。她蜷缩身体，坐在自己的脚跟上，用浅绿色的眸子看着他，长长的黑发披散双肩，皮肤白得像桦树的树皮。她全身赤裸，看样子非常年轻，可六只乳房最上面那对却胀鼓鼓的，这种特征只有二十岁以上的瑟夫莱才有。

"葵拉？"

她只和死人说话。

THE BLOOD KNIGHT

可葵拉已经死透了。只剩骨头。特穆诺斯纳特镇上的人能看见死人的魂灵，至少是自称能看到。年老的瑟夫莱女人无时无刻不装出一副和死人交谈的样子。而他自己也在阿卤窑的幽深洞窟里见过些东西，那些要么是幻象，要么就是——别的什么。

可面前这个……

"不，"他大声说道，"她的眼睛是紫罗兰色的。"可除此之外，她和葵拉太像了：分毫不差的唇线，咽喉处的某部分血管也正是山楂叶的形状。

太像了。

听到他的话，她张大了眼睛。他几乎不敢呼吸。他的右手仍然悬停在空中，左手刚才本能地去拿斧子，此时依旧握着冰冷的斧身。

"你是她吗？"他问。

见过瑟夫莱或人类模样的那些人基本上都没剩几口气了，那老头儿这么说过。

她浅浅一笑，狂风顿起，吹得营火跃动不止，也掀起了她的秀发。

然后她就不见了。就好像他刚才看到的她是一只巨眼中的映像，而那只眼睛眨了一眨。

次日早上，他仍有呼吸，接着向朝阳初现之处进发。他有些顾虑狼群，可很快他就发现，它们不愿穿过，甚至是走进他脚下的这条路。

这让他更担心了。狼群属于森林。这片土地怎么可能糟糕到让它们不愿踏入的地步？

这群狼总数大约是十二头。以他和魔鬼现在这种状态，能解决这么多只吗？也许吧。

树木变得更粗更大，露出四散各处的小块苔地，而林地也暂时变得开阔了些。他抬头时，发现天色蔚蓝，时而有一两道耀眼的阳光穿过枝叶，落在林间的地面上。狼群直到正午还在快步跟随，然后就消失了。不久之后，他听到了野牛惊叫的声音，心知这群掠食者找到了它们认为值得花些时间的猎物。

摆脱了狼群让他很高兴，可某种东西仍然如影随形。它弄弯枝条的样子不像是风，倒像是某种从高处压下的重物。就好像它正走在那些枝条上，走在所有枝条上，至少是他身边的所有。如果他停下，那它也会停下，这让他想起了路过考比村的某个旅行剧团表演的那个非常愚蠢的节目。一个家伙悄悄跟在另一个的身后，分毫不差地模仿后者的动作，每次被跟踪的那人转身的时候，跟踪者就僵立不动，而前边的那个傻子就看不见他了。埃斯帕觉得与其说这节目好笑，倒不如说是惹人生气。

但野鹿进食的时候可看不见你。它们低头吃草的时候，你可以径直走到它们身边，只要保持它们在上风处，闻不到你的味道就行。青蛙也是，只要你不动就看不见你。

所以也许对跟踪他的那东西来说，埃斯帕基本上跟青蛙差不多。

他不禁轻声发笑。他很疲倦，可这事确实滑稽。也许他该给这位演员多一点鼓励。

一阵恼人的喘息声吸引了他的注意力，就在离道路稍远的地方。他没忘记老人的提醒，可他也不怎么相信那句话。毕竟，如果没人活着走完过这条路，那走不走岔又有什么关系？他只是略微迟疑，便把魔鬼转向声音传来的位置。

他没走多远就看到了它：一具黑色多毛的硕大躯体正在蕨草丛中颤抖。它看到了他，抬起满是刚毛的头，哼了一声。

魔鬼嘶声长鸣。

那是头母野猪，个头很大，而且还怀了孕。时间有点儿早——猪崽通常在花朵初开时才会降生——不过他看得出，某个更重要的地方不对头。在它肚里往外拱的那东西比猪崽大太多了。而且还有血，很多血，洒落在母猪周围，从它不断喘息的鼻孔中，从它的眼睛里渗出。它甚至不知道他的到来：它的哼哼声只是出自痛苦而已。

一刻钟后，他看着它死去，可它肚子里的那东西还在动。埃斯帕发现自己在颤抖，可他不清楚为什么，只知道那和恐惧无关。他感觉着头顶的重量，那个压弯了树枝的东西，突然间，野猪的肚皮破开了。

挤出来的是一只血淋淋的喙，一只黄色的眼睛，还有黏稠覆鳞的身躯。

狮鹫。

他小心翼翼地下了马,这时那东西正挣扎着,想从母亲的子宫钻出来。

"有能耐的话,就阻止我吧。"他对森林说道。

它的鳞片还很软,和成年狮鹫不同,可它愤怒的目光直到脑袋离开身体许久才逐渐暗淡下去。

他在枯叶上擦干了斧子,然后躬下身,开始呕吐。

可至少他现在明白了一些事。他知道为什么自己在御林里待了四十年,没见过哪怕一只狮鹫、尤天怪、龙蛇或者类似东西的踪迹,可现在却满世界都是这些东西。

有人说它们是被"唤醒"的,就像荆棘王,暗指它们一直都像树洞里的熊那样沉睡着——只不过一睡就一千年。

它们根本没有沉睡。它们是被生出来的。他想起了一个古老的传说,其中提到罗勒水妖是从鸡蛋里生出来的。

见鬼,没准真是这样。

他等待着修女的怒火降临到他头上,可什么都没有发生。他颤抖不止地上了马,继续前进。

他看到树上的嫩芽时,几乎半点都不惊讶。那并非树芽,而是撕裂树干和枝条的黑色棘刺。他毫不费力就认出了他在御林和弥登也见过的这些黑色荆棘。在这里,它们从树木的痛苦中萌生,他走得越深,荆棘就越成熟,品种也愈加丰富。

御林的荆棘长得都是一个样儿,但他在这看到的荆棘却五花八门:有些很细,棘刺又细又密,简直就像绒毛;另一些却粗硬多瘤。还不到半个钟头,他甚至连那些树都认不出了:和那头母野猪一样,它们生下了怪物,也在此过程中耗尽了生命。

接着他来到了路的尽头,一片怪异的池塘就坐落在他见过的最古怪的森林的树枝之下。

最高大的那些树的树干上披有稀疏的鳞片,每根树枝上都长有五根枝条,而每根枝条上又各有五个分叉,就这么无止境地分裂下去,使得树木的轮廓仿如云团。在埃斯帕看来,它们更像水草和地衣,而非树木。另一些的样子就像垂柳,只不过叶片是黑色的,而且边缘像剑蜥的尾巴那样布满锯齿。某些树苗的样子就像有个疯狂的圣者摘下了一堆松果,又把它们拉到整整十码长。

其他植物就显得相对自然一些。暗淡到几近纯白的蕨草和巨大的马尾草占领了他面前的池塘边缘。在他左右两侧和对岸,耸立的石墙围绕着他和池塘,把一切吞入腹中。围墙之中,四处都点缀着人类的颅骨,它们在树上,在石壁的裂缝中,在池塘周围的地面上嘲笑着他。

一切都朝他靠拢过来。

"好了,"埃斯帕说,"我在这儿呢。"

他能感觉到某种存在,可寂静还是持续了很久,直到最后,池水无声地隆起,某样东西浮出了水面。

它不是那个瑟夫莱女人,而是某种更大的东西,一个缠满水草、枯叶和鱼骨的黑色毛团。它站立起来时不像人类,更像是熊,面孔又像青蛙,能看见一只鼓胀的白色盲眼,另一只眼睛被一束油腻的长发——简直像是头顶流下来的——遮住了。它那张向下撇着的嘴占据了下半张脸的绝大部分。它的手臂在水面上晃荡,悬挂在宽阔的双肩上。它身上没有半点女性化——或者说男性化——的成分。

埃斯帕盯着那东西看了一会儿,最后确信它不打算攻击自己——至少暂时不想。

"我是来见沙恩林里的那个女人的。"他开口道。

沉默持续了好几十次心跳的时间。埃斯帕正觉得自己很蠢的时候,有东西在那不知是什么的生物前方的水下翻腾起来。

一颗脑袋钻了出来。起初埃斯帕以为只是那怪物的小号翻版,但它们的相似之处只有表面而已。这次出现的是个男人,可双眼却覆有薄翳,皮肤也带着丑陋的蓝灰色调。埃斯帕看不出他的死因,可如果抛开他正站在那儿的事实,他显然已经死了很久了。

那具尸体突然抽搐起来,池水从他唇间吐出。在此过程中,某种沉闷的喘息声传来,而且越来越响。

终于,在吐完最后一口水之后,埃斯帕逐渐听清了那人的话。嗓音有气无力,但如果他集中精神,就能听得懂。

THE BLOOD KNIGHT

"来见我的人会带来鲜血，"那尸体说，"鲜血和与我交谈之人。这一个已经死得太久了。"

"我没人可带。"

"那个老头儿就可以。"

"可我没带他来。而且你正在跟我说话。"

修女抬起她丑怪的头颅，就算看不到人类的表情，他也能感觉到她的愤怒。

"我真想杀了你。"她说。

埃斯帕举起手中之物：赫斯匹罗给他的那支箭，教会的珍藏，据说能杀死任何东西。

"它本该用来杀荆棘王的，"他说，"我猜它也能干掉你。"

那具尸体开始喘息，仿佛在渴求空气。埃斯帕花了好一会儿才听出那是笑声。

"你要杀什么？"修女问道，"这个？"它巨大的爪子抬起，碰了碰胸口，"你只能杀掉这东西。"

他周围的树木突然开始哀呼呻吟，他感到那个从他进入森林就一直跟随在后的东西以无法估量的重量压来，从他体内挤过，令他几乎跪倒在地。他试图把箭搭上弓弦，可弓和箭突然间都变得沉重无比。

"你周围的一切，"尸体断断续续地说，"沙恩林里生长、蔓延和蠕动的一切——都是我。你能用一支箭杀死我吗？"

埃斯帕没有回答，而是凝聚意志，竭尽全力想要起身，至少不用跪着死去。肌肉在颤抖和呻吟，他先是抬起一边膝盖，然后是另一边，试图从蹲伏的姿势下站起。他觉得简直像有十个人站在他肩膀上似的。

这超出了他的极限，于是他再次倒下。

令他无比惊讶的是，那股压力突然减轻了。

"我明白了，"修女说，"他碰过你。"

"他？"

"他。长角领主。"

"荆棘王？"

"对,他。你为何来此?"

"你送了条龙蛇给一个名叫芬德的瑟夫莱。"

"对,我是送过。你见过我的孩子了,是吗?他是不是很美?"

"你也给了芬德一份龙蛇毒的解药。我需要它。"

"噢。给你的爱人。"

埃斯帕皱了皱眉。"如果你早知道——"

"我不知道。你说出一些事,我能看出另一些事。要是你什么都不说,我也就什么都看不出。"

埃斯帕决定不追究这个了。

"你愿意帮我吗?"

树叶在他身边沙沙作响,他更听到了林间某处一群乌鸦沙哑的叫声。

"我们的理念背道而驰,御林看守,"沙恩林修女告诉他,"我想不出有什么理由去帮助一个打算去杀掉我孩子的人,而且他已经杀掉了我的三个孩子。"

"那时候他们想杀死我。"埃斯帕说。

"这对我来说没有意义,"修女回答,"如果我给了你想要的解药,你就会继续追踪我的龙蛇,用你的那支箭试图杀死他。"

"那个在你孩子身边的瑟夫莱,芬德——"

"杀了你妻子。因为她知道。她本打算告诉你的。"

"告诉我?告诉我啥?"

"你会去尝试杀死我的孩子,"那修女重复道,只是这次的语气截然不同,不像是陈述事实,反而更像是在思索和质疑,"他碰过你。"

埃斯帕吐出一口长气。"如果你救了薇娜——"

"你会得到解药的,"修女打断道,"我改变主意,不想杀你了,而且无论我给不给你解药,你都会去狩猎我的孩子。我找不到帮助你的理由,可如果你答应欠我个人情,我也就找不到拒绝你的理由了。"

"我——"

"我不会让你去要任何你爱的人的性命,"修女向他保证道,

"我也不会要求你饶我的某个孩子一命。"

埃斯帕思索片刻。

"我答应。"他开口道。

"在你身后,"修女说,"那丛多刺灌木的叶子深处有一串果实。三颗果实的汁水足以清除一个人身上的毒素。想拿多少随便你。"

仍在疑神疑鬼的埃斯帕望向修女所说的方向,发现了一种和野生李子大小相近的黑色硬皮水果,他把一颗丢进嘴里。

"如果这是毒药,"他说,"我现在就能弄清楚了。"

"如你所愿。"修女道。

那果子的口感极酸,余味带着些许腐败的味道,可他没有任何直接的不适感。

"你究竟是个什么东西?"他问道。

那尸体再次大笑起来。"古老。"她回答。

"那些黑色的荆棘,也是你的孩子吗?"

"现在我的孩子不只出生在这儿,"她说,"不过你说得对。"

"它们正在摧毁御林。"

"噢,真可怜啊,"她咆哮道,"我的森林很久以前就被毁掉了。你在这儿看到的只是它的残骸。御林只不过是一堆树苗。它的时候到了。"

"为什么?你为什么恨它?"

"我不恨它,"修女道,"我就像某个季节,埃斯帕·怀特。等我的时候到了,我就会来。但我和季节顺序什么的没有关系。你明白吗?"

"不。"埃斯帕回答。

"说真的,我也不明白,"修女回答,"快走吧。两天之内,你的女孩就会死,你所做的一切也就没有意义了。"

"你能预见到?我救得了她吗?"

"我什么都预见不到,"修女回答,"我只能劝你加快脚步。"

埃斯帕往鞍囊里塞满了那种果子,给魔鬼喂了一把,然后离开了沙恩林。

归还之书

第十二章
裴尔修女

在没有火把的情况下,裴尔修女领着斯蒂芬在黑夜中穿行。可她却莫名其妙地知道自己正朝哪儿去,而且始终紧握着他的一只手。和陌生女人肌肤相触的感觉很奇怪。他根本没握过几个女人的手——有他母亲,当然,还有他姐姐。

这尴尬的回忆让他觉得自己像极了小孩子,被拉着他的那只关切的手保护着。但因为那只手的主人不是母亲,也不是姐姐,所以他的感觉也起了变化:变得更加成熟,和那些孩子气的想法大相径庭。他发现自己在努力解读她手指的力道,握住他手掌的方式,从手指交缠到掌心相合再到某种意味深长的暗示。当然了,事实并非如此。她只是想让他跟上自己而已。

他不清楚她的长相,但他从阴影中的惊鸿一瞥所幻想出的身影却撩拨着他的心。直到半个钟头后,他才意识到那身影几乎和薇娜分毫不差。

路上并不只有他们:他能听到她那些在四周转悠的狗儿响亮的呼吸声,其中一只还闻了闻他空出来的那只手。他很好奇这位修女完成了怎样的巡礼路,才能让她在彻底的黑暗中行走——就连他受圣者祝福的感官也做不到这点。

月亮终于升起。它半掩面孔,带着斯蒂芬从未察觉到的刺眼黄色。它的光把他的同伴和周围的环境照亮了少许:她那件羊皮毡衣的兜帽和背部,似乎远在天边的参差地貌,还有那些狗儿的轮廓。

经由一扇秘门——斯蒂芬觉得自己下次绝对找不到它——离开镇子之后,两人就再也没说过话。他的全部注意力都放在避免摔倒,留神追兵的声响,还有牵着他的那只手上。可直到戴姆斯台德镇传来的模糊响声消散在南方吹来的风中,他也没听到任何追踪而来的马蹄声或是脚步声。

"我们要去哪儿?"他低声问道。

THE BLOOD KNIGHT

"我认识的一个地方，"她没有正面回答，"我们会在那儿找到坐骑。"

"你为什么要帮我？"他直言不讳地问。

"赫斯匹罗主祭——你认识的那个护法——是你的敌人。这你知道吧？"

"我知道得很清楚，"斯蒂芬说，"我只是不确定他知不知道。"

"他知道，"裴尔回答，"你以为他跟你前脚后脚地到这来，只是巧合吗？他是在等你。"

"可他怎么知道我要来这儿？这根本没道理，除非……"他的声音越来越小。

除非护法和佩尔主教是一伙的。

而裴尔似乎想把这念头从他头脑里清除出去。

"派遣你的那个人没有背叛你，"她告诉他，"至少这不是他出现在这儿的唯一理由。他甚至可能不知道来的那个人是你。"

"我不明白。"

"我猜你也不明白，"她说，"要知道，在成为克洛史尼的护法以前，赫斯匹罗在戴姆斯台德做了很多年的主祭。我们一开始很喜欢他：他博学，富有同情心，而且非常聪明。他用教会的资金来改善镇民的生活。除此之外，他还扩建了教堂，增加了一间照顾孤身老人的病房。长老们曾想阻止他这么做。"

"为什么？这行为看起来很高尚啊。"

"这点连长老们也不否认。他们反对的是地点。为了进行扩建，他拆除了教堂的一部分陈旧建筑，那儿曾经是比教堂本身更古老的异教教堂的圣殿。他在那儿找到了一样东西，一样我们的祖先没有销毁，而是藏匿起来的东西。《格兰德•艾特伊兹》。"

"归来……呃，书？"

她打情骂俏似的捏了捏他的手，而他差点儿把舌头吞了下去。

"归来之书，"她纠正道，"找到它以后，赫斯匹罗就变了。他变得冷漠了很多。他仍旧把教区管理得井井有条——事实上，比从前管理得更好了——可他对我们的关爱却不见了踪影。他长途跋涉进入群山之中，他的向导们回来时满心恐惧，不愿提起发生了什么，甚至连去了哪里都守口如瓶。最后他厌倦了这些，把精力全都用在提升自己的教会阶级上了。"

"等他最后获得晋升，离开了这里，我们都松了口气，但我们错了。如今瑞沙卡拉图降临到了我们头上，我担心他会绞死戴姆斯台德的每一个人。"

"你们都是异教徒？"斯蒂芬问道。

"从某种意义上说，是的，"她的回答坦率得惊人，"我们对教义的理解和大多数人有些不一样。"

"因为你们的宗教是圣监会成员创立的？"

她从容地大笑起来。

"考隆修士没有创建我们的宗教。因为他是圣监会的人，他明白我们已经在以自己的方式追随圣者了。他只不过帮助我们塑造了对外形象，这样等教会的人最终到来，就不会把我们当做异端给烧死。他帮助我们保全了传统。他重视我们的传统，也重视我们。"

"所以这归来之书……"

"是关于考隆的归来的。或者更确切地说，是他的继承人的到来。"

"继承？继承什么？"

"我不知道。我们都没见过那本书，还以为考隆把它随身带着。我们的教义口耳相传，因此知道书里的那些预言。其中很多都从那些已经发生的事上得到了解释。我们也知道，考隆的一位继承人注定将要到来，他将被一条巨大的毒蛇赶入群山之中。那个到来者会说许多语言，而且他也会是找到*阿尔克*的那个人。"

"*阿尔克*？"

"意思是某种圣地，"她解释道，"一张王位，或者说权力的宝座。我们一直在争论它究竟是确实存在的座位，还是一种类似主祭那样的地位。但无论如何，它都注定会隐藏起来，直到那一天、那个人的归来。

"而且那个人看起来就是你。我们知道你会来，而且我们只有从归来之书里看来的零星信息。赫斯匹罗有那本书，所以他对预兆的了解更加详细。他在等待着你，因为他知道你能够带他前往阿尔克。"

"然后他只要跟着我们就好。"斯蒂芬说着,本能地转过头,望向黑暗之中。

"正确。可这回我们有机会在他之前到达那里,并且阻止他成为继承者。"

"可他要怎么成为继承者?你刚才还承认自己连继承什么都不清楚。"斯蒂芬说。

"对,我们不清楚,不完全清楚,"裴尔修女承认道,"可我们清楚,假如赫斯匹罗成为了考隆的继承者,对任何人都没有好处。"

"你又怎么知道我比他要好?"

"这太明显了。你不是赫斯匹罗。"

她的逻辑让斯蒂芬无法反驳。除此之外,这对他的目标也有帮助。

"你们的教义有没有告诉你们,是谁派出的龙蛇,或者它为什么追踪我?"

"教义对凯尔姆——就是你叫做龙蛇的东西——甚少提及,而且我们得到的消息也许是自相矛盾的。某个传奇故事说它是你的盟友。"

斯蒂芬一本正经地笑了起来。"我觉得它确实靠不住。"他说。

"这段教义存在争议,"她承认,"除了凯尔姆的事以外,还提到了一个名叫**克劳卡瑞**的大敌。他就是不想让你成为继承者**维耳猊**的奴仆。"

斯蒂芬的头开始发晕。

"克劳卡瑞。翻译过来就是'血腥骑士',是吗?"

"没错。"

"那**维耳猊**呢?"

"**维耳猊**。意思是,呃,某种国王,或者说众魔之主。"

"这些人在哪儿?他们又是谁?"

"我们不知道。而且直到你出现之前,我们也不知道考隆的继承人是谁。"

"那赫斯匹罗会不会是**维耳猊**的仆从,那个血腥骑士?"

"有可能。**维耳猊**还有别的名字：闪电之风，破天者，毁灭者。他唯一的愿望就是见证世界和世上一切的终结。"

"也许你的意思是荆棘王？"

"不。荆棘王是根与叶之王。他干吗要摧毁大地？"

"有些预言说他会。"

"那些预言说的是'他会摧毁人类种族'，"她纠正道，"这不是一回事。"

"噢。的确。可赫斯匹罗又为什么想要毁灭世界？"他问道。

"我不知道，"裴尔修女回答，"也许他疯了。或者对某些事非常、非常失望。"

"那你呢，裴尔修女？这件事对你有什么好处？我怎么知道你不是赫斯匹罗的密探，打算骗我带你去**阿尔克**？要么就是毁灭者的信徒，或者别的某个想得到这东西的家伙？"

"你的确不知道，而且我也没什么理由可以说服你。我可以告诉你，我是考隆当年遇见的女祭司的后代。我可以告诉你，我受训于修女院，但不是圣塞尔修女院。我还可以告诉你，我是来帮助你的，因为我这辈子都在等待你的到来。可你没有理由相信我这些话。"

"特别是你已经对我撒过一次谎了。也许是两次。"他回答。

"那一次我可以理解：关于圣塞尔那件事。但说出真相也对你没有益处，反而对其他人有害。可我什么时候对你撒了第二次谎？"

"你告诉我你受训于另一个修女院。修女院有很多，但每一个都属于圣塞尔修道会。"

"如果你说的没错，那就意味着我一开始说的是真话，只不过现在在撒谎。所以只有一次谎话，真的，做为朋友，我可不会骗你这么多次。"

"现在你又开始取笑我了。"

"是啊。刚才你觉得自己无所不知的时候，我是怎么告诉你的？"

"这么说，确实有修女院侍奉圣塞尔之外的圣者？而且还不属于异端教派？"

"我从来没说过它不是异端，"裴尔答道，"的确，它没有得到艾滨国的认可。可教会也没有批准圣监会的成立，而你也是其中一

THE BLOOD KNIGHT

员。"

"我不是!"斯蒂芬吼道,"我直到几周前才听说圣监会的事,然后就开始了这场愚蠢的历险。现在我彻底糊涂了!"

他猛地抽出他的手,在黑暗中摸索着走远。

"戴瑞格修士——"

"别过来,"他说,"我不相信你。每次我觉得自己对状况稍微有点了解,就会发生这种事。"

"发生什么事?"

"这种事!血腥骑士,毁灭者,报偿,隐藏的财宝,预言,阿尔克,还有……"

"噢,"她说。此刻他几乎能看到月光下她面孔的形状,还有那双清澈明亮的眼睛。"你是指知识。你是指学习。你希望世界能证明你十五岁时相信的一切都是真实的,这样你才会满意。"

"对!"斯蒂芬大喊道,"对,我想我会的!"

"那有件事我就不明白了。如果对你来说学习真这么痛苦,那你为什么还要追寻学识?你今晚又为什么会在藏书塔里?"

"因为……"

他觉得自己正扼着什么人的脖子。也许是他自己的。

"别这么做。"他愠怒地说。

"做什么?"

"别跟我讲道理,最好连话也别跟我说。"

他闭上眼睛,等再次张开时,他发现她走得更近了,近得足以感受到她呼出的气息。他能分辨出她脸颊的曲线,如此浑圆,显示出青春活力,在月光中如象牙般洁白。一只眼睛仍旧笼罩着黑暗,可另一只却如白银般闪耀。他能看到她撅起的上唇,她大概在生气,又或许天生就是如此形状。

她气息甜美,带点儿草药的气味。

"是你开的头,"她轻言曼语,"是你先跟我说这些的。我只要能默默地握着你的手,帮助你,带你去你需要的地方就很开心了。可你却开始问我这些问题。你就不能别管这些吗?"

"我一直都随波逐流,"斯蒂芬嗓音嘶哑地说,"就像一个梦,在梦里你想要努力做点什么,却总是分心,总是偏离正轨,最初的目标也离你越来越远。而且我还在失去朋友。我失去了薇娜和埃斯帕,失去了易霍克。

"现在我又失去了宜韩,衡内和塞姆斯,而且我还努力假装这不重要,可事实并非如此。"

"薇娜,埃斯帕,易霍克。他们都死了吗?"

"我不知道。"他痛苦地说。

"薇娜是你的爱人?"

这话就像一支利箭,刺进他的心。

"不是。"

"噢,我明白了。你希望她是你的爱人。"

"这事跟你说的这些有关系吗?"

"也许没有。"他发觉她又握住了他的手。双手冰凉。

"他们当时跟你在一起历险?"她追问道,"龙蛇把他们杀了?"

"不是的,"斯蒂芬说,"我正想告诉你呢。我来克洛史尼是为了去德易修道院当修士。在半路上,我被一群强盗绑架。埃斯帕——他是国王的护林官——把我从他们手下救了出来。"

"然后呢?"

"噢,然后我去了德易院,可在这之前,我听说了森林里发生的可怕事情,还有荆棘王的事。然后在德易院——"他停了口。他要怎么用几句话解释自己发现德易院内部的腐败时,那种被人出卖的感觉?还有戴斯蒙修士和他的同伙给了他一顿好打的时候呢?

他为什么要说出来?

她捏了捏他的手,以示鼓励。

"那边出了些状况,"他最后说道,"有人要我翻译一些可怕的东西。禁忌的东西。显然真正的教会和我心目中不一样。然后垂死的埃斯帕回来了,这回轮到我来救他了,我匆忙离开修道院,跟他一起行动,一起去拯救薇娜——还有更重要的,拯救女王。"

"而且你做到了?"

"对。然后护法派我们去追踪荆棘王,可在此过程中我们发现真正的恶棍是赫斯匹罗本人,最后我们设法挫败了他们妄图唤醒受诅

THE BLOOD KNIGHT

圣者的巡礼路的阴谋。做完这些之后，我们突然开始跟随一位公主，要帮她从篡位者的手中夺回王位——对此我完全没有头绪——接下来我只知道自己被史林德掳走，然后坐在我从前的主教面前，那个我以为已经死了的人，然后他说我只有到这儿来才能拯救世界……我只想钻研书本而已！"他说不下去了。可他为什么要这么说话？

他的口气就像个孩子。

"抱歉，"他勉强开了口，"听起来肯定很荒谬吧。"

"才不呢，"她说，"听起来很真实。我认识一个想在圣塞尔修女院做学问的女孩儿。这是她五岁起就有的梦想，那时候照看她的是她负责清扫戴姆斯台德教堂图书馆的姑妈。一切都充满了希望，可接着有个她认识了很久很久，却从来没挂心过的男孩，突然如同星辰般闪亮，而她根本无法忍受没有他的日子。

"接着她就发现自己怀上了孩子，她去修女院受训的梦想也随之远去。突如其来的婚姻——她一直避而远之的那件事——成了她的唯一出路。

"她正要安下心来接受事实的时候，她的丈夫和孩子却相继死去。为了糊口，她被迫去一个外国贵族那儿当了女佣，照看不属于她自己的孩子们。然后有一天，有个女人出现，给了她另一个实现梦想的机会，去修女院学习……"

她的声音变成了催眠曲，而他看到了她那两弯半月形状的眸子。

"这就是生活，我的朋友。你的生活显得怪异，因为它充满了惊奇与怪诞，可事实上很少有人能留在他们最初走的那条路上。真相就是，我们都做过你所说的那个梦，因为我们的梦境都是一面照出现实的模糊镜子。"

"可你会在这儿交上好运，"她续道，"我是来帮你回归正轨的。你加入教会，是因为你热爱知识，没错吧？热爱神秘的事物，古老的书籍，过往的奥秘。如果我们能找到你在寻找的那个地方——如果我们能找到阿尔克——你就能拥有这一切，而且更多。"

斯蒂芬觉得自己无法呼吸，也想不出任何回答。

"那个女孩，那个想去修女院——"

她的身体靠向前来，与他四唇相触，给了他轻柔的一吻。异常惬意的冲击感顺着他的脊骨流遍全身。

可他却抽身推开。

"别这样。"他说。

"为什么？因为你不喜欢？"

"不。我刚才告诉过你了。我不相信你。"

"嗯……"她说着，身体又靠了过来。他想要阻止她，他确实这么做了。可不知怎么，她的双唇再一次碰到了他的嘴，而且不用说，他很享受。他就像疯了似的，猛地松开她的手，紧紧抱住了她。他惊讶地发现她的身体如此娇小，又如此柔软。

薇娜，他想着，然后轻抚她的脸，手指滑进她的兜帽，梳理着她的金发，用记忆中无比清晰的那张脸——只有得窥德克曼门径者才能做得到——代替她的面容。

她双手按住他的胸口，温柔地将他推开，"我们不能留在这儿，"她说，"离得不远了，到时候我们就安全了。"

"还有，安静点。别想太多。"

他忍不住。他轻声笑了起来。"这可太难了。"他说。

"那就随你去想吧，"她说着，重新握起他的手，朝先前的方向走去，"很快太阳就会升起，你也会明白我不是*她*。你还是先做好准备吧。"

朝阳照亮了他们身边那片不见树木的高原荒野，还有他们脚下蜿蜒曲折的白色石径。云朵低垂，空气湿冷，可地表的植物却青翠鲜亮，斯蒂芬很是好奇。埃斯帕能叫出它们的名字吗？还是说它们跟护林官认识的植物相差太远了？

附近的山顶白雪皑皑，可雪肯定是在融化，因为这条路时而有溪流穿过，许多山峰的侧面更都有名副其实的瀑布倾泻而下。他们在一条小溪边停下喝水，裴尔修女也退下了她的挡风斗篷。

在暗淡的阳光中，他终于看到了她。

她的眸子是银色的，或者说更接近蓝灰色，苍白得不时映照出阳光。可她的头发却并非金色，而是浓重的赤褐色，剪得又短又朴素。她的脸颊丰满，这在黑暗中已略有显现，可和薇娜椭圆形的脸庞相反，裴尔的下巴尖尖的。她的双唇比他吻她时感觉的要小，但和他想象的一样，那撅嘴的样子是天生的。她的前额上有两处不小的痘痕，左脸颊还有条凸出的长长疤痕。

她喝水的时候移开了目光，接着又打量周围的环境。她知道他在观察自己，便故意给他这个机会。

他很失望。不仅仅是因为她不是薇娜，她也不如薇娜漂亮。他知道这想法很糟糕，可他没法否认自己的反应。传说故事里，英雄总是能得到美丽的少女，其他人有剩下那些就该满足了。

这个故事的英雄是埃斯帕，不是斯蒂芬：这点他早就知道了。薇娜也不是什么少女，不过她带着那种气质，那种"属于英雄所有"的气质。

裴尔歪着头看了看他，而他几乎倒吸了一口凉气。他想起了柏登主祭试图向他说明"圣者是什么"时的情形：他拿出了一片水晶，它的截面是三角形的，只是很长，长得像储藏室的屋顶。它看起来很普通，甚至很寻常，当他把水晶放在阳光下时，它便闪耀出光芒。可直到他把水晶翻转过来，它才放射出彩虹的色彩，展露出掩盖在白光之下的美丽。

他和她目光交汇之时，突然发现了许多先前没能看到的东西，而她的容貌也更加清晰地显现出来。他第一次看到了真正的她。

"噢，"她说，"这就是没看见女孩就吻她的下场。"

"是你吻的我。"他脱口而出，同时也意识到这不是他想说的话。

她只是耸耸肩，把斗篷的兜帽戴了回去。

"是啊。"她承认了。

"等等。"他说。

她转过身，昂起头。

"这是怎么回事？"他不顾一切地问道。

"护法和他的手下很有可能刚开始追踪我们，"她回答，"我们需要马匹，在前面那儿就能弄到。然后我们还得赶在他们前头。"

"我不是这个意思。"

"我知道。"她回答。

"噢，然后呢？我是说，我几乎不认识你。这根本没有道理。"

归还之书

"我出生的那个地方,"裴尔说,"没有什么没道理的事。而且我们不会花一辈子等待完美对象的完美一吻,因为那样我们就会孤独终老。我吻你是因为我想,你也一样,又或许我们都需要这个吻。而且直到太阳升起之前,你看起来都很开心,也许还想要多吻几次。"

"可事实就是这样,这就是生活,没必要追根究底。我们在死前也只能做这么点儿事,不是吗?所以我们走吧。"

THE BLOOD KNIGHT

第十三章 克瑞普林

卡佐听见有人在高喊他的名字：嗓音空洞而遥远。

他先前的大部分精力都花费在攀登上，用足尖和手指嵌进石块和灰泥上那些不牢靠的凹口里。他为发现这些凹槽而欣喜，又好奇于开凿者的身份。是古代的小偷？爱好探险的小孩子？还是哪位瑟夫莱魔法师？但说真的，这不重要。他光靠墙壁上原本就有的那几个立足点也能爬上墙壁的交会处，不过这些年代古老的凹口的确帮了他相当大的忙。

但在两个猛冲而来的士兵面前，这些凹槽对保全他性命的帮助就微乎其微了。他还差了一王国码的距离，而以他攀爬的速度，没法在冰冷的铁刃刺进身体前爬完全程。

他无声地向满瑞斯和翡由萨祈祷，然后弯曲膝盖，用尽全力跳向右上方，朝着前面那个手持长矛的士兵冲去。

问题在于，这一跳让他离开了墙壁。不算太远，但足以令他无法再次接触到墙面。他感到下方的鹅卵石路面正渴望碾碎他的脊骨，与此同时，他把双臂伸长到几乎快要脱臼的程度。

正如他祈祷的那样，看到有个疯子朝自己扑来，那长矛手给吓懵了。如果逻辑能指引行动，那他就该退后几步，让卡佐只能抓住空气，然后大笑着看他掉下去。

可那人却本能地把长矛刺向了卡佐。

卡佐堪堪抓住锐利矛尖上方的粗实木杆，令他欣喜的是，那士兵的第二个反应就是抽回长矛。这一下把卡佐拉近了墙壁，而他松开矛杆，用手臂和胸口的上半部分抱住了围墙的顶端。

失去重心的长矛手向后倒下。围墙很宽，所以他没有掉下去。可由于他摔倒在地，同伴也仍有几步之遥，卡佐便有了时间飞快起身，拔出埃克多。

第二名粗心的士兵垂低了矛尖，准备攻击。卡佐愉快地发现他只穿戴着链甲胸甲和头盔,不像骑士那样身穿板甲。

长矛刺来之时,他用普瑞斯默式格开,快步走向对手,左手抓住矛柄,剑尖上挑,没入咽喉。要不是因为士兵穿着盔甲,他或许会选择比较不致命的位置,但对手暴露在外的就只剩下大腿了,他的剑会有被腿骨卡住的危险。

正当那人丢下长矛,双唇间吐出绝望的尖啸时,卡佐转过身,面对着已经爬起身来的那个长矛手。

"*Controz' osta*,"卡佐说,"*Zo dessrator comatia anterc' acra.*"

"你咕哝啥呢?"那人紧张得尖叫起来。"你到底在说啥?"

"抱歉,"卡佐说,"谈到爱人、美酒或者剑术的时候,我比较习惯用我自己的语言。我引用了剑术宗师阿弗拉迪奥·瓦尔莱默的著名论述,内容是——"

那人尖叫着冲来,粗鲁地打断了他的话,让卡佐不禁怀疑这些人究竟有没有受过教育。

他双腿叉开,矮身躲过攻击的同时伸出手臂。被前冲之势导引的对手看上去就像是自行撞上卡佐的剑尖的。

"'对抗长矛时,剑客应当移向矛尖内侧'。"卡佐继续把话说完,而这时那人已经在他身边瘫倒下来。

左方的塔楼又跳出一个守卫。卡佐摆出架势,一面等待,一面思索:在御前护卫前来支援前,他得对付多少个士兵?

这个守卫给卡佐带来了更多乐趣,因为他明白对手必须近身才能攻击。所以他像德斯拉塔那样运用步法,让守卫以为有拉近距离的大好机会,实际上却打算让那人为自己鲁莽的突进付出代价。

更有趣的是,他听到身后传来喊声,而在他面前,下一位士兵已经沿着墙壁飞奔而来。

他阴沉地笑了笑,开始传授《*Controz' osta*》那一章里余下的部分。

安妮屏住呼吸,看着卡佐一如既往地做出她能想象到的最疯狂的举动,而且还活了下来。

奥丝婗站在那儿,身侧的双手捏成了拳头。随着战斗的进行,

THE BLOOD KNIGHT

她的指节也愈加发白,直到最后御前护卫们出现,蜂拥着扑上墙壁,加入维特里安人一方。

卡佐用一只手抓紧了他的宽沿帽。

"圣者啊,"奥丝妮喘息未定地说,"他为什么总要——"她没把话说完,而是叹了口气,"他爱打斗胜过爱我。"

"我相信事实不是这样,"安妮努力用令人信服的语气答道,"不管怎么说,至少他爱的不是另一个女人。"

"我倒宁愿是那样。"奥丝妮回答。

"等到发生那种事的时候,"安妮说,"我会站在你这边的。"

"你的意思是'如果发生那种事'吧。"奥丝妮显得有点警惕。

"对,我就是这个意思。"安妮说。不过她心里很清楚,男人总爱寻花问柳,不是吗?她父亲就有很多情妇。宫中的女士们一致认为这是男人的天性。

她转头回望那个瑟夫莱的屋子。她和奥丝妮已经退后了一段距离,以便看清墙上的动向,可主母乌恩却仍旧等待在门口的阴影中。

"抱歉打扰你,主母乌恩,"她说,"不过我现在很想谈谈克瑞普林通道的事。"

"当然可以,"那老妇人应道,"请进吧。"

瑟夫莱带她们去的房间平凡得令人失望。固然,它带有异域情调:一块色彩斑斓的毛皮地毯,一盏刻成天鹅形状的骨制油灯,深蓝色的窗格带来的柔和光线又令人如同置身水底。但除了最后一点之外,它和那些贩卖异国货物的商人的房间没有什么不同。

主母乌恩指了指几张排成环状的扶手椅,直到她们落座之后方才坐下。几乎在同一瞬间,另一个瑟夫莱——一名男性——手里端着托盘进了房间。他鞠了一躬——托盘上的茶壶和杯子纹丝未动——然后把它放在一张小桌子上。

"你们要喝茶吗?"主母乌恩愉快地问道。

"太感谢你了。"安妮回答。

那个男性瑟夫莱看起来很年轻,年纪不比十七岁的安妮更大。他身材瘦削,相貌奇异,却依然很英俊,而且双眼是令人惊讶的钴蓝色。

他走出房间，过了一会儿，端着胡桃面包和橘果酱的他又回来了。

安妮抿了口茶，发现它带着柠檬、柑橘和某些她不太熟悉的香料的味道。她突然想到，这可能是毒药。主母乌恩和她喝的是同一只茶壶里倒出的茶，但她碰触过先前那个瑟夫莱的身体内部，发现了它们与人类的截然不同，因此她觉得，或许对人类而言的毒药对瑟夫莱却是可口美味。

她装作又呷了一口，心里希望奥丝妮也能照做，但如果她的女佣真的喝了下去，至少她会知道茶里有没有毒。

恐惧接踵而至。她这是怎么了？

奥丝妮的眉头在焦虑中皱起，这让她感觉更糟了。

"安妮？"

"没事，"她回答，"我只是想到了些不开心的事。"

她想起父亲曾有专人负责试毒。她也需要这么一个人，一个她不在乎死活的人。但不是奥丝妮。

主母乌恩抿了口茶。

"我们刚来的时候，"安妮开口道，"你说自己正在看守某个人。能解释一下吗？"

在透过玻璃窗照射进来的浓稠蓝光中，主母乌恩的皮肤似乎没有先前那么剔透了：那些纤细的血管已几不可见。安妮百无聊赖地想，或许这就是她选择靛蓝色——而非橙色或者黄色——玻璃的原因。而且她看起来更高大了些。

"你听说过他，我想，"主母乌恩说，"他的耳语声响亮得足以传出他的牢狱。"

"再问一次，"安妮不耐烦地说，"你说的究竟是谁？"

"我不会说出他的名字，至少不是现在。"主母乌恩回答，"但我希望你能回想一下你们的历史。你还记得如今这座城市的前身吗？"

"我的所有科目学得都不好，"安妮坦言，"也包括历史。可这事人人都知道。伊斯冷是在最后一座司皋魔要塞的废墟上建立的。"

"司皋魔，"主母乌恩沉思着说，"时间总是在曲解词语。当然，比较古老的叫法是'司皋斯罗羿'，但这也只是在尝试念出那个无法发音的词语而已。不过你说得对,你的先祖维吉尼亚·戴尔就是在这里赢得了对抗古老主宰的最后一战,又将靴底踩在他们族群末裔的脖颈上。恶魔种族的权杖就是在此转交给了女人的种族。"

"我听过这故事。"安妮接道。话题的怪异转折让她来了兴趣。

"司皋斯罗羿统治这里的时候,它的名字叫做尤赫奎利希,"主母乌恩续道,"它是最庞大的司皋斯罗羿要塞,统领着最为强大的司皋斯罗羿族人。"

"对,"安妮说,"可你为什么说'女人的种族',而不是'人类种族'?"

"因为维吉尼亚·戴尔是个女人。"主母乌恩答道。

"这我明白,"安妮说,"可她的种族的名字不是'女人'。"

"我想,我的意思是'女人所属的种族'。"那瑟夫莱道。

"但你也是个女人不是吗?虽然并非人类。"

"的确。"她说着,微微弯起嘴角。

安妮皱皱眉,不确定自己该不该继续深究这复杂离奇的词义。这个瑟夫莱似乎很高兴看到她逐渐偏离最初的问题,这让她更迷惑了。

"不说这个了,"她说,"你提到的那个向我耳语的人。我想知道他的事。"

"噢,"主母乌恩说,"没错。维吉尼亚·戴尔没有杀死那个司皋斯罗羿的末裔。她把他关押在伊斯冷的地牢里了。"

"他还在那里,而我的职责就是确保他待在里面。"

突如其来的晕眩感朝安妮侵袭而来:她觉得屋子仿佛在缓缓融解,而椅子也被钉在了天花板上,她必须紧紧抓住扶手,才不至于摔落下去。

无法理解的低语声再度传入她的耳中,但这次她觉得……几乎觉得……自己能听懂了。陌生的鸟鸣声自窗外传来。

不,根本没有什么鸟儿,只有奥丝娜和主母乌恩。

她盯着她们俩。

"这不可能,"奥丝娜再说,"历史清楚地提到她杀了他。而且这样一来,他的年纪就得超过两千岁了。"

"他在自己的王国覆灭时就超过这个岁数了,"主母乌恩答道,"司皋斯罗羿没有你们的种族老得那么快。有些甚至不会变老。馗克斯卡那就是其中之一。"

"馗克斯卡那?"

说出这个名字的同时,安妮突然感到有某种粗糙之物擦过她的皮肤,鼻孔里满是类似松木燃烧的气味。这一切发生得实在太快,令她剧烈地咳嗽起来。

"我真该提醒你当心的,"主母乌恩道,"提到他的名字就会引起他的注意,但这也会给你命令他的力量,如果你的意志力足够强大的话。"

"为什么?"安妮嗓音嘶哑地问,"为什么要让这么个东西活下来?"

"谁会了解天降女王的想法?"主母乌恩说,"也许开始只是出于报复心。也可能是因为害怕。你知道的,他做过一番预言。"

"我从没听说过这回事。"安妮说。

主母乌恩闭上双眼,嗓音也随之变化。它更加低沉,既像是歌唱,又像是吟诵。

"你们生而为奴,"她说,"至死也是奴,只不过招了个新主子而已。你们的女儿将面对你们的所作所为,将会永生永世湮没于此。"

安妮觉得好像有只手捂住了她的嘴巴和鼻子。她几乎喘不过气来。

"他这话是什么意思?"她勉力开口道。

"没人知道,"那瑟夫莱回答,"不过他提到的时代已经到来,这点可以肯定。"她的嗓音恢复了正常,可却微弱到几乎像在耳语。

"尽管自由受到限制,但他依然十分危险。要进入城堡,你就得从他身边经过。保持镇定,别听取他的任何要求,也别忘记你的血统就是指挥他的权力。如果你问他问题,他不能撒谎,但他仍会尽一切努力去误导你。"

"那我父亲和母亲呢?他们也知道他的事?"

"伊斯冷的所有国王都知道传秘人的存在,"主母乌恩答道,

"你也会知道的。而且你必须知道。"

噢,至少我走神的时候没听漏什么,安妮心想。

"告诉我,"安妮说,"你知道伊斯冷墓城的火梓园地下的那个墓穴吗?"

"安妮!"奥丝姪倒吸了一口凉气,可安妮却摆摆手,示意她安静。

主母乌恩顿了顿,茶杯从唇边推开几寸,光滑的额头泛起皱纹。

"我得说我不知道。"最后,她答道。

"那翡思姐妹呢?你能告诉我关于她们的事吗?"

"我想你比我了解得更多。"那老女人说。

"可如果你能把自己知道的告诉我,我会相当高兴的。"和语意相反,安妮的语气充满了坚决。

"她们是最古老的女魔法师,"那老女人告诉她,"有人说她们长生不老;还有人说她属于某个秘密组织,而'翡思姐妹'就是对组织领袖的称呼。"

"真的?你比较认同哪种解释?"

"我不清楚她们是否长生不老,但我猜她们很长寿。"

安妮叹了口气,"这些跟我知道的没什么区别,再说点新鲜的。告诉我,为什么她们想要我在伊斯冷成为女王。"

主母乌恩沉默片刻,然后叹息一声。

"世界的伟力没有自我意识,"她说,"它们驱使狂风,将坠落的石头拉向地面,让生命在我们的躯壳中脉动、抽离——这些伟力没有感觉,没有意志,没有智能,没有欲望和目的。它们就这么存在着。"

"可操纵这些的是圣者啊。"安妮说。

"不是这样的。圣者们——不,这个暂且不提。重要的是,驱使这些伟力需要技巧,这点毫无疑问。驯服的风可以用来抽水或是令船只行驶。堤坝控制的河流能够推动磨坊。圣堕的力量也能加以限制和引导。但伟力本身决定了它们的基本形态,这取决于它们的本质,和外力的干涉无关。

"司皋斯罗羿清楚这点:他们并不信仰神明或是圣者,或是其他类似的存在。他们找到了力量的本源，并学习加以利用的方法。他们为控制这些本源而争斗，争斗了整整一千年，直到他们的世界被摧毁为止。

"最后，为了拯救他们自己，几个司皋斯罗羿联起手来，屠杀了大批同族，然后开始重塑世界。他们发现了王座，并且用它们来控制那些力量。"

"王座？"

"说真的，用这个词不太恰当。它们不是座椅，甚至不是某个地方。它们更像是国王或者女王的宝座，一个虚位以待的职位，而且一旦有人坐上了它，它便会把属于王座的力量和职责授予那个人。世界上有好几种不为人知的力量，每一种都对应一张王座。这些力量有相当漫长的盛衰周期。你们所知的王座，也就是圣堕，其力量在一千年间持续增长。"

"可你说过还有其他王座？"

"当然。你觉得荆棘王是圣堕的产物？不是的。他占据着一张截然不同的王座。"

"那翡思姐妹呢？"

"她们是顾问。是女王的拥立者。她们之所以努力，是觉得让你获得力量，坐上圣堕的王座，也比让它落入他人之手要好。但她们有敌人，你也一样。"

"可控制圣堕的是教会。"安妮说。

"直到目前为止，是的，假如它们真的能被控制的话。"

"那教皇肯定已经坐上那张王座了吧。"安妮说。

"他没有，"主母乌恩说，"没人坐上过它。"

"这又是为什么？"

"司皋斯罗羿把它藏起来了。"

"藏起来了？为什么？"

"他们禁止了圣堕力量的使用，"她回答，"在他们所知的所有伟力之中，它最具破坏力，在对抗其他王座的力量时也最有效力。无论是谁，只要登上圣堕王座，就有能力毁灭世界。维吉尼亚·戴尔找到了圣堕王座，用它让你我的同胞得到了自由，又出于对其能力的畏惧而放弃了它。两千年来，人们一直在徒劳地寻找它。可现在，就像盼望已久的季节，或是缓缓涨起的潮水，圣堕的力量开始再度增长，而王座也将自行现身。在这之后，重要的是由合适的人选去掌控它。"

"可为什么是我？"安妮问道。

"王座不是所有人都能得到的，"主母乌恩回答，"也许在所有候选人中，翡思姐妹认为你最有可能保护这个世界。"

"那荆棘王呢？"

"谁会知道他想要什么？可我想，他的目的应该是在圣堕力量摧毁他和他所象征的一切之前，消灭所有圣堕王座的候选人。"

"他象征着什么？"

主母乌恩扬了扬眉毛，"诞生与死亡。萌芽与腐朽。生命。"

安妮放下杯子。"那你是怎么知道这些的，主母乌恩？你怎么对司皋斯罗羿这么了解？"

"因为我是他的看守之一。我的部族世代传承着关于他的知识。"

"可如果这些都是假的呢？如果这些全是谎话呢？"

"哎呀，那我可就不清楚了，"瑟夫莱女人说，"你得自己判断真假。我只能把我相信的事告诉你。剩下的就得靠你自己了。"

安妮深思着点点头。"那克瑞普林通道呢？这栋屋子里就有入口，对不对？"

"的确。等你准备好了，我就带你去。"

"我还没准备好呢，"安妮说，"不过快了。"她放下杯子，"看起来你帮了我大忙了，主母乌恩。"

"还有别的事吗，陛下？"

"男性瑟夫莱能记住秘道，是吗？"

"是的。我们族人不太一样。"

"高贝林王庭区有懂得战斗的瑟夫莱吗？"

"这取决于你这话的意思。所有瑟夫莱，无论男女，都对作战技艺有所涉猎。许多居住在此的瑟夫莱都曾游历四方，很多人都参过战。"

"那——"

主母乌恩抬起一只手,"高贝林王庭区的瑟夫莱不会帮助你。带你进入通道之后,我就完成了我们仅有的职责。"

"或许你不该用'职责'这个词,"安妮说,"应该用'报答'才对。"

"我们有自己的生存方式,我们瑟夫莱,"主母乌恩说,"不奢望你能理解。"

"很好。"安妮说。可等到登上王位之后,我是不会忘记这件事的。

她站起身。"谢谢你的茶,主母乌恩,还有这番话。"

"乐意之至。"瑟夫莱女人回答。

"我很快就会回来。"

"多久都行。"

"你说过你会对我解释现在的状况的。"等到两人步入阳光之后,奥丝娅提醒她。她们伸手遮住刺眼的阳光。

广场的远端似乎发生了什么事,但安妮不清楚究竟是怎么了。一小撮人从人群中分离出来,正朝她这边接近。

"我做过一些梦,"安妮说,"这你知道的。"

"对。是你的梦告诉了你这个克瑞普林通道?"

"我看到了每一条秘道,"安妮说,"我的脑子里有张完整的地图。"

"这可真方便,"奥丝娅答道,"这地图是谁给你看的?"

"这话什么意思?"

"你说你看到了幻象。又是翡思姐妹吗?是她们告诉你那些秘道的?"

"我的梦里又不总是她们,"安妮回答,"事实上,她们给我造成的混淆比帮助更大。不,有时候我就是能知道一些事。"

"也就是说,没有人跟你说过话?"奥丝娅语带怀疑地追问。

"你又是怎么知道的?"安妮说着,努力抑制住勃发的怒气。

"我想我当时在场,"奥丝娅说,"你在说梦话,而且听起来像是在跟某个人说话。某个吓着你的人。你是惊叫着醒来的,记得吗?"

"我记得。我还记得我曾要你别这么放肆地质问我。"

奥丝娃板起面孔。

"恳请您原谅，陛下，可你说的不是这样。你说我可以随便问你问题，私下里和你争论，可如果你用命令的口气，我就应该无条件服从。"

安妮突然发觉奥丝娃在颤抖，而且眼看就要哭出来了。她拉起好友的手。

"你说得对，"安妮说，"抱歉，奥丝娃。请你理解我。要知道，精神紧张的不止你一个。"

"我知道。"奥丝娃说。

"你对幻象的事说得没错。梦里确实有个人，就是他给我看了那些秘道。"

"他？也就是说，是个瑟夫莱？"

"我不这么认为，"安妮说，"我想是应该是别的什么。某个不是瑟夫莱也不是人类的种族。"

"你是说传秘人？司皋魔？可你怎么能相信那种东西的话？"

"我不相信。我能肯定他希望得到自由，做为帮助我的回报。可别忘记主母乌恩说过的话——我能命令他。不，他会给我想要的东西，没有转圜的余地。"

"真正的司皋魔，"奥丝娃喃喃道，语气带着惊讶，"一直住在我们脚底下。光是想到这个就让我恶心。感觉就像一觉醒来，发现有条蛇盘在你的脚上。"

"如果我的祖先能留这东西活命，那他们肯定有自己的理由。"安妮说。

她们说话间，五个御前护卫走上前，护卫在她身周。她发现里弗顿爵士也走了过来。

"广场那边出什么事了？"安妮问。

"您最好找个安全的地方，陛下，"里弗顿说，"某个适合防守的地方。我们被攻击了。"

第四部
王　座

众所周知，瑟夫莱生活在岛屿之外的任何地方，因为他们不喜欢穿行于水上。奇怪的是，历史上的他们默默无闻。他们不打仗，也不创立王国。他们从不在东西上刻下自己的名字。他们无所不在，又四处皆无。

谁都好奇他们在忙些什么。

——摘自《蒂逊遍览》，作者普瑞森·曼提欧

想真正了解一个人，就给他一顶王冠吧。

——巴戈山地区谚语

THE BLOOD KNIGHT

第一章 江湖骗子

埃斯帕还没看到哈梅斯镇，就听到了响起的丧钟声。

悠长动听的钟声沿着白巫河传来，吓得一群和灵鸟悄无声息地飞走。南方的天际被烟尘笼罩，但风是朝那个方向刮的，所以埃斯帕闻不出那边在烧什么。

她是个异乡人。他们会为异乡人鸣钟吗？

他不知道。他对弥登南部的乡村风俗一无所知。

他催促魔鬼一溜小跑。沿着巫河前进的途中，这匹魁梧的马儿以黑麦和泽草为食，力量也逐渐变强，仅仅两天之后，它就已经接近从前的状态了。这让埃斯帕看到了希望，但他却努力避免这种危险的情绪。薇娜先前就比魔鬼病得重，况且什么灵药都没法让死者复生。

道路沿着河谷边缘蜿蜒前进，过了一会儿，哈梅斯终于出现在他的视野中。坐落于前方高山处的这座镇子规模惊人，镇外的田野和农场一直绵延到低地和道路两旁。而这时他也发现了这阵哀乐的来源：一座白石塔身，黑石塔顶的纺锤形钟塔，塔尖利得像一杆长枪。

第二座塔更加厚实，塔顶呈锯齿形，坐落于镇子另一头的最高处。两座塔似乎是被一道长长的石墙连接在一起，更合理的解释是这面墙壁环绕着整个镇子，可由于埃斯帕是从下方仰视，所以他只能看到几处高高耸立的屋顶。

烟雾是从河边的几个巨大的柴火堆那边传来的，眼下风向稍转，他也就明白烧的是什么了。

他策马飞奔。

魔鬼接近人群时，好几颗脑袋朝着埃斯帕转了过来，可他没理睬那些要求他表明身份的叫声，飞身下马，大步走向火堆。

尸体堆积如山，难以计数，他估计这里至少有五十具。其中两

王　座

堆已是熊熊烈火，骨头开始化作焦炭，可他在第三堆里仍然能看到焦热起泡的人脸。他搜寻着薇娜甜美的面容，烟尘刺痛了他的双眼，心脏阵阵作痛。火堆的热量让他不得不退后。

"嘿，"有个魁梧的家伙喊道，"给我注意点儿。你想干吗？"

埃斯帕转过身去。

"这些人是怎么死的？"他询问道。

"他们死是因为圣者恨我们，"那人愤怒地回答，"我想知道你是谁。"

约莫六个人聚集在那家伙身后。其中两个拿着草叉或者用来拨弄火堆的长棍，但除此之外，他们看起来不像有武器的样子。他们看起来像是手艺人和农夫。

"我是埃斯帕·怀特，"他咕哝道，"国王的护林官。"

"护林官？方圆百里只有沙恩林一个林子，而且那儿没有护林官。"

"我是御林的护林官，"埃斯帕告诉他，"我在找两个异乡人：一个金发的年轻女人，还有个黑发的年轻小子。他们应该是跟两个牛倌一起来的。"

"我们可没时间照看异乡人，"那人说，"这几天我们光剩下伤心的时间了。而且依我看，你恐怕还得给我们带来更多伤心事儿。"

"我没打算伤害你们，"埃斯帕应道，"我只想找到我的朋友。"

"这么说，你替国王干活？"另一个人插嘴道。埃斯帕用眼角余光扫过他，不打算完全把目光从更具威胁的那家伙身上移开。插嘴的那人皮肤晒得黑黝黝的，一头灰黑相间的短发，还少了一颗上牙。

"我听说已经没有国王了。"

"没错，但还有王后，"埃斯帕说，"我是她的代理人，能全权执行她的律法。"

"王后啊？"那瘦子说，"好吧，能有人帮我们美言几句也好。你都瞧见这儿的状况了。"

"伊斯冷那些家伙可不关心我们变成啥样，"先前那人怒气冲冲地说，"你们这是犯傻。他们可没派这家伙来帮我们。他说过，他只是来找他的朋友。要想等他关心，那我们早就先死透了。"

THE BLOOD KNIGHT

"你叫啥名字?"埃斯帕压低了嗓音。

"劳德·阿切森,你知道又能怎么样?"

"依我看,这些柴火堆里恐怕有你重要的人吧。"

"当然。我老婆,我爹,我的小儿子。"

"所以你很生气。你想找个人来撒气。可把他们弄进去的不是我,明白么?狰狞怪作证,要是你再说一个字,我就把你也丢进去。"

劳德的脸色涨得通红,双肩也拱了起来。

"有我们帮你,劳德。"他身后一个家伙说。

听闻此言,这大个子便像投石车甩出的石弹那样扑向了埃斯帕。埃斯帕狠狠给了他喉咙一拳,他干脆利落地倒了下去。

埃斯帕并未罢手,而是跃向前方,抓住那个煽风点火者的头发。他拔出短匕,匕尖贴近那人的下巴。

"告诉我,你为啥想让你朋友送命?"他问。

"别——对不住,"那人喘息着说,"求你——"

埃斯帕用力推开他,让他在地上打了几个滚儿。劳德趴在地上,出气多,进气少,不过埃斯帕并没有碾碎他的气管。他冷冷地看了看剩下那些人,却没人敢跟他对视。

"告诉我,"他用命令的口气说,"这儿是怎么了?"

那个发色灰黑的男人盯着自己的脚。

"你不会相信的,"他说,"我亲眼瞧见了,可我也不信。"

"你还是说来听听吧。"

"那是个特别大,像蛇似的玩意儿。它从上游过了河。我们估计它把河水给染毒了。总督老爷派了骑士去追它,可差不多全给它杀了。"

"我也见过它,"埃斯帕说,"所以要我相信你们不成问题。现在我要再问你们一遍,这次得有人回答。两个异乡人,一男一女,女人的头发是小麦色的。他们应该是跟着两个孩子来的,两个名叫埃丝萝德和奥斯里的牛倌儿。我该去哪儿找他们?"

一个中年女人清了清嗓子。"他们大概在'锚钩和舀勺'那边。"她没什么自信地说。

"那边那位!"

叫声来自高处,埃斯帕转过身,发现一个男人正从镇子大门那里驾马奔来。他身穿骑士盔甲,骑着匹身上有块白斑的黑色公马。

"嗯?"他应道。

"你是埃斯帕·怀特?"

"对。"

"那你肯定想跟我聊聊。"

那人下了山,握住埃斯帕的手,然后介绍自己是裴润爵士,福斯特伦总督的手下,而哈梅斯就是福斯特伦的首府。埃斯帕跨上魔鬼,两人开始朝山顶前进。

"你的朋友们提到过你,"一等甩开人群,裴润便开口道,"薇娜和易霍克。"

"你认识他们?他们在哪?"

"我不会骗你的,"裴润说,"我最后看到他们还是今早的事。他们快死了。没准他们现在已经死了。"

"快带我去见他们!"埃斯帕清楚自己的口气有多刺耳,但他无能为力。

裴润盯着他。"这么说你找到它了?"他问,"解药?"

埃斯帕看着山下的火堆。整个镇子都染上了龙蛇的毒,而他带着一包解毒的果子。

"总督被感染了?"他不答反问。

"不,但他儿子曾带领我们对抗龙蛇,"裴润爵士答道,"他也离死不远了。"他看起来很紧张,埃斯帕心想。

埃斯帕深吸一口气,放松双肩。他们在等他。是易霍克——要不就是薇娜——告诉别人他要去寻找解药,然后这事就传开了。

他被俘虏了吗?这种感觉越来越强烈。也许他可以杀死裴润然后逃跑,可这就意味着薇娜和易霍克必死无疑——如果他们还没死的话。

"我要见见我的朋友,"他说,"然后我们再去见总督大人的公子。"

THE BLOOD KNIGHT

等他们来到钟塔边,又有两个全副武装的男人加入了护送他的队列。他们才刚经过外堡,就有个仆人牵走了魔鬼,他的唯一盟友。等到他们进入城堡中庭,来到总督的会客室时,他身后已经跟上了七个守卫。

福斯特伦省的面积并不大,也不算富庶,会客室的面积也印证这一事实。一块不大的石台上放置着一张很有年头的橡木座椅,椅后悬挂着一面旗帜,上面画着一只双爪分别抓着权杖与箭矢的鹰。座椅上的那个人也很有年头了,银白色的胡须几乎垂到膝盖,还有一双浑浊的灰色眸子。

裴润单膝跪地。

"恩希尔总督,"他说,"这位是埃斯帕·怀特,国王的护林官。"

老人颤巍巍地抬起头,看着这位访客。他盯着埃斯帕,白白浪费了很长时间,最后才开口说话。

"我本以为我永远不会有儿子的,"他说,"看起来圣者们一直在拒绝为我实现愿望。我差点就放弃了,可等我六十岁的时候,诸圣展现了奇迹,给了我恩弗瑞斯。恩弗瑞斯,我可爱的儿子。"他身体前倾,眼露精光。

"你能明白吗,护林官?你有孩子吗?"

"没有。"埃斯帕回答。

"没有,"恩希尔重复道,"那你不会明白的。"他靠回椅背,闭上眼睛,"三天前,他骑马去对抗我以为只存在于传说中的东西。他出发时的样子像个英雄,倒下时也像。他快死了。你能救他吗?"

"我不是医生,大人。"埃斯帕说。

"别取笑我,"老人厉声道,"那女孩告诉我们了。你去了沙恩林,寻找蛇毒的解药。你找到解药了吗?"

"她还活着吗?"埃斯帕问。

恩希尔身边的那些人突然显得不安起来。

"她还活着吗?"埃斯帕高声重复了一遍。

恩希尔摇摇头。

"她死了,"他说,"那男孩也一样。我们什么都做不了。"

埃斯帕突然闻到了秋日落叶的气息,他明白杀戮就在不远处——但究竟是已经发生，还是即将到来，他说不准。他的喉咙发紧，双眼灼痛，可他却站得更直，面孔冰冷得就像石头。

"那就给我看她的尸体，"埃斯帕说，"就现在。"

恩希尔叹口气，做了个手势。"搜他的身。"

埃斯帕的手垂到匕首柄上。"留神，恩希尔总督大人。听好我的话。我有能治好你儿子病的解药，但它不是药水那种简单的东西。它有很特殊的使用方法，否则产生的毒素只会让他死得更快。"

"而且还有一件事。如果薇娜·卢夫特已经死了，无论死因是什么，你们都得不到我的帮助。要是你们想动武，我想我会战斗，然后也许会死。而且我向你保证，你的儿子也一样。听明白没？我猜你说我的朋友死了，是因为害怕我带的解毒药只够一两个人用。更可恶的是，如果他们还没死，你就会尽快干掉他们，这样我就不会知道自己被骗了。

"可我现在明白了，而且我有足够救他们三个的解药。能救你儿子的唯一方法就是让那女孩活下去。所以我要看到她，无论是死是活，就现在。"

恩希尔又看了他很久。埃斯帕的心里七上八下。他猜对了吗？还是说她真的死了？他不相信后一种可能，所以他必须相信前者，就算这会让他丢掉性命。

"带他走。"恩希尔喃喃道。

埃斯帕绷紧身体，准备迎战，可他随即看到管家朝他鞠躬行礼，指了指左边。

"这边来。"那人道。

埃斯帕很少流泪，可当薇娜微弱的喘息令他光亮的匕首蒙上雾气时，一滴发咸的泪珠从他的眼角钻了出来。

他们待在礼拜堂内临时开辟的病房里。易霍克也在那儿，人事不省，但气息略微顺畅一些。周围还有二十来人，其中不少都还神志清醒，有力气呻吟和哀号。

埃斯帕从袋子里拿出那种浆果，正想强行给薇娜喂下时，突然停了手。

THE BLOOD KNIGHT

他对总督的意图所料不差。他也许能给薇娜喂下几颗浆果,可一旦他们发现他在解药的用法方面说了谎,他们很可能会把整包果子都抢走。

"总督大人的公子在哪儿?"埃斯帕问道,"同时给他们治疗会比较好。"

"他在他自己的房间里。"

"那就带他来,而且要快。"

接着他重新跪倒,抚摸薇娜的脸庞,心脏在骨骼的牢笼里阵阵悸动。

"挺住,好姑娘,"他喃喃道,"再撑一会儿就好。"

他碰了碰她的脖子,却只能感受到最为微弱的脉搏。如果他们抬那家伙下来的时候,她死了……

"我得在别人看不到的地方治疗,"他告诉剩下那些人,"我们得在他们的窗边临时搭个帐篷之类的东西。"

"为啥?"那管家问。

埃斯帕目光严厉地看着他,"你听说过沙恩林修女吧?你知道见过她的人没几个能活着回来的吗?可我活了下来,她还把秘而不宣的药方透露给了我。可我被迫发誓说,不能让别人看到治疗的方法。现在,照我说的做,而且要快!再弄些酒和一小块白布来。"

管家看起来很怀疑,但还是派人去把埃斯帕要的东西拿了来。片刻后,几个人抬着一张担架进了房间,上面躺着个约莫十九岁的年轻人。他双唇发紫,看起来已经死透了。

"见鬼。"埃斯帕悄没声息地说。如果总督之子已经死了,他就别想走出这里了,薇娜和易霍克也一样。

可那男孩随即咳嗽了一声,而埃斯帕意识到那种蓝紫色大部分来自于某种沾在他唇上的药浆。很可能是当地医师努力的成果。

总督的部下很快在三人身边用长棍和床单做成了帐篷,还在里面放上了小火盆和葡萄酒。

在床单盖上的那一瞬间,埃斯帕就开始低声念叨起他小时学会的瑟夫莱黑话,也就是桔丝菩装作施展魔法时说的那种话。考虑到他一直努力和过去的自己划清界限,这段记忆实在清晰得令人吃惊。

他能活到现在，依靠的通常都是感官、才智和武器。可今天却取决于他对如何扮演江湖骗子的记忆有多深。

在歌唱与吟诵期间，他碾碎了一些浆果，然后尽可能温柔地把其中五颗塞进薇娜口中，然后给她喂了些葡萄酒，合拢她的嘴，直到她无力地把浆果咽了下去。接着他来到易霍克身边，照样做了一遍。等到给总督之子服药时，那男孩猛地睁开了眼。

"咽下去。"埃斯帕说。

一脸迷惑的男孩照做了。

埃斯帕抬高嗓音，夸张地结束了吟唱。

他回到薇娜身边，心情沉重地发现她的状况毫无变化。他又给她喂了两颗果子，然后走出这顶临时帐篷。

总督坐在某种扶手椅上被人抬了过来，此时正用怀疑的眼神看着他。

"怎样了？"他嘟哝道。

"现在等着就好。"埃斯帕诚恳地说。

"如果他死了，你也得死。"

埃斯帕耸耸肩，坐在薇娜身边的凳子上。他看着恩希尔总督。"我知道失去挚爱的感觉，"他说，"我也了解可能会失去挚爱时的心情。如果能拯救我爱的人，我猜我也会选择让陌生人死。我不会责怪你的想法或是你说的谎话。但你不该剥夺我的希望。"

老人的脸色和缓了些许。

"你不明白，"他说，"你年纪太轻，没法明白。荣誉和勇气是属于年轻人的。他们生来就是为了这些，而且根本没有脑子，一丁点都没有。"

埃斯帕思索了片刻。

"我不觉得自己对荣誉有多少了解，"他开口道，"尤其是在我刚才表演的那场闹剧之后。"

"你这话什么意思？"恩希尔问道。

埃斯帕拿出余下的沙恩林浆果。"我已经厌了，"他说，"我给你儿子和我的朋友吃了超出修女所说剂量的解药。我自己试过，所以我清楚这些不是毒药。我的马儿吃了之后也好多了。每人三颗浆果,据说只要这么点就够了。"他把手伸进包里,又拿出一些,"我留着这些,是因为在我找到龙蛇并且干掉它以后可能会用得着。不过眼下我这儿还有很多。拿去分给他们吧。"

"可你吟的词呢?唱的歌呢?酒呢?"

埃斯帕举起手指,一一列举。

"谎言,骗局,外加我口渴。不过浆果是真的。"他把包丢给管家,后者万分小心地接住。"好了,"他续道,"我骑了好几天的马,完全没合眼。我得努力睡一会儿。假如你们这些可敬的家伙想在我见圣索安的时候割开我的喉咙,记得下手利索点儿。"

相比起利刃的亲吻,轻抚他面孔的手指令他苏醒时愉快了许多。起先他还担心这只是个梦,因为他没发现帆布床上薇娜半张的眼睛正回望着他。可在扫视周围之后,他说服了自己。

薇娜的手软软地垂在身侧。

"笨蛋,"她喃喃道。然后她的目光再次聚焦在他身上,"你能改主意可真好,"她低声道,"能再看到你可真好。"泪水从她眼角泉涌而出。

"我没改主意,"他说,"我找到了修女。她给了我要的解药。"

"噢不。"

"是真的。"

她闭上眼睛,艰难地喘息了一阵。

"我觉得不太舒服,埃斯帕。"她说。

"你比先前好多了,"他向她保证,"我到这儿的时候,你都已经靠近圣催讨的大门了。现在你醒了过来。"他握住她的手,"看在狰狞怪的分上,你是怎么跑到城堡里来的?"

"噢。那个叫豪德的女孩告诉别人我不太舒服。他们带走了我们,还问了好多关于你的问题。"她闭上眼睛,"我告诉他们,要是你到这儿来,肯定不会带着解药。我还以为你不会来了。我还以为我再也见不到你了。"

"我在这儿呢,还带着解药。"

"易霍克呢?"

王 座

他瞥了眼男孩,后者仍在沉睡,只是脸色好了许多。总督也睡着了,身边由四名骑士护卫着,可埃斯帕惊讶地发现总督之子正看着他们。

"这是什么?"男孩勉强开口,"出了什么事儿?"

"据说你跟龙蛇干了一架。"埃斯帕说。

"嗯哼,"那年轻人答道,"这话没错,可……"他的面孔在沉思中拧成了一团。"之后的事我就不记得了。"

"恩弗瑞斯!我的好孩子!"

卫兵们晃醒了他们的主子,正帮着这位虚弱的老人朝他的儿子走去。

"爸爸!"恩弗瑞斯应道。

埃斯帕看着两人拥抱在一起。

"感觉怎样?"公爵问。

"没力气。恶心。"

"已经好多了。你刚才糊涂得连自己老爸都认不出了。"

片刻后,总督站起身,看着埃斯帕,眼泛泪光。

"我为……"他顿了顿,仿佛在身负重物攀登高山一般,"我为先前的行为致歉,护林官大人。我不会忘记你所作的一切。你离开的时候,可以带走我能给你的任何东西,只要对你的旅途有帮助就行。"

"谢谢,"埃斯帕说,"食物,也许再有一些箭矢就够了。不过我要得比较急。"

"有多急?"

"可以的话,得在今天正午之前,总督大人。我有一头龙蛇要杀,我得抓紧时间才能追上它。"

薇娜紧紧抓住了他的手。"你明白吗?"他问她,"我愿意陪在你身边,或者等到你能够骑马——"

"不,"她说,"不,那样就太迟了。"

"这才是我的好姑娘。"

他弯腰吻她,发现她又哭了起来。

"我们没法白头偕老,是吗,埃斯帕?"她低声道,"我们永远

THE BLOOD KNIGHT

没法有孩子和花园这种东西。"

"是的,"他喃喃道,"我想我们不能。"

"可你爱我吗?"

他退开了一点儿,想要撒谎,可他做不到。

"对,"他说,"爱到无法言说的程度。"

"那就尽量死得晚一点儿。"她回答。

半个钟头之后,她睡着了,但脸色已经好了很多。总督的儿子已经能坐起来了,而恩希尔也遵守诺言,给了他两头驮满干粮和御寒衣物的骡子。

正午过后半个小时,哈梅斯的火葬堆已经远远落在他的身后,为天空增添着昏暗之色。

第二章
山羊背上

王座

《对维吉尼亚大呆瓜的注解》

在全世界都难得一见的这种奇特生物通常离群索居于以下地点：乏人问津的客厅，花园的隐蔽处，还有图书馆和修道院里最偏僻的角落。

若遭遇其他物种，甚或引起注意，它们通常都会退入只存在于想象中的要塞里。它们以孤独为食。与那些拥有明确求偶习性的动物不同，维吉尼亚大呆瓜有的只是一堆杂乱无章的想法，对繁衍后代毫无助益，反会加速其种族的灭绝。

其特征……

"斯蒂芬，"裴尔说，"你没事吧？"

"没事，"他说，"抱歉。"

"你看起来没什么精神，接下去的路又很陡。要我再拉住你的手吗？"

"呃，不了，谢谢。我想我能行。"

他把注意力集中到那条羊肠小道上。早先有一朵云彩飘来，吞没了他们，这对来自平原地区的男孩来说算是次离奇的体验。此时他们已走出云朵，步入一座地势较高的小山谷。

许多用石块堆砌而成，勉强可算作三角形的羊圈映入眼帘。

这证实了当地居民的存在，就像羊群的存在一样。一道蜿蜒的烟雾自视野中唯一一座人类居所处升起。那是一栋草皮屋顶的房子，外加两间外屋。

"这气味是什么？"斯蒂芬皱起鼻子问道。

"噢，你最好习惯起来。"她说。

THE BLOOD KNIGHT

牧羊人是个黑发黑眸，四肢修长的年轻男子。他毫不掩饰地用怀疑的目光打量斯蒂芬，可看到裴尔修女时却很高兴，还用力拥抱了她，吻了她的脸颊。斯蒂芬发觉自己根本不在乎这一切。

等他们开始用对他来说相当陌生的语言交谈时，他就觉得更无趣了。不是他在戴姆斯台德听到的那种错漏百出的阿尔曼方言，也不像任何相关的语言。他认为那多半是某种维希莱陶坦方言，但他只见过书面的文字，从来没亲口念过，口音和他研究过的千年前的语言相比也变化了不少。

他听到陌生的语言时，总是兴致大过苦恼，但这次情况正好相反。他们俩究竟在说什么？她为何发笑？那家伙又为何对他摆出那副奇怪的，也许是轻蔑的神情？

一段感觉很漫长的谈话过后，那男子终于朝斯蒂芬伸出了手。

"我是佩恩霍，"他说，"我帮你和泽米丽。我靠得住。呃，你们去哪？"

斯蒂芬偷偷看了眼裴尔——泽米丽？在他们匆忙逃跑的途中，这个问题是他们从未涉及的。他努力保持平静，可显然不擅此道，因为她立刻就察觉了他的疑心。

"我已经知道它在北面了，"她对斯蒂芬说，"人人都知道。可现在你得在东北、西北，或者随便什么方向之间选一个。"她冲着佩恩霍点点头，"如果你相信我，你就得相信他。"

"噢，这就是问题所在，不是吗？"斯蒂芬说。

裴尔修女耸耸肩，举手投降。

斯蒂芬转转眼珠。

"显然，我没有选择。"他续道。有宜韩和衡内在的时候，他没准还能找到路穿过纷乱的群山，可没了他们，这事看起来就希望渺茫了。

"我喜欢有自信的男人，"裴尔修女讽刺地说，"那么，我们该去哪儿？"

"一座山，"斯蒂芬说，"我不知道它现在的名字。它两千年前名叫'韦尔–诺伊拉格纳斯'。我想它现在应该叫做'伊斯里弗·凡德夫'，或者'斯里凡迪'。"

"泽尔·斯勒凡奇,"佩恩霍思索着说,"我们也叫它'巨角'兰翰山。按老鹰的水准来说,它离得不太远。可过去的路——"他皱起眉头,做了个拧手的动作,"**诺瑞迪赫**。不能骑马。你们需要**卡布克**。"

"**卡布克**?"斯蒂芬问。

"你刚才问过那种味道,"裴尔修女说,"你就快要见到它的来源了。"

卡布克:这种动物和儿童寓言里的任何生物都大相径庭,它们看起来像是山羊和绵羊的亲族,有同样的晶体状横向瞳孔,向后弯曲的角,而且体表通常覆满羊毛。但它站立时,肩膀和小型马同宽,肌肉也几乎同样发达,这让它的外表庞大得出奇,但支撑这副身躯的却是相对颇为脆弱的四条腿。比起骑马,巴戈山脉的住民更喜欢骑着它们来走山路,因为它们天生就擅长在碎石和陡坡上行走。它们身上可以安置马鞍和背袋,只是会表现得很不情愿,而且动作笨拙得连骡子都不如。而且它还有个不容忽视且无法掩盖的特点。

卡布克:会走路的臭气源。

"我没听说过山羊也能骑。"斯蒂芬嘀咕道。
"我想你没听说过的事有很多很多。"裴尔提醒他。
"我又想吐了。"斯蒂芬说。
"它们闻起来也不算很臭嘛。"裴尔修女答道。
"我不知道你认为的'很臭'是怎样,但我绝对不想闻到,"斯蒂芬说着,努力压下那阵恶心,"你朋友从来不给这些东西洗澡吗?至少也该把它们毛上的蛆虫给刷掉吧?"

"给卡布克洗澡?真是个怪念头,"裴尔修女沉思着说,"我简直等不及你为我们这些简朴的山民改进生活的下一个想法了。"

"既然你提到了,我得说,我对改善路况方面还有些想法。"斯蒂芬说。

THE BLOOD KNIGHT

事实上，那股反胃感只有一半是卡布克引起的：剩下的来自于它在就连埃斯帕·怀特都不会称之为路的路上行走的步伐。就算叫它"羊肠小道"，也跟把泥屋和宫殿混为一谈差不多。他们脚下的地势突然变低，转而沿着谷口前进，爬上一片似乎只有四处蔓生的垂死杜松根须在勉强支撑的山岬。就连狗儿们在走这边的路时也加倍小心。

"噢，"裴尔修女说，"记得等我们下次见到赫斯匹罗护法的时候，把你的建议提交给他。作为主祭，他对这种事还是有些办法的。"

"我会的，"斯蒂芬说，"等他的手下把我们钉在树上的时候，我就用长篇大论烦死他，"他突然担忧起来，"你那位朋友。假如赫斯匹罗跟在我们后面——"

"等他们来了，佩恩霍早就不在那儿了。不用担心他。"

"很好。"他闭上眼睛，可马上就后悔了。他的头晕得更厉害了。斯蒂芬叹口气，又睁开眼睛。

"他叫你什么来着，"他说，"泽米丽。"

"是啊，泽米丽。我父母给我取的名字。"

"那是什么意思？"

"是我们对圣塞尔的称呼。"她解释道。

"那你们说的那种语言呢？"

"我们管它叫泽玛语。"

"我想学学看。"

"为什么？它流传得并不广。如果你想在山里继续前进，还是学弥尔语比较好。"

"我可以两个都学，"斯蒂芬说，"如果你愿意教我的话。这可以帮我们打发时间。"

"很好。先学哪个？"

"你们的语言。泽玛语。"

"哦。我正好知道该怎么开始教。"她用手碰了碰自己的胸口。"Nhen，"她说。然后她指着他，"Win Ash esme nhen，Ju esh voir. Pernhoest voir. Ju be Pernho este abe wire..."

课程持续下去,而卡布克在此期间稳步攀登,先是穿过了遍布碎石的牧场,接着——在穿过积雪线后——进入了一片昏暗的常绿森林。

夜晚之前,森林便让道于一片人烟稀少的荒地,地面被寒冰覆盖,寸草不生,而裴尔修女的话语透过围巾传来,也显得模糊了许多。

斯蒂芬的羊皮毡衣和风衣都留在了戴姆斯台德,所以他很感激佩恩霍给他的长及脚踝的棉絮罩衣和厚重的毡布马甲。对那顶圆锥形的帽子就没那么感激了——他觉得自己戴着它显得很傻——可至少它能保持他双耳的温暖。

大半个旅途中,云朵都在他们身边飘飞,可随着太阳西沉,空气变得清澈,斯蒂芬震惊地看着辽阔的冰原,还有朝着四面八方的地平线进军的风雪。他觉得自己既渺小又高大,同时无比庆幸自己还活着。

"你怎么了?"裴尔看着他的脸,问道。

斯蒂芬起先没明白这句问话,直到他发现自己正在流泪。

"我猜你已经看习惯了吧。"他说。

"啊,"她回答,"是习惯了。可它的美丽从不褪色。"

"我想象不出这种可能。"

"瞧那边,"她说着,指向身后。片刻后,他觉得自己看到有东西在动,就像白色背景上的一排黑色蚂蚁。

"是马匹?"他问。

"是赫斯匹罗。照我估计,还有差不多六十个骑手。"

"他会追上我们吗?"

"暂时不会。他到了晚上就得停下,和我们一样。而且他们骑马会比我们慢很多。"她拍拍他的背,"说到这个,我们最好扎营吧。今晚会非常、非常冷。还好我知道一个好地方。"

她说的那个地方是个洞窟,内部干燥而温暖。等他们俩、她的狗儿和卡布克都进去之后,又显得异常狭小。裴尔燃起了一小堆火,把佩恩霍给他们的腌肉烤热,他们就着一种她称之为大麦酒、尝起来有点像啤酒的饮料吃了下去。这酒相当烈，没喝多少，斯蒂芬就觉得头重脚轻起来。

他发现自己正在打量这名女子的容貌，令人尴尬的是，她察觉了他的目光。

"我，呃，应该说过了，"斯蒂芬说，"我觉得你很漂亮。"

她的表情毫无变化。"是吗？"

"是的。"

"我是方圆十五里格唯一的女人，而且我们孤男寡女共处一室。换成你被人这么恭维会高兴吗？"

"我……不。你不——"他停顿下来，揉了揉额头，"瞧，你肯定以为我了解女人。可我不了解。"

"你不是说真的吧。"

斯蒂芬皱起眉头，欲言又止。说这些根本白费唇舌。他甚至不知该从何说起。

"我们还得走多远？"他换了个话题。

"两天，也许三天，取决于下一条路上的积雪有多深。这只是到山脚下的路。你知道等到了那儿该怎么走吗？"

他摇摇头，"我说不准。考隆去了个名叫哈迪瓦瑟尔的地方。那儿也许是个镇子。"

"泽尔·斯勒凡奇没有镇子，"她说，"至少——"她突然停了口。"'迪瓦瑟尔'这个词指的是瑟夫莱。老人们常说那儿有个瑟夫莱窑洞。"

"那肯定就是它了。"斯蒂芬说。

"你知道该怎么找到它吗？"

"一点儿也不。考隆提到过跟一个老'哈迪瓦'谈话的事，不过我想这意味着他已经找到窑洞了。而且那是很久以前的事了。"

"你会找到它的，"她坚定地说，"这是命中注定。"

"但如果赫斯匹罗先找到了我们……"

"那就有麻烦了，"她承认，"所以你得快点找到它。"

"好吧。"他不抱什么希望地说。

他正逐渐认识到，"大山"能有多大。而且他想起了御林里窑洞的出口。四码开外，就没人看得见它了。就像在一条河里寻找一滴雨。

他掏出抄录的书页，期待能做出更好的解读。裴尔一言不发地看着他。

在书页之间，有他找到的那张松脱的纸片；他几乎把它给忘了。它已经很古老了，上面的字迹早已褪色，可他认出了那种古怪的混合语言——和他先前看过的门徒书一模一样——随即兴奋地意识到，他手里拿着的正是解译的关键。

当然，门徒书现在落到了赫斯匹罗手里，但他应该可以想起来——

某个念头令他浑身震颤。

"怎么了？"裴尔问。

"礼拜堂里有某种东西，"他说，"我一直没时间去想这件事。但我发誓我听到了说话声。还有我的提灯，里面有张人脸。"

"在提灯里？"

"在火焰里。"他说。

她看起来并不惊讶。"鬼魂会在山里走失，"她说，"风会把它们吹进高处的山谷，它们就没法走出来了。"

"可就算是鬼魂，它的年纪也很大了。它说的是一千年前就已废弃的语言。"

她犹豫起来。"没人知道考隆后来怎样了，"她说，"有人说他消失在群山里，再也没有回来。可又有人说他之后的某天晚上出现在礼拜堂里，像发烧的病人那样胡言乱语，却没有发热的症状。发现他的那位牧师把他送到了床上，第二天早上他就不见了。床上没有睡过人的痕迹，那位牧师也怀疑自己究竟是真的看到了他，还是说那只是幻觉或者梦境。"

"你在那儿没感觉到什么吗？"

"没有，"她承认道，"我也没听别人说起过什么不寻常的事儿。不过你不一样：你是圣监会成员，又是考隆的继承人。所以他才会跟你说话。"

"我不知道。无论那个人——那东西——是什么，看起来都不怎

THE BLOOD KNIGHT

么友善，更别提帮我的忙了。我觉得它好像在嘲笑我。"

"噢，那我就不清楚了，"她说，"没准是你引来的考隆的敌人。在山里，过去和现实可不是远亲，它们是兄妹。"

斯蒂芬点点头，把笔记重新卷好。

"好了，"他说，"我想我该去努力睡一会儿了。"

"关于这点，"她叹口气，"要知道，我是可以再给你一次机会。"

"这话什么意思？"

"因为我说过，今晚会非常非常冷。"

他张开嘴想说点什么，可她却用带着大麦酒甜香气息的吻让他住了口。他努力睁着眼睛，惊讶地发现一张脸近看时竟会如此不同。

她轻轻咬过他的耳廓、下颌，然后是他的脖颈。

"我真的对女人没什么了解。"他道歉说。

"你说过了。我想现在是时候给你上一课了。最后一课暂时还不能教你：每月的这个时候，你可能会让我怀上孩子，这是我们都不愿看到的。不过没必要直接翻到书的结局，不是吗？我想前面几章就足够有趣了。"

斯蒂芬没有回答：恐怕他现在说什么都是错的。

他已经对谈话失去兴趣了。

王 座

第三章
重审历史

安妮不顾里弗顿爵士的抗议,匆忙走向广场另一端。御前护卫们正在麻利地建造防御工事,在两栋建筑——它们几乎占据了两面城墙间的所有空隙——的中间堆垒板条箱、厚木板、砖块和石头。

在有限的时间里,他们的成果相当出色,但还不够好。安妮眼看着一群身穿盔甲的士兵冲了过来,其中半数挥舞着长枪以逼退御前护卫,剩下的则手持剑盾,向前推进。城墙上的敌人多得已经快站不下了。这一切变故委实太快,安妮发现自己的计划正在分崩离析。

离防线破裂只有几秒钟了。

"圣者啊!"奥丝姹尖声高叫,映衬出安妮此时的心情:她的一名手下从墙顶坠落,一杆长枪自他口中刺入,从脑后钻出,仿如怪物的长舌。

"弓箭手!"里弗顿怒吼道。突然间,一阵黑色的冰雹从屋顶和高处的窗口降下。攻势减缓,敌人高举盾牌以阻挡长有翎毛的死神,而御前护卫们重整防线,拥回高墙之上。

安妮看到了希望的闪光,可兵力仍旧相差悬殊。她该不该趁着还有机会,现在就走?带上奥丝姹和卡佐躲进秘道?至少这样,她就能避免被擒,阿特沃的双手也不会因此受到束缚。

可把部下当做弃子的想法让她无法忍受。

敌人重整队形,继续朝着城墙猛攻。许多人倒下了,攻势却分毫不减。

"陛下,"里弗顿说,"求您了,离这儿远点。他们随时都可能突破防线。"

安妮甩开他的手,闭上眼睛,感受着钢铁的嗡鸣和痛苦的嘶吼在体内回响,她继续深入,寻找能令血液与骨髓沸腾的力量。如果她能唤出在赫乌伯·赫乌刻时用过的那种力量,也许就能扭转局势,

THE BLOOD KNIGHT

至少给她的手下喘息的时间。

可赫乌伯·赫乌刻的土地里蕴藏着某种东西，一股能够抽取出来的疫病，就像疖子里的脓水。在这里，她能感觉到某种相似之物，只是更加遥远，也更加淡薄，而更深处潜藏着一头恶魔，正等着她为它开路。因此，一部分的她犹疑不定。

可突然间，有个陌生的男高音出现在打斗声中，她便睁开眼睛，想看个究竟。

当她看到进攻者得到增援，数量几乎翻倍的时候，心沉了下去。或者说，她刚开始是这么想的。

然后她才明白，根本不是这么回事：新来的那些人没穿盔甲，至少是其中大部分。他们穿着公会服饰，以及系有皮带的羊毛花格披肩和工匠围裙。他们拿着棍棒、干草叉、渔叉、猎弓、短刀，甚至还有几把剑，而且他们从后方攻进了敌人的阵地。

御前护卫同声高喊，上前拼杀。鲜血仿佛雨水般倾泻在高贝林王庭区的街道上。

"伊斯冷的百姓。"奥丝娓低声道。

安妮点点头。"我派了四个人去散播消息。我想验证一下自己是否拥有他们的支持，"她转向她的朋友，笑了笑，"看起来他们是支持我的，至少其中一部分人是。"

"为什么要怀疑呢？"奥丝娓兴奋地回答，"你可是他们的女王！"

日落时分，安妮来到了堡垒墙上圣希瑟尔塔的窗边。午后的景色很美：太阳巨大的身躯被远处荆棘门的塔楼刺穿，让安塞湖的水面如同一面鲜红的镜子，在汤姆·窝石和汤姆·喀斯特的高大双峰之间依稀可见。她看见了已经笼罩上柔和阴影的袖套牧场，还有山下远处的伊斯冷墓城，以及更远方迷雾笼罩的湿地上藤蔓遍布的死者居所。风从海上吹来，气味浓郁宜人。

这儿是她的家，而那些是属于她童年的风景和气息。可现在它们已经很陌生了。直到一年以前，她看到的这幅画面——荆棘门，还有湿地——便是她所知的绝大部分世界。哦，她去过东面的罗依斯，不过她现在知道，那儿其实没多远。如今，她在脑海中极目远眺，目光越过了湿地、丘陵和森林，跨过火籁的河岸与特洛盖乐的平原，望向莱芮南海，望向维特里安的白色山丘和红色屋顶。

每一幕景象，每一个声音，每一里格的旅程都令她变得不同，而家乡也不再是从前的家乡了。

她把注意力转向北方，转向城内。不用说，那里耸立着王宫，也是如今耸立在她头顶的唯一一样东西，而下方便是她在高贝林王庭区的小小王国。志愿入伍者源源不断地到来，里弗顿和其他御前看守则在忙于分派给他们适合的工作。防御工事比敌人初次进攻时不知坚固了多少，而原有的城墙上也配备了足够的人手。

罗伯特的手下当然也没闲着。她看到他们以她为中心，在相距几条街道的位置开始安营扎寨，试图隔断外界的援兵。她甚至看到有几架攻城器械伴随着隆隆声响向山下驶来，可附近大多数街道的宽度都不足以供它们通行。

"你觉得他们会在今晚再次进攻吗？"她问里弗顿。

"我想不会。而且我觉得他们明早也不会开战。照我推测，他们想包围我们，把我们困在这儿，直到我们弹尽粮绝为止。"

"很好。"安妮说。

"抱歉，陛下，您说什么？"

"我今晚有些事要做，"她告诉他，"在那个瑟夫莱人的家里。我要忙上一整晚，也许还得忙到明天。我不希望被人打扰，所以我会把防守的任务全权交给你负责。"

"当然，您应该好好休息，"里弗顿说，"可如果情况紧急——"

"我不会有事的，"她断言道，"你可以挑选四个人来保护我，不过除此之外，别再派人跟我进那间屋子了。听明白了吗？"

"我不明白，陛下，不。"

"我的意思是，'你愿意服从命令吗？'"安妮直截了当地说。

"当然，陛下。"

"非常好。奥丝妮、卡佐——我们该走了，"她把手放在里弗顿的手臂上，"你是个可靠的人，"她说，"我相信你。保护好我的子民。拜托了。"

"遵命，陛下。"

安妮想象不出克瑞普林通道的入口会是什么样子，不过她觉得它肯定被隐藏得很好，比如一块不易察觉的墙板，一只能够旋转的书柜，或是地毯下的拉门。

它的确坐落于这栋屋子冰冷的地窖里，就在葡萄酒架和悬挂的干肉后面。可入口本身却只是嵌在天然岩石——也就是建造房屋本身的那种材质——之中的一道小门。它用某种黑色的金属制成，有打磨光滑的黄铜铰链和搭扣。主母乌恩拿出一把个头很大的钥匙。她用钥匙在锁中一转，门便几乎悄无声息地打开，露出一道向下的楼梯。

安妮允许自己露出一丝笑意。阿特沃和她的其余部下都断言说伊斯冷城和其中的城堡都固若金汤，它周围的淹地和高墙几乎能令所有军队都灰心丧气。可这座城市失陷过不止一次。她努力回想她祖先攻下伊斯冷时所用的战略，发现自己还依稀记得稍微用心听过的那堂历史课。

如今回想起来，关于那场攻城战的描述相当模糊。其中大段地提及勇气和生死抉择，可却甚少提及威廉一世是如何到达白鸽大厅，再用他的剑刺进秋兹沃·福兰·瑞克斯堡的肝脏的。

这种事发生过多少次了？一小群女人或者瑟夫莱通过这条秘道入侵城堡，去搞点儿破坏，然后打开大门，迎接大军？在她看来，主母乌恩这位看守的权力实在大过头了。这个瑟夫莱的突发奇想能左右一个王朝的命运。

可无论哪个男人向她寻求帮助，都没法清楚地想起整件事情，不会知道自己是怎么进到城堡里，也不会记得这个瑟夫莱手里有多大的权力。

但安妮会记得。她会记得，而且会对此做点什么。等她成了女王，就不会再有人在无人察觉的情况下进入城堡。

安妮突然震惊地发现，主母乌恩正无比专注地看着她。莫非这个瑟夫莱能读懂她的心？

"怎么？"她问。

"楼梯下面就是通道，"瑟夫莱女人解释道，"右边那条道能到城外的湿地。如果走左边，就能进入地牢，再从那进入城堡，这取决于你。如果下面那条路被水淹没，你可以在左边的小房间——就在水面快要碰到天花板的那个位置——里找到排水阀门。当然，完全排干需要时间，大概半天左右吧。"

安妮点点头。假如说她看到的幻象没错，那么费尔爵士的舰队两天之内就将抵达。如果那时阿特沃控制了荆棘门，她的叔叔就得对抗舰队，而外侧城门开启的时间也足够她逃脱，再率领大军进入城中。

她也考虑过带着身边的部下占领王宫，但结论是人手不足。城堡里有数百名守卫，那三十个人除了让她暴露实力之外什么都做不了。

无论走哪边，要让男人们跟着她穿过一道就算放在他们面前都没法留下印象的大门，或许确实有些困难。不过这事依然可行。毕竟卡佐就曾追踪过那个行刺未遂的杀手。而且在艾丽思·贝利的带领下，她弟弟、费尔叔叔和御前护卫们也想方设法离开了伊斯冷——如果传言属实的话。

是啊，这是办得到的，而且她必须走出第一步：确保这条路畅通无阻。

"拉住卡佐的手，奥丝娅，"安妮说，"其他人也手拉着手。等我叫你们放开再放开。听明白了吗？"

"遵命，陛下。"

"很好。我们走吧。"

"去哪儿？"卡佐问。

卡佐怀疑自己大概在不知情的情况下喝醉了。他能感觉到奥丝娅的手，脚底的石头，灯光中的安妮的脸，可他总在遗忘周围的细节。

他记不清自己在这儿做什么，又或者他们要去哪里。就像在某种可怕的梦境中穿行。他总以为自己就快醒了，却发现那些只是他的幻想。

THE BLOOD KNIGHT

他记得自己走进瑟夫莱人的屋子,安妮和那个老女人说了些什么。他记得他们走下冰冷的地窖,那儿看起来很诡异。

可这些仿佛是很久以前的事了。

或许这确实是梦,他心想。要不就是他喝醉了。

也许——他眨眨眼。安妮又在跟什么人说话。她高喊起来。

现在他在奔跑。可为什么?他放慢脚步,张望四周,奥丝娖却用力拉扯他的手,尖声叫他继续奔跑。

他听到某处传来陌生的笑声。

他在唇上尝到了鲜血,味道古怪至极。

王座

第四章 送葬曲

尼尔感到死亡的沉静降临到他的身上。他平顺呼吸,看着在蓝灰相间的天空中翱翔的海鹰,品尝着发咸的空气。和缓的风从西南方吹来,吹皱了山腰的柔软草地,就像百万根手指梳理着绿色的秀发。万籁俱寂。

他闭上双眼,哼唱起一小段歌词。

"您在唱什么呢,尼尔阁下?"

他睁开眼睛。发问者是个和他年岁相仿的男子,一位名叫埃德蒙·阿恰德的骑士,来自塞希尔德省。他有一双敏锐的蓝色眸子,粉红色的脸颊,还有蓟丝般洁白的头发。他的盔甲平整光滑,尼尔在上面找不出半点凹痕。

当然了,他的盔甲也同样崭新。在罗伯特逃走的次日,他在自己的帐篷发现了它。那是艾黎宛·戴尔送来的礼物,她曾量过他的尺码,说是要给他"做衣服",至少她是这么说的。可尼尔却觉得,面前的这个人和他身穿的盔甲一样没有经受过考验。

"是一段歌词,"尼尔解释道,"我父亲教我的。"

"那是什么意思?"

尼尔笑了。

"'我,我父亲,我的先祖。叫吧,乌鸦,我们的肉,你们的食。'"

"不怎么欢快。"埃德蒙说。

"这是首送葬曲。"尼尔说。

"你觉得你快死了?"

"噢,我是会死的,这点毫无疑问,"尼尔说,"但何时、何地,又是如何死去,我并不清楚。但我父亲总说,进入战场之前,最好想着你自己已经死了。"

"你做得到?"

THE BLOOD KNIGHT

尼尔耸耸肩,"不是每次都能做到。有时候我会害怕,有时候愤怒会出现在我身上。不过圣者们偶尔会让我像死者般冷静,我最喜欢的就是那样的时刻。"

埃德蒙的脸微微泛红,"这是我第一次上阵,"他承认说,"我希望自己做好准备了。"

"你已经准备好了。"尼尔说。

"我只是厌倦了等待。"

他话音刚落,身后的弩炮便轰然开火,他的身体缩了一下,一发五十磅重的石弹划出平滑的弧线,越过他们的头顶,砸中了荆棘门的城堡外墙,粉碎的花岗岩四处飞溅。

"你不用再等多久了,"尼尔向他保证,"这面墙不消半个钟头就会倒。他们已经在**守望墙**后面集结马匹了。"

"为什么?为什么不让他们上城墙?为什么要冒这个险?"

尼尔思索了好一会儿,希望能找出一个不会让埃德蒙吓破胆的答案。

"荆棘门从来没有失陷过,"最后,他说,"从海上或许根本无法攻克。它的城墙太厚,又太高,船舰却很容易受到上方的炮击。这片海角的悬崖也同样难以攀登。只消几人守卫,无论多少兵马都会被拒之门外,要是攻城方还想带上马匹和攻城器械就更难了。而且没有攻城器械,他们就只得望着守望墙兴叹了。"

他顺着被城墙隔离开来的那段狭长陆地,指向南方:那是一片仅有十王国码宽的山脊,两侧分别在泡沫海湾和安塞湖旁形成绝壁。它持续绵延了四十王国码,随后拓宽到足以容纳守望墙的程度。守望墙是一块楔形城墙,其尖端正对着他们,而荆棘门的入口就隐藏在高墙之后。它有三座塔楼,分别耸立在城墙后方大约十码的位置。

"我们不能绕过守望墙,否则他们就会在山崖那边用各种东西攻击我们:石块、滚油、铅水,诸如此类。我们根本连城门都摸不到。所以我们必须从这一侧攻破守望墙,而且最好是从远处。我们在这儿拥有无尽的弹药,可我们要炮轰的不是平坦的墙壁。很多时候,发射的石弹只会被弹开。"

"这些我都明白,"埃德蒙说,"可我还是看不出这些跟他们的骑兵队有什么关系。"

"噢,等城墙一倒,我们就得穿过堤道,进入裂口,然后占领城堡。而且我们每次能过去的人不多,大概六七个吧。然后骑手们就会在地势变宽前和我们遭遇。

"等我们沿着堤道走上大约十步之后,他们开始会暂停射击,等待我们进入短距射程。在骑兵队牵制我们期间,他们会继续朝排在后面的人发射石弹之类的东西。如果他们的准头够好,那么每一发都会要我们四五个人的命。也许更多。假如骑士们留在守望墙里,那他们不会比步兵更有用。骑马和我们对抗,他们才会有真正的杀伤力。

"向城墙豁口的冲锋会让我们损失一些兵力,不过我们一定会进入城堡,竖起自己的弩炮,然后开始炮轰荆棘门。但在那之前,为了让我们知难而退,他们可能会干掉我们很多人。最坏的状况下,他们会严重削减我们的人数。"他拍拍年轻骑士的肩膀,"除此之外,他们是骑士。骑马作战才叫骑士。如果让他们站在城墙上朝我们丢石头,你觉得他们心里会是什么滋味?"

"可肯定有比较容易的攻城方法吧。"埃德蒙说。

"这就是比较容易的法子,"尼尔说,"要接近这里,入侵克洛史尼的军队只有两条路可走:要么在北面五十里格的地方登陆,一路拼杀穿过这座海上堡垒,要么越过寒沙边境,再穿过新壤——你知道的,那儿已经被水淹没了。照阿特沃公爵的说法,这是荆棘门第一次抵御来自陆地的敌人。我听说,从南方接近是最容易的。"

"可你说得好像一点希望都没有,"埃德蒙说,"我们有可能摔落山崖,而且前面的那些人必死无疑。"

"除非事态全都朝他们的愿望发展下去。"尼尔说着,朝守望墙点点头。

"那还能朝哪边发展?"

"朝我们这边。我们的头一次冲锋就给他们沉重打击,然后杀出一条血路,冲进裂口。如果他们没法牵制我们,也就没法炮轰我们,至少时间不会很久。"

"可这样非得有奇迹出现才行,不是吗?"

THE BLOOD KNIGHT

尼尔摇摇头："我刚看到荆棘门的时候，就觉得它肯定是巨人或者恶魔的杰作。可它却是人类所建，像我们这样的人类。建造它不需要奇迹；夺取它也不用。不过代价是人的性命。你明白吗？"

"就是这样，尼尔爵士。你说得太对了！"尼尔被叫声吓了一跳，发现说话者是菲尔·海明顿爵士，"你们听到了吧，伙计们？冲锋向前，不胜则亡！"

尼尔无比惊讶地发现，整支队伍突然同声高喊起来。

"冲锋向前，不胜则亡！"

他和埃德蒙说话时，根本没意识到周围会有人听见。但他是冲锋队长，不是吗？反正他也得做一番演讲什么的。

另一颗石弹砸中守望墙，随着一声闷响，城墙终于坍塌，留下一片大约五王国码宽的豁口。与此同时，敌人的骑兵队也开始在要塞的两侧出现。

"握枪！"尼尔喊着，平举自己的长枪。前方的众人在他身边排列成行。

"冲锋向前！"他喊道，策动马匹。当马儿开始夺命狂奔之时，他依旧心如止水。

海洋一如既往的美丽。

第五章 巫角山

王座

"你那是什么表情？"几码之外，泽米丽坐在羊背上问道，"该不会是在内疚吧？"

斯蒂芬看着她。透过晨间黄油色的阳光，她的面孔明媚而富有朝气，有那么一瞬间，斯蒂芬把她想象成了一个漫步于高地牧场上的小女孩，一边逗弄山羊，一边在苜蓿丛中搜寻，期待找到一棵带来好运的四叶苜蓿。

"我应该内疚吗？"斯蒂芬问道，"就算你觉得我们做过什么，也——"

她扬起的眉梢让他停止了诡辩。

他挠挠下巴，再次开口，"我没立过禁欲誓言，"他说，"而且我不是圣埃尔斯佩斯的追随者。"

"可你原本打算成为德克曼的信徒，"她提醒他，"你本该立誓的。"

"我能告诉你一个秘密吗？"斯蒂芬问。

她笑了笑。"这已经不是第一个秘密了。"

他觉得面孔有些发热。

"说吧。"她催促道。

"我从来没想过成为修士。那都是我父亲要求的。别误解我的话：你知道我的爱好是什么。不跟艾滨国扯上点关系，我就没可能把这份爱好保持下去，所以我是心甘情愿的。但我对禁欲誓言可没什么期待。我一直觉得自己无论有没有立誓都能克制绝大部分的欲望。"

"这可太蠢了，"她说，"在我看来，你远没有丑到那个份儿上。最多有点笨手笨脚……"

"噢，"斯蒂芬说，"真抱歉。"

"不过你学得很快，"她续道，"真是个天才儿童。"

THE BLOOD KNIGHT

他的耳朵开始发烫。

"总之,"他接着说道,"我想我大概想过要转去一个不那么……严格的修道会。现在看来,我已经没什么机会再立下德克曼的誓言了。说真的,恐怕连长命的机会也没多少了。我们应该再起早点儿的。"

"没有阳光的时候,这条路非常危险,"她回答,"我们是等天刚亮就出发的。另一方面,我相信你现在开心得随时可以死去。但我向你保证,你还有很久可活呢。"

"这点我相信,"斯蒂芬回答,"不过赫斯匹罗还跟在后面,而且还有一条龙蛇。不过话说回来,我们最近都没见过它。没准它已经放弃了。"

"我很怀疑。"泽米丽说。

"为什么?"

"我告诉过你的——因为预言里说龙蛇会驱赶你前往阿尔克。"她回答。

"可如果我不是预言里说的那个人呢?我们会不会太理想化了点?"

"它跟着你到了德易院,至少从德易院追到了未然河。为什么你现在反倒怀疑它跟踪的不是你了?"

"可它为什么要跟踪我?"

"因为你会是找到阿尔克的那个人。"她说着,语气中隐隐透出恼怒。

"这简直就是'鸡生蛋还是蛋生鸡'的辩论。"他反驳道。

"是啊,"她承认,"我们又绕回来了。但这不代表它不是真的。"

"那在预言里,龙蛇是不是想杀了我——杀了考隆的继承人?"

"我已经把知道的都告诉你了。"她说。

斯蒂芬想起了那怪物在半里格外发现他时的目光,不禁一阵颤抖。

"它真这么可怕?"她问道。

"希望你永远不用亲眼看到它,无论预言里怎么说。"

"说真的，我有点好奇。不过这事先不提，你刚才的脸色确实不太好。如果不是内疚，那又是为什么？"

"噢。那个啊。"

她眯起眼睛。"你说'那个啊'是什么意思？你该不会连'我不想谈这事'都不敢跟我说吧。"

"我——"他叹口气，"我只是想知道，要是我们忘掉这堆预言，逃去山里躲起来，又会怎么样。没准赫斯匹罗和龙蛇会拼个同归于尽，然后就不会有人再想起什么阿尔克了。"

她双眉一扬，"一起逃跑？你和我？你是说，就像丈夫和妻子？"

"呃，好吧，我想我确实是这个意思。"

"说得很动听，但我对你的了解太少了，斯蒂芬。"

"可我们——"

"嗯，没错。而且我很愉快。我喜欢你，可我们又能给彼此什么呢？我没有嫁妆。你觉得你的家人会接纳这样的我吗？"

斯蒂芬想都不用想，就给出了答案。

"不会。"他承认。

"没有家人，你还能给我什么？爱情？"

"也许吧。"他小心翼翼地说。

"也许。说得太对了，只是也许。"

"你不是头一个把性和爱混淆起来的人，斯蒂芬，这么做很蠢。何况你一天以前还疯狂地爱着另一个人。几个恰到好处的吻就能这么轻易地改变你吗？如果真是这样，那我怎么能相信你会从一而终？"

"你开始取笑我了。"斯蒂芬说。

"是，没错，而且不，我没有。因为我没有笑，我可以发火，但现在不是时候。如果你想逃去山里，就自己去吧。我会继续前往巫角山，自己想办法找到阿尔克。因为就算护法和龙蛇真的同归于尽，还有其他人会去寻找，最后终究会有人找到它。"

"你怎么知道这些的？"斯蒂芬问。

"归来之书里——"

THE BLOOD KNIGHT

"可你根本没看过那本书,"斯蒂芬厉声打断了她的话,"你所知的一切都是用流传了整整一千年、除了赫斯匹罗没人亲眼见过的一本书的内容作为基础,前提是真有这本书存在的话。你凭什么说这些都是真的?"

她张口欲答,可他再次打断了她。

"你读过《沃克的安眠》吗?"

"读过,"她说,"是讲维吉尼亚的斗士和斯乌赞·赫莱乌的恶魔舰队作战的故事,对吗?"

"对。不过问题在于,根据历史记载,沃克生活的时代大约在巫战开始前的一个世纪,而且要等到一百五十年后,斯乌赞·赫莱乌才开始建立自己的舰队。

"好吧,切特·沃克是击败过一支舰队,如果十条船能叫做舰队的话。而且敌人来自古老的铁海王国**因斯甘**。不过你也明白,史诗是在五百年后写成的,那时巫战的混乱早已结束,维吉尼亚王国的敌人换成了寒沙。

"斯乌赞·赫莱乌就来自寒沙,而且他的名字听起来是个非常典型的寒沙姓名。所以那些吟游诗人——他们发誓会把听到的歌词一字不差地传唱,唯恐被圣罗斯玛丽诅咒——不光让沃克活错了年代,打错了敌人,还错用了当时根本没发明出来的武器。口头传述者总爱发誓说自己在复述真实的历史,但他们从来都做不到。所以你凭什么觉得你的祖先就能把这个小小的传说忠实传达给后人?"

"因为,"她顽固地回答,"我看过那本书,至少是其中一部分,关于你的那部分。"

这让他顿时语塞。"真的?你是怎么看到它的?"

她闭上眼睛,他看到她绷紧了下巴。

"因为我曾是赫斯匹罗的爱人。"她说。

当天下午,泽米丽把巫角山的山顶指给他看。斯蒂芬原先把它想象成一根高耸的弯曲牛角,周围是雷云和闪电,远方更有邪恶的黑影在山顶盘旋。

但它除了比邻近的山更高一些之外,它——至少在他看来——

根本和巴戈山脉的其他山峰没什么区别。

"我们明天中午就能到达山脚。"泽米丽说。

他点点头，却没有回答。

"你从今早起就一言不发，"她说，"我要生气了。你早该知道你不是我的第一个爱人吧。"

"可那是赫斯匹罗！"他脱口而出，"噢，我想你应该在我跟着你到这来之前，在我相信你之前就告诉我。"

"噢，应该是我劝说你相信我才对吧。"她指出。

"是的。而且我相信了你。反正我一直都没有别的选择。"

"我没有自夸，斯蒂芬，不过圣者们憎恨说谎的人。你问，我答。你能相信预言比对我有好印象更重要。"

"当时你多大？十岁？"

"不，"她耐心地说，"我那时二十五岁。"

"你说他十年前就离开了村子，"斯蒂芬吼道，"可你看起来最多也就二十五。"

"马屁精。从上星期算起，我正好二十五岁。"

"你是说——"

"是的，在他回来以后。"她说。

"圣者啊，这就更糟了！"

她骑在卡布克背上，愤怒的目光越过三王国码的距离投向他。

"如果我离得够近，"她说，"我会扇你一耳光。我是迫不得已。要知道，我不是傻瓜。我和你一样怀疑预言的真实性。现在我深信不疑。"

"感觉如何？"他问。

"他比你有经验多了。"她反驳道。

"啊。和我这个天才儿童不一样是吧？"他讽刺道。

她脸色一变，本想开口反击，却闭上眼睛，深吸几口气。等她再次睁眼时，已经镇定了不少。

"是我的错，"她不紧不慢地说，"我知道你还年轻，缺乏经验。我早该知道它会对你产生这种影响。"

"什么影响？"

"让你因为嫉妒而变得愚蠢。你嫉妒那个在我认识你以前和我睡过的男人。这对你有什么意义吗?"

"好吧,只是因为——"

"因为什么?"她耐心十足的语气让他再次觉得自己只是个孩子。

"——他是个恶人。"他无力地续道。

"是吗?"她反问,"我可不知道。当然了,因为他跟我们想要的东西相同,所以他是敌人。可我没有出卖你;事实上,我出卖的是他。所以别再这么孩子气,做一次男子汉吧。你需要的不是经验,只要勇气就够了。"

当晚丝毫没有重演前晚情景的迹象。斯蒂芬躺了很久,泽米丽的每一次呼吸和每一个动作都听在耳中,看在眼里,让他苦恼不已。他的思维不时飘向梦乡,可一次粗重的呼吸或是一次翻身都会把他拉回现实。

她醒了。她原谅我了……

可他不太确定自己是否真的需要宽恕。她和护法上过床。就算赫斯匹罗是司皋斯罗羿转世,这也是罪孽。而且就在不久前——

他叹了口气。这不是问题的关键,不是吗?

赫斯匹罗的手仿佛挥之不去的阴影。那只懂得如何取悦女人的手。

他脑海中的懊悔与愤怒不断旋转,越来越弱,最后石头的地面仿佛薄纱般裂开,有什么东西把他拉了进去。

他突然觉得浑身又湿又黏,肌肉和骨头痛得像发了高烧。恐慌令他尽其所能地大口呼吸,但却恍若置身于一片真空中——他并没有坠落,而是在飘浮,周围都是无法窥见的可怕事物。

他想要尖叫,可嘴巴却被什么东西塞住了。

就在他几近崩溃的时候,有个温柔的声音轻声细语说着一些不知名、却着实给人安慰的话语。接着,一道色彩自他眼前缓缓掠过,他的心也随之平静下来。

视野逐渐清晰,他看到了巫角山,和在落日余晖中看到的没什么不同,只是多了些积雪。他像鸟儿般飘飞而去,越过山谷,飞过村庄，然后有些晕头转向地飞上山坡，顺着曲折的小径，来到树下的一座小屋边。门里现出一张苍白肤色，铜色眸子的面孔，一张哈迪瓦的面孔，而且他现在明白，泽米丽说得对：那个词的意思确实是瑟夫莱。

更多话语传来，他依然不知所云，可人却随之降落。他走向巫角山的北侧，苔藓丛生之处，飞向石壁，穿过一扇暗门，然后便来到了窑洞之中。

他开始明白，并且满心喜悦。

他被轻柔抚摸脸庞的动作唤醒，发现泽米丽坐在他身边，眉头因专注而纠结，她的面孔——她的嘴唇——近在眼前。

可一发现他苏醒过来，她马上坐直身子，那种担忧的神情也消失不见。

"做噩梦了？"她问道。

"不完全是。"他回答，然后开始讲述梦中的景象。

泽米丽看起来并不惊讶。

"我们先吃东西，"她说，"然后就出发，希望能找到你说的那个传说中的镇子。"

他笑了笑，将残存的睡意从眼角拭去，觉得自己比预料的精神了许多。

柯奥隆，他面向天空思索着，难不成你登圣了？是你在指引我吗？

下坡路比他梦中的要麻烦许多，而他对梦境的信心也随着进入一片深邃且充斥树脂气息的常绿森林而逐渐消退。

"你知道自己在往哪儿走吗？"泽米丽怀疑地问。

一时间，他甚至不明白她在问什么，可他随即反应过来：他们的角色已经互换了。从走进山谷的那一刻，她就把他看做了向导。

"我想是的。"他答道。

"因为往山那边去有一条更好走的路。"

他点点头。"也许吧，可我想去看看。"

半个钟头之后，征兆开始出现。起先很不明显：林间地面不时可见诡异的土丘，类似干涸河床的凹坑又多得出奇。最后他看到了

THE BLOOD KNIGHT

一块墙壁,尽管只比膝盖略高一些。他牵着坐骑步行前进,脚下到处都是狭小古怪的建筑,还有服色明亮的人物画像。

"哈迪瓦塞尔,"他说着,四下张望,"或者说是它的废墟。"

"这么说进展顺利?"她说。

"噢,至少这意味着我确实知道自己往哪儿走。"

因此他们沿着那条若有似无的小径,朝着东面的巫角山继续前进。他梦中的那栋树屋已经不见,可他认出了那棵树,尽管它已经变得更苍老,也更粗大。他从那儿转向北方,逐渐走向高处,来到贝兹劳,在那里,山峰的阴影永远笼罩,苔藓浓密茂盛,洁白的烟筒菇树立在腐朽的圆木之上。

接近日落时,他们来到了那道古老的山影线,泽米丽建议休息。斯蒂芬同意了,然后他们开始安置狗儿们。

可那些猎犬不愿安静下来,它们颈后的毛发根根竖立,朝着凝结的黑暗不断低吼。斯蒂芬自己的汗毛也竖了起来。他的听力在过去几天已经恢复了不少,现在至少能听到那些畜牲听到的一部分东西。

而且他并不觉得悦耳。

有东西正用双脚步行而来,而且不用说,是在黑暗中。

接着,有人唱起歌来。

王座

第六章
死亡的行踪

死亡为埃斯帕指引了方向。森林里死去的树木,树丛里枯干的野草、金雀花和石楠花,河流和小溪里的死鱼:这些便是死神的足迹。

他追踪着死亡的脚步,也追寻着龙蛇的行踪,每过一天,它留下的痕迹都会更加清晰,就好像它体内的毒素正与日俱增一般。

维尔福河被动物的尸体堵塞,这段死水也成了屠宰场。新芽流出恶臭的脓汁,在石楠丛的掩盖之下,唯一尚存之物便是他熟悉至极的黑色荆棘。

古怪的是,埃斯帕觉得自己的力量也在增长。如果说龙蛇的毒素正与日俱增,那么解药的效力也是一样。"魔鬼"也显得远比过去精力充沛,仿佛又变回了一头小马驹儿。每次日落,他们都会更接近那头怪物——还有芬德。

越过维尔福河后,在埃斯帕连名字都叫不出的地方,群山在他身边高高耸立。龙蛇比较青睐山谷,但有时也会选择地势更低的路线。有一次,它顺着一条山底的地下溪流前进,埃斯帕举着火把,花了一整天时间在黑暗中追踪它。它第二次走这种路的时候,他没能跟过去多远,因为地道里全是水。他咒骂着回到阳光下,费了一番力气爬上山腰,最后找到了一片山脊,在那儿能清楚地看到下一座山谷。他向狰狞怪承诺,只要那怪物没有逃脱,他就会献上一份祭品。

他在黄昏中极目远眺,看到它的脑袋破开两里格之外的一条河的水面,继续前进。

之后的事就很简单了,而且他已经追得很近,路上的动物和鸟儿都还留着一口气。

不用说,又一座大山横亘于山谷的末端,若是那头怪物又找到

THE BLOOD KNIGHT

了地下通道，事情可就麻烦了。所以他打算在那之前赶上它。

次日清晨时，他还没追到，但心知已经相差不远，从气味就能判断出来。他像往常一样检查那支箭，熄灭营火的余烬，继续踏上追踪之路。

山谷地势渐升，长满了云杉、芹叶钩吻和嗡鸣树。他在山谷南侧策马而行，位于一块饱经风霜、高约二十码的黄色悬崖之下，他能看到崖顶遍布碎石与灌木的地表上似乎有蜿蜒行进的痕迹。他凝视着绵延的石壁，心里盘算：如果能找到路上去，会不会更有优势一些。但是他很快发现这么做意义不大，况且他对脚下的这条路也有些不舍，最麻烦的是他可能得在这片悬崖上走很久才能找到下山的路。

悬崖高处，更多山峰拔地而起，有时清晰可见，有时则会被石壁遮挡。

他觉得有什么声音，便驻足细听。声音又传来了一次，这次清晰了些：一个人类的叫喊声。

片刻后，他找到了声音的源头。高处的那条路上出现了一队大约六十人的骑兵：也许是从他看不到的某条路上刚刚跑来的。山崖此时已有大约三十王国码的高度，他们比埃斯帕待在相对较高的位置。叫喊的那人正指着崖下的他。

"好眼力。"埃斯帕不快地嘟哝道。

因为逆光，所以他看不清他们的脸，可为首者似乎是一身教会打扮，这让埃斯帕立刻警惕起来。他发现有三个人已经抽出弓，上好了弦。

"下面的，你好啊。"领队者喊道。埃斯帕被他熟悉的声音吓了一跳，却没法马上跟他认识的人对上号。

"上面的各位，你们好。"他高声答道。

"我听说你已经死了，埃斯帕·怀特，"那人应道，"我真觉得现在什么人都靠不住了。"

"赫斯匹罗？"

"你该叫他'护法大人'。"赫斯匹罗身边的那名骑士命令道。

"好了，埃尔登爵士，"赫斯匹罗回答，"这位是我的护林官。"

难道你不知道？"从他的音量判断，这句话完全是说给埃斯帕听的。

埃斯帕本打算虚与委蛇，却很快放弃了这个念头。他在森林里独自待得太久，已经对掩饰和隐瞒失去了胃口。

"不再是了，护法大人！"他喊道，"你的所作所为我看得够多了。"

"好得很，"赫斯匹罗回答，"你干的事我也听得够多了。那么，一路走好，护林官。"

埃斯帕偏过头，装作策马跑开的样子，视线却保持在高处。他看到埃尔登抽出了弓。

"嗯，这正是我要的。"他以低不可闻的声音喃喃道。

他正思索自己是否需要借口的时候，赫斯匹罗的低声下令，替他解决了这个问题。第一支箭从他身边一码外掠过时，他立刻翻身下马，接着冷静地瞄准目标，朝某个弓手射去一箭，箭尖恰好刺穿了那人的下巴。他又把另一根箭搭在弦上，射向赫斯匹罗，可另一名骑手却冲进了利箭的飞行轨迹，用着甲的身侧挡下了它。

其余准备就绪的弓手慌乱地下马，他注意到至少还有六人正在给弓上弦。他又射出一箭，随后被撞击声引得转过身去。他发现在崖底一块巨石上，自己先前射出的那支箭正插在一具摔得支离破碎的尸体的下巴上。

埃斯帕朝那边迈出几步，蹲伏在一块凸出的岩壁下，这时利箭开始像红穗的麦子那样从地表萌芽。他拽过那个死人，飞快搜索了一遍，拿走了他的箭和给养，还找到了一件出乎意料的好东西。那人的帆布袋里有一支号角——不仅如此，还是一支埃斯帕见过的号角，用白骨制成，上面刻有怪异的图案。

这正是他在仙兔山里找到的那支号角，斯蒂芬当时吹响了它，随后唤来了荆棘王。

他们给赫斯匹罗用做研究的那支号角。

埃斯帕把号角放回帆布袋里，把袋子挂在脖子上，深吸一口气，然后迈步飞奔。

多数箭矢都偏离了目标，有一支箭射中了他的胸甲并弹开，可随后树木便牢牢遮住了他，而他跳上魔鬼，疾驰而去。

THE BLOOD KNIGHT

等他意识到任何可能的追兵都已经被远远抛在后头,便放慢步子。这时他终于有时间思索赫斯匹罗出现在这里意味着什么。巧合是存在的,可他不觉得适用于这次的情况。

他骑马时一直在思考,但前进的步伐依旧相当快。起先他大约每隔三十次心跳才会回头张望一次,然后越来越频繁。从悬崖上下来要比爬上去容易得多,特别是在有绳索的情况下,而且他敢打赌赫斯匹罗那群人是准备了绳子的。把马匹弄下去需要费点时间——如果他们真有能力做到的话——所以他只要远离那座峭壁,就能和追兵保持距离。

当然了,他们说不定比他了解地势。山崖或许会变成缓坡,或者一座通向低处的峡谷。但若真是如此,那他怎样防备都是没用的。

埃斯帕很怀疑赫斯匹罗也在追踪龙蛇,尽管从他来时的方向分析,这种可能性并不大。但也许他追踪的是龙蛇正在尾随的目标,而那个目标,如果芬德的话可信,就该是斯蒂芬才对。

可斯蒂芬来这儿的山里做什么?为什么每个人都对他感兴趣?

虽然不知道理由,但他觉得自己很快就会知道,因为所有路线都有会合成一条的趋势。到时候可就有趣了,他心想。

这儿的森林尚未死去,尽管他追踪的那道痕迹恐怕是其致命的创伤。这可太糟了,因为他发现自己很喜欢这片众多针叶植物构成的风景。埃斯帕以前也去过常绿森林,不过是在仙兔山那种高山里。在相对平缓的地势发现这种森林让他觉得很是新奇。

韦斯特拉纳和纳兹盖弗的森林又是什么样子?它们在更远的北方。他听说过各种传说,包括庞大而寒冷的沼泽地,还有高大的北方树木根植于每年的大半时间处在冰封之中的大地。他很想见识那些地方,继而惊觉为何等到现在才想起。

没准它们已经不存在了。说不定北方已经被狮鹫、龙蛇和其他不可名状的怪物荼毒了多年。他现在知道它们来自何处,但还是不知道它们为什么出现,又是如何出现的。没准斯蒂芬能推断出来,如果他还活着的话。这一切莫非是某种偶尔会出现在世上的疫病?复苏与死亡的轮回,莫非长达许多个世纪?还是说,是某个人——某种存在——操控了这一切?

幕后黑手是赫斯匹罗吗?还是芬德?肯定有这么个人,只要杀掉他,一切就会结束。又或许荆棘王说得对,也许人类就是病症本身,每一个人都该死。

好吧,光打雷不下雨可不行,而且他不打算只靠思考来让雨下起来。他知道干掉龙蛇能结束一些事,没准干掉赫斯匹罗和芬德也会有用。他已经准备好做一番尝试了。

魔鬼在一片和倒塌石墙极为相似的乱石中小心地前进。埃斯帕注意到,这堆石头并非周围环境的产物。曾有人类居住在此地,建造过房屋。如今森林以他们的骸骨为食。

这便是自然之道:万物皆非永恒。树被焚毁,生出野草,草地会长成矮树林,参天大树终将归来,荫庇野草、灌木和矮树。人类造出牧场和田野,用上几辈子的时间,然后森林会将它们收回。自古以来便是如此。可现在全都不对劲了。

要么力挽狂澜,要么丢掉性命。他看不到其他可能。

没过多久,他便来到了一片开阔地。在那里,他能看到耸立在前的巍峨高山。埃斯帕这才发现自己正站在山坡上,从这个角度,龙蛇留下的痕迹分明可见,如同一条纤细却显眼、朝着山顶蜿蜒而上的绳索。

他甚至能看到那道痕迹的最前方,尽管因为距离太远的缘故,看不清那怪物本身。它正朝着北面山坡前进。

他又一次听到了赫斯匹罗手下的动静,就在他的右方。山崖和山谷早已转为平地,没准他们如今在同一面山坡上。从喧闹声判断,应该还有一里格以上的距离,除非他们懂得黠阴巫术,否则要在山崖上循着他的足迹找来——而且不走冤枉路——还真得费一番工夫。

他拍拍魔鬼的脖子。"能跑吗,老伙计?"他问,"我们得先走一步了。"

魔鬼急不可耐地昂起头,一人一马朝前面的山峰疾驰而去。

安妮落荒而逃的同时,罗伯特嘲讽的笑声在她耳中回荡。

他是怎么从尼尔爵士手下逃出来的?他怎么知道该在哪里埋伏,又是怎么知道这条秘道的?

THE BLOOD KNIGHT

可罗伯特已经不再是人类了。她很清楚。也许他已经和那些杀不死的寒沙骑士一样了。

他和尼尔爵士搏斗过？他杀了她的骑士？还是说寒沙大军已经到达，摧毁了阿特沃和她的军队？

她不愿这么想。她不能。现在重要的是逃得到足够远，远到有时间思考，思考她和她的同伴怎样才能安然离开。她的一个手下已经死了，通道的魔力迷惑了他的心智，当她下令逃跑时，他根本迈不开步子，结果被罗伯特手下的一名士兵用长矛捅了个对穿。安妮的身边只剩下五个同伴：三个御前护卫，卡佐，还有奥丝婼。

罗伯特带着二十个男人和几个负责带路的黑衣女子，等待着他们。

感谢诸圣，卡佐还在她身边。

她努力将恐惧、挫折和紧张抛到脑后。通道前面应该有个岔口，没错吧？她从来没来过这儿，但她了解这个地方，能感觉出它通向何方。如果她能把他们领进城堡，进入那里的暗道，他们也许就能藏起来。

与此同时，她在高贝林王庭区的部下也会全数阵亡，因为就算阿特沃及时夺下荆棘门，为她舅公费尔的舰队敞开大门，也得花上很久的时间才能打赢攻城战，更何况她愚蠢可笑的计划如今已逐渐化为泡影。

她懊悔于自己的无能，可死去或者被俘都会让她更加拖累别人。

"拉手！"她喊道，"大家手拉着手！"

安妮回顾身后，却没有看到任何不祥的提灯光芒。话虽如此，可这条通道太过曲折和复杂，通常来说，就算追兵相距不远，他们也看不见。

奥丝婼和她并排站在队伍前头，拎着仅剩的那盏完好的提灯，而它为他们照出了两种可能性。

"右边的岔道。"她下了决定。他们转向右边，可才走了十六步，就被墙壁挡住了去路。那堵墙根本是刚刚筑起的，她都能闻到灰泥的气味。

她没预见到这点。在她的记忆中，右侧的道路应该蜿蜒穿过城堡的外墙，再转过几个弯之后，最终会到达她母亲的旧会客厅。

"他把路堵死了，"她愤恨地喃喃道，"我早该猜到的。"

她原先的计划全泡了汤。

"另一条路呢？"奥丝妮不死心地问。

"经过城堡底下，通向地牢。"

"总比被抓住要好，不是吗？"

"是啊，"安妮赞同道，"而且地牢那里有好几条路可以通向城堡。只好祈祷他没有把那条路也堵上了。"

等他们走上左边那条路时，追兵的响动似乎就在不远处。

"我们要去哪？"卡佐问。

"别问，"安妮低沉道，"这只会让事情更麻烦。"

"麻烦，"卡佐咕哝道，"已经很麻烦了。至少让我战斗吧。"

"不。还不行。等时机到了，我会告诉你的。"

卡佐没再吱声。他肯定已经忘记了刚才的提问。

通道再次分岔，可正如她的猜测，她想走的那条路已经被堵上了，只是活计做得远不如刚才那道墙：天花板的部分已经崩塌了。看起来像是匆忙赶工的结果，但时机却是恰到好处。

"他不可能每条路都知道，"她对奥丝妮喊道，"不可能。"

"要是他有张地图什么的呢？也许你母亲或者依伦就有。"

"也许吧，"安妮泄气了，"真是这样的话，我们就完蛋了。"她停下脚步，只觉背脊有些发冷。

"你听到了吗？"她问奥丝妮。

"我什么都没听到。"她的朋友回答。

可安妮又听到了，那个在远方低声呼唤她的声音。而且她想起来了。

"有这么一条通道，"她喃喃道，"我能看见入口，可就算是我也不知道它通向何方。那儿有片雾，还有别的什么东西……"

"那东西能比罗伯特更可怕？"

某个形象带着令人痛苦的强光在脑海中闪现。那个留有红色发髻的恶魔。但又不是。不是对她低语的那个人。

"你知道它是什么。"她答道。他们来到了一个小房间，房间有两个出口。都被堵死了。

"你指的是他?"奥丝娃从牙缝里吸着气说,"最后的那个……"她没把话说完。她的呼吸开始沉重。

"对。"

安妮下定了决心,朝着她本能感知的那个位置,石壁上的那个小凹坑探出手去。

她找到了门闩,按了下去。墙壁内部咔嗒一响,一块墙壁就这么滑了开来。安妮看到那块石头被切割得极为纤薄,用某种方法装在一块厚木嵌板上。

"赶快。"她对其他人喊道。

她招呼众人进门,自己也跟了进去,然后推动石门,听着它咔嗒一声回到原位。接着她转过身,确定目前的状况。

六人只能勉强蜷缩在这条粗糙岩石地道的一个小平台上。平台前方的地势急转直下。要不是通道太过狭窄,想用坠落以外的方式通过它简直是不可能的事。正因如此,他们才能手扶墙壁,控制下坡的速度。奥丝娃把提灯递还给卡佐,安妮走在前面,灯光从她身后照来,将她的影子投向这座古怪的迷宫。空气充斥焦煳的味道,却没有闷热之感。恰恰相反,她觉得身体发冷。

"他就在下面。"她喃喃道。

"他想从你这儿得到什么?"奥丝娃大声询问道。

"我不知道,"她说,"不过看起来我们很快就会明白的。"

"如果这些都是罗伯特的诡计呢?"奥丝娃问,"如果是他让你看到的幻象呢?他也许能办到。"

"也许吧,"安妮让步了,"但我不觉得他能对我隐瞒自己的身份。而且罗伯特在我们身后。我能听到传秘人的声音在前方。"

"可司皋魔……"

"维吉尼亚·戴尔把他变成了我们的奴隶,"安妮坚定地说,"我是合法的女王,所以现在他是我的仆从。别怕他。相信我。"

"好吧。"奥丝娃无力地回答。

她继而续道,"还记得我们在火梓园玩的游戏吗?"

"记得,"安妮说。她把手臂伸向身后,握住奥丝娃的手,"这就是一切的起因。因为我们找到了那个墓穴。"

"维吉尼亚·戴尔的墓穴?"

"我弄错了。"安妮说。

"你?弄错了?"

"我也会犯错的,"安妮不无讽刺地回答,"现在,准备好去见真正的司皋魔了吗?"

"嗯。"她听起来没什么信心。

"那我们走吧。卡佐,你还好吧?其他人呢?"

"还好,"卡佐回答,他们的同伴也随声应和,"可看在昂特罗的分上,你说的究竟是谁?我们又是怎么跑到这条脏兮兮的地道里来的?"

"你说什么?"安妮没听清楚。

"我说,'我们是怎么跑到这条地道里来的'?"

"我想他知道自己在哪儿,而且还能记住。"奥丝娖说。

"你说'能记住'是什么意思?"卡佐心烦意乱地问道,"我从没来过这儿。我甚至不记得自己是怎么来的。"

"这地方肯定比咒语本身更古老,"安妮说,"也许是件好事。"

"咒语?"卡佐嘟哝道,"什么咒语?我记得的最后一样东西就是那栋瑟夫莱房子。我被施了咒语吗?"

"我也一样!"里弗顿的部下之一,库勒姆·梅弗斯特惊呼道。

"对,"安妮回答,"你们中了一种黠阴巫术,不过效力已经过去了。而且现在没时间详细说明。我们正被篡位者和他的手下追捕呢。"

"那就让我们和他们打啊。"卡佐说。

"不行,他们的人太多了,"安妮说,"不过,走在后面的人得注意警戒。做好准备。如果他们找到了进来的法子,我们就非得战斗不可了。"

"他们每次只能派一个人通过秘道。"卡佐指出。

"的确,"安妮说,"你也许能一直拖住他们,直到我们都渴死为止。"

"那我们该怎么办?"梅弗斯特很想知道。他的嗓音因恐慌而变得尖细。

"跟着我,"她坚定地说,"也许你们会听到或者看到一些怪事,不过除非有人从背后袭击,否则不准动手。你们都听明白了吗?"

"不太明白。"卡佐说。另外三人也低声表示赞同。

"我们要去哪儿?"

"最后一条路。向下。"

那种焦糊的气味愈加浓烈,有时几乎令人窒息。安妮觉得其中还混合了后面那些人身上刺鼻的恐惧气息。

"我听到了,"奥丝妮喘息着道,"圣者啊,他在我的脑袋里。"

"我们不能再往前走了,"梅弗斯特惊惶地抗议道,"我可以对付人,但我不打算当什么巨蜘蛛的食物。"

"不是蜘蛛。"安妮说着,一面怀疑自己说的是否正确。毕竟没人知道司皋斯罗羿长什么样子,至少她没在书上看到过,也没有听说过。据说他们是属于阴影的恶魔,其真正形态隐藏在黑暗之中。

"大家保持冷静,"她说,"只要跟着我,他就没法伤害你们。"

"我……那声音……就像……"这名士兵的声音越来越微弱,安妮觉得自己听到了他的抽泣声。

低语声逐渐响亮,但依旧无法理解。终于,他们来到了最底部。等他们发现面前又是死路的时候,那声音似乎安静了下来。

安妮这次也知道隐藏的入口在哪儿。她摸到了门闩,手上传来一阵古怪的刺痛感。

他们前面的那堵墙悄无声息地旋开,提灯的光芒从通道洒进低处的那个圆形房间里。

有东西在突然出现的光芒中移动,某个出乎意料的东西,她强自压下一声尖叫。奥丝妮没能做到,她的惊叫声在下方空荡荡的房间里回响。

安妮僵立当场,心脏狂跳,视线游离。

在几次迟缓而彻耳的脉动后,她才意识到自己看着的不是什么怪物,而是一个女人和一个男人。那男人受过非人的摧残:他的脸被划伤,烧灼,天知道还有别的什么酷刑。他破烂肮脏的布衣只能遮住很小一部分身体。那女人的脸沾满了泥污和血迹,穿着黑色的男装。

安妮惊愕地发现自己认得她。

"贝利女士?"

"谁在那儿?"贝利女士迟钝地发问。她的声音像是喝醉了,"你是真的人?"

"我是。"

贝利大笑几声,揉捏着那男子的肩膀。"它说它是真的。"她对他说。

"每样东西都会说自己是真的,"那男人用古怪的口音粗声道,"可走在墓园里的我们也是这么告诉自己的,不是吗?"

"你是我父亲的情妇,"安妮说,"你的年纪几乎还没有我大。"

"瞧见没?"贝利女士说,"这是安妮·戴尔。威廉的小女儿。"

"对,"安妮略带怒意地说,"是我。"

贝利女士皱皱眉,摇摇晃晃地站起身。她的脸色变得更加惊恐。

"求你了,"贝利低声道,"我不能,别再过来了。"

她走近了些,安妮也看出了她的憔悴。作为一个刚刚成年的女子,她总是那么欢快,双颊永远红润光滑。如今她的皮肤紧贴着骨头,明亮的蓝色双眸也显得昏暗而焦虑。她朝安妮伸出一只颤抖的手,手指伤痕累累,脏污不堪。

那男人也在努力起身,嘴里咕哝着安妮从没听过的语言。

贝利女士的手指拂过安妮脸颊,但瞬间便抽了回去。她将手指放进嘴里,仿佛被烧伤了似的。

"圣者啊,"贝利女士喊道,"她是真的。至少比其他那些人要真……"

安妮握住她的手。

"我是真的,"安妮确认道,"这是我的女佣奥丝妮。还有其他为我效劳的人。贝利女士,你是怎么到这来的?"

"那是很久以前的事了,"她闭上眼睛,"我的朋友需要水,"她说,"你们有吗?"

"你们俩都需要水,"安妮带着歉意说,"你们在这儿待了多久?"

"我不知道,"贝利女士回答,"但也许能算出来。我记得当时是普瑞斯门月的第三天。"

"那就是两个九日了。"

卡佐把他的水袋拿给安妮,她又递给贝利。贝利女士匆忙把它拿给那个满身疤痕的男人。

"慢慢喝,"她说,"小心点儿,要不你会难受的。"

他抿了几小口,随之而来的一阵剧烈的咳嗽,使他的身体倒了下去。贝利喝了一口,然后跪倒在地,又喂给他一点儿。之后,她开始说话,不过目光依然停留在那个男人身上。

"我为你母亲效力。"她开口道。

"我非常怀疑。"安妮回答。

"我受过修女院的训练,陛下。不是圣塞尔修女院的学生,但我仍然是名修女。我的任务就是充当你父亲的情妇。可在他死后,我选择了效忠你母亲。"

"为什么?"

"我们彼此需要。我知道这令你难以置信,不过我确实尽我所能去为她卖命了。我到地牢里来,是为了释放一个名叫里奥维吉德·埃肯扎尔的男人。"

"那个作曲家。我听说过他。"她看看那个被毁容的男子,"他就是……?"

"不,"贝利女士说,"埃肯扎尔不肯跟我走。罗伯特手里有他重视的人,所以他拒绝为了自己的自由使他们受到伤害。不,这位,就我所知,是萨福尼亚的凯索王子。"

安妮倒吸一口凉气,觉得自己仿佛被扇了一记耳光。"丽贝诗的未婚夫?"

提到她姑妈的名字时,那人开始呻吟,随即语无伦次地高喊起来。

"安静,"贝利女士说着,轻轻抚摸他的头,"这是她的侄女。她是安妮。"

那张饱受蹂躏的脸转向她,在那一瞬间,安妮能看出他从前是个多么英俊的男子。他的眼睛昏暗无光,仿佛整个世界的痛苦都倾注其中。

"我的爱,"他说,"我永远的爱。"

"罗伯特指控他绑架丽贝诗,并将她出卖给敌国。我还以为他被处决了。我发现罗伯特把大多数秘道都封死以后,在寻找出路的途中发现了他,"她的表情突然显得有些疯狂,"要知道,你叔叔——"

"不是人类?我已经察觉到了。"

"你从他手里夺下王座了吗?他的统治终结了吗?"

"没有。他现在还在搜捕我们呢。这条通道是他唯一没有堵住的。"

"我知道。希望我能在传秘人周围的这堆秘道里找到出去的路。要不他就会逮住我们了。"

"你见过传秘人?"

"没有。你母亲去见过他一次,我陪她到了门口。但当时罗伯特拿走了唯一一把钥匙。我们没法进去。"

"那么说,我们现在还是进不去。"

贝利女士摇摇头。"你不明白。那把钥匙是用来打开主入口,并且让你进入他监狱外的候见室的。监狱外,你明白吗?这样他才能待在施有古老魔法的墙壁之内。这样他才能受到控制。安妮,我们正在他的监狱里。"

她话音刚落,墙壁仿佛巨大的螺旋般开始移动,奥丝娃掐灭了提灯,把所有人丢进了彻底的黑暗之中。

"怎么了?"安妮喊道,"奥丝娃?"

"是他要我做的——我不——我不能——"

那声音再度出现,这次不再轻声低语,而是颤抖着穿过岩石,钻入她的骨髓。

"陛下。"那语气充满了讽刺。安妮只觉刺鼻的喘息扑面而来,黑暗开始了缓慢而骇人的旋转。

第七章 协奏曲

里奥夫听着梅丽在原本沉静忧郁的《圣路斯弥协奏曲》里加入的那一小段装饰乐句，露出了微笑。

她这么做没什么不对——这段协奏曲原本就鼓励即兴发挥——但在大多数音乐家都会加上一两个悲伤音符的段落，梅丽却重复先前的主旋律，表达出焦虑掩盖下的喜悦之情。由于这段曲子是关于回忆和遗忘的沉思，如此修饰虽然新奇，却异常完美。

曲终后，她一如既往地仰头望，期待着嘉许。

"太棒了，梅丽，"他说，"像你这样的年纪能如此了解作曲，实在令我吃惊。"

"为什么这么说？"她揉揉鼻子，问道。

"这首曲子讲的是个回想年轻时代的老人，"里奥夫解释道，"他想起了更加幸福，却不够完美的时光。"

"所以主旋律才分成很多段？"她问道。

"嗯，而且每一段之间的联系总是不够紧密，对不对？演奏出来的效果总是有些缺憾。"

"所以我才喜欢它，"梅丽说，"它没那么简单。"

她随意翻动着架子上的乐谱。

"这是什么？"她问道。

"应该是《麦尔斯嘉》的第二幕，"他说，"让我看看。"

他的心猛地沉了下去。

"好啦，"他努力换上不经意的语气，"把它给我。"

"这是什么东西？"梅丽盯着乐谱，问道，"我看不懂。好多换位和弦。曲谱在哪儿？"

"这不是给你看的。"里奥夫的语气比他自己预想的要凶狠得多。

"对不起。"梅丽说着，把手缩了回去。

他发觉自己正在剧烈喘息。我不是把它放到别处去了吗？

"不用。这不是你的错,梅丽,"他说,"我不该把它留在外面的。我只开了个头,而且没打算写完。别再想它了。"

她脸色苍白。

"梅丽,"他问,"你怎么了?"

她瞪大眼睛看着他。

"它让我想吐,"她说,"那音乐——"

他单膝跪地,用残废的手掌笨拙地拉起她的手。"那就别想它了,"他说,"别用脑袋听它,要不你会不舒服的。明白了吗?"

她点点头,可眼眶里却涌出了泪水。

"你为什么要写这样的曲子?"她痛苦地问道。

"因为我觉得自己非写不可,"他说,"可现在我觉得也许不写才是对的。我真的没法再解释下去了。你明白么?"

她又点点头。

"好了,我们不如弹些更欢快的曲子吧。"

"真希望你能跟我一起弹。"

"噢,"他说,"至少我还能唱。我的声音没什么了不起,不过至少不会跑调。"

她拍起手来。"那我们弹什么?"

他动作僵硬地翻阅桌上的乐谱。

"找到了,"他说,"它来自于《麦尔斯嘉》的第二幕,是一段幕间剧,讲述了一个和主线剧情有关的喜剧故事。这段的主角是年轻男孩德留普,他想方设法要在晚上去,呃,拜访一个女孩。"

"就像我妈妈去拜访国王那样?"

"嗯……噢,这我就不知道了,梅丽,"里奥夫敷衍道,"总之,当时是晚上,而他躲在她的窗户下面,装作是个来自偏远岛屿的大海王子。他告诉她,他跟海里的鱼儿们谈过话,又解释了关于她的美貌的传闻是如何远涉重洋,传到波涛之下的他的耳朵里的。"

"我明白了,"梅丽说,"鲷鱼告诉了螃蟹,螃蟹又告诉了金枪鱼。"

"正确。而且每种鱼都有一小段旋律。"

"最后传到了海豚那里,海豚又告诉了王子。"

"没错。然后她询问他的长相,他告诉她,他是全王国最漂亮的人,在某种程度上,这倒算得上实话,因为整个王国都是他编出来的。"

"不,"梅丽说,"这还是谎话。"

"不过很有趣,我想。"里奥夫说。

"旋律还算有趣。"

"啊,你已经学会挑剔了,"里奥夫说,"接着,她要求和他见面,可男孩信誓旦旦地说,他是借由魔法的力量才来到这里,如果她看到他的脸,他就必须返回家乡,再也不能回来。可如果她和他躺上三个晚上,咒语就会破解。"

"可她之后就会知道他撒了谎啊。"梅丽满脸不解。

"是啊,不过他觉得在那之前,他应该能,呃,吻她一下。"

"为了一个吻,要做这么多麻烦事啊。"梅丽疑惑地说。

"嗯,"里奥夫说,"你说得对。不过那个年纪的男孩就是这样。等你再长大一点儿,就会发现年轻男人为了赢得你的关注会多么不辞辛苦。不过我建议,如果有人宣称自己来自某个非常遥远,远到你从没听过的地方——"

"我应该坚持看他的脸。"梅丽吃吃笑了起来。

"完全正确。好了,你准备好演奏了吗?"

"谁来唱女声部分?"

"你可以吗?"

"我没法把声音压得那么低。"

"噢,那好吧,"里奥夫说,"我用假声唱。"

"二重奏部分呢?"

"我会即兴发挥的,"里奥夫回答,"好了,我们跳过他自我介绍那段,直接开始歌曲部分。"

"好呀。"梅丽说。她十指按上琴键,开始弹奏。在她的感染下,伴奏的乐声也比他想象的更加生动。

提示旋律响起时,他清了清喉咙。

那故事在海上众所周知,

王　座

　　海中的居民巷闻街知，
　　跨越了一千里格的航程，
　　终于传到我的耳里，

　　有位女子如此美丽，
　　居住在如斯遥远的土地。
　　而我，费罗威国的王子，
　　千里迢迢、日夜兼程来此见你。

　　你曾在河畔沐浴，
　　鲷鱼对你大加赞誉，
　　它告诉了好友螃蟹，
　　螃蟹匆匆离去，
　　告诉了老金枪鱼，
　　这话又传到鳐鱼那里，
　　而我，费罗威国的王子，
　　来此探询你的心意……

　　这是许久以来，里奥夫头一回感到快乐。甚至觉得一切都尽善尽美。过去数月的可怕回忆变得模糊，而他觉得那些好时光或许真有重现的可能。
　　他意识到自己相信安波芮的那个承诺，从她说出口的那一刻就深信不疑。不过从某种角度来说，它已经不重要了。
　　"噢，玩得挺开心啊？"一个女声插嘴道。他吓了一跳。
　　爱蕊娜站在门口，看着他们。自从看到他和安波芮在一起，她就再也没和他说过话。
　　"爱蕊娜！"梅丽喊道，"干吗不一起来呢？我们真的很需要人来负责塔莉丝的唱词！"
　　"真的吗？"她狐疑地问，目光凝聚在里奥夫身上。
　　"劳驾了。"他说。

THE BLOOD KNIGHT

她还是站着不动。

"来吧,"里奥夫说,"你肯定听到我们的歌声了。我知道你也想唱。"

"是吗?"她再次冷冷地问。

"我想要你来唱。"他回答。

"我可以重新开始弹。"梅丽说。

爱蕊娜叹口气。"那好。开始吧。"

约莫半个钟头过后,梅丽倦了,便回自己那边午睡去了。里奥夫担心爱蕊娜也会离开,可她却走到了窗边。片刻的迟疑后,里奥夫也走了过去。

"我觉得,高墙那边发生了什么事,"里奥夫说,"在荆棘门那边。已经冒了很多天的烟。"

她点点头,可看起来,她所注视的并非那堵高墙,也不是别的什么东西。

"我觉得你把塔莉丝的歌词唱得非常好,"他又试探道,"尽管你负责的角色不是她。"

"在这场闹剧里没有我的角色,"她厉声道,"我不会参演的。"

他压低了声音,"我写它只是为了不让罗伯特伤害你和梅丽,"他说,"我没打算让它上演。"

"真的?"她迎上他的眼睛,目光柔和了些许。

他点点头。"是真的。我在创作一部不太一样的作品。"

"很好。"她说着,扭头望向窗外。他搜肠刮肚地思索让对话继续下去的法子,可却没有任何合适的话语毛遂自荐。

"要知道,你让我显得很蠢,"她的语气有些含糊不清,"很蠢。"

"我不是有意的。"

"那样更糟。为什么不告诉我,你跟葛兰女士是那种关系?我本该猜到的。她是你的赞助人,长得漂亮,经验又丰富,你和梅丽又处得那么好。"

"不,"里奥夫说,"我……到那天晚上之前都没什么可说的。

她来了——我毫无准备……"

她愤恨地大笑起来。"噢,是啊,我也一样。而且显然我跟她抱着相同的打算。我想我可以缓解你的痛苦,所以我——"她泫然欲泣,又忍住了。

"爱蕊娜?"

"要知道,我已经不是处女了。伊斯冷人不推崇这个,不过在淹地那儿还是比较……"她无力地摆摆手,"总之,这是过去的事了。可我觉得,要是能跟一位温柔和蔼、不会存心伤害我的人在一起,我或许能忘记,忘记那时……"

她把双臂靠在窗台上,脸孔深深埋了进去。他无助地看着她,然后伸出手,轻抚她的秀发。

"我真希望这件事从来没发生过,"他说,"我根本没想过会伤害你。"

"我知道,"她抽泣道,"是我要求的太多了。现在还有谁会碰我?"

"我会,"他说,"好了,看着我。"

她抬起泪痕斑驳的面孔。

"我想你是对的,"他承认道,"我确实在意你。不过有些事你必须明白。他们在地牢里对我做的那些事改变了我。我说的不仅仅是身体或者双手,还有内心的某些东西。我想你明白我在说什么。因为过了这么久,除了复仇之外,我还是找不到更好的结局。我满脑子都是这个想法。这就是我的计划。在地牢里,我遇见了一个人:好吧,至少是听见了他说话的声音。我们谈过话。他告诉我在他的故乡萨福尼亚,复仇是一种备受推崇的艺术。我在创作的另一首曲子——那就是我的复仇。"

"你这话是什么意思?"

他闭上双眼,心知自己不该告诉她,却已无法自拔。

"除了八种调式之外,"他柔声说道,"还有另外几种受到禁止,只在音乐学院的谣言中存在的调式。如果乐曲用正确的方法谱写,你就能看到——能感觉到——它的影响。我们不但能创造和控制情感,还能让任何人都彻底无法阻止我们的演奏。"

"这首曲子用到了我们熟知的大部分调式,可它强大的魔力却来自于我——确切地说,是梅丽发现的——一种非常古老的禁忌调式。现在我又找到了另一种调式:它从黑稽王时代之后就再也没人使用过。"

"它能做什么?"

"能做很多事。一首用这种调式正确谱写的曲子,演奏时可以置听者于死地。"

她皱皱眉,检视他的面孔,他看出那目光是在寻找疯狂的迹象。

"这是真的?"最后,她开口问道。

"当然,我还没试过,不过我相信这是真的。"

"如果我当时不在场,如果我没有参演烛光园里的那场音乐剧,我是绝对不会相信你的,"她说,"不过事实上我在场,所以我不觉得你有什么想做而做不到的事。这么说,你最近都在忙这个?"

"对。为了杀死罗伯特亲王。"

"可那是——"她眯起眼睛,"可你没法弹琴啊。"

"我知道。这自始至终是个问题。但罗伯特可以弹。我觉得如果我把曲子写得足够简单,他也许就会亲自演奏了。"

"不过由梅丽演奏的可能性更大。"

"那样的话,我会用蜂蜡堵住她的耳朵,"里奥夫说,"你得明白,我同意你的看法,向来如此。我认为他打算把我们三个都杀掉。我希望能给你们俩一个机会,可如果我办不到……"

"你想要我们和他同归于尽。"

"对。"

"可你的想法变了?"

"我已经停手了,"他说,"我不该写完它的。"

"为什么?"

"因为我现在有了希望,"他说,"而且就算这希望落空……"

"希望?"

"希望能有比复仇更好的方法。"

"什么方法?逃走?"

"也许,"他说,"我们能够幸存下来,在更好的环境中生活。

可如果我们失败了——"他把残废的那只手搭在她的肩上,"为了创作这首曲子,这首死亡乐曲,我必须向内心最黑暗的部分屈服。我不能去感受喜悦、希望,或是爱情,否则我就没法进行谱写。"

"可今天我才发现,对我来说与其复仇,不如保留着感受爱的能力死去。与其杀死全世界的所有邪恶亲王,不如告诉梅丽,我爱她。与其把如此可怕的音乐带到世间,不如用我这双从前是手的东西尽可能温柔地抚摸你。你怎么想?这些话是不是很没有意义?"

此时他们都在静静哭泣。

"有意义,"她说,"比我近来听过和想过的一切都更有意义。它把你变回了我爱的那个人。"

她握住他的手,温柔地吻着它,一次,两次,三次。

"我们都受了伤,"她说,"而且我害怕。非常害怕。你说我们也许能够逃走……"

"对,"他张口欲言,可她用一根手指按住了他的嘴唇。

"不,"她说,"该来的总会来的。我不想知道细节。假如受到拷问,我会招供的。我很了解现在的自己。我不是罗曼史里的女英雄。"

"我也不是骑士,"里奥夫说,"不过勇敢有很多种方式。"

她点点头,又靠近了些。"无论我们还有多少时间,"她说,"我都想帮助你康复。我也想要你帮助我。"

里奥夫弯下腰,轻轻吻上她的双唇,他们伫立许久,身形凝固在这简简单单的一吻中。

她伸手去解胸衣的带子。他阻止了她。

"康复要慢慢来才好,"他温柔地说,"每次一点点。"

"我们恐怕没有太多时间了。"她指出。

"你的遭遇是任何人都难以忍受的,"他说,"而且要修复这种创伤,恐怕比你想象的要难。我愿意跟你做爱,爱蕊娜,但希望它不要显得像是最后一次,何况男人和女人在一起还有很多别的事情可做。如果我们这次失败了,恐怕结果也不会乐观。所以眼下,你应该相信我们会活下去,而时机终会到来。"

她把头枕在他的肩上,双臂抱住他,两人一起看着落日的景致。

THE BLOOD KNIGHT

"你应该回房去了。"几个钟头以后,里奥夫告诉她。他们正静静躺在他的床上,她的脑袋依偎在他的怀里。

"我想留在这儿,"她说,"我们就不能睡一觉吗,我是说只是睡觉而已?我希望醒来时能看到你。"

他不情愿地摇摇头。"今晚很重要,"他说,"有人会到你的房间去。如果你不在那儿,我不知道会发生什么事。最好按计划行事吧。"

"你是认真的?你真觉得我们今晚就能逃走?"

"我一开始也不相信,不过说真的,我觉得可能性确实存在。"

"很好。"她说着,从他怀里钻出来,站起身,抚平她的袍子。然后她弯下腰,给了他一个长长的、回味无穷的吻。"我会等着和你再会。"她说。

"好。"他勉强开口道。

她走后,他并未入睡,而是躺在床上,直到午夜的钟声快要响起的时候。然后他穿上深色的紧身衣和马裤,还有一件暖和的长袍。他包起乐谱,等到钟声轰鸣之时,才蹑手蹑脚地步出房间,走下楼梯。

尽管他小心翼翼,可周围却没有站岗的守卫。走廊里空旷而寂静,除了他拿着的蜡烛之外一片漆黑。

他步入通往门廊的长长走道时,看到前面有光,和他手里的烛光同样微弱。等靠近之后,他认出了一个穿着暗红色女式长袍的身影,便加快了步子,心跳得有平时的两倍快,就像一支缺了领唱的合唱团。

来到门口时,他困惑地停下了脚步。安波芮坐在一张椅子上,等待着他。她手里没有拿着蜡烛;它正在旁边那张桌子的小烛台上闪耀着光芒。她的下颌抵着胸口,他不禁为她能在如此紧迫的时刻睡着感到奇怪。

当然了,她并不是在睡觉。她身体的每个角度都莫名地不对劲,而且等他靠近到足以看清她的脸时,才发现那张面孔又青又肿,眼睛又瞪得出奇地大。

"安波芮!"他惊呼一声,单膝跪下。他拉起她的手,只觉冰冷异常。

"我想,是里奥维吉德·埃肯扎尔吧。"极近处,有人在说。

里奥夫对居然没有叫出声的自己很是佩服。他站直身体,抬起下巴,决心表现得充满勇气。

"是。"他低声道。

阴影中走出一个男人。他的身材很魁梧,留着刮去一半的斑白胡子,还有像火腿那么大的一双手。

"你是谁?"里奥夫问。

那人微微咧开嘴,骇人地笑笑,让作曲家不禁全身颤抖。

"你可以叫我圣催讨,"他说,"也可以叫我死神。好了,我想你已经收到警告了。"

"你犯不着杀她的。"

"我这辈子弄死人从来都没啥'犯不着'的,"他回答,"我替国王陛下工作,这是他要我做的。"

"这么说他一直都知道。"

"陛下他很忙。我最近都没跟他说过话。不过我了解他,他肯定希望我这么干。你瞧,葛兰女士不了解我。她的计划里没考虑到我。"他走得更近了。

"可你了解我,"他轻声补充道,"而且我猜你也该搞清楚,我不收贿赂,也不会被别的法子收买,就像这儿的某人想做的那样。现在陛下已经知道谁才是他的朋友,或者等他回来时就会知道。至于你,我要你做个选择。"

"不。"里奥夫惊恐地叫道。

"噢,要的,"那人回答。他朝着安波芮的尸体指了指,"这就是她为她小小的野心付出的代价。你的代价就是选择接下来死的那个人:是葛兰家的小鬼,还是那个乡下丫头。"他笑了笑,揉乱了里奥夫的头发,"别担心。我不会要你马上决定。我会把时间宽限到明天中午。到时我会来你房间找你的。"

"别这样,"里奥夫无力地辩解,"这太不道德了。"

"这个世界本来就不道德,"那杀手回答,"现在你应该已经明

THE BLOOD KNIGHT

白了。"他晃晃下巴,"走吧。"

"求你。"

"走吧。"

里奥夫回到房间里。他注视着安波芮睡过的那张床,忆起了她的爱抚。他走向窗边,看着无月的夜色,深吸了几口气。

接着他点亮了蜡烛,拿出未完成的乐谱、鹅毛笔和墨水,开始书写。

王座

第八章
守望墙之战

没有马上比武,也没有千钧一发的巧妙周旋。在战马肩并着肩飞奔,盾牌每次挡开长矛都可能刺进两侧战友身体的时刻,根本没有这种可能。你或许可以在最后时刻斜过盾牌,把矛尖挡向上方,可接着你就会失去目标的踪迹。

不,这更像是两艘配满桨手的战船正面对撞。剩下的只有退缩与否的问题。

尼尔没有退缩。他用盾牌中央挡下致命的矛尖,呼出一口气,以免被冲击之力撞岔了气。

对手的状况正好相反,恐慌的他偏过盾牌,于是尼尔的长枪撞上了曲面。冲击传来的瞬间,尼尔看到他的武器偏向右方,刺进了另一名敌人的咽喉。那人的脖颈立时血肉模糊,身体更被带得疾飞而出。

先前那名敌人折断的枪杆撞上了尼尔的头盔,让他的头转了半个圈,真正的冲击才随之到来:两人带着马匹、马铠、盔甲、盾牌的全副重量撞在一起。马匹倒下,踢打嘶鸣。他自己的坐骑,那头名叫"温劳夫"的阉马,身躯摇摇晃晃,却没有倒下——但主要是因为周围实在太过拥挤。

尼尔伸手去拔阿特沃给他的武器,那把照他父亲的佩剑命名为"奎切特"——或者说"战犬"——的利剑。可剑尚未出鞘,一把从荆棘门守军的第二排战线刺来的长枪的枪尖便带着对屠杀的渴望,从他的盾牌上滑过,径直插进了肩膀处的护甲接缝。

他觉得自己仿佛赤裸着身体坠入了仲冬冰结的湖水里。战犬在他的手中抬起,好像凭着自己的意愿在行动。刺中他的敌人的坐骑被前一个对手的马匹——它因刚才的冲击而倒地不起——绊倒。那个骑士兀自握着折断的枪杆,挣脱马镫,像一杆标枪般扎向尼尔。

THE BLOOD KNIGHT

"战犬"挺直尼尔的手臂,摆在身前,于是那飞扑而来的家伙便发现致命的剑尖刺进了自己的咽喉。

冲击力把尼尔的身体撞出了马镫,他的身体滚过坐骑的臀部,落进下一排战友的马蹄之间。

鲜血飞溅,金铁交击,而他的身体被痛苦占据。挣扎求生的念头逐渐涌现,但他真不知道自己要多长时间才能清醒。

等他睁开眼睛,堤道上人和马的尸体已经堆成了小山,可他的部下仍在蜂拥向前。头顶高处,火焰和石头以及长着翎毛的死神正朝着战场倾泻而下,但阵线依然不断推进。

"温劳夫"已经奄奄一息,敌我两方也只有几人还骑在马上。如今正是关键时刻:假如他们在这时后撤,绝大多数人都会在攻城器械的杀伤带中阵亡。现在只有箭矢对他们还有足够的威胁,而这是守军竭力想要避免的局面。

"冲锋向前!"他想要怒吼,声音却几不可闻。他的身子半边仿若空气,另外半边却依旧握着"战犬"。

天空仿佛着了火,而尼尔除了杀戮之外,什么都想不到。

"那是什么?"斯蒂芬问泽米丽。

她摇摇头。"不知道。鬼魂?修女?"

"你知道这歌用的是什么语言吗?"

"不。听起来有点像古语。有几个词很耳熟。"

斯蒂芬瞥见了一道微光,那是反射着火光的双眼。狗儿们嚎叫个没完,简直像疯了似的。

无论那些是什么,都不是他先前担心的史林德。

他们的步子谨慎得过了头。他不太确定,可从狗儿的表现看来,这群入侵者一直在绕着营地转圈。

"无论你们是谁,"他喊道,"我们不会伤害你们的。"

"你这话太能让他们安心了,"泽米丽说,"你看,他们至少有十个人,而我们基本上手无寸铁。"

"我本人还是挺具威胁的。"斯蒂芬悻悻然。

"噢,好吧,至少你不是个信口雌黄的懦夫。"她评论道。

"事实上，我是，"他坦白道。但她的评论还是让他感到一阵突如其来的温暖，"但就算事情超过了让你震惊的程度，你也只会震惊而已。我已经不会更害怕了。"他皱起眉头。歌声停止，说话声却在发生变化，接着，那些声音突然在他脑海里对上了号。

"*Qey thu menndhzif.*"他喊道。

森林突然陷入了寂静。

"你在说什么？"泽米丽问道。

"他们说的那种语言。一种卫桓方言。考隆的语言。"

"斯蒂芬！"泽米丽倒吸一口凉气。狗儿趴在地上，仍在狂吠，身体却怪异地蜷缩起来。

有人走进了空地之中。

在火光中，斯蒂芬看不清他双眸的色彩，可他的眼睛很大。他的头发是和皮肤相同的奶白色，身上穿着柔软的棕色革衣。

"瑟夫莱。"他低声道。

"你的哈迪瓦。"泽米丽说。

"你说的是古语，"那瑟夫莱说，"我们觉得你就是那个人。"

"你是谁？"

陌生来客又打量了两人一会儿，然后歪了歪头。

"我叫埃德瑞克。"他说。

"你说的是王国语。"斯蒂芬说。

"会一点，"埃德瑞克说，"我已经很久没说过了。"

火光的边缘有更多瑟夫莱出现。每个人的腰间几乎都悬挂着一把和卡佐的卡帕托同样纤细的剑。大多数人都举着弓，弓弦上的大部分箭矢似乎都指着他。

"我，呃，我是斯蒂芬·戴瑞格，"他回话道，"这位是裴尔修女。"不知为何，他有意回避了她的另一个名字。

埃德瑞克不耐烦地摆摆手，"凯里姆来了。你又说出了古老的语言。告诉我，他的名字是什么？"

"他的名字？你是说考伦修士？或者用你们的语言来说，柯奥隆。"

埃德瑞克抬起头，双眼闪烁着胜利的光芒。其余瑟夫莱把箭从

THE BLOOD KNIGHT

弦上取下，收回箭囊中。

"噢，"埃德瑞克沉思道，"这么说，你终于还是来了。"

斯蒂芬不知说什么才好，所以他没有追问。

"你们为什么要遗弃村子？"斯蒂芬问。

埃德瑞克耸耸肩，"因为我们发过誓，要隐居山中，守卫此地。这就是我们的生活方式。"

"你们住在阿尔克？"泽米丽问。

"是的，这是我们的特权。"

"是柯奥隆修士要你们守卫这里的？"

"对，直到他归来。"埃德瑞克说，"直到现在。"

"你是说直到他的继承人回到这儿。"泽米丽纠正道。

"如你所说，"埃德瑞克说。他把目光转回斯蒂芬那边。"您想去阿尔克吗，帕希克大人？"

斯蒂芬感到一阵寒意涌起，半是出于兴奋，半是因为恐惧。"帕希克"的意思类似领主、主人或者王子。莫非泽米丽说的是真的？莫非他真是古老预言里提到的那个继承人？

"想，"他说，"不过稍等一下。你刚才说凯里姆已经来了。你指的是龙蛇吗？"

"对。"

"你看到它了？"

"对。"

"在这个山谷里？在哪儿？"

"不。你把它领到足够近的距离之后，它就自己找路来了。它在阿尔克等着你呢。"

"等着我？"斯蒂芬说，"也许你没弄明白。它很危险，会杀死靠近它的任何东西。"

"他说过他不会不明白的。"另一个瑟夫莱说。那是个双眸湛蓝的女子。

"我想，如果龙蛇就在这座山里，"斯蒂芬说，"我就不打算去了。"

"不，"埃德瑞克面色忧郁地说，"恐怕您还是得去，帕希克大人。"

"*馗克斯卡那*。"安妮喘息着,心下祈祷自己没记错发音。

黑暗中的那东西似乎顿了顿,然后贴住了她的脸,就像用鼻子磨蹭主人的狗狗。震惊的她一巴掌拍过去,那儿却什么都没有,而那感觉依旧徘徊不去。

"甜美的安妮,"传秘人的话里带着鼻音,"女人的气味,甜美又恶心的女人气味。"

安妮努力保持镇定,"我是克洛史尼王座的继承者。我以你的名字*馗克斯卡那*命令你。"

"遵——命,"传秘人的声音就像猫儿的呼噜声,"知道你想要什么和拥有你要的东西不同。我了解你的意图。满身死人气儿的艾丽思了解的更多。她已经告诉你了。"

"是这样吗?"安妮问道,"真是这样吗?我是维吉尼亚·戴尔的直系血亲。你真敢违抗我?"

又一阵沉默随之而来,安妮积聚着自信,努力不去深究自己到底在做什么。

"是我把你召唤来的。"传秘人喃喃道。她能感觉到他庞大的身躯正在收缩,被拉进他自己的身体里。

"没错,是你。你把我召唤来,在我脑子里放了一张地图,让我能找到你,还答应帮我对抗她,对抗墓穴里的那个恶魔。你究竟想要什么?"

他似乎退得更远了,而她突然觉得有上百万只细小的蜘蛛钻进了她的头骨里。她呕吐起来,可当奥丝婼的手伸来时,安妮却推开了她。

"你在做什么,馗克斯卡那?"她质问道。

"**我们可以这样交谈,他们没法听到。同意吧。你不想让他们知道的。你不想。**"

"很好。"安妮动着口型,无声地回答。

她觉得眩晕再次袭来,可这回并不吓人,更像是一场舞蹈。接着,如梦初醒般,她发现自己站在一片空无人烟的山坡上,身体轻得就像羽毛,单薄得只怕一阵风都能把她吹跑。

THE BLOOD KNIGHT

身周环绕着黑水，世界深处之水。可这次她看到的景象却截然相反。安妮的眼中不再是汇聚的众多水流——涓滴聚成细水，细水涌入小溪，小溪汇入河流，河流奔入大川——更像是一头长有一百根手指的黑色巨兽，它的每根指头上都长着一千根更小的手指，又各自分为一千个分叉，这些手指搜寻着、窥探着，伸进每一个男人和女人的身体，伸进每一匹马和每一头牛，伸进每一株绿草的纤薄草叶，蠢蠢欲动着，等待着。

它们伸进万物的体内，除了她眼前的那具无形的躯体之外。

"这是哪儿？"她质问道。

"旖旎岛，我的血肉。"他答道。

她正想反驳，却发现这是事实。它正是旖旎岛，伊斯冷脚下的那座山丘。可这儿却没有城堡，没有城市，没有人类和瑟夫莱留下的痕迹。至少她找不到。

"那这些河呢？我以前见过它们。它们是什么？"

"生命和死亡、记忆和遗忘、给予和收回，往左边撒尿，右边就会变成甜水。"

"我希望你说得更清楚些。"

"我希望能再次闻到雨的气味。"

"你就是他？"她问道，"那个在翡思姐妹那儿袭击我的家伙？是你吗？"

"有意思，"馗克斯卡那沉思着说，"不。我没法去那么远的地方。也不会做这么惹人厌的事，美人儿。"

"那又是什么人？"

"不是**什么人**，"馗克斯卡那答道，"**可能**是什么人。也许将会是什么人。"

"我不明白。"

"你还没疯，对吧？"他回答，"还不到时候。"

"这不是回答。"

"猜谜玩够了吧，小奶牛。"他问。

"那就说说她，"安妮喝道，"那个恶魔。她是谁？"

"她过去曾是，又希望将来会是。有人叫她恶魔女王。"

"她想从我这儿得到什么?"

"就像别的那些,"魁克斯卡那说,"她不是她。她是一张虚位以待的座椅,一顶等待主人的帽子。"

"一张王座。"

"随便用你们可憎的语言里的什么词儿都行。"

"她想要我成为她,是吗?她想披上我的皮。你说的就是这个意思?"

那影子大笑起来。"不。只是给你一张座位,给你统治的权力。她能伤害你的敌人,但她没法伤害你。"

"有很多故事都是讲女人如何变成别人的样子,窃取他们的生活——"

"故事而已,"他打断道,"倒不如设想一下,这些女人终有一天会发现自己的真实本质。她们身边的人压根儿不会理解真相。安妮·戴尔,你的心里也藏着那些事,对不对?那些没人明白的事儿?没有人**能够**明白。"

"告诉我怎么对付她就好。"

"她的真名是伊露姆霍尔。念出它,然后叫她滚开就行。"

"就这么简单?"

"简单吗?我不知道。别介意。你也用不着介意,因为你活不到操心这种事的时候了。你叔叔的士兵把所有出口都封死了。你会死在这儿。等你死去的那一刻,我就只好品尝你的灵魂了。"

"除非……"安妮说。

"除非?"传秘人讽刺地重复道。

"别这么跟我说话,"安妮说,"我有力量,你知道的。我杀过人,也许能一路杀出去。也许她会帮我的忙。"

"也许吧,"他说,"我可没法知道。喊出她的真名,然后走着瞧吧。"

安妮挤出一阵讽刺的笑声,"不知为什么,虽然你说得这么肯定,我还是觉得这主意糟透了。不,你刚才是想告诉我杀出去的法子吧。好吧,那你说说看?"

"我刚才正想提议帮你打败他们呢。"他颤声道。

"噢。那你想要的是……"

"自由。"

"我怎么没想到呢?"安妮思忖道,"释放曾奴役全人类一千个世代的恶魔种族的末裔。多棒的主意啊。"

"你们已经把我关押了太久,"他怒吼道,"我的时间在流逝。让我走吧,这样我也许能和同胞们在死后团聚。"

"如果你想要的只是死亡,那就告诉我如何杀死你吧。"

"没人能杀死我。诅咒把我束缚在这儿。直到死亡的法则修复之前,我都不会死,就跟你叔叔一样。放我自由,我将修补死亡的法则。"

"然后自行了断?"

"我发誓,只要你释放我,我就会把你们带出这个地方。我会离开,然后尽我所能让自己死去。"

安妮思索了很久。

"你不能对我撒谎。"

"你知道的,我不能。"

"就算我相信你,"安妮缓缓地说,"我又该怎么释放你?"

那影子似乎动摇起来。

"把你的脚踩在我的脖子上,"他愤恨地吼道,"然后说,'尨克斯卡那,我放你自由。'"

安妮的心跳开始加速,胃里也仿佛充满热气。

"我现在想回到朋友身边去。"她告诉他。

"如你所愿。"

话音刚落,她便回到了黑暗中,大地也更加用力地把她的双脚拖向下方。

埃斯帕追踪着龙蛇的踪迹,爬上了一面斜坡。坡上布满结实的小树,还有通向山上的巨大裂缝:这条天然死路的入口足有五十王国码宽,随后逐渐变窄,尽头有道汹涌的洪流自高处疾冲而下。可想而知,瀑布在正下方掘出了一片深潭,而且同样可想而知的是,那怪物经过的痕迹也消失在那里。

护林官下了马,走向泥土和潭水的交界处,搜寻那野兽留下的其他痕迹,只为确证已知的事实:这头野兽眼下就在这座山里。至于它是抵达了目的地,还是仅仅途经这里,他说不准。

"见鬼。"他嘟囔着,坐到一块石头上,开始思考。

芬德还骑着龙蛇吗?他上回询问目击者时,他们都说它背上坐着两个人。如果真是这样,那要么水下的通道非常短,要么就跟德易院那时一样,他们选择下来步行。若是后者,那他们眼下肯定在某个地方等待着巨虫完成使命——无论那使命是什么。

第三种可能是芬德和他的同伴都淹死了,但他觉得这种可能性实在不大。

考虑到他们可能从龙蛇背上下来,他仔细寻找,却没有发现任何人步行的痕迹。何况这儿长满了高原苔藓、蕨类植物和马尾草,总会留下点蛛丝马迹,就算对瑟夫莱来说也是一样。

也就是说,这些骑手选择了和龙蛇一起去水下潜泳,这也意味着他同样可以跟上。想到这里可能是另一个哈喇族窑洞的入口,他更坚定了决心。瑟夫莱闭气的时间没法和人类相比,所以他应该有能力游过去,就像游进阿卤窑时那样。

当然了,对那头怪兽来说是很短,也许对他而言会很长。但尾随它前进可能是他眼下唯一的希望。

这也就意味着他又得和"魔鬼"分别了。

他没有浪费任何时间,解开了这匹牡马的马鞍,连同毛毯一起取下。然后他除下笼头,把这些东西全部藏在一块凸出的岩石下面。"魔鬼"自始至终看着他,样子专注得出奇。

埃斯帕牵着马走回裂谷的入口,然后绕到山的另一边,来到他认为赫斯匹罗和其手下所走的那条路对面的位置。

他把前额抵住"魔鬼"的脑袋,拍拍马儿长满绒毛的脸颊。

"你一直是我的好友,"他说,"救过我无数次。无论如何,你都证明了自己的价值。如果我没能出来,噢,我希望你能照顾好自己。如果我成功了,我会给你找个安静的地方,让你吃饱喝足,传宗接代。不会再中箭、不会染上狮鹫的毒,也不会有以前那些经历了,成么?"

THE BLOOD KNIGHT

马儿蹭了蹭他的脑袋,仿佛想挣脱埃斯帕的怀抱,可护林官却轻抚它的脸颊,让它平静下来。

"就待在附近,"他说,"我可不想让赫斯匹罗的手下骑着你。而且我觉得他们杀掉你的可能比较大,所以好好休息吧。等这事办完,没准我还需要你载着我狂奔一趟呢。"

他刚刚走远,"魔鬼"便甩开了蹄子,埃斯帕回头瞥了一眼,随后举起一根手指,以示警告。

"停。"他命令道。

魔鬼轻轻嘶鸣了一声,但听话地没有跟来。

埃斯帕回到水潭边,解下弓弦,把弓身裹进一张浸过油的河狸皮里,再用绳子绑紧。他把弓弦放进一只蜡染的袋子里,同样把袋口系紧。他把所有箭矢,特别是那一支,包进水獭皮里,和弓捆在一起。他检查了一遍身上的短匕和手斧,在潭边坐下,深吸一口气,准备好进行长程潜泳。

他吸到第八口气时,潭中涌起了气泡,水面突然开始升起。埃斯帕愣了几次心跳的时间,当意识到发生了什么,便抓起他的东西,穿过树林,冲到山崖边,尽可能快地开始攀爬。

这面山崖并不难爬,当突然涌出的潭水拍上崖壁时,他已经爬到四王国码高,远远高出水面。不过需要担心的并不是水,所以他紧绷四肢,几乎是跳跃着向上爬去。

他听到一声沉闷的撞击,片刻之后,潭水倾泻而下,浇湿了他的全身,尽管此时他已经爬得和矮树的树顶一样高了。

他转过头,只见龙蛇正高高耸立,身周环绕着剧毒的烟气,阴暗的苍穹下,它的眼睛仿佛两轮碧绿的圆月。

王座

第九章
出乎意料的盟友

《离奇怪事之观察记录——维吉尼亚大呆瓜，第二章：多年生俘虏》

过去曾有学者对维吉尼亚大呆瓜拥有双脚、双腿和任何真正的肢体感到好奇。他们的困惑来源于一项事实：这种生物在绝大部分时间里都是俘虏，被捕获者带来带去。他们忽视了维大瓜（维吉尼亚大呆瓜的简称）的本性中更加滑稽的那一面，也就是说，虽然它时常是没有抵抗之力的俘虏，其内心却对这种羞辱极为不满。

因此，它双腿存在的唯一理由就是从一个囚禁处走到下一个……

尽管斯蒂芬的心里受着愤怒、恐惧和挫折感的轮番煎熬，可他还是得承认，这些瑟夫莱对待俘虏要比史林德们好得多。

没错，他和泽米丽对要去哪里根本没有选择，所以在这层意义上，他们是俘虏。不过，瑟夫莱们对待他们的态度很和蔼——甚至是毕恭毕敬。他们俩坐在木杆支撑的小椅子上，被人抬着前进，而且瑟夫莱们限制他们的自由时用的是人数而非暴力。他们脚下蜿蜒的道路通向这座昏暗林子的更深处，在仿佛蕨类植物的树木和浓密的藤蔓间穿行，道路越来越窄，越来越黑，最后斯蒂芬发现他们在毫无察觉之下进入了山的内部。

道路更难走了，当这群随员沿着陡峭狭窄的阶梯走向下方时，他真希望能下来自己走。左边是石头,右边什么都没有,却远到连提灯的光芒都无法穿透。就连窑洞看起来也没这么大。斯蒂芬觉得这座山说不定是个外壳脆弱的大贝壳,里面空空荡荡,除了黑暗一无所有。

但他想错了,并非只有黑暗:有东西在轻轻拉扯他胳膊和脖子上的汗毛,还有震颤的岩石发出的那种微弱至极的哼唱声。这儿有力量,那种只在他走过和听过的巡礼路上才有的圣堕之力。就算在邓莫哥的赫乌伯·赫乌刻,安妮·戴尔释放出沉眠于古代巡礼路的力量之时,他也没有感到如此难以捉摸的力量。

谢天谢地,他们终于到达了这个看似无底的深坑底部。那些瑟夫莱抬着他们又走进一个地势较为平缓的洞穴。这儿还是很宽敞,但算不上高,所以他能辨认出悬挂在洞顶,闪闪发光的石钉。

"这儿真美,"泽米丽咕哝着,指了指在灯光中像打磨过那样熠熠生辉的一根圆形石柱,"我从来没见过这种形状的石头。或者说,它根本不是石头?"

"我在书上读到过,"斯蒂芬说,"在别处也见过。普瑞森·曼提欧把悬在上面的那些叫做'滴水柱',下面的叫'水滴'。他觉得它们成型的原因和冰柱很相似。"

"我看得出它们很像,"泽米丽承认道,"可石头又怎么能滴水?"

"石头有液体和固体两种特质,"斯蒂芬解释道,"比较常见的是固体,但在某些特定情况下,在地表下,它就能变成液体。这些洞穴有可能就是这样形成的。岩石液化,随后流走,只留下一片空洞。"

"你相信这些?"

"我不知道,"斯蒂芬说,"眼下我对我们为何被俘虏比较感兴趣。"

"你不是俘虏,"埃德瑞克又开口了,"你是我们的贵客。"

"棒极了,"斯蒂芬说,"那么,感谢你们的热情款待,现在能带我们回去了吗?"

"你旅行了很久,克服了许多困难,**帕希克**大人。"埃德瑞克说,

王 座

"我们怎么能让你没达成此行的目的就离开呢?"

"我此行的目的不是去找那条该死的龙蛇,"斯蒂芬吼道。他的喊声在洞窟中回响,"真要想的话,我在德易院就可以跟它见面了。"

"对,"另一个人干巴巴地说,"你可以的。还能给我们所有人省下不少麻烦。"话声莫名的熟悉。

正当斯蒂芬循声望去时,这支队伍停了下来。瑟夫莱们小心地把这顶轿舆放在地上。这儿的石壁看起来是人力开凿出来的,他还闻到了水的气味。

他的目光凝固在一张熟悉的脸上,心脏在胸腔内狂跳起来。

"芬德。"他说。

瑟夫莱笑了笑,"很荣幸你还记得我,"他说,"我们的上次会面够让人手忙脚乱的,是不是?有那么多箭矢和利剑,还有狮鹫和荆棘王。连做个正式介绍的时间都没有。"

"你认识他?"泽米丽问道。

"在某种角度上,算是认识吧,"斯蒂芬有气无力地说,"我知道他是个嗜杀成性的恶棍,没有荣誉感、同情心,或者别的什么可敬的品质。"

芬德的独眼瞪大了:"你怎么知道的?你以为自己能听到我在想什么?这些该不会是完全按埃斯帕的看法得出的结论吧?"

"不,"斯蒂芬说,"我还参照了薇娜的看法。你大概还记得,她做过你的囚犯。我亲眼看到了卡洛司小树林里的那些事。我还见过被你谋杀的那些公主的尸体。"

芬德耸耸肩。"我是做过些看起来会让人遗憾的事。但我并不后悔,因为我明白自己为什么去做。等明白了真相,相信你会对我改观的。"

"至少我希望你会明白,因为我现在为你效命,"他冲埃德瑞克点点头,"感谢你,大人,感谢您的款待,以及帮助我找到这里。"

另一个瑟夫莱耸耸肩。"我们只是看守而已。"他答道。

斯蒂芬先前的注意力都放在了芬德邪恶的面孔上,没注意到他的打扮。他穿着的那件盔甲式样离奇,造型古朴,铁板和链条镶嵌

THE BLOOD KNIGHT

在类似青铜的金属上。真正吸引斯蒂芬注意的是盔甲的护胸部分，刻画了一个长角蓄须的人类头像。他在德易院寻找有关荆棘王本质的线索时，曾见过一幅几乎完全相同的雕刻。他起先认为它代表了荆棘王，因为后者总是被刻画成长角的形象。但那幅雕刻的说明却对它有个截然不同的叫法。

他惊恐地发现自己朝芬德那边走了好几步，自己却毫无察觉。他连忙后退几步。

"你能把最后那句再重复一遍吗？"斯蒂芬说，"关于你现在为我效劳那句？"

"我说的是真话，"芬德说，"为了侍奉你，我已经找了你好几个月。"

"你跟踪我是为了找到这座山，"斯蒂芬说，"别被他骗了，埃德瑞克。他到这儿来可没安什么好心。"

"只有你才能找到这座山，"芬德答道，"而且假如我先前就追上你，恐怕很难说服你到这儿来。不过这儿是你注定要来的地方，就像我注定要和你同行，并且为你效命一样。等你弄清真相之后，就不会这么困惑了。"

他走向前来，从腰带上抽出一把样子脏兮兮的短刀。斯蒂芬缩了缩身子，可芬德却把刀柄那头递了过来，然后跪倒在他的脚下。

"这样不是更好吗？"他说，"我来到了这儿，找到了这座隐秘的山峰和适合我身份的盔甲。现在我把性命交给你。"

斯蒂芬接过那把刀，满脑子难以置信。芬德是个恶棍，这点毫无疑问。他这是在演什么戏？

埃斯帕可不会犹豫，不是吗？他会把短刀径直刺过去，回头再去计较这个瑟夫莱打的是什么鬼主意。而且他欠埃斯帕的太多了，要不是因为他，埃斯帕早把这家伙干掉了……

但他不是埃斯帕，就连埃斯帕也恐怕没法攻击一个跪在自己面前的人。斯蒂芬觉得就算埃斯帕也做不到。

所以他把短刀丢到了地上。

"跟我解释一下，"他说着，起先指着芬德，随后又指向剩下那些人。"谁来解释都行。告诉我这是怎么回事。"

"你确实是考隆的继承人。"泽米丽说。

他震惊地望向她,"这么说你知道?你跟他们是一伙的?"

她受伤地瞪大了眼睛。"不。我是说,我不了解细节。我只知道你是考隆的继承者。我不认识这个人,斯蒂芬。我跟这些人从来没见过面。"

斯蒂芬近距离打量这群人,突然注意到站在芬德身后的另一个身影。他惊讶地发现那是个身着修士长袍的人类。

"你!"他喊道,"你是谁?"

那人走上前来。

"我是阿舍恩修士,"他说着,鞠躬致意,"我也听凭您差遣。"

"你是圣血会还是圣监会的?"

"两者皆非,"他说,"我发过誓要侍奉这座山的圣者。看起来那位圣者就是你,斯蒂芬·戴瑞格。"

"你们都疯了,对不对?"

"不,"芬德答道,"我们没疯。只能说是下定了决心。不幸的是,眼下没有足够的时间来解释一切了。护法赫斯匹罗和他的手下就快到了。让他们进到山里来可就麻烦了。就算只在山坡上,赫斯匹罗或许也有办法得到七座圣殿的力量。如果让他进到山的内部,那就连龙蛇也挡不住他了。"

"可要是斯蒂芬修士有时间走完巡礼路——"阿舍恩修士张口欲言,可芬德却摇摇头。

"这得花上好些天。赫斯匹罗快到了。我看到了他了。没错吧,斯蒂芬?"

"他一直在跟踪我们,"斯蒂芬承认。他目光炯炯地看着芬德,"可你和他是盟友。"

"我曾与他共事,"芬德没有否认,"要走到现在这一步,那么做是必要的。不过我们的利益已经不再一致了。他想得到原本属于你的东西。你吹响了唤醒荆棘王的那支号角。你找到了这里。"

"可我连这地方是哪儿都不知道!"

"真的?"芬德问道,"你连自己的老祖宗是谁都不知道?连第一个来到这儿的同胞是谁都不知道?"

"柯奥隆?"

"柯奥隆?不,他只不过把某些东西还到了原位而已。是维吉尼亚·戴尔发现了这里,斯蒂芬。她就是在这里走完了巡礼路。她也是在这里发现了魔法,后来用它们毁灭了司皋斯罗羿。你会把这种力量送给赫斯匹罗吗?"

"不,"斯蒂芬用力摇着脑袋,"可我也不会给你。"

"我又没问你要,你这蠢货,"芬德吼道,"我只希望你能得到它。"

"为什么?"

"因为这是唯一的方法,"芬德回答,"唯一拯救我们世界的方法。"

"我还是不明白你想要我做什么。"

"我听凭你使唤,"芬德答道,"龙蛇听凭你使唤。这些战士也听凭你使唤。只要告诉我们该做什么就好。"

"你以为我会相信这些话?"斯蒂芬怒火中烧地大喊,"你们违背我的意愿把我带到这儿。现在你们又自称对我唯命是从?这根本不合情理!"

"我们必须把你带过来,"埃德瑞克说,"很抱歉,我们不得不用强,但我们不能再继续强迫你了。你是柯奥隆的继承人。如果你想要离开,就离开吧。但如果你这么做,另一个人就会接管你的权力。"

"你是说你们会服从赫斯匹罗?"

"这就是此地的法则,"芬德说,"如果你不肯接受权杖,总会有别人愿意。而且如果他们接过了权杖,我们就必须追随他们。你必须做出选择。"

"如果我接受,然后要你们去消灭赫斯匹罗和他的部下呢?"

"我们会试试看的,"芬德回答,"我想我们能赢。但正如我所说,他的力量在增长。他和你不一样:他垂涎这位子已经有好几十年了。"

斯蒂芬瞥了眼泽米丽,然后把目光转向埃德瑞克。

"我想和裴尔修女单独待一会儿。"他说。

王 座

"别耽搁太久,"芬德警告他,"拖延有时就等于拒绝。"

"肯定有什么地方弄错了。"一等到远离人群,他便对泽米丽说。

"确实让人摸不着头脑。"她承认道。

"摸不着头脑?不,比那更糟。根本是疯了。你知道芬德是谁吗?知道他做过什么吗?就算我对状况一无所知,我也清楚芬德不值得信任。"

"也许吧,可如果赫斯匹罗真的快来了,我们也许应该回头再操心芬德的事。"

"你是说我应该照他们说的做?命令他们袭击赫斯匹罗?我——不,这说不通。如果芬德迫切想要我做什么,也就明显意味着我不该这么做。另外,芬德和埃德瑞克似乎对护法的看法一致。芬德之前骑过龙蛇,所以我觉得他多少能控制它。埃德瑞克和他那群人看起来也自由惯了。所以他们干吗要我命令他们去做他们本来就想做的事?"

"他们提到过一个什么法则——"

"对,"斯蒂芬说,"我知道。但它听起来不对头。"

"也许……"泽米丽开口想说什么,然后又摇摇头。

"也许什么?"他说。

"你已经——"

"*什么*?"

她吐出一口长气。

"就像几天前你说的那样。关于你如何不断偏离正轨的那些话。你一直为他人而活,斯蒂芬。就连你谈论埃斯帕的方式也——你只是他的随从,从来不能平起平坐。你会不会——想想看吧——会不会只是害怕摆到你面前的力量?你不相信,会不会是因为你做不到?因为如果由你发号施令,一旦事情不顺利,你除了自己之外没有别人可以责备?"

"这不公平。"斯蒂芬低沉道。

"也许是吧,"泽米丽说,"我认识你的时间还不够久。不过我想,呃,我觉得我了解你的一些事。我想我看待某些和你有关的事的时候,也许比你自己要清楚得多。"

她伸出手,握住他的手掌。

"想想看吧,斯蒂芬。就算芬德在说谎,就算维吉尼亚·戴尔从没到过这里,可这里又会藏着怎样的秘密呢?你又会有怎样的发现呢?我能感觉到这儿的力量,而且我觉得你一定也感觉到了。这就是你来此的目的,而且你所要做的只是带领大家而已。"

他闭上了眼睛。

泽米丽对他害怕发号施令的观点当然没说错。他怎么能让别人为自己拼命呢?而且如果他的其他担忧也如她所说,他只是不想将其作为正义的借口。

毕竟,芬德和埃德瑞克的说法和佩尔主教并没有太大出入。也许这些都是真的。也许他就是注定要领导他们的那个人。

他只是没有心理准备。他自始至终都以为自己会找到维吉尼亚·戴尔的日记,然后翻译出来。如果能找到些有用的东西,他就会按照一贯的做法,把日记带给某个人,某个知道如何运用这些讯息的人。

可那样会有什么结果呢?德思蒙·费爱运用他的译文犯下了滔天的恶行。他把研究成果给了护法赫斯匹罗,结果却有更多人凄惨地死去。现在赫斯匹罗就快抓到他了。

也许现在确实是停止运用他人力量的时候了。也许现在轮到他来主导了。

泽米丽说得对。等赫斯匹罗带来的危机过去,他就会有时间去详细了解自己的处境。然后他就能考虑怎么对付芬德了。

他搂住泽米丽的双肩,吻了她。她绷紧了身体,起先他以为她会挣脱,可她随即放松下来,热情地予以回应。

"谢谢你。"他说。

他发现其他人几乎都站在原地等待着他。

"如果你们是认真的,"斯蒂芬说,"那就这样吧。阻止护法赫斯匹罗——无论如何,不能让他进入这座山。可以的话就活捉他,不行的话就看着办吧。"

"这才是解决之道，"芬德说。他鞠了一躬。"遵命，帕希克大人，我们会完成任务的。"

斯蒂芬咬紧牙关，等待着，唯恐自己触发了某个隐晦的诅咒，一脚踏进了陷阱。可什么也没发生，只是其他瑟夫莱也都朝他鞠躬行礼，这场面本身倒是相当古怪。

"龙蛇在哪？"斯蒂芬问。

芬德笑了笑，吹出一声低沉而漫长的口哨，他身后的水面随之破开。两盏碧绿的提灯飘上众人的头顶。瑟夫莱群中传来一阵微弱的赞叹声，这些家伙显然全都已经疯了。

斯蒂芬蹒跚退后几步，试图用身体挡住泽米丽。

"蛇……蛇毒！"他结结巴巴地说。

"在这儿没效，"埃德瑞克宽慰道，"山里的圣堕力量让它变得无害了。出去的时候，我们也有防护蛇毒的法子。"

斯蒂芬没法把视线从那东西身上移开，但过了很久，他才意识到他们还在等着他说些什么。

"很好，"他说，"这就是龙蛇。你们之中能战斗的人呢？一共多少人？"

"十二个。"埃德瑞克说。

这话终于让斯蒂芬转开了视线，去确认那家伙是不是在说笑。

"十二个？可你们现在的人数就超过十二个了。"

"是的。可大多数埃提瓦人都发过誓不动用武力。十二个人已经够多了。何况我们有这头**凯里姆**，还有**克鲁卡-哈瑞**。"

"克什么？"斯蒂芬开口道，可他说得太晚了。他们已经开始行动了。芬德又吹了声口哨，那颗巨首便低垂下来，让他和阿舍恩能坐上去。埃德瑞克和另外的十一名战士快步走向洞穴远端。

突然间，斯蒂芬又觉得一头雾水。有人在拉扯他的袖子，他转身去看。那是个他先前没注意到的瑟夫莱，在火光中，他显得如此苍老，甚至让斯蒂芬觉得自己能透过他的皮肤看到骨头。

"打扰您了，帕希克，"那老人有气无力地说，"您想不想旁观？这儿有个高台。"

"好，"斯蒂芬说，"我想我会很喜欢的。"

THE BLOOD KNIGHT

　　他跟在那瑟夫莱身后，心情也越来越不安。他觉得自己就像那个老故事——关于被禁锢在瓶子里的受诅圣者里的主角。那人有一次许愿的机会，然后圣者就会杀死他。只有两个愿望是他所不能选择的：放他活命，或者要求圣者死去。

第十章 王座舰队

"安妮？"

她发现奥丝婑正在轻轻摇晃她。

"我没事。"安妮告诉她朋友。

"怎么回事？你刚才在跟——它——说话，然后你就一动不动，就像变成了雕像。"

"没什么，"她撒谎道，"我以后会告诉你的。眼下我要你们所有人都待在这儿别动。我有些别的事要做，而且不能被人打扰。"

"很好，安妮。"

"安妮？"艾丽思虚弱地说。

"怎么了，贝利女士？"

"别相信他。"

"噢，我不会的。"安妮回答。

接着她盘腿坐在地上，闭上双眼，想象着自己正在圣塞尔修女院，在梅菲提的子宫里。她把精神凝聚在虚构的中点上，试图在脑海中描绘出一道光。她放慢呼吸，直到它变得深沉而平稳，直到她能感觉到旖旎岛底下浪潮的缓缓脉动，还有大地更深处不为人知的颤动。

直到她心如止水。

随着光芒闪烁着出现，有那么片刻，她觉得身体仿佛蔓延开去，仿佛新壤和旖旎岛的水和石正在变成她的血与肉。传秘人带来的痛楚仿佛脓疮，就像伊斯冷墓城里的那东西一样，可黑暗粉碎的同时，痛苦也消退无踪，而她发现自己正站在一片林间空地里。尽管太阳正高悬在晴朗的天空正中，可她脚下却没有影子，她明白，这次她终于来对了地方。

"翡思姐妹！"她喊道。

有一瞬间，她觉得她们也许不会出现了，可紧接着她们就走进

THE BLOOD KNIGHT

了空地：那是四个戴着面具，身穿礼裙，好像要去参加化装舞会的女人，打扮既相似又不同。

安妮右侧站着第一位翡思，身穿碧绿至极的长裙，戴着绘有讥笑神情的金色面具。她的头发系成琥珀色的辫子，几乎垂至脚跟。她身边是一位戴着白骨面具，一袭红褐色礼裙的黑发女子。第三位翡思肌肤苍白如月，发丝银光闪闪。她的长裙和面具都是黑色的。最后那名女子则用白色面具和白裙做搭配，乌发比黑夜更加深沉。

"你们都变样了。"安妮评论道。

"变的还有季节和风，还有你，我亲爱的。"第一位翡思道。

"你们去哪了？"安妮问，"我以前试过来找你们，但没能成功。"

"用这种方式来访已经变得很困难了，"戴着白骨面具的翡思说，"因为王座就快出现了。"

"是啊，王座，"安妮说，"你们中的一个曾告诉我，你们没法看到未来。你们说过自己就像世界的一部分，能感觉到世界的病症，而且知道令它恢复健康的方法。"

"这是真的。"黑色礼裙的翡思答道。

"非常好，"安妮说，"你们现在有什么感觉？我在向你们寻求建议。"

"眼下太危险，不适合给你建议。"绿裙女子摊开双手，答道。她的袖管卷了起来，而安妮看到了先前没留意到的某样东西。

"那是什么？"她问道。

那女子垂下了手，可安妮却迎上前去。

"没关系的，"白衣的翡思道，"她总有一天会知道的。"

安妮抓住那个翡思的手，一阵古怪的触感传来，就好像她握着的是某种极其光滑的物体。但手臂却顺从地抬起，她也看到了上面的刺青：一弯黑色的新月。

"我被身上有这个标记的人袭击了，"她说，"也许，是你们的追随者？"

那翡思转向她的姐姐。"既然你这么确定她该知道，"她说，"那就由你来解释吧。"

黑色面具下面浮现出一抹嘲弄的笑意。

"安妮,我想你还不明白自己坐上王座的重要性:包括字面意义上的那张伊斯冷的王座,还有已经开始出现的魔法王座。我们试着跟你解释过,可你每次都会出于自私的想法而以身犯险。"

"我只想把朋友们从必死无疑的境地中解救出来。这怎么就自私了呢?"

"你知道自己为什么自私,只是不愿承认罢了。你的朋友们不重要,安妮。世界的命运并不取决于他们。在你经历了那么多事以后,安妮,你还是那个被宠坏的孩子,占着一张位置就不肯动,只是因为它属于你。一个不愿和别的孩子分享玩具的小丫头,更别提丢掉它们了。"

"你在邓莫哥几乎毁掉了我们的所有心血。至于是对是错,我们认为你从那些朋友们的遭遇上就能清楚地分析出来。没错,我们有追随者——"

"而且是棒极了的追随者,"安妮吼道,"其中一个还想强暴我。"

"他不是我们的信徒,"蜂蜜色头发的翡思道。她的声音也甜润如蜜。"只是我们的仆从没了解清楚就雇来的家伙。不管怎么说——"

"不管怎么说,你们都证明了自己不值得信任。我一直都怀疑自己做不到,但现在我可以肯定了。关于这点,我还得感谢你们呢。"

"安妮——"

"但我会再给你们一次机会的。你们明白我的难处吧?你们知道么?"

"知道。"肤色最为苍白的翡思答道。

"噢,那如果你们这么想让我当女王,能指点我一条不用释放传秘人的出路吗?"

"你不能释放他,安妮。"

"真的吗?看在诸圣的分上,这又是为什么呢?"

"后果会非常可怕。"

"这不算解释。"

THE BLOOD KNIGHT

"他是个司皋斯罗羿,安妮。"

"对,而且他答应会修补死亡的法则,然后死去。这事有什么不对劲的吗?"

"有。"

"哪里不对劲?"

她们闭口不答。

"很好,"安妮说,"如果你们不肯帮我,我就只好这么做了。"

金发的翡思走向前来。

"等等。那个女人艾丽思,你们俩可以逃走。"

"真的?要怎么逃?"

"她完成过斯佩图拉的巡礼路。如果你用自己的力量强化她的能力,你们就能隐匿身形,从敌人身旁走过。"

"你们就只能做到这些?我那些朋友怎么办?"

女人们面面相觑。

"是了,"安妮说,"他们不重要,别了。"她转身走开。

"安妮——"

"再见!"

话音刚落,林间空地如彩色玻璃般粉碎,黑暗随之归来。

"噢,"传秘人道,"货比三家总是没错的。可以成交了么?"

"你能去除秘道的魔咒吗?那个阻止男性记住它的魔咒?"

"等我得到自由后,可以。但在那之后才可以。"

"你发誓?"

"我发誓。"

"那就发誓,一等你得到自由,你就会照你许诺的去做:修补死亡的法则,然后自寻了断。"

"我以我所有的现在和所有的过去发誓。"

"那么,把你的脖子放在我的脚下吧。"

漫长的沉默过后,有什么东西重重地撞上了她脚边的地板。她抬起右脚,踩在某个冰冷粗糙的巨物之上。

"安妮,你在做什么?"艾丽思在黑暗中问道。她的语气充满焦虑。

"**尅克斯卡那**，"安妮说着，抬高了声调，"我给你自由！"

"不！"艾丽思尖叫起来。

当然，已经来不及了。

骑马的敌人全数阵亡，剩下的守军聚集起来，朝着阿特沃的弩炮在外部城墙上轰出的豁口蜂拥而来。豁口近在咫尺时，突然有东西狠狠砸中了尼尔的肩膀，令他跪倒在地。

尼尔迟钝地抬起头，只见一个男人站在他身前，正抬高利剑，准备给他致命的一击。尼尔笨拙地挥剑砍向那家伙的膝盖。他的剑在连番厮杀中磨得很钝，没法切开铁甲的接合处，却砸断了对手的骨头，就在此时，上方劈来的那剑也重重划过了尼尔的头盔。

他双耳嗡鸣，阴沉着脸站起身，把"战犬"的尖端抵住那人的咽喉，全身的重量压上剑柄。

他完全不知道他们打了多久，但优胜劣汰的局面已初现端倪。他和剩下的七个部下正在对抗二十个手持剑盾的士兵，也许还得加上城墙上那五个占据了合适射击角度的守军。想要越过堤道前来协助的援军在守望墙弩炮的密集火力下寸步难移。

他在遍地的死尸中匍匐前进，盾牌高举过头，努力屏息静气。守军既狡猾又谨慎，他们宁愿躲在豁口后面，也不肯冲出来。

尼尔扫视他的战友。多数人都和他一样，试图在滂沱的箭雨之中求得喘息。

他伸手摸了摸肩膀，发现有支箭插在那儿，索性将之折断。一阵鲜明、几近甜美的痛楚传遍了他几乎全然麻木的身躯。

他把目光转向年轻的骑士埃德蒙，后者就蹲伏在一码开外的地方。这家伙浑身浴血，可四肢都完好无缺。他的神情已经不再恐惧。事实上，他脸上除了疲惫之外，根本表情全无。

可当他看到尼尔时，却咧嘴笑了笑。接着神情一变，又将目光转向别处。

有那么一瞬间，尼尔还以为他的伤势终于发作了，正如那些将死之人的回光返照一般。

可埃德蒙所望之处并非彼端的世界——他盯着尼尔的身后，望向远方的大海。

尼尔循着他的目光望去,此时又一轮箭雨从天而降。一幕奇妙的景色映入眼帘。

船只,数百艘船只。尽管距离遥远,但还没有远到看不清在为首的船舰上高高飘扬的莱芮天鹅旗。

尼尔闭上双眼,垂首向圣莱芮祈求力量。接着他抬起头,只觉声音变得格外有力。

"好了,伙计们,"他高喊道。他敢发誓,他听到的不是自己的声音,而是他父亲在赫仑格瑞提作战时指挥族人的号令,"费尔爵士和他的舰队来了,只要我们夺下这儿,他们就会让篡位者跪地求饶。如果我们失败,那些高傲的战舰就会被粉碎,船员会被卷入飓流之中,因为我很了解费尔:他一定会尝试通过这里,无论成功的几率多大,无论荆棘门是不是在那个残忍的罗伯特控制之下。"

"我们离成功已经不远了。我们现在是八个对抗二十个。每人只要对付两个多一点。这场面连圣尼奥登都会拍手称快。我们总有一死,伙计们,不是今天,就是另外哪天。我只有一个问题:你们愿意让剑锈在鞘里而死,还是愿意挥舞着剑死去?"

他站起身,低声吼出梅柯文家族的渡鸦战吼,另外七个人纵身而起,或是高呼,或是大声向司掌战争的诸圣祈祷。埃德蒙爵士一言不发,脸上却挂着阴沉的快意,和尼尔的神情别无二致。

他们排成一列,冲向斜坡。

这回不再有什么剧烈的冲击:盾牌闷声相撞,而守军步步后撤,仓皇还击。尼尔静待着对方的攻击,等那一剑砍中他盾牌的边缘时,他抬起持剑臂,钩住了对方的手臂。埃德蒙看见了这一幕,便向尼尔制住的敌人砍去,将那条胳膊从中斩断。

"坚守阵型!"尼尔喊道。他身边的士兵想要越过倒地的敌人,冲进守军阵中,但以悬殊的兵力来看,这么做实在很蠢。他们的阵型是唯一的防御手段。

一个彪形大汉——尼尔从没见过这么高大的人——从敌人阵后挤向前来。他比在场的所有人都高出一个半头,黄色乱发和刺青标志着他是个维寒人。他用双手握着一把一人多高的巨剑。

尼尔无助地看着的时候,这个巨人伸出巨掌,抓住了他手下的考尔爵士头盔上的羽毛,从这片盾墙之中拖了过去,维寒人的战友随即将考尔撕成了碎片。

伴随着一声没什么底气的怒吼,尼尔将盾牌用力砸向面前的敌人,对准他的脑袋一次次地敲击。到第三次的时候,他放下盾牌,"战犬"狠狠砸进对手的头盔,鲜血从他的鼻梁处飞溅出来。

他把剑尖对准那巨人,抬高嗓音,盖过这片喧嚣。

"维寒寇!*Thein athei was goth at mein piken*!"他怒吼道。

成果可圈可点:那巨人本就通红的面孔完全涨成了青紫色。他冲向尼尔,令他本该保护的防线土崩瓦解。

"你刚才说了什么?"埃德蒙气喘吁吁地喊道。

"等你再长大点儿我就告诉你,"尼尔吼了回去,"希望圣者能宽恕我冒犯一个未曾谋面的女子。"

还没等维寒人冲过来,便有人填补了他面前阵线的缺口,将盾牌放低少许,似乎在诱使他上当。尼尔猛地抬起自己的盾牌,飞快翻转,用底部尖端撞上了敌人的盾面上部,令他单膝跪倒。"战犬"的握柄随即砸中了那人的后脑勺。

那士兵咆哮着扑了过来,两人顺着守望墙下的石坡滚了下去。尼尔又砸了他一次,可却没法用上致命的力道:他的双臂和双腿都像被灌了铅似的。

他丢下长剑,伸手去取腰间的匕首。他握住匕首,却发现他的敌人早有相同的打算:匕尖已经刮上了他的胸甲。他咒骂着拔出匕首,但这点时间已经足够了——钢铁滑进他腰间的盔甲接缝和肋骨之间,他的呼吸也变得冰冷。

尼尔把尖叫咽回肚里,匕首从敌人头盔的下缘刺入,插进颅骨下方。对手发出类似笑声的短促声响,身体抽搐一阵,随即不再动弹。

尼尔喘着粗气,把那具瘫软的身躯从身上推开,想要起身,可却没能赶在那巨人到来之前。他及时举起盾牌,挡住了那家伙的巨剑挥来的一击。撞击声如雷贯耳,盾牌碎裂开来。

巨人高举武器,想要故技重施,尼尔站直身子,用盾牌的剩余部分砸中了他的下巴。维寒人蹒跚后退，砰然倒地。

不幸的是，尼尔也倒下了。

他喘息着丢开盾牌，拿起"战犬"。几码开外，维寒人起身迎了上来。

尼尔回头望向豁口，看到埃德蒙和另外四人仍能站立，而守望墙的守军似乎都已倒下。埃德蒙的目光越过斜坡，看着那巨人。

"不！"尼尔大喊道，"保持队形，找到那些弩炮。它们的防守应该很薄弱。保持队形，至少解决一台！然后再去对付下一台！"

维寒人盯着埃德蒙和其他人，然后冲着尼尔恶狠狠地笑了笑。

"你叫什么名字？"他问那巨人。

对手愣了一下。"斯劳特武夫·赛瓦尔黑森。"

"斯劳特武夫，我要向你道两次歉。第一次是因为我提到了你的母亲，第二次是因为我得杀死你。"

"后一次就不必了，"斯劳特武夫说着，高举利剑，"蠢蛋。你连剑都抬不起来了。"

尼尔用左手捂住身侧的伤口，但他明白，这没什么意义。他挡不住潺潺流出的鲜血。

斯劳特武夫冲向前来，巨剑挥出，朝尼尔的腰间斩去。尼尔本想以毫厘之差避开这一剑，再趁着对手收势不及时接近，可他后退时被绊了一下，几乎整个人都摔倒在地。这一击差了少许未能命中，那维寒人又攻了过来。

这次尼尔勉强避开了攻击，接着照他原先的计划冲了过去。可斯劳特武夫却早有预料。他并未尝试再次挥剑——因为时间不够——而是用剑柄砸上了尼尔的头盔。尼尔就势倒下，尽量借着这一击之力躬起身子，翻滚向前，用全身的气力将战犬向上刺去。他仰面朝天，而斯劳特武夫带着惊讶的表情俯视着他。

"我只需要抬起一次就够了。"尼尔解释道。

"呸。"斯劳特武夫勉力开口道。他口吐鲜血，巨剑自手中落下。看起来，这位斗士的战裙和内衣下未着任何护甲。战犬径直刺穿了他的腹股沟、骨盆、肠子和肺。

在巨人倒下前，尼尔奋力滚向一旁。他们就这么躺在地上，彼此对视。

"别担心,"尼尔用维寒语嘶声道,"圣**弗瑟**眷顾着你。我能看到他的瓦尔**基莱娅**已经为你而来了。"

斯劳特武夫勉强点点头。"我会在**瓦尔洛瑟**等你的。"

"这就不必了。"尼尔说。他用拳头拄着地面,想要起身。

可一支箭却让他躺倒下去,他的气力也瞬间消失无踪。

我就躺一小会儿,他想着,等有力气就起来。他闭上双眼,听着自己粗重的呼吸。

那些船,他心想。他更想再看它们一眼。

他的眼皮像是被缝上了似的,在花费九牛二虎之力后,终于再次睁开,却发现自己仍旧面对着斯劳特武夫。他忍痛深吸一口气,把头转向海洋那边。

又一支箭刺进了他的胸甲。

好吧,他想。蠢货,现在他们知道你还活着了。

可他已经不需要动弹了。他能看到舰队,那支莱芮舰队。是他拯救了他们吗?如果埃德蒙和其他人设法解决了其中一架弩炮,阿特沃就可以冒险发动另一次冲锋,这次足以夺下守望墙。有了高大的守望墙做掩护,他们就能在一天之内攻下荆棘门。他们甚至用不着占领整面城墙,只需能让舰队穿过那些巨大拱门的其中之一就够了。

如果……

他的视线开始模糊,最后舰队和海洋都混作一团。他眨着眼睛,想要看个清楚,可眼前反而更加朦胧。终于,他视野中的景象逐渐清晰,可看到的却并非海洋,而是一张面孔,一张颧骨高耸,脸色坚定,苍白如雪,双眸蔚蓝得仿佛盲人的面孔。起先他还以为那是他对斯劳特武夫谎称自己看到的瓦尔基莱娅。

可他随即明白了那是谁。

"斯宛美。"他喃喃道。

布琳娜,她好像在说。记得吗?我的真名叫布琳娜。

他想起了自己亲吻她的情景。

他知道自己应该想着法丝缇娅,可随着光芒逐渐淡去,在他脑海中驻留的唯有布琳娜的面容。

第十一章 自由

斯蒂芬颤抖着走上岩台。他的视线穿过下方大半里格的空间,落到树木和岩石之间。事实上应该没这么远,因为他能辨认出正在接近山中某个凹口的护法及其一干手下。

他把泽米丽的手握得更紧了。

"我想,继续待在这儿我肯定会呕吐的。"他说。

"你脚下踩着石头呢,"她答道,"记住这点。你不会掉下去的。"

"如果一阵强风刮过来——"

"不太可能吧。"她安慰他说。

"瞧那儿。"带他们走上这座岩石平台的那个瑟夫莱老者道。他伸手指了指,手掌碰触到阳光,便缩了回去。芬德那群人用不着太担心这些,因为西沉的太阳已经用阴影填满了下方的山谷。

斯蒂芬把身子略微凑向前方,随即看到了老人指着的东西:一汪深蓝色的池水。仿佛收到了讯号一般,那条龙蛇——凯里姆?——突然从水里钻了出来。

"圣者啊,"斯蒂芬祈祷着,"希望我的选择是正确的。"

埃斯帕发了一瞬间的愣,然后抓起身后的背包,咒骂着自己的运气。要是弓弦还没解下,现在就是射中那怪物的最佳时机。

他匆忙翻出扎得严严实实的包裹,可上面的蜡却令搭扣难以解开,何况他每隔几次心跳就会抬头瞥一眼那条龙蛇。它用短小的前肢抓紧周围的树木,尾巴从池水里扯出,人立的高度几乎和埃斯帕所在的位置相同。绝佳的靶子……

他听到利箭破空的声响,突然意识到这儿的靶子不光是龙蛇一个。他听到那支箭在他身后的岩石上弹开。这就意味着,发箭者只可能是在……

那儿。

王 座

芬德和他的同伙坐在那怪物的鞍座上，那同伙瞄准埃斯帕又射出一箭。他咒骂一声，站起身来，这时一支红翎箭射中了他的靴子。他没有感觉到疼痛，但那股冲击力和他的本能反应令他滚向山崖边缘。他甩开双臂，抓住崖边……

……然后看着他的弓、弦，还有那支黑箭摔向了地面。

"噢，该死。"他骂道。

他花了正好一次心跳的时间，来决定接下来该怎么做。接着，他跃向了离他最近——在他下方，大约相隔五码距离——的树梢。

传秘人的存在仿佛在她身周舒展开来，每一秒都变得更为庞大，而她的骨头连声嗡鸣，就好像身体里有把锯子拉扯个不停。

自由。

她身躯剧颤，仿佛是传秘人把这个词儿铸进了铅块，再狠狠砸中了她似的。她痛苦地呼出肺里的所有空气，心中积满恐惧之水。自信、支配感、肯定——全部一扫而空，而她成了旷野上的老鼠，眼睁睁看着猎鹰俯冲而来。

自由。

话语里全无喜悦。不带快意，也不显轻松。那是种安妮闻所未闻的恶毒嗓音。她的泪水喷涌而出，不能自制地颤抖起来。她害死了所有人，毁掉了一切……

自——由。

某个东西如雷鸣般轰然崩裂，响声完全盖过了她的尖叫。

然后……一片寂静。

他离开了。

她仿佛用去了极为漫长的时间，才恢复了对身体和情感的自控。她听到其他人的抽泣声，明白自己并非独自一人，但这丝毫无助于缓解她的屈辱。

在如同纪元般漫长的沉默过后，奥丝婭终于找回了一丝心智，重新点亮了提灯。

他们的双眼印证了牢房已经空无一人的事实。它比她想象的还要宽敞。

"你做了什么?"艾丽思无力地问道,"满天诸圣啊,你究竟做了什么?"

"做——做了我认为最应该做的事,"安妮勉强开口道,"我总得做点什么。"

"我一点也听不懂。"卡佐说。

安妮想要解释,却无言以对。她忽然觉得自己又快要哭出来了。

"等等,"她说,"稍等一下,我会——"

突然有什么东西重重捶打起秘门的另一侧。

"我们被发现了!"奥丝婗倒吸了一口凉气。

卡佐站直身子,抽出武器。他看起来摇摇欲坠的,可安妮却感到一阵鼓舞。她凝聚起残存的意志,决心坚强起来。

"传秘人承诺会干掉罗伯特的手下。"她说。

"我觉得他对你撒了谎。"艾丽思答道。

"走着瞧吧。"安妮回答。

"给我把剑,"凯索王子虚弱的语气中带着坚定,"我需要武器。"

卡佐和安妮对视一眼,后者点点头。他递给萨福尼亚人一把匕首,瞥了眼另外三个男人,依稀觉得似乎少了一人。那家伙出什么事了?

但有了那段令灵魂也为之屈服的经历之后,已经没什么能吓倒他了。

"你们叫什么名字?"他问那几个士兵。

"昂斯嘉爵士,"其中一人道。卡佐只能认出他的小胡子,"这些是我的同胞,普瑞斯顿·维卡斯和库勒姆·梅弗斯特。"

"通道很窄,"卡佐说,"我们轮流上阵。我先来:之后的顺序你们来决定。"

"我向里弗顿爵士发过誓,会第一个和女王陛下的敌人对阵,"昂斯嘉答道,"希望你能允许我遵守诺言。"

卡佐开口想要反驳,可毕竟昂斯嘉身披战甲。换句话说,他更适合应付眼下的局面。

"我把优先权让给你，"他说，"但请别把他们都干掉。给我留几个。"

那人点点头，而卡佐退后几步，希望自己的脑袋能再清醒一点儿。幸好敌人没在他们全体虚弱不堪的时候出现。也许罗伯特的手下也受到了影响。

等这事结束，他一定得向安妮问个清楚。

"或许他们没法过来——"奥丝妮开口道，可突然有条纤细的光柱切开了石壁，映入眼帘。片刻后，那扇暗门连同一大块石墙一起消失了。

"圣者啊，"安妮低呼道，"他有咒文剑。"

的确如此。罗伯特·戴尔跨过墙上的豁口，走了进来。昂斯嘉爵士迈步向前，但当篡位者抬起手时，他停下了脚步。

"稍等一下。"他说。

"陛下？"昂斯嘉看着安妮，问道。

"照他说的做，"安妮说，"你想要什么，罗伯特？"

罗伯特摇了摇头。

"真让我吃惊。他走了，不是吗？是你把他放走的。"

"是我。"

"为什么？他能许诺给你什么？不过我可以猜猜看。他说他会帮你打败我。可我却站在这里，没被打败。"

"我们还没开始打呢。"卡佐说。

"有人要你说话了吗？"罗伯特呵斥道，"我不知道你是谁，可我能肯定女王陛下和我都没允许你开口。要杀就杀，但别用那么荒谬的口音玷污我的母语。"

"卡佐可以说话，"安妮吼道，"但你没这个资格，除非你乞求我宽恕你的背信弃义。"

"我背信弃义？亲爱的安妮，你刚刚释放了最后一个司皋斯罗羿。你知道他计划了多久吗？是他教你母亲如何诅咒我，让我变成了现在这副模样，并且打破了死亡的法则。你掉进了他的圈套，背叛了全族同胞。你的背信弃义和我相比，简直就像太阳之于，呃，星辰。"

"你让我别无选择。"安妮答道。

"噢,好吧,如果真是这样——等等,你至少有另外两个选择才对。你可以对他说不,然后向我投降。也可以跟我战斗,然后死掉。"

"我们也可以跟你战斗,然后活下来。"卡佐说。

"你越来越烦人了,"罗伯特说着,把发光的利剑指向卡佐,"投降吧,安妮,我答应留你们所有人活命。"

卡佐没机会知道安妮会如何作答了,因为凯索突然冲向前来,痛苦地怒吼着,扑向了罗伯特。

篡位者抬起了那把咒文剑,但还不够快。凯索用借来的匕首刺进了亲王的胸膛。罗伯特随即用剑柄砸向对手的脑袋,暂时的休战已经结束,战火重新点燃。

罗伯特的手下冲进这间牢房。卡佐飞身扑向亲王,可昂斯嘉抢先一步,挥出理应斩下罗伯特头颅的一剑,可后者却矮身躲过,将咒文剑插进昂斯嘉的腹部。利剑像切黄油般刺穿了他的身体,罗伯特挑起剑身,从对手的肩膀处抽出,将那骑士的上半身分成两半。

"到你了。"罗伯特说着,转身面向卡佐。

但卡佐已经不是第一次面对不死者,也不是头一回对上他无法挡格的咒文剑。罗伯特举剑欲斩的当儿,他便疾扑而去,刺中亲王的手腕,抑止了他的攻势。罗伯特怒吼一声,劈向对手的武器,可卡佐却已然抽身退开,第二次刺中了他的手腕。随后,在避开更加疯狂的下一次劈斩之后,卡佐还命中了罗伯特的手掌上部。

"你可算不上剑客,对不对?"他咧嘴笑着,双脚跳动不休。"就算拿着这么一把剑也不成。"

罗伯特猛冲过来,可卡佐再度避开了朝剑身挥来的一击,像对付公牛似的横跨几步,把高举的细剑留在原地,等着罗伯特自己撞上来。篡位者照做了,而利剑扎进了他的前额。罗伯特的头部为之一滞,双脚却甩向前方。卡佐心花怒放地看着这个讨厌鬼仰面倒在地上。

"*Zo dessrator,nip zo chiado.*"他解说道。

但他应该说得再快点的,因为罗伯特手下的士兵——还有那些女人早已蜂拥而入。他尽可能挡在安妮前方，同时对付两个对手，然后是三个，最后在四个对手面前左支右绌。他看到普瑞斯顿和库勒姆都已倒下，只剩下他自己挡在三名女子和这群暴徒之间。

更糟的是，他看到倒地的罗伯特用一块布擦了擦被刺穿的脑袋。"杀光他们，"他听到罗伯特在高喊，"我的耐心已经消磨光了。"

埃斯帕伸出双臂，抱住了那株冷杉的树干。他咬紧牙关，仍由顶端的枝条刮擦身体。树脂的气味在他鼻孔里爆散开来，树梢也在他的重压下弯向地面，在那个瞬间，他觉得自己就像个骑在小树苗上玩耍的孩子。

但眼下这棵树不可能弯到地面，所以他在树身反弹前松开了手。他又坠落了五王国码的距离，落进那片因龙蛇现身而几近干涸的池水。

他很幸运。池水里没有藏着石头或者树桩，但感觉仍像是孩童的手掌用尽全力拍到他的身上。

痛苦非但没有减缓他的动作，反而激励了他。他在泥泞中起身，开始审视眼前的局面。

埃斯帕此时看不到龙蛇的影子，但他能听见它在森林里横冲直撞的声音。他抱着找回他的弓和那支珍贵的箭的一线希望，旋身奔向崖底。可尽管池水正逐渐退去，却留下了一大片杂乱的枝条、树叶和松针。他恐怕得花上半个钟头——或者十个钟头——才能找到他的装备。

他看不到龙蛇，但还是拔出了短匕，而伸手拿斧子时，摸到了塞在皮带上的那支号角。他抽出号角，打量片刻。

为什么不呢？他已经没什么可损失的了。

他将号角举到唇边，用尽全力深吸一口气，吹出那个不久前令他记忆深刻的高亢调子。即使在他停止吹奏之后，鸣响声依旧萦绕不去。

但等响声最终消失，龙蛇仍未停步。

他终于抵达了崖边，而且撞了大运：弓身就挂在某棵恒树最低处的枝条上。但他完全找不到那支箭，而那头龙蛇——

THE BLOOD KNIGHT

——突然掉转方向,离开了这座峡谷。

可还是有某个东西朝他这边冲来,某个有着人类体形,却快得不似人类的东西。

"见鬼,"他呻吟一声,"该不会又是那些该死的——"

但那修士已经扑了过来,他的剑在黄昏中只是一团依稀可见的影子。

嘹亮的号角声响彻于晚间的空气时,斯蒂芬的身体僵住了。

泽米丽发现了他的异样。"怎么了?"

"这声音我记得,"他说,"那是荆棘王的号角。我吹过的,召唤了荆棘王的那支。"

"这意味着什么?"

"我不知道。"斯蒂芬茫然地回答。

下方的凯里姆做出了一些异乎寻常的举动。它先前没有直接去找护法及其手下,而是掉转方向,穿过树林,前往山崖那边。但当号角吹响后,它却再次转向,迎向逐渐逼近的敌军。

斯蒂芬头皮发麻地看着八个骑手排成一队,冲向这头庞然巨兽。他很想知道他们会有多少机会。骑士、马匹、盔甲和马甲的重量汇聚在长枪的枪尖之上,组成了一股令人敬畏的力量。

这时他也看到了那些瑟夫莱武士:十二个矮小的形体朝着护法的手下疾奔而去。他瞥见一道闪光,随即明白,这些人跟他和同伴们在邓莫哥对付过的那个骑士一样,配备有咒文剑。

骑手们撞上了凯里姆,就像波涛撞上岩石。只不过破碎的波涛会回归大海,骑手和坐骑却在原地长眠。

真是够了。

斯蒂芬觉得皮肤上有东西在爬来爬去,胳膊上的汗毛也根根竖起。他不寒而栗。

"那号角……"他喃喃道。

"那是什么?"泽米丽惊呼道。她指向远方,斯蒂芬看到了一片逐渐逼近的黑云。至少乍一看来是这样。

但它并非云彩,而是数千个微小得多的形体,它们聚集成群,结伴飞来。

"是鸟儿。"他说。

鸟儿的种类五花八门——有乌鸦、燕子、天鹅、老鹰、杓鹬——而且全部或是嘶鸣，或是高唱，尽它们所能制造噪音，奏响了一首在斯蒂芬听来怪异无比的不协和曲。等它们飞到山谷上空，便开始盘旋降落，在林中刮起了一场候鸟飓风。

森林本身也显得同样怪异。它的很大一部分在移动：树木弯下身躯，枝条彼此交缠。斯蒂芬想起了德留特的那首歌对树木的效力，但若眼下这幕也是同种魔法的杰作，它无疑要比先前强大许多。

"圣者啊。"泽米丽低呼道。

"我不觉得圣者跟这事有什么关系。"斯蒂芬喃喃道。他看着鸟群降向热闹非常的森林，随即消失不见，仿佛被吞噬了一般。

某个形体开始成形，斯蒂芬认出了它。但它比他先前见过的更大，足有三十码之高。

少顷，鹿角自躯体的头顶伸展出来，荆棘王从泥土里抽出蹄子，径直朝**凯里姆**奔去。

埃斯帕一直等到最后一刻才甩出斧子。那修士想要转向，可跑得太快虽然好，变换方向却困难了。这番尝试让本该取下埃斯帕首级的那一剑前功尽弃。修士从他身旁疾驰而过，而剑刃仅仅划开了御林看守头顶的空气。

埃斯帕转过身，只见那家伙已经回过身来。他欣喜地发现斧子命中了目标，狠狠砍进了对手持剑的右臂。修士的武器落在浸满池水的苔藓中，鲜血从二头肌处泉涌而出。

他的动作迟钝了少许，但也只有少许而已。他伸出的左拳化作模糊的光影：指节撞上埃斯帕的下巴，让他感觉就像在水下走路似的。鼻腔里满是血腥味，脚下步履蹒跚，脑袋像铜钟般嗡鸣不止。

下一拳捶进了他的腰窝，打断了他的肋骨。

埃斯帕发出一声含糊不清的吼叫，左臂勾住对手，匕首刺向修士的肾脏，可匕尖连对手的皮都没碰着。那家伙身体扭成怪异的角度，接着埃斯帕发现自己被甩向了身后的那棵树。

他的视野闪烁着黑红二色,同时明白自己绝不能停步。于是他滚向一边,试图起身,一面吐出牙齿的碎片。他抓住一棵小树,借力站起。

他想要把重心移到腿上的时候,才发现腿骨已经断了。

"噢,真见鬼。"他骂道。

那人取回长剑,用左手握住,随后掉头朝他奔来。

"我名叫阿舍恩,"他说,"阿舍恩修士。希望你明白,这事无关个人恩怨。你打得很精彩。"

埃斯帕抬起短匕,大喊一声,希望能盖过趋近的蹄声,但阿舍恩在最后的瞬间察觉了异样,转过身去。埃斯帕飞扑而去,视野中顿时鲜红一片。

魔鬼从后方全速奔来,马蹄猛地踹向修士。阿舍恩修士挥出一剑,不偏不倚地斩开了这头巨兽的脖颈,接着继续转身,敏捷地挡住了埃斯帕拼死刺来的匕首。

然后,魔鬼仍在下踏的蹄子正中他的后脑,碾碎了他的头骨。

埃斯帕摔倒在地,魔鬼随即倒下,脖颈处血流如注。埃斯帕喘息着爬了过去,觉得自己也许有办法堵住伤口,可等他近看之后,才明白做什么都没有用了。他单臂抱住牡马的脑袋,轻抚它的鼻子。魔鬼的样子显得前所未有的迷茫。

"老伙计,"埃斯帕叹了口气,"难道是场架你就要掺和吗?"

魔鬼的鼻孔里喷出红色的泡沫,仿佛正要嘶声作答一般。

"谢了,老朋友,"埃斯帕说,"现在休息吧,好么?好好休息吧。"

他继续抚摸着魔鬼,直到它停止呼吸,那双骇人的眼睛也暗淡无光。

然后又过了很久。

等埃斯帕再次抬起头时,只见放着黑箭的容器就躺在四码之外。

他阴郁地点点头,给弓上了弦,然后继续爬行,直到发现一根大小和形状都适合用作拐杖的树枝为止。眼下他的腿阵阵剧痛,可他尽全力忍耐着。他捡起黑箭,朝着打斗声传来之处蹒跚走去。

第十二章 人剑合一

卡佐猛冲向前,佩剑刺穿了某个士兵的眼睛。一把剑从右侧砍来,可在细剑忙于杀戮的此刻,他唯一能做的就是用左臂格挡。他运气不错,碰到手臂的只是剑身,但感觉依旧痛彻心扉。

他抽出埃克多沾满鲜血的剑尖,又挡开一剑,脚下不停后退,心下好奇这间屋子究竟能有多大。罗伯特的手下四散开来,占据了周围的空间,迫使卡佐更加迅速地后撤,以免遭受围困。他估计自己在被人制伏以前能干掉一个,没准还能再加上两个。之后的事他就说不清了。

不。他不能让他们伤害奥丝娅和安妮。他想都不愿去想。

他让呼吸变得深沉和缓,命令自己没在使用的那些肌肉放松下来。

查卡托跟他提过几次 "*chiado sivo*"——或者说 "人剑合一"——那是种真正的德斯拉塔才能得窥奥秘的独特状态,能够带来无比惊人的效果。卡佐曾有几次觉得自己和那种状态已经非常接近了。他必须超脱于胜败、生死和恐惧之外,心中除了剑招之别无他物。

格挡,攻击,格挡,后撤,呼吸,把剑当做手臂的一部分,当做脊骨,心脏和心灵……

他们伤不了我,他想。这儿没有能被伤害的东西,只有一把剑。

在那漫长而美妙的瞬间,他达到了完美。每一次步伐都精准无误,每一个动作都完美无缺。又有两个对手倒下,接着又是两个,而他也不再后退。韵律、步法,甚至地面,一切尽在掌控之中。

只有一瞬间。但回过神之后,他便失去了赖以为继的沉着,攻势也为之一滞,这时又有两名敌人走上前来,代替先前被他撂倒的对手。他再次后退,罗伯特的部下逐渐将他围在中央,而他的绝望也越来越强烈。

他发现女孩们已经踪影全无,心中燃起渺茫的希望,想象她们借着他刚才那一瞬间的"*chiado sivo*"顺利逃走了。

就连你也会以我为傲的,查卡托,他如此想到,这时眼角余光向他示警:有个家伙从侧翼向他袭来。

不,不是在袭击他,而是袭击罗伯特那伙人。

况且不是一个人,而是一大群。

新来的那些人没穿盔甲,却用锋利的长刀和看起来威力十足的短弓进行战斗。卡佐的对手在几次心跳间便已全数倒地,留下喘息不止,继续保持戒备姿势的他,唯恐自己会是下一个。他们是罗伯特的敌人,但不代表就是安妮的盟友。

但离他最近的几人却只是对他笑了笑,点点头,然后结束了这场屠杀。照他的估算,他们至少有五十人。

他这才意识到,他们不是人类,而是瑟夫莱。

看起来,高贝林王庭区的居民终于决定不再置身事外了。

埃斯帕停下脚步,张大嘴巴,心中不禁猜想:这样的景象究竟有多久未曾出现过了?他本以为自己已对一切都无动于衷,可现在他才明白,他的疯狂远比无动于衷更甚。

他能清楚地看到他们的身影,因为他们把半里格方圆的森林全部夷为了平地。荆棘王有类似人形的庞大身躯,只是长着一对鹿角,但总的来说,他的模样比以前更加不像人类了。

这具躯体正与龙蛇缠斗,后者盘绕在他身上,就像一条绕住老鼠的黑蛇。荆棘王则用两只巨掌掐住那怪物的脖子,还以颜色。

就在这时,那条巨型毒蛇的嘴里喷出一股碧绿的毒气——与其说是气体,倒不如说是黏滞的液体——飞溅到森林之王的身上,冒出烟雾,在他身上灼出硕大的窟窿。荆棘王的身体不断变换,填满了那些缺口。

他没看到芬德。鞍座上空空荡荡,他飞快地扫视林间,也一无所获。稍远处,护法的手下和另一群人厮杀正酣。他看不清具体的状况。

大腿处传来的痛楚和热度提醒埃斯帕,他随时都可能失去知觉。如果他还想做点什么,最好抓紧时间。

而且他确实有事要做。他不打算继续琢磨下去了,这事根本没什么费解之处。

他知道自己站在哪一方。

他小心地打开匣子,取出那支黑箭。箭头就像闪电般熠熠生辉。

护法说过,这支箭可以使用七次。埃斯帕得到它时,它已被使用过五次。为了救薇娜的命,他用它杀死过一头尤天怪。

那就只剩一次了。

他把箭搭到弦上,瞄准目标,感受着风向,看着搏斗的双方身周盘绕的毒气,盼望自己颤抖的肌肉能早点镇定下来,以便他的头脑能够发号施令。

他深呼吸了一次,两次,三次,在找到感觉的瞬间松开了弓弦。他看着那道闪光越来越小,最后消失在龙蛇的颅骨下方。

埃斯帕屏住了呼吸。

他没等太久。龙蛇发出一声足以粉碎岩石的可怕尖叫,身躯蜷缩起来,大口吐出毒液。荆棘王抓住它的尾巴,拉直它的身体,用力把它丢了出去。这位王者的一部分手臂也被扯脱,随着龙蛇一同飞出。他步履蹒跚,大块大块的身体剥落下来。他抓住一棵树,想要站稳,却无法制止消融的过程。

"该死的。"埃斯帕咕哝一声,闭上了眼睛。他在刚才用来支撑身体的那棵云杉边坐倒,看着龙蛇的庞大身躯在视野中升高,随后落进树木之中。每过一次心跳的时间,它的抽搐声都更加微弱。

他已经完全看不到荆棘王了。

疲惫潮涌而来,还有解脱。至少他要做的已经做完了。

他明白自己应该尝试把腿骨复位,但他首先得好好休息。他摸出水壶,喝了一口。干粮放在魔鬼的鞍囊里,可他现在没什么胃口。但他也许确实需要进食……

他猛地抬起头,这才发现自己刚才睡着了。

荆棘王正注视着他。

他现在只有两人高,面孔几乎和人类一模一样,只是长满了淡棕色的软毛。他那双叶绿色的眸子充满警惕,埃斯帕觉得自己在这

THE BLOOD KNIGHT

位森林之王的面孔上发现了一缕不易察觉的笑意。

"我猜我做对了,是么?"埃斯帕问道。

荆棘王从未对他开口说话,这次也没有。但他却越走越近,突然间,埃斯帕觉得自己沐浴在生命之中。他闻到了橡树和苹果花的清香,大海的盐味儿,还有发情麋鹿的麝香。他觉得身体变大了,就好像大地成了他的肌肤,而树木便是体表的毛发。他感到一股从未真正体会过的喜悦——唯一的例外是在他幼年时。那时的他光着身子在林间奔跑,攀爬橡树,只为表达自己心中纯粹的热爱。

"我一直都不知道——"他开口道。

随着突然传来的骨骼断裂声,一切都结束了。狂喜飞速流逝,就像断裂的静脉中的血液,荆棘王瞪圆眼睛,张开嘴巴,发出无声的尖叫。

他的胸口有样东西,像闪电般熠熠生辉。

荆棘王的目光定格在他身上,埃斯帕忽然觉得一阵刺痛传遍全身。他面前的形体随即分崩离析,化作一堆树叶和死鸟。

埃斯帕的胸膛起起伏伏,想要吸气,但秋日的气味令他窒息,他双手掩耳,想要阻挡那响彻大地和森林,万物同声的深沉哭号——整个世界的自然之物都明白,他们的君王已然逝去。

一幕幕景象就像划过眼前的闪电,他看到森林归为尘土,翠绿的原野腐败发臭,遍野的森森白骨曝露在魔鬼般的烈日之下。

"不。"终于找回呼吸的他喘息着说。

"噢,不相信也没用的。"一个熟悉的声音反驳道。

几王国码外,芬德就站在荆棘王原本的位置,一手持弓,嘴边挂着邪恶的笑。他穿着一件怪异的护甲,头盔除下。他的嘴边满是暗色的血迹,眼中的神色即便对他而言也算得上疯狂。

埃斯帕伸手去摸匕首:他的斧子和箭都没了。

"好了,"芬德说,"就是这么回事。你杀了我的龙蛇,但这也不全是坏事。你知道喝掉龙蛇的鲜血会有什么后果吧?"

"你干吗不告诉我呢,你这狗娘养的。"

"得了,埃斯帕,"芬德说,"用不着这么生气。我很感激你。要知道,我可是注定要喝它的血的。问题在于等派完这头畜牲用场以后，怎么才能弄到它的血。你帮我漂亮地解决了问题，还给了我干掉**烂藤陛下**所必需的那件东西。"

"不，"埃斯帕说，"这箭应该只能用七次才对。"

芬德晃晃手指。

"喊。相信传说故事可不是你的作风，埃斯帕。谁告诉你它只能用七次的？我们的老朋友护法大人？告诉我，要是有人能造出这么强大的武器，干吗还要限制它的用途？"

他走向荆棘王的那堆遗骸，拔出那支箭。

"噢，"他说，"我想它有一天会派上用场的。我猜你还留着箭匣吧。啊，它在这儿。"

"没错。过来拿吧。"

"你干掉了阿舍恩，对不对？这群满瑞斯修士总是对自己的速度和力量太过自信。这让他们忘记，战斗技巧——对你来说，只是单纯的顽固不化而已——也是相当有用的。"

他把箭搭在弦上。

"我会给你个痛快的，"芬德说，"我很乐意这么干。你夺走了我一只眼睛，但我想你的债现在就能还清了。很抱歉，你不能战斗至死，不过你始终是个祸害。如果你愿意，我允许你站起来，让你至少站着死掉。"

埃斯帕盯着他看了半晌，然后拄着那根树枝做的拐棍，痛苦地站了起来。

"在你杀我前，"他说，"我只要你告诉我一件事。为什么要杀葵拉？"

芬德咧嘴笑了笑。"你真要问这个？怎么不是'为什么杀荆棘王'，也不是'这都是怎么回事'？你还在计较葵拉那档子事？那都是好久以前的事了。"

"没错。我只想知道这个。"

"要知道，我本不想杀她的，"芬德说，"她曾是我的朋友。但我觉得——我们觉得——她会告诉你的。"

"告诉我什么？"

"瑟夫莱的大秘密，你这呆瓜。"

"你他妈究竟在说啥?"

芬德大笑起来。"跟瑟夫莱一起住了这么些年,你难道猜都没猜到过?我觉得这也说得过去。就连有些瑟夫莱都不知道。"

"不知道啥?"

"我们究竟是什么,"芬德说,"我们是司皋斯罗羿,埃斯帕。我们是仅存的司皋斯罗羿。"

"可——"

"噢,不,对不住了。我已经回答了你的问题。就这些了。"

他抬起弓,埃斯帕绷紧身体,准备拼死一搏。匕首的做工不适合投掷,但——

他听到的是马蹄声吗?他突然想到了魔鬼起死回生的光景,几乎笑出了声。

芬德先是眯缝起双眼,继而又震惊地瞪得滚圆:一支箭射中了他的胸甲,接踵而来的第二箭命中了他的膝关节。埃斯帕转过身,发现那儿确实有一匹疾驰而来的马儿,但它并非魔鬼。那是一头他从没见过的斑纹灰马。

他认出了骑手的苍白皮肤,黑色刘海,还有杏仁般的蓝紫色眸子。她举起弓,又射了一箭,这次射向芬德的头部。但他扭身一躲,箭便落了空。马匹猛然停步,她飞身下马,把弓挂在肩头。

"快,"她命令道,"上马。"

"芬德——"

"不,你瞧,"她说,"有人来了。快上马!"

她不得不帮着他抬起骨折的那条腿:剧痛令他几近昏厥。他这才明白她的意思:几个穿着盔甲的人正前来援助芬德。芬德自己也站起身,把那支致命的箭矢搭上弓弦。

莉希娅翻身上马,他们开始奔跑。埃斯帕本想取下她的弓,最后射芬德一箭,可这时马儿纵身一跃,落地时的冲击带来的痛楚像一把大锤敲打着他的全身,而他的意识也逐渐远去。

安妮惊讶地眨眨眼,看着瑟夫莱们跪倒在她面前。

"我记得主母乌恩说过,瑟夫莱不会参战。"奥丝娃说。

安妮点点头,捏了捏她的手。

"你们的首领是谁?"她问。

一个双眸乌黑,发色浅黄,身穿银亮锁甲的瑟夫莱点了点头。

"我是这支部队的队长,陛下。"

"阁下,你叫什么名字?"

"考斯·冯塞尔,大人。"他回答。

"起来吧,考斯·冯塞尔。"安妮说。

他照做了。

"是主母乌恩派你来的?"她问。

"她把传秘人对你的承诺告诉了我们。"

"可那只是不久之前的事,"安妮抗议道,"她怎么可能知道?你们怎么可能来得这么快?"

"我们早就准备好了,陛下。主母乌恩预见到了这种可能。"

"我不明白,"安妮说,"主母乌恩说她是守护者之一:她一直在为囚禁他出力。可他为什么会找上她?"

"这些都是陈年旧事了,女王陛下,"考斯说,"我也不完全明白。但我们的古训中提到过,如果他得到自由,就能命令我们做一件事。"

"然后他命令你们救我的命。"

"命令我们保护您,并且为您效劳,陛下。"

"也就是说,你们的任务还没结束?"

"是的,陛下。还没有。直到你给我们自由,或者我们死去为止。"

"你们一共有多少人?"

"一百五十人,陛下。"

"一百五——你们知道从这儿往城堡去的路吗?"

"知道,陛下。"他说着,指了指。她转过身,发现自己几乎贴在一扇巨大的金属门上。

"他说得对,"艾丽思说,"罗伯特亲王也许能堵死别的秘道,但他没法把自己和传秘人隔绝开来。虽然钥匙还是必需的。"

话音未落,金属大门便悄无声息地开启,一个苍老的瑟夫莱走了出来。他瘦弱不堪，安妮几乎以为他是僵尸之类的东西。他茫然的双眼盯着空无一物的空气。

"陛下，"那老人说，"您终于来了。欢迎。"

艾丽思惊讶得语无伦次起来。"你的舌头被割掉了，"她说，"你的耳膜也破了。"

这个上了年纪的瑟夫莱笑了笑。"我痊愈了。"

"你看守的犯人跑了，你好像也没什么不安嘛。"安妮说。

"这是命中注定，"保管钥匙的瑟夫莱答道，"我感觉到他走了，于是就到这来了。"

"请下令吧，陛下。"考斯说。

安妮深吸一口气。"从内部夺取城堡，你们觉得这些兵力够吗？"

"算上出其不意的因素，我想够了。"

"很好。卡佐，你跟着我。奥丝妮，带十个瑟夫莱做保镖。传秘人说他已经消除了秘道的魔咒，你们找路出去，找到里弗顿爵士，让他把底层通道的水排干，然后派信使出去，把援军带过来。剩下的人，跟我来。不，等等。我的叔叔罗伯特和这些人在一起。先去找他，把他带过来。"

但不出所料，罗伯特早已不见了踪影。

王座

第十三章 玛蕊莉的守望

没有了艾丽思，玛蕊莉觉得自己和外界彻底隔绝了。当然，房间里那两扇窗户还在，看守们偶尔也会在她听不到——至少他们以为她听不到——的地方聊天，不过她不太敢听信，因为她"偷听"到的任何东西都可能是罗伯特的诡计。

但外面确实有事发生，这点她可以肯定。透过面朝南方的那扇窗户，她能看到很大一片城区，而且几天来，壁垒墙周边，或者说接近瑟夫莱区内部的位置总是不太平静。她看到了火光，还在通往那里的道路上不时瞥见着甲的士兵和攻城器械。

发生内乱了吗？还是说罗伯特的精神已经紊乱到了为了某些理由去屠杀瑟夫莱的地步？

还有第三种可能，不过她不太敢相信。克瑞普林通道应该在高贝林王庭区有个出口。费尔爵士回来了吗？不，他不可能记住秘道。除非艾丽思——

可艾丽思已经死了。不是吗？

玛蕊莉渺茫的希望全部维系在这个疑问上。可像这样被关在塔里，有大把时间可以挥霍的时候，再微弱的可能性也会让她心存幻想。

女孩的那句遗言是莱芮语，也是玛蕊莉的母语。我睡了，我睡了，我会来找你的。

艾丽思受过修女院的培训，精通上千种毒药的特性。也许她只是看上去像是死了？

不。这想法太无稽了。

她设想着其他可能。或许赫斯匹罗护法得出了结论，认定瑟夫莱全都是应该被吊死的异教徒，而瑟夫莱们不愿束手归降。这倒是

THE BLOOD KNIGHT

说得通。

或许罗伯特跟寒沙的联盟出了问题,于是寒沙人占据了一部分伊斯冷作为据点。

不,这根本不可能。她的婚约已经订下,为婚礼所做的准备似乎也进行得很顺利。

朝东的那扇窗户,除了让她能欣赏露河与巫河交汇的壮丽景观之外,别无他用。她真希望能看到西面的荆棘门,或者南边的国王淹地。如果战争打响,战场应该会在那里。

她尽可能地思索,等待着发生一些事,因为如今一切都脱离了她的掌控。

她发现自己在某种程度上很享受这种生活。真正令她伤心的只有下落不明的安妮。依伦的鬼魂曾向她保证,她最小的女儿尚在人世,可那已经是几个月以前的事了。尼尔•梅柯文找到她了吗?

就算找到了,他也不会——不能——带她来这儿。所以强迫自己相信安妮一切安好,在他人保护下待在异国他乡,这才是最正确的做法。

大约在伊吹门月十五日(根据她自己的估算)的那天,玛蕊莉被打斗声吵醒。风儿不时把城中的金铁交击声和叫喊声送到她耳边。但这次似乎近了些,或许就在城堡内部。

她来到窗边,伸长脖子俯视下方,可由于狼皮塔嵌在南侧的城墙中,几乎看不到城堡内庭的景象。不过把头伸出去之后,听得也更清楚些,现在她能肯定,下面有人在搏斗。

地平线方向的动静吸引了她的注意力。城墙之外,她能看到伊斯冷墓城的一部分,包括她的先祖们长眠的陵寝,更远处是巫河浮浅泥泞的南侧河道。起先她以为有群天鹅在湿地里安了家,可随着距离的拉近,她发现那些其实是船只:大多是长划艇和平底小艇。但她没看到任何能证明所属势力的旗帜或标识。

守卫送饭来的时候一脸惊恐。

"怎么了?"她问他,"出了什么事?"

"没事,太后殿下。"他说。

"你有很久没这么叫过我了。"她评论道。

"嗯。"守卫回答。他本想再说点什么,却摇摇头,关上了房门。片刻后,房门又开了。还是那家伙。

"别吃,"他的声音压得很低,"国王陛下说过,假如……别吃就好,殿下。"

他关上门,上了锁。她把食物放到一旁。

时间流逝,骚乱平息下来,却在更远的城堡外部再度出现。她能勉强看到外堡大门前的霍诺庭院,她认出了反射着阳光的盔甲,还有川流不息的黑色箭矢。英勇的吼声和愤怒的尖叫不时响彻于空中,而她则向圣者祈祷,希望她所爱的人都没有遭遇不测。

等她听见塔中的金属鸣响时,天色几乎已经暗了下来。她在座椅上安定心神,等待着,却不知能够期待什么。玛蕊莉觉得至少是发生了一些事,一些不在罗伯特计划之内的事。就算凶残的维寒部落入侵了这里,也比她的内弟接下来的打算要好。

当打斗蔓延到她门前,一声惨呼刺穿厚重横梁和石壁传来时,她不禁缩了缩身子。她听到了钥匙摩擦锁孔的熟悉声响。

房门洞开,那个先前警告她的守卫鲜血淋漓的身躯砰然倒在门槛上。他对她眨眨眼,想要开口,可嘴里吐出的只有鲜血。

他身后是个她不认识的男人。他有一张明显属于南方人的面孔,而他手拿的那把武器,就她所知,也是维特里安人所惯用的。他阴郁的视线仔细扫过空旷的房间,又转回她身上。

"就你一个人?"他问道。

"对。你是谁?"

他还没来得及答话,又一张脸在他身后出现。

在最初几次心跳的时间里,玛蕊莉所看到的只有皇家纹章和严厉的眼神。像极了"战争修女"圣芬德威的化身。

等她除去头盔后,玛蕊莉才认出了自己的女儿。她的皮肤饱经风霜,显得有些发黑,头发也只垂至脖颈。她全身男人服饰,甚至还穿着一副小号胸甲,一边脸颊带着青肿,让她显得有些愤怒。她看起来既美丽又可怕,玛蕊莉不禁猜测有什么怪物吃掉了她女儿,然后变成了她的样子。

THE BLOOD KNIGHT

"让我们单独待一会儿,卡佐。"安妮平静地对那人说。

剑客点点头,转身走出门去。

等他离开后,安妮的神情便软化下来。她奔向前来,没等玛蕊莉起身就抱住了她。

"母亲。"她勉强说出口,然后就变成了泪人儿。她们俩拥抱在一起。玛蕊莉感觉很陌生,又因为太过惊讶,几乎没做出什么回应。

"对不起,"安妮喘息着说,"我以前对你说了那些话。我真害怕以后再也没机会跟你说话了。"她哭得更加伤心,而持续数月的孤寂顿时在玛蕊莉心中蒸发干净。无穷无尽的压抑生活终于就此终结。

"安妮,"她叹口气,"真的是你。真的是你。"

接着,她和女儿抱头痛哭,她们有太多的事要说,而且这些还远远不够。但时间总是有的,不是吗?

在克服了千难万险之后,她们终于有了时间。

里奥夫擦干眼角的泪水,努力让自己冷静下来。时间已近正午。

这些细节看似微不足道,却事关重大。罗伯特的刽子手会对他手下留情吗?也许不会。这样一来,他整晚的努力就全白费了。就算杀害安波芮的凶手愿意格外开恩,也还有好些事不能出错。他得神不知鬼不觉地把蜡塞进梅丽的耳朵里,而且不能让她出声抗议或者询问原因。他还得想办法站到爱蕊娜身边,这样他才能在那决定性的时刻捂住她的双耳。

就算这些他都能做到,也不确定会不会有用。无论他准备得多充足,还是会有些声音钻进他们的脑袋里。或许那些余音就已经太多了。

他突然想到,如果他能找到一根针,就能及时戳破爱蕊娜的耳膜。

但现在没时间想这个了,因为他已经听到走廊里沉重的脚步声。片刻后,房门开启,而他可怜的盘算也彻底落了空。

因为罗伯特·戴尔就站在门口。

亲王笑了笑,从容步入房间,装作好奇地扫视了一圈。里奥夫的心里涌起一个单纯而美妙的念头:或许这个篡位者已经收回了成命。可接着,四个守卫外加瑞斯佩爵士便把梅丽和爱蕊娜押了进来。

"噢,"罗伯特说着,胡乱翻看着里奥夫桌上的稿纸,"你最近好像很忙啊。"

"是的,陛下。"

罗伯特看起来很惊讶,"噢,开始叫我陛下了,是吗?这是为什么?"他把目光转向梅丽和爱蕊娜。

"噢,是这么回事。"他说着,用食指叩了叩脑袋。

"行行好吧,陛下。"

"噢,闭嘴,你这愚蠢的狗杂种,"罗伯特吼道,"我没心情对你发慈悲。努斯是我的手下。要是我给了他做决定的权力,又马上收走,他会有什么感觉?噢,这可不是培养忠心的法子,对不对?"

"那就只让我一个人死吧。"里奥夫央求道。

"不,"罗伯特说,"你要替我干活,记得吗?除非你已经完工了。"

"我已经写完了大部分,但还没完成,"里奥夫说,"而且我需要帮手。"

"你得在助手减半的情况下继续工作了,"罗伯特说,"不过在你做出你小小的抉择之前,不如给我弹首曲子吧。我听说你们三个合作的曲子非常好听。干吗不再来一次呢?"

里奥夫眨了眨眼。"当然可以,大人。如果您满意的话——"

"满意的话,我就不会继续惩罚你了。"罗伯特厉声道。

里奥夫点点头,努力掩饰住自己的真实心情。

"很好,"他说,"梅丽,爱蕊娜,过来吧。"

她们走了过来。梅丽看起来有些困惑,但并不特别在意。爱蕊娜面色发白,全身颤抖。

"里奥夫。"她低声道。

里奥夫拿起那张乐谱,"我得加上几个音节,"他说,"我想,如果国王陛下能给我们几秒钟的沟通时间——"

"可以,可以,继续吧。"罗伯特叹了口气。他走向窗边,眺望远方,眉头紧锁。

"他们就快来了。"瑞斯佩爵士不安地说。

"闭嘴,"罗伯特说,"否则我让努斯割掉你的舌头。"

里奥夫很想知道他们在说什么,但他没时间可以浪费。他狂野的思绪正在黑暗的乐章中穿梭。

"梅丽,"他低声道,"你必须尽全力去演奏。我知道你不喜欢,但你非这么做不可。明白了吗?"

"好的,里奥夫。"她一本正经地回答。

"爱蕊娜,你负责上面这段唱词。从 *'Sa Luth af Erpoel'* 开始,"他把声音压得更低了,"从这里开始——这点非常重要。"

他在最后三小节处添上几个新音符,"你们俩得把这些音符低声哼出来。可以吗?"

爱蕊娜睁大了眼睛,他能看到她用力咽下了一口口水,然后点点头。

"那就这样了,"他说,"可以了吗?梅丽,劳驾你先开始。"

"是啊,开始吧。"罗伯特说。他站在窗边,头也不回。

梅丽十指按上琴键,草草看完繁复的乐谱,开始弹奏。音符在空气中悸动,令人略生寒意,但却优美而不羁,带着一种恶作剧般的刺激感。

梅丽的演奏逐渐流畅,爱蕊娜也唱起了和乐曲全无关系的歌词。响亮的歌声中带着不加掩饰的淫靡,也骤然勾起了里奥夫的某些不体面的欲望。所以当他加入合唱时,发现自己情不自禁地想象着他本想对她做的那些事,令她柔软的身体感受到欢愉和痛楚。

这首歌是致命的魔咒,但想让它生效必须有充分的铺垫。必须先将聆听者牵引到悬崖边缘,否则弹奏完最后一段旋律也是白费力气。

到目前为止,这首曲子都是根据第六调式改良而来的,可梅丽突然用一阵狂乱的音符将乐曲引入了第七调式,微妙的色欲立时化作癫狂。里奥夫听到罗伯特在高声大笑,而身边张大的嘴巴和紧张的笑容也在告诉他:他们全都疯了。

就连爱蕊娜的双眼也跳动着狂热的火花,梅丽则大口喘息,手下的琴键奏出低沉的维沃尔舞曲。音色随即柔和起来,转为里奥夫也叫不出名字的那种调式,嘹亮的和弦传向四面八方。

脚下的世界仿佛在下沉，可爱蕊娜的歌声却充满恶毒的喜悦。恐惧消逝无踪，剩下的只有渴望，渴望夜色永恒的怀抱，渴望腐朽与衰亡，渴望那位无比耐心，无法逃避，全心全意的爱人。他感到骨头抽搐不止，想要脱离他血肉的束缚，化作一堆腐物。

终结即将到来，可他再也不想唱出最后几个音节了。为什么不呢？还能有什么结局比这更好？结束痛苦和抗争……永恒的安眠……

他模糊地感觉到有人握住了他的手，爱蕊娜靠了过来，不再高歌。但她仍在他耳边轻声哼唱。

他带着痛苦和恐惧深吸一口气，这才发现自己先前完全没在呼吸。他摇摇头，唱起那段匆匆写就的对位旋律，感觉就像有把斧子砍进了脑袋里。他弯下腰，哼唱不停，试图捂住双耳，可手掌像石头似的垂落在地上，视野中满是黑色的光点。他的心脏怪异地搏动着，先是沉寂许久，接着又像快要炸开似的怦然狂跳。

他发现自己的脸抵着石头。爱蕊娜瘫倒在他身边，他满心惊恐地朝她伸出手，唯恐她已死去。但他错了：她还在呼吸。

"梅丽。"

女孩无力地靠在哈玛琴上，双眼空洞无神，嘴边沾着白沫。她的手指还放在琴键上，疯狂地抽搐着，却没有按出声来。

房间里的其他人都倒在地上一动不动。

除了罗伯特，他仍旧伫立在窗边，一面抚弄胡须，一面望向窗外。

里奥夫强迫自己抬起腿，爬到梅丽身边，把她拉下座椅，拥入臂弯。爱蕊娜努力坐了起来，而里奥夫把三人拉到了一起。他们蜷缩成团，颤抖不已。

梅丽开始打嗝，里奥夫笨拙地摸了摸她的头发。

"对不起，"他喃喃道，"对不起，梅丽。"

"很好，"罗伯特说着，终于转过身来，"和你承诺的一样，美妙极了。"他大步走向那个被他叫做努斯的人，后者面孔朝下，倒在他自己的呕吐物里。他狠狠踢了踢努斯的肋骨。然后他跪在一旁，手掌碰了碰这个杀手的脖子，又走到坐倒在墙边的瑞斯佩爵士身旁。瑞斯佩兀自睁着眼睛，倾慕的神情凝固在脸上。罗伯特抽出一把匕首,割断了瑞斯佩的颈动脉。少许鲜血流了出来,但很明显,他的心已经不再跳动了。

"好极了,"罗伯特喃喃道,"全都死透了。好极了。"他大步走向那架哈玛琴,拿起琴谱,翻看起来。

"这正是我想要的,"他说,"我要表扬你出色的工作。"

"你早就知道?"

"我想那本古书也许能派上用场,"罗伯特带着无比虚伪的愉悦倾诉道,"我是看不懂,不过我觉得,有了合适的动机,你也许能够发现其中的奥妙。"

"你真可恶。"爱蕊娜嘶声道。

"可恶?"罗伯特嗤之以鼻,"你们就只能想到这个?"

他把曲谱塞进一个油革卷轴匣里。

里奥夫觉得自己听到门外传来微弱的骚动声。他呻吟着站直身体,拉起梅丽。

"快跑。"他气喘吁吁地说。

"噢,得了。"罗伯特开口道,可里奥夫正在专心对抗头晕和站稳双脚,根本没理睬他。爱蕊娜跟在他身后。

他们冲进走廊,蹒跚着走向楼梯。

"你们可真烦人。"罗伯特的喊声从他们身后传来。

里奥夫踏上台阶,可爱蕊娜却抓住了他。他的肺很痛,他需要停下休息,可他不能,也不愿⋯⋯

为什么罗伯特没有死?他把耳朵塞住了吗?至少里奥夫没有发觉。

他看着自己的双脚,觉得它们好像不是身体的一部分,因为他根本感觉不到它们的存在。他知道他们走得太慢了,简直就像噩梦中的光景。他想起了罗伯特沾血的匕首,不敢回头,只怕看到它割开爱蕊娜美丽而柔软的喉咙⋯⋯

突然,他们和一群穿着盔甲的人迎面相遇。

"不!"爱蕊娜哭喊着,摇摇晃晃地冲了过去,但那群人用有力的手臂抓住了她——然后是他和梅丽。

里奥夫这才发现,他们身边的那名女子正是先前想要把他救出地牢的那个人。

"你现在安全了,"她说,"罗伯特还在上面?"

"对。"他喘息着说。

"带着多少人?"

"只有他自己。"

她点点头,接着转向其中一名士兵。

"带他们回伊斯冷去。好好安置他们,尽快找个医师给他们治伤。女王陛下很看重他们。"

里奥夫一阵头昏,再也支撑不住,便让人抬了出去,来到一个有更多士兵和几辆马车等候着的地方。

到了马车上,他放松身体,在温暖的阳光中躺了下来。梅丽开始哭泣,但他却因此放宽了心。

"我一直没有放弃希望,"爱蕊娜告诉他,"我还记得你说过的话。"

"你救了我们,"里奥夫答道,"你救了我。"

他们依偎在一起,梅丽在他们俩中间。里奥夫感受着照在肌肤上的阳光,只觉它清爽而真实,与恐惧格格不入。

只是……

"我给了罗伯特一件可怕的东西,"他喃喃道,"一件骇人的武器。"

"你能解决的。"梅丽低声道。她的语气疲惫而坚定。

"梅丽?你没事吧?"

"你能解决的。"她重复了一遍,接着便沉沉睡去。

小孩子的坚信不疑虽然可笑,可里奥夫却感觉好多了。在抵达伊斯冷前很久,他就和梅丽一样进入了梦乡。

THE BLOOD KNIGHT

终章 绝佳表现

尼尔被嘈杂声惊醒。他身在一个通风良好的房间里，躺在精致的亚麻布上，感觉糟透了。

他扫视四周，发现到处都是伤者。他本想起身，但又改变了主意。他躺在那儿，努力将碎裂的记忆拼接起来。

守望墙之战仍令他记忆犹新，但之后的一切都显得断断续续。他觉得自己上过一条船，还听到了某个熟悉的话声。然后他想起了那片满是黑色渡鸦的无叶树林，但那也许只是梦境而已。

接下来——这就肯定是梦了——是在一条黑暗隧道中的漫长奔跑，周围挤满了人：有些他认识，有些则很陌生。在他认识的那些人中间，有些已经死去，有些尚在人世。

他发现自己又合拢了眼皮，等再次睁眼时，只见一位包着头巾的年轻女子递来一杯水。他接过水，惊讶于它的美味。穿透窗玻璃的阳光让他想起了很久以前，他躺在苜蓿丛中，看着蜜蜂传播花粉的情景，那时他还很年幼，没有上过战场，也未曾目睹他人的死亡。

"发生了什么事？"他问那女子。

"你这话什么意思？"她反问。

"这儿是伊斯冷吗？"

"是，"她说，"你在医师公会的会馆里。你很幸运。圣催讨逮到了你，但他开恩把你放了回来。"

她对他露出微笑，接着抬起一根手指。

"稍等一下。他们要我一等你醒来就立刻报告。"

没等他问出另一个问题，她便匆忙离去。

但不久后，有道影子落在他身上，令他睁开了眼睛。

"陛下。"他低声说着，想要重新起身。

"别，"她说，"安静躺着。我一直在等你醒来，而且我不想因为自己的出现让你伤势发作。噢，而且你最好开始习惯称呼我'太后殿下'。"

"如您所愿,太后殿下,"他回答,"您的气色不错。"

"你气色比我好多了,"玛蕊莉道,"而且听说你受了足够致死的伤。假如教会在伊斯冷还有影响力,你大概会因为施展黠阴巫术而受审吧。"

尼尔眨眨眼。不用说,她是在说笑,可他却突然想起了布琳娜的面容。布琳娜救过他的命,还因此耗费了自己的一部分生命。莫非是远方的她又救了他一次?莫非他又欠了她一条命?

"尼尔爵士?"玛蕊莉问道。

他摇摇头。

"没什么,"他答道,"胡思乱想罢了。"他的双眼感觉很累,可他却强迫自己睁大眼睛。

"您不知道,我看到您活着的时候有多高兴。"尼尔告诉她。

"我自己也挺高兴的,"太后答道,"而且最让我高兴的是你,我的朋友。你把我女儿带了回来。而且带回的是成为女王的她。我想不出该如何感谢你。"

"您不用感谢——"

"当然,"玛蕊莉回答,"但你一定得让我为你做点什么。"

"您可以把现在的状况告诉我,"他说,"那场战斗以后的事我都记得不太清楚。"

她笑了。"我自己也有大半部分都没看到,不过我醒来的时候也问过问题。你倒下以后,阿特沃用很少的伤亡夺下了守望墙,然后在几个钟头之内攻破了荆棘门。费尔爵士带领舰队开进港口,连海风也站在我们这边。"

"但在此期间,我莽撞的女儿在一小群瑟夫莱的协助下,通过地牢入侵了内堡。而罗伯特的部队要么在国王淹地和阿特沃和费尔作战,要么在处理高贝林王庭区的起义,城堡内部的兵力十分薄弱。于是安妮和她的瑟夫莱们没碰到什么麻烦就夺下了内堡。"

"外堡的战斗要惨烈得多,但安妮那时已经有了阿特沃的援兵。"

"等等,"尼尔说,"抱歉,殿下,但我想我有哪里听漏了。安妮是在罗伯特的允许下进了城堡,但那是个陷阱。她是怎么得到瑟夫莱手下的？还有援军呢？"

"这就说来话长了，而且有些细节得私下跟你说。"玛蕊莉说，"总之，当堡垒墙外面的士兵明白自己正腹背受敌的时候——而且他们效命的君王显然已经不见了踪影——事情就在没流什么血的情况下圆满解决了。"

"真是太好了。"尼尔说着，想起了荆棘门边堆积如山的尸体。当然，他明白她的意思。

"这么说，安妮已经是女王了？"他补充道。

"摄政王。她必须通过朝议会的认可，但大局已定。罗伯特的亲信要么俯首称臣，要么被关进牢里，听候审判。"

"这么说一切顺利。"尼尔说。

"够顺利的了，"她回答，"至少在罗伯特带着寒沙和教会的大军回来之前都算顺利。"

"您觉得这有可能吗？"尼尔问道。

"事实上，很有可能。不过照他们说的，这事还是回头再担心吧。好好休养，尼尔爵士。我们还需要你。"

埃斯帕用力咬住莉希娅放进他嘴里的那根白杨枝，任由她处理自己脱臼的腿骨。痛楚令他眼冒金星，仿佛刚刚直视过烈日一般。

"最痛的部分过去了。"她一面向他保证，一面绑紧夹板。在那顶宽檐帽下，她的面孔显得苍白而憔悴，就算以瑟夫莱的标准来看也是一样。

"你应该在邓莫哥多待一个月的，"他说，"你的伤——"

"我没事的，"她说，"而且要是我再待得久些，你可就死定了。"

"嗯，"埃斯帕说，"关于这个——"

"你用不着感谢。"

"我要说的不是这个。"

"我知道，"她说着，检查起夹板来。然后她看着他。"我等到能自己起身，然后就离开了邓莫哥。"她解释道。

"为什么？"

她似乎思索了片刻。

"我想你应该需要我的帮助。"

"真的?"

"是真的。"

"就这样?就为这个?你身上全是伤口,莉希娅,很重的伤口,你需要花时间去调养。你就不怕死掉吗?"

"那就死掉好啦,"她快活地说,"不过我的感官很特殊。我能听到风的低语,有时还能看到还没发生的事。我看到了正在对抗凯里姆的你,于是觉得你大概需要我的帮助。"

"对抗什么?"

"那头绿憝。你干掉的那个大家伙。"

他皱起眉头。"你瞧见我了?"

"对,透过一滴泪水。你站在山崖上,想要给弓上弦。"

他怀疑地摇摇头。"你不可能这么快跟踪我过来,除非你在我离开一天后就出发,可我知道你恢复不了这么快。你那会儿都快挂了。"

"我没有跟踪你,"她说,"我认出了那个地方,就直接过来了。"

"你认出了那个地方。"他的语气里充满怀疑。

"这座山,埃斯帕。里面有个哈喇族的窑洞,是最古老的窑洞之一。我就出生在这里。所以我当然能认出它。等到了这儿,再要找到你就算不上困难了,何况你还用了这么引人注目的手段。"

他花了片刻来消化这番话。"所以你只是为了帮我才来的?"

"对。见证——我们得走了,而且要快。"

"为什么?他们是你的同胞。"

她笑出了声。"噢,不。已经不是了,很早以前就不是了。假如我们被抓,他们会杀了我们俩,这点我可以保证。"

"芬德——"

"不是我的同伙,我发誓。"

"我知道。我知道芬德从哪儿来。可他准备下手杀我之前,跟我说了一些事。"

"说了什么?"

"他说瑟夫莱就是司皋斯罗羿。"

她正要去拿短刀的手僵在了半空。然后她大笑几声,捡起刀,把它塞进皮鞘。

"我一直怀疑你早就知道了,"她说,"我想你也许是知道的,毕竟你是被我们瑟夫莱养大的。"

"我不知道,"埃斯帕说,"否则我不会忘记的。"

"我想也是。"

"但这怎么可能?"

"噢,我没那么老,我的朋友。我当时不在场。他们说,我们用某个法子改变了自己的形体,变得更像你们人类。为了活命。"

"可司皋斯罗羿全被杀光了啊。"

"被杀光的是当权者——亲王们——还有剩下的大部分族人。不过有些司皋斯罗羿改变了模样,伪装成奴隶,于是幸存了下来。"

她对上他的目光。"我们不是他们,埃斯帕。奴役你们祖先的那些司皋斯罗羿已经死了。"

"是吗?你们就没人想过挽回过去的辉煌?"

"我猜有些人想过。"她说。

"比方说芬德?还有你这座山里的同胞?"

"这很难解释,"她搪塞道,"瑟夫莱不比人类更单纯,也不比人类更团结。"

"别敷衍我。"他说。

"我没有,"她答道,"不过我们真的该走了。我们还得再走上很远,我才会觉得安全。"

"你能在路上跟我说吗?"

她点点头。"时间足够。这段路会相当长。"

"很好,那走吧。"他伸手去拿拐杖。她弯腰想要帮他,可他却摆摆手,要她别过来。

"我自己能行。"他说。

一番龇牙咧嘴之后,他站起身来,尽管他上马时还得靠她的帮助。

他坐在她身后，双臂抱着她的腰，只觉自己蠢得可以。蠢得像根木头。

"我们得再弄匹马来。"他说。

"我心里有数。"她告诉他。

她催促马儿迈开步子。

"荆棘王，"她轻声道，"他来找过你了。"

"嗯。"

"然后呢？他做了什么？"

埃斯帕踌躇了片刻。"你没看到？"

"没。我看到他穿过山坳到你那边去了，不过我当时速度很快。等我找到你，他已经不见了，芬德却在那里。"

"他死了，莉希娅。"

她的身体僵住了。

"我想我早就有预感了，"她喃喃道，"我还以为……"

"芬德用我杀死龙蛇的那支箭射中了他。"

"噢，不。"

"这是什么意思？"

"我说不准，"她说，"但这不是好事。一点也不好。"

他扫视四周的树木，想起了荆棘王弥留之际传入他脑海的荒凉景致。

"或许你应该把自己知道的都告诉我。"他咕哝道。

她简略地点点头，以示赞同。她的双肩在颤抖，埃斯帕不禁猜想，她或许是在哭泣。

斯蒂芬抬起头，看到走进藏书室的是泽米丽，便露出了微笑。

"等不及了，是吗？"她问道，"我们才刚到了两天而已。"

"可你看看这儿，"斯蒂芬说，"简直太宏伟了！"

他说这话时几乎要流下泪来。他们身周的这间巨室大得令人无法想象，被数千册古籍塞得满满当当。

"知道我找到什么了吗？"他问她。他知道自己激动得过了头，但并不觉得可笑，"初版的《蒂逊遍览》。费翁署名的亲笔论述，

THE BLOOD KNIGHT

四百年来连摹本都失传了！"

"就是维吉尼亚·戴尔的日记？"

"不，那个我还没找到，"他说，"不过我会及时找到的，不用担心。这儿有这么多书呢。"

"还有的是呢，"泽米丽说，"你埋首书堆的时候，我在探索。那边有一整座城市，斯蒂芬，而且我不觉得它全都是埃提瓦人建造的。有些建筑看起来非常古老，甚至有你说过的那种滴水成形的石头。"

"我会去看的，"斯蒂芬保证道，"到时候你带路吧。"

"还有他们一直提到的巡礼路。"

"是啊，"斯蒂芬思索着，"他们好像急着要我去走那条巡礼路。我想在走之前做一番研究。维吉尼亚·戴尔走过的巡礼路？我们走着瞧吧。"

"你不相信他们？"

"我不知道，"斯蒂芬说，"要是我能弄明白那天究竟发生了什么就好了。"

"我想你说过，赫斯匹罗召唤了荆棘王。"

"我觉得是他，"斯蒂芬说，"几个月前，我把号角给了他。而且他的确干掉了凯里姆，我想这就是护法召唤他的原因。但这感觉有点奇怪。我想赫斯匹罗应该想要除掉荆棘王才对。他派我们出来就是这个目的。"

"也许他希望荆棘王和龙蛇同归于尽，"她猜测道，"而且没准真是这样。龙蛇刚刚倒下，荆棘王的身体就飞快缩小了。"

"也许吧。"斯蒂芬应和道。

"芬德和那十二个人能打败赫斯匹罗的部队只是运气好。"

"要是他们能抓住他，我会更高兴，"斯蒂芬说，"他随时都会回来的。"

"就算他敢回来，我也相信你完全可以应付他。"

斯蒂芬点点头，挠挠脑袋。"他们也是这么说的。"然后他陷入了沉默。

"还有什么麻烦事吗？"她问。

"你还记得自己说过的《归来之书》里的内容吧?你管龙蛇叫'凯尔姆',这跟埃提瓦语里的'凯里姆'几乎相同。"

"没错。"

"可你还提到过另一个敌人,克劳卡瑞,也就是血腥骑士。你说他应该是我的敌人。"

"传说里是这么说的。"泽米丽承认道。

"噢,我们到达的当天,埃提瓦人就说过他们找到了**凯里姆**和**克鲁卡—哈瑞**。他们指的是芬德。'克鲁卡—哈瑞'和'克劳卡瑞'也很相似。意思都是'血腥骑士'。可芬德却自称是我的盟友。"

她看起来一头雾水,却耸耸肩,"指出这段传说有多么不可信的那个人是你,"她说,"也许我们只是弄错了。"

"还有呢,"斯蒂芬续道,"我看到芬德的盔甲时,想起了我在一本书上看到过的一幅版画,还有下面的说明。说明写着,'他饮下巨蛇之血,掀起灾难之潮,古夜之奴仆,蛇血之斗士。'"

"我不明白。"

"我认为芬德想要凯里姆死去,以便品尝它的血液,成为血腥骑士。"

"但他怎么知道护法会召唤荆棘王?"

"他承认赫斯匹罗曾经是他的盟友。也许现在还是。也许整件事都是在演戏,只不过对我有益。可就我所知,有些事还是不对头。"

泽米丽握住他的胳膊。

"我破坏了你的心情,"她说,"我刚进门那会儿,你多高兴啊。"

他笑了笑,搂住她的腰。"我还是很高兴,"他说,"你瞧,无论芬德有什么打算,他都得装作是我的盟友,所以眼下他跟真正的盟友没什么区别。这儿有让我弄清真相所需要的所有东西,而且我会的。你说得对,泽米丽。是时候用我自己的手去把握局势了。"他把她拉得更近,"特别是这次,我的手里还挽着你……"

"你真是越来越大胆了,阁下。"她喃喃道。

"这儿可是藏书库,"斯蒂芬大笑道,"我在这里向来表现绝佳。"

致谢

感谢我最早的几位读者：我的母亲，南希·瑞德奥特·兰度姆；我的妻子，拉妮尔·凯耶斯；还有我的朋友纳西·维加。非常感谢斯蒂夫·萨菲尔在本书从概念直到成书的过程中所作的一切，并且感谢他的友谊和精神鼓励。感谢在艰苦的条件下进行出版工作的贝特西·米切尔，吉姆·敏兹，福利特伍德·罗宾斯，以及南希·德里亚。感谢审稿编辑埃里克·罗文科隆。感谢戴夫·斯蒂文森设计的时髦封面和斯蒂芬·尤勒绘制的另一幅华丽的封面图。

尤其感谢肖恩·斯比克曼从不间断的支持，以及创作和维护我的网站。

感谢特瑞·布鲁克斯和朱迪恩·布鲁克斯在我创作《恐怖王子》期间的陪伴和谈心。希望你们能继续陪伴着我。

感谢"黛比"万玉琳，塔塔力克·金，以及梅瑞迪斯·萨顿对阿彻的照顾，让我有充足的时间进行写作。

再次感谢，内尔，感谢你所做的一切。